नाथपन्थ का इतिहास

नाथपन्थ का इतिहास

डॉ. पद्मजा सिंह

प्रभात प्रकाशन

प्रकाशक
प्रभात प्रकाशन प्रा. लि.
4/19 आसफ अली रोड, नई दिल्ली–110002
फोन : 011–23289777 • हेल्पलाइन नं. : 7827007777
इ–मेल : prabhatbooks@gmail.com ❖ वेब ठिकाना : www.prabhatbooks.com

संस्करण
प्रथम, 2024

पेपरबैक मूल्य
पाँच सौ रुपए

मुद्रक
आर–टेक ऑफसेट प्रिंटर्स, दिल्ली

———— ★ ————

NATHPANTH KA ITIHAS
by Dr. Padmaja Singh

Published by **PRABHAT PRAKASHAN PVT. LTD.**
4/19 Asaf Ali Road, New Delhi-110002

ISBN 978-93-5562-288-4

₹ 500.00 (PB)

भूमिका

नाथपन्थ भारत के सामाजिक–सांस्कृतिक–धार्मिक–आध्यात्मिक इतिहास का एक जाज्वल्यमान अध्याय है। एक ऐसा अध्याय, जो एक तरफ भारत की मौलिक सनातन–परम्परा का प्रतिनिधित्व करता है, दूसरी तरफ भारतीय संस्कृति और उसके जीवन–मूल्यों का युगानुकूल–अधुनातन संस्करण प्रस्तुत करता है। नाथपन्थ के इस यशस्वी पांथिक परम्परा के प्रवर्तक महायोगी गोरखनाथ, उनके गुरु मत्स्येन्द्रनाथ एवं नवनाथ–चौरासी सिद्धों सहित नाथपन्थी योगियों–सिद्धों ने समय–समय पर यथा अपने–अपने कालखण्ड में भारत के सामाजिक–आध्यात्मिक जीवन में युगानुकूल परिवर्तन एवं परिवर्द्धन में अद्वितीय भूमिका निभाई। इस योगी–परम्परा ने भारत की सनातन–परम्परा एवं भारतीय संस्कृति के जीवन–मूल्य को जन–जन तक पहुँचाया। राष्ट्रीय एकता–अखण्डता को यह पांथिक–परम्परा सदैव समर्पित रही है। नाथपन्थ और उसके योगियों ने पूर्व मध्यकाल से लेकर आधुनिक युग तक सदैव अपनी गुफाओं, मठ–मन्दिरों, साधनास्थलियों, तपस्थलियों से निकलकर संन्यासी–योद्धा के रूप में शास्त्र के साथ शस्त्र अर्थात् 'एक हाथ में माला तो दूसरे हाथ में भाला' की उक्ति को चरितार्थ किया है। वस्तुतः नाथपन्थ और उसकी साधना का अत्यन्त समृद्ध, गौरवशाली और प्रेरणादायी पथ आधुनिक सामाजिक–आध्यात्मिक जीवन का यथेष्ट पाथेय है।

नाथपन्थ का वास्तविक एवं स्पष्ट इतिहास महायोगी गोरखनाथ से प्रारम्भ होता है। यद्यपि कि महायोगी गोरखनाथ द्वारा प्रवर्तित नाथपन्थ की योगी–परम्परा के बीज भारतीय सभ्यता एवं संस्कृति के अभ्युदय काल से ही दिखाई देते हैं। हड़प्पा सभ्यता के पुरातत्त्व शैव–साधना (नाथपन्थ की योगी परम्परा) का प्राचीनतम पुरातात्त्विक प्रमाण हैं, तो वैदिक संस्कृति के साथ श्रमण–तपस्वी विचारधारा के प्रवाह में नाथपन्थ की योगी–परम्परा का

प्राचीनतम रूप देखा जा सकता है। तथापि महायोगी गोरखनाथ वे प्रथम आचार्य हैं जिन्होंने योग एवं योगी–परम्परा को एक पांथिक–परम्परा में सुगठित एवं संगठित कर भारत की विकास–यात्रा में योगियों की महत्तर भूमिका निर्धारित की। महायोगी गोरखनाथ का विराट व्यक्तित्व एवं उनके द्वारा प्रतिपादित विचार–दर्शन नाथपन्थ का मूलाधार है।

भारतीय संस्कृति के विराट एवं व्यापक फलक पर महायोगी गोरखनाथ के महत्त्व को, भारतीय समाज एवं संस्कृति को समझने वाले, जीने वाले मर्मज्ञ लगभग सभी संतों–महात्माओं एवं विद्वान–मनीषियों ने स्वीकार किया है। इस सन्दर्भ में महाकवि सुमित्रानन्दन पंत एवं ओशो के बीच का संवाद उल्लेखनीय है। एक संवाद में सुमित्रानन्दन पंत ने ओशो से पूछा कि भारत के धर्माकाश में सबसे चमकते सितारे बारह कौन–कौन हैं? ओशो ने बारह नाम बताये–कृष्ण, पतंजलि, बुद्ध, महावीर, नागार्जुन, शंकर, गोरख, कबीर, नानक, मीरा, रामकृष्ण, कृष्णमूर्ति। ओशो का कहना था कि ये 12 नाम ऐसे हैं जिनकी भारतीय संस्कृति की विकास–यात्रा में मौलिक देन है। सुमित्रानन्दन पंत ने ओशो से इन बारह नामों में से सात नाम देने को कहा। ओशो ने सात नाम दिये–कृष्ण, पतंजलि, बुद्ध, महावीर, शंकर, गोरख, कबीर। ओशो का कहना था–"नागार्जुन बुद्ध में समाहित हैं। जो बुद्ध में बीजरूप में था, उसी को नागार्जुन ने प्रकट किया। ऐसे ही कृष्णमूर्ति बुद्ध में समा जाते हैं। रामकृष्ण कृष्ण में तथा मीरा एवं नानक कबीर में लीन हो जाते हैं।" अब सुमित्रानन्दन पंत ने कहा–"यदि अब पाँच की सूची बनानी पड़े तो?" ओशो ने कहा–"कृष्ण, पतंजलि, बुद्ध, महावीर, गोरख। क्योंकि कबीर को गोरख में लीन किया जा सकता है। शंकर कृष्ण में सरलता से लीन हो जाते हैं।" सुमित्रानन्दन पंत ने अब चार नाम देने को कहा। ओशो ने चार नाम दिये–कृष्ण, पतंजलि, बुद्ध, गोरख। उनका मानना था कि महावीर बुद्ध से बहुत भिन्न नहीं हैं। सुमित्रानन्दन पंत ने ओशो से कहा, "बस एक बार और...। आप तीन व्यक्ति चुनें।" ओशो ने कहा, "असम्भव है। इन चार में से किसी को भी छोड़ा नहीं जा सकता।" सुमित्रानन्दन पंत ने कहा, "आप महावीर को छोड़ सकते हैं, गोरख को क्यों नहीं?" ओशो द्वारा दिया गया इस प्रश्न का उत्तर महायोगी गोरखनाथ के व्यक्तित्व और भारत के सांस्कृतिक इतिहास में उनके योगदान का प्रतिबिम्बन है।

ओशो कहते हैं–"गोरख से इस देश में एक नया ही सूत्रपात हुआ। गोरख एक श्रृंखला की पहली कड़ी हैं। उनसे एक नये प्रकार के धर्म का जन्म हुआ, आविर्भाव हुआ। गोरख के बिना न तो कबीर हो सकते हैं, न

नानक हो सकते हैं, न दादू, न वाजिद, न फरीद, न मीरा। इन सबके मौलिक आधार गोरख में हैं।" ओशो आगे कहते हैं–"भारत की सारी संत–परम्परा गोरख की ऋणी है। जैसे पतंजलि के बिना भारत में योग की सम्भावना न रह जायेगी; जैसे बुद्ध के बिना ध्यान की आधारशिला उखड़ जायेगी; जैसे कृष्ण के बिना प्रेम की अभिव्यक्ति को मार्ग न मिलेगा, ऐसे गोरख के बिना उस परम सत्य को पाने के लिए विधियों की जो तलाश शुरू हुई, साधना की जो व्यवस्था बनी, वह न बन सकेगी। गोरख ने जितना आविष्कार किया मनुष्य के भीतर अंतर–खोज के लिए, उतना शायद किसी ने भी नहीं किया। उन्होंने (गोरखनाथ ने) इतनी विधियाँ दीं कि अगर विधियों के हिसाब से सोचा जाए तो गोरख सबसे बड़े आविष्कारक हैं। गोरख के पास अपूर्व व्यक्तित्व था; जैसे–आईस्टीन के पास व्यक्तित्व था। गोरख जैसे खदान से निकले हीरे हैं। जो भी सार्थक है गोरख ने कह दिया। जो भी मूल्यवान है गोरख ने कह दिया है।" महायोगी गोरखनाथ के बारे में ओशो की यह आत्माभिव्यक्ति का मौलिक आधार है महायोगी गोरखनाथ का विराट व्यक्तित्व एवं भारत की सनातन परम्परा में उनका अद्वितीय योगदान।

गोरखनाथ के विचार–दर्शन, उनकी योग–क्रान्ति, समाज–क्रान्ति, साधना–पद्धति, उनके जीवन–दर्शन पर जब हम विहंगम दृष्टि डालते हैं, उनका अनुशीलन करते हैं, उनका अनुभव करते हैं तो यह आभास होने लगता है कि गोरख भारत की सनातन–परम्परा एवं ऋषि–परम्परा के अनमोल हीरे हैं। गोरखनाथ सामाजिक समरसता एवं राष्ट्रीय एकता के नायक दीखते हैं। यद्यपि कि नाथपन्थ की पांथिक–परम्परा में गोरखनाथ अयोनिज एवं शिवावतार माने जाते हैं। तथापि महायोगी गोरखनाथ का सामाजिक–राष्ट्रीय–आध्यात्मिक जीवन पर व्यापक प्रभाव उनके मानवीय ऋषि एवं योगी स्वरूप को प्रतिस्थापित करते हैं।

महायोगी गोरखनाथ ने अपने महायोग–ज्ञान के प्रकाश में जीवात्मा और परमात्मा की अभिन्नता सिद्ध की। उन्होंने अपने योग–सिद्धान्त, विशेषतया हठयोग के माध्यम से सच्चिदानन्द ब्रह्म के शिवस्वरूप का आत्मा से एकात्मबोध का ज्ञान कराया। वे अप्रतिम योगतत्त्वज्ञ और महाज्ञानी सिद्ध पुरुष थे। वे असाधारण नाथसिद्ध थे। नेपाल से सिंहल, काश्मीर से कामरूप, द्वारिका से आसेतु हिमालय के भूमिखण्ड को उन्होंने अपनी महती योग–साधना से प्रभावित किया। बौद्धमार्गीय योगसिद्धान्त भी इस महायोगी के योग–ताप से तप्त हुआ।

नेपाल की आध्यात्मिक, सांस्कृतिक और सामाजिक परम्परा और लोक–जीवन को गुरु श्रीगोरखनाथ ने बहुत हद तक प्रभावित किया। नेपाल के लोकमानस में शैवयोग–नाथयोग के साथ–साथ बौद्ध धर्म–दर्शन और बौद्ध योग–साधना का सम्यक् प्रभाव परिलक्षित हुआ। नेपाल का गोरखाराज्य गोरखनाथ के प्रति प्रगाढ़ श्रद्धा, भक्ति और उनके अमिट प्रभाव का प्रतीक है। नेपाल के बागमती के तट पर स्थित सिद्धाचल पर मृगस्थली में उनकी तपस्थली आज भी उनकी तपस्या का भौमस्मारक है। नेपाल की लोक–परम्परा में अनेक आख्यान एवं कथाएँ आज भी प्रचलित हैं। कार्कोटक नाग को दबाकर आसनस्थ होने, मेघमालाओं को वश में कर वर्षा रोकने, दांग के राजकुमार रतनपरीक्षक को दीक्षित करने, नेपाल के शाह राजवंश पर अनुग्रह करने जैसे आख्यान नेपाल में महायोगी के प्रभाव एवं प्रताप का प्रमाण है।

महायोगी गोरखनाथ द्वारा उज्जैन के अधीश्वर भर्तृहरि और उनकी बहन मयनावती पर अनुग्रह एवं मयनावती के पुत्र बंगाल के गौड़ शासक गोपीचन्द पर कृपादृष्टि का उल्लेख अनेक साहित्यिक स्रोतों में प्राप्त होता है। महाराष्ट्र की नाथसम्प्रदायगत परम्परा में मत्स्येन्द्रनाथ, गोरखनाथ, गहनीनाथ और निवृत्तिनाथ को क्रमशः शिवोपदिष्ट ज्ञान का वाहक स्वीकार किया गया है। संत ज्ञानेश्वर का कथन है कि गहनीनाथ ने निवृत्तिनाथ को भगवान् कृष्ण के नाम–मन्त्र से पवित्र किया। संत तुकाराम के शिष्य निलोबा राय का कथन है कि जो गुह्यज्ञान शंकर ने पार्वती के प्रति कहा, उसे मीननाथ अर्थात् मत्स्येन्द्रनाथ ने प्राप्त किया। मीननाथ ने उस ज्ञान को गोरखनाथ को प्रदान किया। गोरखनाथ से गहनीनाथ एवं गहनीनाथ से वह ज्ञान निवृत्तिनाथ ने प्राप्त किया। उल्लेखनीय है कि मध्यकालीन उपासना परम्परा के प्रधान स्रोत शैव एवं वैष्णव धर्म का समन्वय महाराष्ट्र के नाथयोगियों और विट्ठल के चरण में समर्पित संतों की महनीय देन है। यह वारकरी शैव–वैष्णव समन्वयात्मक भक्ति परम्परा अविच्छिन्न रूप से प्रवाहित होती चली आ रही है।

पंजाबी प्रेम–कथा में योगी राँझा का नाम अमर है। राँझा की योग–साधना का प्रतीक झेलमनदी के पावन तट पर स्थित गोरखटिल्ला है। राजस्थान के मेवाड़, मारवाड़ तथा बीकानेर आदि के राजवंश, राजपरिवार और राजस्थान के जन–मानस में गोरखनाथ जी की श्रद्धा–भक्ति की रसधारा प्रवाहित है। मेवाड़ का राजवंश गोरखनाथ जी की अहेतुक कृपा और आशीर्वाद से अनुगृहीत है। इन राजवंशों में कुलगुरुपद पर नाथपन्थ के योगी ही प्रतिष्ठित

होते रहे हैं। जोधपुर के महाराजा मानसिंह नाथपन्थ के श्रीनाथ–सम्प्रदाय के अनुयायी थे। उन्होंने श्रीनाथतीर्थावली ग्रन्थ की रचना की। उनकी प्रेरणा से भीष्म भट्ट ने गोरखनाथ जी द्वारा रचित ग्रन्थ 'विवेकमार्तण्ड' की संस्कृत भाषा में मौलिक टीका लिखी। महायोगी गोरखनाथ द्वारा दीक्षित राजस्थान के विशिष्ट संत जम्भनाथ, जसनाथ और हरिदास निरंजनी अत्यन्त लब्धप्रतिष्ठ हैं।

जगनिक के 'आल्हाखण्ड' में चन्देलराजा परमर्दि–परमाल को मत्स्येन्द्रनाथ का शिष्य कहा गया है। महोबा के वीर आल्हा गोरखनाथ जी की आज्ञा से कदलीवन में तपस्या करने गये। लोकपरम्परा आज भी उन्हें अमर मानती है। महोबा का गोरखगिरि पर्वत भी इसका साक्षी है। उड़ीसा के योगी मल्लिकानाथ को गोरखनाथ जी की कृपा प्राप्त हुई थी। मल्लिकानाथ यद्यपि तान्त्रिक थे पर गोरखनाथ जी के प्रभाव से वे महान नाथयोगी के रूप में प्रसिद्ध हुए। मलिक मुहम्मद जायसी ने मत्स्येन्द्रनाथ, गोरखनाथ, भर्तृहरि और गोपीचन्द आदि नाथयोगियों की योगसिद्धि और योगपरक व्यक्तित्व का अनेकशः विवेचन अपनी प्रसिद्ध कृति 'पद्मावत' में किया है। उल्लेख्य है कि नाथयोगपरक साधना–पद्धति का सूफी दृष्टिकोण से सहज समन्वय पद्मावत की सफलता का प्राण है। पद्मावत में कहा गया है कि योगी तभी सिद्धि प्राप्त कर सकता है, जब वह गोरखनाथ जी का सान्निध्य प्राप्त करता है। संत कबीर ने अपने पदों में तथा अन्यान्य साखी, सबद आदि में अनेक बार गोरखनाथ जी और उनके योग की प्रशंसा की है।

गोरखनाथ योगसिद्ध महायोगी थे। सच्चिदानन्दघन ऐश्वर्य, सौन्दर्य और माधुर्य की अनन्त निधि परमात्मा में जीवात्मा की परानुरक्ति ही योगसिद्धि है। अष्टांगयोग अथवा हठयोग, मन्त्रयोग, लययोग और राजयोग के अन्तर्गत समस्त साधन–आसन, प्राणायाम, कुण्डलिनी जागरण, चक्रभेदन, नादानुसन्धान, अमृतपान इत्यादि योगरस के उपांग हैं। योग की सम्पूर्ण रसरूपता के महासागर में आत्मा का लयीकरण, मन का उन्मनीकरण, निर्विकार, निष्कल सच्चिदानन्दस्वरूप निरंजन में सम्पूर्ण सामरस्य गोते लगाता है। यह यौगिक सायुज्य–सामरस्य अद्भुत, अद्वितीय एवं गुह्यतम रहस्य से अभिभूत है। यह योगसिद्धि ही गोरखनाथ की साधना की शक्ति थी।

महायोगी गोरखनाथ जी ने संस्कृत और लोकभाषा, दोनों में योगपरक साहित्य एवं अपने विचार–दर्शन का सृजन किया। इन ग्रन्थों और रचनाओं में द्वैताद्वैतविवर्जित स्वसंवेद्यतत्त्व का यथाक्रम अभिव्यंजन करते हुए उन्होंने

हठयोग, षडंगयोग और अष्टांगयोग का नाथयोगसाधना के परिप्रेक्ष्य में उत्तमोत्तम वर्णन किया है। उनकी रचनाएँ गोरक्षकल्प, गोरक्षसंहिता, गोरक्षशतक, गोरक्षगीता, विवेकमार्तण्ड, गोरक्षशास्त्र, ज्ञानप्रकाशशतक, ज्ञानामृत, महार्थमंजरी, योगचिन्तामणि, योगमार्तण्ड, योगसिद्धान्तपद्धति, श्रीनाथ–सूत्र, सिद्धसिद्धान्तपद्धति, हठसंहिता, अमनस्कयोग, योगबीज, शिवयोगसार, शिवयोगदर्पण, गोरक्षपद्धति इत्यादि संस्कृत भाषा में उपलब्ध होती हैं। गोरखनाथ ने लोकभाषा हिन्दी में भी अपने उपदेशों एवं सारगर्भित योगसाधना का वर्णन किया है। लोकभाषा में व्यक्त पद्यात्मक उपदेशादि और साधना–प्रक्रिया आदि का संकलन 'गोरखबानी' में किया गया है। 'गोरखबानी' में सबदी, पद, सिष्यादर्शन, प्राणसंकली, नरवैबोध, आत्मबोध, ग्यानचौंतीसा, अष्टचक्र, ग्यानतिलक, अभैमात्राजोग, सिष्टपुराण, दयाबोध, रहरासि, पंचमात्रा, महादेव–गोरषगुष्टि, ज्ञानदीपबोध, पंचअग्नि, पन्द्रहतिथि, सप्तवार, अष्टमुद्रा, नवग्रह, चौबीससिद्धि आदि संग्रहीत हैं। उनकी सभी रचनाओं का प्रतिपाद्य विषय नाथयोग साधना एवं दर्शन है। महायोगी गोरखनाथ की योगसिद्धि की यह अपूर्व और महनीय विशिष्टता है कि उन्होंने जन–जीवन में योगदर्शन का वास्तविक मार्ग और महत्त्व समझाया।

गोरखनाथ जी का योगसिद्धान्त अनुभव–वाङ्मय का अक्षर–ज्ञापन है। उन्होंने कारणरहित अमृतमय स्वप्रकाश ब्रह्म का साक्षात्कार किया था। गोरखनाथ जी का कहना था कि जब सहज समाधि के द्वारा मन से ही मन को देखा जाता है, तब जो अवस्था होती है, वास्तव में वही मोक्ष है। उनके अनुसार आत्मविचार अन्तर्साधना की आधारशिला है। वह स्वसंवेद्यतत्त्व के साक्षात्कार के अन्तर्द्रष्टा थे। यह साक्षात्कार उनकी अन्तरंग साधना का प्राण है।

गोरखनाथ जी का व्यक्तित्व चमत्कारिक था। अपनी योगसिद्धि के बल पर मृत्यु पर विजय एवं परकाया प्रवेश जैसे विलक्षण क्षमता उन्हें प्राप्त थी। ब्रिग्स ने भी अपनी पुस्तक 'गोरखनाथ एण्ड दि कनफटा योगीज' में महायोगी गोरखनाथ के चमत्कारों का उल्लेख किया है। ब्रिग्स ने लिखा है कि गोरखनाथ जी का प्रकृति की शक्तियों और पंचभूतों पर अद्भुत नियन्त्रण था। उन्होंने गोपीचन्द की माता और योगिराज भर्तृहरि की बहन मयनावती को वह शक्ति प्रदान की थी कि वह पानी में डूब नहीं सकतीं। धर्मराज युधिष्ठिर के महाप्रस्थान के समय हिमाचल के भयानक हिमपात से जब भीमसेन आगे बढ़ने में असमर्थ और संज्ञाशून्य हो गये, उसी समय गोरखनाथ जी ने उन्हें दर्शन दिया और गंगोत्री से भूटान तक के विस्तृत भूभाग का उन्हें राजा बना दिया।

ब्रिग्स ने अपनी पुस्तक में गोरखनाथ जी की सिद्धियों की झोली अर्थात् चमत्कारिक झोली का वर्णन किया है। उल्लेखनीय है कि नाथपन्थ की परम्परा में एक आख्यान के अनुसार स्वयं गोरखनाथ अपने गुरु मत्स्येन्द्रनाथ की झोली की विभूति से प्रकट हुए थे। अपने गुरु की ही भाँति गोरखनाथ की झोली भी अद्भुत एवं शक्तिशाली थी। गोरखनाथ जी उसमें से सेब, अंगूर, पुष्प, फल, रत्न तथा अनेक दुर्लभ पदार्थ प्रकट कर लोगों को देते थे। उनकी झोली की विभूति से असंख्य स्त्रियों ने पुत्र प्राप्ति की, गरीब धनी हो गये, असहाय और विपन्न सम्पन्न हो गये। उन्होंने अपनी झोली से कीमती साड़ियाँ, बहुमूल्य आभूषण आदि प्रकट कर अपने शिष्य गूँगा का विवाह कराया था। चौरंगीनाथ जी को योगदीक्षा के समय उसी झोली से कुण्डल प्रकट कर उनके कान में पहनाये गये थे। इसी झोली से चावल और अंगूर निकालकर गोरखनाथ जी ने चौरंगीनाथ की विमाता लूना को सन्तान प्राप्ति के लिए खाने को दिया था। इसी झोली की विभूति से उन्होंने एक उजड़े बगीचे को हरा–भरा कर दिया था। एक ब्राह्मणी के कहने पर स्वयं गोरखनाथ जी ने अपनी एक आँख निकाल दी, जिसे उनके गुरु मत्स्येन्द्रनाथ ने पुनः उसे अपनी जगह प्रतिस्थापित कर दिया। गोरखनाथ जी द्वारा एक मिट्‌टी की मूर्ति में प्राण–संचार कर गहनीनाथ को प्रकट किया गया। कान्हिपा के अहंकार को तोड़ने के लिए आम के वृक्ष से टूटे फलों को पुनः उसी वृक्ष में उन्हें यथास्थान जोड़ दिया। गोरखनाथ के ऐसे अनेक चमत्कारिक आख्यान प्राप्त होते हैं। वर्तमान ज्ञान के आलोक में इतिहासकार इन चमत्कारों को इतिहास का हिस्सा नहीं मानेंगे। किन्तु, इस प्रकार के योगसिद्धि के बल पर चमत्कारों का आधुनिक युग में भी जिन्होंने साक्षात्कार किया है, उनके लिए यह अविश्वसनीय नहीं है। उनके लिए यह सच है, और इसलिए यह इतिहास भी है और वर्तमान भी।

नाथपन्थ के योगी अपनी योग–साधना एवं योगसिद्धि के बल पर आधुनिक युग में भी ऐसे अविश्वसनीय किन्तु सच का साक्षात्कार करा देते हैं। इस दृष्टि से श्री गोरक्षपीठ (गोरखपुर–उत्तर प्रदेश) के सिद्ध योगी योगीराज बाबा गम्भीरनाथ जी की योगसिद्धि उल्लेखनीय है। श्रीगोरक्षपीठ में उन्नीसवीं शताब्दी के अन्तिम चतुर्थांश में महन्त गोपालनाथ जी के समय इस युवा तपस्वी ने गोरखनाथ मन्दिर में आकर उनसे दीक्षा ग्रहण की थी, जिसे सम्भवतः गाम्भीर्यता के आधार पर गुरु द्वारा गम्भीरनाथ नाम प्राप्त हुआ। सन् 1917 में योगीराज बाबा गम्भीरनाथ जी ब्रह्मलीन हुए। अक्षय कुमार बनर्जी

की पुस्तक 'आदर्श योगी–श्री श्री योगीराज बाबा गम्भीरनाथ' की भूमिका ब्रह्मलीन महन्त दिग्विजयनाथ जी महाराज ने लिखी है। गोरक्षपीठाधीश्वर महन्त दिग्विजयनाथ जी महाराज योगीराज बाबा गम्भीरनाथ जी के बारे में लिखते हैं–सुदीर्घकाल तक नित्यनिरन्तर 'तपसा ब्रह्मचर्येण श्रद्धया विद्यया' के द्वारा सर्वांगिक योग सुनिविड़ अनुशीलन के कारण उनकी (बाबा गम्भीरनाथ जी) देह, इन्द्रिय, मन, बुद्धि और हृदय के प्राकृतिक धर्म बिल्कुल बदल गये थे। ब्रह्मज्ञान, ब्रह्मानन्द–रसपान में विभोर रहना उनका स्वभाव बन गया था। जिस तरह पर्वत–गुफा में, उसी प्रकार कर्म–कोलाहल में सर्वदा ही आत्मसमाहित रहते थे। अणिमादि अष्टैश्वर्य उनके करतलगत हो गये थे, परन्तु व्यावहारिक जीवन में ऐश्वर्य का परिचय वे कभी नहीं देते थे। उपनिषदों में ब्रह्मविद्वरिष्ट जीवन्मुक्त पुरुष का जैसा लक्षण वर्णित है, गीता में स्वयं श्रीभगवन् ने स्थितिप्रज्ञ, युक्तयोगी, गुणातीत, भक्तोत्म, ब्रह्मभूत महापुरुष के लक्षणों का जैसा वर्णन किया है, वे सभी लक्षण मानों मूर्तिमान होकर योगीराज गम्भीरनाथ जी के सिद्ध जीवन में प्रकट हो गये थे। महन्त दिग्विजयनाथ जी महाराज की उपर्युक्त अभिव्यक्ति श्रद्धा–भक्ति मात्र नहीं थी। बाबा गम्भीरनाथ जी के अविश्वसनीय किन्तु सत्य यौगिक–शक्ति का उन्होंने प्रत्यक्ष दर्शन किया था, उसकी अनुभूति की थी।

महन्त दिग्विजयनाथ जी महाराज ने इसी पुस्तक की भूमिका में लिखा है–"जब मेरी अवस्था 8 या 9 वर्ष की रही होगी, मुझे बड़े जोर का ज्वर हो गया। बाबाजी ने एक कुण्डी में जल मँगवाया और उस पर अपना हाथ फेरकर मुझे पिला दिया। इसके बाद ही मेरा भयंकर ज्वर न जाने कहाँ चला गया और मैं स्वस्थ हो गया।" वे फिर एक दूसरी घटना की चर्चा करते हुए लिखते हैं–"जब मैं 13–14 वर्ष का था, मैं छठवीं कक्षा में पढ़ता था। एक दिन एक वृद्ध मनुष्य बाबाजी (गम्भीरनाथ जी) के पास आया और अपने साथ एक पुरानी अचकन और एक पायजामा लाया। थोड़ी देर बाद बाबा जी ने मुझे बुलाया और उन दोनों कपड़ों को पहनने के लिए कहा। मुझे अचकन और पायजामा पहनना पसन्द न था। मैंने अपना मनोभाव प्रकट किया तो बाबा जी ने कहा कि इनकी इच्छा है कि तुम इसको पहन लो। बाबा जी के ऐसा कहने पर मैंने दोनों वस्त्र पहन लिये और जेब में हाथ डाला तो उसमें केश की एक लट निकली। जब मैंने बालों की लट बाहर निकाली तो वह मनुष्य भयभीत हो गया, और कहने लगा कि मेरे सोते समय लड़की ने बाल काटकर रख दिये होंगे। जो भी हो, उसी रात्रि में मुझे बड़े जोर का बुखार

चढ़ा और दो–एक दिन बाद खूब जोर की चेचक निकल आयी। बीमारी बढ़ती ही गयी और अन्त में मेरी मृत्यु हो गयी। सुनता हूँ कि जब बाबा जी को मेरी मृत्यु का समाचार दिया गया तो उन्होंने मेरी प्राणहीन देह को अपनी चारपाई के नीचे रखवा लिया। प्रातःकाल साधुओं ने जाकर देखा तो मुझे ताकता हुआ पाया और इसके बाद मैं धीरे–धीरे स्वस्थ हो गया। इस विषय में इतनी बात मुझे याद है कि मृत्यु के बाद कोई अमानुष मूर्तियाँ मुझे लिये जा रही थीं और वे आपस में कह रहे थे कि इनको अब नहीं ले जाना है, इनको वापस कर देना चाहिए। यह मेरा निज का अनुभव है, बाबा जी ने मुझे पुनर्जीवन प्रदान किया था।"

महन्त दिग्विजयनाथ जी महाराज एक और घटना का उल्लेख करते हैं। वे लिखते हैं–"इसी प्रकार की (उपर्युक्त) दूसरी घटना मेरी आँखों के सामने घटी। गया में योगीराज जी के एक भक्त रहते थे। वे शायद दो भाई थे। वे दोनों छोटकू और बड़कू नाम से पुकारे जाते थे। उनका एक लड़का बहुत सख्त बीमार हो गया और उनको जब बालक के बचने की आशा न रही तो एक भाई बाबा जी की शरण में गोरखपुर दौड़ आया। उसकी कातर प्रार्थना पर बाबा जी का कोमल हृदय विगलित हो गया और वे उसके साथ गयाजी को चल पड़े। मैं भी बाबा जी के साथ चला। हम लोग गयाजी पहुँचे और उस सज्जन ने हम लोगों को अपने बगीचे में ठहराया, जिसमें बाबा जी पहले रहा करते थे, परन्तु दुःख की बात थी कि बाबा जी के पहुँचने के कुछ काल पूर्व ही उस बालक की मृत्यु हो गयी थी। बाबा जी को जैसे ही यह दुःखद समाचार दिया, तो वे उठे और उसके घर की ओर चल पड़े। मैं भी बाबा जी के पीछे–पीछे गया। वे लोग बाबा जी को घर के भीतर शव के पास ले गये। वहाँ पहुँचकर बाबा जी ने शव के ऊपर हाथ फेर दिया और मैंने अपनी आँखों से देखा कि मृत शरीर में प्राण संचार हुआ। वह बालक जीवित हो उठा।"

योगीराज बाबा गम्भीरनाथ जी के बारे में प्रत्यक्षानुभूतिकर्ताओं के अनेक संस्मरण हैं तथापि यहाँ मात्र एक और घटना का उल्लेख आगे मुझे अपनी बात कहने के लिए आवश्यक है। गोरखपुर के गवर्नमेण्ट हाईस्कूल (वर्तमान राजकीय जुबली इण्टर कॉलेज) के भूतपूर्व शिक्षक अतुल बिहारी गुप्त ने अपनी पुस्तक 'मृत्यु के परे और पुनर्जन्म के बाद' में योगीराज बाबा गम्भीरनाथ जी के सम्बन्ध में स्वयं के प्रत्यक्ष दृष्टि घटना का विवरण दिया है। उन्होंने लिखा है–"मैं उस समय गोरखपुर में था। उस शहर के गोरखनाथ महादेव देश प्रसिद्ध हैं। उस समय देवता के मन्दिर से संलग्न एक

छोटे से कमरे में बाबा गम्भीरनाथ नामक एक संन्यासी रहते थे। लोगों का विश्वास था कि वे एक सिद्धपुरुष थे। बहुत दूर–दूर से लोग उनका दर्शन करने आते थे। अघोर बाबू (गवर्नमेण्ट हाईस्कूल के तत्कालीन हेडमास्टर रायसाहेब अघोरनाथ चट्टोपाध्याय) उनके विशेष भक्त थे। प्रायः अपराह्न में वे उनका दर्शन करने जाते थे। मैं कभी–कभी उनके साथ जाता था। बाबा अत्यन्त अल्पभाषी थे। अघोर बाबू प्रायः कहा करते थे कि बाबा सिद्धपुरुष हैं। आवश्यकता पड़ने पर ऐसा कार्य कर सकते हैं, जिसको लोग असम्भव समझते हैं। मैं उनकी बात पर विश्वास न करता था।

एक दिन बुधवार के रोज अपराह्न में मैं और अघोर बाबू स्कूल के अहाते के भीतर घूम रहे थे। उसी समय अकस्मात् मुझे खयाल आया कि बाबा जी से मिला जाए। मैंने अघोर बाबू से जैसे ही कहा, वे विस्मित होकर बोले, बड़े आश्चर्य की बात है! मुझे भी ठीक यही इच्छा हुई थी। चलो अभी ही चला जाए।...हम लोगों को देखकर बाबा जी ने मुस्कराते हुए कहा, 'तुम लोगों को यहाँ आने के लिए जो खबर भेजी थी, क्या वह तुम्हें मिली थी?'...ठीक उसी समय दो स्त्रियाँ बाबा जी के पास आ पहुँचीं। उनमें से एक तो विशेष सम्भ्रान्त परिवार की स्त्री जान पड़ती थी, अवस्था अनुमान से 60 वर्ष लगभग रही होगी। दूसरी शायद उसकी दासी थी। वृद्धा ने जो कहा उसका सारांश यह है–उसका एकमात्र पुत्र बैरिस्टरी पढ़ने विलायत गया था। प्रायः चार महीने से पत्र लिखना बन्द कर दिया है। उसके एक मित्र को तार देने से उत्तर आया कि वह विलायत में नहीं है, वह मित्र नहीं जानता कि वह कहाँ है? इतनी कहानी कहकर वृद्धा ने सहसा बाबा जी के दोनों चरण पकड़ लिये और कहने लगी, 'बाबा! आज आपको मेरे ऊपर दया करनी ही पड़ेगी, केवल इतना मुझको बतला दीजिए कि मेरा पुत्र जीवित है या नहीं।' बाबा जी ने कहा, 'मैं तो एक दरिद्र संसार त्यागी मनुष्य हूँ, विलायत की बात क्या जानूँ।' वृद्धा ने कहा, 'मैं जानती हूँ, यदि आप इच्छा करेंगे तो मेरे पुत्र की खबर ला सकते हैं। भगवान् गोरखनाथ की दोहाई, मेरे ऊपर दया कीजिए।' बाबा जी थोड़ा हँसकर बोले–अच्छा देखूँ क्या कर सकता हूँ। वे अपने कमरे में जाकर दरवाजा बन्द कर लिये। 40 मिनट के बाद बाहर आये। वृद्धा से बोले, सामने के सोमवार को तुम्हारा पुत्र सम्भव है गोरखपुर पहुँच जायेगा। इस समय वह जहाज पर है। देखा, वृद्धा का बाबा जी के ऊपर असीम विश्वास था। वह बड़े भक्तिभाव के साथ प्रणाम करके चली गयी।

दूसरे बुधवार को अपराह्न में चार बजे के समय अघोर बाबू मुझको

बुलवा भेजे। उनके बँगले पर पहुँचकर मैंने देखा कि एक साहिबी पोशाक पहने हुए एक हिन्दुस्तानी युवक उनसे बातचीत कर रहा है। मुझको देखकर अघोर बाबू ने बंगला भाषा में कहा, यह उस वृद्धा के निरुद्दिष्ट पुत्र हैं, बाबा के कथनानुसार परसों (सोमवार को) यहाँ आ गये। बाबा जी के साथ अपनी माता के मिलने की बात ये अभी तक नहीं जानते हैं। मैं इनको और तुमको अभी बाबा जी के पास ले चलूँगा। बाबा जी को मैं महामानव मानता हूँ।... आज तुम्हारे एक बहुत पुराने कुसंस्कार का मूलोच्छेदन होगा...।

बाबा जी पहले की तरह अकेले ही कुटी के सामने दालान में बैठे थे। बैरिस्टर साहब बाबा को देखकर अत्यन्त विस्मित होकर बोले, **"Hello Baba! You are here!"** अघोर बाबू ने विरक्त भाव से कहा, 'बाबा अंग्रेजी नहीं जानते हैं।' जब हम लोग सब बैठ गये, तब साहब हिन्दी में बोले, 'आप यहाँ कब आये? मैं तो जहाज से उतरते ही इम्पीरियल मेल पर सवार हो गया था; किन्तु मेरा खयाल है, उस गाड़ी में तो आप थे ही नहीं।' अघोर बाबू साहस से बोले, 'तुम्हारी बात से जान पड़ता है कि तुमने जैसे बाबा जी को किसी दूसरी जगह देखा हो। सच्ची बात क्या है?' साहब ने कहा, 'बिल्कुल सत्य है। हम लोगों का जहाज रास्ते में बम्बई पहुँचने से एक दिन पहले जहाँ पर था, वहीं बाबा जी को अपनी केबिन के बाहर मैंने देखा था। एक साधु को प्रथम श्रेणी के निकट टहलते हुए देखकर मैं बाहर आया और बाबा के साथ प्रायः 5 मिनट तक बातचीत करता रहा। उसके बाद बाबा जी दूसरी ओर चले गये।' मैंने पूछा–'क्या आपको याद आता है कि आपने जहाज पर कब और किस समय बाबा जी से बातचीत की थी?' साहब ने थोड़ा सोचकर कहा–'विगत बुधवार को अपराह्न साढ़े चार–पाँच बजे।' हम समझ सकते हैं कि जिस समय बाबा वृद्धा के कहने पर अपने कमरे में 40 मिनट तक स्वयं को बन्द किये थे, उसी समय वह उस जहाज पर मौजूद थे।" आधुनिक युग में अर्थात् पिछली शताब्दी में इस प्रकार का अविश्वसनीय किन्तु सच यह एकमात्र उदाहरण नहीं है। देवरहवा बाबा (मइल, देवरिया) एवं पवहारी बाबा (बड़हलगंज, गोरखपुर) के बारे में उनके समकालीन लोगों द्वारा अनेकशः उल्लेख लोक में प्रचलित हैं।

नाथपन्थ की पांथिक–योग परम्परा में महायोगी गोरखनाथ से लेकर योगीराज बाबा गम्भीरनाथ, युगपुरुष महन्त दिग्विजयनाथ जी महाराज और राष्ट्रसन्त महन्त अवेद्यनाथ जी महाराज तक ऐसे तपस्वी–सिद्ध योगी हुए हैं जो असम्भव को सम्भव करने में समर्थ थे। उनका सच किन्हीं को चमत्कार

लगता है तो कुछ उसे असम्भव एवं अन्धभक्ति कहकर अमान्य कर देते हैं। ऐसे सच को विज्ञान और इतिहास की कसौटी पर कसना तो और बड़ी चुनौती है। तथाकथित विद्वानों की मानें तो ऐसे चमत्कारिक–असम्भव–सा लगने वाला 'सच' साहित्य हो सकता है, विज्ञान या इतिहास नहीं। क्योंकि इनको विज्ञान का 'सच' चाहिए जिसे वह प्रयोगशाला में बार–बार प्रत्यक्ष दिखा सकें। उस घटना की पदार्थमय व्याख्या कर सकें। उसकी पुनरावृत्ति करा सकें। तभी घटना, वस्तु एवं पदार्थ विज्ञान है। अब इन्हें कौन बताये कि मर्यादा पुरुषोत्तम राम के युग में पुष्पक विमान कथा या कल्पना क्यों? आज हमने वैसे विमान बना तो लिये हैं। उस युग के ऋषियों के मन्त्र–अभिसिंचित अस्त्र–शस्त्र कथा या कल्पना क्यों? उनमें से कुछ जैसे मिसाइल–ड्रोन तो आज विज्ञान ने बनाये हैं। सम्भव है आगे वह सब कुछ बना लें जो श्रीराम–युग में भारतीय ऋषियों–राजाओं के पास असम्भव–चमत्कारिक–सा लगने वाले अस्त्र–शस्त्र एवं शक्तियाँ थीं। श्रीकृष्ण–युग में संजय राजभवन में बैठकर महाभारत युद्ध को क्यों नहीं देख सकते थे? आज हम अपने घरों में, अपनी टीवी–मोबाइल पर पूरी दुनिया जब चाहें, जो चाहें देख रहे हैं। हाँ, यदि श्रीराम–युग के ब्रह्मास्त्र और पुष्पक विमान को कल्पना कहकर इसे नकारे न होते तो आज मिसाइल, हवाई जहाज, लड़ाकू विमान सबसे पहले आधुनिक युग में भी हम बनाये होते। राजभवन में बैठकर महाभारत के युद्ध का आँखो–देखा हाल सुनाने पर हम विश्वास किये होते और शोध किये होते तो टेलीविजन सबसे पहले हम बनाये होते। आधुनिक युग में हमने सब कुछ दूसरों की आँखों से देखना शुरू कर दिया। लम्बी गुलामी के दौर में हम कुण्ठा और आत्महीनता के शिकार हुए। अपनी सांस्कृतिक विरासत को विदेशियों की दृष्टि से उस रूप में देखा, जैसा वे दिखाना चाहते थे। अपनी सांस्कृतिक विरासत एवं परम्परा का वह 'सच' भी असम्भव–सा लगने के कारण हमने अविश्वसनीय और काल्पनिक मानकर उसे न केवल नजरअन्दाज किया अपितु उसका मजाक भी उड़ाया। अपने सच को वैज्ञानिक दृष्टि एवं प्रविधि से जानने का प्रयास तक नहीं किया।

इस सदी में 'विज्ञान' का ऐसा नशा चढ़ा कि 'सब कुछ' विज्ञान के तराजू पर हम तौलने लगे। पदार्थ से लेकर ऊर्जा तक, आत्मा से लेकर परमात्मा तक, प्रकृति से लेकर संस्कृति तक, विचार से चिन्तन तक को हमने 'विज्ञान' का खोल पहनाने की अवैज्ञानिक सोच के शिकार हो गये। उल्लेखनीय है कि विश्व के प्रतिष्ठित इतिहासकारों ने यहाँ तक कहना

शुरू किया कि इतिहास विज्ञान है, न कम–न अधिक। यह माना जाने लगा कि इतिहास प्रमाण पर आधारित वस्तुनिष्ठ सच है। इतिहास तिथिक्रम के साँचे में विकसित मानव सभ्यता एवं संस्कृति के क्रमिक विकास का प्रामाणिक विवरण है। यह तथ्य–प्रमाण, पदार्थिक होगा और विज्ञान के पैमाने पर खरा उतरने वाला होगा। यह बात गौण कर दी गयी कि तात्त्विक, अनुभवजन्य, अनुभूतिपरक, आत्मिक–साक्षात्कारपरक तथ्य, प्रमाण अथवा प्रत्यक्ष सच भी इतिहास माना जाय। ऐसे में नाथपन्थ का इतिहास लिखना एक कठिन चुनौती है। नाथपन्थ का इतिहास लिखते समय नाथपन्थ की तीन घटनाओं का समन्वयात्मक स्वरूप ध्यान रखना होगा। प्रथमतः नाथपन्थ का विचार–दर्शन, द्वितीय नाथपन्थ के योगियों की योग–साधना एवं योग–पद्धती और तीसरा नाथपन्थ के योगियों की सिद्धि और उनकी प्रकृति पर विजय प्राप्त करने की चमत्कारीक शक्ति। इतिहास को निर्जीव बनाने की बजाय उसे मानव–सभ्यता एवं संस्कृति के वास्तविक स्वरूप और उसके सच को–भले ही वह अविश्वस्नीय और असंभव लगे, प्रस्तुतकर्ता के रूप में स्वीकारना होगा। तभी हम नाथपन्थ का वास्तविक सच प्रस्तुत कर सकेंगे।

जिस परम्परा में विचार–दर्शन के साथ–साथ अध्यात्म, योगसिद्धि एवं प्रकृति पर विजय पाने की शक्ति रखने वाले योगियों के चमत्कारिक व्यक्तित्व पैदा हुए हैं, उस नाथपन्थ और उसकी परम्परा को आधुनिक तथाकथित इतिहासकारों के बीच रहते हुए उनकी आलोचना की परवाह किए बगैर ऐतिहासिक दृष्टि से विवेचित करना और उसे इतिहास के रूप में उल्लिखित करने का साहस डॉ. पद्‌मजा सिंह ने किया है। डॉ. पद्‌मजा सिंह की 'नाथपन्थ का इतिहास' नाम से प्रकाशित हो रही यह पुस्तक इतिहास में तथ्य–प्रमाण के साथ–साथ आस्था और विश्वास को भी महत्त्व प्रदान करने का एक महत्तम प्रयास है। सच को साहस के साथ प्रस्तुत करने का एक क्रान्तिकारी कदम है। नाथ–सिद्ध परम्परा विराट है। उस विराट को शब्दों में बाँधना उसकी विराटता को बाँधने जैसा है। यद्यपि कि लेखिका का यह प्रयास उल्लेखनीय है कि उन्होंने शब्दों की संकीर्णता के प्रभाव से नाथपन्थ की विराटता को अक्षुण्ण रखा है। आस्था एवं विश्वास की कदम–कदम पर रक्षा करते हुए, उसके महत्त्व को स्वीकार करते हुए यह पुस्तक नाथपन्थ की यथेष्ट परम्परा को इतिहास के साँचे में रखने का महत्त्वपूर्ण प्रयास है। यह पुस्तक महायोगी गोरखनाथ और उनकी नाथपन्थ की परम्परा को पाठकों के समक्ष महायोगी गोरखनाथ के उद्‌घोष 'सबद हमारा षड़तर–षाड़ा, रहणि

हमारी सांची', अर्थात् शब्द हमारे खरे हैं, चोट करने वाले हैं, खड्ग की धार की तरह तीखे हैं, क्योंकि हमारा आचरण–व्यवहार (रहणि) सच्चा है–के अनुरूप यथास्वरूप प्रस्तुत करती है।

डॉ. पद्‌मजा सिंह की यह पुस्तक नाथपन्थ के इतिहास लेखन का मार्ग प्रशस्त करने की दिशा में एक महत्त्वपूर्ण प्रयास है। यह पुस्तक नाथपन्थ के अध्येताओं एवं शोधार्थियों के लिए अत्यन्त उपयोगी है। यह लेखन एक प्रकार की शब्द साधना ही है। महायोगी गोरखनाथ कहते हैं–

स्बदहिं ताला सबदहिं कूँची, सबदहि सबद जगाया।
स्बदहिं सबद सूं परचा हूआ, सबदहिं सबद समाया।।

गुरुपूर्णिमा, संवत् 2081
21 जुलाई, 2024

–प्रदीप कुमार राव
कुलसचिव
महायोगी गोरखनाथ विश्वविद्यालय
गोरखपुर

प्राक्कथन

भारत का सामाजिक–धार्मिक जीवन अत्यन्त समृद्ध है। भारत के सामाजिक–धार्मिक जीवन की सर्वाधिक प्रमुख विशेषता युग–धर्म के अनुसार स्वयंशुद्धिकरण की है। अर्थात् भारतीय धर्म–संस्कृति दुनिया की ऐसी अद्वितीय धर्मसंस्कृति है, जिसमें कालप्रवाह के साथ रूढ़िगत पाखण्डों एवं कालवाह्य परम्पराओं के शुद्धिकरण, युगानुकूल परिवर्तन–परिवर्द्धन की आवाज अपने समाज के अन्दर से उठती रही है। परिणामतः पुरातन के साथ आधुनिकता का समन्वय होता रहता है और भारतीय संस्कृति की मूल धारा किसी–न–किसी रूप में युगानुकूल होते हुए प्रवाहित होती रही है। पूर्ववैदिक युग का विकास उत्तरवैदिक युग है। तत्पश्चात् तथ्य, प्रमाण, तर्क, दर्शन एवं प्रश्न के साथ उपनिषद् सामने आते हैं और वैदिक युग की अनेक मान्यताओं, परम्पराओं, धार्मिक कर्मकाण्डों को युगानुकूल बनाते हैं, कुछ का खण्डन करते हैं, कुछ नयी दार्शनिक अवस्थापनाओं की प्रतिष्ठा करते हैं। वैदिक संस्कृति पर आधारित औपनिषदिक युग की विकास यात्रा में जब विकृतियाँ रूढ़ हुईं, पाखण्ड को प्रतिष्ठा मिलने लगी, धार्मिक कर्मकाण्ड एवं यज्ञ दुरूह एवं इतने व्ययसाध्य हो गये कि सामान्य जनता के लिए उसका सम्पादन कठिन हो गया, तो सामान्य जन की आवाज बनकर कपिलवस्तु के शाक्य राजपरिवार के राजकुमार सिद्धार्थ 'महात्मा बुद्ध' के रूप में तथा वज्जिसंघ के युवराज 'वर्धमान महावीर' के रूप में अभ्युदित हुए और बौद्ध मत तथा जैनमत के रूप में वैदिक संस्कृति की मूल–धारा पुनः परिष्कृत होकर साथ–साथ आगे बढ़ी। बौद्धमत, जैनमत के साथ शैव, वैष्णव, पांचरात्र, कापालिक, पाशुपत इत्यादि विविध धार्मिक मत इस बात के ही प्रमाण हैं कि भारतीय धर्म संस्कृति में स्वतःशुद्धिकरण हेतु मत–मतान्तर को पर्याप्त महत्त्व प्राप्त था और समय–समय पर विविध पान्थिक मतों का अभ्युदय तथा उनका

उत्थान–पतन स्वाभाविक प्रक्रिया का हिस्सा था। नाथपन्थ का अभ्युदय भी भारतीय संस्कृति की इसी विशिष्टता की देन है।

बौद्ध मत एवं समकालीन अन्य विविध धार्मिक पन्थों की उपासना पद्धतियों में विकृतियों तथा पाखण्डों को जब प्रतिष्ठा मिलने लगी, भारतीय समाज के वर्ण–जाति के विभाजन में ऊँच–नीच का भाव जन्म लेने लगा तो इनके विरुद्ध दक्षिण भारत से आदि शंकराचार्य तथा उत्तर भारत से महायोगी गोरखनाथ ने सामाजिक पुनर्जागरण का अभियान आरम्भ किया। महायोगी गुरु श्री गोरखनाथ ने पूर्व से प्रचलित नाथपन्थ को पुनर्जीवन देकर नये विचार एवं दर्शन के साथ नवीन स्वरूप में प्रतिष्ठित कर भारतीय समाज को नयी दिशा दी। स्पष्ट है कि नाथपन्थ भारतीय संस्कृति की मूल वैदिक संस्कृति में प्रवाहित विविध आध्यात्मिक धाराओं में योग आधारित एक विशिष्ट पान्थिक धारा थी, जिसके प्रवर्तक आदिनाथ अर्थात् शिव माने जाते हैं।

आदिनाथ से योग–केन्द्रित आध्यात्मिक देशना का ज्ञान योगी मत्स्येन्द्रनाथ ने प्राप्त किया। मत्स्येन्द्रनाथ से योग की विद्या गोरखनाथ ने प्राप्त की तथा गोरखनाथ ने योग विद्या को अपनी साधना से और समुद्ध कर इसे भारत के आध्यात्मिक–सामाजिक पुनर्जागरण का आधार बनाया। आदिनाथ, मत्स्येन्द्रनाथ, गोरखनाथ द्वारा प्रवर्तित यह पन्थ इन्हीं योगियों के नामान्त के आधार पर नाथपन्थ के नाम से विख्यात हुआ। नाथपन्थ को सिद्धमत, सिद्धमार्ग, योगमार्ग, योगसम्प्रदाय, अवधूत–मत, अवधूत सम्प्रदाय इत्यादि नाम से भी जाना जाता है।

महायोगी श्री गोरखनाथ के गुरु मत्स्येन्द्रनाथ का उल्लेख पुराण संहिता तन्त्रशास्त्र, स्कन्दपुराण, नाथपन्थ के ग्रन्थों, कौलज्ञान निर्णय, कश्मीरी शैवागम, तन्त्रालोक की टीका, वर्णरत्नाकर, तिब्बती–नेपाली अनुश्रुतियों इत्यादि में प्राप्त होता है। नाथपन्थ की परम्परानुसार मत्स्येन्द्रनाथ, नाथपन्थ के प्रथम आचार्य एवं कश्मीरी कौल सम्प्रदाय के प्रवर्तक आचार्य हैं। मत्स्येन्द्रनाथ का आविर्भाव मध्ययुग के एक ऐसे युग–सन्धिकाल में हुआ जब अनेक आध्यात्मिक साधना के मत प्रवर्तित हो रहे थे और उनमें से कई पर मत्स्येन्द्रनाथ का प्रत्यक्ष–अप्रत्यक्ष प्रभाव था।

मत्स्येन्द्रनाथ ने तान्त्रिक साधना पद्धति का योगकरण कर शक्ति उपासनापरक योगिनी कौल मत का प्रवर्तन किया। योग साधना में शिव और शक्ति के सामरस्य का सिद्धान्त समझाया। इसी शिव–शक्ति के एकाकार दर्शन से कालान्तर में शैवदर्शन में शिव के अर्द्धनारीश्वर स्वरूप का विकास हुआ। शिव–शक्ति एक ही प्रतिमा में पूजे जाने लगे। योगदर्शन के प्रकाश

में सिद्ध–मत का पोषण किया। मत्स्येन्द्रनाथ ने अनात्मवाद के विवर्त में ग्रस्त वैदिक विचार और आध्यात्मिक चिन्तन का योग–मार्ग अथवा सिद्ध–मत द्वारा पुनरुद्धार किया तथा आत्मा से परमात्मा का, जीव से शिव का शाश्वत योग सिद्ध किया।

नाथपन्थ के इस आचार्य ने वैदिक युग से चली आ रही योगविद्या को अनुभव–सिद्ध किया। योग को समाजोपयोगी बनाने की दिशा में पहल की। योग के बल पर परकाया प्रवेश जैसी आत्मा के अलौकिक स्वरूप का दर्शन कराया और आत्मा के अस्तित्व को प्रमाणित किया। योग के बल पर जीवन–मरण की गुत्थी को सुलझाने का प्रयत्न किया। योग की अनेक विधाएँ प्रचलित कीं। लोक कल्याण एवं लोकमंगल हेतु योग को जन–जन तक पहुँचाने की दृष्टि दी। योग को व्यावहारिक एवं अनुभवजन्य धरातल दिया।

साधनात्मक रहस्यवाद की व्यावहारिक व्याख्या कर मत्स्येन्द्रनाथ ने जीवन में ही जीवनमुक्त हो जाने की अद्‌भुत शिक्षा दी। अज्ञानान्धकार से परम–प्रकाश के चरम पर ले जाने वाले एक महायोगी की पारमार्थिक दक्षता, पारलौकिक कुशलता, लौकिक विलक्षणता तथा लोकमंगलकारी दृष्टि ने योग को सहज–सरल बनाने के उस मार्ग को प्रशस्त किया जिस पर चलकर गुरु श्री गोरखनाथ ने नाथपन्थ का पुनर्गठन किया और उसे जनसामान्य का मुक्ति–पथ बना दिया।

महायोगी मत्स्येन्द्रनाथ के शिष्य श्री गोरखनाथ ने उनकी योगसाधना का सम्वर्द्धन किया। नाथपन्थ का पुनर्गठन किया तथा नाथपन्थ की साधना को भारत के सामाजिक–सांस्कृतिक परिवर्तन का आधार बनाया। हजारी प्रसाद द्विवेदी लिखते हैं–शंकराचार्य के बाद इतना प्रभावशाली और इतना महिमान्वित महापुरुष भारतवर्ष में दूसरा नहीं हुआ। भक्ति आन्दोलन के पूर्व सबसे शक्तिशाली धार्मिक आन्दोलन गोरखनाथ का योगमार्ग ही था। भारतवर्ष की ऐसी कोई भाषा नहीं है जिसमें गोरक्षनाथ सम्बन्धी कहानियाँ न पायी जाती हों।...गोरक्षनाथ अपने युग के सबसे महान धर्मनेता थे। उन्होंने जिस धातु को छुआ वही सोना हो गया। महायोगी गोरक्षनाथ की संगठन–शक्ति अपूर्व थी। उनका चरित्र स्फटिक के समान उज्ज्वल, बुद्धि भावावेश से एकदम अनाविल और कुशाग्र तीव्र थी। गोरखनाथ ने निर्मम हथौड़े की चोट से साधु और गृहस्थ दोनों की कुरीतियों को चूर्ण–विचूर्ण कर दिया। लोक जीवन में जो धार्मिक चेतना अपने पारमार्थिक उद्देश्य से विमुख हो रही थी, उसे गोरखनाथ ने नयी प्राणशक्ति से अनुप्राणित किया। हर प्रकार की रूढ़ि पर चोट की। उन्होंने किसी

से भी समझौता नहीं किया, लोक से भी नहीं, वेद से भी नहीं परन्तु फिर भी उन्होंने समस्त प्रचलित साधना मार्ग से उचित भाव ग्रहण किया।

मत्स्येन्द्रनाथ से योगदर्शन का ज्ञान प्राप्त कर गोरखनाथ ने नाथपन्थ को पुनर्जीवन प्रदान किया। एक प्रकार से नाथपन्थ की प्रभावी नींव डाली और योगियों के साथ–साथ जनसामान्य को दुःख से मुक्ति का वह मार्ग दिखाया जो सहज था, सरल था, सुगम था, सर्वस्पर्शी था, सर्वसुलभ था, बोधगम्य था। ऐसे वैचारिक क्रान्ति का सूत्रपात किया जिस पर एक तरफ जहाँ मध्ययुगीन भक्ति–आन्दोलन जैसे प्रभावशाली धार्मिक–सामाजिक क्रान्ति ने जन्म लिया तो दूसरी तरफ असम्भव माने जाने वाले हिन्दू–मुस्लिम एकता की प्रबल धारा के रूप में भारत में सूफी मत के एक नये संस्करण का जन्म हुआ। भारत के सामाजिक जीवन में व्याप्त ऊँच–नीच, छुआछूत, जाति–पाँति, विभेद सहित सभी सामाजिक–धार्मिक रूढ़ियों के विरुद्ध गोरखनाथ तनकर खड़े हुए। लौकिक–पारलौकिक जीवन में स्वस्थ रहने से लेकर मुक्ति पाने तक के सर्वसुलभ मार्ग के रूप में 'योग' को प्रतिष्ठित करने वाले गोरखनाथ ने भारत के सामाजिक–धार्मिक जीवन का ऐसा रास्ता दिखाया जिस पर पाखण्ड एवं आडम्बर, जगह ही नहीं पा सकते। यह योगमार्ग व्यक्ति, समाज, धर्म, राष्ट्र को एकाकार स्वरूप में ग्रहण करता है और सबको साथ लेकर चलने का हिमायती है।

गुरु–शिष्य परम्परा भारतीय संस्कृति की विशिष्टता है। प्राचीन काल में ज्ञान परम्परा मौखिक होने के कारण गुरु–शिष्य परम्परा का अति महत्त्व था। भारत की सभी ज्ञान परम्पराओं में गुरु–शिष्य परम्परा प्रतिष्ठित हुई। नाथपन्थ में भी गुरु–शिष्य परम्परा का अभ्युदय इसी स्वाभाविक प्रक्रिया का हिस्सा था। किन्तु योगप्रधान इस आध्यात्मिक पान्थिक परम्परा में गुरु का महत्त्व बढ़ता गया। महायोगी मत्स्येन्द्रनाथ एवं गुरु श्री गोरखनाथ क्रियात्मक योग के प्रणेता हैं। नाथपन्थ के योगियों ने योग को व्यावहारिक धरातल प्रदान किया। योग को सीखने में सिद्धान्त से अधिक व्यावहारिक प्रशिक्षण प्रभावी है। अनुभवयुक्त सिद्धान्त पढ़कर अभ्यास में उतारना अत्यन्त कठिन है। नाथपन्थ सिद्धमत है, योगमत है। नाथपन्थ में योगी योगाभ्यास गुरु से सीखते हैं। महायोगी मत्स्येन्द्रनाथ एवं श्री गोरखनाथ से गुरु–शिष्य की अद्वितीय परम्परा अनवरत बनी हुई है। नाथपन्थ में महायोगी गोरखनाथ ने अपने गुरु मत्स्येन्द्रनाथ को कदलीवन के मायाजाल से मुक्त कराया था। गोरखनाथ का "जाग मच्छन्दर गोरख आया" सन्देश आज भी नाथपन्थ के गुरु एवं शिष्य परम्परा का अद्वितीय : विशिष्ट उदाहरण है। नाथपन्थ

की गुरु–शिष्य परम्परा में आज भी देखा जाता है कि गुरु अपने शिष्य को ध्यान से सुनता है, गुनता है और उसका सत्य सहज स्वीकार करता है।

महात्मा बुद्ध के बाद भारत में सामाजिक पुनर्जागरण का शंखनाद महायोगी गोरखनाथ ने किया। महायोगी गोरखनाथ ऐतिहासिक युग में भारतीय इतिहास के पहले तपस्वी हैं जिन्होंने विशुद्ध योगी एवं तपस्वी होते हुए भी सामाजिक–राष्ट्रीय चेतना का नेतृत्व किया। उन्होंने नाथपन्थ का पुनर्गठन ही सामाजिक पुनर्जागरण के लिए किया। पारलौकिक जीवन के साथ–साथ भौतिक जीवन का सामंजस्य बिठाने वाले इस महायोगी ने भारतीय समाज में सदाचार, नैतिकता, समानता एवं स्वतन्त्रता की वह लौ प्रज्ज्वलित की जिसकी लपटें जाति–पाँति, ऊँच–नीच, छुआछूत, भेदभाव, अमीरी–गरीबी, पुरुष–स्त्री, विषमताओं और क्षेत्रीयतावाद जैसी प्रवृत्तियों को निरन्तर जलाती रही। नाथपन्थ के विचार–दर्शन ने एक ऐसी योगी–परम्परा को जन्म दिया जिसने भारतीय संस्कृति के एकाकार सामाजिक चिन्तन की प्रतिष्ठा को ही अपना उद्देश्य बना दिया। नाथपन्थ की इस योगी परम्परा ने हर प्रकार की सामाजिक बुराइयों का खुलकर प्रतिकार किया। महायोगी गोरखनाथ ने वर्ण–व्यवस्था और जाति–व्यवस्था के श्रेष्ठतावादी सिद्धान्त को चुनौती दी एवं सभी वर्णों तथा जातियों को एक समान घोषित किया। महायोगी गोरखनाथ द्वारा प्रारम्भ किया गया समाजिक–समरस्ता का अभियान नाथनन्थ के मठ–मन्दिरों एवं योगियों द्वारा आज भी जारी है।

नाथपन्थ की परम्परा में दुनिया का सर्वोच्च नाथपन्थी केन्द्र गोरखनाथ मन्दिर का कपाट हमेशा सभी के लिए खुला रहता है। श्री गोरक्षपीठ के भण्डारे का चौखट हर भूखा बिना किसी भेदभाव एवं पूछताछ के साथ पार करता है और एक साथ भोजन रूपी प्रसाद प्राप्त करता है। गोरक्षपीठ के सभी महन्त बिना किसी भेदभाव के समाज में सभी के यहाँ, सभी के साथ पानी पीते हैं, भोजन करते हैं तथा अपने भण्डारे में भी सभी के साथ भोजन प्रसाद ग्रहण करते हैं। अनवरत चलने वाले नाथपन्थी सामाजिक पुनर्जागरण का ही प्रसाद एवं परिणाम है कि नाथपन्थी योगियों में भारतीय समाज के सभी वर्गों, जातियों के लोग दीक्षित हैं।

भारत के सामाजिक–सांस्कृतिक जीवन को सर्वाधिक प्रभावित करने वाले मध्ययुगीन भक्ति–आन्दोलन की राह नाथपन्थी योगियों ने गढ़ी। कबीर, सूर, तुलसी से लेकर मीराबाई तक की भक्ति–धारा का प्रवाह नाथपन्थ की वैचारिकी एवं योग के क्रियात्मक स्वरूप से प्रस्फुटित हुई थी। यद्यपि कि भक्ति–आन्दोलन

में सब कुछ नाथपन्थ जैसा ही नहीं था, तथापि नाथपन्थी ज्ञान और योग की साधना से ही भक्ति का स्वर फूटा। मध्ययुगीन भक्ति की उत्पत्ति योग की भूमि में ही सम्भव हुई। समस्त मध्यकालीन भक्ति–साहित्य महायोगी गोरखनाथ एवं नाथपन्थ की साहित्यिक चेतना से प्रतिबिम्बित है। मध्यकालीन कोई भी ऐसा सन्त कवि नहीं, जो मन की एकाग्रता विषयक प्रसंग में गुरु गोरखनाथ का स्मरण न करता हो। वह सगुण हो या निर्गुण, कृष्णकाव्य हो या रामकाव्य, सूफी की प्रेमरस–साधना हो या निर्गुणियों का ज्ञानमार्ग हो, सर्वत्र गोरखनाथ अपने योगदर्शन के रूप में उपस्थित हैं। हजारी प्रसाद द्विवेदी कहते हैं कि भक्तिवाद के पूर्व निस्सन्देह यह (नाथपन्थ) सबसे प्रबल मतवाद था। इसलिए भक्तिवाद में इनके शब्द और मुहावरे ही नहीं इनकी पद्धति भी बहुत कुछ आ गयी। परषुराम चतुर्वेदी ने लिखा है कि सन्तों की 'साखियों' तथा बानियों के पूर्व रूप हमें नाथपन्थियों की 'सबदियों' तथा 'जोगेसुरी' बानियों में दीख पड़ते हैं, जिनके विषय लगभग एक ही हैं।

महायोगी गोरखनाथ सर्वसमाज के नेता और पथ–प्रदर्शक थे। वे भूमिजात और दलित शासक और शासित, सम्पन्न और विपन्न सबके गुरु थे। नेपाल, तिब्बत, म्यांमार, भूटान के साथ–साथ पश्चिमोत्तर में हिन्दुकुश की पहाड़ियों से लेकर पूर्व में समुद्र तक समस्त भूभाग पर राजवंशों से लेकर अछूत और अन्त्यज कहे जाने वाले वर्ग की झोपड़ियों तक गोरख का डंका बजा। महायोगी गोरखनाथ के योगदर्शन ने अपने समकालीन भक्तिमार्गी सन्तों की धारा मोड़ दी। उनके योग के प्रभाव के आगे शंकराचार्य, रामानुजाचार्य, माधवाचार्य, रामानन्दाचार्य आदि आचार्यों की भक्ति–धारा धूमिल पड़ गयी थी। यदि ऐसा न होता तो तुलसीदास को यह स्वीकारोक्ति न करनी पड़ती कि–**"गोरख जगायो जोग, भगति भगायो लोग।"** कबीरदास, सुन्दरदास, मलूकदास, निरंजनी सम्प्रदाय के सन्त हरिदास, दुखहरनदास जैसे सन्तों ने गुरु गोरखनाथ के प्रति जगह–जगह पर श्रद्धा प्रकट की है। सूरदास सहित सभी कृष्णभक्त कवियों को महायोगी गोरखनाथ के योग–प्रभाव के कारण ही उद्धव और गोपियों में संवाद के माध्यम से योग तथा भक्ति को अपनी गीतों, कविताओं का आधार बनाना पड़ा। दादूपन्थी सन्तों की वाणियों के संग्रह–ग्रन्थ 'सर्वगी' में गोरखनाथ, भरथरी, चर्पटनाथ और गोपीनाथ की बानियाँ भी संगृहीत हैं। अघोरपन्थ को तो नाथपन्थ की ही कए शाखा के रूप में देखा जाता है।

नाथपन्थ में गुरु का अन्यतम स्थान है। नाथपन्थ में प्रतिष्ठित यह गुरु महिमा भक्ति–आन्दोलन के सन्तों, भक्तों ने भी यथावत स्वीकार किया। कबीर

ने गुरु को गोविन्द से बड़ा कहा और तुलसीदास ने उन्हें आँखों में ज्योति देने वाला बताया। नाथयोगियों द्वारा शिव–शक्ति, विष्णु तथा उनके सभी अवतार पूजे जाते हैं। वस्तुतः गुरु महिमा, ईश्वर उपासना के साथ–साथ नाथपन्थी योगियों द्वारा चरित्र की पवित्रता, इन्द्रिय–संयम, हृदय की सच्चाई, फक्कड़पन की मूल आधारशिला पर भक्ति–आन्दोलन का भवन खड़ा हुआ।

नाथपन्थ ने निडर, समरस और सुखी समाज की रचना को लक्ष्य बनाया। आत्मतत्त्व के बोध से सात्त्विक–आध्यात्मिक जीवन को आदर्श रूप में प्रस्तुत किया। सर्वसमाज को सज्जन, सन्तोषी, संयमी, स्नेहशील, अपरिग्रह और समभावयुक्त होने का उपदेश दिया। नाथपन्थ का जादू सिर चढ़कर बोला और कबीर, नानक, दादू, मलूक, दरिया साहब, असमी के माधव कन्दली, उड़िया के बलरामदास, बंगाली के कृतिवास की रचनाओं में नाथपन्थ की प्रतिध्वनि सुनाई पड़ने लगी। वही साधना, वही शब्दावली, वही सात्त्विक–नैतिक जीवनादर्श सन्तकाल की पूरी परम्परा में दिखाई पड़ता है। कबीर से मीरा तक की सन्त–परम्परा नाथपन्थ से प्रभावित है। महाराष्ट्र का वारकरी सम्प्रदाय अपना मूल नाथपन्थ के आदिनाथ से मानता है। मुकुन्दराज और ज्ञानेश्वर अपने को आदिनाथ से जोड़ते हैं। सन्त नामदेव भी नाथयोग से प्रभावित हैं। तमिल सिद्ध कवियों के सिद्धान्त नाथसिद्धों से मिलते–जुलते हैं। कन्नड़ का मध्यकालीन सपमितय नाथयोग से प्रभावित है। यह परम्परा गोरखनाथ को कर्नाटक का ही मानती है। मलयालम में मध्यकालीन भक्ति–साहित्य को नाथपन्थ ने बहुत गहरे जाकर प्रभावित किया है। मलयालम के महान कवि मध्यकालीन आचार्य तुन्तच्चु एवुत्तच्छन (1526 ई.) की तीन प्रतिष्ठित रचनाओं महाभारत, श्रीमद्भागवत तथा चिन्तारत्न में स्थान–स्थान पर नाथ योग के तत्त्व लक्षित होते हैं। उड़िया एवं बांग्ला में भी नाथ साहित्य की रचना प्रचुर मात्रा में हुई है। सम्पूर्ण सन्त साहित्य पर नाथपन्थी योगियों का जबर्दस्त प्रभाव दिखता है। नाथपन्थ ने भक्ति आन्दोलन के आध्यात्मिक चिन्तन को प्रभावित किया। ऐसा प्रतीत होता है कि नाथमत एवं सन्तमत एक ही सांस्कृतिक प्रवाह की पूर्ववर्ती एवं परवर्ती कड़ियाँ हैं।

नाथपन्थ के प्रवर्तक महायोगी गोरखनाथ और मध्ययुगीन महान सन्त कबीरदास को एक साथ पढ़ने वाले जानते हैं कि दोनों के विचार, दर्शन और रचनाएँ एक–दूसरे से ऐसी गुँथी हुई हैं मानो पूरक हों। हजारी प्रसाद द्विवेदी ने लिखा है–कबीर आदि निर्गुण मतवादी सन्तों की वाणियों की बाहरी रूपरेखा पर विचार किया जाय, तो मालूम होगा कि बौद्ध धर्म के अन्तिम

सिद्धों और नाथपन्थी योगियों के पदादि से उसका सीधा सम्बन्ध है। वे ही पद, वे ही राग–रागिनियाँ, वे ही दोहे, वे ही चौपाइयाँ कबीर आदि ने व्यवहार की है जो उक्त मत (नाथपन्थ) को मानने वालों के पूर्ववर्ती सन्तों ने की थी। क्या भाव, क्या भाषा, क्या अलंकार, क्या छन्द, क्या पारिभाषिक शब्द, सर्वत्र वे ही कबीरदास के मार्गदर्शक हैं। यह कहना अत्युक्ति नहीं है कि विचार में कबीर गोरखनाथ के मध्ययुगीन संस्करण हैं। कबीर भी गोरखनाथ के महत्त्व एवं प्रभाव को स्वीकारते हैं। कबीर स्वयं लिखते हैं–

गोरखनाथ न मुद्रा पहिरी मस्तक नहीं मुड़ाया।
ऐसा भगत भया भू उपरि गुरू पैं राज छुड़ाया।।

सन्त कबीर तथा उनके परवर्ती अन्य सन्तों की बानियों में ऐसी अनेक बातें हैं जो नाथपन्थ में पूर्व से थी। गोरखनाथ की भाँति कबीर ने भी शुद्ध आचरण पर बल दिया। गोरखनाथ की तरह ही कबीर मन की शुद्धि को साधना हेतु आवश्यक मानते हैं। विशेषतः गुरु के महत्त्व, साधना पद्धति, तत्त्व चिन्तन, रहस्यानुभूति, नैतिक और सामाजिक मूल्य तथा भाषा–शैली में गोरखनाथ एवं कबीर में अद्‌भुत साम्य है। कबीर ने भी नाथयोगियों की भाँति मुक्तक शैली का प्रयोग किया है। गोरख एवं कबीर दोनों में चोट करने वाली शब्दावली प्रयुक्त है। उलटवासियाँ ठीक उसी प्रकार की हैं, जिस प्रकार गोरखनाथ के हैं। प्रतीक शैली का प्रयोग नाथपन्थी योगियों की तरह ही कबीर ने भी किया है। अनेक स्थलों पर गोरखनाथ और कबीर के कथनों में गजब का साम्य है। उदाहरण देखें–

हिन्दू आषै राम कौं मुसलमान खुदाई।
जोगी आषैं अलख कौ तहाँ राम अछै न खुदाई।।

–गोरखनाथ

हिन्दू मुये राम कहि मुसलमान खुदाई।
कहे कबीर सो जीवता, दुई में कदे न जाई।।

–कबीर

सामाजिक रूढ़ियों–विकृतियों के खिलाफ कबीर महायोगी गोरखनाथ की तरह ही तनकर खड़े हुए। हर सामाजिक विकृतियों पर कबीर ने करारी चोट की, पाखण्ड और आडम्बर के खिलाफ खुलकर बोले। महायोगी गोरखनाथ जिस प्रकार भारत में जाति–व्यवस्था की विकृतियों की खिलाफत की उसी प्रकार कबीर यह कहते दिखते हैं कि–'जाति न पूछे साधु की पूछ लीजिए ज्ञान।' काशी में मुक्ति के खिलाफ कबीर ने महायोगी गोरखनाथ की तपस्थली के सटे

मगहर को अपनी मुक्ति का स्थान चुना। बाहरी धर्माचार्यों को अस्वीकार कर, अपार साहस लेकर गोरख की तरह कबीर साधना के क्षेत्र में अवतीर्ण हुए।

स्पष्ट है कि महायोगी गोरखनाथ ने जिस वैचारिक धरातल पर नाथपन्थ को खड़ा किया आगे चलकर कबीर उसी वैचारिक धरातल पर खड़े दिखाई देते हैं। नाथपन्थ द्वारा सामाजिक कुरीतियों–विकृतियों के खिलाफ जो आवाज उठायी गयी कबीर ने उसी सुर में सुर मिलाया। नाथपन्थ और कबीरपन्थ की इन समानताओं से यह साफ हो जाता है कि कबीर नाथपन्थ से अतिशय प्रभावित थे। नाथपन्थ की योगसाधना पूर्णतः साध न पाने के कारण कबीर एवं उनका पन्थ नाथपन्थ से भिन्न दिखता है।

महायोगी के नाथपन्थ का विस्तार बहुत था। इस हिन्दू योगी के नाथपन्थ का द्वार हिन्दू हो या मुसलमान सभी के लिए खुला था। नाथपन्थ के योगी सामाजिक कुरीतियों के विरुद्ध अपना योग और सामाजिक समरसता का मन्त्र लेकर हर द्वार पर गये चाहे वह द्वार किसी भी मजहब को मानने वाले का हो, किसी विचार–दर्शन स्वीकार करने वाले का हो, किसी भी उपासना पद्धति को जीने वालों का हो। गोरखनाथ ने हिन्दुओं के साथ–साथ इस्लामी समाज को भी रूढ़ियों–कुरीतियों के विरुद्ध तनकर खड़ा होने का उपदेश दिया। योग की जीवनधारा पर चलकर मोहम्मद साहब के उपदेशों को सही सन्दर्भों में समझने का सन्देश दिया। महायोगी गोरखनाथ के यही उपदेश एवं सन्देश आगे चलकर कबीर–रहीम देते हुए दिखाई देते हैं।

हिन्दू–मुस्लिम एकता या यों कहें सभी तो एक समान मार्ग पर चलने का उपदेश, नाथपन्थ की पूरी योग–परम्परा में प्राप्त होता है। नाथपन्थ की योग–परम्परा सगुण–निर्गुण सभी प्रकार की उपासना पद्धतियों का समवेत स्वर है–यही समवेत स्वर सूफी परम्परा में प्रतिबिम्बित हुआ। भारत में सूफी मत नाथपन्थ की इसी हिन्दू–मुस्लिम एकता के विचार–दर्शन का प्रतिफलन है। इस प्रकार नाथपन्थ ने योग, अध्यात्म एवं साधना के बल पर भारत के सामाजिक, सांस्कृतिक जीवन को समृद्ध बनाने में अद्वितीय भूमिका निभायी है।

नाथपन्थ एवं उसका विचार, दर्शन, मानव–समाज के लिए आज भी महत्त्वपूर्ण है। यह पांथिक विचार व्यक्ति–समाज–राष्ट्र–सृष्टि के बीच सामजस्य एवं समन्वय का सूत्र देता है। नाथपन्थ के इसी महत्त्व का प्रतिदिन यह पुस्तक करती है। नाथपन्थ पर एक विहंगम ऐतिहासिक विवेचना इस पुस्तक की विशिष्टता है। यहाँ पांथिक–परंपरा के साथ–साथ तथ्याधारित ऐतिहासिक दृष्टि के आलोक में नाथपन्थ का इतिहास विवेचित किया गया है। विश्वास

है कि यह पुस्तक नाथपन्थ के इतिहास के जिज्ञासुओं के लिए उपयोगी सिद्ध होगी ही, साथ ही शोधार्थियों के लिए भी अत्यन्त महत्त्वपूर्ण है। 'नाथपन्थ का इतिहास' आप सभी सुधी पाठकों के हाथों में अध्ययन गवेषणा, समीक्षा एवं उपयोग हेतु प्रस्तुत है।

—डॉ. पद्‌मजा सिंह

आषाढ़ शुक्ल, गुरुपूर्णिमा
21 जुलाई, 2024

अनुक्रम

अध्याय–1

स्रोत सामग्री एवं इतिहास लेखन

हिन्दुकुश एवं हिमालय की पर्वत–शृंखलाओं एवं सागर के बीच स्थित भूमि की अपनी अलग सांस्कृतिक विशेषता रही है। मानव सभ्यता का उद्‌भव एवं विकास इस परिक्षेत्र में दुनिया से अलग एक विशिष्ट आध्यात्मिक वातावरण में हुआ। ऐतिहासिक साक्ष्यों के आलोक में यह प्रमाणित है कि दुनिया की प्राचीनतम सभ्यता इसी क्षेत्र में विकसित हुई। लिपि और भाषा का प्राचीनतम उद्‌भव इसी भू–क्षेत्र में हुआ। सिन्ध एवं सरस्वती नदी के तट पर विकसित भारतीय सभ्यता के आधार–स्तम्भ ऋषियों ने दुनिया के प्राचीनतम ग्रन्थ वेदों की रचना की। वैदिक ग्रन्थों की रचना के साथ भारतीय सभ्यता और संस्कृति ने जो यात्रा प्रारम्भ की, वह अनेक उतार–चढ़ाव के साथ अहर्निश गतिमान रही है। भारतीय संस्कृति की सर्वाधिक प्रमुख विशेषता मुक्त–चिंतन की रही है। विचारों के खुले आकाश में विचरण करने वाले भारतीय ऋषियों, चिंतकों, वैज्ञानिकों एवं विद्वानों ने इस संस्कृति का कोई बन्द चौखट तैयार नहीं होने दिया। परिणामतः स्वयं आत्ममूल्यांकन, पुरातन का युगानुकूल नवीनीकरण, स्वयंशुद्धिकरण एवं नवोन्मेष भारतीय संस्कृति की पहचान बनी। वैदिक युग से लेकर अद्यतन भारतीय समाज हर युग में परम्परा और प्रगति के कदमों से निरन्तर परिवर्तनशील रहा है। परिणामतः हर युग में मतान्तर एवं मत वैभिन्यताओं की स्वीकृति के साथ लोक–कल्याण भारतीय संस्कृति का साध्य बना रहा।

वैदिक ग्रन्थों में अनवरत भौतिक, आध्यात्मिक एवं सामाजिक प्रगति एवं परिवर्तन की गति देखी जा सकती है। भारत का औपनिषदिक युग तर्क–वितर्क संवाद शास्त्रार्थ का युग है। अध्यात्म और धर्म भारतीय संस्कृति और सभ्यता का केन्द्रबिन्दु बना। भारतीय ऋषियों ने सृष्टि एवं प्रकृति के गूढ़ रहस्यों को

समझने और उन्हें उद्‌घाटित करने के अनवरत प्रयत्न में अपना जीवन खपाया। उन्होंने भारतीय संस्कृति की आध्यात्मिक–धार्मिक धारा में मानव जीवन को दृष्टि दी और उन्हें साधन तथा साध्य का ज्ञान कराया। सुख–शान्तिपूर्ण जीवन एवं आत्मा की मुक्ति को जीवन का लक्ष्य बनाते हुए चार पुरुषार्थों के साथ कर्म के सिद्धान्त का प्रतिपादन किया। भारत भूमि को एक ऐसी अद्वितीय सनातन संस्कृति विकसित करने का गौरव प्राप्त हुआ जिसके जीवन मूल्य हर युग में प्रासंगिक हैं।

कालचक्र के साथ–साथ विकसित होते हुए समाज में युगानुकूल चुनौतियों का समाधान आवश्यक है। विकास और उससे उत्पन्न चुनौतियों के समाधान में सन्तुलन न होने पर अनेक बार विसंगतियाँ उत्पन्न होती हैं। उत्तर वैदिक युग के पश्चात् किंचित् भारतीय समाज भी इस विसंगति का शिकार हुआ। जिस गति से सामाजिक व आर्थिक विकास हो रहा था, समाज की जटिलताएँ बढ़ रही थीं, उसी गति से भारतीय संस्कृति के आध्यात्मिक–धार्मिक क्षेत्र में परिवर्तन की दिशा साथ न चल सकी और भारतीय समाज में रूढ़ियाँ, पाखण्ड और बाह्याडम्बर को जगह मिलने लगी। यद्यपि कि हर युग में सामाजिक विकृतियों के खिलाफ भारतीय समाज के अन्दर ही आवाज उठती रही तथापि राजपुरोहितों के प्रभाव में जब रूढ़ियाँ, पाखण्ड और बाह्याडम्बर प्रभावी होने लगे तो इनके समानान्तर एक ऐसे नेतृत्व की आवश्यकता अपरिहार्य हो गयी जो राज्य और पौरहित्य समाज के सम्मुख दृढ़ता से खड़ा होकर भारतीय सनातन संस्कृति के मूल तत्त्वों एवं जीवन–मूल्यों का प्रतिपादन करता हुआ समाज का मार्गदर्शन कर सके। महात्मा बुद्ध एवं महावीर जैन इसी युगधर्म की देन थे।

महात्मा बुद्ध द्वारा प्रारम्भ वैचारिक क्रान्ति ने भारतीय समाज को नये युगधर्म के अनुसार सामाजिक कुरीतियों और धार्मिक आडम्बरों का शमन करते प्रगति पथ पर अग्रसर होने का मार्ग दिखाया किन्तु लगभग हजार वर्ष बीतते–बीतते बौद्ध क्रान्ति के अग्रदूत भी उन्हीं पाखण्डों और बाह्याडम्बरों के पोषक हो गये जिनके विरुद्ध उनकी वैचारिक क्रान्ति उत्पन्न हुई थी। एक बार फिर, समाज में जड़ता कुरीतियों, कुप्रवृत्तियों, रूढ़ियों, पाखण्डों एवं धार्मिक आडम्बरों का प्रभाव बढ़ने लगा। एक बार फिर, राज्य और धर्माधिकारियों के समानान्तर एक आध्यात्मिक नेता का उदय समय की माँग बनी। इन्हीं परिस्थितियों में भारत के आध्यात्मिक–धार्मिक क्षितिज पर महायोगी गोरखनाथ का अभ्युदय हुआ।

महायोगी गोरखनाथ अपने युग के सर्वाधिक सशक्त आध्यात्मिक–धार्मिक नेता थे। भारत के सामाजिक, आध्यात्मिक और धार्मिक इतिहास में महात्मा बुद्ध के बाद संस्कृति और समाज की दिशा को मोड़ देने की क्षमता गोरखनाथ के विराट व्यक्तित्व का सूचक है। ऐसे में सामाजिक–सांस्कृतिक परिवर्तन करने वाले विराट व्यक्तित्व को अवतारी महापुरुष की मान्यता देना भी भारतीय समाज की अपनी विशेषता है। अपने योग एवं आध्यात्मिक क्षमता से चमत्कृत कर देने वाले गोरख को समाज और उनके अनुयायियों ने भगवान् शिव के अवतार की मान्यता दी। महायोगी गोरखनाथ ने जिस योग एवं दर्शन का प्रतिपादन किया वह नाथपन्थ के नाम से लोक में प्रतिष्ठित हुआ। अपने विराट व्यक्तित्व एवं भारत के विस्तृत भू–भाग में जनता को दुःख से मुक्ति दिलाने एवं उसे मुक्ति का सहज एवं सरल मार्ग दिखाने के कारण गोरखनाथ व उनका नाथपन्थ राजभवनों से लेकर गरीबों की झोपड़ी तक, हिन्दुकुश–हिमालय की पहाड़ियों से लेकर समुद्रपर्यन्त यह विस्तृत भू–क्षेत्र गोरखमय हो गया।

महायोगी गोरखनाथ और उनके नाथपन्थ की सामाजिक परिवर्तन में व्यापक भूमिका के कारण नाथपन्थ के योगियों और उनकी महिमा भारतीय भू–क्षेत्र के सभी हिस्सों एवं सभी समाजों के लोक कथाओं एवं लोक साहित्य का हिस्सा बनीं। महायोगी गोरखनाथ और उनके द्वारा प्रतिपादित नाथपन्थ ने अपने भावी भारत के लिए आध्यात्मिक–धार्मिक दिशा तय की इस सामाजिक परिवर्तन के प्रभाव यह था कि मध्ययुगीन भारतीय समाज को प्रभावित करने वाला एवं उसकी दिशा तय करने वाला मध्यकालीन भक्ति आन्दोलन नाथपन्थ की ही वैचारिक आधारशिला पर खड़ा हुआ।

इतिहास लेखन की भारतीय विधा के अनुरूप गोरखनाथ और उनके नाथपन्थ की विकास यात्रा विविध साहित्यिक एवं पुरातात्त्विक स्रोतों से ज्ञात होती है तथापि इतिहास लेखन की आधुनिक शैली के साँचे में यथा कालक्रम के अनुरूप नाथपन्थ का इतिहास भी बहुत स्पष्ट नहीं है। नाथपन्थ के इतिहास लेखन हेतु हमारे पास निम्न ऐतिहासिक स्रोत प्राप्त हैं–

1. मत्स्येन्द्रनाथ की रचनाएँ
2. गोरखनाथ के संस्कृत ग्रन्थ
3. गोरखनाथ की हिन्दी रचनाएँ
4. नाथपन्थ के सिद्धों का साहित्य
5. भारत के विविध भाषाओं के लोक–साहित्य

6. नाथपन्थ के पीठों, मठों एवं मन्दिरों में प्रचलित परम्पराएँ।
7. श्रीगोरखनाथ मन्दिर से प्रकाशित मासिक पत्रिका योगवाणी एवं विविध साहित्य
8. नाथपन्थ के योगियों, पीठाधीश्वरों के मत एवं विचार
9. भारत के सामाजिक–सांस्कृतिक इतिहास के मौलिक ग्रन्थ एवं संत–साहित्य

1. मत्स्येन्द्रनाथ की रचनाएँ

महायोगी मत्स्येन्द्रनाथ महायोगी गोरखनाथ के गुरु हैं। नाथपन्थ के प्रवर्तक महायोगी गोरखनाथ ने अपनी योग–दीक्षा अपने गुरु मत्स्येन्द्रनाथ से ही प्राप्त की थी। मत्स्येन्द्रनाथ जी का सम्बन्ध कौल मत से था। इस कौल मत में भी उनका साक्षात् सम्बन्ध योगिनी कौल तंत्र से था जिसका प्रचार कामरूप में घर–घर में था। मत्स्येन्द्रनाथ जी के नाम से जो विभिन्न रचनाएँ मिलती हैं उनमें सर्वप्रथम ग्रन्थ 'कौलज्ञान निर्णय' है जिसकी पाण्डुलिपि नेपाल के दरबार लाइब्रेरी में विद्यमान है। मत्स्येन्द्रनाथ जी की दूसरी रचना 'अकुलवीरतंत्र' है। इसकी भी पाण्डुलिपि नेपाल की दरबार लाइब्रेरी से प्राप्त हुई। एक और पुस्तक 'कुलानन्दतंत्र' भी है जिसकी पाण्डुलिपि नेपाल के दरबार पुस्तकालय में उपलब्ध है और जो नेवारीलिपि में 14वीं–15वीं शताब्दी में लिखी गयी है। उपर्युक्त तीनों पुस्तकें मत्स्येन्द्रनाथ जी द्वारा लिखी बतायी जाती हैं। प्राप्त पाण्डुलिपियों की प्राचीनता को देखते हुए इन्हें मत्स्येन्द्रनाथ जी द्वारा अवतारित माना जा सकता है। 'कौलज्ञाननिर्णय' नामक ग्रन्थ में सृष्टि, प्रलय, मानस लिंग का मानसोपचार से पूजन, निग्रह–अनुग्रह–क्रमण–हरण, प्रतिमा जलपन, घट्पाषाणस्फोटन आदि सिद्धियाँ, भ्रान्ति निरसन ज्ञान, जीवस्वरूप, जरामरण, अकुल से कुल की उत्पत्ति तथा कुल का पूजन आदि, गुरुपंक्ति, सिद्धपंक्ति और योगिनीपंक्ति, चक्रध्यान, अद्वैतचर्या, पात्रचर्या, न्यासविधि, शीघ्रसिद्धि देने वाली ध्यानमुद्रा, भक्ष्यविधान तथा कौलज्ञान का अवतारण, देहस्थचक्रस्थिता देवियाँ, कपालभेद, कौलमार्ग का विस्तार, योगिनीसंचार आदि का विस्तार से वर्णन हुआ है। अन्य ग्रन्थों में भी कौल–योगिनीकौल–सम्प्रदाय से सम्बन्धित तत्त्व दर्शन और साधना पद्धति का विवेचन हुआ है।

डॉ. प्रबोधचन्द्र बागची ने मत्स्येन्द्रनाथ की संस्कृत रचनाओं का वैज्ञानिक सम्पादन 'कौलज्ञान निर्णय' नामक संग्रह–ग्रन्थ के रूप में किया

है। इसमें प्रयुक्त हस्तलेखों का समय भी 12वीं शताब्दी है। डॉ. बागची द्वारा सम्पादित मत्स्येन्द्रनाथ की रचनाओं–'कौलज्ञान निर्णय', अकुलवीरतंत्र–'ए', 'अकुलवीरतंत्र'बी', 'कुलानन्द' व 'ज्ञानकारिका' में ग्रन्थकर्ता के नाम इस प्रकार हैं[1]–

कौलज्ञान निर्णय – मच्छघ्नपाद, मच्छेन्द्रनाथ, मत्स्येन्द्रपाद, मीनपाद
अकुलवीरतंत्र 'ए' – मीनपाद
अकुलवीरतंत्र 'बी' – मच्छिन्दपाद
कुलानन्द –मत्स्येन्द्र
ज्ञानकारिका –मच्छिन्द्रनाथपाद

अब तक मत्स्येन्द्रनाथकृत 'योग विषय' सहित छः ग्रन्थ प्रकाशित हो चुके हैं जिनमें से प्रथम पाँच ग्रन्थों की प्रामाणिकता के विषय में अभी तक सन्देह नहीं किया गया है। कश्मीर के कौलमार्ग में मत्स्येन्द्रनाथ को बड़ी श्रद्धा के साथ स्मरण किया गया है। 'कौलज्ञान निर्णय' की लिपि के आधार पर हरप्रसाद शास्त्री ने उसे नवीं शताब्दी की रचना मानी है। डॉ. हजारी प्रसाद द्विवेदी 'कौलज्ञान निर्णय', 'अकुलवीर तंत्र', 'कुलानन्द' एवं 'ज्ञानकारिका'–इन रचनाओं को ग्यारहवीं शताब्दी के मध्यभाग में रचित बताते हैं।[2] जोधपुर पुस्तकालय में डॉ. सोमनाथ गुप्त की एक पुस्तक में कुछ पद मिले थे जो द्विवेदी जी को हस्तगत हो सके। द्विवेदी जी ने अपनी पुस्तक 'नाथसिद्धों की बानियाँ' में 'मच्छेन्द्रनाथ जी का पद' शीर्षक से उन्हें प्रकाशित किया है। महाराष्ट्र में ज्ञानेश्वर रचित 'भक्तराज ग्रन्थ' की मुद्रित प्रति के अन्त में मत्स्येन्द्रनाथ की नाम मुद्रा से अंकित एक हिन्दी पद डॉ. कामत ने उद्धृत किया है। उनका अनुमान है कि यह पद परवर्ती काल की मौखिक परम्परा से रचित और प्रचारित है।[3] मत्स्येन्द्रनाथ की प्रशस्ति में नीलकण्ठाचार्य द्वारा रचित संस्कृत रचना 'मत्स्येन्द्र पद्यशतक' (सं. 1233 वि.) में नेपाल नरेश के लिए उनकी कृपा प्राप्ति की कामना की गयी है। नेपाल में मनायी जानेवाली 'मत्स्येन्द्र यात्रा' को 'मत्स्येन्द्रस्यसभा यात्रा नास्ति ब्रह्माण्ड मण्डले' कहा गया है।[4] 'शाबर चिन्तामणि' नामक पुस्तक को पार्वतीपुत्र नित्यनाथ सिद्ध मत्स्येन्द्र विरचित बताया गया है। इसके कुल एकादश पटलों में महादेव के द्वारा उनके मानस पुत्र मत्स्येन्द्र को शाबर मंत्र का उपदेश देना, मत्स्येन्द्र द्वारा शिष्यजनों का वशीकरण, स्तम्भन, विद्वेषण आदि मंत्रों के जप का निर्देश देना तथा उनके माहात्म्य पर प्रकाश डालना जप विधि, श्मशान साधन एवं वीभत्स क्रियाओं द्वारा मंत्र सिद्धि तथा विभिन्न प्रकार की मारण विधाओं पर प्रकाश डाला गया है। अन्तिम पटल में हनुमच्छावर मंत्र की प्रभावसिद्धि का वर्णन है।[5]

मत्स्येन्द्रनाथ के 'कौलज्ञान निर्णय' में वर्णित कौलज्ञान सिद्धिपरक विद्या है। साधना के स्तर पर कुल–अकुल, शिव–शक्ति की मान्यता है, यद्यपि अकुलवीर तंत्र में इस भेद की मान्यता नहीं हैं। कौलज्ञान निर्णय मत्स्येन्द्र द्वारा प्रवर्तित योगिनी कौल का द्योतक है और अकुलवीर तंत्र उनके पूर्व परित्यक्त और बाद में स्वीकृत सिद्धमत का।[6]

मत्स्येन्द्रनाथ ने कौलमार्ग में अकुल (शिव) और कुल (शक्ति) का समरसीकरण कर नाथयोग में शिवमयी शक्ति का समावेश किया। गोरखनाथ ने 'सिद्धसिद्धान्तपद्धति' में शक्तियुक्त जगत् गुरु शिव आदिनाथ को नमस्कर कर गुरु मत्स्येन्द्र के योगिनीकौल मत को सिद्धमत में मान्यता दी। जीवात्मा परम शिव से चैतन्य और कुण्डलिनी से शक्ति प्राप्त करता है। कुण्डलिनी जीव शक्ति है। कौल साधक कुण्डलिनी को जागृत कर सुषुम्ना नाड़ी के मार्ग से सहस्रार में स्थित परमशिव में उत्थापित करता है। शिव को शक्ति से यह सामरस्य ही परमानन्ददायक है। नाथयोग साधना में मुक्ति नाथ स्वरूप में अवस्थित है। नाथ–तत्त्व मत्स्येन्द्रनाथ के योग–ज्ञान के प्रकाश में अनादि (शिव) तत्त्व है, भुवनत्रय की स्थिति का कारण है। नाथयोगी अपने स्वरूप में परमेश्वर शिव को अभिन्न देखता है।

महायोगी मत्स्येन्द्रनाथ की ये रचनाएँ नाथपन्थ के उद्भव एवं विचार–दर्शन के इतिहास–लेखन के मौलिक स्रोत हैं। नाथपन्थ में मत्स्येन्द्रनाथ का इतिहास, कौलज्ञान, योगिनी कौलमत, तन्त्र साधना, योगज्ञान इत्यादि की ज्ञान–परम्परा यहाँ से समझी जा सकती है। विवेचित की जा सकती है। तुलनात्मक अध्ययन का आधार बन सकती है।

2. गुरु श्रीगोरखनाथ के संस्कृत ग्रन्थ

नाथपन्थ के प्रवर्तक महायोगी गोरखनाथ जी द्वारा लिखित 28 संस्कृत ग्रन्थों का उल्लेख आचार्य हजारी प्रसाद द्विवेदी और अन्य शोधकर्ताओं ने किया है।[7] द्विवेदी जी ने विचार कर यह निर्णय दिया है कि गोरखनाथ जी के नाम से प्रसिद्ध संस्कृत ग्रन्थों में अधिकांश के कर्ता स्वयं गोरखनाथ नहीं थे।[8] नाथ साहित्य के एक दूसरे विद्वान डॉ. नागेन्द्रनाथ उपाध्याय ने उपर्युक्त 28 संस्कृत रचनाओं में 15 ग्रन्थों को गोरखनाथ की रचना होने की सम्भावना व्यक्त की है।[9] सम्पूर्ण रचनाओं का सूक्ष्म और विवेचनात्मक अध्ययन करने के पश्चात् जहाँ यह कहना निश्चित रूप से संदिग्ध है कि उक्त रचनाएँ गोरखनाथ द्वारा ही कृत हैं, वहाँ इतना निश्चित ही कहा जा सकता है कि

उक्त सभी संस्कृत और हिन्दी ग्रन्थों में परम्परागत प्राप्त नाथपन्थी दर्शन, साधना और विचार पर ही पूर्वोत्तरकालीन स्वरूप विद्यमान है जिसके अध्ययन से नाथपन्थ और उसकी मान्यताओं का आकलन किया जा सकता है। नाथ दर्शन एवं साधना के स्वरूप को समझने के लिए इन संस्कृत रचनाओं का किंचित् परिचय यहाँ दिया जा रहा है क्योंकि हिन्दी ग्रन्थों की तुलना में इनकी प्राचीनता एवं प्रामाणिकता तथा विचारशैली निश्चित रूप से अधिक व्यवस्थित, प्राचीन और विचारणीय है।[10] यहाँ कुछ प्रमुख संस्कृत ग्रन्थ विवेचित हैं।

सिद्धसिद्धान्त पद्धति

नाथदर्शन और साधना के अध्ययन अथवा स्वरूप निरूपण की दृष्टि से यह एक अत्यन्त उपयोगी ग्रन्थ है। इस ग्रन्थ में बड़े ही स्पष्ट और व्यवस्थित ढंग से नाथदर्शन और साधना का क्रमिक विवरण प्रस्तुत किया गया है। यह ग्रन्थ गोरक्षसिद्धान्तसंग्रह एवं सिद्धसिद्धान्तसंग्रह से पहले लिखा जा चुका था क्योंकि उक्त ग्रन्थों के कुछ वचन इस ग्रन्थ में मिलते हैं।[11] इसे गोरक्षोपनिषद् भी कहा जाता है। सिद्धसिद्धान्तपद्धति कुल छः अध्यायों में, जिन्हें वहाँ उपदेश कहा गया है, विभक्त है। प्रथम अध्याय में पिण्डोत्पत्ति का विचार, दूसरे अध्याय में पिण्डविचार अर्थात् शरीर रचना पर विचार, तीसरे अध्याय में पिण्डसंवित्ति पर विचार, चौथे अध्याय में पिण्डाधार अर्थात् शरीर के रक्षक तत्त्वों पर विचार, पाँचवें अध्याय में नाथपन्थी साधना के अन्तिम लक्ष्य समरसीकरण पर विचार और छठें तथा अन्तिम अध्याय में अवधूतयोगी के चरित्र और आचरण पर विस्तार से विचार किया गया है।

अमनस्क–योग

इस ग्रन्थ की एक अपूर्ण और त्रुटिपूर्ण प्रति योगनाथ स्वामी को कन्नड़ भाषा में लिखी मिली थी। उन्होंने प्रयास कर 211 श्लोक उपलब्ध किये थे। डॉ. गोपीनाथ कविराज ने इसकी अपूर्णता और अशुद्धियाँ भी दूर कीं। डॉ. हजारी प्रसाद द्विवेदी और पं. गोपीनाथ कविराज ने इस ग्रन्थ की प्रामाणिकता संदिग्ध मानी है, किन्तु कन्नड़ लिपि में प्राप्त इस ग्रन्थ को संस्कृत लिपि में सम्पादित और प्रकाशित करने वाले योगनाथ स्वामी इसे गोरक्षनाथ द्वारा रचित ग्रन्थ ही मानते हैं। यह दो भागों में विभक्त है। पूर्वार्ध के 98 श्लोकों में जहाँ तारकयोग का वर्णन है वहीं बाद के 113 श्लोकों में अमनस्कयोग का निरूपण किया गया है। यह ग्रन्थ ईश्वर एवं वामदेव के संवाद के रूप में लिखा गया

है। इस ग्रन्थ की भूमिका में महामहोपाध्याय कविराज ने बताया है कि जिस प्रकार पातंजलि योग में सम्प्रज्ञातभूमि में मन का अस्तित्व बना रहता है पर असम्प्रज्ञात में नहीं, उसी प्रकार अमनस्कयोग ग्रन्थ में वर्णित तारकयोग में मन की सत्ता रहती है किन्तु इसी ग्रन्थ के उत्तरार्ध में वर्णित अमनस्कयोग में मन की सत्ता नहीं रह जाती है।

अमरौघशासनम्

इस ग्रन्थ के रचयिता श्रीमन्महामाहेश्वराचार्य श्री सिद्ध गोरक्षनाथ को बताया गया है। महामहोपाध्याय पं. मुकुन्दराम शास्त्री द्वारा सम्पादित यह ग्रन्थ कभी कश्मीर संस्कृत ग्रन्थावली (ग्रन्थांक–20) में प्रकाशित हुआ था किन्तु अब इसका प्रकाशन श्री गोरक्षनाथ मन्दिर गोरखपुर सहित कई स्थानों से हो चुका है। नाथदर्शन और साधना की दृष्टि से यह भी एक महत्त्वपूर्ण ग्रन्थ है। आचार्य हजारी प्रसाद द्विवेदी मानते हैं कि इस ग्रन्थ गोरक्षनाथ के सिद्धान्तों का सूत्ररूप में संकलन है और यह पुस्तक हठयोग की साधना का शैवागमों से सम्बन्ध जोड़ती है।

अवधूत–गीता

गोरक्षसिद्धान्तसंग्रह (पृष्ठ–75) में इस ग्रन्थ को गोरक्षनाथकृत बताया गया है किन्तु कदाचित यह दत्तात्रेयकृत रचना है जिसे दत्तात्रेय जी ने उपदेश के रूप में कार्तिकेय स्वामी को सुनाया था। इस ग्रन्थ के सभी अध्याय आत्मसंवित्ति के उपदेश से भरे पड़े हैं। आत्मा, परमात्मा, जीव एवं शिव की एकता का ज्ञान कराना इस ग्रन्थ का मुख्य विषय है।

गोरक्षपद्धति

यह 200 संस्कृत श्लोकों का संग्रह है। यह रचना महिधर शर्मा कृत भाषा अनुवाद सहित श्री वेंकटेश्वर स्टीम प्रेस मुम्बई से पहले प्रकाशित हुई थी, अब इसका प्रकाशन अन्य भी कई स्थानों से हो चुका है। इसमें बताया गया है कि समस्त साधनों का मूल योग है। यद्यपि जप–तप और उपनिषद् ज्ञान आदि मोक्ष के अनेक हेतु हैं तथापि सर्वोत्कृष्ट योग ही है। इस ग्रन्थ का प्रथम शतक 'गोरक्षशतक' के नाम से कई बार छप चुका है। इसी का नाम 'गोरक्षज्ञान' भी है। ग्रन्थ के प्रथम 100 श्लोकों में जहाँ आसन, षट्चक्र निरूपण, नाड़ी वर्णन, वायु वर्णन, शक्तिचालन एवं उसकी विशेष विधि,

मुद्रा बन्ध, महावेध आदि का निरूपण किया है वहीं दूसरे शतक में षट्कर्मों द्वारा शरीर को निर्दोष बना आसन प्राणायाम के सम्यक् अभ्यास का निर्देश दिया गया है। यहाँ प्रत्याहार, धारणा और ध्यान तथा समाधि का भी विवेचन किया गया है। दूसरे शतक का नाम 'योगशास्त्र' भी बताया गया है। डॉ. नागेन्द्रनाथ उपाध्याय ने इसे गोरक्षनाथ की मूल रचना नहीं मानते हुए एक स्वतंत्र ग्रन्थ बताया है।[12] यह ग्रन्थ श्रीगोरखनाथ मन्दिर गोरखपुर द्वारा अद्यतन प्रकाशित है।

गोरक्षशतक

गोरखनाथ और कनफटा योगी सम्प्रदाय के विद्वान अध्येता ब्रिग्स ने 'गोरक्षशतक' को बड़ी प्रामाणिक रचना माना है। उनके मत से गोरक्षशतक टीका, गोरक्षशतक टिप्पण, गोरक्षकल्प, गोरक्षपद्धति, योगसिद्धान्तपद्धति और सिद्धसिद्धान्त पद्धति नामक ग्रन्थ गोरक्षशतक के ही भाष्य परिशिष्ट तथा टिप्पणी आदि हैं।[13] किन्तु डॉ. नागेन्द्रनाथ उपाध्याय का विचार है कि यह ग्रन्थ गोरक्षसंहिता की अपेक्षा बहुत बाद में लिखा गया ग्रन्थ है। इसमें योग को मुक्ति के परमसाधन के रूप में स्वीकार करते हुए उसे श्रुतिकल्पतरु का फल कहा गया है।[14] इस ग्रन्थ में षडङ्योग के अतिरिक्त चक्र शोडषाधार प्रमुख नाड़ियों, कुण्डलिनीजागरण एवं मुद्रासिद्धि की भी विवेचना की गयी है। ग्रन्थ का अद्यतन प्रकाशन श्रीगोरखनाथ मन्दिर गोरखपुर ने किया है।

गोरक्षसंहिता

नाथ सम्प्रदाय दर्शन और साधना की दृष्टि से यह ग्रन्थ काफी महत्त्वपूर्ण है। राय दिनेशचन्द्र सेन ने अन्य संस्कृत ग्रन्थों की तुलना में गोरक्षसंहिता को श्रेष्ठ माना है। कभी यह ग्रन्थ प्रसन्न कुमार कविरत्न ने सम्वत् 1497 में प्रकाशित कराया था, जिसका एक संस्करण इन्द्रजीत शर्मा द्वारा सन् 1950 में प्रकाशित हुआ था। इस ग्रन्थ में आदि और भूति नामक दो प्रकरण उपलब्ध होते हैं। प्रथम प्रकरण में 27 पटलों का निर्देश है। इन पटलों में तंत्रानुकूल भैरवस्थान एवं स्वरूप वर्णन, पीठाधार हिमवत की स्थिति, पूर्णपीठ तथा कामरूपपीठ का वर्णन करते हुए कामदेव के दहनोपरान्त पार्वती से विवाह के लिए देवों द्वारा की गयी शिव की स्तुति, शिव विवाह, माहेश्वरी आदि छः मातृमूर्तियों का स्वरूप वर्णन, शवसाधनप्रकार एवं मालिनीचक्रपूजन, कौमारीवैष्णवीवाराही और चामुण्डा आदि माताओं की पद संख्या, वर्ण संख्या,

षड्विध न्यास मार्ग, देवीचक्र, तीन मुद्राओं, इनके साधन क्रम स्वरूप एवं फलों की चर्चा, जालन्धरनाथ की उत्पत्ति, उनकी ध्यान एवं पूजा विधि आदि विभिन्न विषयों का विवेचन मिलता है। इस प्रकार इस ग्रन्थ का आदि प्रकरण जहाँ तंत्र विद्या का भाग है वहीं इसका दूसरा भूति प्रकरण रसायन विद्या से सम्बन्धित है। इसमें कुल 9 पटल हैं। इसमें देह के स्थिरीकरण की सामर्थ्य केवल पारद में बताते हुए सभी द्रव्यों का लय इसमें बनाया गया है। यह प्राचीन रसायन विद्या और उसके आचार्यों के निरूपण की दृष्टि से कई महत्त्वपूर्ण सूचनाओं से भरा हुआ भाग है। श्रीगोरखनाथ मन्दिर गोरखपुर ने इस ग्रन्थ को प्रकाशित किया है।

महार्थमंजरी

इसकी रचना महेश्वरानन्द द्वारा बतायी गयी है। प्रारम्भ में इसका कश्मीर संस्कृत ग्रन्थावली (नं. 11) में प्रकाशन हुआ था। इसका एक और दूसरा संस्करण त्रिवेन्द्रम सिरीज में प्रकाशित है। महेश्वरानन्द गोरक्षनाथ जी का ही दूसरा नाम है। पुस्तक की भाषा कश्मीरी अपभ्रंश है परन्तु ग्रन्थकार ने स्वयं इस पर परिमल नामक टीका लिखी है। इसमें 26 तत्त्वों की व्याख्या की गयी है। इन्हीं से सारे संसार का उदय होता है। इस ग्रन्थ में कर्म, कुल एवं प्रत्यभिज्ञा नामक तीनों दर्शनों का समन्वय दिखलायी पड़ता है जिसका कई दृष्टियों से बड़ा महत्त्व है। श्रीगोरखनाथ मन्दिर गोरखपुर के प्रकाशन विभाग द्वारा ग्रन्थ प्रकाशित है।

गोरक्षसिद्धान्तसंग्रह

इस ग्रन्थ की एक अपूर्ण कृति महामहोपाध्याय पं. गोपीनाथ कविराज को मिली थी जिसे उन्होंने महत्त्वपूर्ण समझकर 1925 ई. में सरस्वती भवन ग्रन्थमाला के 18वें पुष्प के रूप में प्रकाशित कराया था। अब इसके कई संस्करण प्रकाशित हो चुके हैं। श्रीगोरखनाथ मन्दिर गोरखपुर ने उस ग्रन्थ के नवीन संस्करण को प्रकाशित किया है। ग्रन्थ के प्रारम्भ में जहाँ नाथ की स्तुति की गयी है वहीं अवधूत का स्वरूप एवं लक्षण, योगी के मुख्य चिह्न, नाथलक्षण, अन्य मतावलम्बियों की तत्त्वप्राप्ति में असमर्थता, भोग की अपेक्षा योग की श्रेष्ठता, कापालिक मत की उत्पत्ति, नाथ द्वारा शैव–शाक्त मत का प्रवर्तन, सभी दर्शनों का स्वरूप दर्शन में समन्वय, नादानुसन्धान से राजयोग की प्राप्ति, नाथ सिद्धान्त का महत्त्व, चारों युगों में नाथ की उपस्थिति एवं चार प्रकार की

मुक्ति, नवनाथों की वासभूमि, शास्त्राभ्यास की अपेक्षा योगाभ्यास का प्रतिपादन, आचार की अपेक्षा विचार का प्राधान्य, गुरुवचन का माहात्म्य, स्मार्त आदि मतों मिथ्यात्व, निर्गुण–सगुण की अपेक्षा नाम की सर्वोपरिता तथा अन्य साम्प्रदायिक ग्रन्थों की अनुपयोगिता आदि अनेक विषय निरूपित और विवेचति हैं।

विवेकमार्तण्ड

इस ग्रन्थ के कुछ वचन गोरक्षसिद्धान्त संग्रह में और कुछ श्लोक गोरक्षशतक में मिलते हैं। आचार्य हजारीप्रसाद द्विवेदी के अनुसार यद्यपि इसे रामेश्वर भट्ट का लिखा बताया गया है तो भी आफ्रेक्ट के अनुसार इसे गोरक्षकृत मानना ही उचित है। कल्याणी मलिक द्वारा मुद्रित प्रति में इस ग्रन्थ में कुल 188 श्लोक हैं जबकि क्षेमराज की मुद्रित प्रति में 201, जोधपुर से प्राप्त प्रति में 203–204, बीकानेर से प्राप्त प्रति में 197 श्लोक मिलते हैं। अब इसके भी कई संस्करण प्रकाशित हो चुके हैं। इसमें जहाँ यम, नियम, आसन, प्राणायाम, चक्र आदि का वर्णन किया गया है वहीं अजपाजप गायत्री को योगियों के लिए मोक्षदायिनी बताते हुए साधक को युक्ताहार का ध्यान रखते हुए कुण्डलिनी जागरण से मोक्ष–द्वार खोलने की बात कही गयी है। इसमें बताया गया है कि पाँच घटिकाओं के अभ्यास से धारणा, साठ घटिकाओं के अभ्यास से ध्यान तथा बारह दिनों के प्राण संयम से समाधि दशा की प्राप्ति होती है।[15]

योगबीजम्

यह कुल 190 श्लोकों का ग्रन्थ है। सम्पूर्ण रचना महेश्वर और गौरी के संवाद के रूप में है। गौरी को मुक्ति का उपाय बताते हुए महेश्वर ने कहा है कि केवल ज्ञान से सिद्धि नहीं होती। योग के बिना ज्ञान भला कैसे मोक्ष प्रदान कर सकता है और ज्ञान के बिना योग भी मोक्ष देने में समर्थ नहीं है।[16] नाना मार्गों से दुष्प्राप्य परमपद कैवल्य केवल सिद्धि मार्ग से मिलता है। इसलिए शास्त्र जालों में फँसने से श्रेष्ठ है योगाभ्यास करना। ग्रन्थकार ने बताया है कि शरीरधारी मनुष्य अपक्व तथा परिपक्व भेद से दो प्रकार के होते हैं। इनमें योगहीन अपक्व होते हैं और योगयुक्त पक्व होते हैं। योगाग्नि से परिपक्वदेही, चेतन एवं शोक वर्जित हो जाता है। इसके विपरीत अपक्व पार्थिवदेह को जड़ जानना चाहिए तथा वह दुःखमयी होता है।[17] यहाँ समस्त द्वन्द्व–जालों के संयोग को ही योग बताया गया है। यह भी कहा गया है कि नाथ मार्ग में योग और ज्ञान का भेद नहीं है। पार्वती की जिज्ञासा का समाधान करते हुए जहाँ इस

ग्रन्थ में कुण्डलिनी जागरण, वायु आकर्षण एवं बन्धों की उपयोगिता बतायी गयी है वहीं अजपा गायत्री के जाप तथा सिद्धिप्राप्त योगी के लक्षणों का भी निर्देश किया गया है।

3. गोरखनाथ की हिन्दी रचनाएँ

गोरख–विरचित कही जाने वाली रचनाओं का सुव्यवस्थित सम्पादन डॉ. पीताम्बरदत्त बड़थ्वाल ने 'गोरखबानी' के अन्तर्गत जोगेसुरी बानी प्रथम भाग के रूप में 1942 ई. में हिन्दी साहित्य सम्मेलन प्रयाग से किया था। डॉ. बड़थ्वाल अन्य नाथसिद्धों की बानियों का प्रकाशन न कर सके थे, कि उनका देहावसान हो गया। उस कार्य को डॉ. हजारीप्रसाद द्विवेदी ने सम्पन्न किया। यह कृति 'नाथसिद्धों की बानियाँ' के अन्तर्गत जोगेसुरी बानी द्वितीय भाग के रूप में नागरी प्रचारिणी सभा काशी से सन् 1957 ई. में प्रकाशित हुई। इस पुस्तक में 25 नाथसिद्धों की बानियाँ तीन हस्तलिखित ग्रन्थों से संगृहीत हैं। कुछ नाथसिद्धों के नाम पौराणिक हैं जिनका उल्लेख नाथसिद्धों की सूची में उपलब्ध नहीं होता। महादेव, पार्वती, रामचन्द्र जी के नामों से प्राप्त रचनाओं के वास्तविक रचयिता का पता नहीं चलता। डॉ. द्विवेदी का अनुमान है कि किसी सिद्ध ने ही देवताओं के उपदेशों को देशी भाषा में लिख डाला है। सर्वप्रथम पं. तारादत्त गैरोला ने गोरक्षनाथ के 17 ग्रन्थों की सूचना दी थी, इनमें से कुछ रचनाओं को उन्होंने गोरक्षकृत स्वीकार नहीं किया था।[18] सन् 1954 ई. में डॉ. मल्लिक ने नाथयोगियों की रचनाओं का सम्पादन 'सिद्ध–सिद्धान्त–पद्धति एण्ड अदर वर्क्स आव नाथ योगीज' नामक संग्रह ग्रन्थ में किया। इसमें उन्होंने गोरखनाथ कृत 'गोरख उपनिषद्' नाम की रचना प्रकाशित की जो गोरखबानी में प्रकाशित न हो सकी थी। इस रचना में पहली बार मत्स्येन्द्र, भरथरी और गोपीचन्द की हिन्दी रचनाओं का परिचय मिला।[19] डॉ. मल्लिक ने सिद्ध–सिद्धान्त–पद्धति, मीननाथ कृत 'योग विषय', 'गोरक्षचरित', 'अमरौघ–प्रबोध' और 'योगमार्तण्ड' नामक संस्कृत ग्रन्थों का सम्पादन किया। 'सिद्ध–सिद्धान्त–पद्धति' का सर्वप्रथम वैज्ञानिक सम्पादन करते हुए उन्होंने 'अमरौघ–प्रबोध' और 'योगमार्तण्ड' को भी गोरक्ष–विरचित स्वीकार किया है। ब्रिग्स ने 'सिद्ध–सिद्धान्त–पद्धति' को नित्यानन्द सिद्ध कृत बताया पर एक अन्य स्रोत से इसे गोरक्षकृत भी कहा गया।[20] अगरचन्द नाहटा ने अपने सम्पादित ग्रन्थ 'राजस्थान में हिन्दी के हस्तलिखित ग्रन्थों की खोज'–भाग 4, पृ. 39 में गोरक्ष–रचित 'योग–चिन्तामणि' नामक 185

पद्यों की अपनी संग्रह–प्रति का विवरण दिया था। उन्होंने पृष्ठ 440 और 445 में संतवाणी संग्रह के दो बड़े गुटकों का विवरण प्रकाशित किया था जिनमें गोरखनाथ की 25 के करीब रचनाएँ मिली थीं। इसके पश्चात् प्रकाशित राजस्थान के हस्तलिखित ग्रन्थों की सूचियों में महावीर तीर्थ के 'जैन साहित्य शोध–संस्थान' से प्रकाशित जैनशास्त्र भण्डारों की सूचियों में एक ऐसे गुटके का विवरण है जिसमें गोरखनाथ की रचनाएँ लिखित हैं। राजस्थान प्राच्य विद्या–प्रतिष्ठान जयपुर के संग्रह में पुरोहित हरिनारायण जी का महत्त्वपूर्ण संग्रह सुरक्षित है। उसकी सूची 'विद्या–भूषण ग्रन्थ संग्रह सूची' के नाम से प्रकाशित हुई है। इसमें गोरक्षनाथ की रचनाओं की कई हस्तलिखित प्रतियाँ हैं। उक्त सूची के अनुसार 'गोरखबानी' में प्रकाशित ग्रन्थों के अतिक्ति गोरखनाथ की अप्रकाशित 12 रचनाओं के नाम और भी हैं उनमें से नौ के नाम गोरखबानी की भूमिका में लिये जा चुके हैं यद्यपि इनका प्रकाशन उस ग्रन्थ में नहीं हुआ है। शेष तीन रचनाएँ–(1) सांख्यदर्शन योग, (2) कंठडबोध–(कंथड़बोध), (3) अष्टदल कमल का भेद, विद्याभूषण ग्रन्थ की सूची में उल्लिखित है, पर 'गोरखबानी' की भूमिका में इनका उल्लेख नहीं हुआ। नाहटा जी को बीकानेर के 'भारतीय विद्या–मन्दिर शोध–संस्थान' से एक गुटका प्राप्त हुआ जिसमें गोरखनाथ की 25 रचनाएँ हैं। इनमें 22 तो गोरखबानी में प्रकाशित हैं तथा आत्मबोध नं. 2 का उल्लेख गोरखबानी की भूमिका में मिलता है, साडोक्खरी (षडाक्षरी) और ज्ञानमाला का उल्लेख बड़थ्वालजी ने नहीं किया। पुरोहित हरिनारायण की सूची के पृष्ठ 15 में 'ज्ञानमाला' का उल्लेख है पर षडाक्षरी बाकी है। 'राजस्थान में हस्तलिखित ग्रन्थों की खोज' के चौथे भाग में नाहटा जी ने जिस बड़े गुटके की सूची प्रकाशित की है, उसमें उसका नाम 'षडछिरी' मिलता है।[21] नाहटा जी ने दो जैन ग्रन्थों का भी उल्लेख किया है जिनमें कुछ पद्य गोरखनाथ के नाम से हैं। पहला ग्रन्थ है–शुभशीलरचित 'विक्रमचरित्र' जिसकी रचना 1499 में हुई है। इस ग्रन्थ में गोरखनाथ के चार पद्य उद्धृत हैं। दूसरा ग्रन्थ 17वीं शताब्दी के जैन कवि बनारसीदास की रचनाओं का संग्रह 'बनारसी विलास' के नाम से है जिसमें गोरखनाथ की सात चौपाइयाँ हैं।[22] डॉ. बड़थ्वाल द्वारा प्रकाशित 'गोरखबानी' के बीस वर्ष पूर्व महाराष्ट्र में गोरक्ष–पदावली का संकलन और मुद्रण हुआ है। 'श्रीशीलनाथ–शब्दामृत' नामक महत्त्वपूर्ण ग्रन्थ इन्दौर के निकट देवास नामक मराठी रियासत में शीलनाथ के शिष्यों ने संकलित किया था। सन् 1923 में मुद्रित इस ग्रन्थ में नाथपन्थीय दर्शन

को स्पष्ट करने वाले गोरक्षनाथ की नाममुद्रा से अंकित कुल 55 पद और गोरक्षनाथ की साम्प्रदायिक आरती प्राप्त है।[23] राजस्थान में गोरखनाथ के नाम से प्रचलित अनेक प्रतियाँ लक्ष्य की जा सकती हैं जो प्रायः 18वीं शताब्दी के बाद की लिखी हुई हैं। 'राजस्थानी शोध संस्थान–चोपासनी' में गुटका सं. 16522 में 'गोरखावली' नामक रचना, जो 19वीं शताब्दी में लिखित है, गोरखनाथ के नाम से प्रचलित है। यहीं 5115 संख्या के गुटके में 'गोरख प्रश्नावली' नामक रचना गोरखनाथ के नाम पर है। इसकी भाषा राजस्थानी है। गुटका सं. 3285 में 19वीं शताब्दी का एक हस्तलेख उपलब्ध होता है जिसमें लेखक ने 'अर्थ गोरक्षनाथ बावनी लिख्यते' का उल्लेख कर अपने 67 छन्दों को उसके अन्तर्गत रखा है। इन छन्दों में योगियों के लिए उपदेश दिये गये हैं। गुटका सं. 11602 के अन्तर्गत 'गोरखनाथ जीरो' शीर्षक से 18 छन्दों का उल्लेख है। राजकीय सुमेर पुस्तकालय जोधपुर में पुस्तक योग क्रम संख्या 167 में खड़ी बोली में लिखित रचना 'विराटपुराण' के लेखक गोरखनाथ बताये गये हैं। पुस्तक क्रम संख्या 337 में 'ज्ञानसिद्धान्त योग' नामक रचना गोरखनाथ के नाम से पायी जाती है। 'प्राच्यबोध विद्या–प्रतिष्ठान जोधपुर' में गुटका सं. 10898 में 'गोरखछंद' नामक रचना के अन्तर्गत 29 छन्द संगृहीत हैं। यहीं गुटका सं. 31000 में 'गोरख–सुकनावली' रचना एक पृष्ठ की है जिसमें चारों दिशाओं, चार प्रहर एवं 12 तिथियों को कब किधर प्रस्थान करने से क्या लाभ–हानि सम्भव है, इस तथ्य का परिचय कराया गया है। एस.पी. चन्दोला ने अपने शोध–प्रबन्ध के अन्त में नाथयोगियों की कुछ रचनाएँ प्रकाशित की हैं, उनमें से कुछ तो शोध–प्रबन्ध लिखे जाने से पूर्व ही डॉ. मल्लिक ने अपने संग्रह–ग्रन्थ में प्रकाशित कर दिया था। अधिकांश रचनाएँ बाद में डॉ. हजारी प्रसाद द्विवेदी ने अपने संग्रह–ग्रन्थ में प्रकाशित की। 'सिद्ध हड़ताली जी की सबदियाँ', 'काफर बोध', 'अवलिमीर का लवलिसिलूक' ग्रन्थ अभी उसी शोध–प्रबन्ध में सुरक्षित है। उनके हस्तलेखों का विवरण शोध–प्रबन्ध में उपलब्ध नहीं होता।[24]

'गोरखबानी' के संग्रह और सम्पादन में डॉ. बड़थ्वाल ने मध्यकाल की जिन हस्तलिखित प्रतियों का उपयोग किया, उनमें 'पौड़ी हस्तलेख', जोधपुर–पुस्तकालय की प्रति, मन्दिर बाबा हरिदास, नारनौल, पटियाला की प्रति एवं पुरोहित हरिनारायण, जयपुर से प्राप्त 1715 वि. की प्रति आदि प्रमुख हैं। डॉ. बड़थ्वाल[25] ने गोरक्षनाथ की हिन्दी रचनाओं को 'गोरखबानी' में निम्नलिखित क्रम से सम्पादित किया है–

गोरखबानी

1. सबदी 2. पद (रागसामग्री) 3. सिष्यादर्शन
4. प्राणसंकली 5. नरवैबोध 6. आत्मबोध
7. अभैमात्रायोग 8. पन्द्रहतिथि 9. सप्तवार
10. मछीन्द्र–गोरखबोध 11. रोमावली 12. ग्यानतिलक
13. पंचमात्रा 14. ज्ञानचौंतीसा

परिशिष्ट (1)

(क–1) गोरख–गणेश गुष्टि (क–2) ज्ञानदीपबोध (गोरख–दत्तगुष्टि)
(क–3) महादेव–गोरख गुष्टि (क–4) सिष्टपुराण
(क–5) दयाबोध (क–6) कुछ पद

परिशिष्ट–(2)

(ख–1) सप्तवार नवग्रह (ख–2) व्रत
(ख–3) पंचअग्नि (ख–4) अष्टमुद्रा
(ख–5) चौबीससिद्धि (ख–6) बतीस लक्षन
(ख–7) अष्टचक्र (ख–8) रहरासि

'ज्ञानचौंतीसा' समय से न उपलब्ध होने के कारण गोरखबानी में प्रकाशित न हो सका। गोरखबानी में प्रकाशित प्रथम तेरह रचनाएँ एवं ज्ञानचौंतीसा को लेकर कुल 14 रचनाएँ डॉ. बड़थ्वाल द्वारा प्रामाणिक मानी गयीं।[26] यद्यपि गोरखबानी की भूमिका में उन्होंने स्वयं स्वीकार किया है कि ये रचनाएँ जैसी हमें उपलब्ध हो रही हैं, ठीक वैसी ही उस समय की हैं, यह नहीं कहा जा सकता परन्तु इसमें भी प्राचीनता के प्रमाण विद्यमान हैं। डॉ. हजारी प्रसाद द्विवेदी का मत है कि गोरक्षनाथ की कुछ पुस्तकें अनेक प्रकार से परिवर्तित, परिवर्द्धित एवं विकृत होती हुई आजतक चली आ रही हैं। उनमें कुछ–न–कुछ गोरखनाथ की वाणी अवश्य रह गयी हे, पर सभी की सभी प्रामाणिक नहीं हैं।[27] आचार्य रामचन्द्र शुक्ल देशभाषा में रचित गोरखनाथ की इन रचनाओं को वि.सं. 1400 के आसपास का मानते हैं। साखी एवं बानी की कुछ रचनाओं के सम्बन्ध में आचार्य शुक्ल गोरक्षकृत होने की सम्भावना व्यक्त करते हैं।[28]

18वीं शताब्दी और उसके बाद लिपिबद्ध पृथ्वीनाथ की रचनाओं की

अनेक हस्तलिखित प्रतियाँ उपलब्ध हुई हैं। इनसे उनकी छोटी–बड़ी 29 रचनाओं का पता चला है। उनके 'जुक्ति स्वरूप सिध संकेत जोगग्रन्थ' में 50 छन्द हैं। प्राप्त सभी प्रतियों में ग्रन्थ का पाठ और छन्द संख्या समान है। इनमें चार–पाँच छन्दों के अतिरिक्त यह सारा का सारा ग्रन्थ गोरखबानी में उसी रूप में 'ज्ञानतिलक' नाम से गोरखनाथ की रचना मानकर छाप दिया गया है।[29] 'ज्ञानतिलक' गोरक्षनाथ एवं रामानन्द दोनों के नामों से ही प्रचलित बताया जाता है। 'सिष्टपुराण', 'दयाबोध' निरंजनी सेवादास की मानी गयी है। प्रतिलिपिकार ने 'गोरख–गणेश गुष्टि', 'महादेव–गोरख गुष्टि' और 'निरंजन पुरान' को भी सेवादास की रचनाएँ बताया है। 'जाती भौरावली' गोरक्ष की स्तुति होने के नाते उनकी नहीं हो सकती। 'अवलिसिलूक' और 'काफिर–बोध' कबीर का भी बताया जाता है। 'मूलगर्भावली' एवं 'खाणी–वाणी' पौराणिक रचनाएँ होने के कारण छोड़ दी गयी हैं। 'गोरखवचन' की भाषा आधुनिक है।[30] डॉ. मल्लिक के मतानुसार 'गोरखवचन' 17वीं शताब्दी में बनारसीदास नामक जैन दिगम्बर पुरोहित द्वारा प्रणीत है।[31] 'गोरखसत' संस्कृत ग्रन्थ 'गोरक्ष शतक' का हिन्दी अनुवाद है। यह गोरक्षकृत नहीं है। नरवैबोध, आत्मबोध, सप्तवार, नवग्रह, व्रत, पंचअग्नि एवं रहरासि रचनाएँ परवर्ती हैं जो गोरखनाथ के उपदेशों को उद्धृत करने के कारण उन्हीं के नाम के साथ जोड़ दी गयी हैं। मछीन्द्र–गोरखबोध, गोरख–गणेश गुष्टि, गोरख–दत्त गुष्टि तथा महादेव–गोरख गुष्टि गोरखनाथ के परवर्ती शिष्यों द्वारा रचित हैं जो संवादों की पुरानी परम्परा पर लिखी गयी हैं। रोमावली, अष्टमुद्रा, चौबीससिद्धि तथा अष्टचक्र भी शिष्य–परम्परा से उद्भूत रचनाएँ हैं। प्राणसंकली, पन्द्रहतिथि, पंचमात्रा भी परवर्ती ग्रन्थ हैं। तिलक या सूत्र रूप में लिखी गयी रचनाएँ–शिष्यादर्शन, अभैमात्राजोग, बतीसलछन या अष्टपारछ्या नितान्त परवर्ती रचनाएँ हैं। परिशिष्ट तीन के पदों की प्रथम पंक्तियों में से अनेक 'पद' में आ चुकी हैं। निष्कर्ष रूप में डॉ. रांगेय राघव यह स्वीकार करते हैं कि गोरक्ष के नाम से प्रचलित रचनाओं में आज बहुत कम के विषय में निश्चित रूप से कुछ कहा जा सकता है। उनकी मूल रचनाओं का रूप सद्यःप्राप्त रचनाओं का ही कोई पुराना स्वरूप होगा। डॉ. बड़थ्वाल ने भी स्वीकार किया है कि जो आज प्राप्त है वह भी शिष्यों की श्रद्धा–भक्ति के कारण है, जिसने अधिक से अधिक यह प्रयत्न किया कि मूल रूप वैसा ही बना रहे।[32]

डॉ. बड़थ्वाल ने 'सबदी' को गोरखनाथ की सर्वाधिक प्रामाणिक रचना माना है। सबदी में कुछ छन्द अन्य लोगों के भी संकलित हो गये हैं, जिसकी सम्भावना को डॉ. बड़थ्वाल ने भी स्वीकार किया है। उन्होंने विशेषकर उन

सबदियों को अधिक प्रामाणिक माना जो सभी प्रतियों में समान हैं (189 साखी तक)। दो–एक साखियों को, जो स्पष्ट रूप से अन्य लोगों की हैं, इसलिए उन्होंने नहीं निकाला कि उनके आगे–पीछे के कुछ अंश भी उन कवियों के हो सकते हैं जिनकी वे जान पड़ती हैं। बड़थ्वाल जी ने सबदी 104 को लालनाथ की; 118, 221 को रतननाथ की तथा सबदी 250 को कबीर द्वारा रचित माना है।[33] डॉ. रांगेय राघव ने गोरखबानी में संगृहीत रचनाओं में सम्भाव्य परवर्ती तत्त्वों को ढूँढ़ने का प्रयास किया है। वे परवर्ती तत्त्व हैं–इस्लाम का प्रभाव, अन्य परवर्ती सम्प्रदायों का प्रभाव, परवर्तियों का उल्लेख, अभिव्यक्ति के दृष्टिकोण एवं उठते हुए तथा दृढ़तर होते हुए ब्राह्मणवाद का प्रभाव। इन तत्त्वों की गवेषणा करते हुए डॉ. राघव ने 36 सबदियों एवं 11 पदों के परवर्ती होने का अनुमान किया है।[34] डॉ. हीरालाल माहेश्वरी का मत है कि वर्तमान समय में प्रचलित नाथों की अधिकांश वाणियाँ उन नाथों की नहीं हैं जिनकी वे बतायी जाती हैं। ऐसी अधिकांश वाणियों का संकलन–संग्रह विक्रम की 17वीं शताब्दी से आरम्भ हुआ जान पड़ता है।[35] डॉ. माहेश्वरी का मत है कि जाम्भो जी की 'सबदवाणी' की ही कुछ रचनाएँ 'गोरखबानी' में संकलित कर दी गयी हैं। सबदी संख्या 9, 225 तथा साखी 14 की गणना इन्हीं में उन्होंने की है। डॉ. राघव भी इन सबदियों को परवर्ती ही मानते हैं। गोरक्षनाथ के अतिरिक्त अन्य नाथसिद्धों काणेरीपाव और भरथरी के नाम से भी 'सबदवाणी' की कतिपय पंक्तियाँ कुछ हेर–फेर के साथ प्रचलित हैं। डॉ. माहेश्वरी ने ऐसी कुछ पंक्तियाँ उद्धृत भी की हैं। 'गोरखबानी' की सबदी सं. 19 'नाथसिद्धों की बानियाँ' में पार्वती जी के नाम से प्रचलित है।[36] 'सबदवाणी' की कुछ पंक्तियाँ जालंधरी पाव और चरपटनाथ के नाम से भी 'नाथसिद्धों की बानियाँ' में मिल जाती हैं। भरथरी जी की सबदी के अनेक छन्द विष्णोई कवि कालू की भरथरी विषयक साखियों के हैं। 'नाथसिद्धों की बानियाँ' में संगृहीत गोपीचन्द जी की सबदी (पृ. 13–16) विष्णोई कवि हरिराम (कवि. 62) कृत तद्विषयक साखी है। गोपीचन्द का 'पदसंवाद' भी 'नाथसिद्धों की बानियाँ' (पृ. 20–21) गोपीचन्द की कृति न होकर उनसे सम्बन्धित एक प्राचीन राजस्थानी लोकगीत है। डॉ. हीरालाल माहेश्वरी का निष्कर्ष है कि नाथों की वाणियों की अधिकांश प्राचीन और प्रामाणिक समझी जाने वाली हस्तलिखित प्रतियाँ राजस्थान से ही उपलब्ध हुई हैं। उनमें से कोई भी विक्रम की 18वीं शताब्दी से पूर्व की नहीं है।[37] गोरखबानी में संगृहीत 'पद' संख्या 12, 30, 31, 38 को डॉ. रांगेय राघव ने

परवर्ती घोषित किया है।[38] डॉ. द्विवेदी के मतानुसार गोरखबानी के इन पदों में से कई दादूदयाल, कबीर एवं नानक के नाम पर भी पाये गये हैं, कुछ पद लोकोक्ति, जोगीड़ा एवं अनुभवसिद्ध ज्ञान के रूप में चल पड़े हैं।[39] गोरक्षनाथ की वाणियों के सम्बन्ध में डॉ. अशोक प्रभाकर कामत का मत है कि 'उदार धर्म विचार को समूचे भारतवर्ष में प्रचारित करते हुए निरन्तर घुमक्कड़ व्रत को अपनाने वाले उस महापुरुष को ग्रन्थ–रचना करने की फुर्सत ही कहाँ थी? और ग्रन्थ कर्तत्व की हवस तो उनके स्वभाव के ही प्रतिकूल रही। गोरक्ष–साहित्य की वास्तविकता तो यह है कि वह महान रमता योगी अपनी 'जोगेसुरी बानी' गाता हुआ घूमता रहा। उसके उदात्त स्वर समस्त देश में गूँजते रहे। सदियों की दासता के कारण पीड़ित बहुजन समाज ने उन प्रेरक शब्दों को हृदय–मन्दिर में स्थान दिया और गुरु गोरक्षनाथ के असंख्य पद लोकोक्ति बन गये।[40]

वस्तुतः गोरक्षनाथ के नाम पर जो भी परवर्ती साहित्य उपलब्ध होता है उससे उनके व्यक्तित्व का ही बोध होता है। 19वीं शताब्दी में लिखित 'दीपदानक्रम–विधि' आदि पुस्तकें उनके देवतत्व को ही द्योतित करती हैं। 'आदिगोरक्ष' के ही विचार जो किसी समय लुप्त प्राय होते हुए भी क्षीण दशा में श्रुति–परम्परा से चले आ रहे थे, अनुकूल अवसर पाकर लगभग 10वीं शताब्दी के अन्त एवं 11वीं शताब्दी के प्रारम्भ में उसी परम्परा के सुयोग्य संगठनकर्ता 'परवर्ती गोरक्ष' के द्वारा अधिकाधिक सुनियोजित एवं सुव्यवस्थित ढंग से जन–जीवन में प्रचार व प्रसार पा सके। सम्भव है परवर्ती गोरक्ष ने यथासमय लेखनी भी उठायी हो, पर अधिक सम्भव यही जान पड़ता है कि उनके किसी सहयोगी अथवा श्रद्धालु भक्त ने उनके विचारों को लिपिबद्ध करने का प्रयास किया हो। यह प्रयास उत्तरोत्तर होता रहा। गोरक्षनाथ के प्रति अपनी असीम श्रद्धा के नाते ग्रन्थ–कर्तव्य का श्रेय गोरक्षनाथ जी को ही दिया जाता रहा। वे विचार मूलतः गोरक्षनाथ के ही थे। ऐसा करने से ये रचनाएँ समाज में श्रद्धा की दृष्टि से भी देखी जाती रहीं। आज भी यह क्रम पूर्णतः बन्द नहीं है।

यथासमय 'आदिगोरक्ष' के विचारों में परिवर्तन, परिवर्द्धन व संशोधन भी होते रहे हैं। विभिन्न सम्प्रदाय–प्रवर्तकों के नाम से उनके अनुयायीजनों ने अनेक रचनाएँ प्रचलित कर दी हैं। गोरक्षनाथ इसके अपवाद नहीं हैं। गोरक्षनाथ की 'सबदी' और 'पद' में विशेषकर उनके प्राचीन व मौलिक विचार किसी–न–किसी

रूप में सुरक्षित हैं। गोरक्षनाथ के नाम से प्रचलित रचनाओं का संक्षिप्त परिचय प्रस्तुत करना यहाँ समीचीन प्रतीत होता है। 'गोरखबानी' में संगृहीत रचनाएँ इस प्रकार हैं–

सबदी

'गोरखबानी' में संगृहीत सबदियों की संख्या कुल 275 है। ये सबदियाँ विशेषकर योगीजनों के लिए उपादेय हैं। इनमें दर्शन, साधना एवं अध्यात्मविषयक विचार प्रस्तुत किये गये हैं। मुक्तक रचना होने के नाते इनमें परस्पर सम्बन्ध नहीं है। इनमें वर्णित सभी विषय मुख्यतः योग और ज्ञान में अन्तर्भूत दीख पड़ते हैं। परमोपास्य के स्वरूप–निर्वचन से लेकर साधना की गम्भीर क्रियाओं तक के संकेत इन सबदियों में उपलब्ध हो जाते हैं। ये सबदियाँ बाह्याडम्बर–निषेध, आत्मसंयम की घोषणा करती हुई जनसामान्य को सफल जीवन व्यतीत करने हेतु नीतिविषयक उपदेश भी देती हैं।[41] गृहस्थ वर्ग को लक्ष्य करके कहा गया है–'गिरही सो जो गिरहै काया'।[42] योगी साधक को 'मन में रहने', 'अमृत वाणी बोलने' एवं 'जल के समान शान्त रहने' के उपदेश दिये गये हैं। अवधूत की रहनी के सम्बन्ध में कहा गया है–'आंषै देसिबा कांने सुणिबा मुषथैं कछू न कहणा'।[43] साधनायुक्त विवेक पर ध्यान देते हुए कहा गया है कि ईश्वर प्रणिधान के लिए साधक को उतनी ही मात्रा में साधन–रत रहना चाहिए जिससे उसका उत्तरोत्त अभ्यास दृढ़ होता रहे। वह शरीर–पोषण के लिए अल्पाहार करे। उसे भूखे मरने की आवश्यकता नहीं। उसके उपवास करने का लक्ष्य शरीर–तेज की वृद्धि करना हो, शरीर को क्षीण करना नहीं। भूखे रहने का हठ करना साधना में विघ्न उपस्थित करना है–

थाए न षाइबा भूषे न मरिबा अहनिसि लेवा ब्रह्म अगिनि का भेवं।
हठ न करिबा पड़्या न रहिबा यूँ बोल्या गोरष देवं।।31।।[44]

पद

'गोरखबानी' में कुल 62 पद संगृहीत हैं। बहुत से पदों में साधनामूलक पदों की अपेक्षा लेखक के नैतिक विश्वास का भी पता चलता है। अनेक पदों में सम्बोधनात्मक पद्धति अपनायी गयी है। इन पदों में बिन्दु–रक्षा, वाक्संयम, शारीरिक शौच, मानसिक शुद्धता, ज्ञान के प्रति निष्ठा, बाह्याचरणों के प्रति अनादर एवं मद्य–मांसादि के पूर्ण बहिष्कार पर जोर दिया गया है।

पद संख्या 2, 43, 49 से इस तथ्य की पुष्टि होती है कि मत्स्येन्द्रनाथ

कहीं स्त्री जाल में आबद्ध हुए थे और वहाँ से उनके शिष्य गोरक्षनाथ ने उनका उद्धार किया था।

शिष्यादर्शन

शिष्यादर्शन (शिक्षादर्शन) का आरम्भ सूत्र जैसे वाक्यों से होता है। पंचतत्त्वों की उत्पत्ति के सम्बन्ध में यहाँ कहा गया है कि अलखनिरंजन परब्रह्म से शब्दब्रह्म ॐकार की अभिव्यक्ति हुई है। ॐ से आकाश, आकाश से वायु, वायु से तेज (अग्नि), तेज से जल और जल से पृथ्वी की उत्पत्ति हुई। आत्मा का ज्ञान ही ब्रह्मज्ञान है। प्राणवायु ही आश्रय है जिसमें जीवात्मा रूपी योगी निवास कर ब्रह्मरन्ध्र में आसन लगाता है। सहस्रार से द्रवित अमृत–रस को पीकर जीवात्मा अमर हो जाती है। ब्रह्मरन्ध्र में जीवात्मा–योगी शिव का साक्षात्कार करता है। त्रिकुटी में ही इड़ा, पिंगला और सुषुम्ना के संगम का स्नान है। अवधूत के लिए आवागमन से मुक्ति–प्राप्ति हेतु मात्र एक ही मार्ग है कि वह मूलबन्ध का अभ्यास कर वज्र कौपीन धारण करे, प्राणायाम–विधि से प्राण को शरीर के भीतर स्थिर करे तथा उड्डीयानबन्ध लगा द्वैताद्वैत विवर्जित तत्त्व का चिंतन करे। गुरु के उपदेश को ही अनाहत नाद समझे–'गुरु वचन अनाहद मानिबा मूलं।'[45]

प्राणसंकली

इस रचना के प्रारम्भ में ही स्वीकार किया गया है कि गुरु–कृपा से ही आत्मब्रह्म परमशिव का साक्षात्कार सम्भव है। पापकर्म अथवा पुण्यकर्म दोनों ही बन्धनकारक हैं। परमात्म–चिंतन में निरन्तर चित्त को लय किये रहने से ये कर्म बन्धनकारक नहीं होते। त्रयलोक में एकमात्र विद्यमान सच्चिदानन्द ब्रह्म के दर्शन हमें घट में स्थित ब्रह्मरन्ध्र में ही करना चाहिए। शरीर को एक गढ़ के रूप में चित्रित करते हुए इसमें 13 द्वार, नौ नाड़ियाँ, 72 कोठे, 5 मुख्य चोर, 360 हड्डियाँ आदि के संकेत दिये गये हैं। शिवत्व की प्राप्ति इस काया–गढ़ में ही सम्भव बतायी गयी है[46]–

तीस पौलि तेरह प्रवांणी। तीनि गुप्त दसप्रकट जांणीं।
नौ नाटिका कोटडी बहतरि। चोर पचास पचीस पंच धरि।। 5।।
चीरा लगा तीनि सैं साठी। नौ सै धाइ नाटिक गांठी।
नदी अठारह गांडिक बहई। मगर मच्छ जल पैरत रहई।। 6।।

नरवैबोध

इस रचना के अन्तर्गत कुल 14 छन्द संगृहीत हैं। प्रथम पाँच छन्दों में कहा गया है कि यह संसार पंचतत्त्व को लेकर उत्पन्न हुआ। व्यक्ति को काम, क्रोध, मोह, लोभ, अहंकार आदि का त्याग कर समस्त द्वन्द्वजाल से परे रहना चाहिए। सहजयुक्ति से तन–मन को प्राणायाम के माध्यम से दृढ़ करना चाहिए। संयमित जीवनयुक्त आहार, पाखण्ड–त्याग एवं वैभव–विलास से पूर्णतः उदासीन हो योगाभ्यास करना चाहिए। छठें से 14वें छन्द तक जगदीश के अहर्निश ध्यान, बाह्याडम्बरों से दूर रहने एवं आसन–पवन को दृढ़ करने के निर्देश दिये गये हैं। तीर्थ–व्रत, पूजा–जाप, वेद–शास्त्र, व्यापार–वाणिज्य अथवा लोकाचार की निस्सारता बतायी गयी है। योगी को एकाकी जीवन व्यतीत करने, राजा–रंक की आशा छोड़ने तथा आकर्षक वेश–भूषा त्यागने के उपदेश दिये गये हैं[47]–

पूजा पाति जपौ जिनि जाप, जोग माहिं विटबौ आप।
छाड़ौ वेद वणज–व्यौपार। पढ़िबा गुणिबा लोकाचार।। 9।।
सभा देषि भांडो मति ग्यांन। गूंगा गहिला होइ रहौ अजांण।
छाड़ौ राव रंक की आस। भिछ्या भोजन परम उदास।। 11।।

आत्मबोध

'आत्मबोध' नामक रचना में आसन और प्राणायाम की साधना से मन का निश्चल होना बताया गया है। आसन, मन और पवन को नियंत्रित कर लेने पर तथा आत्मब्रह्म का ध्यान करने पर गगन शिखर में अलखनिरंजन की ज्योति प्रकाशित हो उठती है। कुण्डलिनी जागरण कर साधक मूलाधार का रस (वीर्य) ऊर्ध्वगामी करते हुए ब्रह्मरन्ध्र में शिव के साथ तादात्म्य की अनुभूति करती है। ब्रह्माण्ड की सभी वस्तुएँ पिण्ड में ही विद्यमान हैं। जो प्राणी अपने पिण्डस्थ पर ब्रह्म का स्वरूप–बोध कर लेता है वह समस्त प्राणियों में उस अलखनिरंजन की विद्यमानता का अनुभव करता है।

अभैमात्रा जोग

इस रचना में रूपक के मानस से योगी की बाहरी वेश–भूषा को उसके अन्तर्वर्ती संयमित जीवन का ही प्रतीक बताया गया है। योगी के लिए ॐकार स्वरूप परब्रह्म का योगानुभव ही पथ है। सत्यस्वरूप ही साधना भूमि है। सहजासन में स्थित प्राणायाम की साधना करते हुए प्राणयोगी के लिए ब्रह्मरन्ध्र ही उसका निवास स्थान है। इसी प्रकार संयम को कौपीन, मर्यादा को मेषला,

कैवल्य पद को जगोटा (एक प्रकार का वस्त्र है, जिससे ध्यान–काल में योगी शरीर को ढक लेता है), उड्डीयानबन्ध को मुक्ति, सत्य को मुद्रा, शील को गूदड़ी, क्षमा को टोपी, वीर्य को शरीर में धारण किये रहना अधारी, अन्तर्मुखी वृत्ति को झोली बताया गया है। इसी क्रम में धैर्य ही दण्ड, ॐनमः शिवाय ही फाहुड़ी, तप ही चक्र, मूलबन्ध लगाना ही कमण्ड, मनस्थैर्य ही उदक, सहस्रार से द्रवित चन्द्रामृत ही भोजन, दया ही आदेश, आत्मतत्त्व का चिंतन ही योगशास्त्र, जीभ ही रसायन, मृत्यु को जीतना ही विद्या, आत्मस्वरूप में स्थिर रहना ही वनखण्ड, निराशा ही मठ, अलखनिरंजन ब्रह्म ही इष्टदेव, ज्ञान ही दीपक, निर्विकल्प सहजसमाधि की स्थिति, अमृत ही सहज द्रवित भिक्षा, शब्द ही सिंहीनाद, अनाहतनाद ही किंगरी, शिव ही सरोवर, निश्चलता ही ऋद्धि एवं सत्य ही सिद्धि है। निराकार ब्रह्मवृक्ष में जगत् ही पल्लव है और अमृत ही उसका फल है।

पन्द्रहतिथि

कुल 17 छन्दों की इस लघु रचना में पन्द्रह तिथियों पर साधक के लिए पन्द्रह प्रकार के अनुष्ठान बताये गये हैं। प्रथमा तिथि से लेकर अमावस्या तक योगी साधक को क्रमशः निर्दिष्ट विभिन्न प्रक्रियाओं को अपनाते हुए अपनी योगसाधना को दृढ़तर बनाना चाहिए।

सप्तवार

सप्तवार में योगी साधक को सात दिनों के लिए सात प्रकार की चर्या का निर्देश किया गया है।

मछिन्द्र–गोरखबोध

डॉ. मल्लिक का मत है कि 'गोरक्षबोध' प्राचीन हिन्दी भाषा में रचित है। टेसीटरी के मतानुसार यह 14वीं शताब्दी की रचना है।[48] 126 छन्दों की यह रचना मछिन्द्र–गोरख के संवाद से भरी पड़ी है। संवाद की यह परम्परा संस्कृत ग्रन्थों से ही चली आ रही है। इस ग्रन्थ में प्रश्नकर्ता गोरक्षनाथ मन, पवन, बन्ध, कन्ध आदि के सम्बन्ध में अनेक प्रश्न करते हैं। उन प्रश्नों के उत्तर उनके गुरु मत्स्येन्द्रनाथ जी देते हैं। हिन्दी पदों के बीच कहीं–कहीं संस्कृत के छन्द भी देखे जाते हैं[49]–

गुरुजी! कथमुत्पद्यते नादः? कथं नादः समोभवेत्?
कथं संस्थाप्यते नादः? कथं नादो विलीयते।। 37।।

डॉ. द्विवेदी ने इसे मत्स्येन्द्रनाथ के सिद्धान्तों का व्याख्याता ग्रन्थ बताया है। परवर्ती होते हुए भी बाद के योगियों का विश्वासपरक ग्रन्थ है। गोरख–दत्त गुष्टि, गोरख–गणेश गुष्टि, महादेव–गोरख गुष्टि, नरवैबोध आदि रचनाओं को भी इसी श्रेणी में रखा जा सकता है।[50]

रोमावली

रोमावली में मानव–शरीर को सप्तधातुओं से निर्मित बताया गया है, जिसमें से चार धातुएँ–रक्त, मांस, त्वचा और नाड़ी माता की तथा तीन वस्तुएँ–वीर्य, हाड़ और गुदा पिता की हैं। बन्ध, मुद्रा एवं भेद के सम्यक अभ्यास से मन को नियंत्रित कर पवन का भेदन करना चाहिए तथा बिन्दु की रक्षा करनी चाहिए। इस प्रकार के अनेक प्रश्न उठाये गये हैं और संक्षेप में उसका हल भी ढूँढ़ा गया है।

ज्ञानतिलक

कुल 45 छन्दों की रचना 'ज्ञानतिलक' की प्रारम्भिक पंक्तियाँ इस तथ्य पर प्रकाश डालती हैं कि 'नादब्रह्म' का रहस्याभिव्यंजन गुरु के शब्दप्रकाश से ही होता है।

पंचमात्रा

पंचमात्रा के अन्तर्गत 24 छन्द संगृहीत हैं। इनमें बताया गया है कि पंचतत्त्व में ही शिव का निवास है। इन्हें नियंत्रित कर उन्मनी अवस्था में विचरण करने वाला साधक ही 'योगीन्द्र' है। मन को नियंत्रित किये बिना जिसने अपना मूड़ मुड़ा लिया वह नरक का भागीदार है। सच्चे साधक की काया ही 'षडासन' और मन ही 'जगोटा' है। वह पंचेन्द्रियों की ही 'कछोटी' बाँधता है। योगीसाधक सहस्रार तक पहुँचने के लिए मूलाधार चक्र से अपनी यात्रा आरम्भ करता है। इस मार्ग की सही जानकारी मन–पवन के नियंत्रण पर ही सम्भव है। योगीसाधक प्राणायाम के सम्यक अभ्यास से मन को नियंत्रित कर सुषुम्ना मार्ग से प्राणवायु को ब्रह्मरन्ध्र में प्रवेश कराता है। अनाहत नाद का श्रवण करता है। चन्द्रामृत–पान करता है और ब्रह्म की अनुभूति करता है।

ज्ञानचौंतीसा

ॐकार स्वरूप आदिनाथ परमेश्वर अपनी निजाशक्ति में लीन रहता है। निजा, परा, सूक्ष्मा और कुण्डलिनी शक्ति के अभिव्यक्त ॐकार, ब्रह्मशक्ति–स्वरूप शिव है। ॐकार नाद–बिन्दु स्वरूप है। मानव शरीर की

उत्पत्ति मूलाधार बिन्दु से है। शरीर की उत्पत्ति के साथ ही नाभि–स्थान में सूर्य (अग्नि) की उत्पत्ति होती है और सहस्रार में स्थित अमृत–स्वरूप चन्द्रमा क्षीण होने लगता है। इस तरह उदय और अस्त के मध्य मृत्यु की स्थिति है। चन्द्रमा की 16 कलाएँ सूर्य की 12 कलाओं से चार अधिक हैं। चन्द्रमा की चार विशेष कलारूपी अमृत के पान से ही जीवन स्थिर रखा जा सकता है। शरीर की स्थिति प्राण से है। अतः प्राण–साधना अभीष्ट है। अविद्या–रूपिणी माया–पाश में जकड़ी हुई जीवात्मा अपने सत्स्वरूप की प्राप्ति के लिए सतत प्रयत्नशील रहती है। उसका निरन्तर संघर्षरत रहना ही आत्मयुद्ध है। काम–क्रोधादि के रूप में ही शत्रु सेना उसके सामने है, उस पर विजय प्राप्त करने के लिए ऊँचे मनोबल की आवश्यकता है।

4. नाथपन्थ के सिद्धों का साहित्य

नाथपन्थ से सम्बन्धित योगियों–सिद्धों की बनियाँ एवं उनके पद अनेकत्र प्राप्त होते हैं। कई नाथसिद्ध ऐसे हुए हैं जिन्होंने योग की अलौकिक साधना के साथ अपने विचारों को लिपिवद्ध किया। उनके ग्रन्थ नाथपन्थ के इतिहास के मूल स्रोत हैं। यहाँ ऐसे कुछ महत्त्वपूर्ण रचनाओं एवं कृतियाँ का उल्लेख किया जा रहा है।

गोरक्ष–गणेश गुष्टि

गोरक्ष–गणेश के संवाद रूप में लिखी गयी इस रचना में प्रश्नकर्ता गणेश तथा उत्तर देने वाले गोरक्षनाथ हैं। गणेश जी तीन गुण, पंचतत्त्व एवं उनके वर्ण, स्वाद, स्वभाव, घर–द्वार एवं आहार–विहार के सम्बन्ध में गोरक्षनाथ जी से प्रश्न करते हैं और उनका समाधान पाते हैं। पुनः उसी क्रम में उन्होंने पंचतत्त्वों के गुरु, भार्या, पंचतत्त्वों के गुण, उत्पत्ति एवं विलय के सम्बन्ध में प्रश्न कर गोरक्षनाथ से समुचित हल प्राप्त किया है।

ज्ञानदीपप्रबोध (गोरख–दत्त गुष्टि)

गोरक्ष–दत्तात्रेय के संवाद रूप में 51 छन्दों की इस रचना में गोरक्षनाथ प्रश्न करते हैं और दत्तात्रेय उत्तर देते हैं। गोरक्ष के प्रश्न साधक को कुतूहलपूर्ति करने वाले हैं। दत्तात्रेय की वाणी में परमाद्वैत का सिद्धान्त विवेचित है।

महादेव–गोरक्ष गुष्टि

महादेव–गोरक्ष के संवाद रूप में यह सिद्ध–रचना दो पटल में विभक्त है।

वक्ता महादेव और श्रोता गोरक्षनाथ हैं। प्रथम पटल में पंच–प्रकृति, पंचधर, दस द्वार, पंचाहार, पंचव्यवहार, पंचवरण एवं पंचषानि की गणना करते हुए यह बताया गया है कि इनमें चौरासी लाख जीव–योनियाँ भ्रमण करती हैं। दूसरे पटल में महादेव के वचन हैं कि पृथ्वी को जल ग्रसित कर लेता है, जल को तेज, तेज को वायु, वायु को आकाश, आकाश को इच्छा और इच्छा को अलखनिरंजन परब्रह्म ग्रसित कर लेता है। तदुपरान्त सायुज्यमुक्ति, सामीप्यमुक्ति, स्वारूप्य, सालोक्य एवं महामुक्ति का उपभोग करने के लिए अलग–अलग मार्ग–निर्देशित किये गये हैं।

सिष्टपुराण

लेखक ने इस रचना में रूपक के माध्यम से अपने विचारों को प्रस्तुत करते हुए कहा है कि ॐकार शब्द–ब्रह्म ही एकमात्र अक्षर है। आत्मस्वरूप का ज्ञान ही परमात्म–साक्षात्कार है। काया ही योगसाधन का महान क्षेत्र है। शील ही व्रत, चक्षु ही दृष्टि, श्रवण ही सुरतियोग एवं निर्भय पद ही श्रेष्ठ अभेदपद है। इसी प्रकार संयम, संतोष, अमरकायत्व, दया आदि की श्रेष्ठता प्रतिपादित की गयी है। चित्त की चंचलता, रोग एवं काल आदि की हीनता बतायी गयी है। यह रचना नाथपन्थ के योग दर्शन का संक्षिप्त विर्वचन प्रस्तुत करती है।

दयाबोध

सत्रह छन्दों की इस रचना में योगी साधकों को उपदेश देते हुए कहा गया है कि 'नाथ' का निवास घट–घट में मानते हुए सांसारिक प्रपंचों से दूर हो, एकान्त स्थान में अलखनिरंजन के ध्यान में तल्लीन रहना चाहिए। इन्द्रियों को संयमित कर तथा मन और प्राण को नियंत्रित कर अनाहत ध्वनि का श्रवण करना चाहिए। यह रचना नाथपन्थ के साधकों के जीवन–वृत्त पर प्रकाश पड़ता है।

सप्तवार नवग्रह

इस रचना के अन्तर्गत योगी साधक को सात दिनों और नवग्रहों पर विजय प्राप्त करने के लिए निर्देश दिये गये हैं।

व्रत

कुल सात छन्दों की इस लघु रचना में भीतरी व्रत को ही अभीष्ट बताया गया है। साधक को गुरूपदिष्ट सेवा–संतोष एवं ब्रह्म–प्राप्ति की लगन आदि के प्रति सचेष्ट रहना चाहिए।

पंचअग्नि

यहाँ अग्नि के पाँच प्रकार तथा उनके गुण–दोष विवेचित हैं। पंच अग्नियों में मूल अग्नि, भुयंगम, ब्रह्मअग्नि, कालाग्नि, रुद्राग्नि की गणना की गयी है।

अष्टमुद्रा

'अष्टमुद्रा' में आठ प्रकार की मुद्राएँ, उनके स्थान व कार्य निर्देशित हैं। इनकी जानकारी रखने वाला साधक स्वयं देवता कहा गया है।

चौबीस सिद्धि

इस रचना में 24 सिद्धियों के त्याग का उपदेश दिया गया है। इन्हें परित्याग करने वाला साधक योगी बालयोगेश्वर अथवा ब्रह्मज्ञानी बताया गया है।

बत्तीस लक्षण

इस रचना में आठ प्रकार की परीक्षाएँ तथा प्रत्येक के चार–चार लक्षण बताये गये हैं। इन्हें जानने वाला साधक भव से मुक्ति प्राप्त कर लेता है।

अष्टचक्र

यहाँ आठ चक्र एवं उनके स्थान शरीर के अन्तर्गत निर्देशित हैं। इन अष्टचक्रों के भेद को जानने वाला 'आपै करता आपै देव' कहा गया है।

जालन्धरनाथ की रचनाएँ

तिब्बती भाषा के तंजूर में जालन्धरकृत सात ग्रन्थों का उल्लेख है, जिनमें से दो विमुक्तमंजरी गीत और हूँकारचित्त बिन्दु भावना क्रम को राहुल सांकृत्यायनजी ने मगही भाषा में लिखित बताया है। सरहपाद के हेबज्रसाधन पर उनका एक टिप्पणी–ग्रन्थ 'शुद्धिवज्रपदीप' भी बताया जाता है।[51] जोधपुर (राजस्थान) दुर्ग में स्थित पुस्तकालय में 'अमृतप्रयोग' नामक आठ छन्दों की संस्कृत रचना हालीकपात के नाम से प्रचलित कर दी गयी है। इसी गुटके में 'अष्टांगमुद्राष्टक' नामक 10 श्लोकों की रचना गोरक्ष के नाम से है। 14 श्लोकों की एक अन्य रचना 'सिद्धान्तवाक्य' को जालन्धर–विरचित बताया गया है। प्राच्यशोध–विद्या प्रतिष्ठान जोधपुर गुटका सं. 11648 में गोरक्ष आदिनाथ सिद्धों की रचनाएँ लिपिबद्ध हैं। इसमें 'जालन्धरीपाद जी की सबदी' शीर्षक से 12 सबदियाँ संगृहीत हैं। डॉ. हजारी प्रसाद द्विवेदी ने 'नाथसिद्धों की बानियाँ' में 'जालंधीपाव जी की सबदी' शीर्षक के अन्तर्गत कुल 12 सबदियाँ संगृहीत

की हैं। इन सबदियों में सदाचार पर बल दिया गया है तथा कर्मानुसार फल की प्राप्ति बतायी गयी है। अजपाजाप करते हुए सहजतत्त्व में तत्पर रहना ही अद्‌भुत महायोग ज्ञान है, जिसके प्रकाश में पाप का नाश हो जाता है–

पहले किया सो अब भुगतावै। जो अब करै सो आगे पावै।
जैसा कीजै तैसा लीजै। लाठै तनधर नीका कीजै।
अजपा जपना तप बिनु तपना।
धुनि गहे धरिबा ध्यान जो संहारै पाप प्रहारं। जैसा अद्‌भुत ग्यानं।।

(नाथसिद्धों की बानियाँ–सबदी, 263–64)

कृष्णपाद की रचनाएँ

हरप्रसाद शास्त्री ने कृष्णपाद की 57 पुस्तकों एवं 12 संकीर्तन के पदों की प्राप्ति का उल्लेख किया है। कृष्णपाद के रचित 12 पद 'बौद्धगान व दोहा' के 'चर्याचर्याविनिश्चय' में पाये जाते हैं। तिब्बती ग्रन्थ 'स्तन–ग्यूर' में कृष्णपाद के छः ग्रन्थ दर्शन के और 74 ग्रन्थ तंत्र के संगृहीत हैं। इन 74 ग्रन्थों में अपभ्रंश या पुरानी हिन्दी के छः ग्रन्थ हैं[52]–1. गीतिका, 2. महाढुंढन, 3. बसंततिलका, 4. असंबंध दृष्टि, 5. वज्रगीति, 6. दोहाकोश।

कृष्णपाद के दोहों का एक संग्रह 'दोहाकोश' नाम से हरप्रसाद शास्त्री ने प्रकाशित कराया है। उस पर मेखला नामक संस्कृत टीका भी मिलती है। इनको फिर से तिब्बती अनुवाद से मिलाकर डॉ. बागची ने सम्पादित किया है।[53] प्राच्यशोध विद्या प्रतिष्ठान, जोधपुर में गुटका संख्या 11648 के अन्तर्गत 'कणेरीपाव' की चार सबदी संगृहीत हैं। डॉ. हजारी प्रसाद द्विवेदी ने 'नाथसिद्धों की बानियाँ' में इनकी कुछ सबदियाँ प्रकाशित की हैं। इन सबदियों से ज्ञात होता है कि कृष्णपाद ने अपनी साधना में मन के नियंत्रण पर विशेष बल दिया है–

संपदा की लहरियां पारजु पाइल
मनवा की लहरियों पार न आवै रैलो।
आदिनाथ नाती, मछिन्दनाथ पूता सति–सति काणेरी गावै रैलो।

(नाथसिद्धों की बानियाँ, पृ. 58)

चौरंगीनाथ की रचनाएँ

तिब्बती ग्रन्थ 'स्तनगयुर' में चौरंगीनाथ का एक हिन्दी ग्रन्थ 'वायुतत्त्वभावनोपदेश' उपलब्ध होता है। अपभ्रंश या पुरानी हिन्दी में उनकी चार छोटी–छोटी सबदियाँ मिलती हैं।[54] डॉ. हजारी प्रसाद द्विवेदी ने 'नाथसिद्धों

की बानियाँ' में चौरंगीनाथ की 'प्राण–संकली', चार सबदियाँ एवं 'श्रीनाथष्टक' प्रकाशित की है। 'प्राणसंकली' की भाषा प्रारम्भ में पूर्वी है पर बाद में राजस्थानी जैसी हो जाती है। द्विवेदी जी का अनुमान है कि इसमें पुराने अंशों के साथ नये अंश भी जोड़ दिये गये हैं। डॉ. शिवपूजन सहाय ने पूरनमल के नाम से एक पद उद्धृत कर उनका स्थान 17वीं शताब्दी के कवियों में माना है।[55]

चर्पटनाथ की रचनाएँ

चर्पटनाथ की 59 सबदियों एवं कुछ श्लोकों का संग्रह डॉ. हजारी प्रसाद द्विवेदी ने 'नाथसिद्धों की बानियाँ' में किया है। डॉ. मोहन सिंह ने चर्पटीनाथ के नाम से प्रचलित एक कविता अपनी पुस्तक में उद्धृत की है। इसी से मिलती–जुलती एक अन्य प्रति उन्होंने काशी हिन्दू विश्वविद्यालय (की एक प्रति) से संग्रह किया है। इसी भाव की एक नयी कविता सन्त सम्पूर्ण सिंह ने तरन–तारन से 'प्राणसंकली' छपायी है जिसमें चर्पटीनाथ और गुरुनानक की बातचीत दिखायी गयी है। उक्त तीनों कविताओं के आधार पर डॉ. द्विवेदी का मत है कि चर्पटीनाथ बाह्याचरण के विरोधी हैं। सारी वार्ता रसायन के विषय में है। एक अन्य अविच्छिन्न हस्तलेख से भी कुछ अंश संग्रह करके डॉ. मोहन सिंह ने प्रकाशित कराया है। चर्पट के कुछ हिन्दी पद 'योगप्रवाह' में भी संगृहीत है।[56] तिब्बती 'स्तन–ग्यूर' में अपभ्रंश (पुरानी हिन्दी) में लिखित एक ग्रन्थ 'चतुर्भूतभवाभिवासनक्रम' चर्पट के नाम से संगृहीत है।[57] 'चर्पटशतकम्' नामक संस्कृत रचना नीलकण्ठ–विरचित बतायी गयी है। जोधपुर दुर्ग में उपलब्ध 'चर्पटशतक' में कुल 142 श्लोक हैं। नेपाल स्थित मृगस्थली गोरक्षपीठ में उपलब्ध 'चर्पटशतकम्' में 28 श्लोक भिन्न हैं तथा राजस्थान के सिद्ध तारानाथ मठ में स्थित पुस्तक में 16 श्लोक भिन्न रूप में हैं।[58] वि.सं. 1733 में शंकरनाथ योगी ने 'चर्पटशतकम्' प्रकाशित करायी जिसमें 100 श्लोक संगृहीत हैं। जोधपुर दुर्ग में स्थित पुस्तकालय 'पुस्तक प्रकाश' में 'योग गुटका संख्या–4' में 72 सबदियाँ चर्पट के नाम से संगृहीत हैं। राजस्थानी शोध–संस्थान चोपासनी में राजस्थानी भाषा में लिखित एक रचना चर्पटमंजरी मिलती है।

चर्पटनाथ के नाम से प्रचलित सबदियों में बाह्याडम्बरों की निस्सारता, इन्द्रिय–संयम एवं ब्रह्मचर्य आदि पर बल दिया गया है। इन सबदियों की भाषा बहुत परवर्ती है। सबदी सं. 30 में भरथरी, चरपट, गोपीचन्द आदि की वन्दना की गयी है। चरपट स्वयं अपनी वन्दना नहीं कर सकते[59]–

भरथर चरपट गोपीचंद, बन्दी पूरण प्रेमानन्द।
पीर पांड धूत छाडयो भोग राष्यो आत्म साध्यौ जोग।।

भर्तृहरि की रचनाएँ

'हेमाद्रि' नामक साप्ताहिक के एक लेख में भर्तृहरि को विचारनाथ के नाम से भी परिचित कराया गया है। 'महावैराग्यवाक्यम्' नामक एक संस्कृत रचना भी उनकी बतायी जाती है।[60] प्राच्य शोध विद्या प्रतिष्ठान, जोधपुर में गुटका सं. 11648 में 'तिलोकचन्द की परिचई' के नाम से नाथ सिद्धों की बानियाँ संगृहीत की गयी हैं। इसी गुटके में 'भरथरी जी की महिमा के पद' शीर्षक में 20 पद संगृहीत हैं। यहीं भरथरी जी की सबदी के अन्तर्गत 45 सबदियाँ संगृहीत हैं। डॉ. प्रह्लाद नरहर जोशी ने अपने शोध–प्रबन्ध के अन्त में भरथरी के नाम से 49 सबदियाँ संगृहीत की हैं। इन सबदियों में भर्तृहरि की वैराग्य विषयक दृढ़ता लक्ष्य की जा सकती है। भर्तृहरि ने वैभव–विलास का त्याग कर एवं सांसारिक आकर्षणों से पूर्णतः निराश हो वैराग्य का निर्वचन किया था।[61]

छाड़या हस्ति घोड़्या गांव गढ़। हरष सोग मनिनाहिं।
तातै राजा भरथरी। थकित भया पद माहिं।। 37।।
झूठा जग का जीवणां। बढ़ै सवाया रोग।
तातै निकसा भरथरी। मीठा लागै जोग।। 38।।

'शतकत्रय' संस्कृत रचना भी नाथपन्थीय भर्तृहरि की बतायी जाती है, जिसे निर्विवाद रूप से स्वीकार नहीं किया जा सकता। भर्तृहरि की वैराग्य विषयक कथा को आधार बनाकर राजस्थान में अनेक ग्रन्थ लिखे गये हैं। भरथरी गीत, भरथरी–गोरक्ष संवाद, भर्तृहरि वैराग्य, भरथरीनुपदेश जैसे ग्रन्थों से भर्तृहरि की वैराग्य कथा की लोकप्रियता सिद्ध होती है।

गोपीचन्द्रनाथ की रचनाएँ

राजस्थान में गोपीचन्द एवं भरथरी विषयक कहानियों को आधार बनाकर अनेक गाथाएँ रची गयी हैं। प्राच्य शोध–विद्या प्रतिष्ठान जोधपुर में 'गोपीचन्द भरथरी' पुस्तक राजस्थानी भाषा में लिखी गयी है। लिपिकाल संवत् 1455 है। इस पुस्तक के आठ विश्रामों में गोपीचन्द की वैराग्य विषयक कथा तथा उत्तरवर्ती 240 छन्दों में भरथरी की कथा निबद्ध की गयी है। इसी पुस्तकालय के अन्य ग्रन्थ (गुटका सं. 12592) में निबद्ध गोपीचन्द की कथा में तिलोकचन्द

को उनका पिता तथा मैनावती को उनकी माता बताया गया है। उक्त पुस्तक में उल्लेख है कि मैनावती अपने पुत्र गोपीचन्द को जालन्धरनाथ से दीक्षा ग्रहण करने हेतु प्रेरित करती है–'मत कहै बेटा ऐसी बात जोगी जालन्धरनाथ गुरु करैगा सनाथ काया अमर करैगा।' एक अन्य पुस्तक (गुटा सं. 10942) में भी गोपीचन्द विषयक उक्त प्रसंगों का ही 41 चौपाइयों में वर्णन है। जोधपुर के पुस्तकालय में सेवादास जी के संग्रह–ग्रन्थ 'संतदास जी की वाणी' 'अंग व पद' (प्रतिलिपि समय 1935) में गोपीचन्द, जालन्धरपाव, हालीपाव एवं मीडकीपाव के नाम से सबदियाँ संगृहीत हैं। राजस्थानी भाषा में लिखित विलासीदास के संग्रह ग्रन्थ 'रामचरण जी की वाणी' आदि (प्रतिलिपि काल 1940) में नौ कृतियाँ संगृहीत हैं। इनमें एक कृति गोपीचन्द की चौपाई के अन्तर्गत 141 छन्द संकलित हैं। प्रतिलिपिकर्ता ने कहीं कोई ऐसा विवरण नहीं दिया है कि उसे मूल चौपाई कहाँ से उपलब्ध हुई। 19वीं शताब्दी में लिपिबद्ध 'गोपीचन्द को वैराग्य बोध' नामक रचना (गुटका सं. 12574) 144 छन्दों में निबद्ध है। गुटका सं. 11648 में 'तिलोकचन्द की परिचई' के नाम से कुछ छन्द संगृहीत हैं। इस गुटके में 'गोपीचन्द की महिमा के पद' शीर्षक से कुछ छन्दों का संग्रह किया गया है। आगे चलकर गोपीचन्द की सबदी के अन्तर्गत 14 सबदियाँ संगृहीत हैं। जोधपुर दुर्ग में स्थित पुस्तकालय 'पुस्तक प्रकाश' एवं 'राजस्थानी शोध संस्थान जोधपुर' में भी गोपीचन्द एवं भर्तृहरि (भरथरी) से सम्बन्धित कहानियाँ अनेक पुस्तकों में निबद्ध की गयी है जिससे यह अनुमान किया जा सकता है कि ये कहानियाँ राजस्थान में विशेष लोकप्रिय रही हैं।

डॉ. हजारी प्रसाद द्विवेदी ने 'नाथसिद्धों की बानियाँ' में गोपीचन्द की सबदी, राजा–रानी संवाद एवं पद संवाद का संग्रह किया है। डॉ. प्रह्लाद नरहर जोशी ने अपने शोध–ग्रन्थ के अन्त में गोपीचन्द नाम से 19 सबदियों को प्रकाशित किया है। इनमें सबदी संख्या तीन इस प्रकार है[62]–

गुरु हमारे गोरष बोलिए। चरपट है गुरु भाई जी।
एक सबद हमसूं गुरु गोरखनाथ दिया।
सो बोल्यवया मैणावती माई जी।।

डॉ. जोशी ने 'गोपीचन्द का ख्याल' शीर्षक से 12 ख्याल भी प्रकाशित किये हैं। पहले ख्याल में गोपीचन्द को गौड़बंगाल धवलनगर का राजा बताया गया है तथा शेष ख्यालों में गोपीचन्द की सांसारिक विरक्ति एवं वैराग्य ग्रहण की महत्ता प्रतिपादित की गयी है।

निवृत्तिनाथ की रचनाएँ

निवृत्तिनाथ की मराठी रचनाएँ 'निवृत्तिनाथचि अभंग' नाम से प्रकाशित है। उनमें नाथ दर्शन का सुबोध स्पष्टीकरण है। हिन्दी में अभी तक उनकी कोई रचना उपलब्ध नहीं है। सकल सन्त–गाथा में संकलित मुक्ताबाई के मराठी अभंगों से उनका हठयोग विद्या तथा आध्यात्मिक साधना या गम्भीर अधिकार स्पष्ट होता है। उनके समकालीन योगी चांगदेव ने उनसे उपदेश ग्रहण कर उनके श्रेष्ठ साधिका रूप की वन्दना की है। सन्त नामदेव को सगुण भक्ति से निर्गुण भक्ति की ओर ले आने का श्रेय मुक्ताबाई को ही है। मुक्ताबाई के 42 मराठी अभंगों के अतिरिक्त उनका एक हिन्दी पद भी उपलब्ध हो सका है। सन्त ज्ञानेश्वर की समाधि के पश्चात मुक्ताबाई ने भी शोक–सन्तप्त हो माणगाँव में शक–संवत् 1219 में आत्मार्पण कर दिया था।[63]

5. भारत में विविध भाषाओं के लोक साहित्य

गोरखनाथ तथा नाथसिद्धों का साहित्य भारत के विभिन्न प्रान्तों और उनकी लोकभाषाओं में भरा पड़ा है। यद्यपि कि उनका व्यवस्थित संकलन नहीं हो पाया है। देश के ज्ञात–अज्ञात अनेक संस्थानों तथा व्यक्तियों के पास कितनी रचनाएँ अद्यावधि अछूती तथा अप्रकाशित हैं, कहा नहीं जा सकता। राजस्थान के हस्तलिखित ग्रन्थों की कुछ सूचियाँ प्रकाशित हैं। राजस्थान में महावीर तीर्थ के जैन साहित्य शोध–संस्थान से प्रकाशित पुस्तकों में कुछ ऐसे गुटके हैं जिनमें गोरखनाथ की भी रचनाएँ हैं।[64] राजस्थान प्राच्य विद्या प्रतिष्ठान, जयपुर के संग्रह में पुरोहित हरिनारायण का महत्त्वपूर्ण संग्रह सुरक्षित है। उसकी सूची विद्याभूषण ग्रन्थ सूची के नाम से प्रकाशित हुई है। उनमें गोरखनाथ की कई हस्तलिखित प्रतियाँ हैं। नाहटा साहब द्वारा सम्पादित ग्रन्थ 'राजस्थान में हिन्दी के हस्तलिखित ग्रन्थों की खोज' भाग 4, पृष्ठ 39 में गोरखनाथ रचित योगचूड़ामणि नामक 185 पद्यों के संग्रह का विवरण है। इसी प्रकार सन्तवाणी संग्रह में गोरखनाथ की 25 रचनाएँ मिलती हैं।

राजस्थान में गोरखनाथ के नाम से प्रचलित अनेक पाण्डुलिपियाँ अधिकांशतः 18वीं शताब्दी के बाद की लिखी गयी है जो नाथपन्थ के योगियों द्वारा गोरखनाथ के नाम से रचित है। नाथपन्थ के योगियों एवं सिद्धों की रचनाएँ बंगाली, मराठी, उड़िया, कन्नड़, तेलुगु और पंजाबी इत्यादि भारत की अन्य भाषाओं में उपलब्ध हैं जिनका संकलन एवं प्रकाशन अभी होना शेष है।

6. नाथपन्थ के पीठों एवं मन्दिरों में प्रचलित परम्पराएँ

सम्पूर्ण भारत में नाथपन्थ के मठ–मन्दिर प्राप्त होते हैं विशेषकर उत्तर प्रदेश, बिहार, बंगाल, त्रिपुरा, असम, उड़ीसा, महाराष्ट्र, कर्नाटक, गुजरात, पंजाब, राजस्थान, हिमांचल और जम्मू इत्यादि प्रान्तों में नाथपन्थ के मठ–मन्दिर अथवा प्रतिष्ठित केन्द्र विद्यमान हैं। इनमें उत्तर प्रदेश के गोरखपुर स्थित श्रीगोरक्षपीठ एवं श्रीगोरखनाथ मन्दिर नाथपन्थ का सर्वोच्च केन्द्र है। भारत के बाहर अफगानिस्तान, पाकिस्तान, तिब्बत, नेपाल, भूटान, बांग्लादेश, म्यांमार इत्यादि देशों में भी नाथपन्थ के मन्दिर एवं मठ विद्यमान हैं। नेपाल में नाथपन्थ और महायोगी गोरक्षनाथ को सर्वाधिक प्रतिष्ठा प्राप्त है। नाथपन्थ के इन मठ–मन्दिरों में इनकी अनेक परम्पराएँ पीढ़ी–दर–पीढ़ी आज भी सुरक्षित है। नाथपन्थ के योगियों में बड़ी संख्या ऐसी है जिन्होंने विद्यालयी शिक्षा को महत्त्व न देते हुए पान्थिक शिक्षा में विशेषज्ञता हासिल की। ऐसे में नाथपन्थ के मठ–मन्दिरों की पान्थिक परम्पराओं को पुस्तकीय स्वरूप में लिखने और उसे प्रकाशित करने का कार्य न हो सका। ऐसे में इनकी नाथपन्थ की पान्थिक परम्पराओं को समझने और जानने का एकमात्र स्रोत इनकी पान्थिक परम्पराएँ हैं। नाथपन्थ के मठ–मन्दिरों में कुछ मौलिक परम्पराएँ तो एक समान हैं तथापि अलग–अलग प्रदेशों एवं क्षेत्रों मे इनकी कुछ परम्पराओं पर स्थानीयता एवं क्षेत्रीयता का प्रभाव परिलक्षित होता है। अतः नाथपन्थ के विविध मठ–मन्दिरों में प्रचलित परम्पराओं का आलोचनात्मक विश्लेषण कर शोधपूर्ण निष्कर्ष निकाले जा सकते हैं।

7. श्रीगोरखनाथ मन्दिर से प्रकाशित मासिक–पत्रिका 'योगवाणी' एवं विविध साहित्य

गोरखपुर में महायोगी गोरखनाथ की तपस्थली पर स्थित श्रीगोरखनाथ मन्दिर नाथपन्थ का सर्वोच्च केन्द्र है। यहाँ का प्रकाशन–विभाग नाथपन्थ के साहित्य का प्रकाशन करता है। श्रीगोरखनाथ मन्दिर से गोरक्षपीठाधीश्वर ब्रह्मलीन महन्त अवेद्यनाथजी महाराज द्वारा सन् 1977 से 'योगवाणी' नामक पत्रिका का संपादन प्रारम्भ हुआ। 47 वर्षों से अनवरत यह पत्रिका प्रकाशित हो रही है। नाथपन्थ के अनेक महत्त्वपूर्ण विषयों पर इस पत्रिका के विशेषांक प्रकाशित हुए हैं। नाथपन्थ के इतिहास–लेखन में यह मासिक पत्रिका समृद्ध ऐतिहासिक स्रोत है।

श्रीगोरखनाथ मन्दिर के प्रकाशन विभाग द्वारा नाथपन्थ से सम्बन्धित कई

शोध–प्रबन्ध प्रकाशित किए गए हैं। अनेक विद्वानों के शोधपरक ग्रन्थ भी यहाँ से प्रकाशित हैं। यहाँ से प्रकाशित गोरखदर्शन (अक्षय कुमार बनर्जी), नाथयोग (अक्षय कुमार बनर्जी), आदर्श योगी (रघुनाथ शुक्ल), गोरखवानी (रामलाल श्रीवास्तव), गोरक्षसिद्धान्त संग्रह (रामलाल श्रीवास्तव), अमनस्क योग (रामलाल श्रीवास्तव), गोरक्ष पद्धति (रामलाल श्रीवास्तव), हठयोग प्रदीपिका (रामलाल श्रीवास्तव), यौगिक षटकर्म (महन्त योगी आदित्यनाथ), हठयोग स्वरूप एवं साधना (महन्त योगी आदित्यनाथ), गोरखमहिमा (महेन्द्रनाथ गोस्वामी), योगीराज बाबा गम्भीरनाथ (महन्त योगी आदित्यनाथ), योग एवं महायोगी गोरखनाथ (महन्त योगी आदित्यनाथ) इत्यादि पुस्तकें नाथपन्थ के इतिहास–लेखन के लिए अत्यन्त महत्त्वपूर्ण स्रोत हैं।

8. नाथपन्थ के योगियों–पीठाधीश्वरों के मत एवं विचार

नाथपन्थ के योगी परम्परागत रूप से नाथपन्थ के मौलिक विचार–दर्शन को पीढ़ी–दर–पीढ़ी प्राप्त करते हैं। नाथपन्थ के अनेक योगी ज्ञान–परम्परा एवं दर्शन के निष्णात विद्वान हैं। इन योगियों ने समय–समय पर अपने विचार व्यक्त किए हैं। इनके विचार भी नाथपन्थ के इतिहास–लेखन के वाचिक–मौखिक किन्तु महत्त्वपूर्ण स्रोत हैं।

9. भारत के सामाजिक–सांस्कृतिक इतिहास के मौलिक ग्रन्थ एवं सन्त–साहित्य

नाथपन्थ विचार–दर्शन के मौलिक सूत्र प्राचीन भारत की सांस्कृतिक परम्परा में प्रारम्भ से ही मिलते–जुलते हैं। उल्लेखनीय है कि महायोगी गोरखनाथ ने भारतीय संस्कृति की मूलधारा में प्रचलित क्षमण–तपस्वी विचारधारा एवं योग को अपने मत का मूल आधार बनाया। इस प्रकार नाथपन्थ के उद्‌भव एवं विकास के सूत्र भारतीय संस्कृति के मौलिक स्रोत यथा हड़प्पा वैदिक सभ्यता, वैदिक ग्रन्थ, वेदांत, उपनिषद्, आख्यान, पुराण इत्यादि में उपलब्ध हैं। महायोगी गोरखनाथ के बाद का इतिहास नाथपन्थ के अपने साहित्य के अतिरिक्त भारत के सन्त–साहित्य में भरा पड़ा है।

उपर्युक्त ऐतिहासिक स्रोत के शोधपरक विवेचन, आलोचनात्मक मूल्यांकन एवं उनके तर्कसंगत विश्लेषण के आधार पर नाथपन्थ का तथ्यपरक इतिहास उद्‌घाटित किया जा सकता है। ऐसे ही मौलिक स्रोतों पर आधारित नाथपन्थ का इतिहास इस पुस्तक का विवेच्य विषय है।

सन्दर्भ

1. कल्याणी मलिक, नाथसम्प्रदाय का इतिहास, दर्शन और साधना प्रणाली, पृ. 32–74
2. हजारीप्रसाद द्विवेदी, नाथसम्प्रदाय, पृ. 40–41
3. अशोक प्रभाकर कामत, महाराष्ट्र में नाथपन्थीय कवियों का हिन्दी काव्य, पृ. 81.
4. योगवाणी–वर्ष 1, अप्रैल–1976, अंक–4, पृ. 21–22
5. शाबर चिंतामणि, पृ. 1–50
6. हजारीप्रसाद द्विवेदी, नाथसम्प्रदाय, पृ. 65–66
7. हजारीप्रसाद द्विवेदी, नाथसम्प्रदाय, पृ. 109–111
8. वही, पृ. 111
9. दिवाकर पाण्डेय, गोरखनाथ एवं उनकी परम्परा का साहित्य, पृ. 83
10. हजारीप्रसाद द्विवेदी, नाथसम्प्रदाय
11. नागेन्द्रनाथ उपाध्याय, नाथ और सन्त साहित्य–तुलनात्मक अध्ययन, पृ. 29
12. वही
13. दिवाकर पाण्डेय, गोरखनाथ एवं उनकी परम्परा का साहित्य, पृ. 84–85
14. द्विजसेवितशाखस्य श्रुतिमल्पतरोः फलम्।
शमनं भवतापस्य योगं भजत सत्तमाः।। (श्लोक–6)
15. धारण पंचनाडीभिर्ध्यानं स्यात् षष्टिनाडिभिः।
दिन द्वादशकेनैव समाधिः प्राण संयमात्।। (विवेकमार्तण्ड, श्लोक–185)
16. योगहीनं कथं ज्ञानं, माक्षदं भवतीश्वरि।
योगोऽपि ज्ञानहीनस्तु, न क्षमो मोक्षकर्मणि।। (योगबीजम, श्लोक–19)
17. पक्वो योगाग्निना देही, ह्यजडः शोकवर्जितः।
जडस्तत्पार्थिवो ज्ञेयश्चापक्वो दुःखदो भवेत्।। (योगबीजम्, श्लोक–35)
18. गोरख विशेषांक–वर्ष 2, जनवरी–1977, अंक 1, पृ. 44
19. नागेन्द्रनाथ उपाध्याय, नाथ और सन्त साहित्य–तुलनात्मक अध्ययन, पृ. 31
20. नागेन्द्रनाथ उपाध्याय, गोरखनाथ–नाथ सम्प्रदाय के परिप्रेक्ष्य में, पृ. 45
21 .गोरख विशेषांक–वर्ष 2, जनवरी–1977, अंक 1, पृ. 85–86
22. गोरख विशेषांक–वर्ष 2, जनवरी–1977, अंक 1, पृ. 87
23. अशोक प्रभाकर कामत, महाराष्ट्र में नाथपन्थीय कवियों का हिन्दी काव्य, पृ. 62
24. नागेन्द्रनाथ उपाध्याय, नाथ और सन्त साहित्य–तुलनात्मक अध्ययन, पृ. 32
25. रांगेय राघव, गोरखनाथ और उनका युग, पृ. 166–67

26. अशोक प्रभाकर कामत, महाराष्ट्र में नाथपन्थीय कवियों का हिन्दी काव्य, पृ. 194
27. हजारी प्रसाद द्विवेदी, नाथ सम्प्रदाय, पृ. 108
28. श्रीराम शर्मा, दक्खिनी हिन्दी का साहित्य, पृ. 46
29. जाम्भो जी, विष्णोई सम्प्रदाय और साहित्य–पहला भाग, पृ. 25–26
30. रांगेय राघव, गोरखनाथ और उनका युग, पृ. 193
31. कल्याणी मलिक, नाथ सम्प्रदाय का इतिहास, दर्शन और साधना–प्रणाली, पृ. 123
32. रांगेय राघव, गोरखनाथ और उनका युग, पृ. 200–201
33. भगवती प्रसाद सिंह (सं.), महन्त दिग्विजयनाथ स्मृतिग्रन्थ, पृ. 334–35
34. रांगेय राघव, गोरखनाथ और उनका युग, पृ. 194–200
35. जाम्भो जी, विष्णोई सम्प्रदाय और साहित्य–पहला भाग, भूमिका, पृ. 1–2–3
36. जाम्भो जी, विष्णोई सम्प्रदाय और साहित्य–पहला भाग, पृ. 421–25
37. जाम्भो जी, वही, पृ. 425
38. रांगेय राघव, गोरखनाथ और उनका युग, पृ. 199
39. हजारी प्रसाद द्विवेदी, नाथ सम्प्रदाय, पृ. 122
40. अशोक प्रभाकर कामत, महाराष्ट्र में नाथपन्थीय कवियों का हिन्दी काव्य, पृ. 194
41. गोरखबानी, सबदी–63
42. वही, सबदी–72
43. वही, सबदी–31
44. वही, सबदी–31, पृ. 14
45. रामलाल श्रीवास्तव (सं.), गोरखबानी, विशेषांक–वर्ष 4, 1979, शिष्या दरसन, पृ. 327
46. वही, पृ. 330
47. वही, विशेषांक–वर्ष 4, नरवैबोध, पृ. 337
48. कल्याणी मलिक, नाथ सम्प्रदाय का इतिहास, दर्शन और साधना प्रणाली, पृ. 123
49. सुरेशचन्द्रनाथ मजूमदार, राजगुरु योगिवंश, पृ. 44
50. हजारी प्रसाद द्विवेदी, नाथ सम्प्रदाय, पृ. 221
51. वही, पृ. 85
52. हिन्दी साहित्य और बिहार, पृ. 192
53. हजारी प्रसाद द्विवेदी, नाथ सम्प्रदाय, पृ. 99
54. कल्याणी मलिक, नाथ सम्प्रदाय का इतिहास, दर्शन और साधना प्रणाली, पृ. 75
55. शिवपूजन सहाय (सं.), हिन्दी साहित्य और बिहार, पृ. 186

56. हजारी प्रसाद द्विवेदी, नाथ सम्प्रदाय, पृ. 72–74
57. शिवपूजन सहाय (सं.), हिन्दी साहित्य और बिहार, पृ. 11
58. चर्पटशतकम्, पृ. 40–48
59. प्रह्लाद नरहर जोशी, नाथ सम्प्रदाय : उदय व विस्तार, परिशिष्ट–1, चिरपटजी की सबदी, पृ.645
60. गोरख विशेषांक –वर्ष 2, जनवरी 77, पृ. 268–69
61. प्रह्लाद नरहर जोशी, नाथ सम्प्रदाय : उदय व विस्तार, पृ.641, भरथरी जी की सबदी।
62. प्रह्लाद नरहर जोशी, नाथ सम्प्रदाय : उदय व विस्तार, परिशिष्ट–1, गोपीचन्द की सबदी, पृ.648–49
63. अशोक प्रभाकर कामत, महाराष्ट्र में नाथपन्थीय कवियों का हिन्दी काव्य, पृ. 42–43
64. अनुज प्रताप सिंह, गोरखनाथ और नाथसिद्ध, द्वितीय संस्करण, संवत् 2071, पृ. 404।

□

अध्याय–2

नाथपन्थ

भारत के धार्मिक इतिहास में पूर्वमध्यकाल सामाजिक–धार्मिक–राजनीतिक विकास की दृष्टि से अनेक उतार–चढ़ाव का युग है। इस युग के सामाजिक जीवन में एक तरफ शिल्प और व्यापार की विविधताओं और उनकी पारम्परिक विशेषज्ञता ने जहाँ भारत में शिल्प आधारित विविध जातियों का निर्माण किया वहीं धार्मिक विश्वासों विशेषकर उपासना पद्धतियों में भी निरन्तर नवीन प्रवृत्तियों का उदय होता हुआ दिखायी देता है। इसी युग में भारत पर विदेशी आक्रमणों में तेजी और इस्लाम का भारत में प्रवेश एक युगान्तरकारी घटना सिद्ध हुई। परिणामतः एक तरफ जहाँ विदेशी उपासना पद्धतियों से भारतीय संस्कृति की सुरक्षा और उसके अस्तित्व का प्रश्न खड़ा हुआ, वहीं भारत की विविध उपासना पद्धतियों में श्रेष्ठतावाद का अभ्युदय एवं उसका तेजी से विकास हुआ। इस युग में प्राचीन काल से चले आ रहे शैव–शाक्त और वैष्णव मतों के बीच प्रतिस्पर्धा उत्पन्न हुई तो वहीं जैन, बौद्ध, आजीवक जैसे अन्य सम्प्रदाय तांत्रिक आचारों–विचारों से प्रभावित होने लगे और अपने मूल रूप से बहुत कुछ बदलते जा रहे थे। इस युग में विभिन्न साधना–प्रधान मतों के अनुयायियों में अर्हत, तान्त्रिक और अन्य बौद्ध, भैरव, भिक्षु, भोजक (सूर्योपासक), चार्वाक, चीनमार्गरत, डामर, जैन, कापालिक, लांगल, लिंगधारी, मीन–केतन, नाकुल, नास्तिक, निर्ग्रन्थ, पांचरात्र, पूर्वी पाशुपत पन्थ एवं पश्चिमी पाशुपत पन्थ, शैव, शाक्य, सांख्य, सौगत, तप्तमुद्रान्तिक, त्रिशूलधारी आदि थे। यह कहना उचित है कि वह युग साम्प्रदायिक संघर्ष और समन्वय का युग था।[1]

इसी युग में योगमार्गी शैव सिद्धों ने योग–केन्द्रित अपनी विशिष्ट साधनापरक सम्प्रदाय का संगठन किया जो नाथ–सम्प्रदाय के नाम से भारत

भर में विख्यात हुआ। पाशुपत, कापालिक एवं कालामुख सम्प्रदायों में से अनेक ऐसे थे जिन्होंने नाथ उपाधि धारण की थी। साम्प्रदायिक ग्रन्थों में नाथ–सम्प्रदाय के अनेक नामों का उल्लेख मिलता है। 'हठयोग प्रदीपिका की टीका (1–5) में ब्रह्मानन्द ने लिखा है कि सब नाथों में प्रथम आदिनाथ हैं जो स्वयं शिव ही हैं–ऐसा नाथ–सम्प्रदाय वालों का विश्वास है। इससे यह अनुमान किया जा सकता है कि ब्रह्मानन्द इस सम्प्रदाय को 'नाथसम्प्रदाय' नाम से ही जानते थे। भिन्न–भिन्न ग्रन्थों में बराबर यह उल्लेख मिलता है कि यह मत नाथोक्त अर्थात् नाथ द्वारा कथित है। परन्तु सम्प्रदाय में अधिक प्रचलित शब्द है 'सिद्ध–मत' (गोरक्षसिद्धान्त संग्रह, पृ.12), 'सिद्ध मार्ग', 'योगबीज', योगमार्ग (गोरक्षसिद्धान्त संग्रह, पृ. 58), 'योग सम्प्रदाय', अवधूत मत (गो.सि.सं., पृ.18), अवधूत सम्प्रदाय (गो.सि.सं., पृ. 56), इत्यादि। इस मत के लिए योगमत और योग–सम्प्रदाय नाम तो सार्थक ही हैं क्योंकि इनका मुख्य धर्म ही योगाभ्यास है। अपने मार्ग को ये लोग सिद्धमत या सिद्धमार्ग इसलिए कहते हैं कि इनके मत से नाथ ही सिद्ध हैं। इनके मत का अत्यन्त प्रामाणिक ग्रन्थ 'सिद्धसिद्धान्तपद्धति' है, जिसे अट्ठारहवीं शताब्दी के अन्तिम भाग में काशी के बलभद्र पण्डित ने संक्षिप्त करके 'सिद्धसिद्धान्त संग्रह' नामक ग्रन्थ लिखा था। इन ग्रन्थों के नाम से पता चलता है कि बहुत प्राचीन काल से इस मत को सिद्धमत कहा जा रहा है।[2]

नामकरण

'नाथ' शब्द अति प्राचीन है। अनेक अर्थों में इसका प्रयोग वैदिक काल से ही होता आया है। ऋग्वेद के दशम मण्डल के सूक्त 130 में 'नाथ' शब्द का प्रयोग सृष्टिकर्ता, ज्ञाता तथा सृष्टि के निमित्त रूप में किया गया है।[3] राजगुह्य के अनुसार 'नाथ' वह तत्त्व है, जो अनादि रूप है तथा भुवनत्रय की स्थिति के कारण है। शक्ति संगम–तंत्र में उल्लेख है कि नाथतत्त्व मोक्ष प्रदान करता है, ब्रह्म का अनुबोधन एवं अज्ञान का स्थगन करता है। संस्कृत टीकाकार मुनिदत्त ने 'नाथ' शब्द को सद्गुरु के अर्थ में ग्रहण किया है। गोरक्षबानी में सम्पादित रचनाओं में 'नाथ' शब्द दो अर्थों में व्यवहृत है–रचयिता के रूप में, और परमतत्त्व के रूप में।[4]

नाथपन्थ के विविध नामों के नामकरण को लेकर अन्य अनेक विविध मत भी प्रतिपादित किये गये हैं। कुछ विद्वानों का मानना है कि नीरस तर्क तथा शुष्क ज्ञान का अवलम्बन न करके भावना से पुष्ट साधना द्वारा जो परमपद को जीवन में सिद्ध कर लेते हैं वे सिद्ध पुरुष कहलाते हैं। ऐसे

सिद्धों द्वारा व्याख्यायित मार्ग ही सिद्धमार्ग है अर्थात् उनके द्वारा प्रतिपादित मत ही सिद्धमत है। नाथपन्थी योगियों द्वारा इसी प्रकार के सिद्धमत का प्रतिपादन इनको सिद्धमत का नामकरण प्राप्त करा देता है। उल्लेखनीय है कि नाथपन्थ के सिद्धयोगियों ने योग को अपनी साधना का महत्त्वपूर्ण हिस्सा बनाया। योग साधना के द्वारा ये जीवात्मा–परमात्मा के ऐक्य अथवा अभेद को सिद्ध करते हैं।[5] इस कारण नाथपन्थ को योगमत या योगमार्ग भी कहा जाता है।[6] चर्या पदों में नाथ को सद्गुरु के रूप में चित्रित किया गया है, जो परमपद को प्राप्त तत्त्व को प्रमुख मानते हैं। सन्त मत में नाथ मायाजेता, निरंजन और महारक्षक के अर्थ में प्रयुक्त है। कबीर ने भी एक स्थान पर नाथ को त्रिभुवनजयी अर्थात् मायाविजेता के रूप में उल्लिखित किया है।[7] नाथ–सम्प्रदाय के ग्रन्थों में नाथ पद का आशय ब्रह्मा, विष्णु, रुद्र, शिव, भैरव, श्रीकण्ठ, सदाशिव, ईश्वर, सृष्टिकर्ता, परमपद, परमतत्त्व के अर्थ में प्रयुक्त हुआ है। गोरखबानी की भूमिका में नाथ शब्द की महिमा का उल्लेख करते हुए गोरखनाथ के सन्दर्भ में उसे भुवनत्रय की स्थिति का कारण बताया गया है।[8] शक्ति–संगम–तंत्र के अनुसार नाथ शब्द का अर्थ अज्ञान को नाश कर मोक्षदाता ब्रह्म का ज्ञान कराने वाला कहा गया है। इसके अनुसार 'ना' का अर्थ मोक्षदाता, ब्रह्म का ज्ञान कराने वाला तथा 'थ' का तात्पर्य अज्ञान का नाश करने वाला बताया गया है।[9]

डॉ. कल्याणी मलिक का मानना है कि यह नामकरण सर्वप्रथम डॉ. हरप्रसाद शास्त्री ने किया था अर्थात् यह नाम अत्यन्त आधुनिक नाम है। उन्होंने 'नाथ' शब्द को तथागत के रूप में ग्रहण कर केवल स्थिर चित्त सिद्धिप्राप्त योगी का पर्यायवाची माना है।[10] पालि साहित्य में 'नाथ' पद का प्रयोग दो अर्थों में किया गया है तथा इसके दस गुण बताये गये हैं; यथा–

बुद्धो दसबलो सत्था सब्बन्जू दि पहुत्तमो।
मुन्निदो भगवा नाथो, चक्खमा अड़गीरसो मुनि
लोकनाथो नाथेश्वरो, महेसि च विनायको
समन्त चक्खु सुगतो, भूरिपन्चो कारजी।।[11]

सिद्धों की वाणियों में नाथ चित्त स्फूरित होने वाले निश्चल मन के योगी को नाथ कहा गया है।[12] वस्तुतः गोरक्षनाथ के अनुयायियों और उनके द्वारा प्रतिपादित पन्थ के लिए उपयोग किया गया 'नाथ' शब्द सर्वाधिक उपयुक्त प्रतीत होता है।

समकालीन मत

नाथपन्थ के अभ्युदय के समय भारत में विविध पान्थिक मत प्रचलित थे। पूर्व मध्ययुग विविध नयी सामाजिक–राजनीतिक एवं धार्मिक प्रवृत्तियों के विकास और अभ्युदय का युग है। वैदिक युग से आ रही अनेक उपासना पद्धतियाँ अथवा मत अपने–अपने नये सांगठनिक रूप में दिखायी देते हैं। वैदिकोत्तर युग में उत्पन्न बौद्ध एवं जैन सम्प्रदाय भी अपनी विकास यात्रा में अनेक नवीन तत्त्वों के समावेश के साथ समकालीन परिस्थितियों से प्रभावित होते हुए परिलक्षित होते हैं। यह युग विविध उपासना पद्धतियों के अनेक उतार–चढ़ाव एवं उत्थान–पतन का युग है। नाथपन्थ के अभ्युदय को समझने के लिए इन समकालीन उपासना पद्धतियों अथवा मतों का विवेचन आवश्यक एवं उपयोगी होगा।

(1) शैव मत

पूर्व–मध्य काल में शैवमत अत्यन्त लोकप्रिय मत था। अधिकांश पूर्वमध्ययुगीन राजवंश शैव मतावलम्बी थे। कुषाणवंशी शासकों ने शैवमत का जो महत्त्व प्रतिपादित किया वह पूर्व–मध्ययुगीन राजवंशों तक दिखायी देता है। कुषाणवंशी शासकों की मुद्राओं पर शिव, वृषभ नन्दीपद का अंकन एवं कुषाणवंशी शासकों द्वारा माहेश्वर उपाधि का धारण किया जाना शैवमत को प्रधानता देने का ही सूचक है। पूर्व मध्ययुग के अधिकांश राजवंश यथा–गाहड़वाल, चेदि, चन्देल भी माहेश्वर कहे जाते थे। दण्डी के दशकुमारचरित, बाणभट्ट के हर्षचरित एवं कादम्बरी में इस बात का स्पष्ट उल्लेख है कि देश के विभिन्न भागों में उपलब्ध शैव मन्दिरों में पौराणिक ढंग से शैवोपासक भगवान् शिव की पूजा–अर्चना करते थे। शैवमत अपनी विकास यात्रा में आगे चलकर विभाजित हुआ। वामनपुराण में शैवों के चार सम्प्रदायों का वर्णन है। रामानुज और केशव कश्मीरी के समय तक शैवमत कारुणिक सिद्धान्ती, कापालिक, पाशुपत, माहेश्वर एवं लकुलीश आदि सम्प्रदायों में किंचित् मत–मतांतरों के साथ विभाजित दिखता है। शैवमत के प्रमुख सम्प्रदायों का उल्लेख भी प्रासंगिक है।

पाशुपत

सर्वप्रथम अथर्वशिरस उपनिषद् में पाशुपत मत का उल्लेख प्राप्त होता है। यहाँ पाशुपत मत पशु, पाश आदि तंत्र के पारिभाषिक शब्दों का उल्लेख देखा जा सकता है।[13] कुछ विद्वानों का अनुमान है कि शैवमत में पाशुपत सम्प्रदाय

का प्रादुर्भाव लगभग उसी समय हुआ जब वैष्णव मत में पांचरात्र सम्प्रदाय आकार ले रहा था।[14] पाशुपत सम्प्रदाय के संस्थापक लकुलीन या नकुलीन माने गये हैं। आर.जी. भण्डारकर लकुल का आविर्भाव ईसा पूर्व द्वितीय शताब्दी मानते हैं जबकि डॉ. डी.आर. भण्डारकर ने चन्द्रगुप्त द्वितीय के मथुरा स्तम्भ लेख के आधार पर लकुल को प्रथम शताब्दी ईस्वी के द्वितीय चरण में माना है।[15] ह्वेनसांग ने अपने यात्रा विवरण में अनेक स्थलों पर पाशुपत सम्प्रदाय का उल्लेख किया है।[16] सर्वदर्शन संग्रह में पाशुपत को शैवमत के दो प्रमुख सम्प्रदायों में से एक माना गया है। 10वीं शताब्दी से 13वीं शताब्दी तक के मैसूर के अनेक शिलालेखों में लकुलीन और उनके पाशुपत मत का उल्लेख है। छठीं शताब्दी ईस्वी तक पाशुपत सम्प्रदाय अस्तित्व में आ चुका था।

पाशुपत सम्प्रदाय में जीव को पशु अर्थात् बध्य तथा पति अर्थात् शिव अर्थात् मुक्त माना गया है। इस मत के अनुसार पति या स्वामी शिव है। स्वतंत्र आत्मा पशु है। अज्ञान या अविद्या पाश या बन्धन है। यह जीवात्मा त्रिया और योग से पाशमुक्त हो सकती है। दीक्षा का इसमें विशेष महत्त्व है। पाशुपत मत के अनुसार पदार्थ पाँच हैं–कार्य, कारण, योग, विधि और दुःखन्त। पाशुपत मत के अनुयायी योग के द्वारा आत्मा और परमात्मा का एकीकरण मानते हैं। संयम यहाँ आवश्यक माना गया है। सायंकाल ये शरीर में भस्म मलते हैं तथा धुनी रमाते हैं। ग्यारहवीं शताब्दी के उत्तरार्द्ध में यह मत अत्यन्त लोकप्रिय दिखायी देता है।

लकुलीश

शिव पूजकों को लकुलीश ने पाशुपत सम्प्रदाय के अन्तर्गत संगठित किया। "ऐसा कहा जाता है कि लगुड़ या गदा धारण करने वाले कोई महात्मा इस मत के प्रवर्तक थे। प्रथम शती तक यह मत दक्षिण से गुजरात में आ गया था।"[17] वायु, लिंग और कूर्म पुराणों से पता चलता है कि जब वासुदेव कृष्ण अपने धर्म का प्रचार–प्रसार उत्तरी भारत में कर रहे थे, उसी समय कायारोहण नामक स्थान पर लकुलीश का जन्म हुआ। उनको शिव का 28वाँ तथा अन्तिम अवतार मान लिया गया। ये लोग शिव को ही सृष्टि का कारण मानते हैं। जीवात्मा पशु, पति शिव या स्वामी है। यह पशु 23 भौतिक तत्त्वों से बँधा हुआ है। इनकी विविध धारणाएँ एवं साधनाएँ समाज में प्रचलित हैं, व्रत रखना, भस्मलेपन, भस्मशयन, हँसना, गाना, नाचना, हुडुक्कार की ध्वनि करना, मंत्रजाप और पूजन। शिव भाव में अर्द्धनिद्रा की मुद्रा में वे मस्त रहते हैं। ये विविध

मुद्राएँ भी बनाते हैं। सामान्य रूप से अधपगले से जान पड़ते हैं। इस विचित्र स्थिति में ही शिव के मिलन में यह विश्वास करते हैं। इसका मानना है कि शिव मिलन के उपरान्त सारे पापों का नाश तथा सिद्धियों की प्राप्ति हो जाती है। इस सन्दर्भ में डॉ. रांगेय राघव का मत उद्धरणीय है कि "नाथ सम्प्रदाय की पृष्ठभूमि में जहाँ एक ओर लकुलीश मत का प्रभाव था, वहीं दूसरी ओर शाक्त मत था, तथा शिव के अनेक मत भी थे। झारपाटन की गुजरात की लकुलीश की मूर्ति सातवीं शताब्दी की निर्धारित की गयी है। लिंग तथा कूर्म पुराणों में लकुलीश का शिव के अवतारों में नाम गिनाया गया है।"[18]

ऐसा ज्ञात होता है कि यह पाशुपत मत का कोई नया उपसम्प्रदाय था। इसमें भी परमशिव ही लकुलीश है और नाथ सम्प्रदाय में भी शिव ही सब कुछ है, इससे डॉ. रांगेय राघव का उक्त मत संगत जान पड़ता है। ये लोग भी योग को महत्त्व देते, भस्म लगाते, जप, ध्यान, धारण और समाधि लगाते हैं। कभी राजस्थान लकुलीश सम्प्रदाय का केन्द्र था। शिव एक हाथ में लगुड और दूसरे में नारियल, कानों में मुद्रा धारण कर बाल चिपकाए हुए पद्मासन में मिलते हैं, ऐसी कई मूर्तियाँ प्राप्त हो चुकी हैं।

कालमुख

शैव सम्प्रदाय में इसका बहुत महत्त्व है। 9 से 14वीं ई. सदी तक इसका पूर्ण विकास हुआ। इसको दक्षिणी भारत में अधिक महत्त्व मिला। ये मस्तक पर कालचिह्न को धारण करते थे, इसी से कालमुख कहलाते थे। शैव मन्दिरों के मठों में ये शिक्षा व्यवस्था करते थे। इसके अनेक साधकों ने समाज में उच्च स्थान भी प्राप्त किया था, जिनमें से सर्वेश्वर शक्ति (1225 ई), रुद्रशक्ति (1240), वामशक्ति, क्रियाशक्ति, हरिद्वार और देवराज आदि प्रमुख हैं। इसे चालुक्य नृपतियों का सहयोग मिला। दक्षिण भारत का बेलगाँव इसकी शिक्षा का केन्द्र था। मठों में सदाव्रत चलता था। ये खप्पर में पानी पीते, श्मशान का भस्म मलते, बड़ा सा दण्ड लेते, मदिरा पीते, बालों में रुद्राक्ष की चूड़ियाँ पहनते, जटा रखते तथा गुरु दीक्षा लेते थे।

शैव मत की उत्तर और दक्षिण की शाखाओं से भी यह पुराना सम्प्रदाय है, परन्तु दक्षिण में अधिक प्रभावी रहा। शंकर दिग्विजय के प्रणेता तथा रामानुजाचार्य के वर्णन से ज्ञात होता है कि ये कपाल में भोजन, अंग में चिताभस्म लेपन और भक्षण करते तथा गदा धारण करते थे। मद्य पात्र में भगवान् को आसीन मानते थे। भण्डारकर ने कालमुख को कापालिक मत से भिन्न तथा

सात्त्विक बताया है।[19] इसका और नाथ–सम्प्रदाय का सम्बन्ध सात्त्विक और शैव धरातल पर सम्पन्न हुआ। इसके वाम, तामसी और हिंसात्मक संस्कारों को नाथों ने कभी भी स्वीकार नहीं किया।

कापालिक

कापालिक साधना की अपनी परम्परा रही है। देवी भागवत और महाभारत में इसकी पर्याप्त चर्चा मिलती है। तदुपरान्त चर्चा शंकराचार्य की रचनाओं तथा संस्कृत साहित्य में मिलती है। शिव की कापालिक रूप में स्तुति की गयी है। इस रूप में वह विराट, रुद्र तथा विकराल वेश में रहते हैं। नग्न, भस्मीभूत, बाघम्बर धारण किये, हाथ में कपाल का कमण्डल तथा त्रिशूल लिए और गले में नरमुण्ड की माला पहने, सर्पों से श्रृंगार किये हुए वह श्मशान में भ्रमण करता है। स्त्री का महत्त्व इस साधना में है, परन्तु नाथ इससे दूर रहे, हाँ वज्रोली मुद्रा पर थोड़ा–सा अवश्य प्रभाव है। गोरक्ष के गुरु मत्स्येन्द्र के योगिनी कौल मार्ग पर इसका प्रत्यक्ष प्रभाव है, परन्तु गोरक्ष इससे दूर रहे।

इस मत में परम शिव ही ज्ञेय है। इसमें शक्ति का महत्त्व है। बिना शक्ति के शिव की महत्ता स्थिर नहीं हो पाती है। शिव में जो 'इ'कार है वह शक्तिस्वरूपा पार्वती या कुण्डलिनी स्वरूप है, जिसके बिना वह शववत या निष्क्रिय हो जाता है। आदि शंकराचार्य ने इसी महाशक्ति की स्तुति अपनी रचना 'सौन्दर्य लहरी' में की है।

तांत्रिक कहते हैं कि शिव मात्र ज्ञेय है, उपास्य तो शक्ति ही है। तंत्राचार में इस साधना का बहुत महत्त्व है। ये शिव–वक्षस्थल पर क्रीड़ा करती हुई काली या महाशक्ति की आराधना करते हैं। यह शिव पर शक्ति की विजय का प्रतीक है। बंगाल में यह स्वरूप विशेष पूज्य है।

10वीं शताब्दी में रचित शैव कापालिकों की जो चर्चा ग्रन्थों से प्राप्त होती है, वह उपर्युक्त मतानुसार ही है। प्रबोध चन्द्रोदय, कर्पूरमंजरी, कादम्बरी, हर्षचरित और मालती माधव में विशेष रूप से इनका सम्बन्ध जन–साधारण से भी था। ये शैव माने जाते थे। पुष्पदन्त रचित महापुराण में इनका तथा कौलाचार्यों का उल्लेख मिलता है। सर्वत्र ये शैवयोगी ही कहे गये हैं। भवभूति की रचना मालती माधव में सौदामिनी नामक बौद्ध भिक्षुणी कापालिक साधना सीखने के लिए श्रीपर्वत पर जाती है। यह पर्वत तत्कालीन तंत्र–साधना का प्रमुख केन्द्र था। छठीं–सातवीं शताब्दी में इसका वर्णन संस्कृत, प्राकृत और अपभ्रंश की रचनाओं में प्राप्त होने लगता है। ये खूनी नरकपाल, हड्डियों की

माला, नरकेश की डोरी धारण कर 'ॐ नमः शिवाय' का जाप, पंचमकार का भक्षण करते थे। इसमें गुह्य तांत्रिक सिद्धान्तों का चरम सीमा तक विकास हुआ। 'शाबर तंत्र' से 24 कापालिकों की सूचना प्राप्त होती है। इनमें कई तो वज्रयानी सिद्ध थे। कई महेश्वर के उपासक थे, जो कालान्तर में नाथ सम्प्रदाय में आये।

यह साधना समाज में बहुत दिनों तक नहीं टिक सकी। नाथ सम्प्रदाय के उदय तथा वैष्णव धर्म के विकास ने इसको पर्याप्त झकझोरा। ये सोमपायी, जो सोम को उमा+शिव मानते हुए उन्मुक्त मदिरा पान करते तथा योगिनी साथ में रखते थे। मर्यादावादी समाज ने इनको भुलाने का प्रयास किया। इनका उमा या सोम सिद्धान्त मात्र सम्प्रदाय तक ही सीमित हो गया और इनके आराध्य भैरव और अघोर शिव इन्हीं के आसपास तक चक्कर काटते रह गये। जितनी पुरानी यह साधना है, उतनी पुरानी इसकी निन्दा भी। मैत्रेय उपनिषद् में इनको कषाय, कुण्डलिनः, कुतर्की, ऐन्द्रजालिक तथा तस्कर तक कहा गया है।[20] इनके इष्टदेव भैरव शिव होते हैं। ये शिवमय होकर पार्वती से परमानन्द को प्राप्त करना चाहते हैं।[21]

इसके प्रवर्तक जालन्धरपाद और कृष्णपाद हैं।[22] इनके शैव एवं बौद्ध–दो रूप प्राप्त होते हैं। 'बौद्ध कापालिक साधना और साहित्य' शीर्षक से डॉ. नागेन्द्रनाथ उपाध्याय की पुस्तक सद्यःप्रकाशित हुई है। इसमें नाड़ी, चक्र, शिव, योग, चित्ता तथा शक्ति–शिव की प्रभविष्णुता पर बल, नाथों के समान ही समादृत है। साम्प्रदायिक इतिहास में गोरक्ष और जालन्धर का संघर्ष प्रसिद्ध है। चूँकि जालन्धर में बौद्ध प्रभाव अवशेष था, इससे शैवोन्मुखी गोरक्ष से संघर्ष होना स्वाभाविक था। यही नहीं कुछ और कापालिकों और नाथों के जय–पराजय की चर्चा तत्कालीन साहित्य में प्राप्त होती है। तदाश्रित निष्कर्ष निष्पन्न होता है कि भवभूति आदि के समय में बौद्ध कापालिक साधना से शैव कापालिक साधना अधिक विश्वसनीय रही। भवभूति की रचना 'मालती माधव' की कपाल कुण्डला बौद्ध होकर भी शैव कापालिक के पास जाती है। इसका काल पं. शेषनारायण शर्मा ने विक्रम की 8वीं शताब्दी का उत्तरार्द्ध माना है।[23] इसमें अघोर घण्ट नामक एक वामाचारी कापालिक तथा कामन्दकी बौद्ध संन्यासिनी, योगिनी, सौदामिनी कामन्दकी की पूर्व शिष्या योगिनी, कपाल कुण्डला–अघोर घटक की शिष्या, कापालिनी कामन्दकी की कथा वर्णित है। कलहंस का प्रेम बौद्ध मन्दिर (विहार) की परिचारिका मन्दारिका से चलता है। यह भी पता चलता है कि श्री पर्वत कापालिक साधना का केन्द्र था।[24] महाश्मशान साधना प्रचलित

थे। ऐसे ही श्मशान में रहने वाले साधक अघोर घण्ट नाम के कापालिक थे, जिनकी शिष्या कपालकुण्डला थी। ग्रन्थ के 5वें अंक में कापालिक साधना की विशेष चर्चा है। वहाँ कापालिक स्वरूप निम्नवत वर्णित है–"नील कमल के पत्र के सदृश श्याम वर्ण वाला होता हुआ भी धूसर वर्ण वाले अंग को धारण करता हुआ, सुन्दर और विकृत शरीरचालन से युक्त, शोभा सम्पन्न होकर चन्द्र तुल्य मुख से भूषित है। मनुष्यमांस जिसके हाथ में है, और जिससे गाढ़ा रक्त (खून) टपक रहा था। इस प्रकार से साहस को प्रकाशित करने वाला जिसका बायाँ हाथ विनीत वृत्ति का निवारण कर रहा है।"[25] नरमांस से पिशाच की पूजा होती तथा उसका भक्षण भी होता था। पिशाच तथा उनकी ललनाओं का भी वर्णन है। शिव की भी पूजा होती है। अघोर घण्ट और कपाल कुण्डला मालती की बलि देना चाहते हैं, तभी माधव पहुँचकर उसकी रक्षा करता है।

9वीं शताब्दी में आनन्दगिरि के ग्रन्थ 'शंकर विजय' में पाशुपत, शैव, रुद्र, उग्र भट्ट तथा जंगम सम्प्रदायों की चर्चा के साथ कापालिक सम्प्रदाय की भी चर्चा है।[26] इनमें शैव और बौद्ध दोनों थे। इसी तरह कापालिकों की चर्चा 959–972 ई. में विद्यमान महाकवि पुष्पदन्त के 'जसहरचरित' में भी है। इसमें कापालिक भैरव की उपासना करते, श्मशान पर रहते, पंचमकार भक्षण करते, वाममार्गी साधना करते, सिर पर रंगीन टोपी पहनते, 32 अंगुल का दण्ड धारण करते तथा खेचरी साधना करते थे।[27] 'कर्पूर मंजरी' रचना में भी इनकी चर्चा है, ये कौलमार्गी, पंचमकारी, भोगी तथा शैवयोगी रहे।[28] 11वीं शताब्दी का श्रीकृष्ण मिश्र रचित 'प्रबोध चन्द्रोदय' नाटक का सोमसिद्धान्त नामक कापालिक मद्यपान, स्त्री विहार तथा सहज मोक्ष प्राप्ति को महत्त्व देता है। इसमें श्रद्धा नामक कपालिनी का चित्रण है। इसमें तांत्रिक कायकला द्रष्टव्य है। बौद्धागम और चार्वाक दर्शन का तत्कालीन स्वरूप वर्णित है। यह वेद विरोधी मार्ग है।[29] ये कापालिक मस्तिष्क, आँत, मज्जा आदि से युक्त नरमांस की वह्नि से आहुति पर ब्रह्मकपाल स्थिर सुरपान से पारण करते तथा सद्यःखण्डित कंठ से निकलते हुए शोणित की धार वाली नरबलि से महाभैरव की चर्या करते हैं।[30] इसके साथ बौद्ध भिक्षु और कापालिक की कथा भी इस ढंग से वर्णित है, कापालिक हिंसा से नहीं डरते थे।[31] उनको विषयों के बिना आनन्द नहीं प्राप्त होता था, शिलाभावरूपी मोक्ष का भी लोभ नहीं था। पार्वती के प्रतिरूप में अवस्थित अपनी प्रियतमा से आलिंगित होकर शिव स्वरूप जीव के साथ मुक्त क्रीड़ा के लिए वे शिवादेश बताते थे।[32] बौद्ध भी वामाचारी हो पंचमकारी हो जाते हैं। जैन और बौद्ध दोनों इसी में लीन हो जाते हैं। एक कापालिनी का बड़ा सुन्दर चित्रण है,

जिसके समक्ष बौद्ध और जैन दोनों पराजित हो जाते हैं। सुरापान और सुन्दरी ने दोनों धर्मों को मिटा दिया, ऐसा प्रमाणित होता है।[33] इस मत के सामने भिक्षु घुटने टेक देते तथा स्वयं कापालिक हो कहते हैं–"कापालिक का साक्षात्कार ही सौख्य तथा मोक्ष का साधन है। अजी कापालिक, मैं अब से तुम्हारा दास हूँ। मुझे भी महाभैरवानुशासन में दीक्षित कर लो।"[34] शैव कापालिक बौद्ध भिक्षु को वामाचारी बनाता तथा उसका आलिंगन कापालिनी से कराता है। भिक्षु रोमांचित हो इसी कृच्छाचार में 100 बुद्धों के आनन्द की अनुभूति करता है।[35]

कौल मत और कापालिक मत का नाथ–सम्प्रदाय से घना सम्बन्ध रहा है।[36] नाथ–सम्प्रदाय ने इन साधनाओं को सात्त्विक तत्त्व को स्वीकार किया। नाथ–सम्प्रदाय में जो वज्रोली साधना चलती है, जिसका विधिवत वर्णन साम्प्रदायिक ग्रन्थ 'हठयोगप्रदीपिका' में प्राप्त है, उस पर कापालिक और कौल मत का प्रभाव है। सिद्धों में कुछ वाममार्गी और मुद्रा सेवी थे। आचार्य हजारी प्रसाद द्विवेदी ने दोनों में समानता स्थापित करते हुए कहा है कि "नाथ मार्ग में जो वज्रोली साधना है उसे इस साधना का भग्नावशेष समझना चाहिए।"[37] कुण्डलिनी जागरण प्रमुख उद्देश्य के रूप में दोनों में है। नाथों में शिव पर अधिक बल है तो कापालिकों में शक्ति पर। अतः नाथ साधना शिवपरक है और कापालिक साधना शक्तिपरक। 84 सिद्धों की विचारधारा तथा साधना पद्धति में ऐक्य नहीं है। इनमें जो बौद्ध परम्परा के हैं, उन पर महायान, वज्रयान, सहजयान और कालचक्रयान का स्पष्ट प्रभाव है, योग का महत्त्व दोनों में रहा। कापालिक चमत्कार में भी खूब डूबे, जिसकी परवर्ती परम्परा भी चली। तुलसीदास ने भी लिखा–"जथा सुअंजन अंजि दृग साधक सिद्ध सुजान"।[38] भारतेन्दु बाबू हरिश्चन्द्र के 'सत्य हरिश्चन्द्र' नाटक में भी एक ऐसा ही प्रसंग है[39]–

अंजय गुटिका पादुका, धातु भेद बेताल।
वज्र रसायन जोगिनी, मोहि सिद्ध महि काल।।

महामहोपाध्याय गोपीनाथ कविराज ने भी दोनों के सम्बन्धों पर अपना मत दिया है कि "यद्यपि कहीं–कहीं कापालिकों की निन्दा भी इस सम्प्रदाय के ग्रन्थों में दीख पड़ती है, तथापि कुछ हेतुओं से अनुमान किया जाता है कि किसी विषय में कापालिकों के साथ नाथों का सम्बन्ध भी था।"[40] इस सम्बन्ध के बावजूद नाथ कापालिक नहीं हुए, बल्कि कापालिक ही कालान्तर में इसकी ओर झुके, क्योंकि गोरक्षनाथ की सात्त्विक नाथ साधना अधिक जनादृत हुई।

अघोरी

यह शैवों तथा शाक्तों का वाममार्गी सम्प्रदाय है। इनके इष्ट शंकर अघोरेश्वर तथा पार्वती अघोरी माता नाम से प्रसिद्ध हैं। ये शव, मलमूत्र, मदिरा आदि का सेवन करते हैं। बिच्छू, छिपकली तथा सर्प आदि को भी पकड़ लेते हैं। इनकी प्रार्थना है कि –

अघोरेभ्योऽथ घोरेभ्यो घोरघोरमरेभ्यः।
सर्वेभ्यः सर्वसर्वेभ्यो नमस्ते अस्तु रुद्र रूपेभ्यः।।[41]

ये तांत्रिक, शैव और शाक्त होते हैं, इसके प्रवर्तक काशी के राजा चेतसिंह के समकालीन प्रसिद्ध सन्त कीनाराम जी हैं।[42] इनका एक स्थान वाराणसी के शिवाला मुहल्ले में आज भी है। वाराणसी तथा उसके आसपास के लोगों में इनसे सम्बन्धित अनेक जनश्रुतियाँ प्राप्त होती हैं। इसके साथ ही इस सम्प्रदाय की चर्चा गोरक्ष के पूर्व से ही मिलती है–"गोरखनाथ अघोरी की अस्वच्छता से दूर थे, इसलिए कि गोरक्ष का सिद्धिपरक मार्ग स्त्री से बहुत दूर था, जो इन लोगों में स्वीकृत था।"[43] फलतः सन्त कीनाराम को समर्थक मानना ही कालसम्मत होगा। परन्तु यह कहने में संकोच नहीं होना चाहिए कि उतना महान साधक आज कोई नहीं है। कहीं–कहीं अघोरी ब्रह्मचारी के रूप में भी मिलते हैं, कुछ सिद्ध पुरुष भी हुए हैं। ये कृच्छाचार से लोकप्रिय नहीं हो सके। कुछ अघोरी सात्विकता के साथ गोरक्षनाथ की पीठों पर भी नाथवत् रहते हैं, परन्तु वे कान नहीं फड़वाते हैं। अघोर का आशय इस तरह भी लगाया जाता है–घोर = संसार और अघोर = संसार से मुक्त।

शाक्त

इसमें शक्ति का विशेष महत्त्व है। यही शिव को उद्बुद्ध या आह्लादित करती है। नाथों की काया में कुण्डलिनी रूप से यही विद्यमान रहती है। यह शैव सम्प्रदाय का पूर्वी रूप है। 12वीं शताब्दी के उपरान्त बौद्ध साधनाओं का इस पर प्रभाव है। इसमें शक्ति मातृरूपा होती है, वही संकोच और विस्तार करती है। यौगिक साधना से वही जागृत हो ब्रह्मरन्ध्र में पहुँचती है, जहाँ शिव रहते हैं।

बौद्ध और शैव ग्रन्थों में भी इस समय अनेक तांत्रिक ग्रन्थों की रचना हुई, जैसे–कौल उपनिषद्, परशुराम कल्पसूत्र, त्रिपुरतापनीय, त्रिपुरषट्चक्र, भावना तथा देवी उपनिषद्, शारदा तिलक आदि। 13वीं शताब्दी के आसपास पंचमकार और वाममार्ग से विमुख होकर शाक्त वैदिक मार्ग की ओर झुकने लगे। भागवत

धर्म और वैष्णवों के प्रभाव से 13वीं शताब्दी ई. में शाक्त भी दक्षिणमार्गी होने लगे। शाक्त सम्प्रदाय निम्नलिखित हैं–मनुसम्प्रदाय, चन्द्र, कुबेर, लोपामुद्रा, मन्मथ, अगस्त्य, अग्नि, सूर्य, इन्द्र स्कन्द, शिव तथा दुर्वासा सम्प्रदाय।[44] "शाक्त मत के विषय में यह स्मरणीय है कि यह मत शैव धर्म से सम्बद्ध रहा है; काली, दुर्गा, चंडी, भैरवी, पार्वती, कुमारी, उमा, गौरी, स्वतंत्र स्थायी देवियाँ थीं, इनके नाम के साथ अनेक कथाएँ जुड़ती हैं।[45] कांगड़ा, उज्जैन, काशी, कान्ची, कामाख्या, ज्वालामुखी (पंजाब) आदि प्रमुख शक्ति पीठ हैं। इसमें सांख्य और अद्वैत का पूर्ण रूप प्राप्त होता है। इच्छा, ज्ञान और क्रिया के संयोग से शिवत्व की प्राप्ति होती है। शिव = अकुल, शक्ति = कुल। शाक्त दर्शन का उद्देश्य दोनों का समन्वय है, इसी से इसको कौल दर्शन भी कहा जाता है।[46]

शक्तियों की पूजा वेदों में भी है। प्राचीन काल में मंत्र के प्रति छोटी जातियों का विश्वास अधिक था। योगिनी तंत्र में इसको किरातों की पूजा बताया गया है–'दि मदर गॉडेस आव कामाख्या'[47] में कहा गया है कि ये मुक्त यौनाचारी होते थे। फर्कुहर साहब ने 500 ई. से 900 ई. तक के युग को शाक्त कहा है।[48] चण्डी माहात्म्य और चण्डीशतक इसी काल में लिखे गये। इनके मूलग्रन्थ तंत्र ही हैं। कश्मीर में शैव दर्शन में शाक्त सम्प्रदाय भी है। फर्कुहर की सूचनानुसार 900 से 1350 ई. के मध्य अनेक यामल ग्रन्थ लिखे गये–ब्रह्मयामल, विष्णुयामल, रुद्रयामल, लक्ष्मीयामल, उमायामल, स्कन्दयामल, गणेशयामल आदि। इसके अतिरिक्त यह भी देखा जा सकता है कि जिस देवी की ये उपासना करते हैं, वह शिव के बायें हैं। वामाचार का इस पर स्पष्ट प्रभाव दिखाई पड़ता है।[49] कच्ची मछलियों को खाना, श्मशानवास, शवभक्षण, रक्तपान करना तथा चर्बी का दीपक जलाना चिह्नित है। ये पंचमकारी होते हैं। इनकी चक्र पूजा के वीभत्स रूप भी मिलते हैं–शिष्या = भैरवी, गुरु= भैरव। इसका स्वरूप आज भी विद्यमान है। बंगाल इसका प्रमुख केन्द्र है। यहाँ तक कि वाममार्गी साधनाएँ इसके अंग स्वरूप हो गयी हैं।

शक्ति, उमा या शिवा शान्त और विकराल दो रूप में मानी जाती हैं। शाक्तों की यही आराध्या तथा आद्या शक्ति है। सिद्धान्त से ये अद्वैतवादी हैं, परन्तु इनका अद्वैत शंकर से बहुत भिन्न है। शिव शक्ति का मिलन ही आदि रस है। शक्ति ही सब कुछ है। यही वृन्दावन की श्रीकृष्ण से अभिन्न राधा हैं तो यही कामेश्वरी, त्रिपुर सुन्दरी हैं। मत्स्येन्द्र का योगिनी कौल मत शक्ति ही था। छठीं शताब्दी तक तो यह शैव मत के साथ ही चलता रहा, कश्मीरी शैव दर्शन इसी की देन है। वेदों की देवी आराधना ने पुराणों में विकास प्राप्त किया

तथा कालान्तर में व्यापक रूप धारण करके गाँव–गाँव में गौहेर, सत्ती मइया, आदि के रूप में प्रतिष्ठित हुईं। मार्कण्डेय पुराण और देवी भागवत के देवी चरित ने सबसे अधिक महत्त्व अर्जित किया। कुषाण काल से ही सिंहवाहिनी दुर्गा की प्रतिमा प्राप्त होने लगती है। इनकी संख्या 3, 5, 7, 9 और 16 तक है। सप्तशती में 9 दुर्गा हैं, जिनकी आराधना नवरात्रों में होती है। बंगाल की नव दुर्गा पूजा प्रसिद्ध है। कश्मीर, बंगाल, काँची, कामाख्या, काशी और विन्ध्याचल इसके प्रमुख केन्द्र हैं।

नाथ सम्प्रदाय के प्रसिद्ध ग्रन्थ 'सिद्धसिद्धान्तपद्धति' में शाक्त की सात्विक परिभाषा की गयी है–

मदोमद्यमतिर्मुद्रा मायामीनं मनः पलम्।
मूर्च्छनं मैथुन यस्य तेनासौ शाक्त उच्यते।। 50।।[50]

मद्य = अभिमान, मुद्रा = कामना (अभिलाषा) न कि शष्कुली (पूड़ी), मीन = माया न कि मत्स्य, मांस = संकल्प–विकल्पनात्मक मन ही रसमय होने से मांस हो जाता है। मैथुन = मूर्च्छन–संसार सम्बन्ध से बुद्धि की अविवेकता है, जो इन पाँचों शक्तियों का महाशक्तियों में समर्पण कर देता है, वह शाक्त है। यही पंच पाश हैं। गोरक्षनाथ ने इसके सात्विक अंशों को लिया। आज भी नाथ केन्द्रों पर देवियों की मूर्तियाँ प्राप्त होती हैं, परन्तु मद्य, मांस आदि से किसी को पूजा की अनुमति नहीं दी जाती है।

(2) वैष्णव

यह अत्यन्त प्राचीन धर्म है, परन्तु वैदिक विष्णु और गोरक्षकालीन विष्णु पूर्णतया एक नहीं हैं; हाँ, पालक या पोषक देवता के रूप में ये सदैव प्रतिष्ठित रहे। इनकी आराधना सदैव सात्विक रही। ब्राह्मण काल में इनको नारायण नाम मिला। पुराणों में इनके चरित्र का सर्वाधिक विकास हुआ। शैवमत की तरह यह धारा भी चलती रही। भागवत या पांचरात्र आदि धर्म इसी के उपजीव्य हैं। शंकराचार्य ने पांचरात्र नाम से ही इसका खण्डन किया। इस पर द्वैत–अद्वैत अनेक मतों का प्रभाव भी है। यह भक्ति मार्ग है, इसमें ईश्वरानुरक्ति भक्ति है। ईश्वर के प्रति पराकोटि की अनुरक्ति तथा उसकी कृपा का विशेष महत्त्व है। ईश्वर की कृपा होने से क्षण मात्र से ही भक्त मुक्ति को प्राप्त कर सकता है, परन्तु नाथ सम्प्रदाय में ऐसा नहीं है, इसमें क्रमशः साधना के उपरान्त ही सिद्धि मिल सकती है। फलतः वैष्णव सम्प्रदाय विहंगम मार्गी तथा नाथ मार्ग पिपीलिका मार्गी है।

यह धर्म भी समन्वय और समानता को आदर देने वाला है। बुद्ध के बहुत पूर्व देवकी पुत्र वासुदेव कृष्ण ने इसको नया रूप दिया। पाणिनि के संस्कृत व्याकरण के एक रूप (4, 3, 98) पर पातंजलि के भाष्य से यह अनुमान होता है कि कृष्ण क्षत्रिय नहीं थे। महाभारत के सभापर्व (42, 1, 41, 6) में शिशुपाल ने उन्हें दास और गोप कहा है। महाभारत विजय के उपरान्त अर्जुन भी पूज्य हुआ। दोनों के भक्त वासुदेवक और अर्जुनक कहलाने लगे। धीरे–धीरे वैदिक देवता विष्णु और वैदिक ऋषि नारायण को तैत्तिरीय आरण्यक (10, 11, 1) में मिलाकर एक देवता कर दिया गया। वासुदेव कृष्ण के साथ कर दिये गये। धीरे–धीरे कृष्ण का परिवार भी पूजित हो गया और पांचरात्र मत का विकास हुआ।[51]

वैष्णव धर्म प्रारम्भ में वर्णाश्रमी नहीं था। भागवत पुराण[52] में किरात, हूण, आन्ध, पुलिन्द, आभीर, सुम्ह, यवन, खश और अन्य पापी भगवान् की कृपा से पापमुक्त हो जाते हैं। गीता में तो ब्राह्मण और चाण्डाल की एकता बतायी गयी है। चौथी सदी में मेगस्थनीज ने लिखा कि मध्य देश में मथुरा, वृन्दावन (कृष्णपुर) के क्षेत्र में हिरेक्लीज की पूजा की प्रथा थी, यह हिर का ही एक रूप है। मध्य प्रदेश, राजस्थान और महाराष्ट्र तक फैला है।[53] शुंग, कण्व, सातवाहन तथा विदेशी शासक यवन, शक, कुषाण भी वैष्णव हुए। कुछ शासकों ने अपने नाम के साथ भागवत शब्द भी जोड़ा। शैव धर्म की तरह इसका भी विस्तार हुआ। इसके परिप्रेक्ष्य में अनेक सामाजिक और धार्मिक कर्म हुए। मन्दिर, तालाब तथा शालाएँ बनीं। अनेक स्तुतियाँ लेखों के रूप में मिलती हैं, मूर्तियाँ भी स्थापित हुईं। पूरे देश में इसके चिह्न आज भी प्राप्त हो जाते हैं। कम्बुज, लाओस, जावा और बाली में भी इसके प्रचार–प्रसार के चिह्न मिलते हैं। कुषाणवंशी राजाओं ने वासुदेव नाम तक रखा। प्रसिद्ध निकोलो मुद्रा पर एक कुषाण राजा घुटनों के बल बैठकर शंख, चक्र, गदा, पद्मधारी विष्णु की चतुर्भुजी मूर्ति की पूजा करते हुए दिखाया गया है।[54] कभी इरानी लोगों से भी यह धर्म सम्बद्ध रहा। यह धर्म परम अहिंसक और सात्विक है। इसके मूल ग्रन्थ–रामायण, भागवत और महाभारत हैं। इसमें विष्णु के 24 अवतार पूज्य हैं। ब्राह्मण काल में यह वर्णाश्रमी हुआ। अवतारों में राम, कृष्ण की प्रमुखता है। निर्गुण और योगियों से इसका वैचारिक संघर्ष प्रसिद्ध है–भागवत के भ्रमरगीत का प्रसंग निर्गुण और योग पर विजय का ही द्योतक है। इस धर्म की उदारता, पवित्रता और सात्विकता ने भारतीय जनमानस को सबसे अधिक आकर्षित किया। 'प्रबोध चन्द्रोदय' नाटक में वैष्णव भक्ति की भी चर्चा है। इसके साथ ही व्यभिचार,

वामाचार की निन्दा तथा संयम पर बल दिया गया हैं। इसका प्रभाव शैवमत पर भी पड़ता हैं। 'प्रबोध चन्द्रोदय' के भैरवी साधक भी इसकी महत्ता को स्वीकार करते हैं, कापालिक और भैरवी साधनाएँ इसके समक्ष निःसार हो जाती हैं।[55] महाराष्ट्र के नाथ सम्प्रदाय पर वैष्णव भक्ति का प्रभाव द्रष्टव्य है। सन्त निवृत्तिनाथ, एकनाथ और ज्ञानेश्वर इसके प्रबल प्रमाण हैं। इनमें योग और भक्ति का अद्‌भुत समन्वय है। बारकरी सम्प्रदाय का यही हेतु है।

ईसा की चौथी से छठीं शताब्दी में गुप्तों के काल में इसका बड़ा प्राबल्य था। इसका यह स्वर्णकाल था। इसको राज्याश्रय भी मिला तथा कई राजाओं ने अपनी उपाधि रूप में परम भागवत शब्द को चलाया। इसका उत्तर भारत में भक्ति मार्ग के रूप में विकास हुआ। 1016 ई. में उत्पन्न रामानुजाचार्य ने उत्तर भारत में इसका सर्वाधिक प्रचार–प्रसार किया। इन्हीं की चौथी या पाँचवीं शिष्य परम्परा में रामानन्द हुए, जिन्होंने इसको वर्णाश्रम की रूढ़ियों, जाति के बन्धनों तथा छुआछूत से दूर करते हुए समाज को कबीर जैसा वैष्णव दिया।

वैष्णव धर्म की दो शाखाएँ प्रसिद्ध हैं–1. रामाश्रयी, 2. कृष्णाश्रयी। दोनों विष्णु के ही अवतार हैं। राम 12 कला के और कृष्ण 16 (पूर्ण) कला के। रामाश्रयी के नेता रामानुजाचार्य, रामानन्द आदि हुए तथा कृष्णाश्रयी के निम्बार्क वल्लभ, रूप गोस्वामी, जीव गोस्वामी आदि। दोनों का विकास सगुण आदि भक्तिधारा के परिप्रेक्ष्य में हुआ और 16वीं शताब्दी तक दोनों विकास की चरम सीमा पर थे।

नाथों ने विष्णु के अवतारों के साथ शक्ति और शिव का अनुपम समन्वय किया।[56] रा=शक्ति, म=शिव, राधा=शक्ति, कृष्ण=शिव। इन लोगों ने विष्णु का विरोध न करके अपनी दृष्टि से ही उन्हें देखा। इन लोगों को वैष्णवों की सात्विकता ने बड़ा आकर्षित किया। शैव और वैष्णव धर्म समन्वयी शिवावतार रामभक्त हनुमान जी की नाथ सम्प्रदाय में बड़ी प्रतिष्ठा है। नाथ केन्द्रों पर इनकी मूर्ति अवश्य मिलती है। इस तरह सिद्ध हुआ कि नाथों और वैष्णवों का सम्बन्ध भी है–आचार की दृष्टि से विशेष रूप से।

(3) पांचरात्र

इसका आधार ऋग्वेद का पुरुष सूक्त है। इसका प्रमुख ग्रन्थ 'अहिर्बुध्न्य संहिता' है। इसकी वर्णन स्कन्द पुराण में है। इस मत का भक्त प्रत्येक क्षण ईश्वर में लीन रहता है, यह अष्टांगयोग तथा नाड़ी योग को महत्त्व देता है। 72,000 नाड़ियाँ काया में हैं। विष्णु का मृदुल, मनोहर रूप इन्हें स्वीकार है।

चक्र साधना में सुदर्शन चक्र का ध्यान किया जाता है। वामाचार के लिए इसमें कतई स्थान नहीं है। इसमें भगवान् के 5 रूपों की ओर संकेत है। वैष्णवों ने इन पाँच रूपों को पर, व्यूह, विभव, अन्तर्यामी और अर्चा (मूर्ति) का नाम दिया। भगवान् वासुदेव अपनी इच्छा से इन रूपों को धारण करते हैं। इनके मत से समस्त सृष्टि का मूल रूप पौरुषी रात्रि (प्रलय) के रूप में वासुदेव में सिमटा हुआ है।

इस सम्प्रदाय का विशाल साहित्य प्राप्त है।[57] शंकर ने शारीरिक भाष्य में इसको वेदवाह्य मत माना है, पर ऐसा नहीं है। इसमें 2 मंत्र प्रसिद्ध हैं–1. द्वादशाक्षरी–'ॐ नमो भगवते वासुदेवाय' (इसी मंत्र की व्याख्या स्वरूप श्रीमद्भागवत है। इसी का माहात्म्य शुकदेव जी ने परीक्षित को सुनाया था।), 2. अष्टाक्षरी मंत्र–'ॐ नमो नारायणाय'। ब्रह्मसूत्र (2/2/42–45) में भागवत से भिन्न–अभिन्न दोनों माना गया है। इस मत में चतुर्व्यूह भी मान्य है–1. वासुदेव (स्वयं भगवान् स्वरूप हैं), 2. संकर्षण या बलराम (जीव स्वरूप), 3. प्रद्युम्न (मन) तथा 4. अनिरुद्ध (अहंकार)। इनकी व्याख्या में भी बहुत मतभेद है।[58] रामानुजाचार्य ने अपने वेदान्त दर्शन में इसकी व्याख्या दूसरे ढंग से की है। शंकर ने इसको वेद निन्दक मत माना है। यह मत बहुत प्राचीन है, क्योंकि महाभारत शान्तिपर्व में भी इसकी चर्चा है। पद्म तथा ईश्वर संहिता के अनुसार पांचरात्र शास्त्र 4 भागों में बँटा हुआ है–1. आगम सिद्धान्त, 2. मंत्र सिद्धान्त, 3. तंत्र सिद्धान्त, 4. तंत्राचार सिद्धान्त। पांचरात्र की संहिताओं की संख्या अनिश्चित है। 'कपिंजल संहिता' के अनुसार 106, 'पद्म संहिता' के अनुसार 112, विष्णु तंत्र के अनुसार 141, 'हयशीर्ष संहिता' के अनुसार 34 तथा 'अग्नि पुराण' अध्याय 39 के अनुसार 25 है। नारद पांचरात्र में 7 हैं।[59]

तांत्रिक सम्प्रदायों में शक्ति की प्रधानता है। इससे सम्बन्धित वैखानस संहिताओं का नाम आता है। रामानुजाचार्य ने इन संहिताओं का विरोध किया है। बौद्धों का भी इन पर कुछ प्रभाव है।

(4) जैन

जैसा कि देश के धार्मिक और साम्प्रदायिक इतिहास से ज्ञात है कि कालान्तर में जैन धर्म भी योग और तंत्र की ओर झुक गया। सिद्धों में इनकी भी संख्या थी। अनीश्वर और शुष्क जैनधर्म में इनका बड़ी शीघ्रता के साथ प्रवेश हुआ। स्वयं योगी रूप में इनका सम्मान बढ़ा। जाति और लिंग भेद को इसमें स्थान नहीं है। तंत्राचार की अनेक क्रियाओं को भी इन लोगों ने ग्रहण

किया। प्रारम्भ में ये ब्रह्मचर्य और अहिंसक रहे तथा कालान्तर में भोगवादी और पंचमकारी भी हुए। इनमें श्वेताम्बरी और दिगम्बरी दोनों थे। शैव और शाक्त दोनों साधनाओं का इसमें प्रवेश हुआ, परन्तु जैन वाङ्मय का तंत्र साहित्य आज भी बहुप्रचारित नहीं है। कालक्रम से यदि देखा जाय तो तांत्रिक जैन सम्प्रदाय का उदय लगभग ईसा के आसपास हुआ। योग में ध्यान, मंत्र और नाम को महत्त्व दिया गया। हेमचन्द्र ने योगशास्त्र में हठयोग का भी वर्णन किया है। चूँकि हेमचन्द्र 12वीं शताब्दी के थे, इससे इन पर नाथ सम्प्रदाय का प्रभाव पड़ना स्वाभाविक है। जैनियों ने कुण्डलिनी योग को भी महत्त्व दिया।

प्रारम्भ में यह परम निवृत्तमार्गी रहा। कठोर शुद्धाचारवादी तंत्रों की रागात्मक साधना के प्रतिकूल था। चमत्कार प्रदर्शन के लिए जैनियों ने मंत्र साधना का प्रारम्भ किया। देवी–देवताओं की पूजा भी प्रारम्भ की। ये देवियाँ तीर्थंकरों की सेविकाएँ बतायी गईं। जब जैन साधना अत्यन्त कठोर हो गई तो बौद्ध धर्म के समान इसमें भी प्रतिक्रिया हुई और सर्वदा नग्न घूमने वाले साधुओं ने मठों में स्थान लिया तथा चैत्यवासी कहे गये। विहार में जीवन व्यतीत करने वाले बौद्धों के समान ये भी हो गये। शक्ति को जैनी भी स्वीकार करते हैं। मनुष्य की मनोवैज्ञानिक प्रक्रियाओं के आधार पर जैनियों ने इस कार्य को प्रारम्भ किया और इच्छाशक्ति, भावशक्ति, विचारशक्ति, शब्दशक्ति, ध्यान शक्ति को जैन तांत्रिकों ने भी स्वीकार किया। इसके साथ इन लोगों ने मन में मूर्ति को संकल्पित करके उससे शक्ति प्राप्त करने लगे। इनके अनुसार मूर्ति देवी, देवता, व्यक्ति और वस्तु की भी हो सकती है।[60]

कालान्तर में जब इस पर वामाचार का प्रभाव हो गया। देह शुद्धि हँसी की चीज हो गयी। व्यभिचार यहाँ तक बढ़ गया कि ये कहने लगे–"यदि ऋषि तुम्हारी स्त्रियों के साथ विहार करें तो मन में ईर्ष्या मत करो।"[61] जैन धर्म में 9 बलदेव, 9 वासुदेव तथा 9 प्रतिवासुदेव की त्रिषष्टि बनायी गयी। नाथ सम्प्रदाय में भी 9 नाथ मूल प्रवर्तक माने जाते हैं। जैनियों के अहिंसा, सत्य, अपरिग्रह, अस्तेय और ब्रह्मचर्य का नाथ सम्प्रदाय पर प्रभाव है।[62] मत्स्येन्द्रनाथ के पुत्र मीननाथ और पारसनाथ की गणना जैन सन्तों में भी की जाती है। बम्बई के एक जैन मन्दिर में गोरखनाथ की मूर्ति भी है। नाथ मत में मलधारणाव्रत जैसे संस्कार को जैन प्रभाव भी बताया जाता है।[63] ब्रह्मचर्य और इन्द्रिय निग्रह पर महावीर भगवान् की तरह गोरक्षनाथ भी बहुत बल देते हैं। इसके साथ ही कर्मकाण्ड से दोनों दूर रहे हैं।

(5) बौद्ध

शैव, वैष्णव के अतिरिक्त बौद्धों की भी धारा देश में प्रवाहित होती रही। यह निःसंकोच कहा जा सकता है कि भारतीय मतों में इससे व्यापक और कोई धर्म नहीं हो सका। आज भी संसार में इसके चिह्न प्राप्त होते हैं। ईसाई धर्म तो बौद्धों की करुणा की ही देन है। यह धर्म 12वीं शताब्दी तक किसी न किसी रूप में व्याप्त रहा, परन्तु उसके उपरान्त कुमारिल, शंकर, गोरक्ष और रामानुजाचार्य आदि के प्रभाव, नेता विहीनता और निज की विकृतियों के कारण यह भारत में समाप्तप्राय हो गया। 13वीं शताब्दी में बख्तियार खिलजी के बिहार आक्रमण ने इसके केन्द्रों को ध्वस्त करके इसे और क्षीण कर दिया। शेष लोग तंत्र और योग की ओर मुड़े। ऐसे लोगों के लिए नाथ सम्प्रदाय बड़ा अनुकूल जान पड़ा, राजनीतिक परिस्थितियाँ भी प्रतिकूल थीं। नेपाल में भी इनका विरोध हुआ। खिलजी के पूर्व गोरी के आक्रमणों ने भी इसको नष्ट किया था, सारनाथ को विशेष रूप से।

बौद्धों के विविध रूप संस्कृत, पालि, प्राकृत और अपभ्रंश की रचनाओं में प्राप्त होते हैं। बाणभट्ट की रचना 'हर्षचरित' में बौद्ध तांत्रिक साधकों की चर्चा है, जो विन्ध्याचल पर्वत पर लाल रंग का चीवर पहनकर साधनारत थे। बौद्ध मांसाहारी नहीं थे, उनमें कुछ ईश्वरवादी भी थे, परन्तु इसके बाद की 11वीं शताब्दी की रचना 'प्रबोध चन्द्रोदय' इनका अलग स्वरूप ही सामने लाती है। भिक्षु भी भोगी हो गये तथा बौद्ध वाङ्मय का मनमानी अर्थ करने लगे थे। एक बौद्धाचार्य कहता है–"अरे ओ उपासकों और भिक्षुओं! भगवान् सुगत के वचनामृत सुन लो। (पुस्तक बाँचता है) मैं दिव्य दृष्टि से लोगों की सुगति तथा दुर्गति देखा करता हूँ, सभी संस्कार क्षणिक हैं। स्थायी आत्मा नहीं है। अतः भिक्षु यदि स्त्रियों पर आक्रमण करें तो ईर्ष्या मत करना। ईर्ष्या चित्त का मल है। (नेपथ्य की ओर देखकर) भद्रे, जरा इधर आना।[64] नाथ सिद्धों में कितने सिद्ध शैव, जैन तथा कितने बौद्ध पक्ष से आये हुए हैं, अभी तक कोई प्रामाणिक सूची नहीं बन सकी है। गोरक्षनाथ तक को बौद्ध परम्परा से आगत माना जाता है, इनके नाम के आगे 'पा' उपाधि भी लगी मिलती है। कुछ लोगों के मत से बौद्ध धर्म की वज्रयान और सहजयान शाखाओं से नाथ सम्प्रदाय बहुत अधिक सम्बद्ध रहा। आगे इन शाखाओं पर अलग–अलग भी विचार किया गया है।

वज्रयान

परवर्ती बौद्धों की वज्रयानी शाखा तथा पूर्ववर्ती सिद्धों के तंत्राचार का बड़ा निकट का सम्बन्ध रहा है। ब्रिग्स ने अपनी पुस्तक में इन पर विस्तार के साथ विचार किया है।[65] इसके साथ वज्रयानी साहित्य से ज्ञात होता है कि ये लोग तंत्रों का प्रयोग और शाक्तोपासना करने लगे थे। वामा (नारी) का भी प्रयोग होने लगा था। इसका भ्रष्ट रूप सामने आया। पंचमकार भक्षण तथा भिक्षुणी सेवन निर्बाध रूप से चलने लगा था। इनके यहाँ विविध देवी–देवता भी हुए। स्त्री को वामा या पद्म कहा गया और पुरुष या साधक को वज्र। तांत्रिक प्रयोग तथा चमत्कार भी प्राप्त होते हैं। विविध सिद्धियों और साधनाओं का पता चलता है।[66] पं. रामचन्द्र शुक्ल मानते हैं–"कौल, कापालिक आदि इन्हीं वज्रयानियों से निकले। कैसा ही शूद्ध और सात्विक धर्म हो 'गुह्य' और 'रहस्य' के प्रवेश से वह किस प्रकार विकृत और पाखण्डपूर्ण हो जाता है, वज्रयान इसका प्रमाण है।"[67] वज्रयान को अपने इस आचार से समाज में प्रतिष्ठा न प्राप्त हो सकी और वह धीरे–धीरे परिवर्तित होने लगा। चूँकि बौद्ध धर्म का स्वरूप पवित्र नहीं रह गया था, इसलिए इसने नाथ सम्प्रदाय का आश्रय ग्रहण किया।

सहजयान

इसे सहजिया सम्प्रदाय भी कहते हैं। बंगाल में 7वीं शताब्दी से अद्यावधि यह परम्परा किसी न किसी रूप में विद्यमान है। बंग साहित्य में इसके प्रभावों को देखा जा सकता है। 10वीं शताब्दी के आसपास सिद्ध कण्हपा ने चर्यापदों के रूप में सहजिया गीत लिखे। तंत्राचार और वामाचार से इसका सम्बन्ध रहा है। तांत्रिक विधि से नारी पूजा का महत्त्व बढ़ा। प्रज्ञोपाय अथवा अद्वय साधना भी चली। अन्त में स्थूल रूप में यह सामान्य जन द्वारा निन्दित हुआ। जब बौद्ध धर्म के पतन और वैष्णव धर्म के उत्थान ने सहजिया वैष्णव धर्म को उत्पन्न किया, जिसमें परकीया प्रेम विकसित हुआ। इसके सिद्ध कवि चण्डीदास 14वीं शताब्दी में हुए। यह परकीया प्रेम कृष्णाश्रयी शाखा में अपनी चरम सीमा तक विकसित हुआ। इसके आसपास बंगाल में अनेक उपसम्प्रदाय चले। गुह्य और रहस्यात्मक तथ्य भी सामने आये। "सिद्धों के सहज सम्प्रदाय में 3 मार्ग प्रचलित थे उनमें से एक का नाम 'अवधूती' था जिसका सम्बन्ध द्वैत ज्ञान से था, दूसरा 'चाण्डाली' था जिसे भी एक प्रकार से द्वैतवादी कह सकते हैं। किन्तु तीसरा जो 'डोम्बी' कहलाता था, वह अद्वैत ज्ञानपरक था।"[68] आचार्य हजारी प्रसाद द्विवेदी ने सहज शब्द पर विचार करते हुए लिखा है–"सहज शब्द भी खींचतान

से आया है। 'ह' और 'ज' ये दोनों अक्षर हठयोग और जपयोग के लिए प्रतीक रूप में व्यवहृत बताये गये हैं और जो साधना 'ह' और 'ज' को साथ–साथ लेकर चले, उसे 'सहज साधना' कहा गया है। इस अर्थ में सारा योग मार्ग खिंच आता है।"[69] इससे भी सहजयान और नाथ सम्प्रदाय का सम्बन्ध द्योतित होता है। नाथों ने भी सहजमार्ग को अपनाया।

(6) कौल

यह गुरु गोरक्षनाथ के गुरु मत्स्येन्द्रनाथ द्वारा प्रवर्तित मार्ग या सम्प्रदाय है। इसमें नाथ सम्प्रदाय की सात्विक साधना का तामस रूप है। स्त्री संग और पंचमकार प्रयोग की प्रधानता है। साधना का अधिकांश पक्ष नाथवत ही है। इसमें ब्रह्मचर्य के स्थान पर भोग और संयम के स्थान पर स्वेच्छाचार है।[70] इसका प्रमुख ग्रन्थ 'कौल ज्ञान निर्णय' है। इसका साधना पक्ष कापालिकों के समान ही है। परम्पराओं और अनेक साम्प्रदायिक तथ्यों से ज्ञात होता है कि मत्स्येन्द्रनाथ ने इसको कामरूप में सीखा था। कथा के अनुसार वहीं तिरिया देश में वे फँसे भी थे। उन्होंने एक मत 'योगिनी कौलमत' के नाम से चलाया। इसमें स्त्री संग आवश्यक था।[71] 'अकुलवीर तंत्र' में इसके दो प्रकार हैं–1. कृतक, 2. सहज। मत्स्येन्द्र के पूर्व यह मार्ग अत्यन्त संक्षिप्त एवं निष्क्रिय था। इस मार्ग के विविध नाम मिलते हैं–कौल मार्ग, अति मार्ग, कालीनय, अर्ध त्र्यम्बक मार्ग आदि।[72] 'कुलार्णव तंत्र' के द्वितीय पटल में इसको सर्वश्रेष्ठ मार्ग कहा गया है। 'विश्वसार तंत्र' के 24वें पटल में भी यही बात है। कौल साधना के उपजीव्य ग्रन्थों की नामावली गोपीनाथ कविराज जी ने प्रस्तुत की है।[73] गुरु की कृपा से ही सम्पूर्ण आचारों, क्रियाओं और शास्त्रों का बोध होता है। चित्त की शुद्धि से यह मार्ग प्राप्त होता है। ये बाहर से शैव और भीतर से शाक्त होते हैं। 'सौन्दर्य लहरी' के टीकाकार लक्ष्मीधर, भट्टोजिदीक्षित और अप्पय दीक्षित ने इसको अप्रामाणिक और अवैदिक माना है। इसमें चक्रपूजा का विधान है। ये त्रिकोण में चित्यबिन्दु की अर्चना करते हैं। इस चक्र में स्थित कुण्डलिनी को ही कौलिनी कहा गया है, कुण्डलिनी कहा गया है। कुण्डलिनी शक्ति बिन्दु रूपा है। इसी का जागरण मोक्षपद का वाचक है। पूर्व और उत्तर कौलमार्ग में इसी शक्ति की महत्ता है। पाशुपतों से इनका निकटतम सम्बन्ध है। "अतः कौलमार्ग की प्रतिष्ठा सायण से 300 वर्ष पूर्व उच्च कोटि के विद्वानों में भी थी। कुलार्णव, कुल चूड़ामणि, मूलतंत्र, कुलरत्नमालिका, वामकेश्वर, मेरुगन्धर्वतंत्र, दक्षिणामूर्ति संहिता तथा रुद्रयामल और देवीयामल ग्रन्थों में इनका विस्तृत निरूपण है। कुलमार्ग का आदि स्थान

कामरूप महापीठ है तथा इसके उद्धारक–भैरव–भैरवी तथा मत्स्येन्द्रनाथ हैं।"[74] वज्रयान की तरह इसकी साधना भी गुह्य है। बिना दीक्षित हुए उसका प्रारम्भ नहीं करना चाहिए। इसमें जाति–पाँति का कोई भेद–भाव नहीं है। तांत्रिक बौद्ध साधना के अनेक स्वरूप इसमें प्राप्त होते हैं। यह कुल या शक्ति को महत्त्व देता है। परवर्ती संस्कृत, प्राकृत और अपभ्रंश साहित्य में कौल मार्गियों की क्रियाओं एवं कार्यों की पर्याप्त चर्चा मिलती है। कुण्डलिनी को जागृत कर ये चक्र भेदन करते हुए सहस्रार चक्र में स्थित शिव से मिलाते हैं। शिव+शक्ति= अमृत रस। त्रिपुर सुन्दरी से अद्वैतता प्राप्त करके आध्यात्मिक शक्ति द्वारा मोक्ष प्राप्त किया जा सकता है। शिव=पुरुष, शक्ति=स्त्री। दोनों के सहयोग से ही परमानन्द की प्राप्ति हो सकती है। परमानन्द की तुलना संयोग की तुरीयावस्था से की गयी है। पंचमकारी साधना में उसके पूरे उद्देश्यों की पूर्ति हो जाती है–

पीत्वा मद्यं पठेत् स्तोत्रं साधकः कुल भैरवः।
कुलस्त्री संग निरतः कुलकार्य समाचरेत्।। 75

इस साधना में पंचमकार को महापातक नाशक बताया गया है–

मद्यं मांस मत्स्यश्च मुद्रा मैथुनमेव च।
मकारं पंचकं चैव महापातक पाशनम्।। 76

प्रत्येक नारी को शक्ति केन्द्र के रूप में देखा गया तथा नर–नारी के संयोग को शिवशक्ति का संयोग माना गया।

कौल तथा अन्य तांत्रिक साधनाएँ 10–14वीं वि. शती तक अपनी चरम सीमा पर थीं, जिनमें बौद्धों का वज्रयान और सहजयान, शैवों का कापालिक मत, शाक्तों के समूह तथा सहजिया वैष्णव सम्प्रदाय मिले हुए दिखाई पड़ते हैं। 10वीं शताब्दी की रचना 'कर्पूर मंजरी' में कौलों के अनेक तांत्रिक चमत्कार वैदर्भ नगर की कन्या को स्नान करते समय ही तांत्रिक भैरवानन्द ध्यान के विमान से दरबार में बुलवाते हैं। सद्यःस्नाता का बड़ा कामुक वर्णन है। भैरवानन्द कहते हैं–"न मंत्र है, न तंत्र है, न कोई ज्ञान है, न कोई ध्यान ही है, परन्तु गुरु की कृपा से मदिरापान करते हैं, महिलाओं के साथ रमण करते हैं और मोक्ष को प्राप्त करते हैं, इस भाँति हम अपने कुल के रास्ते पर चलते हैं।"[77] "राँड़ (विधवा) चण्डा (झगड़ालू औरतें) यही हमारे ध्यान में दीक्षित पत्नियाँ हैं, शराब पी जाती हैं, माँस खाया जाता है, भिक्षा माँगकर भोजन किया जाता है। चमड़े का टुकड़ा (मृगचर्म) शय्या है, ऐसा कौल धर्म किसको अच्छा नहीं लगता।"[78] "उमा के पति भगवान् शंकर ने आविष्कृत किया कि सुरत केलि और मदिरा रस के पान के साथ ही मुक्ति मिला करती है।"[79] कुछ स्त्रियाँ

श्मशान में रहने वाली पिशाचिनियों का अभिनय करती हैं, जो हाथ में नरमांस लिये हुए हैं, गीदड़ियों के समान चीख रही हैं। यह राजा के दरबार का चित्रण है।[80] योगिनियाँ मण्डल बनाकर नृत्य करती हैं।[81] अनन्त चतुर्दशी के दिन देवी ने पद्मरागमणि की गौरी की मूर्ति बनवाकर भैरवानन्द द्वारा उसकी प्रतिष्ठा कराई। देवी ने स्वयं दीक्षा ली। गुरुदक्षिणा में लाट देश के राजा चण्डसेन की पुत्री घनसार मंजरी को राजा के लिए माँगता है।[82] यही कर्पूर मंजरी है। दोनों का विवाह भी हो जाता है। कर्पूर मंजरी चामुण्डा की साधना में रक्तपात्र लिये रहती है। वह रुधिर का पान भी करती है।[83] कर्पूर मंजरी का वे चामुण्डा से परिचय कराते हैं।[84] यहीं राजा और कर्पूर मंजरी का विवाह हो जाता है।

कौलों के भी दो भेद हैं–1. पूर्व कौल–ये योनि की चित्रादि में पूजा करते हैं, 2. उत्तर कौल– ये सुन्दरी की प्रत्यक्ष योनि की पूजा करते हैं। कौलाचार के साथ–साथ समयाचार भी चलता रहा, जिसमें उसकी भावना की उपासना का विधान है। शाक्त पूजा के कश्मीर, कांची और कामाख्या केन्द्रों में अन्तिम केन्द्र कौलों का ही है।[85] यह मार्ग शंकराचार्य के विरोध से दब गया। गोरक्षनाथ के संगठन में आकर सात्विक होकर नाथ सम्प्रदाय में विलीन हो गया।

(7) रसेश्वर

प्रारम्भिक मध्ययुग की अनेक काया साधनाओं में एक साधना पद्धति रसेश्वर भी है। भस्म के महत्त्व के साथ यह पद्धति आज भी जीवित है। ये लोग रस की सिद्धि से काया को दिव्य बनाते हैं। इसका माहेश्वर मत से भी निकट का सम्बन्ध रहा है। इसके सबसे बड़े आचार्य नागार्जुन हैं। प्राप्त तथ्यों के आधार पर इनका जीवन 600 वर्षों का ठहरता है। एक पक्ष है कि कम से कम 3 नागार्जुन अवश्य हुए थे। इस सम्प्रदाय की प्रतिष्ठा 5वीं से 8वीं शताब्दी तक रही। देह को दिव्य बनाने के साथ–साथ ये लोग स्वर्ण और रज का भी निर्माण करते थे। नागार्जुन से जुड़ी हुई अनेक किंवदन्तियाँ और चमत्कार मिलते हैं। आयुर्वेद के लोगों ने भी इस विद्या को ग्रहण किया। शरीर में ये पारद रस का सेवन करते हैं। पारद=संसार को पार करने वाला–"संसारस्य परं पारं दत्ते सौ पारदः स्मृतः।"[86] कालान्तर में यह पारद शिव का वीर्य और अभ्रक पार्वती का रज हो गया। दोनों का संयोग मृत्यु और दारिद्रता का नाशक होता है–

अभ्रकस्तव बीजं तु मम बीजं तु पारद।
अनयोर्मेलनं देवि मृत्युदारिद्रयनाशनम्।। 87

इनकी मान्यता है कि कर्म से ही शरीर को स्थिरता मिलती है। कर्म दो प्रकार के होते हैं–1. रसयुक्त, 2. पवन युक्त। यही जीवन देते और गगनगामी बनाते हैं। यहाँ तक कि रस ही ईश्वर है। "ऐसा यथार्थवादी दर्शन प्रायः अन्य धर्म और सम्प्रदाय के प्रवर्तकों और प्रचारकों ने नहीं माना है। रसेश्वर सम्प्रदाय इसी सम्प्रदाय और सच्चाई को सम्मुख रखकर मुक्ति की खोज करने का मार्ग बतलाता है।"[88] शैवों और बौद्धों दोनों ने इसको ग्रहण किया। "रसेश्वर सम्प्रदाय का अमर शरीर और वज्रयान की वज्रकाया, कापालिकों का सोम और सिद्धों की वारुणी, लिंगांग सामरस्य और सिद्धों का प्रज्ञोपाय युगन्द्र, सिद्धों की सहज साधना और विष्णु पुराण की सहज सिद्धि लगभग एक ही काल में हिन्दू तथा बौद्ध दोनों सम्प्रदायों से मिलती है।"[89] इसमें रस या पारद और अभ्रक का बहुत महत्त्व है। पारद में शिव की सृष्टि शक्ति और गन्ध में पार्वती का सर्जनात्मक अंश होता है, इसी से अमरकाया को लेकर सिद्ध अनेक चमत्कार करते हैं, गोरख और बाप्पारावल के प्रसंग को इस सन्दर्भ में देखा जा सकता है। तिब्बत तथा भारत में आज भी अनेक रसायनी सिद्ध हैं। 'रसार्णव' नामक ग्रन्थ में भैरव या शिव ने इसके महत्त्व को स्वयं कहा है। नाथ सम्प्रदाय में रस या भस्म का बहुत महत्त्व है। गोरक्षनाथ के पीठों पर प्रसाद रूप में भस्म अवश्य दिया जाता है। स्वयं गोरक्षनाथ ने इससे अनेक चमत्कार सम्पन्न किये हैं।

(8) निरंजनी

इस सम्प्रदाय का विश्वसनीय साहित्य कम प्राप्त होता है। एक समय था कि यह सम्प्रदाय उड़ीसा और बंगाल पर्यन्त फैला हुआ था। इस मत में धर्मगत कर्म तथा दर्शन आदि का वर्गीकरण नहीं मिलता है। कालान्तर में यह निर्गुण सम्प्रदाय में विलीन हो गया। यह उत्तरी भारत में विशेष रूप से प्रचलित रहते हुए अद्यावधि विद्यमान है। नाथ सम्प्रदाय में निरंजन पद का प्रयोग परम देवता के रूप में है। नाथ निरंजन का प्रयोग प्रायः मिलता है। इसको नाथ सम्प्रदाय का वेदान्त से प्रभावित रूप मानना अधिक संगत होगा। आज के स्वरूप के आधार पर हम इसको नाथ सम्प्रदाय और निर्गुण सम्प्रदाय का एक विकसित रूप मान सकते हैं, जिसमें योग पूर्णतः वेदान्ती प्रभाव में आ चुका है। यह एक प्रकार से नाथ सम्प्रदाय एवं निर्गुण सम्प्रदाय का मध्यवर्ती है।[90] "निरंजन पन्थ कबीर के निर्गुण पन्थ से प्राचीन है। यह सहजयान, नाथपन्थ और सिद्धों के योगी पन्थ के साथ–साथ ही प्रादुर्भूत जान पड़ता है।"[91] नाथों की योगनिष्ठा यहाँ परमतत्त्व या अद्वैत तत्त्व की ओर झुक गयी है।

(9) वारकरी

वार = यात्रा, करी = करने वाला अर्थात वारकरी का अर्थ है अनवरत भ्रमण करने वाला। ये भक्त यात्री थे, जो पंढरपुर स्थित विट्ठल की मूर्ति की उपासना करते हैं। पाण्डुरंग की तुलसी की माला धारण करने के कारण इसको मालकरी भी कहते हैं। इसमें भक्त भगवान् को अपना सर्वस्व अर्पित कर देता है। यह भागवत सम्प्रदाय के अन्तर्गत है। इसके उद्भवकाल का पता नहीं है। प्रसिद्ध सन्त बहिणाबाई ने एक पद में इसका संस्थापक ज्ञानेश्वर को कहा है, परन्तु ज्ञानेश्वरकालीन सन्त नामदेव अपनी पूर्व परम्परा की ओर संकेत करते हैं। अतः इसको ज्ञानेश्वर पूर्व भी माना जा सकता है। ये लोग विट्ठल को विष्णु का कृष्णावतार मानकर पूजते हैं। बाद में इनका शैवों के साथ सम्बन्ध हुआ। विट्ठलमूर्ति को कोई जैनमूर्ति तथा कोई बुद्धमूर्ति भी कहता है। इस मत में हिंसा, स्तेय, व्यभिचार और स्त्री ये चार वर्जित हैं। ये मान्यताएँ ही इनको बुद्ध के निकट ले जाती हैं। दर्शन की दृष्टि से ये अद्वैतवादी तथा उपासना की दृष्टि से भक्त हैं। इसकी गुरु परम्परा निम्नवत है–निवृत्तिनाथ, ज्ञानदेव, सोमदेव, मुक्ताबाई, नामदेव, एकनाथ, तुकाराम, विलोवाराय। ये अपना गुरु नाथ तथा परम्परा शैव बताते हैं। वर्णाश्रम धर्म तथा योग को न मानकर ये भक्ति पर बल देते हैं। ये एकादशी का व्रत भी रहते हैं। तुलसी की माला, उर्ध्वपुंड और लकड़ी में भगवा वस्त्र की पताका को धारण करते हैं। इनका प्रमुख तीर्थस्थान पंढरपुर है। यहाँ विट्ठल की मूर्ति के साथ रुक्मिणी भी हैं। इसमें भजन–कीर्तन तथा भागवत चर्चा का बड़ा महत्त्व है।[92]

महाराष्ट्र के अधिकांश सन्त भागवत धर्म को मानने वाले वारकरी थे। ज्ञानेश्वर एकनाथ तथा तुकाराम आदि ने इसका प्रचार–प्रसार किया। इनके मुख्य ग्रन्थ श्रीमद्भगवतगीता और भागवत हैं। गीता की ज्ञानेश्वरी टीका और एकनाथी भागवत का विशेष महत्त्व है। इसमें प्रसिद्ध सन्त एकनाथ जी हुए, इनका जन्म संवत् 1590 और मृत्यु 1659 वि.सं. है।[93]

निवृत्तिनाथ और ज्ञानेश्वर का नाथ सम्प्रदाय से तो स्पष्ट सम्बन्ध है। ज्ञानेश्वर को 1275 ई. में उत्पन्न माना गया है।[94] इनका निम्बार्क पन्थ से भी सम्बन्ध था। इन्होंने मराठी को विपुल साहित्य दिया। इनकी तुलना इटैलियन दान्ते से करते हुए जी.एस. धुरे ने लिखा है–"वे मराठी साहित्य के दान्ते थे।"[95] ये अपने अग्रज निवृत्तिनाथ के ही शिष्य थे। ये नाथपन्थी गहिनीनाथ से दीक्षित थे, जो गोरक्षनाथ से दीक्षित थे।[96] नाथ परम्परा की परवर्ती कड़ी में आपका प्रमुख स्थान है। इस प्रकार वारकरी सम्प्रदाय के नाम से महाराष्ट्र में एक नयी

धारा प्रवाहित हुई। ज्ञानेश्वर इसके संस्थापक और प्रचार–प्रसार कर्ता तथा मान्यता दिलवाने वाले थे। जी.एस. धुरे ने ज्ञानेश्वर की प्रशंसा बड़े विश्वसनीय ढंग से की है।[97] महाराष्ट्र में महानुभाव और वारकरी सम्प्रदायों पर नाथ सम्प्रदाय का प्रभाव है, साधना और विचार दोनों पर। गोरक्षनाथ और वारकरी पन्थ के प्रवर्तक ज्ञानेश्वर का सम्बन्ध इसके लिए सबसे बड़ा प्रमाण है। महाराष्ट्र में 'नवनाथ सार' नामक ग्रन्थ नित्योपासना में समादृत है।[98] गहिनीनाथ ने नाथ साधना में कृष्ण भक्ति को जोड़ा। इसी से वारकरी में हरिहर ऐक्य की भावना विट्ठलोपासना में परिणत हो गयी। ज्ञानेश्वर के पूर्व भी नाथपन्थी साधु महाराष्ट्र में जाते रहे। साने गुरु जी वारकरी की परिभाषा में कहते हैं–"एक सम्प्रदाय के साधु जो भिक्षा माँगते और भजन करते हुए पंढरपुर की यात्रा करते हैं।"[99] "महाराष्ट्र में वारकरी सम्प्रदाय में मांसाहारनिवृत्ति के ऊपर ज्यादा जोर दिया है। वारकरी के व्रत में मांसाहार के लिए स्थान नहीं है।"[100]

महाराष्ट्र में भागवत धर्म अथवा वारकरी सम्प्रदाय की स्थापना का श्रेय किसको दिया जाय, इसके सम्बन्ध में थोड़ा विवाद है[101], परन्तु इसकी स्वस्थ परम्परा में विवाद नहीं है। आज भी पंढरपुर में ये साधु दूर–दूर से आकर अपनी यात्रा सम्पन्न करते हैं, आषाढ़, कार्तिक की एकादशी तथा अन्य पर्वों पर विशेष रूप से। भागवत धर्म को मानना, विट्ठल में आस्था और वारी या पंढरपुर की यात्रा, सम्प्रदाय के आधार हैं। सारांश में यदि हम वारकरी को नाथ धारा और भागवत धारा का समन्वित रूप कहें तो कोई असंगति नहीं होगी। शैव और वैष्णव परम्परा का इतना सुन्दर समन्वय अन्यत्र दुर्लभ है।

(10) आई

'सिद्धसिद्धान्तपद्धति' में सिद्ध गुरुओं की 5 वंश परम्पराओं का वर्णन है, इन्हीं में 'आई' भी है। आई नाम विमला शक्ति का है। इसी को आई नाथ या उदय नाथ भी कहते हैं। आई नाथ देवी की शिष्य परम्परा में है। अतः आई सन्तान इस समय आई पन्थ नाम से प्रसिद्ध है।[102] इसका समय विक्रम की 15वीं सदी है। आई माता ने वि. 1561 चैत्र सुदी–2, शनिवार को समाधि ली थी। उनकी पुस्तकें पंजाबी, बंगला और कश्मीरी आदि भाषाओं–लिपियों में बढ़ेर बिलाड़ा में प्राप्त होती है। "डाबी गोत्र का क्षत्रिय बीका के घर जीजी देवी (आई माता) का अवतार हुआ था। बाल्यावस्था में ही जीजी की माता स्वर्ग सिधार गयी थी। जीजी बड़ी देवी भक्त तथा अति रूपवती बालिका थी। बीका अम्बा माता का बड़ा भक्त था। उसकी भक्ति से प्रसन्न होकर देवी ने उसके घर

कन्या के रूप में अवतार लेने का वरदान दिया था।"[103] ये लोग पूर्ण अहिंसक होते हैं। शाक्तों का भी इन पर बहुत अधिक प्रभाव है। 'आई उग्र प्रकाश' में शिव, भैरव, शिवलिंग तथा अनेक योगिनियों की चर्चा है। अनेक देव समूह भी हैं। 9 ग्रह और गंगा–यमुना का भी महत्त्व है। इसका क्षेत्र विशेष रूप से राजस्थान के जोधपुर के पाली और अन्य जिलों में है। कुछ उदयपुर जिले में भी है। मारवाड़ के अतिरिक्त मध्य भारत में भी आई पन्थी हैं। बढ़ेर बिलाड़ा में आई जी का प्राचीन मन्दिर है।[104]

'आई उग्र प्रकाश' के अतिरिक्त इस पन्थ के 'आई आनन्द विलास' और 'आई चरित' प्रमुख ग्रन्थ हैं। राजस्थानी काव्यों में भी इससे सम्बोधित कुछ पद प्राप्त हो जाते हैं। आई चरित भारत प्रसिद्ध कवि दुर्शाजी आढ़ा पांचेटिया वाले के वंशधर सुमान सिंह आढ़ा द्वारा रचा गया है।

(11) महानुभाव

जब महाराष्ट्र में नाथ सम्प्रदाय और वारकरी सम्प्रदाय में आदान–प्रदान हो रहा था तभी 12वीं शताब्दी में चक्रधर द्वारा इस पन्थ की स्थापना हुई। यह उत्तर भारत से काबुल तक फैला। इस शब्द का अर्थ है–महानुभाव = "महान अनुभवः यस्य सः।" इसके मानभाव, महात्मा, अच्युत, जयश्रीकृष्ण, भमार्ग तथा परमार्ग नाम भी मिलते हैं। यह सम्प्रदाय महाराष्ट्र में मानभाव और महात्मा पन्थ, गुजरात में अच्युत और पंजाब में जयश्री कृष्ण पन्थ नाम से प्रसिद्ध है। इसके संस्थापक चक्रधर 1194 ई. में पैदा हुए थे और 1223 ई. में महाराष्ट्र में प्रवेश कर इसका प्रचार–प्रसार किया तथा 1274 ई. को मृत्यु को प्राप्त हुए। ये गुजरात के विशाल देव राजा के पुत्र थे। इनकी गुरु–परम्परा दत्तात्रेय से चलती है–दत्तात्रेय–श्रीकृष्ण–चांगदेव राउल–गोविन्द प्रभु–चक्रधर। इनके 500 शिष्य बताये जाते हैं। यद्यपि इसमें जाति का महत्त्व न था, परन्तु 300 वर्षों तक ब्राह्मणों में ही यह फैलता रहा।[105] इस पन्थ के प्रचार–प्रसार के समय नाथ सम्प्रदाय का पर्याप्त प्रभाव था, फलतः उसका इस पर प्रभाव पड़ना स्वाभाविक है। महानुभावों ने नाथों के ज्ञान को तो ग्रहण किया, परन्तु भक्ति को नहीं छोड़ा–यहाँ तक कि ज्ञान और यौगिक साधना से भक्ति को अधिक महत्त्व दिया। ईश्वर के साकार रूप को इन लोगों ने स्वीकार किया। कृष्ण भक्ति के साथ इन लोगों ने चारित्रिक दृढ़ता और ब्रह्मचर्य को महत्त्व दिया। इसके साथ अहिंसा, निस्संगता, निवृत्ति को भी वरीयता दी। इससे इनको समाज में बड़ी प्रतिष्ठा मिली।[106]

(12) लोकायत

यह अपनी भग्नावस्था में विद्यमान थे। ये लोग भौतिकवादी हो गये थे। इनमें शैव और बौद्ध तत्त्व मिल गये थे। फलतः भैरवी चक्र के उपासक तथा श्मशानवासी हो गये। शाक्तों ने इनको और आगे बढ़ाया। दत्तात्रेय और गोरक्ष का संघर्ष तामस और सात्विक भावनाओं तथा साधनाओं का वैचारिक संघर्ष है। गोरक्ष ने दर्शन और साधना को एक किया।

(13) दत्तात्रेय

गोरक्ष के समय भी दत्तात्रेय का प्रभाव पर्याप्त था, तभी दोनों में वैचारिक संघर्ष भी हुआ था, क्योंकि इस सम्प्रदाय का प्रभाव कबीर के ऊपर तक दिखाई पड़ता है। 'वेदान्त और शाक्त विचारधारा के बीच की प्रणाली ही सम्भवतः दत्तात्रेय पंथियों की शक्ति थी।"[107] इनकी तामसी भावनाओं तथा आचरणों से गोरक्ष का विरोध था।

(14) दशनामी

इस सम्प्रदाय में शंकराचार्य से सम्बद्ध साधु थे। इनका देश में बड़ा प्रभुत्व था। इनके 10 नाम ये हैं–1. अरण्य, 2. आश्रम, 3. भारत, 4. गिरि, 5. परवत, 6. पुरी, 7. सरस्वती, 8. सागर, 9. तीर्थ, 10. वन। इनको शंकराचार्य ने संगठित करके दशनामी नाम दिया।[108] ये दशनामी विविध प्रसिद्ध साधुओं के नाम से प्रसिद्ध हुए। इनकी शाखाएँ भी हैं।

(15) सेवड़ा

ये जैन परम्परा से सम्बन्धित लगते हैं, जो नाथपन्थ से भी जुड़े रहे। अनुश्रुति है कि नीमनाथ और परेशनाथ (निमिनाथ, पार्श्वनाथ), मत्स्येन्द्रनाथ के पुत्र थे। इन्होंने सेवड़ा और पूजा या पुजारा पन्थों को चलाया।

(16) रूखड़, सूखड़, गूदड़, कूकड़ और औघड़

ये सम्प्रदाय भी किसी–न–किसी प्रकार गोरक्षनाथ से सम्बद्ध हैं। कूकड़ सम्प्रदाय प्रायः समाप्त हो चुका है। चौरासी सिद्धों से भी इनका सम्बन्ध रहा होगा।[109]

(17) आडवार

इस सम्प्रदाय ने दक्षिण भारत में प्रेम की धारा प्रवाहित की। कालान्तर में उत्तर भारत को भी सींचा। आलवारों की वैष्णव परम्परा में 450 ई. पूर्व

के मध्य यह खूब पनपा। यह भी भक्तिकाल का स्रोत है। 11वीं शताब्दी तक इसका स्पष्ट रूप विद्यमान था। नाथ सम्प्रदाय पर इसकी भक्ति भावना का पर्याप्त प्रभाव पड़ा।

नाथपन्थ की प्राचीनता

नाथपन्थ का मूल उत्स अत्यन्त प्राचीन है। नाथपन्थ के प्रवर्तक श्री मत्स्येन्द्रनाथ और गुरु श्री गोरखनाथ के कालखण्ड पर विद्वानों में मतैक्यता का अभाव है। नाथपन्थ की परम्परा में गोरखनाथ को अमरकाय एवं अयोनिज माना गया है। नाथपन्थ की परम्परा में गोरखनाथ को चारों युगों में उपस्थित होने सम्बन्धी अनेक कथाएँ प्रचलित हैं; किन्तु नाथपन्थ परम्परा का यह मत आस्था एवं विश्वास का मत है, इससे अधिक इस सन्दर्भ में कुछ नहीं कहा जा सकता। विभिन्न विद्वानों के श्री गोरखनाथ के काल के सन्दर्भ में मत निम्नवत हैं[110]–

1. कोल ब्रुक –800 ई. से लेकर 900 ई. के बीच
2. टेलर –900 ई.
3. हांगसन –800 ई.
4. विल्सन –800 से 900 ई. के बीच
5. मैकेन्जी –500 ई.
6. मैक्समूलर –788 ई.
7. कृष्णस्वामी –788 ई.
8. बालगंगाधर तिलक – 688 ई.
9. राजेन्द्रनाथ घोष – 686 ई.।

विभिन्न विद्वानों द्वारा गोरखनाथ के सन्दर्भ में प्रस्तुत उपर्युक्त मतों के सन्दर्भ में हमें प्राप्त विभिन्न स्रोतों का आलोचनात्मक विश्लेषण करना होगा। इस दिशा में प्रथमतः नाथपन्थ परम्परा में प्रचलित मत्स्येन्द्रनाथ एवं गोरखनाथ सम्बन्धी लोकप्रचलित कथानकों का उल्लेख समीचीन होगा।

मत्स्येन्द्रनाथ सम्बन्धी लोक कथानक

फैजुल्लाह का 'गोरक्ष–मीन चेतन' के अनुसार यह उल्लेख मिलता है कि आद्य और आद्या ने पहले देवताओं की सृष्टि की, बाद में चार सिद्धों –मीननाथ, गोरखनाथ, हाड़िफा (जालन्धरनाथ) और कानफा (कृष्णपाद) की उत्पत्ति हुई तथा एक कन्या भी उत्पन्न हुई जिसका नाम गौरी रखा गया। गौरी का शिव से विवाह हुआ। गौरी ने शिव के गले में मुण्डमाला देखकर उसके बारे में

पूछा। शिव के यह बताने पर कि वे सभी मुण्ड गौरी के ही हैं, यह रहस्य समझ में आया कि शिव अमर हैं और गौरी की मृत्यु होती रहती है। इसका कारण जानने हेतु आग्रह करने पर शिव ने इस गुप्त रहस्य को बताने हेतु क्षीरसागर को चुना। उपर्युक्त चार सिद्धों में से मीननाथ मछली बनकर शिव द्वारा गौरी को बताये जा रहे गुप्त रहस्य को सुनने लगे। शिव द्वारा बताये जा रहे महाज्ञान को सुनते–सुनते गौरी को नींद आ गयी और मत्स्यरूपी मीननाथ हुँकारी भरते रहे और इस प्रकार शिव द्वारा दिया गया महाज्ञान मत्स्येन्द्रनाथ ने प्राप्त किया।[111]

जोधपुर नरेश मानसिंह द्वारा संगृहीत पुस्तक 'नाथचरित्र' में उल्लेख मिलता है कि एक बार मत्स्येन्द्रनाथ भ्रमण में निकले हुए थे। भ्रमण के दौरान उन्होंने एक राजा के मृत शरीर में 'परकाया प्रवेश' विद्या के बल पर प्रवेश किया। इस प्रकार राजा के शरीर में रहकर मत्स्येन्द्रनाथ ने भोग–विलास का आनन्द लिया। मत्स्येन्द्रनाथ के शिष्य गोरखनाथ के द्वारा मत्स्येन्द्रनाथ पुनः अपने योगी शरीर में वापस आये। इसी ग्रन्थ में एक और कथा मिलती है कि एक बार मत्स्येन्द्रनाथ कामरूप देश में जाकर तप करने लगे। कामरूप नरेश के मृत शरीर में प्रवेश कर उसकी मंगला नामक रानी के साथ विहार किया। इस दौरान इनके पुत्र भी उत्पन्न हुए। कालान्तर में गोरखनाथ यहाँ पहुँचे और अपने गुरु मत्स्येन्द्रनाथ को वहाँ से मुक्त कराया।

उपर्युक्त कथानकों के आधार पर हजारी प्रसाद द्विवेदी निम्न निष्कर्ष पर पहुँचते हैं।[112]

1. सर्वप्रथम मत्स्येन्द्रनाथ द्वारा लिखित 'कौलज्ञान निर्णय' ग्रन्थ का लिपिकाल निश्चित रूप से सिद्ध कर देता है कि मत्स्येन्द्रनाथ ग्यारहवीं शताब्दी के पूर्ववर्ती हैं।
2. सुप्रसिद्ध कश्मीरी आचार्य अभिनव गुप्त ने अपने 'तंत्रालोक' में मच्छंदविभु को नमस्कार किया है। ये मच्छन्दविभु मत्स्येन्द्रनाथ ही हैं, यह भी निश्चित है। अभिनव गुप्त का समय निश्चित रूप से ज्ञात है। उन्होंने 'ईश्वर प्रत्यभिज्ञा की वृहतीवृत्ति' सन् 1015 ई. में लिखी थी और 'क्रमस्त्रोत' की रचना सन् 991 ई. में की थी। इस प्रकार अभिनव गुप्त सन् ईस्वी की दसवीं शताब्दी के अन्त में ग्यारहवीं शताब्दी के आदि में वर्तमान थे।[113] मत्स्येन्द्रनाथ इससे पूर्व ही आविर्भूत हुए होंगे।
3. पं. राहुल सांकृत्यायन ने 'गंगा के पुरातत्त्वांक' में 84 वज्रयानी सिद्धों

की सूची प्रकाशित करायी है। इसे देखने से मालूम होता है कि मीनपा नामक सिद्ध जिन्हें तिब्बती परम्परा में मत्स्येन्द्रनाथ का पिता कहा गया है पर जो वस्तुतः मत्स्येन्द्रनाथ से अभिन्न है, राजा देवपाल के राज्य में हुए थे। राजा देवपाल 809 से 849 ई. तक राज्य करते रहे (चतुराशीति सिद्ध प्रवृत्ति, तनजूर 86/11 कार्डियर, पृ. 247)। इससे यह सिद्ध होता है कि मत्स्येन्द्रनाथ नवीं शताब्दी के मध्य भाग में और अधिक से अधिक अन्तिम भाग तक वर्तमान थे।

4. गोविन्दचन्द्र या गोपीचन्द्र का सम्बन्ध जालन्धरपाद से बताया जाता है। वे कानफा के शिष्य होने से जालन्धरपाद की तीसरी पुश्त में पड़ते हैं। इधर तिरूमलय की शैललिपि से यह तथ्य उद्धृत किया जा सका है कि दक्षिण के राजा राजेन्द्र चोल ने माणिकचन्द्र के पुत्र गोविन्दचन्द्र को पराजित किया था। बंगला में 'गोविन्दचन्द्र रे गान' नाम से जो पोथी उपलब्ध हुई है उनके अनुसार भी गोविन्दचन्द्र का किसी दाक्षिणात्य राजा का युद्ध वर्णित है। राजेन्द्र चोल का समय 1063 ई. से 1112 ई. है।[114] इससे अनुमान किया जा सकता है कि गोविन्दचन्द्र ग्यारहवीं शताब्दी के मध्य भाग में वर्तमान थे। यदि जालन्धरपाद उनसे सौ वर्ष पूर्ववर्ती हों तो भी उनका समय दसवीं शताब्दी के मध्यभाग में निश्चित होता है। मत्स्येन्द्रनाथ का समय और भी पहले निश्चित हो चुका है।

5. वज्रयानी सिद्ध कण्हपा ने स्वयं अपने गानों में जालन्धरपाद का नाम लिया है। तिब्बती परम्परा के अनुसार ये भी राजा देवपाल (809–849 ई.) के समकालीन थे।[115] इस प्रकार जालन्धरपाद का समय इससे कुछ पूर्व ही ठहरता है।

6. गोरखनाथ का सम्बन्ध कन्थड़ी नामक एक सिद्ध के साथ भी ज्ञात होता है। 'प्रबन्ध चिन्तामणि' में चौलुक्य राजा मूलराज का कंथड़ी नामक शैव सिद्ध से भेंट का उल्लेख मिलता है। इस कथा में कंथड़ी नामक शैव सिद्ध के सभी लक्षण नाथपन्थ के योगी के हैं। अतः प्रबन्ध चिन्तामणि में उल्लिखित कंथड़ी ही गोरखनाथ के शिष्य रहे होंगे। प्रबन्ध चिन्तामणि के अनुसार चौलुक्यराज या मूलराज ने संवत् 993 की आषाढ़ पूर्णिमा को राज्यभार ग्रहण किया था। उपर्युक्त तथ्यों के आधार पर हजारी प्रसाद द्विवेदी महायोगी गोरखनाथ एवं उनके गुरु मत्स्येन्द्रनाथ का काल नवीं शताब्दी का मध्यभाग मानते हैं।

गोरखनाथ सम्बन्धी लोक कथानक

(1) महाराजा भर्तृहरि को योगोपदेश–अवन्तिका के अधिपति महाराजा भर्तृहरि को महायोगी गोरखनाथ ने योगोपदेश प्रदान कर अपने द्वारा प्रवर्तित वैराग्य पन्थ में सम्मिलित कर लिया था। नाथ–सम्प्रदाय में उन्हें नवनाथों में परिगणित किया गया है और नवयोगेश्वरों में योगेश्वर हरिनारायण का ही भर्तृहरि को अवतार कहा गया है। उनकी राजधानी उज्जयिनी थी, वे चक्रवर्ती नरेश थे।

(2) बप्पा रावल को वरदान–राजस्थान तथा विशेष रूप से मेवाड़ के विशाल भू–भाग महायोगी गोरखनाथ तथा नाथ–सम्प्रदाय के सिद्धों, अवधूतों और योगियों के आशीष और चरण धूलि से परम पवित्र और गौरवान्वित होते चले आ रहे हैं। इस विशाल क्षेत्र में प्रायः सभी नगरों और महत्त्व के स्थानों में नाथयोगियों के तपःस्थल और मठादि पाये जाते हैं। महायोगी गोरखनाथ के आशीर्वाद और वरदान से मेवाड़ राज्य के संस्थापक बप्पा रावल का ऐतिहासिक वृत्तान्त अमिट महिमान्वित है। उसके स्थापना काल से ही मेवाड़ के महाराणा महायोगी गोरखनाथ जी तथा नाथयोगियों को गुरुपद पर प्रतिष्ठित कर उनके चरण देश में असाधारण निष्ठा और श्रद्धा व्यक्त करते आ रहे हैं। गोरखनाथ जी द्वारा स्थापित भगवान् एकलिंग शिव को ही बप्पा रावल के वंशज मेवाड़ के महाराणा मेवाड़ राज्य का वास्तविक अधिपति कहते हैं और अपने आप को भगवान् एकलिंग का दीवान समझते हैं।

(3) नेपाल और उसके राजवंश का संरक्षण–नेपाल और उसके राजवंश को योगीन्द्र मत्स्येन्द्रनाथ और शिवगोरक्ष महायोगी गोरखनाथ की प्राचीन काल से ही कृपादृष्टि और संरक्षण प्राप्त होता रहा है और आज भी उस विशाल भू–भाग में मृगस्थली आदि क्षेत्रों में मत्स्येन्द्रनाथ जी और गोरखनाथ जी के प्रति यथेष्ट श्रद्धा और पूज्यभाव दर्शनीय है। नेपाल के मूर्धन्य विद्वानों, शास्त्रज्ञों और योगियों ने अपनी संस्कृत और नेपाली रचनाओं में मत्स्येन्द्रनाथ जी और गोरखनाथ जी तथा अनेक नाथसिद्धों का जो स्तवन तथा वृत्तान्त वर्णन किया है, उससे समग्र नेपाल पर उनके यथेष्ट प्रभाव का पता चलता है।

मत्स्येन्द्र–यात्रा–उत्सव नेपाली जन–जीवन की परम्परा का एक विशिष्ट पर्व है। नेपाल का गोरखा राज्य योगेश्वर मत्स्येन्द्रनाथ और गोरखनाथ जी के प्रति श्रद्धा का प्रतीक है। नेपाल नरेश नरेन्द्रदेव ने योगीन्द्र मत्स्येन्द्रनाथ के कामरूप पीठ से आकर नेपाल को अपार जल–वृष्टि से सम्पन्न कर अकाल

से मुक्त करने की स्मृति में उनकी यात्रा का संयोजन किया था। नरेन्द्रदेव ने रथयात्रा, महास्नान–यात्रा–उत्सव से मत्स्येन्द्रनाथ और गोरखनाथ जी के प्रति चिरकृतज्ञता की पवित्र स्मृति को नेपाली जनजीवन की सांस्कृतिक सम्पत्ति बना लिया था।

मत्स्येन्द्रनाथ सम्बन्धी मुद्राओं पर 'श्रीश्रीलोकनाथाय', 'श्रीश्रीलोकनाथ' तथा 'श्री करुणामय' शब्द अंकित हैं। इसी तरह नेपाल के शाह राजवंश ने गोरखनाथ से सम्बन्धित सिक्कों पर 'श्रीश्री गोरखनाथ' शब्द अंकित करवाकर तथा उनकी चरणपादुकाओं के चिह्न अंकित करवाकर उनके प्रति कृतज्ञता ज्ञापित की है। शाहवंश के राजाओं का राजतिलक गोरखनाथ जी की तपोभूमि मृगस्थली के महन्त द्वारा सम्पन्न होता है। महायोगी गोरखनाथ जी नेपाल के राष्ट्रगुरु के रूप में परम पूज्य हैं।

(4) गुरु गोरखनाथ और गोगा पीर–गोगा चौहान क्षत्रिय थे। ऐसी जनश्रुति है कि उनकी उत्पत्ति अथवा जन्म गोरखनाथ जी की कृपा से हुआ था। राजस्थान के लोकमानस में गोगा पीर की योगसाधना, योग–चमत्कार और महायोगी गोरखनाथ जी की उन पर कृपादृष्टि की गाथा एक ऐतिहासिक धरोहर के रूप में सुरक्षित है। गोगा पीर भारतीय इतिहास के मध्यकाल के पहले और दूसरे चरण में राजस्थान के बीकानेर राज्य के अन्तर्गत बागड़ क्षेत्र के शहर देढरा, शीशमढ़ी के राजा जेवर के पुत्र थे। गोगा ने अपने जीवन में त्याग–बलिदान, योगसाधना, युद्धस्थल में स्वधर्म, स्वदेश तथा स्वत्व–रक्षा के लिए पराक्रम आदि जो कुछ भी चरितार्थ किया उसके मूल में महायोगी गुरु गोरखनाथ का उनके प्रति स्नेह और अनुग्रह ही परिलक्षित है। गोगा को भारत के अन्तिम हिन्दू सम्राट पृथ्वीराज चौहान का समकालीन भी कहा जाता है। इतिहासकार टॉड का कथन है कि महमूद गजनवी से युद्ध करते समय उन्होंने प्राण त्याग किया था। ऐसा भी कहा जाता है कि 1193 ई. में मुहम्मद गोरी के साथ युद्ध में उनका प्राणान्त हुआ था।

(5) गुरु गोरखनाथ और योगी रांझा–पंजाब के लोकमानस और नाथ–सम्प्रदाय में ही नहीं, हिन्दी तथा अन्यान्य भारतीय साहित्य में भी रांझा और हीर का प्रेम–वृत्तान्त अमिट है। मध्यकाल में रांझा ने हीर के असह्य विरह से विदग्ध होकर महायोगी गोरखनाथ जी के शरणागत होकर तथा उनसे योगदीक्षा प्राप्तकर अपना जीवन अमर कर लिया। नाथयोगी रांझा की प्रेमकथा विश्व साहित्य में एक प्राणमयी अमृतगाथा के रूप में चिरस्मरणीय है। रांझा नाथ–सम्प्रदाय की नटेश्वरी शाखा से सम्बन्धित थे।

उनकी प्रेम–योग साधना ने असंख्य प्राणियों को पवित्र प्रेम के पथ पर चलने की प्रेरणा दी। सूफी साधक वारिश शाह ने इस कथा से अपनी लेखनी को अमर कर दिया।

(6) गुरु गोरखनाथ और आल्हा–'पृथ्वीराज रासो' के रचयिता महाकवि चन्दवरदायी के समकालीन कवि जगनिक ने वीरकाव्य 'आल्हाखण्ड' की रचना की थी। यह बात स्पष्ट होती है कि सम्राट पृथ्वीराज चौहान से चन्देल राजवंश के परमर्दिदेव की प्रतिद्वन्द्विता चलती रहती थी और पृथ्वीराज से युद्धक्षेत्र में लोहा लेने वाले आल्हा–उदल की भूमिका बड़ी सशक्त थी। जगनिक के 'आल्हाखण्ड' में उल्लेख है कि चन्देल राजवंश के राजा परमर्दि (परमाल) के गुरु का नाम अमरा (मत्स्येन्द्रनाथ) था। वीर आल्हा को गोरखनाथ जी ने योग दीक्षा देकर अपना शिष्य बनाया था।

(7) गोरखतलैया–विक्रमीय पन्द्रहवीं–सोलहवीं शताब्दी के मध्यकालीन इतिहास का एक आकर्षक प्रसंग है। उस समय सन्त कबीर ने गोरखपुर जनपद के नवाब बिजली खाँ के अनुनय–विनय से जनपद के विशाल क्षेत्र में बारह साल से चले आ रहे अकाल से संत्रस्त और पीड़ित जनों को त्राण देने के लिए मुक्ति की महानगरी काशी का परित्याग कर मगहर में पदार्पण किया और यह सिद्ध किया कि जिस तरह काशी में मोक्ष की प्राप्ति सहज–सुलभ है, उसी तरह मगहर जैसे ऊसर क्षेत्र में परमात्मा की कृपा और उपासना से जीवात्मा भवसागर से पार उतरकर मुक्ति प्राप्त करने में समर्थ है।

मगहर ऐतिहासिक स्थान है, वह आमी नदी के तट पर स्थित पवित्र आध्यात्मिक तीर्थ है। आमी नदी के पूर्वी तट के सन्निकट स्थित ग्राम में सन्त कबीर द्वारा नवाब बिजली खाँ की प्रेरणा से एक विशाल सन्त–महात्माओं के भण्डारे का आयोजन हुआ। कई सन्त–महात्माओं के साथ भगवती राप्ती के तट पर स्थित शिवगोरक्ष महायोगी गोरखनाथ जी विशेष रूप से इस सन्त–सम्मेलन को अपने उपदेशामृत और आशीष से सिक्त करने के लिए श्रद्धापूर्वक आमंत्रित थे। चूँकि आमी नदी प्रायः सूख गयी थी, थोड़ा बहुत जो जल सुलभ था, उससे इस विशाल आयोजन में आगन्तुकों का स्वागत–सत्कार हो पाना असम्भव था, सन्त कबीर ने गोरखनाथ जी के सम्मुख उपस्थित होकर निवेदन किया–'महाराज! आप हमें चिन्तामुक्त कीजिए। आप निरंजन हैं, निराकार होकर भी साकार हैं, सिद्धों द्वारा वन्द्य हैं, अगम्य हैं, अगोचर होकर भी प्रकट होते रहते हैं। मेरी सुदृढ़ मान्यता है कि आप, महादेवजी, सिद्ध और नाथ अभिन्न स्वरूप हैं।'

गोरख सोइ ग्यान गमि गहै।
महादेव सोइ मन की लहै।।
सिध सोइ जो साधै इति
नाथ सोइ जो त्रिभुवन जती।।

(कबीर ग्रन्थावली, पद–327)

सन्त कबीर के निवेदन पर गोरखनाथ जी ने दाहिने चरण के अँगूठे से पृथ्वी को दबाया और उनके भार से लोगों के देखते ही देखते विशाल जलस्रोत गोरखनाथ जी के अनुग्रह स्वरूप पृथ्वी के अतल तल से प्रवाहित हो उठा। समस्त वातावरण 'अलख निरंजन', 'महायोगी गोरखनाथ की जय' से प्रतिध्वनित हो उठा। सन्त कबीर की यह ऐतिहासिक तपस्थली, सन्तमण्डली की सम्मति से यह जलस्रोत गोरखतलैया के रूप में लोकमानस में चिरस्मरणीय हो उठा।

डब्ल्यू.डब्ल्यू. जार्ज ब्रिग्स ने गोरखनाथ से सम्बन्धित दंतकथाओं को मुख्यतः चार भागों में बाँटकर उनका काल निर्धारण करने का प्रयास किया है। उनके अनुसार कबीर, नानक आदि के साथ गोरखनाथ का संवाद हुआ था। इस आधार पर बहुत से विद्वानों ने गोरखनाथ का काल लगभग 14वीं शताब्दी ई. में माना है। गूगा की कहानी पश्चिमी नाथों की अनुश्रुतियाँ, बंगाल की शैव परम्परा और धर्म–पूजा का सम्प्रदाय, दक्षिण के पुरातत्त्व के प्रमाण, ज्ञानेश्वर की परम्परा आदि के आधार पर गोरखनाथ का कालखण्ड 12वीं शताब्दी ईस्वी के आसपास दिखायी देता है। यद्यपि कि तेरहवीं शताब्दी में उत्तर प्रदेश में स्थित गोरखपुर का प्रतिष्ठित मठ ढहा दिया गया था जिसके ऐतिहासिक प्रमाण उपलब्ध हैं। अतः गोरखनाथ निश्चित रूप से 1200 ई. के पूर्व उत्पन्न हो चुके थे। नेपाल की शैव–परम्परा के राजा नरेन्द्रदेव, उदयपुर के बप्पा रावल, उत्तर पश्चिम के रसालू और होदी, नेपाल के पूर्व में शंकराचार्य से भेंट जैसे उल्लेख गोरखनाथ को आठवीं शताब्दी ईस्वी से लेकर नवीं शताब्दी ई. के बीच होने का संकेत करते हैं। कुछ परम्पराएँ इससे भी पूर्ववर्ती तिथि की ओर संकेत करती हैं। उपर्युक्त के आधार पर ब्रिग्स गोरखनाथ को ग्यारहवीं शताब्दी के आरम्भ का मानना अधिक उचित मानते हैं।

आज तक के अनुसन्धानों से अभी तक मत्स्येन्द्रनाथ एवं गोरखनाथ की कोई ऐसी तिथि निर्धारित नहीं की जा सकी है जो निर्विवाद हों। नाथपन्थ के साहित्य में गोरखनाथ को अमरकाय मानने के कारण किसी स्पष्ट तिथि का उल्लेख नहीं प्राप्त है। आदि शंकराचार्य के समकालीन होने के आधार पर शंकराचार्य की तिथि को ही कुछ विद्वानों ने गोरखनाथ की तिथि निर्धारण में

सहयोगी माना है। शांकरभाष्य के सबसे प्राचीन भामती टीकाकार श्री वाचस्पति मिश्र ने न्यायसूचि निबन्ध नाम के अपने ग्रन्थ में 898 संवत् की रचना का उल्लेख किया है। अनुमान किया जाता है कि यह संवत् विक्रम का होगा। इस आधार पर यह तिथि 841 ई. मानी जानी चाहिए। अतः आदिशंकराचार्य का आविर्भाव काल नवीं शताब्दी का पूर्वार्द्ध होगा।[116] बलदेव उपाध्याय आगे भर्तृहरि, कुमारिल तथा शंकराचार्य को क्रमशः सातवीं शताब्दी के आरम्भ, मध्य तथा अन्त में रखते हैं। बलदेव उपाध्याय के यदि इस कालक्रम को स्वीकार किया जाय तो गोरखनाथ का काल एक शताब्दी पूर्व प्रतीत होता है , क्योंकि भर्तृहरि गोरखनाथ के शिष्य थे। गोरखनाथ द्वारा बप्पा रावल को तलवार भेंट करने की घटना को आधार मानने वाले बप्पा रावल के समकालीन गोरखनाथ को मानते हैं।[117] बप्पा रावल की विस्तृत चर्चा जेम्स कर्नल टॉड ने अपनी पुस्तक में की है।[118] उल्लेख है कि मेवाड़ में विक्रम संवत् 1028 से पूर्व बप्पा का शासन हो चुका था क्योंकि एकलिंग के प्राप्त शिलालेख में बप्पा रावल को गुहिलवंशियों ने चन्द्रमा के समान माना है। कुछ विद्वान बप्पा रावल का समय विविध पुरातात्त्विक स्रोतों के आधार पर 728 ई. स्वीकार करते हैं।[119]

राजा भर्तृहरि के सन्दर्भ में भी अनेक मत प्रचलित हैं तथापि सर्वाधिक स्वीकार्य मत इन्हें महाराजा विक्रमादित्य का भाई होना है। इस आधार पर भर्तृहरि को सातवीं शताब्दी के प्रारम्भ का माना जाता है। भर्तृहरि गोरखनाथ के शिष्य थे और इस आधार पर भी गोरखनाथ का काल सातवीं शताब्दी ईस्वी का पूर्वार्द्ध प्रतीत होता है।[120] राहुल सांकृत्यायन ने चौरासी सिद्धों में ही गोरखनाथ का उल्लेख किया है। इन चौरासी सिद्धों का काल 750 से 1175 ई. मानते हैं।[121] श्री ज्ञानेश्वर ने अपनी गुरु–परम्परा का उल्लेख करते हुए गोरखनाथ का निम्न क्रम में उल्लेख किया है–आदिनाथ, मत्स्येन्द्रनाथ, गोरखनाथ, गहनीनाथ, निवृत्तिनाथ, ज्ञानेश्वर। रांगेय राघव गोरखनाथ को नवीं शताब्दी ईस्वी में स्वीकार करते हैं।[122] नागेन्द्रनाथ उपाध्याय ने गोरखनाथ के काल के सम्बन्ध में प्रचलित अनेक मतों की समीक्षा करते हुए गोरखनाथ को नवीं शताब्दी ईस्वी का मानते हैं।[123] रूसी विद्वान बेसीलिफि ने तिब्बती ग्रन्थमाला के प्रमाण में गोरखनाथ का काल आठवीं शताब्दी ईस्वी माना है।

नेपाल से सम्बन्धित मत्स्येन्द्रनाथ और गोरखनाथ का अकाल के सम्बन्ध में उल्लेख भी काल निर्धारण के बारे में किंचित् संकेत करता है। हडसन नेपाल में दुर्भिक्ष का काल पाँचवीं शताब्दी ईस्वी मानते हैं। चीनी पर्यटक ह्वेनसांग ने भावविवेक और मत्स्येन्द्रनाथ को समकालीन माना है। भावविवेक का समय

550 ई. है जबकि लेवी का कहना है कि मत्स्येन्द्रनाथ 657 ई. में नेपाल के राजा नरेन्द्रदेव के निमंत्रण पर वहाँ गये थे।

उपर्युक्त ऐतिहासिक स्रोतों और विभिन्न विद्वानों के मतों से स्पष्ट है कि नाथपन्थ के प्रवर्तक मत्स्येन्द्रनाथ एवं गोरखनाथ के काल–निर्धारण पर मतैक्यता नहीं है। उन विद्वानों के मतों का उल्लेख बहुत स्पष्ट प्रामाणिक साक्ष्य न होने के कारण नहीं किया गया है जिनमें से कुछ ने ईसापूर्व की शताब्दी में तथा कुछ ने बारहवीं शताब्दी के बाद गोरखनाथ को रखने का मत प्रतिपादित किया है। वर्तमान ऐतिहासिक स्रोतों के परिप्रेक्ष्य में पाँचवीं शताब्दी ई. से लेकर दसवीं शताब्दी ई. के मध्य महायोगी गोरखनाथ का आविर्भाव सत्य के निकट प्रतीत होता है। अभी तक उपलब्ध ऐतिहासिक स्रोतों के आधार पर यह निष्कर्ष उपयुक्त होगा कि गोरखनाथ का आविर्भाव काल सातवीं शताब्दी ईस्वी है।

भारत की सनातन संस्कृति और नाथपन्थ

गोरखनाथ के सातवीं शताब्दी ई. का मान लेने पर स्पष्ट है कि भारत में नाथपन्थ का अभ्युदय इसी युग में हुआ। किन्तु जैसा कि ज्ञात है कि कोई विचारधारा, दार्शनिक मत या सम्प्रदाय का अभ्युदय एकाएक नहीं होता उसकी एक पूर्वकालिक पृष्ठभूमि होती है। नाथपन्थ के योगदर्शन के अभ्युदय एवं उत्पत्ति की एक वैचारिक पृष्ठभूमि है जिसकी प्राचीनता, प्राचीन भारतीय साहित्यिक स्रोतों में देखी जा सकती है।

कुछ वर्ष पूर्व सिंधु और रावी नदियों के तट पर स्थित मोहनजोदड़ो और हड़प्पा में जो खुदाइयाँ हुईं, उनसे एक नयी सभ्यता एवं संस्कृति का परिचय मिला है, जिसका समय ई.पू. 3500 से 2000 तक का बताया जाता है। कुछ विद्वान उस सिंधु घाटी सभ्यता को आर्य सभ्यता का ही एक रूप मानते हैं जबकि कुछ अन्य विद्वान उसे द्रविड़ सभ्यता सिद्ध करने का प्रयत्न करते हैं। पर, वास्तविकता यह है कि जब तक वहाँ से प्राप्त मुद्राओं और अन्य सामग्रियों की सही पहचान नहीं हो पाती तब तक उसका निर्णय करना असंभव नहीं तो कठिन अवश्य है।

जो हो, ये खुदाइयाँ भारत के धार्मिक इतिहास की दृष्टि से बहुत ही महत्त्वपूर्ण हैं। जॉन मार्शल ने ठीक कहा है कि सिंधु घाटी का धर्म ऐसी विशेषताओं को लिये हुए है कि उसमें और वर्तमान हिन्दू धर्म में तात्त्विक दृष्टि से कोई बहुत बड़ा अन्तर नहीं दीख पड़ता।[124] दूसरे शब्दों में, वर्तमान सामासिक हिन्दू धर्म के बहुत से तत्त्व सिंधु घाटी सभ्यता की देन हैं।

वहाँ से प्राप्त मुद्राओं और मृण्मूर्तियों के अध्ययन से ज्ञात होता है कि वहाँ शिव, देवी, के साथ पशु–पक्षी, जानवर, जल की अनेक प्राकृत–अप्राकृत वस्तुओं का पूजन और आराधन होता था। एक ताम्रपट्ट पर अंकित शिव की एक और आकृति वहीं से मिली है जो योगासन साधे हुए दीखती है। शिव–पशुपति के दोनों ओर घुटनों के बल बैठे हुए दो भक्त हैं।[125] इसी तरह एक चतुर्भुज देवता की मुद्रा भी मिली है जिसे विद्वानों ने ऋग्वेदीय रुद्र कहा है।[126] पत्थर पर अंकित एक और विग्रह है। यह पुरुषाकृति दाढ़ी रखे तथा शरीर पर चादर ओढ़े हुए दीखती है। उसके नयन अर्द्ध उन्मीलित हैं और नेत्रों की दृष्टि नासिका के अग्र–भाग पर स्थित है। यह वस्तुतः योग–मुद्रा धारण किये हुए किसी योगी की ही मूर्ति है।[127] ऐसी योग–मुद्राओं में मूर्तियों की प्राप्ति सिद्ध करती है कि उस अतीत–काल में शिव पशुपति–योगियों के आराध्य माने जाते थे और उनके उपासक योगीजन समाज में थे। परन्तु उस काल की योग–साधना का सही स्वरूप क्या था? इसकी कोई स्पष्ट रूप–रेखा नहीं मिलती। मोहनजोदड़ो और हड़प्पा के निवासी जनों के धर्म संबंधी चर्चा को समाप्त करने के पहले यह उल्लेख करना आवश्यक है कि सिंधु घाटी के निवासी मिट्टी की पकी मूर्तियाँ बनाने में विशेष रुचि रखते थे और ये मूर्तियाँ कई रंग व आकार–प्रकार की थीं। जिन योगासनों में ये बैठे दिखायी देती हैं, उनसे यह निश्चित रूप से कहा जा सकता है कि उस समय भौतिक तथा मानसिक अनुशासन को दृढ़ करने के लिए योगाभ्यास का आश्रय लिया जाता था। यह माना जा सकता है कि सिंधु घाटी सभ्यता की सबसे बड़ी तथा महती देन योग–विज्ञान है।[128]

आज, यह निर्विवाद रूप से स्वीकृत हो गया है कि संसार का प्राचीनतम उपलब्ध साहित्य ऋग्वेद में संगृहीत 1028 ऋक् है। ऋग्वेद के मूल सूक्तों का प्रणयन ई.पू. 2500–2000 के आसपास बल्ख प्रदेश में हुआ, यद्यपि याज्ञिक दृष्टिकोण से उसका संपादन निबंधन उपन्यास बाद में सप्तनद प्रदेश में हुआ।[129] यजुर्वेद और सामवेद उसके बाद बने। वे तीनों वेद वेदत्रयी नाम से गौरवान्वित हुए। कई विद्वानों के विचार में अथर्ववेद ही सबसे प्राचीन वेद है, परन्तु इस धारणा के पीछे पुष्ट प्रमाण नहीं। जो भी हो, इस वेद को अन्य वेदों के साथ चतुर्थ वेद होने का गौरव बहुत बाद ही प्राप्त हो सका। सभी वेदों के मंत्रों का संकलन प्रायः ई.पू. 1500 तक पूरा हो चुका था।

वेदों के भाषात्मक स्वरूप पर विचार करते हुए एजर्टन ने लिखा है कि बाद के मंत्रों के प्रणेता जिन्होंने वेदों का नवीन संस्करण प्रस्तुत किया था,

पुरोहित वर्ग से संबंधित थे और समाज में अपने स्थान का उन्हें बड़ा गर्व था। उन्होंने जान–बूझकर एक पुरानी कृत्रिम पुरोहिती भाषा का उपयोग किया जो उनकी मातृ–भाषा से भिन्न थी।[130] इस संस्करण और संपादन की प्रक्रिया में बहुत सी अनार्य सामग्रियाँ वेदों में प्रवेश कर आयीं।[131] अतः वैदिक विचार–धारा में आर्य, शामी और आस्ट्रो–एश्यायी–ये तीन भाव–धाराएँ दर्शित होती हैं।[132]

कहने का तात्पर्य यह है कि वैदिक साहित्य में आर्येतर भावों का पर्याप्त मात्रा में समावेश हो चुका था। अतः यह अनुमान करना असंगत नहीं दीखता कि आत्म–विश्रांति के लिए योग की जो कल्पना की गयी उसमें आर्यों का ही नहीं आर्येतर जनों का चिंतन भी समाविष्ट है।[133]

भाव–धारा की दृष्टि से वेदों के तीन रूप परिलक्षित होते हैं। एक श्रद्धा समन्वित होने के नाते भक्तिभाव–सम्पन्न है; दूसरा तर्क प्रधान होने के कारण ज्ञानमूलक है और तीसरा आस्था–परक है जिसका संबंध बीज रूप में तंत्र अथवा योग से है। उनकी साधना प्रणालियाँ भी भिन्न रही हैं। कालक्रम से जो साधना कभी उपासनादि के माध्यम से पूरी की जाती थी, वह कालांतर में यज्ञादि का अनुसरण करने लगी। प्राकृतिक देवता, ईश्वरीय भाव के अंग बन गये। किन्तु, तीसरा रूप इनसे भिन्न साधना प्रणाली अपनाकर चलता रहा जिसमें से कुछ लोग वायु–निरोध के लिए प्राणायामादि का अभ्यास किया करते थे तो कुछ दूसरे श्रमसाध्य तपोव्रत द्वारा मृत्यु तक पर विजय प्राप्त कर लिया करते थे।[134]

इस तरह वेद–कालीन साधना प्रणाली में दो भेद स्पष्ट दृष्टिगोचर होते हैं–पहला वेदों में निर्दिष्ट विधि–विधानों का अनुसरण करते हुए अन्यान्य देवों की उपासना, दूसरा यज्ञ–जिज्ञासा, सिद्धिदायक योगाभ्यासपूर्वक तांत्रिक क्रिया–कर्म। इन दोनों में आर्यों का, जो प्रधानतया पशुपालक थे–संबंध उपासना तथा यज्ञ से रहा और आर्येतर जनों का–जिनमें व्रात्य आदि सम्मिलित थे–संबंध योग और तंत्र से था।[135] असुर, दानव, यक्ष आदि तंत्रज्ञ वर्ग के थे जिनके गुरु शुक्राचार्य माने जाते हैं। कहा जाता है कि जादू–टोना आदि से भरे हुए अथर्वण के मंत्रों के निर्माता व्रात्यजन थे।

वेद और ब्राह्मण ग्रंथों में जिन तपस्वियों का उल्लेख होता है, वे इसीलिए कठोर तप करते थे, कि उन्हें ऐसी शक्तियाँ प्राप्त हों, जिनसे वे मित्रों पर अनुग्रह कर सकें और शाप द्वारा शत्रुओं पर निग्रह कर सकें। परन्तु योगी संसार से विरत होकर आत्म–लाभ के लिए तप किया करते थे। वे योगी न तो किसी से भयभीत होते थे न किसी में भय उत्पन्न करते थे।[136]

ऋग्वेद के एक मंत्र में सोम का संबोधन करते हुए ऋषि उस देवता

से अनुरोध करते हैं–"हे सोम! व्रत आदि से जिसका शरीर तपाया हुआ और परिपक्व नहीं वह तुम्हारे सर्वत्र व्याप्त शोधक अंग को नहीं ग्रहण कर सकता।"[137] व्रत में योग के यम, नियम का पालन अवश्य होता है, ध्यान, धारणा और प्रत्याहार का थोड़ा बहुत स्थान रहता है।

ऋग्वेद के दसवें मण्डल में केशिन मुनि का वर्णन करनेवाला एक सूक्त है। उसका हिन्दी रूपांतर यों है–

(अ) केशी जल और द्यावा–पृथ्वी को धारण करते हैं। केशी ही सारे संसार को प्रकाश के द्वारा दर्शनीय बनाते हैं। इस ज्योति को ही केशी कहा जाता है।

(आ) वातरशन के वंशज मुनि लोग पीले वल्कल पहनते हैं। वे देवत्व को प्राप्त होकर वायु वेग से गमन करने में समर्थ हुए हैं।

(इ) समस्त लौकिक व्यवहारों का उत्सर्जन करके हम उन्मत्त परमहंस हो गये हैं। हम वायु से भी ऊपर चढ़ गये हैं। आप लोग केवल हमारा शरीर देखते हैं। हमारी प्रकृत आत्मा तो वायु रूपी हो गया।

(ई) मुनिगण आकाश में उड़ सकते हैं और सभी पदार्थों को प्रत्यक्ष देख सकते हैं। जहाँ कहीं भी जितने भी देवता हैं वे सबके प्रिय बंधु हैं। वे सत्कर्म करने मात्र के लिए जीवित हैं। वे अमृतत्व को प्राप्त कर चुके हैं।

(उ) मुनिगण वायु मार्ग पर घूमने के लिए अश्वस्वरूप हो गये हैं। वे वायु के सहचर हैं। देवता उनसे मिलने के इच्छुक हैं। वे पूर्व और पश्चिम के दोनों समुद्रों में निवास करते हैं।

(ऊ) केशी, देवताओं, अप्सराओं, गंधर्वों और हरिणों के बीच विचरण करते हैं। वे समस्त ज्ञातव्य विषयों को जानते हैं। वे इसके उत्पादक और आनन्ददाता मित्र हैं।

(ऋ) जिस समय केशी रुद्र के साथ जल पीते हैं, तब वायु उस जल को कंपित कर देते हैं और कठिन माध्यमिकी वाक् को भंग कर देते हैं।[138]

ऋग्वेद के इस प्रसिद्ध सूक्त पर अपना मन्तव्य देते हुए जैकब विल्हेम हाउर ने लिखा है कि इस ऋक् में रुद्रशिवोपासी योगी के लक्षण मालूम होते हैं।139 परन्तु, इससे अपनी असम्मति व्यक्त करते हुए इलियड ने कहा है कि वस्तुतः इस ऋक् में किसी भावोन्मादी व्यक्ति का चित्रण है जिसमें योगी के कुछ लक्षण दीख पड़ते हैं।[140]

उक्त ऋक् को ध्यान से पढ़ने पर ऐसा लगता है कि इसमें किसी वायु विजयी योगी का ही यथार्थ वर्णन है। तीसरे मंत्र से यही ज्ञात होता है कि उसमें एक जीवन–मुक्त पुरुष का वर्णन किया गया है। आगे के तीन मंत्रों में अष्ट सिद्धि प्राप्त योगी का वर्णन है जो अपनी इच्छा से आकाश में गमन करने की सामर्थ्य रखता है। अतः कहा जा सकता है कि मंत्रद्रष्टा ऋषियों में से कुछ ऐसे भी थे जो योग के रहस्यों से परिचित थे। ऐसे ऋषिगण यह मानते थे कि योगी का चित्त जब सांसारिक विषयों या सुखों से विरक्त हो जाता और दोषरहित हो योग–समाधि के लिए पूर्णतः योग्य बन जाता है तब वह योगी श्रद्धा, वीर्य और प्रज्ञा के साथ निरंतर अभ्यास द्वारा मोक्ष को प्राप्त हो जाता है। इन सभी बातों को ध्यान में रखते हुए डॉ. हजारी प्रसाद द्विवेदी ने ठीक ही कहा है कि वेद मंत्रों के निर्माण काल में योग–मार्ग विद्यमान था।[141] यजुस् और साम में भी योग–संबंधी उल्लेख है। स्मरण रहे कि इन दोनों वेदों में संकलित मंत्र अधिकांशतः ऋग्वेद से लिये गये हैं।

अथर्व संहिता में आकर योग का स्वरूप और भी स्पष्ट दिखाई देता है। उक्त वेद में जिस एक व्रात्य का वर्णन है उसे जैमिनीय उपनिषद् ने व्रात्यों का मूल देवता कहा है। एक व्रात्य से ही योग–मूर्ति शिव की कल्पना की गयी मालूम होता है।[142] व्रात्य खंड में वर्णित धार्मिक क्रियाओं में योग का प्रधान स्थान था।[143] जैकब विल्हेम हाउर तो यहाँ तक दावा करते हैं कि व्रात्यों में ही योग मार्ग का उदय हुआ था।

अथर्ववेद में एक स्थल में प्राण के महत्त्व की बड़ी भव्य व्याख्या मिलती है।[144] उस सूक्त के प्रणेता ऋषि घोषणा करते हैं–"जिस प्राण के वश में यह समस्त सचराचर जगत् रहता है, मैं उस प्राण को नमस्कार करता हूँ।" इससे प्राण के सकल–जगत–नियन्तृत्व सूचित किया जाता है।

एक और स्थान में उल्लेख है कि "परगमन जिसका स्वभाव है अर्थात् जो देह के बाहर अवस्थित है, उस प्राण को मैं नमस्कार करता हूँ।" प्राण विराट् है, वह स्थूल पंचाभिमानी ईश्वर है, वह सबको अपने–अपने व्यापार में प्रेरित करने वाला परदेवता है। प्राण में यह सारा जगत् प्रतिष्ठित है। जो इस प्राण के महत्त्व को जानता है और जिसमें यह प्राण प्रतिष्ठित है उसे स्वर्ग में सब उत्तम वस्तुएँ उपलब्ध होती हैं।[145] व्रात्य और प्राण के संदर्भ में यह उल्लेखनीय है कि अथर्ववेद प्राण, अपान, व्यान के साथ अन्य सप्त श्वासों के सम्पर्क से दस प्राणों की गणना करता है। ये विशेष नाड़ियों में प्रवहमान रहते हैं और इनके सम्मिलित रूप से सूक्ष्म शरीर का निर्माण होता है। इस प्रकार, इस वेद

में पूर्ण विकसित योग–प्रणाली का स्वरूप प्रस्तुत किया गया है, जिसका प्रधान आधार प्राण और अपान वायु है। प्राणायाम का मुख्य ध्येय प्राण और अपान को वश में लाना है।[146]

इसी तरह अथर्ववेद में ब्रह्मचर्य, व्रत और तप की महिमा एवं आवश्यकता की चर्चा कई स्थलों में पायी जाती है।[147] सबसे बढ़कर रोचक बात यह है कि स्कम्भ की स्तुति करते हुए ऋषि कहते हैं कि जो मानव में स्कम्भ को प्रतिष्ठित जानता है वही सर्वश्रेष्ठ है।[148] उक्त उद्धरणों से स्पष्ट होता है कि अथर्व संहिता में योग का अधिक सुस्पष्ट विवेचन मिलता है।

वेद के दो विभाग हैं–मंत्र तथा ब्राह्मण। मंत्रों का संग्रह ही संहिता है। ब्राह्मण के अंतर्गत विभिन्न ब्राह्मण, आरण्यक तथा उपनिषद् गिने जाते हैं। विभिन्न ब्राह्मण ग्रंथों में तप का उल्लेख अनेक स्थलों में किया गया मिलता है। तपस्या के आध्यात्मिक मूल्य का महत्त्व परवर्ती योग सूत्र में स्वीकृत हुआ है।[149] शांख्यायन ब्राह्मण में रुद्र की विशेष महिमा का वर्णन है। वह देवों में ज्येष्ठ तथा श्रेष्ठ माना गया है। शिव के भव, शिव, पशुपति, उग्र, महादेव, रुद्र, ईशान तथा अशनि नाम देकर इन नामों की उत्पत्ति विचित्र रूप से बतायी गयी है तथा उनके विशिष्ट व्रत का भी यहाँ निर्देश किया गया है।[150] योग के अधिदेवता शिव के इस वर्णन से प्रतीत होता है कि उक्त ब्राह्मण को योग का परिचय है। यद्यपि ब्राह्मणों का विषय–विवेचन यज्ञ–योगादि कर्म–काण्ड की क्रियाओं से संबंध रखता है तो भी उनमें इस बात का संकेत मिलता है कि भौतिक योग एक प्रतीकात्मक व्यापार है और इसका पर्यवसान अंतर्योग में होता है।

आरण्यक तथा उपनिषद् ब्राह्मणों के परिशिष्ट ग्रंथ के समान हैं जिनमें ब्राह्मण ग्रंथों के सामान्य प्रतिपाद्य विषय से भिन्न विषयों का प्रतिपादन स्वतंत्र दृष्टिगोचर होता है। आरण्यकों में यज्ञ–यागों के आध्यात्मिक तथ्यों की मीमांसा एवं दार्शनिक विचारों के विश्लेषण करने के साथ–ही–साथ प्राण–विद्या की भी महत्ता का विशेष प्रतिपादन उपलब्ध होता है।[151] प्राण की ही शक्ति के जैसे यह आकाश अपने स्थान पर स्थित है, वैसे ही सबसे बड़े प्राणी से लेकर छोटी–सी चींटी कीड़े तक समस्त जीव इस प्राण द्वारा ही विधृत हैं। यदि प्राण नहीं होता तो इस विश्व का जो यह मान–संस्थान हमारे नेत्रों के सामने सतत आश्चर्य पैदा किया करता है वह कहीं भी नहीं रहता। सर्वत्र व्याप्त प्राण ही विश्व का धारक एवं रक्षक है। वही आयु का कारण है।[152] इस प्रकार प्राण की महिमा का वर्णन करते हुए ऐतरेय आरण्यक के रचयिता ने ध्यान करने के लिए घ्राण के भिन्न–भिन्न गुणों का उल्लेख विस्तृत रूप से किया है।[153] आरण्यककार

का कथन है कि जितनी ऋचाएँ हैं, जितने वेद हैं, वे सब प्राणरूप हैं। प्राण को ही इन विविध रूपों में व्यक्त हुआ समझना चाहिए तथा उसकी उपासना करनी चाहिए।

आरण्यकों में व्यक्त प्राण संबंधी उपर्युक्त विचार गोरक्षनाथ के समकालीन सिद्ध तथा शिष्य विरुपाक्ष द्वारा विरचित अमृत–सिद्धि–योग के निम्नलिखित श्लोक में प्रतिध्वनित होता–सा दीखता है।

जगताम् प्राणभूताय ज्ञान रूपाय देहिनाम्।
तत्त्वानाम् सारभूताय नमो नाथाय वायवे।।[154]

उपनिषदों में पिण्ड–ब्रह्माण्डवाद, नाड़ी–विज्ञान, प्राण–विद्या, प्रत्याहार, ध्यान, धारणा, समाधि आदि योग–मार्ग के तथ्यों का निरूपण अनेक स्थलों में किया गया है। उसमें आधिदैविक का अर्थ सृष्टि अर्थात् ब्रह्माण्ड तथा अध्यात्म का अर्थ पुरुष–शरीर अर्थात् पिण्ड से है। आधिदैविक और अध्यात्म, ब्रह्माण्ड तथा पिण्ड इन दोनों में एक ही नियम काम कर रहा है–इस बात को उपनिषदों में स्थान–स्थान पर दुहराया गया है। अध्यात्म शब्द का अर्थ उपनिषदों में आत्मा संबंधी नहीं, परन्तु आत्मा जिस शरीर में अधिष्ठित है उस शरीर से–पिण्ड से है। आधिदैविक (ब्रह्माण्ड) का वर्णन करते–करते अध्यात्म (पिण्ड) का और अध्यात्म का वर्णन करते–करते आधिदैविक (ब्रह्माण्ड) का वर्णन करना उपनिषदों की अपनी विशेष शैली है।[155]

योग शब्द का पारिभाषिक अर्थ में प्रथम बार उल्लेख कठोपनिषद् और तैत्तिरीय में किया गया देखा जाता है।[156] कठोपनिषद् के एक मंत्र में, अध्यात्म योग शब्द का प्रयोग हुआ है। उस मंत्र के तात्पर्य को स्पष्ट करते हुए आचार्य शंकर ने कहा है कि उस पुरातन देव की प्राप्ति का द्वार जानकर धीर पुरुष अपने उत्कर्ष–अपकर्ष का अभाव हो जाने के फलस्वरूप हर्ष–शोक परित्याग कर देता है। उस संदर्भ में उन्होंने बताया है कि चित्त को विषयों से हटाकर आत्मा में लीन कर देना अध्यात्म योग नाम से जाना जाता है।[157]

प्राणायाम की विशिष्टता को बताते समय उपनिषद्कार का कथन है कि वह एकाग्रता का सबसे बड़ा साधन है। प्राणायाम से ही इन्द्रियों को मन के साथ और मन को आत्मा के साथ नियोजित किया जा सकता है। बिना प्राणायाम किये चंचल इन्द्रियाँ दुष्ट घोड़ों की भाँति इधर–उधर भागने लगती हैं। प्राणायाम करते समय कोई भी व्यक्ति दुश्चिंतन में नहीं पड़ता।[158]

जिस प्रबल मंत्र की महिमा का वर्णन गोरक्षनाथ ने यह कहकर किया है कि ॐकार सारे संसार में व्याप्त रहता है, वही एकमात्र उपास्य देवता है।[159] उसका

परिचय उपनिषदों के महान रचयिताओं ने इन शब्दों में दिया है—'यह 'ॐ' एक अक्षर है परन्तु यही ब्रह्म है, सबसे परे है, इस एकाक्षर को जो जानता है वह जिस किसी वस्तु की कामना करता है उसे निश्चय ही प्राप्त कर लेता है।[160]

इस उपनिषद् में एक अन्य स्थान में एक सौ नाड़ियों में से सुषुम्ना के भेदन से अमृतत्व की प्राप्ति का विवरण मिलता है।[161] इस पर विचार करते हुए इलियड ने लिखा है कि कठ की यह उक्ति योग के विकास की दृष्टि से बहुत ही महत्त्व रखती है। कारण यह है कि योगोपनिषद् और तंत्र साहित्य में जिस रहस्यात्मक शरीर विज्ञान का विवरण मिलता है उसका मूल रूप यहाँ पाया जाता है।[162] यहाँ एक और बात का पता चलता है कि योग आत्म—ज्ञान तथा अमृतत्व—प्राप्ति का महान साधन है।[163]

प्रश्नोपनिषद् में भी प्राण की सर्वात्मकता एवं सर्व व्यापकता का विवरण दिया गया है। ऋषि का कथन है कि प्राण के विषय में वह यह जानता है कि उत्पत्ति कहाँ से होती है, इसके भिन्न—भिन्न उत्पत्ति स्थान कौन—कौन से हैं। यह किस प्रकार संसार में सब जगह स्थित रहा है, यह शरीर में तथा बाह्य जगत् में अर्थात् पिण्ड तथा ब्रह्माण्ड से किस तरह तादात्म्य स्थापित किये हुए है—वह अमृत को पी लेता है।[164] इसी तरह प्रणव जप के माहात्म्य पर प्रकाश डालते हुए पिप्पलाद ऋषि ने कहा है कि ॐकार की उपासना से उपासक शांत, अजर, अमृत, अभय परब्रह्म को प्राप्त कर लेता है।[165]

छांदोग्य उपनिषद् बताता है कि अब इस ब्रह्मपुर के भीतर जो यह सूक्ष्म कमलाकर स्थान है, इसमें जो सूक्ष्म आकाश है और उसके भीतर जो वस्तु है उसका अन्वेषण करना चाहिए और उसकी जिज्ञासा करनी चाहिए। जितना यह (भौतिक) आकाश है उतना ही हृदयान्तर्गत आकाश है। द्युलोक और पृथ्वी ये दोनों लोक सम्यक् प्रकार से इसके भीतर ही स्थित हैं। इसी प्रकार अग्नि और वायु—ये दोनों, सूर्य और चन्द्रमा ये दोनों तथा विद्युत और नक्षत्र एवं इस आत्मा का जो कुछ इस लोक में हैं और जो नहीं हैं, वह सब सम्यक् प्रकार से इसी में स्थित हैं।[166]

स्पष्ट है कि यह उपनिषद् आत्म—तत्त्व की खोज मानव—शरीर में करने का आदेश देता है। यही नहीं ऋग्वेद के पिण्डान्वेषण व वाजसंनेयी के अण्डान्वेषण का एक प्रकार से समरसीकरण करके बतलाता है कि जो पिण्ड में है वह अण्ड में है और जो अण्ड में हैं वे सब पिण्ड में हैं। इस तरह अण्ड—पिण्ड का एकीकरण उक्त उपनिषद् की विशेषता है और यह योग—मत के लिए महत्त्वपूर्ण तथ्य है।[167] 'मच्छन्दिनी नाथ मतम्' तथा 'अमृत सिद्धि योग' में इस विचार—धारा

का विकसित रूप मिलता है।

आगे, नाड़ियों का उल्लेख करते हुए छांदोग्य कहता है–'हृदय में एक सौ नाड़ियाँ हैं। उनमें से एक मस्तक की ओर निकल गयी है। उसके द्वारा ऊपर की ओर जानेवाला जीव अमरत्व को प्राप्त करता है। शेष इधर–उधर जानेवाली नाड़ियाँ केवल उत्क्रमण का कारण होती हैं।[168] वृहदारण्यक, मुण्डक, तैत्तिरीय आदि भी इन नाड़ियों का यथास्थान उल्लेख करते हैं।[169] तैत्तिरीय 1–6–1 पर भाष्य करते हुए आचार्य शंकर कहते हैं कि हृदय देश से ऊपर की ओर जानेवाली सुषुम्ना नाम की नाड़ी योग शास्त्रों में प्रसिद्ध है। वह दोनों तालुओं के बीच में होकर जाती है।[170] वाचस्पति मिश्र इसी को ब्रह्मनाड़ी संज्ञा देते हैं।[171]

शैव योग के प्रतिपादक के रूप में श्वेताश्वतर का स्थान प्राचीन उपनिषदों में सर्वोपरि है। श्वेताश्वतर ऋषि के अनुसार ब्रह्मवेत्ताओं ने ध्यान–योग के अनुशीलन के द्वारा परम मूल कारण को स्वयं ही अनुभव कर लिया था। आचार्य शंकर ने अपने भाष्य में लिखा है कि ध्येय वस्तु के ग्रहण का उपाय ही योग है।[172] ध्येय वस्तु परम पुरुष के ध्यान की विधि को बताते हुए ऋषि कहते हैं–"अपनी देह को अरणि और प्रणव को उत्तरारणि बनाकर ध्यान रूप मन्थन के अभ्यास से स्वप्रकाश परमात्मा को छिपे हुए अग्नि के समान देखें।"[173] आगे ध्यान योग की विधि तथा उसका महत्त्व यों बताया गया है–'सिर, ग्रीवा और वक्षस्थल इन तीनों को ऊँचा रखते हुए शरीर को सीधा रख मन के द्वारा इन्द्रियों को हृदय में सन्निविष्ट कर विद्वान ॐकार रूप नौका के द्वारा सम्पूर्ण भयानक प्रवाहों को पार कर जाता है।'[174] फिर प्राणायाम का क्रम तथा महत्त्व का विवरण प्रस्तुत करते हुए ऋषि कहते हैं कि साधक को चाहिए कि युक्त आहार–विहार हो प्राणों का निरोध कर जब प्राण शक्तिहीन हो जाय तब नासिकारन्ध्र के द्वारा उसे बाहर निकाल दे। फिर वह विद्वान पुरुष अश्व से युक्त रथ के सारथी के समान सावधान होकर मन का नियंत्रण करे।[175] ऐसे प्राणजयी योगी को न रोग होता है, न वृद्धावस्था प्राप्त होती है और न उसकी असामयिक मृत्यु ही होती है। वह योगी आत्म–भाव से ब्रह्म तत्त्व का साक्षात्कार करता है और सभी बंधनों से मुक्त हो जाता है।[176] उपर्युक्त उद्धरणों से स्पष्टतः ज्ञात होता है कि उपनिषद् में योगांगों में से आसन, प्राणायाम, प्रत्याहार, ध्यान आदि का महत्त्व समझाया गया है।

योग के विकास–क्रम में अगला सोपान मैत्री उपनिषद् में दृष्टिगोचर होता है। इसकी रचना ई.पू. 200 और ई. सन् 200 के बीच में हुई थी।[177] इसमें योग के आठ अंगों में से प्रथम तीन यानी यम, नियम और आसन का

विवरण नहीं दिया गया है। शेष पाँच के साथ 'तर्क' को मिलाकर षडंग योग अर्थात् प्राणायाम, प्रत्याहार, ध्यान, धारणा, तर्क और समाधि की व्याख्या की गयी है। 'प्राणायाम, प्रत्याहारो, ध्यानम्, धारणा, तर्क, समाधि षडंग इत्युच्यते योगः।' इसमें कहा गया है कि षडंग योग के अभ्यास से योगी का स्वर्ण–वर्ण पुरुष जगदुत्पन्न कारण ब्रह्म का साक्षात्कार होता है। उस ब्रह्मविद् में दोष वैसे ही आश्रय नहीं पाते जैसे ज्वलित पर्वत पर पक्षी और मृग आश्रय नहीं ढूँढ़ते।[178] इसमें खेचरी मुद्रा का परिचय भी दिया गया है। अंत में साधकों को प्रणवजप करने का उपदेश दिया गया है जो चित्त की एकाग्रता के लिए उपयोगी एवं लाभप्रद है। इसमें यह भी आदेश है कि योग को गुरु–शिष्य परम्परा क्रम से जानना चाहिए।

मैत्री उपनिषद् के रचना काल में एक और उपनिषद रचा गया जिसका नाम है चूलिकोपनिषद्। इसमें रसेश्वर योग का विवेचन है।[179] लगभग इसी काल में संन्यास और योगोपनिषद् का निर्माण हुआ। संन्यास उपनिषदों में ब्रह्म, संन्यास, कठ, श्रुति, जाबाल, परमहंस आदि प्रमुख हैं। जाबाल और दर्शन में जीवन–मुक्ति प्रदान करने वाले आठ अंगों सहित योग–दर्शन का उपदेश है। उसमें दस यमों और दस नियमों का विस्तृत वर्णन है। नौ प्रकार के आसनों, चौदह प्रधान नाड़ियों, दस वायुओं, प्रत्याहार के विविध भेदों, दो प्रकार के धारणा, ध्यान और समाधि आदि का विशद परिचय देकर उपनिषदकार योग का परम लक्ष्य यों बताते हैं–'जब ज्ञानी महात्मा सब भूतों को अपने में और अपने को ही सब भूतों में प्रतिष्ठित देखता है तब वह साक्षात् ब्रह्म हो जाता है।'[180]

परमहंस नामक उपनिषद् में प्रातः–सायं से बढ़कर जीवात्मा–परमात्मा के ऐक्य का ज्ञान श्रेष्ठ माना गया।[181] वामाचार की कड़ी निन्दा करते हुए परमहंस बताता है कि जो ज्ञानहीन होकर चंचल इन्द्रियों के अधीन होते हैं वे महारौरव नामक नरक विशेष में जा गिरते हैं। सभी उपनिषदों में वैराग्य की अनिवार्यता पर जोर दिया गया है। कुछ उपनिषदों में पुरुष के विश्राम स्थान का विवरण है। जैसे ब्रह्म में कहा गया है कि पुरुष गुदा, हृदय, कंठ और सिर में रहता है। यह हठयोग संबंधी ग्रंथों में नाड़ी ग्रंथियों के बारे में दिये विवरणों से भिन्न नहीं।

'योगोपनिषद्' नाम से अडयार (मद्रास) से महादेव शास्त्री द्वारा सम्पादित बीस उपनिषदों का एक संकलन ब्रह्मानन्द योगी (अठारहवीं शती) के टिप्पण के साथ कुछ वर्ष पूर्व प्रकाशित हुआ। उक्त संकलन के उपनिषदों के नाम हैं–अद्वय तारक, अमृतनाद, अमृत बिन्दु, क्षुरिक, तेजोबिन्दु, त्रिशिख ब्राह्मण, दर्शन,

ध्यान–बिन्दु, नाद–बिन्दु, पाशुपत ब्रह्म, ब्रह्मविद्या, मण्डल ब्राह्मण, महावाक्य, योग–कुण्डली, योग चूड़ामणि, योगतत्त्व, योगशिखा, वराह, शाण्डिल्य, और हंस। एक और योग ग्रंथ राजोपनिषद् है जो अब तक अप्रकाशित है।

ऊपर उल्लिखित उपनिषदों के रचनाकाल के संबंध में निश्चित रूप से कहना कठिन है। इलियड के मतानुसार कुछ जैसे क्षुरिक, तेजोबिन्दु, नाद–बिन्दु, योगतत्त्व, ध्यान–बिन्दु, अमृत–बिन्दु, योगशिखा आदि महाभारत के अंतिम संकलन काल अर्थात् ई.सन् 200 से 400 के बीच में रचे गये और अन्य सब उसके बाद के काल में। परन्तु, इस मान्यता के पीछे कोई युक्तियुक्त तर्क उपस्थित नहीं किया गया है। फिर भी यह मानने में कोई आक्षेप नहीं हो सकता कि इन सबकी रचना ई.सन् आठवीं शती के पूर्व हो गयी थी। इन उपनिषदों का विवरण संक्षेप में प्रस्तुत किया जाता है।

अद्वय तारक

गद्य में निबद्ध इस छोटे से उपनिषद् में अंतर्लक्ष्य, बहिर्लक्ष्य एवं मध्य–लक्ष्य–इन विलक्ष्यों के लक्षण तथा उनके अभ्यास से उत्पन्न हो सकने वाले लाभों का वर्णन करके रचयिता ने तारक योग उसके प्रकार और उससे प्राप्त संभव सिद्धियों का विवरण दिया है। शांभवी मुद्रा का परिचय संक्षेप में दिया गया है। 'सिद्धसिद्धान्तपद्धति' में गोरक्षनाथ ने उसी को योगी कहा है जो नवचक्र, षडाधार, त्रिलक्ष्य और व्योम पंचक को जानता है। 'पद्धति' में वर्णित विलक्ष्य तथा इस उपनिषद् में विवेचित विलक्ष्य समान हैं। अतः कहा जा सकता है कि गोरक्षनाथ ने विलक्ष्य के तत्त्वों को इससे लिया है।

अमृत नाद

अड़तीस श्लोकों के इस लघु आकारवाले उपनिषद् में षडंग योग का वर्णन है जो मैत्री में वर्णित षडंग योग से भिन्न नहीं। कहा गया है–

प्रत्याहारस्तथा ध्यानं प्राणायामो च धारणा।
तर्कष्चैव समाधिष्च षडंगो योग उच्यते।।[182]

इसके अनुसार तर्क का अर्थ है 'आगम से अविरद्ध ऊहन'।[183] इससे पता चलता है कि इस उपनिषद् के रचना काल तक आगम साहित्य और योग में सामंजस्य बैठा दिया गया था। एक और धारणा दृढ़ हो गयी थी कि योगाभ्यासी के लिए यम, नियम और आसन की आवश्यकता नहीं, क्योंकि जिन मानसिक एवं कायिक दोषों को दूर करने के लिए इनकी जरूरत है, वे प्रणव या गायत्री

के जप से ही दूर हो जाते हैं। इसलिए तांत्रिक दृष्टिकोण को अपनानेवालों ने अष्टांग योग के स्थान पर षडंग को पर्याप्त समझा है।

ध्यान बिन्दु

यह एक छोटा सा ग्रंथ है जिसमें केवल 22 श्लोक हैं। बंधन और मोक्ष का मूल कारण मन ही है, यह बताकर लेखक ने योगाभ्यास के माध्यम से मन के निरोध को मोक्षोपाय सिद्ध किया है।

क्षुरिक

चौबीस श्लोकों वाले इस उपनिषद् में यम, नियम को छोड़कर अन्य योगांगों का संक्षेप में वर्णन किया गया है। इसके अनुसार समाधि का फल यह है कि योगी योगाभ्यास रूपी तीक्ष्ण खड्ग से सांसारिक पाशों का छेदन करता है और समस्त पाप समूह को जलाकर लय को प्राप्त होता है।[184]

तेजोबिन्दु

यह ग्रन्थ आकार में बड़ा है और छः अध्यायों में विभक्त है। पंचदशांग योग का विवरण इसकी विशेषता है। यम, नियम, त्याग, मौन, देशकाल, आसन, मूल बंध, देह साम्य, दृक्स्थिति, प्राणायाम, प्रत्याहार, धारणा, आत्म–ध्यान, समाधि–ये ही पन्द्रह योगांग हैं। इनके लक्षण भी अन्य योग ग्रंथों में दिये गये लक्षणों से विलक्षण हैं। उदाहरण के लिए यम का लक्षण यों बताया गया है–इस ज्ञान से कि यह सब ब्रह्म है, इन्द्रियों का संयम करना यम कहाता है। इसका बार–बार अभ्यास करना चाहिए।[185] इस उपनिषद् का झुकाव वेदांत की ओर अधिक दीखता है।

त्रिशिख ब्राह्मण

सतातन मुनि ने भगवान् आदित्य से इस उपनिषद् का उपदेश पाया था। इसके अनुसार यह समस्त विश्व शिव ही है जो नित्य, शुद्ध, निरंजन, विभु और अद्वयानन्द है। यह अपने तेज से इस विश्व की सृष्टि करता है और ऐक्य पाकर भी भिन्नवत् भासमान है। सृष्टि क्रम के विशद वर्णन करने के बाद मुनि निर्विशेष ब्रह्मज्ञान के उपाय के रूप में अष्टांग योग की व्याख्या करते हैं। हठयोग रीति से आसन, दसविध यम–नियम, नाड़ी–शुद्धिपूर्वक प्राणायाम विधि, कुण्डलिनी का परिचय, धारणा, अठारह मर्मस्थान, देह के अवयवों में पंचभूत धारण का विवरण, खेचरी मुद्रा से प्राप्त योगफल इत्यादि का विवरण बताकर

अंत में कहते हैं कि योग के अभ्यास से साधक निर्वाण पद का आश्रय पाकर कैवल्य को उपलब्ध करता है। इस तरह देखा जा सकता है कि नाथ–मत के सिद्धान्त तथा व्यवहार पक्ष का निरूपण इस उपनिषद् में मिलता है।

दर्शन

इसमें अष्टांग योग के विभिन्न अंगों का विस्तृत विवरण प्रस्तुत करने के बाद बताया गया है कि सब तीर्थ मानव देह में स्थित हैं। कहा गया है कि सिर में श्री पर्वत, ललाट में केदार, भ्रुव और नासिका के मध्य वाराणसी, कुच स्थान में कुरुक्षेत्र, हृदय सरोवर में प्रयाग, हृदय मध्य में चिदम्बरम और मूलाधार में कमलालय नामक पुण्यमय सरोवर है। जो इस आत्म–तीर्थ का परित्याग करके बाहर के तीर्थों में भटकता रहता है, वह हाथ में रखे हुए बहुमूल्य रत्न को त्याग कर काँच को खोजता फिरता है।[186] ऊपर उल्लिखित चिदम्बरम और तिरुआरूर (जहाँ के मन्दिर में कमलालय नामक सरोवर है) तमिलनाडु के प्रसिद्ध तीर्थ–स्थान ही नहीं योग–स्थान भी हैं। इस ग्रंथ में प्रतिमा की कल्पना एवं पूजा के संबंध में बड़ी रोचक बात यह है कि योगी आत्मा में ही शिव के दर्शन करता है न कि प्रतिमा में। प्रतिमा की कल्पना केवल अज्ञानी के भावनार्थ होती है।[187]

ध्यान–बिन्दु

योगोपनिषदों में इसका स्थान महत्त्वपूर्ण है। इसमें योग संबंधी प्रक्रियाओं और रहस्यात्मक अनुभूतियों की जो अभिव्यक्ति देखी जाती है वह बहुत ही अनुपम है।[188] इस ग्रंथ का आरम्भ ही कुछ विचित्र ढंग से होता है। इसका कथन है कि जितना भी बड़ा पाप कोई क्यों न करे, वह सारा–का–सारा ध्यान योग से विनष्ट हो जाता है।[189] यह सचमुच अतिवादी तांत्रिक दृष्टिकोण का परिचायक है। इसके लेखक का आदेश है कि साधक प्रणव को ब्रह्म मानकर सदा–सर्वदा उसी का जप करे। हृत्पद्म कर्णिका के मध्य अंगुष्ठ मात्र ईश्वर को ॐकार के रूप में ध्यान करते ही समस्त सिद्धियाँ मिल जाती हैं। ब्रह्म में लय प्राप्त करने का मार्ग नादानुसंधान है।

इस उपनिषद् के अनेक श्लोक अक्षरशः अमनस्क, हठयोग प्रदीपिका आदि नाथ–सम्प्रदाय के ग्रंथों में पाये जाते हैं। यही नहीं, गोरक्षपद्धति नाम से जिस पुस्तक का सम्पादन हिन्दी अनुवाद सहित महीधर शर्मा ने किया था और जिसके प्रथम शतक को गोरक्षनाथ की प्रामाणिक रचना मानकर ब्रिग्स ने उसका अंग्रेजी अनुवाद अपनी प्रसिद्ध पुस्तक में प्रस्तुत किया और जिसके आधार पर गोरक्षनाथ के विचारों का विष्लेषण एवं विवेचन किया, उसमें पचास से अधिक

श्लोक इस उपनिषद् में प्राप्त होते हैं। ये श्लोक गोरक्ष कथित समझी जानेवाली योग–मार्तंड, योग–चूड़ामणि और भोगेश्वर योगी कृत योगरत्न–प्रदीपिका, योग–शास्त्र आदि में भी उद्धृत हैं। इन सबको देखने पर एक प्रश्न उठता है कि क्या गोरक्षनाथ के नाम पर प्रचलित नाथ–पन्थी संस्कृत ग्रंथ ध्यान–बिन्दु आदि उपनिषदों से संकलित संकलन मात्र हैं अथवा इन उपनिषदों की रचना गोरक्षनाथ के परवर्तीकाल में हुई।

नाद–बिन्दु

योगोपनिषदों में इसका काफी महत्त्व है। इसमें प्रणवोपासन तथा नादानुसंधान का बहुत ही सुन्दर स्वरूप अंकित किया गया है। सुपर्ण पक्षी के रूपक द्वारा ॐकार का गौरवपूर्ण वर्णन करते हुए लेखक ने कहा है कि 'अ'कार दक्षिण पक्ष है, 'उ'कार उत्तर पक्ष है, 'म'कार पुच्छ है और अर्ध मात्रा मस्तक है। निर्विशेष तथा निर्गुण ब्रह्म और उसके ध्यान का वर्णन करने के बाद लेखक बताते हैं कि ब्रह्मभाव में लीन होने में परमानन्द की प्राप्ति होती है। इसके अनुसार ब्रह्मस्वरूप प्रणवनाद में सबका लय होता है। ऐसी विलय स्थिति को प्राप्त योगी सभी अवस्थाओं एवं चिंताओं से छूटकर मुक्त हो जाता है। ध्यान देने की बात है कि इस उपनिषद् के श्लोक अमनस्क योग और हठ योग प्रदीपिका में भी पाये जाते हैं।

पाशुपत ब्रह्म

यह पूर्व और उत्तर नाम से दो खंडों में विभाजित है। इसमें ज्ञान योग का प्रतिपादन है। हंस के रूप में परमात्मा की भावना, अंतर्याग, ज्ञान–यज्ञ और अश्वमेध आदि का भी विवरण इसमें मिलता है।

ब्रह्मविद्या

आधुनिक युग के एक विद्वान के मत के अनुसार यह उपनिषद् महाभारतकालीन रचना है।[190] प्रणव की चारों मात्राओं का वर्णन, सुषुम्ना नाड़ी के भेदन की क्रिया का विवरण एवं इंसविद्या का निरूपण इसकी खास विशेषताएँ हैं। चोदक, बोधक, मोक्षक नामक तीन प्रकार के आचार्यों का विवरण इसमें दिया गया है।

मण्डल ब्राह्मण

ज्ञान सहित यम–नियम आदि अष्टांग योग का निरूपण इस उपनिषद् का प्रधान विषय है। इसमें चार प्रकार के यम, नौ तरह के नियम, आसन, पूरक,

कुम्भक, रेचक प्राणायाम, प्रत्याहार, धारणा, ध्यान और समाधि की व्याख्या निराले ढंग से की गयी है। नवचक्र, षडाधार, विलक्ष्य और व्योम पंचक संबंधी ज्ञान योगी बनने के लिए अनिवार्य बताया गया है। जिस श्लोक में इनका वर्णन सिद्धसिद्धान्तपद्धति में किया गया है वह इसमें भी है।[191]

नाथ सम्प्रदाय के धर्म एवं दर्शन का विवेचन करने वाले ग्रंथ सिद्धसिद्धान्तपद्धति के कई श्लोकों के भाव एवं उनकी व्याख्या इसमें पाये जाते हैं। तारक तथा अमनस्क योग के लक्षण इसमें विस्तार से दिये गये हैं। अमनस्क सिद्धि के संदर्भ में लेखक का कथन है कि चिर समाधि से उत्पन्न ब्रह्मामृत का पान करके संन्यासी योगी परमहंस अवधूत बन जाता है।[192] ऐसे अवधूत के दर्शन मात्र से सारा जगत् पावन हो जाता है। उसकी सेवा करनेवाला मूढ़ भी मुक्त हो जाता है। उसके कुल की एक सौ पीढ़ियाँ संसार रूपी सागर को पार करने में समर्थ हो जाती हैं। उस साधु के माता–पिता, पत्नी और संतान सब–के–सब सांसारिक बंधनों से छूट जाते हैं।[193]

महावाक्य

यह एक छोटा–सा उपनिषद् है। इसमें हंसविद्या द्वारा परमात्मा के आविर्भाव की बात कही गयी है। कांडान्तर में जो ज्योति–मण्डल स्वरूप आदित्य है वही विद्या है, अन्य कोई विद्या विद्या नहीं। यही आदित्य ब्रह्म है। उसका निर्देश 'हंसः सोहम्' अजपा मंत्र से होता है। प्राण तथा अपान के अनुलोम–प्रतिलोम गति से वह विद्या पहचानी जा सकती है। इस विद्या के अभ्यास से साधक सच्चिदानन्द परमात्मा के दर्शन करता है और वह अनुभव करता है कि मैं ही अर्क, परम ज्योति, शिव हूँ, आत्म–ज्योति एवं सर्व–ज्योति हूँ। ऐसा अनुभूतिमान व्यक्ति ब्रह्म–सायुज्य प्राप्त करता है।

योग कुण्डली

इसके तीन अध्याय हैं। प्रारम्भ में चित्त का विश्लेषण कर लेखक यह समझाते हैं कि चित्त के वासना तथा प्राणरूपी जो दो भेद हैं उनमें से किसी एक को नष्ट कर देने से दूसरा स्वतः विनष्ट हो जाता है। फिर भी प्राण–जय का ही प्राधान्य है जो तीन उपायों के द्वारा सहज सुलभ होता है। वे तीन उपाय हैं–मिताहार, आसन और शक्ति चालन।[194] इसमें सूर्य, उज्जायी, शीतली और भस्त्र नामक चार प्रकार के प्राणायाम की विधि तथा उनके फल बताये गये हैं जो हठयोग प्रदीपिका में भी वर्णित है। मूल बंध, उड्डियान बंध के लक्षण तथा

योगी के लिए उनकी उपयोगिता का विवरण प्रस्तुत किया गया है। कुण्डलिनी के तीनों ग्रंथियों का भेदन करके सहस्रार में पहुँचने का तरीका भी स्पष्ट रूप से विवेचित किया गया है।

दूसरे अध्याय में सर्वसिद्धिप्रद खेचरी मुद्रा के अभ्यास की आवश्यकता तथा तीसरे में मेलन–मंत्र, पूर्णिमा–दृष्टि–विधि, गुरूपदेश की महत्ता, जीवन–मुक्ति और विदेह–मुक्ति इत्यादि पर अच्छा प्रकाश डाला गया है।

योग चूड़ामणि

तमिल तिरुमंदिरम के आधुनिक व्याख्याकार दण्डपाणि देशिकर ने इसे गोरक्षनाथ कृत बताया है।[195] महीधर शर्मा द्वारा सम्पादित और ब्रिग्स द्वारा अंग्रेजी में अनूदित गोरक्षशतक के प्रथम शतक के श्लोकों में लगभग सभी श्लोक इस उपनिषद् में हैं। यम–नियमों को छोड़कर योग के अन्य छः अंग, षोडशाधार, षट्चक्र, विलक्ष्य, व्योम पंचक, नाड़ी–विज्ञान, अजपा मंत्र की महिमा, कुण्डलिनी जागरण आदि का विवरण इसमें उपलब्ध होता है। नाथ योग के साधना पक्ष को समझने के लिए इसका अध्ययन करना आवश्यक ही नहीं अनिवार्य भी है। उपनिषद् में कहीं लेखक के नाम का निर्देश नहीं, परन्तु परम्परा इसे गोरक्षनाथ की कृति मानती आ रही है। योग–मार्तंड और योग–शास्त्र आदि ग्रंथों में इसके अनेक श्लोक ज्यों–के–त्यों मिलते हैं।

योग-तत्त्व

योगोपनिषदों में सब दृष्टियों से श्रेष्ठतम यही है। नाथ–योग के सभी तथ्यों का बड़ा सुन्दर निरूपण किया गया है। इसके अनुसार मुमुक्षु के लिए ज्ञान और योग परम उपयोगी साधन है। योग के बिना ज्ञान ध्रुव मोक्षदायी नहीं हो सकता और बिना ज्ञान योग मोक्षप्रद नहीं।[196] इसमें योग के मंत्र, लय, हठ और राज आदि चारों भेदों के सलक्षण विवरण देकर फिर हठयोग के आठों अंग, महामुद्रा महाबंध, महावेध, खेचरी, जालंधर, उड्डियान, मूलबंध, वज्रोली, अम्रोली, सहजोली आदि का वैज्ञानिक विवेचन सूक्ष्मता के साथ किया गया है।[197] योग–मार्गी साधक को चेतावनी दी गयी है कि अभ्यास काल में उत्पन्न हो सकने वाले आलस्य, कत्थन (अमित–भाषण), धूर्तों का संग, स्त्री–लोलुपता, जैसी बाधाओं का निवारण कर लेना चाहिए।[198] उपनिषदकार साधकों को उपदेश देते हैं कि योग–मार्ग के विघ्नों और प्रतिबंधों को दूर करने के लिए प्रणव मंत्र का जप सदा करते रहना बहुत आवश्यक है। इस ग्रंथ के अनुसार सगुण तथा

निर्गुण ध्यान के दो भेद होते हैं। इनके अभ्यासी सिद्ध योगी अणिमादि सिद्धियों से सम्पन्न होकर अपनी इच्छा के अनुसार आचरण कर सकता है। वह सब लोकों में विचरण करने के अतिरिक्त वह देव, यक्ष, किन्नर, गंधर्व जो चाहे सो बन सकता है। परन्तु इन शक्तियों की प्राप्ति ही योगी का लक्ष्य नहीं इनमें उलझ जाने से वह पथ–भ्रष्ट हो जाता है; पुरुषार्थ–साधन में वह असफल हो जाता है। साधक को चाहिए कि वह हृदय–पद्म में प्रणव की उपासना करके परमपद को प्राप्त करना ही जीवन का चरम लक्ष्य माने। ध्यान देने की बात है कि यह उपनिषद् नाथ–योग का मर्म बड़ी खूबी के साथ समझाता है।[199]

योग शिखा

इसमें प्रायः योग तत्त्व में वर्णित सभी बातें दुहराई गयी हैं। किन्तु साथ ही कुछ ऐसी विशेषताएँ हैं जो अन्य उपनिषदों में नहीं मिलतीं। ग्रंथ के आरम्भ में ही लेखक बताते हैं कि काम, क्रोध, भय, मोह, लोभ, तृष्णा, लज्जा, दुख, विषाद, हर्ष आदि से मुक्त जीव शिव कहाता है। उपर्युक्त दोषों को समूल नष्ट करने के दो ही उपाय हैं योग और ज्ञान। योगविहीन ज्ञान और ज्ञानविहीन योग दोनों व्यर्थ और निष्फल हैं। योग से ही चित्त के दोष मिटते हैं; अतः मोक्ष–प्राप्ति के लिए योग–मार्ग से बढ़कर श्रेष्ठ कोई दूसरा नहीं।[200] योग की परिभाषा देते हुए इसमें कहा गया है कि अपान और प्राण, रज और रेतस, सूर्य और चन्द्र एवं जीवात्मा और परमात्मा का ऐक्य ही योग है।[201] यह भी कहा गया है कि मंत्र, लय, हठ और राजयोग ये चार भूमिकाएँ हैं जिनका सम्मिलित रूप महायोग कहलाता है। प्रत्येक का स्वरूप लक्षण कुछ भिन्न ढंग से किया गया है। मंत्र योग का लक्षण यों है–

हकारेण बहिर्याति सकारेण विषेत्पुनः।
हंस हंसेति मंत्रोऽयं सर्वे जीवैष्च जप्यते।।
गुरु वाक्यात् सुषुम्नायाम् विपरीतो भवेज्जपः।
सोऽहं सोऽहमिति यः स्यान्मंत्र योगः स उच्यते।।

'ह'कार सूर्य और 'स'कार चन्द्र माना जाता है। सूर्य और चन्द्र का ऐक्य हठ कहाता है।[202] हठ से प्राण में स्थिरता आती है और उससे लय का उदय होता है। लय से सुख, स्वात्मानन्द एवं परमपद प्राप्त होते हैं।

रज और रेतस का योग राजयोग है। यही शक्ति–शिव योग है। राजयोगी अणिमादि सिद्धियों से शोभित होता है। शिव–शक्ति का निकेतन यह मानव–देह है, बिन्दु, नाद ही महालिंग है। अतः योगोपायों से देह और मन को शुद्ध एवं पवित्र कर लेने पर योगी शिव–शक्ति के दर्शन कर आत्मलाभ पाता है। इससे

स्पष्ट विदित होता है कि शिव–शक्ति सामरस्य का तंत्र–मत का भाव योगमत में बहुत पहले ही ग्रहीत हो चुका था।

वराह

पाँच अध्यायों में विभक्त इस उपनिषद् में तत्त्वों का विवरण दिया गया है। इनके अनुसार चौबीस तत्त्वों का ज्ञाता ब्रह्मविद् है। छत्तीस तत्त्वों का बोध जिसे हो गया है वह मुक्त है। समाधि साधन तथा नादानुसंधान वाले प्रकरणों में क्रमशः कहा गया है कि जिस तरह सलिल में सैंधव साम्य पाता है उसी तरह आत्मा में मन का विलीनीकरण समाधि है और समाधि–साम्राज्य के अभिलाषियों को नाद का अनुसंधान करना अनिवार्य है।[203] इसमें राजयोग का कहीं उल्लेख नहीं।

इस उपनिषद् का कहना है कि गुदा और लिंगमूल के मध्य त्रिकोण के रूप में मूलाधार चक्र है जो बिन्दु रूप शिव का स्थान है, वहीं कुण्डलिनी नामक पराशक्ति प्रतिष्ठित है। उसी स्थान से वायु, वह्नि, बिन्दु, नाद, हंस, मन आदि उत्पन्न होते हैं। मूलाधार आदि छः चक्र शक्ति स्थान कहलाते हैं। कण्ड के ऊपर मूर्धा तक का भाग शांभव स्थान है। योगाभ्यास काल में उत्पन्न हो सकने वाले विघ्नों के निवारण के लिए प्रणव जप का आदेश लेखक देते हैं। ऐसा लगता है कि वेदांत के साथ योग–साधना को समन्वित करने का प्रयास इसके लेखक का अभिप्राय रहा है।

शाण्डिल्य

शाण्डिल्य के योग संबंधी प्रश्नों के उत्तर में अथर्वण ऋषि ने अंगों सहित योग की जो व्याख्या की है, वही इस उपनिषद् का विवेच्य विषय है। इसमें दस यम, दस नियम, आठ आसन, तीन तरह के प्राणायाम, पंचविध प्रत्याहार, पंचविध धारणाएँ, दो प्रकार के ध्यान और समाधि का वर्णन है। यह दत्तात्रेय परम्परा में विकसित विचारधारा का ग्रंथ है जिसमें तांत्रिक तथा वैदिक भावों का समन्वित स्वरूप प्रस्तुत किया गया है।

हंस

इसमें हंस–विद्या, अजपा जप, नादानुसंधान आदि का संक्षेप में विवरण है।

योगज

शैव धर्म से संबंधित इस अप्रकाशित उपनिषद् में मंत्र, लय, हठ और राज आदि चारों प्रकार के योग का वर्णन मिलता है।

इनके अलावा और भी छोटे–मोटे योग ग्रंथ हैं जो उपनिषद् के नाम से विभिन्न धर्म–सम्प्रदायों में प्रचलित हैं। ऊपर जिन–जिन ग्रंथों का परिचय दिया गया है उससे ज्ञात होता है कि गोरक्षनाथ के पूर्व ही योग, आगम, तंत्र और वैदिक धर्म तथा दर्शन को समन्वित रूप देने का यत्न आरम्भ हो गया था। यह समन्वय भावना भारतीय धर्म–साधना का विशिष्टतम अंग है।

ऊपर उल्लिखित ग्रंथों में नाद–बिन्दु, ध्यान–बिन्दु, योग–तत्त्व, योग–चूड़ामणि, योग कुण्डली और योगशिखा विशेष महत्त्व के हैं, क्योंकि उनमें प्रतिपादित विषय ही नहीं प्रत्युत् उनके अनेक श्लोक गोरक्षकथित योग ग्रंथों में उद्धृत मिलते हैं। संभव है उनमें आये बहुत से श्लोक परवर्तीकालीन हो सकते हैं। जो भी हो, यह कहना सही होगा कि गोरक्षनाथ का उपदिष्ट योग प्रणाली इन उपनिषदों में प्रतिपादित योग, समयानुकूल परिवर्तित एवं परिवर्धित रूप मात्र है।

वैदिक युग में आर्येतर जन–समूह के निकट संपर्क में आने पर आर्यों में जादू–टोना, कृत्या, चमत्कार आदि में विश्वास धीरे–धीरे बढ़ने लगा था। अनेक वैदिक मंत्रों का विशेषकर अथर्व संहिता के मंत्रों का प्रयोग ऐसे कार्यों के लिए होने लगा था। वर्षा लाना, मनोवेग से संचरण करना, संतान पाना, शत्रुओं को पराजित करना इत्यादि काम्य कर्मों की सिद्धि के लिए विविध मंत्र काम में लाये जाने लगे। साम विधान नामक सामवेदीय ब्राह्मण ग्रंथ में ऐसे मंत्र संकलित हैं जो किसी को ग्राम से भगाने, शत्रु को मिटाने, प्रचुर धन–सम्पत्ति पाने, नाना प्रकार के उपद्रवों के निवारण करने या शांति स्थापना करने के लिए कतिपय अनुष्ठानों के साथ गाये जाते हैं।[204] इसी तरह अन्य वेदों में से भी इस तरह के आभिचारिक प्रयोगों के लिए मंत्रों का संकलन किया गया। ऋग्विधान एक ऐसा संकलन है जिसमें इस तरह के कार्यों के लिए ऋग्वेदीय मंत्र जुटाये गये हैं। ऋग्विधान में कुछ ऐसी भी बातें हैं जिनका संबंध योग से है। उसके अनुसार योगी को प्रतिदिन नियमित रूप से प्रणव–ध्यान सहित प्राणायाम का अभ्यास करना चाहिए और तुरीय संध्या में अर्थात् आधी रात के समय भी योगाभ्यास करना परमावश्यक है। योगी किसी उपयुक्त एकांत स्थान में अनुकूल आसन पर बैठकर, नयन मूँदे, हृदय–कमल में नारायण का आह्वान करके ॐकार का मौन जप करे। वह प्राणायाम द्वारा पवन को मूलाधार से सहस्रार को पहुँचाये, फिर मूलाधार में लाये। इस तरह के प्राण–योग द्वारा वह योगी परमतत्त्व से साक्षात्कार पाकर पावन बनता है।

योग सिद्धियों का वर्णन करते हुए ग्रंथकार बताते हैं कि होमादि करने से

योगी वह दिव्य चक्षु प्राप्त करता है जिससे वह अनदेखे को भी देख लेता है। इसमें भक्ति पर भी बल दिया गया है क्योंकि भक्ति योग का ही एक भेद है, और भक्ति करने पर नारायण प्रसन्न होकर योगी को अपनाता है।

ऋग्विधान के रचना काल का ठीक पता नहीं लगता परन्तु इतना निश्चित है कि वह महाभारत काल के अनंतर कालीन रचना नहीं। उसमें योग, मंत्रोपासना एवं भक्ति का समन्वित रूप दृष्टिगोचर होता है।

आगे चलकर सूत्र ग्रंथों में भी यत्र–तत्र योगियों का थोड़ा बहुत विवरण मिलता है। उनसे ज्ञात होता है कि योग–धारा अविच्छिन्न गति से प्रवहमान रहा। सूत्र साहित्य में एक वैखानस स्मार्त सूत्र है जिसका रचना काल ई. सन् 400 के आस–पास माना जाता है। किन्तु इसमें प्राप्त आचार–विचारों एंव धर्म–सम्प्रदायों का विवरण उससे भी प्राचीन काल के रूप का द्योतक है।[205] इसमें ऐसे देव सायुज्यक तथा परकायप्रवेशी योगियों का उल्लेख है जिनका मृत्यु के बाद अग्निसंस्कार नहीं होता था।

उक्त सूत्र कुटीचक, बहूदक, हंस, परमहंस नामक मुमुक्षु वर्गों का विवरण देते हुए बताता है कि कुटीचक वे लोग थे जो प्रतिदिन आठ–ग्रास अन्न भिक्षा के रूप में ग्रहण करते थे और तत्त्व ज्ञान के अन्वेषी योगी–जन थे। बहूदक विदण्ड और कमण्डल धारण करते थे, काषाय वस्त्र पहनते थे, ब्रह्म ऋषि और दूसरे साधु वृत्ति वाले सात जनों के गृह में मांस, लवण, पर्यषितान्न का वर्जन कर, अन्य खाद्य पदार्थों की भिक्षा लेते और सदा मोक्ष–कामी रहते थे। हंस कहाने वाले भिक्षु गाँव में एक दिन और एक रात और बड़े–बड़े नगरों में पाँच रातें ठहरते थे। वे गोमूत्र और गोमय का आहार करते थे या मास–मास भर उपवास करते थे या नित्य चांद्रायण व्रत पालते थे। वे लोग सदा भ्रमणशील थे। परमहंस वृक्ष–मूल में, शून्यागार में या श्मशान में वास करते थे। उनका न कोई धर्म या न कोई अधर्म, न सत्य, न असत्य, न शुद्धि न अशुद्धि। वे अपने को द्वन्द्वों से परे मानते थे और सब प्राणी–वर्ग पर सम–भाव रखते थे। उन्हें न कंचन का मोह था न लोष्ठ से घृणा थी।

इन भिक्षुओं के जीवन–विधान के अवलोकन से प्रतीत होता है कि कुटीचक योग–मत के अनुयायी थे और परमहंस अवधूत तांत्रिक थे; बहूदक तथा हंस रहस्यवादी साधक थे। एक विद्वान ने लिखा है कि भ्रमणशील परमहंस भिक्षु प्राचीन काल के ब्राह्मण विरोधी भिक्षु–परम्परा के प्रतिनिधि थे जिनमें तांत्रिक योग का प्रारम्भिक स्वरूप दिखाई देता है।[206]

इसी सूत्र में अन्यत्र निवृत्ति–मार्गी योगियों में सारंग, एकार्ष्य और

विस्मरण नामक योगी की जीवनचर्या का वर्णन मिलता है। इनके भी अनेक उपभेद थे। उनमें कुछ केवल भावोपासना करते थे कि मैं विष्णु हूँ तो अन्य अहिंसा, सत्य, अस्तेय, ब्रह्मचर्य, अपरिग्रह, शौच, संतोष, तप, स्वाध्याय, ईश्वर प्रणिधान, आसन, प्राणायाम, प्रत्याहार, धारणा, ध्यान, समाधि–इन सोलहों का अभ्यास करते थे। भागंग नामक योगी आसनादि षडंग योग का अभ्यास करते थे तो विभागंग योगी अष्टांग योग का। एकार्ष्यों में दूरग कहलाने वाले नाड़ी साधन में निपुण थे। वे पिंगला नाड़ी के मार्ग से हृदय में स्थित सूर्यमण्डल में प्रविष्ट हो वहाँ तेजरूप पुरुष से संयोजित होने के बाद इड़ा नाड़ी से चन्द्रमण्डल में प्रवेश करके वहाँ विद्युल्लतावत् भासमान पुरुष से संस्पृक्त होते थे। यह नाड़ी वर्णन ध्यान देने योग्य है।

एक और प्रकार का भ्रूमध्यंग संज्ञक योगी सुषुम्ना नाड़ी रंध्र से प्राण को भ्रूमध्य तक ले जाकर फिर उसे पादों के अंगूठे तक ले आता था। इस तरह प्राणों को अपने वश में करके कालजयी बनता था। कुछ और लोग इन सबको अनावश्यक समझते थे क्योंकि उनके विचार में आकाशवत स्थित सर्वव्यापक परमात्मा से भिन्न किसी वस्तु की सत्ता विश्व में है ही नहीं अतः द्वैत नहीं। ऐसी अवस्था में अभेद स्वतः सिद्ध है। फिर तो ऐक्य स्थापन का प्रश्न ही नहीं उठता।

विविध सारणा या मुद्राओं के अभ्यास करने वाले योगी विसरण कहलाते थे। इनमें भी अनेक भेद थे। कोई काय–क्लेश से, कोई किसी–न–किसी तरह के ध्यान से, कोई वायु–जय से, आत्मा–परमात्मा के ऐक्य संभव करने के प्रयत्न में लगे थे। सूत्रकार ने उनकी आचारहीनता पर खीझकर उन्हें पशु कहा है और लोगों से कहा कि उन्हें उन अनाचारी योगियों से दूर रहना बहुत जरूरी है। पता नहीं ये विसरण कौन थे। संभवतः सूत्रकार ने अवधूत संन्यासियों को विसरण शब्द से याद किया हो।

वैखानस स्मार्त सूत्र से विदित होता है कि कुटीचक, परमहंस एवं विसरण उन योगियों के सम्प्रदाय के सदस्य थे जिनमें षडंग या अष्टांग योग की साधना चालू थी। वे शायद अवैदिक, वर्णाश्रम विरोधी एवं तांत्रिक मत के थे। यह अनुमान करना अनुचित न होगा कि वे लोग योग तथा तंत्र साहित्य के उदय के पूर्व विद्यमान थे।

इतने विवरणों से बोध होगा कि सूत्र वाङ्मय के निर्माण के पूर्व ही तांत्रिक योगियों की परम्परा पनप चुकी थी और उनमें कुछ ऐसे विश्वास बद्धमूल हो चुके थे जो वेदपूर्व वेदेतर जन–समुदाय में वर्तमान थे। धीरे–धीरे योग तत्त्वों

का समावेश वैदिक, अवैदिक एवं वेदेतर साहित्य में होने लगा क्योंकि भारतीय विचार–धारा सदा विभिन्न विरोधी भावों में समन्वय बढ़ाने का प्रयत्न करती रहती है। घोर–से–घोर और अमंगल–से–अमंगल को सौम्य एवं मंगलमय रूप देने का सतत प्रयत्न यहाँ की मिट्टी की विशेषता है। अतः योग के विविध अभ्यासों में जो लोक–हित के विरुद्ध थे, सुधार और परिवर्तन द्वारा उन्हें अपनाने की प्रवृत्ति बलवती रही है।

वैदिक स्मृति–ग्रंथों में योग का खण्डन–मण्डन दोनों देखा जाता है। मनु का विचार है कि यदि मनुष्य अपने इन्द्रियों और आत्मा पर यथोचित संयम रखे तो योगाभ्यास के कष्टदायक क्रिया–व्यापारों में लगे बिना लक्ष्य की सिद्धि प्राप्त कर सकता है। पर योग की प्रशंसा करते हुए वसिष्ठ ने कहा है कि मोक्ष की प्राप्ति न वेद–पारायण से होती है न यज्ञयागादि क्रियाओं से; परन्तु वह तो केवल योग से ही संभव है।[207] विष्णु–स्मृति योग की महिमा का वर्णन करते हुए बताती है कि ध्यायी ध्यान–योग से सब कुछ पा सकता है। ध्यायी का लक्ष्य क्षुद्र सिद्धियों की प्राप्ति मात्र नहीं किन्तु उससे आगे की मुक्ति ही है। इसलिए वह क्षर को छोड़कर अक्षर का ही सदा ध्यान करता रहता है।

भारतीय साहित्य में वेद समान मान्यता प्राप्त इतिहास ग्रंथ 'महाभारत' है। यह पंचम वेद ही नहीं, उन वेदों से भी श्रेष्ठ है क्योंकि इसे पढ़ने के बाद वेदों के अध्ययन की आवश्यकता ही नहीं रह जाती।[208] उसे वर्तमान रूप ई.सन् 200 और ई.सन् 400 के बीच में मिला।[209] इसी का एक अंग है 'श्रीमद्भगवद्गीता' जिसके 700 श्लोकों में श्रीकृष्ण का अर्जुन को दिया गया जीवन–दर्शन संबंधी अद्भुत संदेश है। गीताकार ने उसे योग–शास्त्र संज्ञा दी है। कहने की आवश्यकता नहीं कि भारतीय जीवन को अत्यधिक प्रभावित करने वाले ग्रंथों में गीता का कितना गौरवपूर्ण स्थान है। प्रायः सभी धर्माचार्य एवं मेधावी पुरुषों ने इसके आधार पर धर्म और दर्शन की व्याख्या की है। गीता के संबंध में यह मान्यता है कि वह सभी मुख्य–मुख्य उपनिषदों का सारभूत रचना है। उसमें ब्रह्म विद्या का क्रमिक तथा बोधगम्य विवेचन है। गीता में अनेक स्थानों में सांख्य तथा योग का उल्लेख किया गया है। स्वयं भगवान् कृष्ण बताते हैं कि हमने विवस्वान को यह योग उपदेश रूप प्रदान किया। संजय भी साक्षी है कि मैंने व्यासदेव की कृपा से यह योग पाया।[210] इससे सिद्ध है कि गीता में विवेचित योग अत्यंत प्राचीन है।

गीता के अनुसार 'कर्म की कुशलता', 'समत्व', 'कर्मफल का त्याग', 'भगवान् के चरणों में प्रपत्ति अथवा शरणागति' आदि योग शब्द से सूचित किये जाते हैं। गीता में योग शब्द किसी निश्चित पारिभाषिक अर्थ में प्रयुक्त नहीं

हुआ है जैसे पातंजलि में हुआ है। योग कर्मयोग (5–1) में सांख्य योग से भिन्न अर्थ में प्रयुक्त हुआ है। बुद्धि योग, भक्ति योग आदि में योग का अर्थ है संग। इसी अर्थ में योग शब्द का व्यवहार गीता में सर्वत्र हुआ है। संभवतः गीताकार पतंजलि से पूर्व हुए थे अतः उनसे परिचित नहीं थे।[211] अतः यह निश्चित रूप से कहा जा सकता है कि भगवान् द्वारा उपदिष्ट योग न पतंजलि का चित्तवृत्ति निरोध वाला योग है न सिद्धिप्रद तांत्रिक योग है, न जीव को शिवत्व प्रदान करने वाला है, किन्तु समन्वयवादी भगवत् चरणारविन्द में भक्ति सहित सर्वात्म समर्पण है। संसार में रहते हुए उसके सद्–असद् व्यापारों से अपने को अलग रखना ही गीता के निष्काम कर्मयोग का अंतिम लक्ष्य है। सांख्य शास्त्र में ज्ञान के द्वारा प्रकृति एवं पुरुष के तत्त्वों को अलग करने का जो उपाय बताया गया है उसी के आधार पर गीता ने अपने सिद्धांत की व्याख्या प्रस्तुत की है। जीवन के समस्त व्यापारों को यज्ञवत् समझकर उनके शुभाशुभ कर्म–फलों को भगवान् के चरणों में भक्ति भाव से अर्पण करने से व्यक्ति को कर्म–फल प्रभावित नहीं कर सकते और ईश्वर के अनुग्रह से जीव लोक माया में लिप्त होने से बच जाता है। इससे प्रतीत होता है कि गीता का योग षडंग या अष्टांग योग से भिन्न रहस्यानुभूतिपरक भक्ति–योग है।

महाभारत के मोक्ष–धर्म में दो प्रकार की योगचर्या की चर्चा मिलती है। दोनों में काफी अन्तर है। अनेक वर्षों तक एक पैर पर निश्चल खड़े रहना और ऐसा सहनशील होना कि पक्षी उनकी जटा पर भले ही नीड़ बनाये पर वह उन्हें कभी कष्ट नहीं देगा, इस प्राचीन योगानुशासन के अनुयायी एक वर्ग के थे। दूसरे, आसन और प्राणायाम को जीवनचर्या में स्थान देने वाले थे। प्रथम प्रकार के योगाभ्यासी की योग–साधना कालांतर में असंस्कृत तथा असभ्य माना गया। दोनों तरह के योगाभ्यासियों के लक्ष्य में भेद था। एक पाद पर खड़े होने वाला तपस्वी अलौकिक शक्तियों के सम्पादन का आकांक्षी था जबकि प्राणायाम पर बल देने वाला योगी भवपाश के विच्छेदन को जीवन–लक्ष्य मानता था। उसके विचार में योग–सिद्धियाँ तुच्छ और क्षणिक होती हैं। दोनों ईश्वरवादी थे परन्तु प्रथम वर्ग का योगी भगवत् साक्षात्कार की अपेक्षा अलौकिक चमत्कारों को प्राप्त कर स्वर्गिक सुखों का अनुभव करना चाहता था। दोनों 'अपुनर्भव' की कामना करते थे, पर प्रथम वर्ग वाले योगी का सारा प्रयत्न योगैश्वर्यों उपलब्ध करने के लिए होता था; परन्तु दूसरे प्रकार के योगी योगैश्वर्यों से विभूषित होने पर भी मुक्ति या केवलत्व को परम श्रेष्ठ एवं प्राप्य समझते थे। बुद्धि, मन, इन्द्रिय और विश्वात्मा में एकत्व की अनुभूति उसका लक्ष्य था।[212]

योगी का ध्यान नित्य–पुरुष पर केन्द्रित रहता है। समाधि की स्थिति में वह निर्वात–दीप या पर्वतशिखर के समान स्थिर हो जाता और ब्रह्मानुभूति प्राप्त करता है। फिर जब शरीर का पात होता है तब वह केवल में प्रवेश कर अनन्त विश्राम पाता है। यही योग है जिससे बढ़कर दूसरा योग नहीं।[213]

महाभारत के एक अन्य स्थल पर कहा गया है कि जो योगी काम, क्रोध, लोभ, भय और स्वप्न–इन पाँच दोषों को मिटा देता है वह उसी तरह 'तत्पदम्' को प्राप्त करता है जिस तरह मीन जाल को काटकर बंधन से मुक्त होता है। गुद, कण्ठ, सिर, हृदय, नयन, कान, नासिका आदि शरीर के अन्यान्य अवयवों में संवरण करने वाली आत्मा से युक्त योगी पर्वत सम सुकर्म या कुकर्म के फल राशि को विनष्ट करके मोक्ष–पद पाता है।

महाभारत में वर्णित पाशुपत योगी तथा पाँचरात्र वैष्णव योगी सात प्रकार की धारणाओं से पंच महाभूतों, मन, अहंकार, और बुद्धि पर विजय पाकर अंत में 'प्रतिभा' की अवस्था में पहुँचता है और इस स्थिति में वह गुणातीत हो कई प्रकार के चमत्कार साधने में निपुण बन जाता है। प्रतिभा, उपसर्ग, आसन, प्राणायाम, नाड़ी–शोधन, भ्रूमध्य में दृष्टि का स्थिरीकरण इत्यादि योग संबंधी पारिभाषिक शब्दावली का व्यवहार देखकर यही लगता है कि पतंजलि के पूर्व ही योग–प्रक्रिया का काफी विकास हो चुका था।

फिर भी, योग को व्यवस्थित रूप प्रदान कर उसे विशिष्ट दर्शन के पद पर प्रतिष्ठित करने का श्रेय उस पतंजलि को प्राप्त है जिन्होंने योग–सूत्र की रचना की थी। निस्संदेह योग–सूत्र इस विषय का प्रामाणिक शास्त्र–ग्रंथ है। महर्षि पतंजलि के स्थिति–काल के संबंध में तरह–तरह के मत–मतांतर हैं। तो भी यह मानना सही होगा कि वे शुंगवंशीय महाराजा पुष्यमित्र के समकालीन थे; अतः उनका समय ई. सन् दूसरी शती था।[214] विद्वानों में यह मान्यता है कि सूत्रकार ने प्रथम तीन पाद ही लिखे थे, चौथा पाद बाद में किसी द्वारा लिखकर जोड़ा गया।[215] जो हो, जिस रूप में योग–सूत्र आज हमें मिला है, वह एक समग्र ग्रंथ प्रतीत होता है। उस पर अनेक मनीषी विद्वानों ने भाष्य, टीका, वृत्ति, वार्तिक आदि लिखकर उसकी गरिमा को बढ़ाया है।[216] योग–सूत्र में कुल मिलाकर 195 सूत्र हैं जो क्रमशः समाधि–पाद, साधना–पाद, विभूति–पाद और कैवल्य–पाद नाम से चार पादों में विभक्त है।[217]

पतंजलि ने चित्त–वृत्ति के निरोध को योग माना है। अविद्या के कारण अनात्मा में आत्मा का आरोप किया जाता है। यदि आत्मा से अनात्मा का पृथक्करण हो जाये तो अविद्याजनित समस्त भ्रम–जाल टूट जाता है तथा

दुख–समुदाय का विनाश हो जाता है। दुख–निवृत्ति ही योग का अन्तिम लक्ष्य है। इसी का अन्य नाम कैवल्य है।

कैवल्यावस्था में पहुँचने के लिए चित्त–शुद्धि अनिवार्य है। चित्त–शुद्धि की प्राप्ति के उपाय के रूप में सूत्रकार ने आठ योगांगों के अभ्यास का विधान किया है। ये आठ योगांग हैं–यम, नियम, आसन, प्राणायाम, प्रत्याहार, धारणा, ध्यान और समाधि। इनमें प्रथम पाँच बाह्य अनुष्ठान हैं और अन्तिम तीन आभ्यंतर हैं। इस योग के विवेचन में पतंजलि ने अपने पूर्वाचार्यों का अनुकरण किया है। यह स्पष्टतः विदित होता है कि सूत्रकार ने सांख्य के तत्त्व दर्शन की नींव पर योग दर्शन का महल खड़ा किया है।

पतंजलि ने अंतिम पाद में पाँच प्रकार की सिद्धियों की चर्चा की है। शास्त्रकार पतंजलि ने उक्त सिद्धियों का विवरण देने के साथ–ही–साथ साधक को चेतावनी दी है कि जो इनमें उलझकर वास्तविक लक्ष्य से भटक जाता है वह लक्ष्य–भ्रष्ट अवश्य ही नष्ट हो जाता है। इस तरह देखा जाता है कि योग–दर्शन का लक्ष्य केवल–भाव में अवस्थित होना है। प्रणव जप के प्रसंग में सूत्रकार ने 'प्रणवः ईश्वर वाचकः' कहकर ईश्वर की जो कल्पना की है वह केवल साधना में सफलता पाने की ओर लक्ष्य करके की गयी है। इस ईश्वर शब्द के प्रयोग को देखकर कुछ विद्वान लोग समझते हैं कि पातंजल दर्शन ईश्वरवादी आस्तिक दर्शन है किन्तु यह विचार भ्रामक है। कारण यह है कि योग–सूत्र का ईश्वर परमात्मा नहीं, न वह विश्व का शासक है न नियामक। वह विश्व के असंख्य पुरुषों में एक विशिष्ट पुरुष है जिसे क्लेश, अविद्या, अहंकार, ईर्ष्या, द्वेष, मोह आदि अवगुण स्पर्श नहीं कर पाते। कर्म और उसका फल उस पुरुष को छू नहीं सकते। वह पुराण–पुरुष काल से बाधित नहीं। योग–दर्शन के ईश्वर में जीव न अनन्यता का अनुभव कर सकता है, न ऐक्य पा सकता है। इसलिए सांख्य–दर्शन की भाँति योग–दर्शन भी निरीश्वरवादी है। यह सांख्य के मुकाबले में ईश्वरवादी इसीलिए कहलाता है कि उसमें जिस ईश्वर का उल्लेख है वह साधक के हृदय में प्राणस्वरूप में विद्यमान है और उसके सतत जप एवं ध्यान करने से साधक को अपने अंतरतम में उतरने में सहायता मिलती है। इस तरह साधक को आत्म–ज्ञान उपलब्ध होता है।

पतंजलि के ग्रंथ में नाड़ी–शोधन, योग–मुद्रा, कुंडलिनी–शक्ति का जागरण, शिव–शक्ति का सामरस्य आदि का कहीं उल्लेख तक नहीं। इस दृष्टि से पातंजल –योग नाथ–योग से भिन्न है। केवल अष्टांग योग का विवेचन दोनों में समान है।

भारत में तांत्रिक मत का उदय कब हुआ, इसके बारे में विश्वसनीय प्रमाण के अभाव में कुछ निश्चित रूप से कह सकना कठिन है। पर, इतना तो अवश्य माना जा सकता है कि तांत्रिक साधना काफी पुरानी है। वैदिक युग में जादू–टोना मिश्रित आचार–विचारों का प्रभाव देश के नाना भागों में विशेषकर आर्येतर जन समूह में अधिक मात्रा में था। उस युग में ऐसे असंख्य रहस्य साधना–प्रधान सम्प्रदाय थे जिनमें विविध आर्येतर देव–देवियों की पूजा और उपासना विकसित हो चुकी थी। उनमें गहन तत्त्व–चिन्तन नगण्य था किन्तु बाह्याचार की प्रधानता थी। यह कहना अनुचित न होगा कि उस समय का समाज विशेष अनुष्ठानपरक था।

विद्वानों की मान्यता यह है कि ऋग्वेद का रात्रि–सूक्त देवी की तांत्रिक उपासना की ओर संकेत करता है। ऋग्वेद में उन चमत्कारों का भी समुचित वर्णन पाया जाता है जिसका अत्यधिक प्रभाव तांत्रिक युग के जन–जीवन पर पड़ा हुआ दीखता है, यद्यपि इन्हें आसुरी माया कहकर इस प्रवृत्ति के प्रति घृणा प्रकट की गयी थी।[219]

वैदिक यज्ञशालाओं की रचना में ब्रह्माण्ड का स्थल रूप ही कल्पित किया गया था। वेदी के नाना भागों में अन्यान्य संरक्षक देवों का आह्वान होता था। उसी से परवर्तीकाल में विकसित अण्ड–पिण्ड की भावना का आरम्भ माना जाता है। पुरुष–सूक्त इसका सबल प्रमाण है। उसमें कहा गया है कि इस पुरुष के मन से चन्द्र उत्पन्न हुआ, नयनों से सूर्य प्रकट हुआ, मुख से इन्द्र तथा अग्नि, तथा प्राण से वायु की उत्पत्ति हुई। उसकी नाभि से अंतरिक्ष निकला, पादों से पृथ्वी और कानों से दिशाएँ निकलीं।[220] इस प्रकार, समस्त लोकों के आविर्भाव का मूल कारण वह पुरुष ही था। वैदिक साहित्य में अन्य स्थलों में भी इस तरह के विचारों की अभिव्यक्ति देखी जा सकती है। बाह्य यज्ञ–यागादि से धीरे–धीरे एक और नया विधान जिसे मानस–पूजन कहते हैं, विकसित हुआ।

ऐसा लगता है कि उस समय के जन–समाज में यह विश्वास दृढ़ था कि यज्ञ–यागादियों के अतिरिक्त अन्य उपाय भी हैं जिनसे मनोवांछित देवता प्रत्यक्ष किया जा सकता है। अण्ड ही नहीं पिण्ड में भी देवताओं का आह्वान, पूजन आदि सम्पन्न हो सकता है। इस प्रकार के विचारों का फल यह निकला कि बाह्य याग–यज्ञ अंतर्पूजा के रूप में बदलने लगा। इस परिवर्तन क्रम की मध्य–स्थिति को शतपथ ब्राह्मण इन शब्दों में व्यक्त करता है–'यह कहना चाहिए कि यह देवयाजी है और यह आत्मयाजी है। आत्मयाजी वह है जो जानता है कि मैं देवता को यह वस्तु अर्पण करता हूँ।'[221]

अण्ड–पिण्ड की एकता की सूचना वैदिक साहित्य में अन्यत्र भी मिलती है।[222] काम–तत्त्व, प्राण सिद्धान्त, मिथुन भावना, शब्द–साधन, आदि का विवेचन भी उक्त साहित्य में यत्र–तत्र मिलता है। यह आश्चर्य की बात नहीं, क्योंकि जैसे पहले भी बताया जा चुका है, वैदिक भाव–धारा में योग और तंत्र का समावेश हो चुका था।

यद्यपि वेदों में इन्द्र, वरुण, अग्नि, सोम, सूर्य आदि भिन्न–भिन्न देवताओं की स्तुतियाँ पायी जाती हैं तो भी इस बहुदेववाद के पीछे एक ही परम सत्ता का भान ऋषियों को था। इसे 'एकं सत् विप्रा बहुधा वदन्ति' घोषित कर सूचित किया था। बाद को ये देव समूह तीन प्रधान देव–शिव, विष्णु और ब्रह्मा में समीकृत हुए। अभिधान चाहे जो हो यह 'एक' ही सबमें निहित सत्ता बना। अतः मंत्रों के रहस्यों को जानने वाला मंत्र–वेत्ता इस सत्ता या शक्ति को जानता था। यही शक्ति अण्ड–पिण्ड सर्वत्र व्याप्त है। उसी के भय से वायु चलता है; उसी के भय से सूर्य का उदय–अस्त होता रहता है; उसी के भय से इन्द्र और अग्नि अपने–अपने कर्म में रत रहते हैं; और उसी के भय से यम सब का नियमन करता है।

इस प्रकार की उपासना पद्धति का विकास गुरु–शिष्य परम्परा में पल्लवित हुआ। इस पद्धति का विवरणात्मक साहित्य तंत्र नाम से प्रख्यात हुआ। जिससे ज्ञान का विस्तार होता है वह तंत्र है, इस तरह इस तंत्र शब्द का व्युत्पत्तिमूलक अर्थ निकाला गया। तंत्र के अन्य अभिधान आगम और संहिता हैं। इस तंत्र सम्प्रदाय के उन्नायकों ने अपनी साधना के तत्त्वों के निरूपण के लिए वैदिक वाङ्मय को अपूर्ण मानकर अपनी ओर से आत्मानुभूति के आधार पर नये शास्त्र–ग्रंथों का निर्माण किया और उन्हें आगम संज्ञा दी। प्रायः सभी आगम शिव–पार्वती या पार्वती–शिव संवाद के रूप में रचे गये हैं। यद्यपि तंत्र, आगम और संहिता पर्यायवाची शब्द हैं तो भी व्यवहार के क्षेत्र में बहुधा शैव तंत्र आगम कहलाते हैं; वैष्णव तंत्र संहिता कहलाते हैं और शाक्त तंत्र 'तंत्र' माने जाते हैं। इन शब्दों के प्रयोग में एकरूपता भी नहीं, क्योंकि शिव संहिता, वैष्णव आगम आदि शब्दों का प्रयोग भी देखा जाता है।

आगम साहित्य की रचना स्वतंत्र रूप में हुई परन्तु कालांतर में उन्हें वेदों से संबंधित करने का प्रयास भी अवश्य हुआ। यद्यपि गौतम ऋषि ने घोषित किया है कि 'वेदो हि धर्ममूलम्' अर्थात् वेद ही धर्म का मूल उत्स है, तो भी हारीत मुनि ने कहा है कि 'श्रुति प्रमाणको धर्मः। श्रुतिश्च दुविधा। वैदिक तांत्रिकी च' अर्थात् वेद ही धर्म के लिए प्रमाणभूत हैं; वेद भी दो प्रकार के हैं–एक वैदिक, दूसरा तांत्रिक। इसका कारण है कि परमेश्वर ने ही इन दोनों को प्रकट किया। तांत्रिक

युग में तंत्र–शास्त्र के आचार्यों ने अपौरुषेय वेदों को परमेश्वर द्वारा अभिव्यक्त माना और तदनुसार प्रचार भी किया। तमिलनाडु के प्रसिद्ध शैवाचार्य हरदत्त शिवाचार्य ने बताया है कि 'वेदाः प्रमाणमिति संङ्गिरमाण एव दिव्यं तवागममुपैति जनः प्रमाणम्।' सूर्य भट्ट ने भी यह कहकर कि 'नहि वेदागमयोत्यन्त विरोधः, पर कर्तृकत्वाविशेषात्' उपर्युक्त विचार को पुष्ट किया है। अप्पैय दीक्षित का मत है कि वेदार्थ सार–संग्रहात्मकानां क्वचिदपि दोष–शंका–कलुषरहितानां शैवागमानामेव। तमिलनाडु के नाथ–सिद्ध तिरुमूलर ने कहा है कि वेद सामान्य और आगम विशेष ज्ञान के मूल हैं।[223] आचार्य यामुन ने आगम–प्रामाण्य नामक अपनी विशिष्ट रचना में यह सिद्ध करने का प्रयत्न किया है कि आगम वेद विरुद्ध नहीं, वेदानुसारी हैं। द्विज होने के नाते ब्राह्मण, क्षत्रिय और वैश्यों का ही वेदों पर अधिकार है, परन्तु आगम सबके लिए हैं।

माना जाता है कि प्रमुख शैव आगमों की संख्या बानवे है। वैष्णव संहिताओं की एक सौ आठ और शाक्त तंत्रों की सत्तर। परन्तु आजकल की खोजों से पता चलता है कि इनकी संख्या इनसे बहुत अधिक है। इनके अतिरिक्त विभिन्न व्याख्या ग्रंथों में कई ऐसे आगमों से उद्धरण दिये गये हैं जिनका सही पता नहीं मिलता। प्रत्येक आगम चार पादों में विभक्त है जो विवेक अथवा ज्ञान–पाद, योग–पाद, क्रिया–पाद और चर्या–पाद कहलाते हैं। आगमों में कहा गया है कि परमात्म–ज्ञान ही ज्ञान है, उसी से मुक्ति मिलती है।[224] चंचल चित्त को स्थिर करके उसे ईश्वर से बाँधे रखना ही योग है।[225] देवालय के लिए उपयुक्त भूमि का चुनाव, उसका शोधन और शुद्धीकरण, देवप्रतिमाओं का निर्माण, मूर्ति की प्रतिष्ठा आदि क्रिया है।[226] नित्य–पूजा, पर्वोत्सव आदि के लिए उचित सामग्रियों को जुटाना, देवालय को साफ–सुथरा रखना, पुष्प–वन से पुष्पों का चयन करना, माला गूँथना आदि आवश्यक कर्म चर्या कहलाता है।[227] आगम साहित्य में दीक्षा प्रदान करने वाले गुरु का स्थान और महत्त्व सर्वोपरि माना गया है। यहाँ तक कि गुरु और ईश्वर में भेद नहीं। ईश्वर साधक की परिपक्व अवस्था को जानकर गुरु रूप में आते हैं और साधक का पथ–प्रदर्शन करते हैं। आगम शास्त्र के योग प्रकरण में अष्टांग योग मोक्ष के साधन के रूप में स्वीकृत हुआ है। कुण्डलिनी जागरण के उपायों का विवरण तंत्र साहित्य की देन है। गुरु–शिष्य–वाद, कुण्डलिनी–जागरण, शिव–शक्ति सामरस्य सिद्धांत आदि की विस्तारपूर्वक चर्चा इस वाङ्मय की विशेषता है।

भारत में वैष्णव–सम्प्रदाय के विकास में पाँचरात्र तथा वैखानस संहिताओं का योगदान बहुत ही महत्त्वपूर्ण है। पंचरात्र मत से संबंधित संहिताओं की कुल

संख्या लगभग 208 है। उनमें से अधिकतर रचनाएँ गोरक्षनाथ के परवर्तीकालीन हैं। किन्तु अहिर्बुध्न्य, ईश्वर, पौष्कर, जयाख्या, पद्म, हयशिरस् परम जैसी संहिताएँ गोरक्षनाथ के युग के पूर्व की हैं अतः प्राचीन हैं।

परम संहिता के दसवें अध्याय में अष्टांग योग का विवरण मिलता है। इसके अनुसार योग दो प्रकार का होता है। एक ज्ञान–योग है और दूसरा कर्म–योग। ज्ञान–योग प्रकरण में प्राणायाम, समाधि आदि योगांगों का विवेचन किया गया है। ब्रह्म ध्यान में लीन योगी अपने को निश्चित रूप से सांसारिक बंधनों से छुड़ाकर मुक्त बन जाता है। अतः उक्त संहिता के अनुसार योग बंधन–मुक्ति एवं ब्रह्म–प्राप्ति का सर्वोत्तम उपाय है।[228] विहगेन्द्र संहिता के बारहवें अध्याय में प्राणायाम के महत्त्व और उपादेयता का विशद वर्णन किया गया है। इसी तरह विष्णु संहिता के तेरहवें अध्याय में यम–नियम को छोड़कर योग के अन्य छः अंगों का विवरण मिलता है। संहिताकार के विचार में योग के षडंगों के अभ्यास से साधक भगवद्भक्ति का पात्र बनता है। अतः इसे भगवद्–योग की संज्ञा दी गयी है। इन सबसे प्रतीत होता है कि वैष्णव मत के विकास के प्रारम्भिक काल में मंत्र, तंत्र के साथ षडंग अथवा अष्टांग योग परम–पुरुष नारायण की प्राप्ति का सबल साधन माना जाता था। जयाख्या संहिता योगी के लिए चार प्रकार के आसनों का विधान करती है जो पर्यंक, कमल, भद्र और स्वस्तिक नाम से जाने जाते हैं। इन योगासनों का विवरण भी वहाँ मिलता है। इसके अनुसार प्राणायाम, प्रत्याहार, ध्यान एवं धारणा का प्रमुख प्रयोजन मन की एकाग्रता है। जयाख्या बताती है कि योग के तीन भेद हैं जो क्रमशः प्राकृत, पौरुष तथा ऐश्वर्य कहलाते हैं। इन तीन शब्दों का सही अर्थ ज्ञात नहीं होता।[229] एक और प्रकार के योग का उल्लेख भी इस ग्रंथ में मिलता है जिसके तीन भेद हैं; वे हैं–सकल, निष्कल और विष्णु। सकल अथवा सविग्रह योग में योगी परमात्मा की किसी कल्पित मूर्ति पर अपने ध्यान को केन्द्रित करता है। निष्कल योग में योगी परब्रह्म का ध्यान करता है। ऐसा करते–करते अन्त में वह आत्म–स्वरूप से भली–भाँति अवगत हो जाता है। इस तरह सकल–निष्कल योग द्वारा योगी ब्रह्मरंध्र में स्थित होकर अपने स्थूल शरीर को तज कर परम–तत्त्व वासुदेव में लीन हो जाता है। यहाँ ध्यान देने की बात है कि जयाख्या सशरीर जीवन–मुक्तावस्था को असंभव बताता है। अहिर्बुध्न्य में विभिन्न नाड़ी संस्थान, कुण्डलिनी जागरण, यम–नियमादि योग के आठ अंग, नादानुसंधान आदि का विस्तार से विवरण दिया गया है। इनसे स्पष्ट विदित होता है कि परम–तत्त्व वासुदेव में

विलय पाने के लिए पाँचरात्र संहिताओं ने योगाभ्यास को एक अनिवार्य साधन के रूप में स्वीकार किया था।

वैखानस मत के उपलब्ध शास्त्र–ग्रंथों में मरीचि प्रोक्त विमानार्चना कल्प महत्त्वपूर्ण है। उसके 96 से 100वें पटल तक के अध्यायों में भगवद्प्राप्ति के मुख्य उपाय के रूप में यम नियमादि आठ योगांगों की व्याख्या की गयी है। योग शब्द के अर्थ को स्पष्ट करते हुए मरीचि का कथन है–

'जीवात्म परमात्मनो योगोयोग इत्यामनन्ति।'

अर्थात् जीवात्मा और परमात्मा का योग ही योग कहा जाता है। यह ग्रंथ योग के आठ अंगों का परिचय यों देता हैः 'यम नियमऽऽसन प्राणायाम प्रत्याहार ध्यान धारण समाधय इति योगांगानि।' मरीचि के अनुसार यम दस प्रकार के हैं; वे हैं–अहिंसा, सत्य, अचौर्य गृहस्थ का स्वदार–निरति एवं अन्यों से मैथुन–त्याग, दया, आर्जव, क्षांति, धैर्य, मिताशन और शौच। तप, संतोष, आस्तिक्स, दान, विष्णु–पूजा, वेदार्थ श्रवण, कुत्सित–कर्म करने में लज्जा का अनुभव, गुरु के उपदेश में श्रद्धा, मंत्राभ्यास, होम–ये ही दस नियम हैं। इस प्रकार के यम–नियम के पालनकर्ता ही योग का अधिकारी है। इस रचना में नौ प्रकार के आसनों का वर्णन है। उन नौ आसनों के नाम हैं–ब्राह्म, स्वस्तिक, पद्म, गोमुख, सिंह, मुक्त, वीर, भद्र और मयूर। इनमें प्रथम तीन उत्तम, मध्य तीन मध्यम और अन्तिम तीन अधम बताये गये हैं। व्याहृतियुक्त गायत्री मंत्र के उच्चारण के साथ प्राणायाम करने का आदेश ऋषि देते हैं। साधक इस प्रकार के प्राणायाम द्वारा हृदय–कमल के ऊर्ध्व–मुख को विकसित करके परमात्मा नारायण के दर्शन करता है। विमानार्चा के अनुसार प्रत्याहार के पाँच भेद हैं। वह यह भी बताता है कि अठारह मर्म–स्थान हैं। प्रत्येक स्थान में प्रत्याहार करने की रीति तथा फल का भी वर्णन किया गया है।

तदनन्तर धारणा के आठ भेदों का विवरण देकर मरीचि उपदेश देते हैं कि परमात्मा नारायण की ध्यानपूर्वक धारणा करनी चाहिए। फिर ध्यान का परिचय देते हुए ग्रंथकार कहते हैं कि जीवात्मा द्वारा परमात्मा का सतत चिंतन ही ध्यान है। ध्यान के सकल, निष्कल नामक दो भेद हैं। सकल के भी सगुण, निर्गुण नाम से दो भेद होते हैं। इसमें ध्यान के प्रकार, रीति एवं फल का वर्णन है।

मरीचि के मत में जीवात्मा–परमात्मा की समावस्था समाधि है। आदित्य के दर्शन से जिस तरह अनुष्णोपल उष्णत्व का आश्रय पाता है उसी तरह प्रत्यगात्मा या जीवात्मा परमात्मा के दर्शन से नित्यशुद्धत्व एवं परमानन्दत्व को पाकर परमात्मा नारायण का सदा काल अनुभव करता है। अष्टांग योग के निरंतर

अभ्यास से साधक अणिमादि ऐश्वर्यों को प्राप्त करता है और जीवन–मुक्त भी बनता है। साधक जीवन के अन्तिम समय में सब द्वारों का संयमन करके प्राण को अपान में संयोजित कर उसका शोधन करता है, फिर धीरे–धीरे प्राण के साथ सबको आत्मा में विलीन कर लेता है। तब वह परमात्मा के साथ वैकुण्ठ में वास करता है। इतने से स्पष्ट है कि वैखानस मत के अनुयायी अष्टांग योग को परमात्म प्राप्ति का प्रबलतम साधन मानते थे।

विद्वानों की सम्मति है कि तांत्रिक साहित्य का निर्माण ई.सन् 400 के आसपास हुआ। भट्टाचार्य का विचार है कि तीसरी शती में गुह्य समाज तंत्र की रचना पूरी हो चुकी थी।[230] पर यह निर्विवाद नहीं। डॉ. हाजरा के मत में आचार्य शंकर के समय के पूर्व संकलित या सम्पादित आगमों का पता नहीं चलता।[231] नेपाल से प्राप्त तंत्र साहित्य ई.सन् 700 से 900 के बीच निर्मित हुआ। महाभारत में पुराण और इतिहास का बार–बार उल्लेख आता है, पर तंत्रों का कहीं जिक्र नहीं। चीनी यात्रियों के यात्रा विवरण में तंत्रों का नामोल्लेख नहीं। यह डॉ. हाजरा के मत को पुष्ट करता है।

कुल मिलाकर यह कहा जा सकता है कि तंत्रों में वर्णित कुत्सित आचार–विचार न उस समय के लोक–धर्म से गृहीत हैं न लोक प्रचलित आर्य या आर्येतर विश्वासों या परम्पराओं को प्रतिबिम्बित करते हैं। परन्तु वे साम्प्रदायिक आचार्यों के चिंतन की उपज हैं जिनमें योग के सैद्धान्तिक और व्यावहारिक पक्षों, शिवाद्वैत या शक्ति अद्वैत के दार्शनिक विचारों एवं तंत्रवाद और प्रतीकवादों का मिश्रण है।[232]

ई.सन् 200 के पूर्व के धर्म सम्प्रदायों को वैदिक, अर्ध–वैदिक, अवैदिक और वेद–विरोधी–इन चार वर्गों में विभाजित किया जा सकता है। जैन, बौद्ध, आजीवक और उन जैसे अनेक सम्प्रदाय वेद–विरोधी माने जाते हैं। तंत्रवादी शक्ति मत तथा कुछ शैव सम्प्रदाय अवैदिक घोषित किये गये हैं। वेदों की निन्दा करते हुए कुछ तंत्र कहते हैं कि वेद, शास्त्र और पुराण गणिका के समान सबके भोग्य हैं किन्तु शैवागम कुलवधू के समान हैं।[233] कुलार्णव का कथन है कि वेद और पुराणों का प्रचार हो सकता है, पर शैव और शाक्त आगम रहस्यमय हैं। अदीक्षित को चाहे वह विष्णु या ब्रह्मा ही क्यों न हो उन्हें नहीं देना चाहिए।[234] भागवत् सम्प्रदाय, विष्णु सम्प्रदाय, वैदिक शैव आदि प्रधानतः आगमानुसारी होते हुए भी वेदों की प्रामाणिकता स्वीकार करते हैं, इसलिए अर्ध–वैदिक कहलाते हैं। इन चारों के अलावा एक और धर्म–मत उस समय विकसित हो रहा था जिसे पौराणिक मत कहा जा सकता है। इसी मत में पुराणों का निर्माण हुआ।

पुराण उन संग्रह–ग्रंथों को कहते हैं जिनमें सर्ग, प्रतिसर्ग, वंश, मन्वन्तर, वंशानुचरित–इन पाँच विषयों का समावेश रहता है। पुराणों में भाषा–शैली की दृष्टि से सामंजस्य होने पर भी वर्ण्य विषय की विशेषता के कारण वैषम्य भी है। इन्हीं विशेषताओं के कारण पुराण, उपपुराण और महापुराण संज्ञाओं से वे तीन प्रकार से विभाजित हैं।[235]

पुराणों का रचना काल ई.सन् 200 से ई. सन् 1300 तक का समय माना जाता है। यद्यपि पुराणों का योग–मत से कोई सीधा संबंध नहीं, तो भी शैव, शाक्त और वैष्णव सम्प्रदायों से संबंधित होने से उनमें योग का विवरण दिया गया है। प्रायः उनमें तीन प्रकार के योग का वर्णन मिलता है। वे हैं क्रिया–योग, भक्ति–योग और अष्टांग–योग।

वायु (ई.सन् 200–500), विष्णु (ई.सन् 200–300), मार्कण्डेय (ई.सन् 200–500), अग्नि (ई.सन् 900), शिव (ई.सन् 800–1100), स्कन्द (ई.सन् 1050–1400) आदि में उपर्युक्त योग प्रणालियों का वर्णन किया गया है। वायु पुराण के सात अध्यायों में शैव पाशुपत योग का सम्यक निरूपण–जिसमें प्राणायाम, ध्यान, प्रत्याहार, धारणा और स्मरण सम्मिलित हैं–किया गया है। प्राणायाम में प्राण का निरोध होता है; जिसके तीन भेद हैं–उत्तम, मध्यम और मन्द। मन्द प्राणायाम द्वादश मात्रात्मक होता है और उत्तम तिरसठ मात्रात्मक होता है। स्वेद कम्प और विषाद जिससे उत्पन्न हो, वह उत्तम प्राणायाम माना जाता है। कालान्तर में योगी के प्राण उसके वश में आ जाते हैं। प्राणायाम से शरीर और मन के दोष मिट जाते हैं। इसी तरह धारणा से पाप का, प्रत्याहार से विषय समूह का और ध्यान से अनीश्वर गुणों का समूल विनाश हो जाता है। इससे साधक योगी विशुद्धात्मा होकर ब्रह्म–साक्षात्कार कर लेता है।[236]

इस पुराण में आसनों का भी विवरण मिलता है। कहा गया है कि योगी स्वस्तिक, पद्म, अर्ध–समजानु, एक जानु, उत्तान, सुस्थित–इनमें से किसी एक को चुनकर उसे दृढ़ करे।[237] यद्यपि इस पुराण में यम–नियम का अलग से उल्लेख नहीं हुआ है तो भी 'शैवाचार लक्षण निरूपण' में सत्य भाषण, अहिंसा व्रत पालन, दान, दया, आर्जव आदि के जिक्र से यम–नियम का प्रतिपादन हो जाता है। वायु पुराण के अनुसार योग का चरम लक्ष्य उस चेतनात्मक, नित्य, निर्गुण, अलक्ष्य परम पुर के सगुण, स्वर्ण–वर्ण, सर्व–व्यापी शुची और अचल प्रकाशमान वस्तु के दर्शन करना है जिससे योगी नित्य–ब्रह्म में लीन हो जाता है।[238]

वायु पुराण में विवेचित पाशुपत योग में यद्यपि पाँच ही धर्म स्वीकृत हैं

तो भी योग के आठों अंगों की व्याख्या उसमें आ जाती है। अतः यह कहा जा सकता है कि नाथ–पंथियों द्वारा स्वीकृत योग–मार्ग का प्रकृत स्वरूप वायु पुराण के रचना–काल में प्रचलित था ऐसा ज्ञात होता है। संभवतः बौद्ध परम्परा ने उसी को अपना कर फिर उसको भ्रष्ट कर दिया था जिसका परिष्कृत रूप पुनः नाथ–पन्थ में देखने को मिला।[239] मार्कण्डेय तथा अन्य शैव पुराणों में इसी प्रकार के अष्टांग योग का विवरण थोड़ा बहुत परिवर्तन के साथ प्रस्तुत किया गया है।

विष्णु पुराण के पाँचवें और अन्तिम दो अध्यायों में बताया गया है कि जन्म–मरण के चक्र से छूटने के इच्छुकों को भगवान् के स्वरूप से परिचित होना नितांत आवश्यक है। जिस ज्ञान से परमात्मा के दर्शन होते हैं वही सच्चा ज्ञान है, शेष सब अज्ञान ही है। ज्ञानोपलब्धि का प्रधान साधन योग है। अतः यह पुराण पाठकों को अष्टांग योग से परिचय कराते हुए उसके अभ्यास पर बल देता है। पद्म पुराण के उत्तर खण्ड में वर्णित क्रिया–योग–सार अष्टांग योग से भिन्न है। इसके अनुसार विष्णु ही आराध्य हैं अतः उनकी सेवा, ध्यान आदि से नहीं परन्तु तीर्थाटन, पूजा–उत्सव आदि धार्मिक क्रियाओं में सक्रिय भाग लेकर करनी चाहिए। इस तरह के स्थूल बाह्यानुष्ठान भी योग माना जाता था।

महापुराणों में शिव पुराण अत्यंत महत्त्वपूर्ण है। इसका रचना काल नवीं–दसवीं सदी माना जाता है।[240] इस पुराण के रुद्र संहिता नामक खण्ड में भक्ति योग के प्रसंग में कहा गया है कि प्रणवजप, ध्यान, पूजा आदि शिव भक्ति योग के मुख्य लक्षण हैं। इसके अभ्यास से साधक–भक्त की अविद्या का नाश होता है। फिर वह अहंकार के मिट जाने के कारण शुद्धात्मा बन जाता है। उसे परमशिव का अनुग्रह प्राप्त होता है जिससे वह स्वस्वरूप का बोध पाकर शिव बनता है। जिस तरह कोई व्यक्ति दर्पण में अपने को प्रतिबिम्बित पाता है उसी तरह निर्मल मन मुकुर में शिव दर्शित होते हैं। इसमें विवेचित शिवत्व की प्राप्ति में ध्यान को छोड़कर योग के शेष अंगों का वर्णन नहीं मिलता।

इसी पुराण के वायवीय संहिता के शैव–धर्म प्रकरण में ज्ञान, क्रिया, चर्या और योग का परिचय दिया गया है। उससे अष्टांग योग का विवरण मिलता है। संहिता के अनुसार योग के पाँच भेद हैं। वे हैं–मंत्र, स्पर्श, भाव, अभाव और महायोग। प्रणव, अजपा मंत्र आदि के सतत जप द्वारा मन को स्थिर करने की क्रिया मंत्र–योग कहलाता है। प्राणायाम के साथ किया जाने वाला मंत्र जप स्पर्श–योग कहा जाता है। इसमें जब इतनी प्रगति हो जाती है कि

किसी भी तरह के जप की आवश्यकता नहीं रह जाती तब वह भाव–योग नाम पाता है। भाव–योग में आगे बढ़ते हुए जब सांसारिक ज्ञान अशेष हो जाता है तब अभाव–योग सिद्ध होता है। इस स्थिति में पहुँच कर संगविहीन योगी सब तरह के बंधनों से मुक्त हो स्वयं को शिव रूप जानता है। महायोग में योगी को इन्द्रियजन्य अनुभव नहीं होता। वह गुणातीत शिवमय हो जाता है। वायवीय संहिता में वर्णित योग में नाथ योग के बहुत से तथ्य उपलब्ध हैं।

भारत के अवैदिक एवं नास्तिक धर्म–सम्प्रदायों में भगवान् बुद्ध द्वारा ई.पू. छठीं शती में संगठित धर्म या धम्म का आदरणीय स्थान है। बहुतों की राय है कि धम्म का उदय आर्यों के यज्ञ तथा वर्णाश्रम के विरोध में हुआ। उल्लेख्य है कि वैदिक काल में ऐसे बहुत से स्वतंत्र चिंतक थे जो वेदों, वर्णों तथा आश्रम को मानते नहीं थे। वे तरह–तरह के तर्कप्रधान सिद्धांतों का आविष्कार कर उनकी व्याख्या भी करते थे और इस तरह अपने–अपने मत अथवा दृष्टि का लोगों के बीच प्रचार करते हुए घूमते–फिरते थे। उन घुमक्कड़ों में गृहस्थ और परिव्राजक दोनों वर्गों के जन थे। वे स्वतंत्र भी थे और किसी–न–किसी संघ से संबद्ध भी थे। व्याकरणकार पाणिनि ने अपने समय के दो प्रकार के भिक्षु वर्ग का नामोल्लेख किया है जो कामदि और पाराशरीपाः कहलाते थे। श्रमण मत के साहित्य में 363 तरह के साधु–सम्प्रदाय की गणना की गयी है। उनमें वैनायकवादी, अशनिकवादी, अक्रियावादी, क्रियावादी आदि सम्मिलित थे। उनके अलावा आजीवक, निगंठ, मुंडसावक, मगंडिक, तेडंडिक, अविरुद्धक, गोतमक वगैरह भी थे। संयुत्त निकाय के अनुसार बुद्ध के समकालीन आचार्यों में पूरन कस्सप, मक्खलि गोसली, अजित केश कंवली, पकुद्ध कच्चायन, निगंठनाथपुत्त, संजय बेलट्ठिपुत्त आदि मत प्रवर्तक बहुत ही प्रसिद्ध थे। वे सब विभिन्न मतवादों के संस्थापक थे।[241] उन्हीं की तरह सिद्धार्थ ने वैराग्य के उदय हो जाने पर मानव–जीवन के रहस्यों को जानने की इच्छा से तरह–तरह के साधन किये और अंत में आत्म–बोध पाकर बुद्ध बने।

सिद्धार्थ ने बोध पाकर अपने अनुभावों को तत्कालीन जन–समाज के सम्मुख रखा। उन्होंने जिस धम्म को मानव कल्याण के लिए उपयुक्त समझा उसका उन्होंने जनता में प्रचार किया। बुद्ध का धम्म उस समय के प्रचलित चिंतन–धारा के एक सबल पक्ष का प्रतिपादन है जिसमें भोग और विराग के अतिवाद का निराकरण एवं मध्यम मार्ग के अनुसरण का उपदेश था।

बौद्ध साहित्य के अध्ययन से विदित होता है कि बुद्ध के युग में योग–साधना का प्राबल्य था। इतिहास साक्षी है कि सिद्धार्थ गृह–त्याग के बाद बारह वर्ष

गया के आसपास के वन और पर्वतीय प्रदेशों में आस्फानक समाधि का अभ्यास करते हुए शरीर को इस तरह कसते हुए चले कि उनका आहार घटते–घटते चावल के एक दाने पर पहुँच गया। तब उन्हें सत्य का बोध हुआ। उन्हें तो आत्म–निरीक्षण एवं तपश्चर्या से ही सिद्धि प्राप्ति हुई और इसी का उन्होंने उपदेश दिया।[242] पर उनकी की गयी साधना का स्वरूप क्या था, इसे जानना कठिन है। बुद्ध ने ध्यान–योग को अपनाया और उसे अपने शिष्य महाकस्सप को दिया। महाकस्सप की शिष्य परम्परा में आने वाले अट्ठाइसवें योगी बोधिधर्म ने इस ध्यान–योग को चीन तक पहुँचाया जहाँ वह शान नाम से प्रसिद्ध हुआ और वहाँ से जापान गया जहाँ वह योग प्रक्रिया जेन नाम से विख्यात हुआ। आज जेन मत का बोलबाला संसार के अनेकानेक देशों में देखा जाता है।

भगवान् बुद्ध से उपदेश प्राप्त करके अनेक जिज्ञासु और श्रद्धालु अनुयायियों ने सिद्धियाँ पायीं जिनके कारण उन्हें बड़ी ख्याति मिली। उनके बाद तो बौद्ध धर्म ने योग के तथ्यों को ग्रहण कर लिया था, उनका जैसा प्रचार ई.सन् तीसरी शती से होने लगा वैसा उसके पहले नहीं हुआ।[243] उनमें एक ऐसा दल निकला जो छिपे–छिपे राजयोग और हठयोग दोनों तरह के योग की गुप्त साधना किया करता था। उन साधनाओं में जो अनुभव एवं सिद्धियाँ मिलीं उनके आधार पर शास्त्र ग्रंथ रचे जाने लगे। इन्हीं की मूल भित्ति पर आगे चलकर बौद्ध तंत्रों का निर्माण हुआ और तंत्रों से सहायता पाकर बौद्ध योग–शास्त्र सर्वांगपूर्ण बन गया।[244]

बौद्ध तांत्रिक योग का पहली बार दिग्दर्शन गुह्य–समाज–तंत्र में होता है। इसके अठारहवें अध्याय में योग–साधनाओं का उद्देश्य एवं प्रयोजनों का विशद परिचय मिलता है। इसमें सिद्धि लाभ के लिए प्रत्याहार, ध्यान, प्राणायाम, धारणा, अनुस्मृति, और समाधि वगैरह योग के छः अंगों के नियमित अभ्यास का आदेश है।

बौद्ध धर्म के वज्रयान ने देवताओं के साक्षात्कार के लिए धारणियों की परिकल्पना की। जब ऐसी धारणियों के द्वारा देवता का साक्षात्कार नहीं हो पाता तभी साधक हठयोग का आश्रय लेता था। धारणी मंत्र–योग का ही दूसरा नाम है। बौद्ध वज्रयानी का विश्वास था कि मंत्र–योग एवं हठयोग से राजयोग सिद्ध होता है और राजयोग से साधक को बोधिसत्व का पद प्राप्त होता है। हिन्दू तंत्रों में जिस शिव–शक्ति सामरस्य का भाव अंगीकृत था उसे बौद्ध तांत्रिकों ने भिन्न नाम से स्वीकार किया और बताया कि बोधिचित्त और शून्य के मिलन से महासुख मिलता है। यही महासुख बौद्ध तांत्रिकों का युगनद्ध है। वज्रयान से मंत्र–यान,

सहज–यान, काल–चक्र–यान आदि अनेक यान उत्पन्न हुए और इन्हीं यानों में सैकड़ों बौद्ध तांत्रिक सिद्धाचार्य हुए जिनके द्वारा निर्मित विपुल साहित्य सिद्ध साहित्य के नाम से विख्यात हुआ है। ये बौद्ध सिद्ध नाथ–सिद्धों से भिन्न श्रेणी के हैं। इनकी साधना–प्रणाली नाथों की साधना से प्रकार और लक्ष्य की दृष्टि से अलग रही यद्यपि कुछ बातों में समानता भी दीख पड़ती है। इन समानताओं की ओर लक्ष्य करके कुछ विद्वानों ने कहा है कि बौद्ध सिद्ध–परम्परा से ही नाथ–सिद्ध–परम्परा की उत्पत्ति और विकास हुआ है। यह निर्विवाद नहीं है। अब तक इस पर गंभीर विचार नहीं हुआ है। जो हो, नाथ–योग की विशिष्टताओं को समझने के लिए बौद्ध तांत्रिक मत भूमिका प्रस्तुत कर सकता है।

बौद्ध धर्म की तरह जैन–धर्म भी अति प्राचीन है। वह प्रारम्भ से ही कठोर शुद्धाचारवादी रहा है। फिर भी उसमें अन्य मतों के प्रभाव से मंत्र साधना और योगाभ्यास द्वारा चमत्कार प्रदर्शन की प्रवृत्ति विकसित हुई।[245] फलस्वरूप मठवासियों और चैत्यवासियों का प्रादुर्भाव हुआ जो तांत्रिक योग साधना करके तत्त्व का साक्षात्कार करते थे।

जैन मत के अनुसार जिन–जिन साधनों से आत्मा की शुद्धि और मोक्ष की प्राप्ति संभव है उन सबको योग कहा जाता है।[246] परन्तु जैन आगमों में मुख्य रूप से ध्यान को ही योग माना जाता है। ध्यान के चार भेद हैं जिन्हें क्रमशः आतं, रौद्र, धमं और शुक्ल कहते हैं। उनमें शुक्ल ध्यान ही अत्यंत परिशुद्ध साधन समझा जाता है। इसके द्वारा दुख रूप काष्ठ क्षण मात्र में भस्म हो जाता है।[247]

जैन दर्शन में सम्यक् दर्शन, सम्यक् श्रुति और सम्यक् चरित्र योग सिद्धि के परम आवश्यक अंग माने जाते हैं। योगाभ्यास से आत्मा स्वभाव से परिचित होती है और इस परिचय से आत्मा शुद्ध होकर सब तरह के बंधनों से मुक्त हो जाती है। यह बंधन–मुक्ति ही मोक्ष कहलाता है।

परवर्ती जैन मत ने हठयोग और मंत्रयोग दोनों को स्वीकार किया परन्तु हठयोग को सर्वथा अनिवार्य नहीं माना। षडंग या अष्टांग योग में प्राणायाम की प्रधानता है, किन्तु जैनाचार्यों ने इसे आवश्यक नहीं समझा। जैनाचार्य हरिभद्र सूरि (वि. 757–827) अपने युग के प्रसिद्ध दार्शनिक और योगी थे। उनके ग्रंथों की सूची को देखने से पता चलता है कि उन्होंने जैनागमों की टीकाएँ लिखी हैं, उन आगमों को लेकर अनेक प्रकरण ग्रंथ लिखे हैं; कथाएँ, दार्शनिक रचनाएँ, योग–शास्त्र आदि रचे हैं। ज्योतिष और स्तुति ग्रंथ भी उनकी लेखनी से निकली हैं। संभव है कि आचार्य ने योग पर लिखने के साथ स्वयं योगाभ्यास भी किया हो उसी का परिणाम है कि उनके जीवन में कट्टर धार्मिकता का स्थान उदारता ने

लिया है।[248] उन्होंने एक स्थान पर कहा है कि ध्यान में बलात्कार से श्वासोच्छ्वास का निरोध नहीं करना चाहिए।[249] पर साथ ही आचार्य ने यह भी कहा है कि यदि किसी साधक को प्राणायाम से लाभ हो तो वह अवश्य करे, इसमें कोई निषेध नहीं, परन्तु सबके लिए प्राणायाम जरूरी नहीं।[250] जैन मत में शिव–शक्ति समरसता या युगनद्ध जैसी धारणा का सर्वथा अभाव है। उसमें प्राण के नियमन द्वारा कुण्डलिनी जागरण की संकल्पना भी नहीं। फिर भी इतना अवश्य है कि वह योग को मोक्ष प्राप्ति का प्रबल साधन के रूप में स्वीकार करता है।

पहले ही संकेत किया जा चुका है कि नाथ मत प्रधानतः शिवोपासक सम्प्रदाय है। स्वयं गोरक्षनाथ शिव के अवतार माने जाते हैं। हाँ, ओझा नाथ–सम्प्रदाय को पाशुपत मत की एक शाखा नकुलीश या लकुलीश पाशुपत मत का परवर्ती रूप मानते हैं।[251] फरकूहर का कथन है कि पाशुपतों में सर्वाधिक प्रभावशाली गोरक्षनाथ ही हैं।[252] ब्रिग्स का विचार है कि नाथ–योगी पाशुपतों की परम्परा से संबद्ध हैं।[253] इसी तरह अन्यान्य नाथ सम्प्रदाय के अध्येता विद्वानों ने नाथ सम्प्रदाय का संबंध पाशुपतों से जोड़ा है।

पाशुपत या माहेश्वर मत भारत के अति प्राचीन धर्म–सम्प्रदायों में एक है। इसी से परवर्तीकाल में लकुलीश पाशुपत, कापालिक, कालामुख या कालानन, शैव, भैरव एवं वाम–पन्थ का आविर्भाव हुआ। इसके उद्‌भव के बारे में यह अनुश्रुति है कि महेश्वर कंक नाम से पहले पहल उत्पन्न हुए और उन्होंने सनक, सनंदन, सनातन और सनत्कुमार को शिष्य के रूप में ग्रहण किया। सनत्कुमार ने बाद को जिज्ञासु नारद को ध्यान योग द्वारा भूमा की उपलब्धि का उपदेश दिया। कुछ समय के अनंतर महेश्वर ने दधिवाहन नाम से संसार में प्रकट होकर कपिल को शिष्य बनाया जो सांख्य दर्शन के आचार्य बने। फिर गुहावासिन नाम से संसार में उत्पन्न होकर वामदेव को, जिन्होंने माता के गर्भवास करते समय ही मानव शरीर के निर्माण संबंधी तत्त्वों का सम्पूर्ण ज्ञान प्राप्त कर लिया था, अपने सिद्धांतों का उपदेश दिया। इस प्रकार सत्रह बार शिव महेश्वर विभिन्न रूप धारण कर चुकने के बाद अठारहवीं बार शिखण्डिन नाम से धरती पर प्रकट हुए। ये ही श्रीकंठ नाम से विख्यात हुए। उन्होंने पाशुपत मत का संस्थापन करके शिवशासन का प्रवर्तन किया।

महाभारत, वायु पुराण, शिव पुराण, शिव–दृष्टि, पिंगला मत आदि ग्रंथों में इस बात का उल्लेख है कि श्रीकंठ ने पाशुपत मत के सिद्धांतों की व्याख्या की। डॉ. पाठक ने शिलालेखों के अध्ययन करके यह सिद्ध किया है कि श्रीकंठ ही पाशुपत मत के संस्थापक थे।[254] तंत्रालोक के अनुसार कलियुग के आरम्भ

होने पर जब शिवशासन विलुप्त हो गया तो कैलास शिखर पर भ्रमण करते हुए शिव, श्रीकंठ के रूप में भूतल में निकल आये और उन्होंने पंचश्रोत रूप शिवशासन का प्रवर्तन किया।[255] कहा जाता है कि श्रीकंठ ने दक्षिणामूर्ति के रूप में नंदिदेव को समस्त शैवागमों का उपदेश किया जिनमें दस भेदागम और अठारह भेदाभेदआगम सम्मिलित थे। अतः पाशुपताचार्य श्रीकंठ के ऐतिहासिक पुरुष होने में कोई संदेह नहीं रह जाता।

अनुश्रुति है कि आचार्य श्रीकंठ ने मांगल्य शास्त्र और श्रीकंठी नामक दो ग्रंथ रचे थे। पहले में शक्ति और शक्तिमान के परस्पर संबंध की चर्चा की गयी है, परन्तु दूसरे के प्रतिपाद्य विषय–वस्तु का ज्ञान नहीं मिलता क्योंकि अब तक यह अलभ्य है। इन दोनों ग्रंथों के आधार पर ही शिव धर्म या शिवशासन का विवेचन किया गया था। यद्यपि इस समय श्रीकंठ मत के मूल रूप को जान पाना कठिन मालूम पड़ता है तो भी इतना अवश्य कहा जा सकता है कि लकुलीश ने पूर्व पाशुपत के प्रायः मुख्य–मुख्य सिद्धांतों को आत्मसात कर लिया होगा।

पाशुपत मत की साधना में षडंग योग, भस्म–धारण, प्रणव जप आदि मुख्य अंग थे। इस शैव मत ने वैदिक वर्ण और आश्रम की व्यवस्था का तिरस्कार कर दिया था। यही नहीं, उसने व्यक्ति और व्यक्ति के बीच में किसी तरह के भेदभाव को नहीं माना। अतः भारत के आर्य, आर्येतर जन समूह ही नहीं, यवन, कुषाण, शक जैसे विदेशों से आगत जन–समुदाय को भी सहज ही पाशुपत मत में दीक्षित होने की सुविधा मिल गयी थी। भिन्न–भिन्न आचार–विचार के लोगों द्वारा अपनाये जाने के कारण इस मत में कुछ अवांछनीय अनुष्ठानों का प्रवेश हो गया। फलस्वरूप इसमें वैदिक, अवैदिक और मिश्र–ये तीन भेद उत्पन्न हो गये। आगे चलकर इसमें प्रविष्ट दूषित आचार–विचारों को हटाकर, लकुलीश या नकुलीश (ई. सन् 175) नामक शैव योगी ने एक नवीन सम्प्रदाय का संगठन किया जो उनके नाम से लकुलीश पाशुपत कहलाया। नये मत के संगठन के बाद भी मूल पाशुपत चालू था जो दर्शन की दृष्टि से द्वैतवादी था। आगे चलकर इसमें द्वैताद्वैतवादी एवं अद्वैतवादी परम्पराएँ भी विकसित हुईं। कश्मीर के प्रत्यभिज्ञा दर्शन, नाथ दर्शन और गोलकी शैव दर्शन पाशुपत मत के क्रमशः अद्वैत, द्वैताद्वैत और द्वैत परम्परा के प्रतिनिधित्व करते हैं, यह मानना अनुचित नहीं होगा।

लकुलीश पाशुपत मत के संस्थापक लकुलीश का आविर्भाव गुजरात के कायावरोहण नामक स्थान में (आज का कारवान) हुआ। उनका जीवन

दंत–कथाओं एवं अनैतिहासिक घटनाओं से भरा हुआ है। मथुरा स्तम्भ में उत्कीर्ण चन्द्रगुप्त द्वितीय के समय के अभिलेख के सम्पादक डॉ. आर. डी.भण्डारकर के विचार में लकुलीश लगभग ई.सन् 125 के आसपास उत्पन्न हुए।[256] लकुलीश के अनेक शिष्यों में कुशिक, गार्ग्य, मित्र, कौरुष्य और पतंजलि नामक पाँच व्यक्ति प्रधान थे। कहा जाता है कि ये ही पतंजलि लकुलीश मत के प्रचार के लिए जावा, बाली आदि द्वीपों में गये थे और वहीं ठहर गये। पतंजलि के बारे में यह भी कहा जाता है कि उन्होंने ही दक्षिण भारत में शैव–धर्म का प्रचार किया। चिदम्बरम के साथ पतंजलि का नाम जुड़ा हुआ है परन्तु निश्चित रूप से कुछ कहना आज की स्थिति में असंभव नहीं तो कठिन अवश्य है। अन्य चारों भारत के विभिन्न भागों में अपने मत के प्रचार के लिए गये। उनमें कौरुष या कारुक या काठक सिद्धांत के आचार्य माने जाते हैं। यही आगे चलकर कालामुख अथवा कालानन सम्प्रदाय नाम से प्रसिद्ध हुआ।[257] लकुलीश पाशुपत मत में अठारह तीर्थेश हुए। हरिभद्र सूरि ने अपने षड्दर्शन समुच्चय में उन तीर्थेशों के नाम यों गिनाये हैं : नकुलीश, कौशिक, गार्ग्य, मैत्रयः, कौरुष, ईशान, पारगर्ग्य, कपिलाण्ड, मनुष्यक, कुशिक, अत्रि, पिंगल, वृहदार्य, अगस्ति, सन्तान, राशीकर, और विद्यागुरु। भासर्वज्ञ ने (ई. सन् 975) भी गणकारिका की रत्नप्रभाटीका में उन तीर्थेशों का नाम लिया है। इससे स्पष्ट है कि लकुलीश द्वारा स्थापित नव पाशुपत मत का प्रचार उनके बाद सत्रह तीर्थेशों द्वारा सारे देश में किया गया। कम–से–कम छठीं शती से लकुलीश के आलय देश में बनने लगे थे। शैव–धर्म के प्रचार और प्रसार में इस मत का महत्त्वपूर्ण योगदान रहा है।

इस सम्प्रदाय की मुख्य रचनाओं में पशुपति रचित 'पंचार्थविद्या' एवं लकुलीश कृत 'पंचार्थ सूत्र' या 'पाशुपत सूत्र' प्रमुख माने जाते हैं। वर्तमान स्थिति में यह निर्णय करना कठिन है कि पशुपति और लकुलीश दो भिन्न व्यक्ति थे अथवा एक ही आचार्य के दो नाम थे। यदि दोनों नाम एक ही व्यक्ति के हों तो संभव है कि उन्होंने दो ग्रंथ रचे हों। यह भी असंभव नहीं दीखता कि एक ही पोथी के दो अभिधान हो गये हों। सत्य चाहे जो हो, पाशुपत सूत्र नाम से जिस ग्रंथ का प्रकाशन हुआ है वह सम्प्रदाय का अत्यंत प्रामाणिक शास्त्र ग्रंथ है। इस पर राशीकरा कौण्डिन्य ने (ई. सन् 400–475) भाष्य लिखा है जिसका नाम 'पंचार्थ सूत्र भाष्य' है। ये कौण्डिन्य गोत्रोत्पन्न तीर्थेश थे। पाशुपत सूत्र में 168 सूत्र हैं। यह रचना विषय की दृष्टि से पाँच अध्यायों में विभाजित है जो क्रमशः कार्य, कारण, विधि, योग और दुःखान्त

कहलाते हैं। उक्त विभाजन का आधार सद्योजात, वामदेव, अघोर तत्पुरुष और ईशान मंत्र मालूम पड़ते हैं।[258]

पाशुपत सूत्र के रचे जाने का उद्देश्य साधक को रुद्र सायुज्य का मार्ग बताना है। सूत्र की यह विशेषता है कि इसमें कहीं न कैलास, वैकुण्ठ आदि का वर्णन है, न कर्मवाद की व्याख्या। इसमें कहा गया है कि शिव सायुज्य की इच्छा करने वालों को विस्तृत विधि–विधानों का पालन करना अनिवार्य नहीं। पुनर्जन्म है या नहीं, परमात्मा सगुण है या निर्गुण इत्यादि सैद्धांतिक बातों के उलझन में फँसने की भी आवश्यकता नहीं। साधक को सदा प्रणव जप या पंचाक्षर मंत्र का जप करना पर्याप्त है, इसी से शिव सायुज्य की प्राप्ति सुलभ हो जाती है।[259]

लकुलीश पाशुपत मत का आचार पक्ष अत्यंत सादा और सरल था। इसमें वर्ण और आश्रम के नियमों के पालन पर जोर दिया जाता था। इसमें योगी बनने का अधिकार केवल पाशुपत ब्राह्मणों को ही था। ऐसे योगी को निम्न जाति वालों और स्त्रियों का स्पर्श नहीं करना चाहिए। यदि ज्ञात या अज्ञात रूप से कभी छू गये तो प्राणायाम करके रुद्र गायत्री का या रुद्र के अघोर रूप का सूचक बहुरूपी मंत्र का जप करना अनिवार्य था।

रुद्र सायुज्य की प्राप्ति के लिए पाशुपत सूत्र योगाभ्यास का विधान करता है।[260] आगे कहा गया है कि परमशिव का ध्यान हृदयाकाश में करना चाहिए।[261] जब साधक यम नियम के अभ्यास में स्थिरता प्राप्त कर लेता है तथा दूसरों की निन्दा एवं प्रशंसा को समभाव से स्वीकार कर लेता है तो वह साधना–मार्ग में जमा हुआ माना जाता है। ऐसे साधक के लिए दिन में तीन बार भस्म–स्नान करना, गुहा, श्मशान, मठ आदि स्थानों में एकांतवास करना, इन्द्रिय–निग्रह करना, भिक्षा से जीविका चलाना अनिवार्य धर्म है। उस एक वस्त्रधारी योगी को न पर–निन्दा करनी चाहिए न आत्म–स्तुति। सूत्र में एक स्थान पर कहा गया है कि योगी को लिंगधारी होना चाहिए। लिंगधारी शब्द का अर्थ समझाते हुए भाष्यकार ने लिखा है कि योगी को दण्ड, कमण्डल आदि विशिष्ट चिह्नयुक्त होना चाहिए, पर यह संतोषजनक नहीं लगता। संभवतः पाशुपत योगी अपने सिर या कंधे पर शिवलिंग का वहन करते थे। इस संदर्भ में यह स्मरण करने योग्य है कि पूर्व युग के शैव मतानुयायी भारशिव अपने कंधों पर एक छोटा सा शिवलिंग रखा करते थे और ई. सन् 11–12वीं शती में कर्नाटक प्रदेश में वीरशैव कहलाने वाले लोगों ने कंठ में लिंग को धारण करने की प्रथा शुरू की थी।[262]

पाशुपत सूत्र विभिन्न नामधारी रुद्र के साथ अविच्छिन्न रूप से संपृक्त रहने को योग बताता है।[263] इसके लिए मन को अन्यान्य वस्तुओं के मोह से अलग कर महेश्वर में ही स्थिर रखना आवश्यक है।[264] संसार के प्रति निर्लिप्त भाव तभी उत्पन्न होगा जब मन, बुद्धि और अहंकार पर अंकुश रखा जाए। मन को अकुशल कार्यों में संचरण करने से रोक कर कुशल कृत्यों में नियोजित करना नितांत आवश्यक है। शिव स्मरण में लीन मन पुण्य और पाप में नहीं लगता। वे भाव वैसे ही छूट जाते हैं जैसे केंचुली सर्प से छूटती है या पका फल वृक्ष से गिर जाता है। शिव से युक्त आत्मा केवलिन नहीं बनता, परन्तु दुख से मुक्त हो शिवानन्द में लीन हो जाता है।

कौण्डिन्य के अनुसार पाशुपत योगी का साधनामय जीवन चार विशिष्ट चरणों में विभक्त रहता है। सबसे पहले वह योगी नियमित अभ्यासों द्वारा अपनी इन्द्रियों पर अधिकार कर लेता है। फिर वह धीरे–धीरे बाह्याडम्बरों को तज देता है और ऐसा जीवन व्यतीत करता है कि समाज की निन्दा–स्तुति के प्रति उदासीन होकर अन्तर्मुखी हो जाता है। वह जन–कोलाहल से दूर मठ, गुहा, श्मशान इत्यादि स्थानों में आश्रय लेता है जहाँ उसका ध्यान आदि यौगिक क्रियाएँ निर्विघ्न एवं निर्बाध रूप से चल सके। इस मठ में योग का उपदेश किसी योग्य तथा अनुभवी गुरु से प्राप्त करना चाहिए। गुरु–शिष्य–वाद, मंत्र–जप, षडंग योग आदि इस सम्प्रदाय के साधना–पक्ष के मुख्य अंग थे और इसके उत्तराधिकारी होने से नाथ–सम्प्रदाय इसका बहुत अंशों में ऋणी है।

छः शैव सम्प्रदायों में कालामुख शैव भी एक है। इसके अन्य नाम कालदमन, असितवक्त्र, कालानन, काठक सिद्धांत आदि हैं। इसके संस्थापक कौरुषेय थे जो लकुलीश के प्रमुख शिष्यों में थे। आचार्य रामानुज तथा केशव कश्मीरी ने काठक सिद्धांती को कालानन कहा है। कालामुख लाकुलागम के अनुयायी थे।[265]

इस मत का प्रचार और प्रसार नर्मदा के दक्षिण में करहाड से लेकर मदुरै तक था और वह लगभग चौदहवीं शताब्दी तक अत्यंत प्रभावशाली था। चालुक्य वंश के शासकों ने इस मत के प्रसार में खूब सहयोग दिया था। उनके शासनकाल में राज्य के विभिन्न भागों में कालामुख आचार्यों के अनेक मठ बने थे। इन मठों में ठहरने वाले आचार्य पुरुषों ने साधारण जनता के लिए अनेक शिवालयों का निर्माण कराया और उनमें पूजा उत्सव आदि के लिए उचित और आवश्यक प्रबंध भी किये थे। ऐसे आचार्य चालुक्य तथा अन्य राजवंशों के धर्मगुरु और राजगुरु रहे। षड्दर्शन समुच्चय के लेखक हरिभद्र

सूरि, भामतिकार वाचस्पति मिश्र, यशस्तिलक चंपु के रचयिता सोमदेव सूरि जैसे विद्वानों ने अपने ग्रंथों में इस सम्प्रदाय पर प्रकाश डाला है। आचार्य यामुन तथा आचार्य रामानुज दोनों वैष्णव आचार्य पुरुषों ने आगम प्रामाण्य तथा श्रीभाष्य में कालामुखों को कापालिकों के समकक्ष मानकर उनके आचारों की निन्दा की है, परन्तु उनका मत सही नहीं लगता। आचार्य सायण और माधव के गुरुओं में एक क्रियाशक्ति पण्डित थे जो कालामुख मत के आचार्य थे। शिलालेखों से विदित होता है कि प्रायः सभी कालामुख आचार्य वेद, वेदांग, धर्म–शास्त्र, गुह्य सूत्र, तर्क, न्याय, संगीत आदि के मर्मज्ञ तथा निष्णात पंडित थे और शुद्ध आचार–विचार वाले थे। धार्मिक साहित्य के अलावा तमिल और कर्नाटक प्रदेश के सैकड़ों शिलालेखों से कालामुखों के बारे में प्रामाणिक विवरण मिलते हैं किन्तु उत्तर भारत से प्राप्त शिलालेखों में इस सम्प्रदाय का उल्लेख नहीं।[266]

गोरक्षनाथ इस शैव मत से परिचित थे, यह बात उनकी बानी से मालूम होती है।[267] कालामुख मठाधीश योग–विद्या में भी बड़े निपुण थे और शिलालेखों से ज्ञात होता है कि वे अष्टांग योग के अभ्यासी थे। कपटराल कृष्णराव का विचार है कि जब कालामुखों का प्रभाव घटने लगा तब उनमें अधिकांश नाथ सम्प्रदाय में आये, कुछ लोगों ने स्मार्त आचार–विचारों को अपनाया और शेष जन वीर शैव बने। इन्हीं कारणों से चौदहवीं शती के बाद इनका अलग अस्तित्व नहीं रहा।

गोरक्षनाथ ने कापालिकों का वर्णन सिद्धसिद्धान्तपद्धति में किया है।[268] कापालिकों का शिवशासन और सोमसिद्धान्त से निकटतम संबंध रहा है। ये शिव के कपाली रूप के उपासक थे। अतः उनकी साधना में उग्रता का आना स्वाभाविक था। परवर्तीकाल के अघोरी जो नाथपन्थी माने जाते हैं, कापालिकों के ही वंशज हैं। कापालिकों का प्रथम बार उल्लेख मैत्री उपनिषद् में पाया जाता है।[269] शिव महापुराण के वायवीय संहिता, तांत्रिक साहित्य, महेन्द्रवर्मन प्रथम कृत मत्तविलास प्रहसन, भवभूति विरचित मालती–माधव, राजशेखर की कर्पूर–मंजरी, कृष्णमिश्र का प्रबोध–चन्द्रोदय आदि में कापालिकों का यथेष्ट वर्णन मिलता है। लोरेत्पन लिखित अंग्रेजी पुस्तक 'दि कापालिकास् एण्ड दि कालामुखास्' में दोनों शैव मतों का विस्तृत विवरण मिलता है। आचार्य रामानुज ने अपने श्रीभाष्य में कापालिकों के कुत्सित आचार–विचारों की कड़ी निन्दा की है। कापालिक वस्तुतः श्रीकंठ द्वारा प्रवर्तित शिवशासन के अनुयायी थे परन्तु तांत्रिक आचार–विचारों के प्रभाव से पथभ्रष्ट हो गये थे। प्रबोध–चन्द्रोदय के

अनुसार कापालिक मत परमेश्वर सिद्धांत कहलाता था जो शिवशासन से भिन्न नहीं था।[270] चालुक्यों के शिवशासनों में वर्णित महाव्रती कापालिक ही थे।[271] वे महाभैरव के उपासक थे। तमिलनाडु में प्राप्त शिलालेख छः शैव सम्प्रदायों के नाम बताते हैं और उनके अनुसार महाव्रती कापालिक से अलग एक स्वतंत्र शैव सम्प्रदाय था।

कापालिक मत में योग का विशेष स्थान था। उनकी साधना में शिवशक्ति समरसता पर जोर दिया जाता था। नाड़ी–शोधन, कुण्डलिनी जागरण, वायु–निरोध आदि इस मत में स्वीकृत तथ्य थे। हठयोग में सम्मिलित वज्रोली, सहजोली आदि का विकास इस मत में ही हुआ। पर्यंक योग इस मत का एक विशेष योग–प्रणाली है। जालंधरपाद और कृष्णपाद का परिचय देते हुए डॉ. हजारी प्रसाद द्विवेदी ने इस सम्प्रदाय के साधना और दर्शन पक्ष पर काफी प्रकाश डाला है जो मननीय है।[272]

कौल मत कश्मीर शिवाद्वैत मत की एक प्रमुख धारा विशेष है। आगमों में इसका उल्लेख कौल तथा कुल दोनों नामों से मिलता है तथा इसके सिद्धांत को सर्वोत्कृष्ट कहा गया है।[273] यह सिद्धांत काफी प्राचीन बताया जाता है। इसकी प्राचीनता का पता इस बात से लगता है कि मत्स्येन्द्रनाथ द्वारा विरचित कहे जाने वाले कौलज्ञान–निर्णय में ऐसे अनेक प्रमाण हैं जिनसे विदित होता है कि यह कौल ज्ञान एक कान से दूसरे कान तक चलता हुआ दीर्घकाल और परम्परा–क्रम से चला आ रहा था। मत्स्येन्द्र द्वारा अवतरित योगिनी कौल मत एवं वसुगुप्त तथा उनके शिष्य कल्लट द्वारा अवतरित कश्मीर शैव मत जिसे प्रत्यभिज्ञा तथा त्रिक–दर्शन भी कहा जाता है–कौल मत रूपांतर मात्र हैं। दोनों मत वाले सिद्धांत तथा साधना के विवेचन में मूल कौल–मत की बहुत सी बातों का उपयोग करते हैं।

शिलालेखों के अध्ययन से ज्ञात होता है कि पाशुपत मत के कुल सम्प्रदाय के आचार्य विश्वरूप के शिष्य अल्लट ने जिसका दूसरा नाम भावरक्त था, कौल सम्प्रदाय के उन्नायकों में एक थे।[274] इससे जाना जा सकता है कि लाकुलागम तथा तांत्रिक शक्तिवाद के सम्मिश्रण से इस मत का उदय हुआ। अतः कौल–सम्प्रदाय का उदयकाल छठीं शताब्दी के बाद और आठवीं शती के पूर्व मानना अनुचित न होगा।

कौल–मत का प्रचार और प्रसार उत्तर में कश्मीर से लेकर दक्षिण में तमिलनाडु तथा पश्चिम में सिंध और पंजाब से लेकर असम तक हुआ था। दसवीं शती के कर्नाटक के जैन कवि सोमदेव सूरि और कन्नड़ के प्रमुख कवि

ब्रह्मशिव (ई. सन् 12वीं शती) दोनों ने अपनी–अपनी रचना यशस्तिलक चंपु तथा समयपरीक्षे में कौलों का आँखों देखा वर्णन किया है।

इस मत के सिद्धांतों का विवेचन विविध कौलागमों, कौलोपनिषदों, कौल–ज्ञान–निर्णय आदि ग्रंथों में किया गया है। परात्रिंशिका इस मत के प्राचीनतम साहित्य में एक माना जाता है, और इस पर प्रत्यभिज्ञा के संस्थापक सोमानन्द का भाष्य मिलता है। कुल या कौल शास्त्र का विवेचन परात्रिंशिका का मुख्य विषय है। इसको कुल इसलिए कहते हैं कि यह कुल ही परमतत्त्व है और यही कुल विश्व के पूर्व की स्थिति है।[275] कुल की शक्ति को 'कुल प्रसारशायिनी कौलिको शक्तिः' कहा गया है।[276] इसलिए कुल और अकुल को मिलाकर समरसता की स्थिति पर लाना ही कौल साधना का लक्ष्य है और कुल और अकुल की सामरस्य का ज्ञान ही कौल ज्ञान है।[277]

कौल मत की साधना में कुण्डलिनी उद्बोधन का बड़ा महत्त्व है। जीवात्मा परमशिव से चैतन्य और कुण्डलिनी से शक्ति प्राप्त करता है, इसीलिए कुण्डलिनी जीव–शक्ति है। उचित साधना द्वारा प्रसुप्ता कुण्डलिनी को जगाकर, मेरुदण्ड की मध्यस्थिता नाड़ी सुषुम्ना के मार्ग से सहस्रार में स्थित परमशिव तक उत्थापन करना ही कौल साधक का कर्तव्य है। वहीं शिव–शक्ति का मिलन होता है। शिव–शक्ति का यह सामरस्य ही परम आनन्द है। जिस क्षण इस अवर्णनीय आनन्द की अवस्था में साधक पहुँच पाता है उस क्षण से फिर उसे कुछ भी करना नहीं रहता।

ऊपर की बातों से स्पष्ट है कि कौल–मत में नाथ–योग का एक प्रमुख अंग कुण्डलिनी जागरण का समुचित विकास हो गया था। इसके अतिरिक्त कौल–मत में मानव–देह के भीतर स्थित अन्यान्य चक्रों का विवरण भी दिया गया है यद्यपि उनके तथा गोरक्षनाथ के दिये गये विवरणों में थोड़ा सा अन्तर है, परन्तु दोनों के अन्तिम लक्ष्य में कोई भेद नहीं।

प्रत्यभिज्ञा, शैवागमों के आधार पर निर्मित अद्वयवादी दर्शन है जिसका विकास कश्मीर में हुआ और इसके उपलब्ध साहित्य के महान रचयिता अधिकतर कश्मीर के ही निवासी थे। अतः कश्मीर के बाहर देश विशेष के नाम पर इसे कश्मीर शैव मत तथा दर्शन नाम से अभिहित किया गया है।[278] प्रत्यभिज्ञा सिद्धांत के आधार पर विकसित होने के कारण इसे प्रत्यभिज्ञा दर्शन भी कहा जाता है। सिद्ध, नामक, तथा मालिनी इन तीनों तंत्रों को सर्वाधिक प्रधानता देने के कारण यह त्रिकमत नाम से भी प्रसिद्ध बना।

वास्तव में इसका मूल उद्‌गम स्थान कश्मीर नहीं, कश्मीर के बाहर था

जो बहुत करके गंगा, यमुना तथा ताप्ती–नर्मदा के मध्यवर्ती प्रदेश में कहीं था। आचार्य अभिनवगुप्त के तंत्रालोक से मालूम होता है कि कश्मीर के नृपति ललितादित्य (ई. सन् 735–761) आचार्य अभिनवगुप्त के पूर्व–पुरुष अत्रिगुप्त की विद्वत्ता से अत्यधिक प्रभावित होकर उन्हें अपने राज्य कश्मीर में ले आये थे।[279] अत्रिगुप्त की ही तरह आचार्य सोमानन्द के पूर्व–पुरुष संगमादित्य जो अन्तर्वेदी या मध्यदेश के निवासी पंडित थे, घूमते–घामते ईस्वी सातवीं शती के अंतिम चरण में कश्मीर में आ पहुँचे।[280] एक समय गंगा, यमुना एवं ताप्ती–नर्मदा के मध्यवर्ती प्रदेश अनेक प्रकार के शैव–मतों का जन्म–स्थान रहा। राजा अवन्ती वर्मन (ई. सन् 825) के, जिसकी राजधानी मत्तमयूर नामक नगर था, दीक्षा–गुरु पुरंधर थे, जो उपेन्द्रपुरी के सम्मान्य निवासी थे। उन्होंने शैव–मत की एक शाखा मत्तमयूरी शैव मत का संस्थापन नवीं शती में किया था, जो देश के नाना भागों में पहुँचा और उसके आचार्य मठ बनवाकर उक्त मत का प्रचार करने में लगे। युवराजदेव द्वितीय (ई. सन् 980–990) के बिलहरी शिलालेख में जिन शैवाचार्यों का वंशवृक्ष दिया गया है उससे ज्ञात होता है कि चेदिराज राजा लक्ष्मण (ई. 950) के गुरु हृदय शिव के पूर्व पाँचवीं पीढ़ी में रुद्रशंभु नामक सिद्ध–पुरुष हुए थे। रुद्रशंभु का समय लगभग ई. 825 बताया गया है। कहने का तात्पर्य यह है कि आठवीं–नवीं शताब्दी में कई शैव मतों का जन्म–स्थान इस प्रदेश में था। अतः प्रत्यभिज्ञा के पूर्वाचार्य इसी भूभाग से कश्मीर में आये, यह कहना अनुचित नहीं होगा। एक तरह से, कौल मत का रूपांतर ही प्रत्यभिज्ञा है, क्योंकि पूर्व मत के अनेक तथ्य दूसरे में पहचाने जा सकते हैं।

गोरक्षनाथ कृत सिद्धसिद्धांतपद्धति में ललित, स्वच्छन्द, प्रत्यभिज्ञा, वामकेश्वर तंत्र, तत्त्वसार आदि कश्मीर शैव तंत्रों से उद्धरण प्रस्तुत किये गये हैं। अतः यह स्पष्ट है कि नाथ–मत और प्रत्यभिज्ञा में निकट का संबंध है। अभिनवगुप्त ने तंत्रालोक में मच्छघ्न विभु का अभिवादन किया है। इससे सहज ही बोध होता है कि दोनों मतों में कितना घनिष्ठ संबंध रहा।

प्रत्यभिज्ञा में शिवाद्वय का सांगोपांग विवेचन है। उसके अनुसार कुण्डलिनी उद्बोधन द्वारा मानव शरीर के भीतर स्थित शिव और शक्ति के बीच सामरस्य स्थापित करना ही साधक का चरम लक्ष्य है और उसके द्वारा एकात्मकता की अनुभूति प्राप्त करनी चाहिए। अनुभूति की यही अवस्था जीवन–मुक्ति है। इस पर प्रकाश डालते हुए प्रत्यभिज्ञा हृदयम् में कहा गया है कि विश्व को आत्मसात करने वाले समावेश स्वरूप चिदानन्द की प्राप्ति हो जाने पर व्युत्थान दशा में देह, प्राण, नील तथा सुख आदि के विभागतः भास्यमान रहते हुए भी

समावेशजन्य संस्कार की शक्ति द्वारा, यौगिक क्रियाओं के क्रमिक अभ्यास के द्वारा चित् और आत्मा के तादात्म्य की जो दृढ़ प्रतिपत्ति (ज्ञान) अर्थात् चित् के एकत्व की अभिव्यक्ति है, वही है जीवन–मुक्ति–जीवित रहते, प्राणों के धारण करते हुए भी, मुक्ति; क्योंकि (जीव) अपने स्वरूप के प्रत्यभिज्ञान से सारा बंधनजाल तोड़ डालता है।[281]

यह चिदानन्द मध्य के विकसित होने पर होता है। यहाँ मध्य या मध्यनाड़ी से तात्पर्य संवित् है। नाथ योगी की मध्यनाड़ी सुषुम्ना और कश्मीर शैव मत के मध्यनाड़ी के वस्तु निरूपण में अन्तर है। सबसे महत्त्वपूर्ण अन्तर सुषुम्ना के संबंध में है जो केवल नाड़ी विशेष मात्र नहीं है जिससे श्वासक्रिया आदि का ही संबंध हो, वरन् इसके विपरीत वह संवित् अथवा चिति–शक्ति की निवास–भूमि है। यह लक्ष्य का मार्ग नहीं अपितु स्वयं लक्ष्य है।[282]

मध्य–स्वरूपा संवित् के विकास के लिए अन्य उपायों के रूप में प्राणायाम तथा मुद्रा–बन्ध आदि भी स्वीकार किये गये हैं। इसमें ध्यान एवं समाधि का भी विवेचन अपने ढंग से किया गया है। उदाहरण के लिए ध्यान के पर्याय के रूप में निभालन शब्द का प्रयोग हुआ है जैसे कि विज्ञान भैरव में कहा गया है–'निभालनं चित्त निवेशने परिशीलनम्।'[283] समाधि को समझाते हुए कहा गया है कि मध्य विकास से चिदानन्द की प्राप्ति होती है और वही परमयोगियों की समाधि है जिसको समापत्ति आदि भी कह सकते हैं।[284] यद्यपि प्रत्यभिज्ञा मत में योग के बारे में भिन्न शब्दावली का प्रयोग किया गया है तो भी उसका वही लक्ष्य है जो नाथ–योग का है।

सिद्धांत शैव के प्रवर्तक दारुवन के निवासी गुहावासी थे। स्कंद एवं लिंग पुराण के अनुसार भगवान् शंकर दारुवन में गुहावासी के रूप में प्रकट हुए थे। लिंग तथा कूर्म पुराण में बताया गया है कि शंकर के अट्ठाईस अवतारों में गुहावासी भी एक थे। शिलालेखों से भी मालूम होता है कि शैव सिद्धांत के संस्थापक गुहावासी थे।[285] लकुलीश पाशुपत मत के स्थापक लकुलीश के समान ये भी परम पूजनीय थे। इनका समय आठवीं शती कहा जाता है।

गुहावासी की परम्परा में तीन मुख्य शाखाओं का उदय हुआ था जो क्रमशः आमर्द्दक, मत्तमयूरी और मधुमतेय शैव मत नाम से विख्यात हुए। ये द्वैतवादी मत देश के नाना भागों में फैले, उन्हें अनेक राजाओं का आश्रय प्राप्त था। उन्होंने अपने वास के लिए मठ बनवा लिए थे जहाँ वैदिक तथा लौकिक साहित्य के अध्ययन–अध्यापन की अच्छी व्यवस्था थी।

इस मत विशेष के आचार्य महान पण्डित, गुणवान, सदाचारी, तथा पहुँचे

हुए योगी थे। इन आचार्यों ने आगमों पर भाष्य के अतिरिक्त अनेक प्रकरण ग्रंथ भी रचे थे जिनमें अपने सिद्धांत के धार्मिक तथा आध्यात्मिक पक्षों पर प्रकाश डाला। शैव आगमों के चार पाद होते हैं जो चर्या, क्रिया, योग तथा विद्या या ज्ञान पाद कहलाते हैं। योग–पाद में अष्टांग योग का विवेचन है। शिव ज्ञान की प्राप्ति के उपाय के रूप में योग का महत्त्वपूर्ण स्थान है। आचार्यगण योगाभ्यास द्वारा चित्त को निर्मल करके आत्म–ज्योति स्वरूप शिव के चरण दर्शन किया करते थे।

प्रागैतिहासिक काल से गोरक्षनाथ के युग तक के योग–धारा के विकास के इस सर्वेक्षण से जो निष्कर्ष निकलते हैं उन्हें यों सूचित कर सकते हैं–

1. योग–साधना अत्यंत प्राचीन है। उसने विभिन्न धार्मिक सम्प्रदायों के साधना–पक्ष को प्रभावित किया है। उसके अनेकानेक रूप वैदिक तथा परवर्ती धार्मिक साहित्य में दिखाई पड़ते हैं।
2. योग–शास्त्र का इतना गौरव बढ़ा था कि षड्दर्शन में वह सांख्य के साथ गिना जाने लगा और पूर्वकालीन योगाचार्यों के विचारों का मंथन करके महर्षि पतंजलि ने योग–सूत्र का प्रणयन किया। योग–सूत्र इस क्षेत्र का महत्त्वपूर्ण ग्रंथ है।
3. आगम और तंत्र साहित्य में साधना के रूप में योग स्वीकृत हुआ। यही नहीं, अण्ड–पिण्डवाद, कुण्डलिनीवाद आदि के विवेचन कर उसने योग के विषय की सीमाओं को विस्तार प्रदान किया।
4. ई. सन् तीसरी शती के बाद बौद्ध और जैन धर्मों में भी योग के अंगों का समावेश प्रचुर मात्रा में हुआ। उन्होंने अपने ढंग से योग की व्याख्या की, परन्तु मूल तत्त्व वही रहा। बौद्ध और तंत्रवाद के प्रभाव से योग के क्षेत्र में कुछ निंद्य आचार–विचार प्रवेश कर गये और योग को खण्डन का पात्र बनना पड़ा।
5. योग की भारतीय ज्ञान–परम्परा को आधार बनाकर महायोगी मत्स्येन्द्रनाथ एवं उनके शिष्य महायोगी गोरखनाथ ने क्रियात्मक योग की प्रतिस्थापना की। जन सामान्य तक योग को पहुँचाने में नाथपन्थ की भूमिका महत्त्वपूर्ण है।

सन्दर्भ

1. के.आर. नजुंडन, महायोगी गोरखनाथ, पृ. 1
2. हजारी प्रसाद द्विवेदी, नाथ सम्प्रदाय, पृ. 1

3. सिद्धनाथ संहिता विवेक सागर, भाग–1, पृ. 11
4. दिवाकर पाण्डेय, गोरखनाथ एवं उनकी परम्परा का साहित्य, पृ. 1
5. हठ रत्नावली, पृ. 2
6. के.आर. नजुंडन, महायोगी गोरखनाथ, पृ. 2
7. चौरासी सिद्धों का वृत्तान्त, पृ. 125
8. नाकारो नादिरूपं थकारः स्थाप्यते सदा।
   भुवनत्रयमेवैकं श्री गोरक्ष नमोस्तुते।।
   –गोरखबानी, भूमिका, पृ. 18;
   हजारी प्रसाद द्विवेदी, नाथ सम्प्रदाय, पृ. 3
9. श्रीमोक्षदानदक्षत्वात नाथ ब्रह्मानुबोधनात्
   स्थगिताज्ञानविभावत् श्रीनाथ इति गीयते।
   द्रष्टव्य–हजारी प्रसाद द्विवेदी, नाथ सम्प्रदाय, पृ. 3
10. कल्याणी मलिक, नाथ सम्प्रदायेतर इतिहास, दर्शन और साधना प्रणाली, कलकत्ता विश्वविद्यालय, 1950, पृ. 17
11. वही
12. हजारी प्रसाद द्विवेदी, नाथ सिद्धों की बानियाँ, काशी नागरी प्रचारिणी सभा, 2014, पृ. 36
13. कमला भण्डारी, मध्यकालीन हिन्दी कविता पर शैवमत का प्रभाव, पृ. 21
14. यदुवंशी, शैवमत, पृ. 153
15. योगवाणी, वर्ष 2, अप्रैल 1977, अंक–4, पृ. 20
16. यदुवंशी, शैवमत, पृ. 154
17. जर्नल ऑफ दी रायल एशियाटिक सोसाइटी (बाम्बे ब्रांच) ऑन एकालिंगिस्टन 20, पृ. 151–श्यामसुन्दर शुक्ल, हिन्दी काव्य की निर्गुण धारा में भक्ति, पृ. 90
18. गोरखनाथ और उनका युग, पृ. 3
19. धर्मवीर भारती, सिद्ध साहित्य, पृ. 124–25
20. मैत्रेय उपनिषद्, 7/8
21. श्यामसुन्दर शुक्ल, हिन्दी काव्य की निर्गुण धारा में भक्ति, पृ. 91
22. हजारी प्रसाद द्विवेदी, नाथ सम्प्रदाय, अध्याय–7
23. मालती माधवम् (उपोद्धान्त), पृ. 6
24. मालती माधवम्, पृ. 31–32
25. मालती माधवम् अंक–5, श्लोक 5, पृ. 205–06
26. शंकर विजय, अध्याय 4
27. जसहरचरित, पृ. 6–13

28. कर्पूर मंजरी–1/22–24
29. प्रबन्ध चन्द्रोदय, अंक–2
30. मस्तिष्ककान्चवसाभिपूरितमहामांसाहुतीर्जुह्वतां
    वह्नौ ब्रह्मकपालकल्पितसुरापाने न नः पारणा।
    सद्यः कत्तकठोरकण्ठविगलत्कीलालधारोज्व
    लैरर्च्यो नः पुरुषोपहार बलिभिर्देवो महाभैरवः।।13।।

    (प्रबोध चन्द्रोदय, पृ. 112)
31. उपरिवत्, अंक–3, पृ. 115
32. उपरिवत्, अंक–3, श्लोक–16, पृ. 116–117
33. उपरिवत्, अंक–3, पृ. 123–129
34. प्रबोध चन्द्रोदय, पृ. 121
35. उपरिवत्, पृ. 118–120
36. रांगेय राघव, गोरखनाथ और उनका युग, पृ. 63
37. हजारी प्रसाद द्विवेदी, नाथ सम्प्रदाय, पृ. 84
38. रामचरितमानस, बालकाण्ड, अष्टक–1
39. सत्य हरिशचंद्र नाटक, अंक–4
40. गोपीनाथ कविराज, भारतीय संस्कृति और साधना, भाग–1, पृ. 151
41. सम्पूर्णानन्द, योग–दर्शन, पृ. 18
42. उपरिवत्, पृ. 18
43. रांगेय राघव, गोरखनाथ और उनका युग, पृ. 66
44. विश्वम्भरनाथ उपाध्याय, मध्यकालीन हिन्दी काव्य की तांत्रिक पृष्ठभूमि, पृ. 198
45. वही, सर जौन उडराफ, पृ. 1
46. अयं तु परमः कौल मार्गः सम्यङ् महेश्वरि
    असिधाराव्रतसमो, मनोनिग्रहहेतुकः।
    स्थिरचित्तस्य सुलभः, सफलस्तूर्णसिद्धिदः। (परशुराम तंत्र)
47. बेनीकान्त ककाती, गौहाटी, 1948, पृ. 40
48. जे.एन. फर्कुहर, दी रिलिजस गेस्ट ऑव इण्डिया, पृ. 167
49. सर जे. उदराफ, शक्ति एण्ड शाक्त, पृ. 105
50. सिद्धसिद्धान्तपद्धति, पृ. 247
51. बुद्ध प्रकाश, भारतीय धर्म एवं संस्कृति, पृ. 76
52. भागवतपुराण, 2, 4, 18
53. द्रष्टव्य–घोसुण्डी और नानाघाट के शिलालेख
54. बुद्ध प्रकाश, भारतीय धर्म एवं संस्कृति, पृ. 78

55. प्रबोध चन्द्रोदय, अंक–5 और 6
56. गोरक्षसिद्धान्त संग्रह, पृ. 47, 48
57. हजारी प्रसाद द्विवेदी, मध्यकालीन धर्म साधना, पृ. 37
58. लक्ष्मी तंत्र, 6/9–14 तथा डी.ओटो. स्क्रेडर द्वारा लिखित 'इन्ट्रोडक्शन टू पांचरात्र'
59. एफ.ओ. स्क्रेडर की पुस्तक 'इन्ट्रोडक्शन टू पांचरात्र', पृ. 5, 6–12 में इसकी एक सूची तैयार की है। म.म. गोपीनाथ कविराज ने भी अपनी पुस्तक 'भारतीय साधना की धारा', पृ. 194–98 पर प्रकाश डाला है।
60. विश्वम्भरनाथ उपाध्याय, मध्यकालीन हिन्दी काव्य की तांत्रिक पृष्ठभूमि, पृ. 331–33
61. प्रबोध चन्द्रोदय, पृ. 101
62. गोरखबानी, पृ. 53, 3, 5, 11, 12, 61, 138
63. विनय मोहन शर्मा, हिन्दी को मराठी सन्तों की देन, पृ. 60
64. प्रबोध चन्द्रोदय, पृ. 105–06
65. गोरखनाथ एण्ड दी कनफटा योगीज, पृ. 13
66. नागेन्द्रनाथ उपाध्याय, तांत्रिक बौद्ध साधना और साहित्य, पृ. 110
67. रामचन्द्र शुक्ल, हिन्दी साहित्य का इतिहास, पृ. 16
68. हरप्रसाद शास्त्री (सम्पादक), बौद्ध गान ओ दोहा (भूमिका), पृ. 12; परशुराम चतुर्वेदी, बौद्ध साहित्य की सांस्कृतिक झलक, पृ. 142
69. सहज–साधना–निवेदन, पृ. 1
70. हजारी प्रसाद द्विवेदी, नाथ सम्प्रदाय, अध्याय–6
71. प्रबोध चन्द्र बागची, कौल–ज्ञान–निर्णय (भूमिका)
72. गोपीनाथ कविराज, तंत्र और आगम शास्त्रों का दिग्दर्शन, पृ. 44
73. गोपीनाथ कविराज, तंत्र और आगम शास्त्रों का दिग्दर्शन, पृ. 45–46
74. विष्णुदत्त शर्मा, राकेश, उत्तर भारत के निर्गुण पन्थ साहित्य का इतिहास, पृ. 45–46
75. श्यामसुन्दर शुक्ल, कुलार्णव तंत्र (कलकत्ता)–हिन्दी काव्य की निर्गुण धारा में भक्ति, पृ. 105
76. श्यामसुन्दर शुक्ल, श्यामारहस्य तंत्र : हिन्दी काव्य की निर्गुण धारा में भक्ति, पृ. 105
77. कर्पूरमंजरी, पृ. 58
78. उपरिवत्, पृ. 59
79. उपरिवत्, पृ. 60
80. उपरिवत्, पृ. 172

81. उपरिवत्, पृ. 173
82. उपरिवत्, पृ. 175
83. उपरिवत्, पृ. 177
84. उपरिवत्, पृ. 179
85. कोमल सिंह सोलंकी, नाथपन्थ और निर्गुण सन्त–काव्य, पृ. 82
86. रसेश्वर दर्शन, सर्वदर्शन संग्रह, पृ. 178
87. उपरिवत्, पृ. 179
88. मोती सिंह, निर्गुण साहित्य–सांस्कृतिक पृष्ठभूमि, पृ. 64
89. दिवाकर पाण्डेय, गोरखनाथ एवं उसकी परम्परा का साहित्य, पृ. 42
90. पीताम्बरदत्त बड़थ्वाल, हिन्दी काव्य में निर्गुण सम्प्रदाय, पृ. 9
91. डॉ. भगीरथ मिश्र : तंत्र और सन्त : डॉ. राममूर्ति त्रिपाठी, पृ. 18
92. विनय मोहन शर्मा, हिन्दी को मराठी सन्तों की देन, पृ. 69–76
93. लक्ष्मण रामचन्द्र पांगारकर, एकनाथ चरित्र (अनुवादक–लक्ष्मण नारायण गर्दे)
94. जी.एस. धुरे, 'ज्ञानेश्वर वाज बार्न इन ए.डी. 1275'–इण्डियन साधूज, पृ. 57
95. जी.एस. धुरे, 'ही वाज दान्ते ऑफ मराठी लिटरेचर'–इण्डियन साधूज, पृ. 57
96. उपरिवत्, पृ. 57
97. उपरिवत्, पृ. 57
98. अशोक प्रभाकर कामत, महाराष्ट्र के नाथपन्थीय कवियों का हिन्दी काव्य
99. भारतीय संस्कृति, पृ. 283
100. भारतीय संस्कृति : साने गुरु जी, पृ. 217
101. नामदेव : माधव गोपाल देशमुख, पृ. 39
102. सिद्धसिद्धान्त पद्धति : पंचमोपदेशः, श्लोक–46, पृ. 201–202
103. नागरी प्रचारिणी पत्रिका, वर्ष–71, अंक 3–4, शिवसिंह चोपल का लेख, पृ. 350
104. उपरिवत् लेख, पृ. 346–63
105. विनय मोहन शर्मा, हिन्दी को मराठी सन्तों की देन, पृ. 65–66
106. नवनाथ कहे सो नाथ पन्थी, जगत कहे सो जागी।
    विरद बुझे तो कह बैरागी, ज्ञान बुझे सो भोगी।।
    –दामोदर पंडित
    विनय मोहन शर्मा, हिन्दी को मराठी सन्तों की देन, पृ. 87
107. रांगेय राघव, गोरखनाथ और उनका युग, पृ. 59

108. जी.एस. धुरे, इण्डियन साधूज, पृ. 82
109. शान्ति प्रसाद चन्दोला, नाथपन्थ, पृ. 67–68
110. बलदेव उपाध्याय, 'श्री शंकराचार्य', पृ. 35;
अनुज प्रताप सिंह, 'गोरक्षनाथ और नाथसिद्ध', पृ. 8–9
111. सुकुमार सेन, 'बंगला साहित्य का इतिहास', पृ. 937;
हजारी प्रसाद द्विवेदी, 'नाथ सम्प्रदाय', पृ. 43–44
112. हजारी प्रसाद द्विवेदी, 'नाथ सम्प्रदाय', पृ. 50–52
113. एस.के.डे.–'संस्कृत पोएटिक्स', जिल्द–1, पृ. 105
114. दिनेशचन्द्र सेन, 'बंगभाषा ओ साहित्य'
115. गंगा पुरातत्त्वांक, पृ. 254
116. बलदेव उपाध्याय, 'श्री शंकराचार्य', पृ. 35–38
117. सुखवीर सिंह, 'राजस्थान का इतिहास', पृ. 3
118. कर्नल टॉड जेम्स, 'राजस्थान', पृ. 121–144
119. अनुज प्रताप सिंह, 'गोरक्षनाथ और नाथसिद्ध', पृ. 11–13
120. अक्षयकुमार बनर्जी, 'नाथयोग', पृ. 7
121. पुरातत्त्व निबन्धावलि, पृ. 120 तथा हिन्दी काव्यधारा, पृ. 156
122. रांगेय राघव, 'गोरखनाथ और उनका युग', पृ. 29
123. नागेन्द्रनाथ उपाध्याय, 'गोरक्षनाथ' (नाथ–सम्प्रदाय के परिप्रेक्ष्य में), पृ. 100
124. Mohanyo-Daro and the Indus Culture, च. 7
125. वैदिक साहित्य, पृ. 647
126. वही, पृ. 652
127. Early Indus Civilization, पृ. 53
128. Lothal and the Indus Civilization, पृ. 142–143
129. Proceedings of the Indian History Congress.1947 पृ. 49
130. Language, Vol. 19, No. 2
131. नागरी प्रचारिणी पत्रिका (वर्ष 63, अंक 3–4) पृ. 355
132. Indian Culture, Part I, पृ. 375
133. Yoga, पृ. 101
134. नागरी प्रचारिणी पत्रिका (वर्ष 63, अंक 3–4), पृ. 347
135. वही
136. Some Problems of Indian Culture, पृ. 22–23
137. हिन्दी ऋग्वेद, पृ. 510
138. वही, पृ. 1428–29
139. Der Yoga, पृ. 12

140. Yoga, पृ. 102
141. मध्यकालीन धर्म–साधना ;1952 End.) पृ. 58
142. Vratyas in Ancient India, पृ. 97
143. वही, पृ. 96
144. अथर्व संहिता, पृ. 11, 3
145. वही
146. वही, पृ. 1, 102, 118, 137
147. वही, पृ. 1, 118
148. वही, पृ. 10–7–17
149. Yoga, पृ. 107
150. वैदिक साहित्य, पृ. 275
151. वही, पृ. 308
152. वही, पृ. 310
153. वही, पृ. 311
154. अमृत सिद्धि योग, श्लोक सं. 52
155. एकादशोपनिषद्, पृ. 19
156. Yoga, पृ.117
157. उपनिषत–भाष्य –1, पृ. 64–65
158. एकादशोपनिषद्, पृ. 47
159. गोरखबानी, पृ. 99
160. एकादशोपनिषद्, पृ. 36–37
161. वही, पृ. 59
162. Yoga, पृ. 120
163. वही
164. एकादशोपनिषद्, पृ. 78
165. वही, पृ. 87
166. कल्याण–उपनिषत् अंक, पृ. 453
167. Philosophy of the Srimad Bhagwat, पृ. 41–42
168. कल्याण–उपनिषत् अंक, पृ. 455
169. वृहदारण्यक 4:3:20; मुण्डक 2:2:6; तैत्तिरीय 1:6:1
170. उपनिषत्–भाष्य खण्ड–1, पृ. 50
171. योग–सूत्र भाष्य, पृ. 1–30
172. श्वेताश्वतरोपनिषत्, पृ. 74
173. वही, पृ. 132

174. वही, पृ. 147
175. वही, पृ. 163–64
176. वही, पृ. 160
177. Yoga, पृ. 124
178. मैत्री उपनिषद्, पृ. 32
179. Yoga, पृ. 127
180. कल्याण–उपनिषत् अंक, पृ. 709
181. Yoga, पृ. 127
182. योग–उपनिषद्, पृ. 16
183. वही, पृ. 17
184. वही, पृ. 44
185. वही, पृ. 17
186. वही, पृ. 68;137
187. वही, पृ. 169
188. Yoga, पृ. 133
189. योग–उपनिषद्, पृ. 186
190. Yoga, पृ. 128
191. योग–उपनिषद्, पृ. 12
192. वही, पृ. 300
193. वही,
194. वही, पृ. 307
195. तिरुमंतिरम्–पंचाक्षर दीपिका–तीसरा तंत्र, पृ. 31
196. योग–उपनिषद्, पृ. 366
197. वही, पृ. 368
198. वही, पृ.369
199. वही
200. वही, पृ.401
201. वही, पृ. 404
202. वही, पृ. 416
203. वही, पृ. 485
204. वैदिक साहित्य, पृ. 298
205. Yoga, पृ. 120
206. वही, पृ. 140
207. वही, पृ. 145

208. The Great Epic of India, पृ. 361
209. वही, पृ. 389
210. कल्याण–योगांक, पृ. 65
211. | History of Indian Philosophy-II, पृ. 451–55
212. The Great Epic of Indi, पृ. 107
213. महाभारतम्, 12–137–27
214. कल्याण–योगांक, पृ. 280
215. Yoga, पृ. 371
216. नाथ–सम्प्रदाय, पृ. 127
217. वही, पृ. 127
218. Outlines of Indian Philosophy, पृ. 125
219. संत वैष्णव काव्य पर तांत्रिक प्रभाव, पृ. 9
220. हिन्दी ऋग्वेद, पृ. 1358
221. शतपथ ब्राह्मण, 11–2–6–13
222. वृहदारण्यक, 1–5–6
223. तिरुमंतिरम, पृ. 66
224. पद्म संहिता, 1–2–6
225. वही, 2–1–3
226. वही, 3–1–6
227. वही, 4–1–1
228. History of Indian Philosophy-III, पृ. 22
229. वही, पृ. 30
230. कल्याण–योगांक, पृ. 282
231. Puranic Records of the Hindus, पृ. 210
232. History of Indian Literature, पृ. 606
233. Principles of The Tantra, पृ. 9
234. कुलार्णव तंत्र, पृ. 3–4
235. वायु पुराण, पृ. 1
236. वही, पृ. 42–43
237. वही, पृ. 43
238. वही, पृ. 47
239. वही–आमुख, पृ. 11
240. | History of Indian Literature, पृ. 102
241. नागरी प्रचारिणी पत्रिका, पृ. 342

242. कल्याण–योगांक, पृ. 280
243. वही, पृ. 281
244. वही, पृ. 282
245. मध्यकालीन हिन्दी साहित्य की तांत्रिक पृष्ठभूमि, पृ. 331
246. कल्याण–योगांक, पृ. 290
247. वही
248. षड्दर्शन समुच्चय–प्रस्तावना, पृ. 16
249. कल्याण–योगांक, पृ. 292
250. वही
251. निबंध संग्रह–भाग–1, पृ. 212
252. Outlines of Religious Literature of India, पृ. 247–48
253. Gorakhnath and the Kanphata Yogis, पृ. 218
254. Saiva Cults in Northern India, पृ. 8
255. तंत्रालोक, पृ. 22–23; 27
256. Epigraphica Indica-Part 21ए पृ. 1
257. Saiva Cults in Northern India, पृ. 10
258. Evolution of Hindu Sects, पृ. 114
259. वही, पृ. 115
260. Pasupata Sutram, पृ. 1
261. वही, पृ. 25
262. Evolution of Hindu Sect, पृ. 114
263. History of Indian Philosophy-V, पृ. 138
264. Pasupata Sutram, पृ. 5–1
265. Saiva Cults in Northern Indi, पृ. 10
266. वही, पृ. 28
267. गोरखबानी, पृ. 36
268. सिद्धसिद्धांतपद्धति, पृ. 36
269. मैत्री उपनिषद्, पृ. 52
270. Saiva Cults in Northern India, पृ. 22
271. वही, पृ. 23
272. नाथ सम्प्रदाय, पृ. 90–105
273. प्रत्यभिज्ञाहृदयम्, पृ. 102–103
274. वही, पृ. 102
275. वही, पृ. 139

276. नाथ सम्प्रदाय, पृ. 67
277. वही
278. कश्मीर शैवमत और कामायनी, पृ. 11
279. वही
280. वही
281. प्रत्यभिज्ञाहृदयम्, पृ. 124—25
282. वही, पृ. 128
283. वही, पृ. 134
284. वही, पृ. 135
285. Saiva Cults in Northern India, पृ. 28—29

□

अध्याय–3

नाथपन्थ के प्रवर्तक गुरु गोरखनाथ

नाथपन्थ की परम्परा में योग के प्रथम आचार्य आदिनाथ माने जाते हैं। नाथपन्थ परम्परा में शिव ही आदिनाथ हैं। योग के आचार्य शिव से ज्ञान प्राप्त कर मत्स्येन्द्रनाथ ने नाथपन्थ परम्परा को आगे बढ़ाया। मत्स्येन्द्रनाथ ने गोरखनाथ को अपना शिष्य बनाया और दोनों महायोगियों ने प्रायः साथ–साथ रहते हुए योग एवं योग–दर्शन को नाथपन्थ के रूप में एक संस्थागत वैचारिक अभियान का स्वरूप दिया। यद्यपि कि नाथपन्थ को वास्तविक अथवा पन्थ का स्वरुप महायोगी गोरखनाथ ने निर्धारित किया। महायोगी गोरखनाथ ने योग एवं योग–दर्शन को अत्यधिक विस्तार दिया। नाथपन्थ के अन्तर्गत हिमालय एवं हिन्दुकुश की पहाड़ियों से लेकर समुद्रपर्यन्त विस्तृत भारतीय भू–भाग में नाथपन्थ के योग–दर्शन को अत्यन्त लोकप्रिय एवं महत्त्वपूर्ण बना दिया। गोरखनाथ का विराट व्यक्तित्व एवं उनके द्वारा नाथपन्थ के योग–दर्शन को सुगठित एवं सुव्यवस्थित रूप देने के कारण लोकजीवन में गोरखनाथ ही नाथपन्थ के संस्थापक माने जाने लगे। नाथपन्थ परम्परा में आज भी गोरखनाथ को ही सर्वस्वीकार्यता प्राप्त है और वे ही नाथपन्थ के वास्तविक संस्थापक स्वीकार कर लिये गये हैं।

जन्म एवं जन्म–स्थान

भारत की संत–परम्परा में साधु–संन्यासियों के सामान्यतः दो जीवन पाये जाते हैं–दीक्षा के पूर्व का जीवन एवं दीक्षा के बाद का जीवन। सामान्यतः दीक्षा के पूर्व के जीवन से अपना सम्पूर्ण नाता तोड़कर साधु–संन्यासी दीक्षा के साथ अपना नया जजीवन प्रारम्भ करते हैं। ऐसे में साधु–संन्यासियों के दीक्षा के पूर्व

जीवन का वृत्तान्त प्राप्त करना कठिन होता है क्योंकि अधिकांशतः साधु–संन्यासी अपनी दीक्षा के पूर्व जीवन की चर्चा को अनुचित मानते हैं। यही कारण है कि भारत की संत–परम्परा में अधिकांश साधु–संन्यासियों के प्रारम्भिक जीवन पर प्रकाश नहीं पड़ता। महायोगी गोरखनाथ भी इसके अपवाद नहीं। यद्यपि कि नाथपन्थ–परम्परा गोरक्षनाथ को अयोनिज अर्थात् अजन्मा और अमर मानती है। इस परम्परा के अनुसार वे शिवावतारी हैं तथापि अनेक विद्वानों ने गोरखनाथ के जन्म एवं जन्म–स्थान पर प्रकाश डालने का प्रयत्न किया है। गोरखनाथ के जन्म के सम्बन्ध में लोक–कथाएँ प्रचलित हैं। नेपाल में प्रचलित कथा के आधार पर ये माना जाता है कि गोरखनाथ महादेव के एक पुत्रकांक्षिणी नारी को दिये गये विभूति से उत्पन्न हुए थे। इस कथा के अनुसार एक पुत्र प्राप्त करने की इच्छा रखने वाली नारी को महादेव ने पुत्र–रत्न प्राप्ति हेतु प्रसादस्वरूप विभूति प्रदान की किन्तु उस स्त्री ने लोकलाज एवं अविश्वास के कारण उस विभूति को गोबर के ढेर में फेंक दिया। बारह वर्षों बाद पुनः भ्रमण करते हुए महादेव उस स्त्री के द्वार पर पहुँचे और पुत्र का हालचाल पूछा। स्त्री द्वारा विभूति को फेंके जाने वाले गोबर के ढेर के स्थान से महादेव के आह्वान पर गोरखनाथ आविर्भूत हुए। इस कथा में कहीं–कहीं महादेव के स्थान पर मत्स्येन्द्रनाथ का नाम मिलता है और पुत्रकांक्षिणी नारी के स्थान पर ब्राह्मणी का उल्लेख मिलता है।[1] यह लोककथा इस बात की सूचक है कि गोरखनाथ का जन्म वृत्तान्त रहस्यमय है। हमारे पास गोरखनाथ के जन्म से सम्बन्धित कोई प्रामाणिक स्रोत अभी तक उपलब्ध नहीं है। सामान्यतः धार्मिक इतिहास में महापुरुषों का दैवीय स्वरूप प्रदान करने के कारण जन्म सम्बन्धी वृत्तान्त उपलब्ध नहीं होते और इस प्रकार की लोक कथाएँ जनश्रुति के रूप में प्रचलित हो जाती हैं।

गोरखनाथ के जन्म के बारे में एक कथा इन्हें महादेव की जटा से उत्पन्न हुई बताती है।[2] एक अन्य कथा के अनुसार गोरखनाथ का जन्म महादेव के वीर्य से गाय के पेट से हुआ। एक जनश्रुति उन्हें नीच कुल में उत्पन्न बताया गया। तमिलनाडु की सिद्ध परम्परा के अनुसार वे कल्लर कुल में पैदा हुए थे।[3] नवनाथ भक्ति सार के अनुसार गोरक्षनाथ के पिता सर्वोपदयाल नामक गौड़ ब्राह्मण थे और माता सरस्वती थीं।[4] महाराष्ट्र में प्रचलित एक कथा बताती है कि गोरखनाथ जयश्री नामक नगर के ब्राह्मण सद्बोध और उनकी पत्नी सद्वृत्ति के पुत्र थे।[5] इस प्रकार की अनेक दन्तकथाएँ गोरखनाथ के जन्म को रहस्यमय बनाती हैं और किसी एक मत पर पहुँचने में बाधक हैं।

गोरखनाथ के जन्म के सम्बन्ध में एक कथा और मिलती है कि गोदावरी के

तट पर एक ब्राह्मणी के गर्भ से उनका जन्म हुआ था।[6] बंगाल में प्रचलित एक विश्वास के अनुसार गोरखनाथ का जन्म बंगाल के किसी परिवार में हुआ था।

गोरखनाथ के जन्म की तरह ही उनके जन्म–स्थान पर भी प्रामाणिक स्रोतों का अभाव है। जनश्रुतियों में मतैक्यता नहीं है। योगीसम्प्रदायाविष्कृति में उन्हें गोदावरी के तट पर स्थित चन्द्रगिरि में उत्पन्न बताया गया है।[7] गोरखबोध नामक रचना में भी कहा गया है कि चन्द्रगिरि गाँव से गोरखनाथ को अपने साथ लेकर मत्स्येन्द्रनाथ तीर्थाटन के लिए निकले थे।[8] गोरखसहस्रनामस्तोत्र में उल्लेख मिलता है कि वे दक्षिण दिशा में बड़व या बाढव नामक स्थान में प्रादुर्भूत हुए थे।[9] हजारी प्रसाद द्विवेदी ने योगीसम्प्रदायाविष्कृति एवं गोरखसहस्रनामस्तोत्र के मत को एक ही माना है।[10] राहुल सांकृत्यायन गोरखनाथ को गोरखपुर का मानते हैं।[11] ब्रिग्स ने नाथपन्थ की परम्परा का ही उल्लेख किया है। उनके अनुसार गोरखनाथ ने सतयुग में पंजाब के पेशावर में, त्रेतायुग में गोरखपुर में, द्वापर में द्वारका के आगे हरमुज में तथा कलियुग में काठियावाड़ की गोरखमढ़ी में जन्म लिया।[12] ब्रिग्स ने अनुमान किया है कि सम्भवतः वे पंजाब के निवासी रहे होंगे। ग्रियर्सन का अनुमान है कि गोरखनाथ सम्भवतः पश्चिमी हिमालय के रहने वाले थे।[13] श्री दिनेश चन्द्र सिंह का अनुमान है कि गोरखनाथ का जन्म पंजाब प्रान्त के जालन्धर नामक स्थान पर हुआ था। योगीसम्प्रदायाविष्कृति में चन्द्रगिरि नामक नगरी को भी उनका जन्म–स्थान बताया गया है।[14] नाथ सम्प्रदाय के ग्रन्थों में भी कोई एक मत नहीं है। नाथपन्थ के ग्रन्थों में उन्हें बंगाल, उत्तर प्रदेश में गोरखपुर, पंजाब, महाराष्ट्र, उत्तरी–पश्चिमी सीमा प्रान्त तथा नेपाल आदि क्षेत्रों में गोरखनाथ के अभ्युदय एवं उनके अद्‌भुत चरित्र की कथाएँ लिखित और मौखिक रूप से प्राप्त होती हैं। मोहन सिंह का मत है कि वे पेशावर के निकट रावलपिण्डी जिले के एक गाँव जिसका नाम भी गोरखपुर है, में पैदा हुए थे। कुछ विद्वानों ने गोरखनाथ की भाषा के आधार पर भी उनके जन्म–स्थान को ढूँढ़ने का प्रयत्न किया। उन विद्वानों का मानना है कि गोरखनाथ की भाषा से ऐसा प्रतीत होता है कि वे उत्तर–पश्चिम भारत के रहने वाले थे। रावलपिण्डी जिले की गुजर खाँ तहसील के गोरखपुर गाँव से उनका सम्बन्ध जोड़ने वाले विद्वान झेलम जिले में गोरखनाथ का टीला पेशावर शहर में गोरखहट्‌टी, बलूचिस्तान की लासबेला रियासत में गोरख की धुनी की तरफ ध्यान आकर्षित करते हुए गोरखनाथ को इसी क्षेत्र का होने की सम्भावना स्वीकार करते हैं।[15] उल्लेखनीय है कि यह मत भी निर्विवाद नहीं है। हजारी प्रसाद द्विवेदी गोरखनाथ का जन्म–स्थान गंगा के समीप चन्द्रगिरि

को ही मानते हैं। उनका मानना है कि गोरखनाथ के जन्म–स्थान के बारे में निश्चित रूप से ज्ञात नहीं है। परम्पराएँ अनेक प्रकार के अनुमान की उत्तेजना देती है इसलिए भिन्न अनुवेशकों ने अपनी–अपनी रुचि के अनुसार भिन्न–भिन्न स्थानों को उनका जन्म–स्थान माना है।[16] हजारी प्रसाद द्विवेदी भी इनके जन्म–स्थान को लेकर किसी निश्चित निष्कर्ष पर नहीं पहुँचते। गोरखनाथ की साधना स्थलियाँ भी विस्तृत भू–क्षेत्र में प्राप्त होती है। इस आधार पर भी गोरखनाथ का जन्म–स्थान तय करना अत्यन्त दुष्कर प्रतीत होता है। श्री सुरेश चन्द्र मजूमदार ने लिखा है कि भ्रमणकारी नाथों ने भारत के बाहर दुर्गम गिरि, कांधार और मरुदुस्तर पारावार का अतिक्रमण करके कैस्पियन सागर के तट पर स्थित तैलांचल में एक शिव मन्दिर की प्रतिष्ठा की थी।[17] तिब्बत की राजधानी ल्हासा (लासा) में मत्स्येन्द्रनाथ की एक मूर्ति है। चीन और जापान में मत्स्येन्द्रनाथ 'क्वानशाइन' के नाम से पूजे जाते हैं। एलोरा की दो गुफाएँ मत्स्येन्द्रनाथ एवं आदिनाथ सभाकक्ष के नाम से प्रसिद्ध हैं। चीन में चुवान द्वीपपुंज के कूटों द्वीप में मत्स्येन्द्रनाथ का प्रसिद्ध मन्दिर है। रंगून में स्टैण्ड रोड पर चीनियों द्वारा स्थापित मत्स्येन्द्रनाथ का विख्यात मंदिर है। बाली, जावा, भूटान आदि देशों में भी नाथपन्थ के मंदिर पाये जाते हैं। कोहाट, काबुल एवं जलालबाद में भी इन योगियों के मन्दिर हैं।[18]

नेपाल का सुप्रसिद्ध मृगस्थली स्थित गोरक्षपीठ गोरखनाथ की तपोभूमि है। यहाँ के मुख्य मन्दिर में गोरखनाथ की एक मूर्ति है जो नाथपंथियों द्वारा पूजित है। इस परिसर में प्रस्तर निर्मित मत्स्येन्द्रनाथ की भी कुछ मूर्तियाँ स्थापित हैं। पश्चिमी नेपाल में स्थित गोरखा नामक स्थान में एक गुहा मन्दिर है। यह मन्दिर तथा यहाँ की बस्ती गोरख के नाम से जानी जाती है। नेपाल की राजधानी काठमाण्डू में इन्द्रचौक मुहल्ले में गोरखनाथ का एक मन्दिर है। दांग में स्थित सिद्ध रतननाथ एवं भगवन्तनाथ का मठ है। यहाँ गोरखनाथ एवं भैरव की विशेष रूप से पूजा होती है। पिउठाना में सिद्ध संसारनाथ का मठ तथा अष्टपुष्कर नामक स्थान पर गोरखनाथ का एक मन्दिर है।[19] सवारीकोट में स्थित सिद्ध रतननाथ के मन्दिर की एक मूर्ति में गोरखनाथ की आत्मा का निवास माना जाता है।[20]

भारतवर्ष से उत्तराखण्ड की कुमायूँ गढ़वाल की पहाड़ियों में भैरव के अनेक मन्दिरों में कनफटे लोग पाये जाते हैं। श्रीनगर के नीचे एक गुफा गोरख की बतायी जाती है। नैनीताल स्थित नन्दादेवी और भैरव के मन्दिर में कनफटा योगियों का आवागमन बना रहता है। सिक्किम के चांगशिलिंग मठ में स्थित

एक काले रंग की मूर्ति गोरख की बतायी जाती है। सिक्किम के एक विहार में तीन मूर्तियाँ हैं–मध्यस्थ मूर्ति अमिताभ बुद्ध की है, दाहिने गौतम बुद्ध और बायें गोरखनाथ की मूर्ति है।[21] हरिद्वार की एक गुफा में बारहपन्थी योगियों का निवास स्थान है।[22] हरिद्वार में ही एक गोरखनाथ का मन्दिर है जहाँ अखिल भारतवर्षीय अवधूत भेष बारहपन्थ योगी महासभा का प्रधान कार्यालय है। मन्दिर में भर्तृहरि की एक प्रसिद्ध गुफा है।[23] हरिद्वार में गोरखनाथ जी का अखाड़ा तथा कक्ष का गोरखकूप प्रसिद्ध है। गुजरात में गोरखनाथ की औघड़ गद्दी है।[24] श्रीनगर से आठ किलोमीटर दूर स्थित देवलगढ़ सत्यनाथपन्थ के योगियों का मुख्य केन्द्र है। जम्मू के पीरकोह नामक स्थान में महन्त सन्ध्यानाथ की तथा उधमपुर में सिद्ध बालकनाथ की समाधि और सिद्ध गौरियामठ नाथयोगियों के प्रमुख स्थान हैं।[25] उत्तर प्रदेश में गोरखपुर और बलरामपुर जनपद में स्थित देवीपाटन शक्तिपीठ, महराजगंज जनपद में चौक बाजार में गोरखनाथ जी का मन्दिर नाथपन्थ का महत्त्वपूर्ण केन्द्र है।

उत्तर प्रदेश के गोरखपुर में स्थित गोरखनाथ मन्दिर वर्तमान समय में गोरखनाथ का सर्वाधिक प्रतिष्ठित पीठ है। नाथपन्थी योगियों के पीठ के रूप में गोरखपुर का उल्लेख मृगावती में किया गया है–'पुरुखनाथ गुरु आह हमारेउ गोरखपुर सेऊ मेल।' सैय्यद अहमद अलीशाह द्वारा लिखित 'महबूबुत्तवारीख' से ज्ञात होता है कि गोरखपुर पहले एक उजाड़ स्थान था, गोरखनाथ ने इसे अपनी तपोभूमि बनायी थी। उस्मान कवि की 'चित्रावली' में भी कुछ इसी प्रकार का उल्लेख मिलता है।[26] मान्यता है कि गोरखपुर का नामकरण महायोगी गोरखनाथ के नाम पर ही हुआ है। गोरखनाथ की तपस्थली नाथपन्थी योगियों के आध्यात्मिक प्रेरणा का स्रोत रहा है और इस प्रकार गोरखपुर का गोरखनाथ के साथ सम्बन्ध इस तरह जुड़ा है जिससे कि कई बार उनके यहाँ उद्भव का एहसास होने लगता है। काशी में गोरक्षटीला भी महायोगी गोरखनाथ का एक केन्द्र है।[27] अनेक विद्वानों ने कालभैरव का मन्दिर, भैरव का लाट एवं गोरक्षटीला को आपस में सम्बन्धित मानते हुए इसे नाथपन्थ से जुड़ा मानते हैं।[28] प्रयागराज में गंगा के तट पर स्थित झूंसी नगर का सम्बन्ध भी गोरखनाथ से बताया जाता है। कहा जाता है कि वहाँ के राजा हरबंग का पतन वहाँ स्थित नाथपन्थी मठ के योगियों द्वारा हुआ था।[29] फर्रूखाबाद में कायमगंज, दिल्ली में पीर प्रेमनाथ का स्थान, महन्त वर्षानाथ का स्थान, शिवनाथ योगाश्रम तथा गोरक्षमठ नाथयोगियों के महत्त्वपूर्ण केन्द्र हैं।[30] रोहतक जिले में स्थित गोहरमठ नाथपन्थ का एक प्रधान केन्द्र है।[31] अमृतसर के पास मुण्डाल नामक स्थान

पर सिद्ध उषानाथ की गुफा है। मान्यता है कि गोरखनाथ ने बलखबुखारे के राजा हाडीभडंग को दीक्षा दी थी।[32] सरगोधा नामक स्थान में सिद्ध कायनाथ की समाधि है। सिद्ध विचारनाथ ने झेलम के टीले का आधा भाग गोरक्षनाथ की प्रेरणा से सरगोधा में स्थापित किया था। अम्बाला शहर में दरगाह टीला का सम्बन्ध गोरखनाथ से माना जाता है और यहीं लाट के निकट पीर गूगा और गोरखनाथ का मन्दिर है।[33] हरियाणा का पहेता सिद्ध गरीबनाथ की स्थली बतायी जाती है।[34] सिन्ध प्रदेश में, भुज, कच्छ और सौराष्ट्र में नाथयोगियों के अनेक तीर्थ हैं। हिंगलाज नामक स्थान का सम्बन्ध भी नाथपन्थ से है। यहाँ प्रसिद्ध शक्तिपीठ में अग्निदेवी, हिंगलाज देवी के नाम से प्रसिद्ध है। यहाँ पर गोरखनाथ का अखण्ड धूना एवं दीप प्रज्वलित है।[35]

जूनागढ़ रियासत में गिरिनार की पहाड़ियों में कुछ चोटियाँ गोरख शिखर के नाम से प्रसिद्ध हैं। यहाँ निचले भाग में गोरखकमण्डल नामक एक स्थान है। प्रभास पट्टन में गोरखमढ़ी में मत्स्येन्द्रनाथ का मन्दिर है जहाँ गोरखनाथ की भी मूर्ति स्थापित है।[36] पश्चिमी भारत में सतपुड़ा पहाड़ पर स्थित तुरनमल नामक पहाड़ी पर गोरखनाथ से सम्बन्धित अनेक मन्दिर हैं। सतारा का एक बाग गोरखनाथ के नाम से प्रसिद्ध है। इस बाग में गोरक्षमाली नाम से एक बड़ी शिला स्थापित है।[37] राजस्थान में उदयपुर की पहाड़ी पर स्थित एकलिंग महादेव के मन्दिर का सम्बन्ध भी गोरखनाथ से बताया जाता है। उदयपुर के महाराणा को प्रदत्त खड्ग की कथा जन–जन में प्रचलित है और गोरखनाथ द्वारा दिया गया वह खड्ग भी उदयपुर के महाराणा के पास सुरक्षित है।

पटना के उत्तर की ओर हरिहर क्षेत्र में गोरखनाथ की स्मृतियाँ प्राप्त होती हैं। फल्गू नदी के तट पर गया नगर में सिद्धनाथ की तपोभूमि स्थित है। कलकत्ता में दमदम के कैण्ट क्षेत्र में गोरखनाथ मन्दिर है।[38] दिनाजपुर की गोरखकुयीं एवं रंगपुर का गोरखमण्डप काली नगर के गोरक्षवंशिका ग्राम में स्थित नाथ मन्दिर नाथपन्थ के श्रद्धा के केन्द्र हैं। गंगासागर में भी नाथपंथियों का तीर्थ है। असम में कामाख्या देवी के प्रसिद्ध शक्तिपीठ के साथ मत्स्येन्द्रनाथ का सम्बन्ध है। इस पीठ के उत्तर में गोरखनाथ का एक मन्दिर है। कामरूप में वालीतुची ग्राम में गोरखनाथ के मन्दिर का भग्नावशेष प्राप्त हुआ है।[39] उड़ीसा के नाथसिद्ध पीठों में भुवनेश्वर का कपालिमठ, कपिलास, केयारबंक मठ, कटक का आलीमठ, राजनगर मठ, पुरी का सत्यनाथ मठ आदि अनेक नाथयोगियों के मठ–मन्दिर आज भी विद्यमान हैं।[40]

अहमदाबाद के उत्तर में गोरखनाथ के नाम से प्रसिद्ध कुछ पहाड़ियाँ हैं।

गणेशपुरी में गर्म पानी के कुछ सोते हैं जिनमें एक का नाम गोरख–मछेन्द्र है। यहाँ की दो पुरानी पहाड़ियाँ गोरखगढ़ और मछेन्द्रगढ़ के नाम से जानी जाती हैं। यहाँ गोरख और मछेन्द्र के नाम से गुफाएँ भी मिलती हैं। उज्जैन की भूमिगत भर्तृहरि गुफा में गोरखनाथ की मूर्ति है। नासिक में प्रसिद्ध पंचवटी क्षेत्र से लगभग 54 किलोमीटर दूर इषारा पर्वत पर गोरख की मूर्ति है। मैसूर के कादिरी मठ का सम्बन्ध भी नाथपन्थ से माना गया है। कर्नाटक के वेल्लूर में चुनचुनगिरि का प्रसिद्ध मठ नाथपन्थ का ही है। यहाँ से पश्चिम में एक पहाड़ी पर गोरक्षपादुका एवं गोरक्षडिब्बी है।[41]

उपर्युक्त तथ्यों के आलोक में यह प्रमाणित करना कठिन है कि वास्तव में गोरखनाथ का जन्म कहाँ हुआ था। गोरखनाथ और नाथपन्थ से सम्बन्धित हिन्दुकुश एवं हिमालय से आच्छादित समुद्रपर्यन्त विस्तृत भू–भाग में गोरखनाथ एवं नाथपंथियों के प्रतिष्ठित केन्द्र प्राप्त होते हैं यद्यपि कि ये सभी स्थान गोरखनाथ की साधना स्थलियाँ हैं तथापि सभी स्थानों से उनका गहरा सम्बन्ध है और लगभग सभी साधना स्थलियों पर गोरखनाथ की प्रत्यक्ष उपस्थिति भी दिखायी देती है। गोरखनाथ के प्रति अत्यधिक श्रद्धा के कारण प्रत्येक क्षेत्र के नाथपन्थ के योगियों द्वारा उन्हें अपने ही क्षेत्र में उद्भूत होने का प्रयत्न दिखायी देता है। ऐसे में जगह–जगह की पान्थिक परम्पराएँ, जनश्रुतियाँ एवं यथासम्भव प्राप्त साहित्य उन्हें अपने–अपने क्षेत्र का ही बताने का प्रयत्न करते हैं। भारत की सन्त–परम्परा में सन्तों का दीक्षा के पूर्व के जन्म के पूर्णतः विस्मरण की प्रवृत्ति से भी महायोगी गोरखनाथ अपवाद नहीं हैं। ऐसे में अभी तक प्राप्त साक्ष्यों एवं तथ्यों के आधार पर गोरखनाथ के जन्मस्थान के बारे में कुछ भी प्रामाणिक रूप से अथवा निष्कर्ष के रूप में कहना असम्भव है। ऐसे में आधुनिक समय में प्राप्त महायोगी गोरखनाथ एवं नाथपन्थ का सर्वाधिक प्रतिष्ठित केन्द्र उत्तर प्रदेश के गोरखपुर में स्थित उनकी तपस्या स्थली पर गोरखनाथ के पहुँचने की पान्थिक परम्परा में उल्लेख के आधार पर उनका जन्मस्थान संयुक्त पंजाब प्रदेश के झेलम के गोरखटीला को माना जा सकता है।

नामकरण

तप और साधना की चिरन्तन भावना से अभिभूत होकर महायोगी कभी भी स्वयं के सम्बन्ध में कोई उल्लेख नहीं करता। वह स्व–प्रशंसा से परे रहता है। महायोगी गोरक्षनाथ के नाम पर भी नाथपन्थी साहित्य में विविध विचार व्यक्त किये गये हैं। विद्वानों ने भी गोरक्षनाथ के नाम की विविध व्याख्याएँ दी हैं। किन्तु

यहाँ पुनश्च उल्लेखनीय है कि भारत की सन्त–परम्परा में दीक्षा के बाद सन्त अपना नया जन्म मानते हैं। इसी के साथ वे अपनी समस्त पुरानी स्मृतियों से नाता तोड़ लेते हैं, यथा–माता–पिता, परिवार, नाम, जन्म, जन्मस्थान। इनका वे स्मरण करना तक उचित नहीं समझते। यही कारण है कि सामान्यतः भारतीय सन्तों के जीवन का प्रारम्भिक इतिहास अनेकशः अनुपलब्ध है। गोरखनाथ का भी आरम्भिक जीवन का उल्लेख प्राप्त नहीं होता। नाथपन्थ की परम्परा में आज भी यह तथ्य विद्यमान है कि दीक्षा के बाद नाथपन्थी योगियों के नाम बदल जाते हैं। ध्यातव्य है कि दीक्षा शब्द यौगिक है जिसका महत्त्व सभी धर्म–सम्प्रदायों में महिमान्वित हुआ। दीक्षा के सम्बन्ध में कहा गया है–

दीयते दिव्य सद्ज्ञानं क्षीयते पशुवासना।
दान क्षपण संयुक्ता दीक्षा तेनेह कीर्तिता।।

अर्थात् जिससे दिव्य ज्ञान की प्राप्ति होती है एवं पाशविक वासनाओं का क्षपण यानी नाश होता है ऐसे दान और क्षपणयुक्त क्रिया को दीक्षा कहते हैं। उदाहरणार्थ वर्तमान के श्री गोरक्षपीठ के लगभग सभी पीठाधीश्वरों के नाम दीक्षा के बाद दीक्षा गुरु के द्वारा प्रदान किये गये हैं। गोरक्षपीठ के पीठाधीश्वर महन्त दिग्विजयनाथ जी के बचपन का नाम नान्हू सिंह था। उनके दीक्षा गुरु द्वारा दीक्षा के बाद उन्हें उक्त नाम प्राप्त हुआ। उनके उत्तराधिकारी और उनके बाद के पीठाधीश्वर महन्त अवेद्यनाथ जी के बचपन का नाम कृपाल सिंह विष्ट था। वर्तमान गोरक्षपीठाधीश्वर महन्त योगी आदित्यनाथ का दीक्षा पूर्व का नाम अजय कुमार विष्ट था। उनके गुरु महन्त अवेद्यनाथ जी महाराज ने दीक्षा के साथ उन्हें नया नाम योगी आदित्यनाथ दिया।

महायोगी गोरखनाथ का भी दीक्षा के पूर्व का नाम ज्ञात नहीं है। उनके गोरक्ष नाम के सम्बन्ध में विद्वानों के अलग–अलग मत हैं। डॉ. एम.एस. कृष्णमूर्ति के अनुसार उनके बचपन का नाम कन्हरदेव था। किसी राजा के गायों को चराने के कारण उनका नाम गोरक्ष पड़ा।[42] राजस्थान की जनश्रुतियों में गोरखनाथ के अनेक नाम मिलते हैं। कुछ जनश्रुतियों में उन्हें गुग्ग या गूग कहा गया है। कुछ जनश्रुतियों में यह उल्लेख मिलता है कि उन्होंने बचपन में ही एक सर्प को खा लिया था इसलिए इन्हें जहरपीर भी कहा गया है। कुछ जनश्रुतियों में इन्हें वागर का शासक होने तथा बहादुरीपूर्वक युद्ध लड़े जाने के कारण इन्हें वागरवीर कहा गया है।[43] निरुक्त में गोरक्ष शब्द की व्याख्या करते हुए कहा गया है–"व्याकरण में गा रक्षतीति गोरक्षः रक्षतीति रक्षः, गवां रक्षः गोरक्षः यावद गोरपद वाच्य की जो रक्षा विषयी हो।"[44]

नाथपन्थ में गोरक्ष शब्द का व्यापक अर्थ लिया गया है। उल्लेख मिलता है कि 'गो' शब्द के वाच्य स्वर्ग, बाण, पशु वाणी, वज्र, दिशा, नेत्र, किरण, पृथ्वी, जल, सूर्य, बैल, यज्ञ, सुगन्धि इत्यादि और इन सबकी रक्षा करने वाला गोरक्ष है।[45] मराठी भाषा के नवनाथ भक्तिसार में कहा गया है कि गोबर से निकलने के कारण उनका नाम गोरखनाथ पड़ा।[46] गोरक्षनाथस्तोत्र में कहा गया है–"'ग'कार गुण संयुक्त 'र'कार रूप लक्षण 'क्ष'कारेण अक्षय ब्रह्म श्री गोरक्ष नमोऽस्तुते।"[47] गोरख उपनिषद् में उल्लेख मिलता है कि 'गो' अर्थात् इन्द्रियों की रक्षा करने के कारण ये गोरक्ष कहे गये। इसी गोरक्ष उपनिषद् में एक अन्य स्थान पर कहा गया है कि गो अर्थात् वाक्–ब्रह्म की रक्षा करने के कारण वे गोरक्षनाथ कहे जाते हैं।[48] गोरक्ष उपनिषद् का यह दूसरा उल्लेख गोरक्षस्तोत्र से मिलता–जुलता है। नाथपन्थ के ग्रन्थों में इनके नाम का किंचित् अन्तर के साथ प्रयोग किया गया है। 'हठयोग प्रदीपिका' में गोरक्ष नाम का प्रयोग मिलता है। महार्णवतंत्र, योगीसम्प्रदायाविष्कृति, सिद्धसिद्धान्त पद्धति, अमरौध प्रबोध, योग मार्तण्ड आदि संस्कृत ग्रन्थों में गोरक्षनाथ नाम मिलता है। गोरखवाणी में गोरख तथा गोरष नाम का उल्लेख है। वर्ण–रत्नाकर में इन्हें गोरक्षणाथ कहा गया है। महार्थमंजरी के त्रिवेन्द्रम संस्करण में इनका नाम महेश्वरानन्द है तो तिब्बती परम्परा में गोरक्षनाथ गोरक्षपा के नाम से जाने जाते हैं।

उपर्युक्त समस्त तथ्यों के आलोक में गोरक्षनाथ के योगीरूप नाम गोरक्षनाथ की ही अधिकांशतः पुष्टि होती है। ऐसा लगता है कि वे संस्कृत रचनाओं में प्राप्त गोरक्ष तथा गोरक्षनाथ नाम ही तिब्बती परम्परा में गोरक्षपा तथा हिन्दी में गोरख हो गया। आज प्रचलन में गोरक्षनाथ अथवा गोरखनाथ नाम ही नाथपन्थ के अनुयायियों के बीच स्वीकृत है।

कालखण्ड

महायोगी गोरखनाथ का युग क्या था अर्थात् किस कालखण्ड में भारत की सामाजिक–आर्थिक परम्परा को वे उद्वेलित कर रहे थे, इस पर विद्वानों में मतैक्यता का पर्याप्त अभाव है। नाथपन्थ की परम्परा तो उन्हें अजन्मा एवं शिवावतारी मानकर उनके कालखण्ड के प्रश्न पर ही विराम लगा देती है। नाथपन्थ परम्परा के ग्रन्थ एवं उसके योगी गोरखनाथ को शिवावतार मानते हैं। महार्णवतंत्र, वर्णरत्नाकर, हठयोग प्रदीपिका, कौलावलितंत्र, श्यामारहस्य, सुधाकरचन्द्रिका जैसे नाथपन्थ के ग्रन्थों में गोरक्ष को माहेश्वर का अवतार कहा गया है। इस प्रकार गोरखनाथ के सतयुग, त्रेता, द्वापर और कलि युगों

में उन्हें अनेक जनश्रुतियाँ एवं लोककथाएँ उपस्थित दिखाती हैं। मर्यादा पुरुषोत्तम श्रीरामचन्द्र, व्यास, श्री हनुमान जैसे लोकप्रचलित महापुरुषों से उनकी भेंट से लेकर कबीर और नानक जैसे मध्ययुगीन सन्तों के साथ उनके संवाद से सम्बन्धित कथाएँ प्रचलित हैं। नाथपन्थ के योगियों के बीच यह विश्वास प्रचलित है कि आज भी दीक्षा के दिन महायोगी गोरखनाथ उन्हें अवश्य दर्शन देते हैं।

नाथपन्थ पर शोध एवं अध्ययन करने वाले विभिन्न विद्वानों ने गोरखनाथ के कालखण्ड पर अपने अलग–अलग निष्कर्ष निकाले हैं और अपना अलग–अलग मत प्रचलित किया है। यद्यपि कि इस सम्बन्ध में ऐतिहासिक तथ्यों के आलोक में विस्तृत चर्चा पिछले अध्याय में किया जा चुका है। तथापि यहाँ पुनश्च संक्षिप्त उल्लेख प्रस्तुत है।

श्री अक्षय कुमार वन्द्योपाध्याय ने आचार्य शंकर की जीवनी के आधार पर यह निष्कर्ष निकाला है कि गोरखनाथ आदि शंकराचार्य से पूर्व विद्यमान थे।[49] किन्तु यहाँ यह उल्लेखनीय है कि भारतीय इतिहास में अभी तक आदि शंकराचार्य का कालखण्ड भी निर्विवाद नहीं है। बलदेव उपाध्याय ने आदि शंकराचार्य के कालखण्ड के सन्दर्भ में विचार करते हुए अनेक विद्वानों ने मत उद्धृत किये हैं।[50] कोलब्रुक एवं विल्सन ने शंकराचार्य का कालखण्ड 800–900 ईस्वी के बीच माना है। टेलर इनका कालखण्ड 400 ईस्वी मानते हैं। हांगसन के अनुसार शंकराचार्य का कालखण्ड 800 ईस्वी मानते हैं। मैकेन्जी ने इन्हें 500 ईस्वी का माना है। मैक्समूलर तथा कृष्णस्वामी जैसे विद्वानों ने शंकराचार्य का जन्म 788 ईस्वी निर्धारित किया है। तिलक इन्हें 688 ई. तो राजेन्द्रनाथ बोस इन्हें 686 ई. का मानते हैं। बुद्धप्रकाश ने भी शंकराचार्य का जन्म 788 ई. का माना है।[51] इस प्रकार अक्षय कुमार बनर्जी का मत तुलनात्मक दृष्टि से स्वीकार करते हुए भी कोई स्पष्ट कालखण्ड का संकेत नहीं कर पाता।

महायोगी गोरखनाथ और उनके कालखण्ड के सम्बन्ध में निर्णय हेतु अनेक विद्वानों ने उनसे सम्बन्धित कथानकों, जनश्रुतियों का उपयोग किया है और उनका कालखण्ड निर्धारित करने का प्रयत्न किया है जिसका उल्लेख पिछले अध्याय एक में विस्तार से नाथपन्थ की प्राचीनता के सन्दर्भ में किया जा चुका है।

गोरखनाथ के गुरु

नाथपन्थ में गुरु का विशिष्ट महत्त्व है। नाथपन्थ की परम्परा मुख्यतः गुरु–परम्परा है। नाथपन्थ मुख्यतः योग परम्परा ही है और योग में सिद्धान्त

से अधिक व्यवहार का महत्त्व है। योग एक पीढ़ी से दूसरी पीढ़ी में गुरु–शिष्य परम्परा के माध्यम से ही पहुँची है। यही कारण है कि नाथपन्थ के ग्रन्थों में गुरु महिमा एवं गुरु की महत्ता पर पर्याप्त प्रकाश पड़ता है। गोरखवाणी में अनेक स्थानों पर गोरखनाथ ने अपने गुरु की चरणपादुका तक को नमस्कार किया है।[52] नाथपन्थ के साहित्य सहित विविध ऐतिहासिक स्रोतों से ज्ञात होता है कि गोरखनाथ के गुरु महायोगी मत्स्येन्द्रनाथ थे।

"नाथपन्थ के आदि प्रवर्तक आदिनाथ या स्वयं शिव माने जाते हैं। मत्स्येन्द्र इन्हीं के शिष्य थे। मत्स्येन्द्रनाथ के कई शिष्य बहुत बड़े पण्डित और सिद्ध हुए जिनके प्रभाव से यह मार्ग सारे भारतवर्ष में प्रतिष्ठित हो गया। इन शिष्यों में सबसे प्रधान गोरक्षनाथ या गोरखनाथ थे।"[53] कुछ दन्तकथाओं के आधार पर गोरक्षनाथ मत्स्येन्द्रनाथ के प्रतिद्वन्द्वी और गोरखा राज्य नेपाल के संरक्षक भी माने जाते रहे। मत्स्येन्द्रनाथ से रक्षित समीपवर्ती नेपाल राज्य को वे अनेक वर्षों के अथक परिश्रम से अपने संरक्षण में ला सके। इसके बाद उन्होंने मत्स्येन्द्रनाथ का शिष्यत्व ग्रहण किया।[54] यह मत भी सिद्ध करता है कि गोरक्षनाथ मत्स्येन्द्रनाथ के ही शिष्य रहे। इतना तो सभी मानते हैं कि मत्स्येन्द्रनाथ ने इस शैव योग के प्रकाशन से जगत् के प्राणियों को अज्ञान–अन्धकार का नाश कर स्वसंवेद्य सिद्धामृत का सिद्धसिद्धान्त के रूप में अवतरण किया और सिद्धसिद्धान्त की पद्धति (साधना–प्रक्रिया) के रूप में गोरक्षनाथ ने उसकी रचना की। महापण्डित राहुल सांकृत्यायन ने भी गोरक्षनाथ को मत्स्येन्द्र या मछेन्द्र का शिष्य स्वीकार किया है।"[55] गोरखनाथ भी कहते हैं–

प्यंडे होई तो मरे न कोई। ब्रह्मण्डे देषै सब लोई।
प्यंड ब्रह्माण्ड निरंतर बास। भणंत गोरष मछ्यंद्रका दास।।[56]
गूदड़ी जुग च्यार तैं आई। गूदड़ी सिध साधिकां चलाई।
गूदड़ी मैं अतीत का बासा। भणंत गोरषनाथ मछिंद्र का दासा।।[57]

"मन मछिंद्रनाथ, पवन ईस्वरनाथ, चेतना चौरंगीनाथ, ग्यान श्रीगोरषनाथ।"[58]

नाद हमारे बावै कवन, नाद बजाया तूटै पवन।
अनहद सबद बाजत रहे, सिध संकेत श्री गोरष कहे।।[59]
नौ नाथ नै चौरासी सिधा, आसणधारी हूवा।[60]
आदिनाथ नाती मछिंद्र नाथ पूता।
व्यंद तोलै राषीले गोरष अवधूता।।[61]

'गोरक्ष सिद्धान्त संग्रह'[62] में मत्स्येन्द्रनाथ को मत्स्यावतार और गोरक्षनाथ को सदाशिव कहा गया है। नाथ साहित्य और परम्परा में मत्स्येन्द्रनाथ के

उपरान्त गोरक्षनाथ का ही स्थान है। कौलाचार में मत्स्येन्द्रनाथ की सर्वाधिक चर्चा है। कश्मीर के शैवागम में भी आप सम्मानित हैं। आचार्य हजारी प्रसाद द्विवेदी ने मत्स्येन्द्रनाथ और गोरक्षनाथ के अनेक पूर्वापर सम्बन्धों को दर्शाते हुए मत्स्येन्द्र को गोरक्षनाथ का गुरु माना है।[63] गुरु मत्स्येन्द्रनाथ का नाम योगि सम्प्रदाय में मछन्दरनाथ मिलता है। गोरखबानी में भी यही नाम मिलता है। यह नाम मत्स्येन्द्रनाथ का तद्भव रूप है। संस्कृत रचनाओं में प्रायः मत्स्येन्द्रनाथ ही मिलता है। नाथ सम्प्रदाय के सभी साधु बहुत पढ़े–लिखे नहीं थे, न तो आज ही हैं, जिससे वे तत्सम रूप 'मत्स्येन्द्र' को सुरक्षित नहीं रख सके। यही हालत गोरक्ष नाम की भी हुई और वे गोरख हो गये। मत्स्येन्द्रनाथ की सबसे प्रमुख पुस्तक 'कौलज्ञान निर्णय' है, जिसके लिपिबद्ध होने का काल स्वर्गीय महामहोपाध्याय पं. हरप्रसाद शास्त्री जी के अनुसार 9वीं शताब्दी है।[64] 'कौलज्ञान निर्णय' के अतिरिक्त डॉ. प्रबोध चन्द्र बागची ने 4 अन्य पुस्तकों का प्रकाशन कराया है। इस तरह उनकी कुल 5 पुस्तकों का विवरण इस प्रकार है[65]–

1. कौलज्ञान निर्णय–मच्छघ्नपाद, मच्छेन्द्रपाद, मत्स्येंद्रपाद और मीनपाद।
2. अकुल वीर तंत्र–(ए) मीनपाद।
3. अकुल वीर तंत्र–(बी) मच्छेन्दपाद।
4. कुलानन्द–मत्स्येन्द्र।
5. ज्ञान कारिका–मच्छिन्द्रनाथपाद।

आचार्य हजारी प्रसाद का यह कथन सर्वांशतः सत्य है कि और तो और मत्स्येन्द्र के अपभ्रंश रूप हो सकते हैं, पर 'मच्छघ्न' नहीं हो सकता है।[66] पं. हरप्रसाद शास्त्री जी इस नाम की सार्थकता के लिए कहते हैं कि "मत्स्येन्द्रनाथ मछली मारने वाले कैवर्त जाति में उत्पन्न हुए थे।"[67] इस नाम की सार्थकता 'कौलज्ञान निर्णय' से भी पुष्ट होती है। इसी ग्रन्थ से यह भी पता चलता है कि वे ब्राह्मण थे और किसी कारण विशेष से यह नाम पड़ गया था। महापण्डित राहुल सांकृत्यायन ने भी मत्स्येन्द्रनाथ को पूर्वी प्रदेश का मछुआ बताया है।[68] इन विविध नामों पर आचार्य हजारी प्रसाद द्विवेदी ने विधिवत विचार किया है।[69]

यहाँ यह भी प्रश्न उठता है कि मीनपा और मत्स्येन्द्रनाथ एक ही व्यक्ति थे या दो। महापण्डित राहुल सांकृत्यायन ने मीनपा को जाति का मछुआ, कामरूप का रहने वाला और गोरक्षपा के गुरु मत्स्येन्द्रनाथ का पिता बताया है।[70] हमें यह मत सबसे अधिक सार्थक लगता हैं यह तथ्य हठयोग प्रदीपिका में भी प्राप्त होता है।[71] सम्प्रदाय के लोग तथा गोरखबानी में दोनों अलग हैं। तिब्बती अनुश्रुतियाँ भी मीननाथ को मत्स्येन्द्रनाथ का पिता बतलाती हैं।[72] 'कौलज्ञान

निर्णय' में दोनों अभिन्न बताये गये हैं। इस उलझन को लेकर आचार्य हजारी प्रसाद द्विवेदी ने चार तथ्य सामने रखे हैं[73]–

1. 'कौलज्ञान निर्णय' के अनुसार मीननाथ मत्स्येन्द्र से अभिन्न हैं।
2. साम्प्रदायिक अनुश्रुतियों में वे मत्स्येन्द्रनाथ के पुत्र हैं।
3. तिब्बती परम्परा में वह स्वयं मत्स्येन्द्रनाथ के ही पिता हैं, और
4. नेपाल में प्रचलित विश्वास के अनुसार वे मत्स्येन्द्र के छोटे भाई हैं।

अन्त में आचार्य हजारी प्रसाद द्विवेदी ने भी मान लिया है कि प्राचीन काल में मत्स्येन्द्रनाथ का नाम ही मीन वा मीननाथ माना जाता था।[74] 'तंत्रालोक' में भी दोनों को एक ही माना गया है। "किसी–किसी पण्डित ने बौद्ध सहजयानियों के आदि सिद्ध लुईपाद और मत्स्येन्द्रनाथ को एक ही व्यक्ति बताने का प्रयत्न किया है। लुई शब्द को लोहित (=रोहित=मत्स्य) शब्द का अपभ्रंश मानकर इस मत की स्थापना की गयी है। इस कल्पना का एक और भी कारण यह है कि तिब्बती अनुश्रुतियों के अनुसार लुईपाद का एक और नाम मत्स्यान्त्राद (=मछली की अतड़ी खाने वाला) दिया हुआ है। यह नाम मच्छध्न नाम से मिलता है।"[75]

इस तरह यह देखा गया कि गोरक्षनाथ के गुरु के नाम के सम्बन्ध में एक लम्बी बहस चली। मत्स्येन्द्र और मीन के विवाद के कारण कोई सर्वमान्य मत सामने न आ सका। अब उनके ही ग्रन्थों के आधार पर तथ्य की खोज की जाय, 'विवेकमार्तण्ड' की ओर से उद्धृत 'गोरक्षसिद्धान्तसंग्रह'[76] में गुरु के रूप में मीननाथ की स्तुति है। 'गोरक्षशतक' के दूसरे श्लोक में भी यही श्लोक है। आचार्य हजारी प्रसाद द्विवेदी ने इस श्लोक के पाठभेदों की चर्चा करते हुए 'गोरक्ष सिद्धान्त संग्रह' के पाठ को अशुद्ध बताया है। इसके साथ गोरक्षशतक के पाठ को वे शुद्ध मानते हैं, जिसको ब्रिग्स महोदय ने भी उद्धृत किया है[77]–

अन्तर्निश्चलितात्मदीपकलिका स्वाधारबन्धादिभि–
र्यो गोयी युगकल्पकालकलना तत्वंच जे गीयते।
ज्ञानामोदमहोदधिः समभवद्यत्रादिनाथः स्वयं
व्यक्ताव्यक्तगुणाधिकं तमनिशं श्री मीननाथं भजे।।

'गोरक्षसिद्धान्तसंग्रह' श्री जनार्दन शास्त्री पाण्डेय की प्रति में पंक्ति 2 में "जे गीयते" के स्थान पर "यो गीयते" है तथा एक अन्य प्रति में जेगीयते=यो गीयते, ज्ञानामोदमही दधिः के स्थान पर ज्ञानान्मोदमहोदधिः, और आदिनाथः के स्थान पर आदिनाथं छपा है। द्विवेदी जी ने ब्रिग्स के पाठ को शुद्ध माना है, परन्तु ब्रिग्स ने भी पंक्ति–3 में मोदधिः लिखा है, शेष शुद्ध है, फिर भी द्विवेदी जी का प्रयास सराहनीय है।[78] इन पाठभेदों पर विचार करते हुए द्विवेदी जी ने

निष्कर्ष निकाला है कि 'स्मरदीपिका' जैसे कामशास्त्रीय ग्रन्थ के प्रणेता नाथ सम्प्रदाय के मीननाथ नहीं हो सकते—यह निष्कर्ष बड़ा ही तथ्यपूर्ण लगता है।[79] लेबी[80] ने लिखा है कि श्रीनाथ महाराज लोशी साखर[81] ने मीननाथ का अनुवाद मत्स्येन्द्रनाथ किया है। इस पर टीका करते हुए ब्रिग्स महोदय ने लिखा है कि बंगाल में मीन और मत्स्येन्द्र भिन्न–भिन्न हैं तथा मत्स्येन्द्र गोरखनाथ के गुरु और मीन एक अनुयायी माने जाते हैं।[82] डॉ. बागची की सूची में एक नाम मत्स्येन्द्रनाथ भी है, इसके साथ उनका विवरण इस प्रकार है—नाम—विष्णु शर्मा, जाति—ब्राह्मण, जन्मभूमि—वारणा (वंगदेश), चर्यानाम—श्रीगौडीशदेव, पूजानाम—श्री पिप्लीश देव, गुप्तनाम—श्री भैरवानन्दनाथ।[83] इन नामों के उपरान्त द्विवेदी जी ने कीर्ति नाम—वीरानन्दनाथ, इन्द्रानंददेव, मत्स्येन्द्रनाथ बताया है।[84] उनके सम्बन्ध में विविध कथाएँ हैं, जिनमें से कुछ का संग्रह द्विवेदी जी ने किया है,[85] जिनसे निष्कर्ष निकलता है कि "मत्स्येन्द्रनाथ गोरक्षनाथ के गुरु थे।"[86] डॉ. नागेन्द्रनाथ उपाध्याय भी यही मानते हैं।[87] इसके साथ वे एक प्रामाणिक सूची द्वारा मत्स्येन्द्रनाथ के विविध रूपान्तरित नामों को भी उद्धृत करते हैं[88]—

मत्स्येन्द्रनाथ—(महार्णवतंत्र, योगिसम्प्रदायाविष्कृति, सुधाकर चन्द्रिका)।

मीन, मीनो—(विभिन्न तंत्र ग्रन्थ, श्यामारहस्य, वर्णरत्नाकर)।

मीनपा, मीनपाद—(सस्वय विहार की सूची, कौलज्ञान निर्णय, अकुलवीर तंत्र)।

मत्स्येन्द्रनाथ—(योग विषय, सिद्धसिद्धान्तपद्धति ऐण्ड अदर वर्क्स)।

मच्छध्नपाद, मच्छेंद्रपाद, मत्स्येंद्रपाद—(कौलज्ञान निर्णय)।

मच्छेंपाद—(अकुलवीर तंत्र, बी.)।

मत्स्येन्द्र—(कुलानन्द, हठयोग प्रदीपिका)।

मच्छिन्द्रनाथपाद—(ज्ञानकारिका)।

मच्छंद—(तंत्रालोक—अभिनवगुप्त रचित)।

डॉ. अक्षय कुमार बनर्जी ने भी गोरक्षनाथ के गुरु के रूप में मत्स्येन्द्रनाथ को ही माना है।[89] "यौवन के आरम्भ में ही वह युवक मत्स्येन्द्रनाथ से योगदीक्षा और योगिवेश लेकर उन्हीं का अनुयायी बना।"[90] दिनेश बाबू का कहना है कि गोरक्षनाथ मीननाथ के शिष्य थे[91] परन्तु आगे तर्क से प्रमाणित किया है कि मत्स्येन्द्रनाथ ही गोरक्षनाथ के गुरु थे।[92] महार्थमंजरी के त्रिवेन्द्रम संस्करण से ज्ञात होता है कि उनके गुरु का नाम महाप्रकाश था।[93] परन्तु यह मत सर्वमान्य नहीं है, वाराणसी संस्कृत विश्वविद्यालय से प्रकाशित तथा पं. व्रजवल्लभ द्विवेदी सम्पादित संस्करण में मत्स्येन्द्र को ही गोरक्षनाथ का गुरु माना गया है।[94]

"नेपालराज के कमण्डलु में भृंग रूप से प्रवेश करने के कारण मत्स्येन्द्रनाथ का एक नाम भृंगनाथ था।"[95] प्रबोधचन्द्र बागची के अनुसार मत्स्येन्द्र पहले ब्राह्मण थे, किन्तु बाद में वे मत्स्येन्द्र कहलाते थे। इसका कारण यह था कि वे कैवर्त का कार्य करने लगे थे। पवित्र कुलागम निगल जाने वाली मछली को मार देने के कारण उन्हें ऐसा नाम दिया गया।[96] कार्तिकेय ने कुलागम चुरा लिया। भैरव ने उसका उद्धार करने का प्रयत्न किया। जब वे अपने स्वरूप में नहीं कर सके तो तब उन्होंने मछली का रूप धारण किया। अतः नाम मत्स्येन्द्र पड़ा।[97] इससे यह प्रकट होता है कि मत्स्येन्द्र यद्यपि ब्राह्मण थे किन्तु कुलागम के लिए उन्होंने अपना ब्राह्मणत्व त्याग दिया था और वे इस पथ पर चल पड़े थे।[98] डॉ. रांगेय राघव ने मत्स्येन्द्रनाथ से सम्बन्धित कुछ सारयुक्त कथाओं को देकर उनको महादेव का मानस पुत्र तथा भृगुवंशीय ब्राह्मण बताया है। ये कथाएँ 'योगिसम्प्रदायाविष्कृति' से गृहीत हैं। इसी तरह की अनेक कथाएँ वर्णित हैं।[99] 'गोरखबानी' में भी कई स्थानों पर मत्स्येन्द्रनाथ को आदिनाथ का पुत्र तथा गोरख का गुरु कहा गया है। 'गोरख–बोध'[100] नामक साम्प्रदायिक ग्रन्थ में मत्स्येन्द्रनाथ को गोरक्षनाथ का गुरु ही नहीं बताया गया है, बल्कि अनेक परीक्षणों में गोरक्षनाथ को खरा भी दिखाया गया है। इसके साथ यह भी उद्धृत है कि मत्स्येन्द्रनाथ उपरिक्षवसु के पुत्र त्रिया राज्य की रानी मैनाकिनी के पति तथा मीननाथ के पिता थे।[101] इसी त्रिया देश से गोरक्षनाथ ने मत्स्येन्द्रनाथ को निकाला या उनका मोहभंग किया था।[102] 'गोरख–बोध' की सारी की सारी कथाएँ मत्स्येन्द्रनाथ को गोरक्षनाथ का गुरु प्रमाणित करती हैं।[103] अतः गोरक्षनाथ के गुरु मत्स्येन्द्रनाथ ही ठहरते हैं।

विराट व्यक्तित्व

महायोगी गोरखनाथ का भारत के सामाजिक–सांस्कृतिक एवं आध्यात्मिक इतिहास में अप्रतिम स्थान है। हजारी प्रसाद द्विवेदी लिखते हैं कि शंकराचार्य के बाद इतना प्रभावशाली और इतना महिमान्वित महापुरुष दूसरा नहीं हुआ।[104] भारतवर्ष के कोने–कोने में उनके अनुयायी आज भी पाये जाते हैं। भक्ति आन्दोलन के पूर्व सबसे शक्तिशाली धार्मिक आन्दोलन गोरखनाथ का योगमार्ग ही था। भारतवर्ष की ऐसी कोई भाषा नहीं है जिसमें गोरखनाथ सम्बन्धी कहानियाँ न पायी जाती हों। इन कहानियों में परस्पर ऐतिहासिक विरोध बहुत अधिक है परन्तु फिर भी इनकें एक बात अत्यन्त स्पष्ट हो जाती है कि गोरखनाथ अपने युग के सबसे बड़े नेता थे। उन्होंने जिस धातु को छुआ वही

सोना हो गया।[105] वस्तुतः गोरखनाथ मध्यकालीन धर्मसाधना एवं साहित्य के अप्रतिम व्यक्तित्व हैं उनके योग–दर्शन पर केन्द्रित नाथ सम्प्रदाय का प्रभाव सम्पूर्ण भारत के साथ–साथ अफगानिस्तान, पाकिस्तान, चीन, कम्बोडिया, जापान, म्यांमार, बांग्लादेश सहित पूर्वी द्वीप समूह पर पड़ा। यह उनके विराट व्यक्तित्व का ही प्रभाव था कि गोरखनाथ का व्यक्तित्व दिव्य एवं लोकोत्तर माना जाने लगा। वे विलक्षण व्यक्तित्व वाले सिद्ध योगी थे। उन्होंने न केवल समकालीन समाज को अपितु अपने मत्स्येन्द्रनाथ को भी सतर्क और जागरूक किया। उन्होंने अन्य अनेक समकालीन साधनाओं को परिष्कृत कर अपने मत में समाहित कर लिया।

महात्मा बुद्ध के बाद भारत के इतिहास में उनके जैसा सामाजिक एवं आध्यात्मिक युग प्रवर्तक गोरखनाथ ही हुए। पूरे एशिया को प्रभावित करने वाले बौद्ध धर्म के परवर्ती प्रभाव को गोरखनाथ ने परिष्कृत किया और बौद्ध साधना प्रभावित क्षेत्रों को नाथमत की साधना सीमा में समेट लिया।[106] उनके हठयोग और सहजयान योग का तत्कालीन समाज में तीव्रता से प्रसार हुआ जिसने भारत के सामाजिक एवं धार्मिक जीवन को आन्दोलित किया। उनके सिद्धान्तों में प्राचीन शैवों, आजीवकों, वज्रयान बौद्धों आदि के मतों और सिद्धान्तों का अनुपम समन्वय है। गोरखनाथ के समय में नाथपन्थ भारत और नेपाल दोनों देशों में अत्यन्त शक्तिशाली एवं एक प्रकार से राष्ट्रीय धर्म का स्वरूप ग्रहण कर लिया था। भारत की ऐसी कोई भाषा नहीं जिसमें गोरखनाथ से सम्बन्धित कहानियाँ न पायी जाती हों। देश का कोई क्षेत्र ऐसा नहीं जहाँ उनके अनुयायी न पाये जाते हों। अम्बाला, हैदराबाद और रंगपुर में गाने–बजाने का काम करने वाले, कांगड़ा में नग्नावस्था में औघड़ के रूप में घूमने वाले, मध्य प्रदेश में शीशे, कंघे, मूँगे बेचते फिरने वाले, बंगाल और असम में जुलाहे, मुम्बई में नाथों के वेश में घुमक्कड़ योगी, उत्तर प्रदेश में भ्रमणशील योगी और नाथपन्थ के मठ–मन्दिरों में साधनारत योगाचार्य योगी महायोगी गोरखनाथ के ही आधुनिक प्रतिनिधि हैं।

गोरखनाथ ने योग को विशुद्ध व्यावहारिक स्वरूप प्रदान किया। पतंजलि के सैद्धान्तिक योग को गोरखनाथ ने सिद्ध किया और उसे जन–जन तक सहज रूप में पहुँचाया। योग को गोरखनाथ ने तन–मन, बुद्धि और आत्मा को स्वस्थ एवं शुद्ध करने का मूल आधार बनाया। वैदिक युग से चली जा रही जटिल उपासना पद्धतियों एवं समकालीन बौद्ध साधना में आयी विकृतियों के समानान्तर योग को एक सहज उपासना पद्धति का रूप दिया। गोरक्षनाथ का योग मात्र दर्शन नहीं था अपितु वह व्यावहारिक धरातल पर ऐसी सहज उपासना

पद्धति के रूप में मान्य हुआ जिसके माध्यम से आनन्दित जीवन जीया जा सकता था, मोक्ष और तदनन्तर ईश्वर को पाया जा सकता था। गारेखनाथ के इसी योग–क्रान्ति ने समकालीन भक्ति उपासकों में खलबली पैदा कर दी और तुलसी को यह कहना पड़ा था–"गोरख जगायो योग भगति भगायो लोग।"[107] गोरक्षनाथ और नाथपन्थ के योगियों का व्यावहारिक योग आज भी शरीर को स्वस्थ रखने के साथ–साथ ध्यान और समाधि के माध्यम से अपने आराध्य को प्राप्त करने की एक विशिष्ट उपासना पद्धति भी है जो कर्मकाण्डी पाखण्ड से मुक्त है, सहज और सरल है, सभी के लिए सर्वसुलभ है।

गोरखनाथ हिन्दी और भोजपुरी के आदि कवि माने जाते हैं। यद्यपि कि अनेक विद्वानों ने अमीर खुसरो को पहला कवि स्वीकार किया है।[108] उल्लेखनीय है कि अमीर खुसरो की भाषा वर्तमान साहित्यिक हिन्दी के एकदम निकट है। इससे ऐसा स्पष्ट प्रतीत होता है कि खुसरो की भाषा–शृंखला की पूर्व की कड़ियाँ अवश्य विद्यमान नही होंगी।[109] राहुल सांकृत्यायन ने सातवीं शताब्दी के सरहपाद को हिन्दी का प्रथम कवि माना है।[110] डॉ. नागेन्द्र नाथ उपाध्याय ने अपने 'हिन्दी साहित्य का इतिहास' में इसी मत को स्वीकार किया है।[111] डॉ. कमल सिंह ने अपने शोध में यह प्रमाणित किया है कि गोरखनाथ हिन्दी के आदि कवि हैं। गोरखनाथ की रचनाओं के अध्ययन से निस्सन्देह यह बात पुष्ट होती है और इसी क्रम में गोरखनाथ भोजपुरी के आदि कवि दिखायी देते हैं। इस प्रकार हिन्दी और संस्कृत साहित्य की दृष्टि से भी गोरखनाथ का व्यक्तित्व अद्वितीय है।

नाथपन्थ के प्रवर्तक गुरुश्री गोरखनाथ ने अपने युग की सामाजिक परिस्थितियों को भी झकझोरा। उल्लेखनीय है कि उनके युग में भारत के सामाजिक जीवन में अनेक विकृतियाँ व्याप्त हो चुकी थीं। समाज में जातिगत भेदभाव के साथ ऊँच–नीच जैसे भाव व्याप्त थे। लोक जीवन में धार्मिक चेतना पूर्ववर्ती सिद्धों से आकर उसके पारमार्थिक उद्देश्य से विमुख हो रही थी। गोरखनाथ ने लोक जीवन के धार्मिक चेतना को नयी प्राणशक्ति से अनुप्राणित किया। किसी भी सामाजिक रूढ़ि पर चोट करते समय उन्होंने कोई दुर्बलता नहीं दिखायी। उन्होंने सामाजिक रूढ़ियों, पाखण्डों, बाह्याडम्बरों पर कठोरतापूर्वक चोट की और यह करते समय उन्होंने किसी से भी समझौता नहीं किया। लोक से भी नही, वेद से भी नहीं। गोरखनाथ ने निर्मम 'हथौड़े' की चोट से साधु और गृहस्थ दोनों की कुरीतियों को चूर्ण–विचूर्ण कर दिया।[112] महात्मा बुद्ध की तरह उन्होंने भारत के सामाजिक जीवन में व्याप्त भेदभाव

एवं ऊँच–नीच को नकारते हुए समरस समाज का मंत्र गुंजित किया। भारत के सामाजिक परिवर्तन में गोरखनाथ का योगदान महात्मा बुद्ध की तरह ही मील का पत्थर है।

गोरखनाथ ने अपने साधना के बल पर एक वृहद् योगी समाज का संगठन किया जिसमें गृहत्यागी संन्यासियों के साथ–साथ गृहस्थ नाथों की भी एक अच्छी–खासी संख्या थी। गोरक्षनाथ ने भारतीय साधना के उन मूल तत्त्वों की पुनर्स्थापना की जो भारतीय संस्कृति की सर्वस्वीकार्य विशेषताएँ रही हैं। उन्होंने भारतीय संस्कृति को पुनर्जीवन दिया। उनके आध्यात्मिक दर्शन में सम्प्रदायगत संकीर्णताएँ नहीं थी। इस्लाम के अनुयायियों को भी उन्होंने प्रभावित किया। हिन्दू–मुस्लिम एकता की जिस धारा के प्रवर्तक कबीर जैसे सन्त दिखायी देते हैं, उसकी नींव सर्वप्रथम गोरखनाथ ने रखी। गोरखनाथ के इस आध्यात्मिक दर्शन ने नाथपन्थ के प्रति इस्लाम अनुयायियों में आकर्षण पैदा किया और अनेक इस्लाम के समर्थक नाथपन्थ में दीक्षित होने लगे। आज भी नाथपन्थ में इस्लाम के अनुयायी पाये जाते हैं।

गोरखनाथ का व्यक्तित्व यौगिक साधना के बल पर एक चमत्कारिक व्यक्तित्व था। उनके सम्बन्ध में व्याप्त जनश्रुतियाँ इसे प्रमाणित करती हैं। काल की सीमा का अतिक्रमण, श्रीराम एवं हनुमान जैसों के साथ उनकी भेंट एवं संवाद, बप्पा रावल को तलवार देने, नेपाल में शाह राजवंश की स्थापना एवं नेपाल में ही मेघमालाओं को बाँधकर वहाँ के शासक को दण्डित करने जैसी जनश्रुतियाँ एवं कथाएँ गोरखनाथ के बहुआयामी एवं चमत्कारिक व्यक्तित्व की सूचक है।

गोरखनाथ भारत के सामाजिक–धार्मिक इतिहास में एक युग–प्रवर्तक व्यक्तित्व हैं। उन्होंने भारत में सामाजिक एवं धार्मिक जीवन को युगानुकूल एक नयी दिशा दी। वे अपने युग के सबसे महानतम धर्मनेता थे। उनकी संगठन शक्ति अपूर्व थी, उनका व्यक्तित्व समर्थ धर्मगुरु का था, उनका चरित्र स्फटिक के समान उज्ज्वल, बुद्धि भावावेश से एकदम अनाविल और कुशाग्र थी। उनके चरित्र में कहीं भी भावविह्वलता नहीं है। वे ज्ञान के उपासक थे।[113] माया और मोह से विरत वे कामजित थे। गोरखनाथ का अखण्ड ब्रह्मचर्यपूर्ण जीवन नाथपन्थ का मूल आधार बना। गोरखनाथ ने संसार के जीवों को कष्ट से, दुःख से मुक्ति का मार्ग दिखाया। उन्होंने पूर्व से चली आ रही नाथपन्थ की परम्परा को न केवल युगानुकूल समृद्ध किया अपितु उसे बिल्कुल नये स्वरूप में प्रतिष्ठित भी किया। गोरखनाथ द्वारा प्रवर्तित नाथपन्थ में भारत योगियों की

एक शाश्वत परम्परा का वाहक बना जो अनवरत राष्ट्रीय एकात्मता, सामाजिक परिवर्तन, योग केन्द्रित आध्यात्मिक उपासना पद्धति का पथप्रदर्शक है। आज तक योगियों की यह परम्परा निरन्तर भारत के सामाजिक राष्ट्रीय जीवन को समर्पित लोक–कल्याण हेतु अहर्निश प्रयत्नशील है।

सन्दर्भ

1. नागेन्द्रनाथ उपाध्याय, गोरखनाथ : नाथ सम्प्रदाय के परिप्रेक्ष्य में, विश्वविद्यालय प्रकाशन वाराणसी, द्वितीय संस्करण 2009, पृ. 90–91
2. के.आर. नजुंडन, नाथ सम्प्रदाय : उद्‌भव एवं विस्तार, पृ. 75
3. वही, पृ. 76
4. हजारी प्रसाद द्विवेदी, नाथ सम्प्रदाय, पृ. 107
5. के.आर. नजुंडन, नाथ सम्प्रदाय : उद्‌भव एवं विस्तार, पृ. 76
6. नागेन्द्रनाथ उपाध्याय, गोरखनाथ : नाथ सम्प्रदाय के परिप्रेक्ष्य में, पृ. 91
7. हजारी प्रसाद द्विवेदी, नाथ सम्प्रदाय, पृ. 95
8. देहाती याभ्याम्–भण्डार, दिल्ली संस्करण के आधार पर, द्रष्टव्य–अनुज प्रताप : गोरखनाथ और नाथ सिद्ध, पृष्ठ–1
9. अस्ति याभ्याम् (पश्चिमायां) दिशि कच्चिदेशः बढव संज्ञकः तत्राजनि महाबुद्धिर्महामंत्र प्रसादतः। 'कौलज्ञान निर्णय'–भूमिका, पृ. 64; प्राप्ति स्थान–नाथ सम्प्रदाय : हजारी प्रसाद द्विवेदी
10. हजारी प्रसाद द्विवेदी, नाथ सम्प्रदाय, पृ. 95
11. हिन्दी काव्यधारा, पृ. 156; द्रष्टव्य–अनुज प्रताप सिंह, 'गोरखनाथ और नाथ सिद्ध', पृ. 2
12. ब्रिग्स, गोरखनाथ एण्ड कनफटा योगी, पृ. 229
13. हजारी प्रसाद द्विवेदी, नाथ सम्प्रदाय, पृ. 96
14. अनुज प्रताप सिंह, 'गोरखनाथ और नाथ सिद्ध', पृ. 4
15. बुद्ध प्रकाश : भारतीय धर्म और दर्शन, पृ. 129
16. हजारी प्रसाद द्विवेदी, नाथ सम्प्रदाय, पृ. 95
17. सुरेश चन्द्र नाथ मजूमदार, राजगुरु योगीवंश, पृ. 57
18. वही, पृ. 114–116
19. योगवाणी का गोरख विशेषांक, वर्ष 2, जनवरी 1977, अंक 1, पृ. 162–64
20. ब्रिग्स, गोरखनाथ एण्ड कनफटा योगी, पृ. 78–79
21. वही, पृ. 98
22. वही, पृ. 78–82
23. योगवाणी का गोरख विशेषांक, वर्ष 2, जनवरी 1977, पृ. 68

24. सुरेश चन्द्र नाथ मजूमदार, राजगुरु योगीवंश, पृ. 120
25. योगवाणी का गोरख विशेषांक, वर्ष 2, जनवरी 1977, अंक 1, पृ. 266–68
26. चित्रावली–परेवा खण्ड

    आगे गोरखपुर भल देसू, निबहै सोई जो गोरख बेसू

    जहँ तहँ मढी गुफा बहुत अहहीं जोगी जती सनासी रहहीं।

    चारि ओर जाप नित होई, चस्वा आन करै नहिं कोई।।
27. ब्रिग्स, गोरखनाथ एण्ड कनफटा योगी, पृ. 90
28. दिवाकर पाण्डेय, गोरखनाथ एवं उनकी परम्परा का साहित्य, पृ. 63
29. ब्रिग्स, गोरखनाथ एण्ड कनफटा योगी, पृ. 82
30. योगवाणी का गोरख विशेषांक, वर्ष 2, फरवरी 1977, पृ. 42–43
31. अस्थल बोहरमठ का संक्षिप्त इतिहास, महन्त श्रेयोनाथ योगी, पृ. 165
32. योगवाणी का गोरख विशेषांक, वर्ष 2, जनवरी 1977, अंक 1, पृ. 370–71
33. ब्रिग्स, गोरखनाथ एण्ड कनफटा योगी, पृ. 100
34. योगवाणी का गोरख विशेषांक, वर्ष 2, फरवरी 1977, अंक 2, पृ. 36–37
35. योगवाणी, वर्ष 2, मार्च 1977, अंक 3, पृ. 44–46
36. वही, पृ. 40–43
37. ब्रिग्स, गोरखनाथ एण्ड कनफटा योगी, पृ. 120
38. योगवाणी, वर्ष 2, मार्च 1977, अंक 3, पृ. 46
39. सुरेश चन्द्र नाथ मजूमदार, राजगुरु योगीवंश, पृ. 119–20
40. दिवाकर पाण्डेय, गोरखनाथ एवं उनकी परम्परा का साहित्य, पृ. 65
41. योगवाणी, वर्ष 2, अप्रैल 1977, अंक 4, पृ. 44–45
42. नागरी प्रचारिणी पत्रिका, संवत् 2034, अंक 1–2, पृ. 50
43. द्रष्टव्य–अनुज प्रताप सिंह, गोरक्षनाथ और नाथसिद्ध, पृ. 29; रामकुमार वर्मा, हिन्दी साहित्य का आलोचनात्मक इतिहास, पृ. 129–30; डब्ल्यू. क्रूक, 'रिलीजन एण्ड फोकलोर ऑफ नार्दन इण्डिया'
44. महन्त श्री गंगानाथ, गोरक्ष शब्द निरुक्ति, पृ. 1
45. वही, पृ. 2
46. अक्षय कुमार वन्द्योपाध्याय, आदर्श योगी, पृ. 6–7
47. कल्याणी मलिक, नाथ सम्प्रदायेतर इतिहास, दर्शन और साधना प्रणाली, पृ. 29; गोरक्ष सिद्धान्त संग्रह, पृ. 42
48. कल्याणी मलिक, सिद्धसिद्धान्तपद्धति एण्ड अदर वर्क्स ऑफ नाथयोगीज, पृ. 72–73
49. अक्षय कुमार वन्द्योपाध्याय, आदर्श योगी
50. बलदेव उपाध्याय, श्री शंकराचार्य, पृ. 35

51. बुद्ध प्रकाश : भारतीय धर्म एवं संस्कृति, पृ. 103
52. गोरखवाणी
53. हजारी प्रसाद द्विवेदी, हिन्दी साहित्य की भूमिका, पृ. 52
54. रामकुमार वर्मा, हिन्दी साहित्य का आलोचनात्मक इतिहास, पृ. 129 के आधार पर। इस तथ्य को वर्मा जी ने इन्साइक्लोपीडिया ऑफ रिलीजन एण्ड इथिक्स वाल्यूम 6, पृ. 328 से लिया है।
55. हिन्दी काव्यधारा, पृ. 156
56. गोरखबानी, पृ. 25
57. वही, पृ. 66
58. वही, पृ. 204
59. वही, पृ. 37
60. वही, पृ. 133
61. वही, पृ. 91
62. सम्पादक–जनार्दन शास्त्री पाण्डेय, निवेदन, पृ. झ
63. हजारी प्रसाद द्विवेदी, नाथ सम्प्रदाय, पृ. 36
64. नेपाल कैटलॉग, 2 य भाग, पृ. 19; प्राप्ति स्थान–हजारी प्रसाद द्विवेदी, नाथ सम्प्रदाय, पृ. 36–37
65. हजारी प्रसाद द्विवेदी, नाथ सम्प्रदाय, पृ. 37 से उद्धृत
66. हजारी प्रसाद द्विवेदी, नाथ सम्प्रदाय, पृ. 37
67. वही
68. पुरातत्त्व निबन्धावली, पृ. 120
69. हजारी प्रसाद द्विवेदी, नाथ सम्प्रदाय, पृ. 37–38
70. पुरातत्त्व निबन्धावली, पृ. 120
71. वेंकटेश्वर प्रेस बम्बई और मोतीलाल बनारसीदास की प्रतियों में
72. बौद्धगाम ओ दोहा, पृ. 411, गंगा तत्त्वांक, पृ. 221
73. हजारी प्रसाद द्विवेदी, नाथ सम्प्रदाय, पृ. 38
74. वही, पृ. 39
75. वही, पृ. 39
76. वही, पृ. 35
77. ब्रिग्स : गोरखनाथ एण्ड दि कनफटा योगीज, पृ. 284; द्रष्टव्य–'गोरक्षशतक' गोरखनाथ मन्दिर, गोरखपुर से प्रकाशित।
78. हजारी प्रसाद द्विवेदी, नाथ सम्प्रदाय, पृ. 40–41
79. वही, पृ. 41
80. ल नेपाल : जि. 1, पृ. 155

81. सार्थ ज्ञानेश्वरी, पृ. 18–1754
82. ब्रिग्स : गोरखनाथ एण्ड दि कनफटा योगीज, पृ. 230
83. हजारी प्रसाद द्विवेदी, नाथ सम्प्रदाय, पृ. 41–42
84. वही, पृ. 42
85. वही, पृ. 43–44
86. वही, पृ. 50
87. गोरक्षनाथ (नाथ सम्प्रदाय के परिप्रेक्ष्य में), पृ. 88
88. वही, पृ. 88–89
89. नाथ योग, पृ. 4
90. अक्षयकुमार वन्द्योपाध्याय, आदर्श योगी, पृ. 5
91. वही, पृ. 5
92. वही, पृ. 6
93. योगवाणी, वर्ष 2, फरवरी 1977, अंक 2, पृ. 19
94. महार्थमंजरी उपोदधातः, पृ. ङ–च
95. कौलज्ञान निर्णय, पृ. 58, श्लोक 17 में मत्स्येन्द्रनाथ को भृंगपाद कहा गया है। द्रष्टव्य–हजारी प्रसाद द्विवेदी, नाथ सम्प्रदाय, पृ. 14
96. कौलज्ञान निर्णय, 60/37, प्राप्ति स्थान–रांगेय राघव, गोरखनाथ और उनका युग, पृ. 13
97. कौलज्ञान निर्णय, पृ. 11, "अहं धीवरो देवी अहं वीरेश्वरः प्रिये" प्राप्ति स्थान–रांगेय राघव, गोरखनाथ और उनका युग, पृ. 13
98. रांगेय राघव, गोरखनाथ और उनका युग, पृ. 13
99. वही, पृ. 14–15
100. वही, पृ. 16–17
101. गोरख–बोध, पृ. 16–17
102. वही, पृ. 25–26
103. देहाती पुस्तक भण्डार चावड़ी बाजार, चौक दिल्ली से प्रकाशित संस्करण।
104. हजारी प्रसाद द्विवेदी, नाथ सम्प्रदाय, पृ. 95
105. हजारी प्रसाद द्विवेदी, नाथ सम्प्रदाय, पृ. 95
106. कमल सिंह, गोरखनाथ और उनका हिन्दी साहित्य, प्रस्तावना
107. वही, पृ. 23
108. रामकुमार वर्मा, हिन्दी साहित्य का आलोचनात्मक इतिहास, पृ. 136;
    कैलाशचन्द्र भाटिया ब्रजभाषा और खड़ी बोली का तुलनात्मक अध्ययन, पृ. 62;
    बाबूराम सक्सेना, दक्खिनी हिन्दी, पृ. 30

109. कमल सिंह, गोरखनाथ और उनका हिन्दी साहित्य, पृ. 16
110. राहुल सांकृत्यायन, हिन्दी काव्यधारा, पृ. 5
111. नागेन्द्रनाथ उपाध्याय, हिन्दी साहित्य का इतिहास, पृ. 32
112. हजारी प्रसाद द्विवेदी, नाथ सम्प्रदाय, पृ. 205
113. हजारी प्रसाद द्विवेदी, नाथ सम्प्रदाय, पृ. 205

□

अध्याय–4

नवनाथ एवं चौरासी सिद्ध

यद्यपि गोरखनाथ द्वारा प्रवर्तित नाथपन्थ का स्वरूप एवं दर्शन गोरखनाथ की प्रतिभा की मौलिक देन है तथापि नाथपन्थ की विकास यात्रा के सूत्र प्राक् वैदिक युग तक देखे जा सकते हैं। नाथपन्थ जिस योग–दर्शन एवं योग–परम्परा को संगठित कर आगे बढ़ा उसे अनेक विद्वानों ने प्राक् वैदिक युग के व्रात्यों से जोड़ा है। भारत के विस्तृत भू–भाग में विद्वानों ने आर्य, द्रविड़ और व्रात्य की तीन मूल धाराएँ स्वीकार की है। सामान्यतः माना जाता रहा है कि उत्तर भारत में आर्य, दक्षिण भारत में द्रविड़ और मगध में उड़ीसा से पूर्व पूर्वी भारत के व्रात्यों का प्रभाव था। प्राक् वैदिकयुगीन व्रात्य योग साधना किया करते थे। शिव और दुर्गा इनके आराध्य देव थे। यही व्रात्य आगे चलकर अथर्ववेद की शाखा पिप्पलाद के अनुयायी दिखायी देते हैं। सायणाचार्य का मत है कि ऋक्संहिता से बहुत पूर्व भृगु अंगिरस अथर्वण ऋषियों ने कुछ श्लोकों की रचना की जो व्रात्य, आर्य, सभ्यता के मिलन के पश्चात् अथर्ववेद के रूप में दोनों को स्वीकार्य हुई।[1] अन्य अनेक विद्वानों ने भी स्वीकार किया है कि प्राक् वैदिक व्रात्य शैव का ही परवर्ती काल में नाथ शैव के रूप में विकास हुआ। जे.डब्ल्यू. हलार ने व्रात्यों को आधुनिक योगियों का पूर्व पुरुष माना है।[2]

छांदोग्य, वृहदारण्यक, कठ, मैत्री एवं श्वेताश्वतर आदि उपनिषदों में नाथ योग की यौगिक प्रणाली का संकेत है। इस प्रकार नाथ योग प्राक् वैदिक भी है, वैदिक भी है और औपनिषदिक भी है।[3] इस आधार पर कई विद्वानों ने यह स्वीकार किया है कि गोरखनाथ का नाथपन्थ इसी व्रात्य परम्परा का विकसित रूप है। गोरखनाथ इसी परम्परा के एक अनमोल रत्न हैं। हजारी प्रसाद

द्विवेदी ने भी यह अनुमान व्यक्त किया है कि प्रारम्भ के योगमार्ग की दो शाखाएँ थीं–एक वह जो योगमार्गी तो थे किन्तु शैव या शाक्त नहीं थे और दूसरे जो शैवागमवादी तो थे किन्तु योगमार्गी नहीं थे। गोरखनाथ ने इन दोनों शाखाओं में समन्वय स्थापित करते हुए इन्हें नाथपन्थ का हिस्सा बना दिया। गोरखनाथ द्वारा प्रवर्तित नाथपन्थ और उसके योगियों पर अध्ययन करने वाले विद्वान् यह भी मानते हैं कि गोरखनाथ के व्यापक प्रभाव में आकर वाममार्गी शाक्त, बौद्ध, अघोर, कुछ जैन तांत्रिक अवधूत इत्यादि ने भी नाथपन्थ की आध्यात्मिक छत्रछाया ग्रहण कर ली।

विविध धाराओं के सम्मिलन से संगठित नाथपन्थ में उन धाराओं के केवल तत्त्व ही सम्मिलित नहीं हुए होंगे अपितु उनके तमाम सिद्ध और योगी भी स्वीकार किये गये होंगे। इस प्रकार गोरखनाथ के पूर्व एवं गोरखनाथ के समकालीन अनेक सिद्ध योगी एवं नाथयोगी नाथंपथ के सिद्ध योगियों की सूची में दिखायी देते हैं। महायोगी गोरखनाथ के प्रसिद्ध सिद्ध एवं नाथयोगी भी इस सूची में स्थान पाते गये और इन्हीं सिद्धों और नाथ योगियों को नाथपन्थ के चौरासी सिद्ध एवं नवनाथ की मान्यता प्राप्त हुई।

अनेक विद्वानों ने नवनाथों एवं सिद्धों की संख्या क्रमशः नौ और चौरासी की संख्या पर विचार किया है। इस बात पर भी उन्होंने ध्यान आकृष्ट किया है कि नवनाथों को चौरासी सिद्धों से अलग क्यों माना गया। विद्वानों ने सामान्यतः अनुमान और तर्क के आधार पर भी अपने–अपने मत प्रतिपादित किये हैं। विद्वान इस तथ्य पर एकमत हैं कि भारतीय धर्म–दर्शन में चौरासी एवं नौ की संख्या महत्त्वपूर्ण है। डॉ. धर्मवीर भारती का मत है कि चौरासी की संख्या प्रत्येक तांत्रिक सम्प्रदाय में प्रचलित थी। अनेक सम्प्रदाय इस चौरासी संख्या की पूर्ति हेतु विभिन्न शताब्दियों एवं प्रान्तों के सिद्ध पुरुषों के नाम अपनी सूची में सम्मिलित कर लिया करते थे।[4]

बलदेव उपाध्याय का कहना है कि चौरासी सिद्धों की परम्परा किसी एक शताब्दी की नहीं है, अपितु इसमें नवीं शताब्दी से लेकर बारहवीं शताब्दी के मध्य भाग तक के सिद्धाचार्य सम्मिलित किये गये हैं।[5] परशुराम चतुर्वेदी का अनुमान है कि चौरासी सिद्धों की परम्परा सर्वप्रथम तिब्बत में शुरू हुई।[6] कुछ विद्वानों ने यह अनुमान व्यक्त किया है कि चौरासी सिद्धों का सम्बन्ध चौरासी लाख योनियों से है। कुछ विद्वानों ने कामशास्त्र के चौरासी आसनों से भी इनका सम्बन्ध जोड़ा है।[7]

नाथपन्थ चौरासी सिद्धों की सूचियाँ विविध स्रोतों से भिन्न–भिन्न प्राप्त

होती हैं। इन विविध सूचियों में एक समान नाम नहीं मिलते, कुछ जगह तो चौरासी सिद्धों का उल्लेख करते हुए चौरासी सिद्धों की जगह कम ही नाम दिये गये हैं। किसी भी निष्कर्ष पर पहुँचने से पहले यहाँ विभिन्न स्रोतों से प्राप्त सिद्धों का नामोल्लेख समीचीन होगा।

सिद्धों की विभिन्न सूचियाँ

सिद्धों की सूचियों में सबसे प्राचीन सूची तिब्बती ग्रन्थ तेंजूर वाली मानी जाती है, परन्तु इसमें 84 सिद्धों के नाम काल–क्रम से नहीं हैं, न तो गुरु–परम्परा का विशेष अनुगमन ही किया गया है। फिर भी इससे प्राचीन सूची उपलब्ध न होने से, इसी से सूचियों का उल्लेख प्रारम्भ करना संगत जान पड़ता है–

तेंजूर ग्रन्थ की सूची[8]

1–लूहिपा, 2–लीलापा, 3–विरूपा, 4–डोम्भिपा, 5–शबरीपा, 6–सरहपा, 7–कंकालीपा, 8–मीनपा, 9–गोरक्षपा, 10–चोरंगिपा, 11–वीणापा, 12–शांतिपा, 13–तंतिपा, 14–चमरिपा, 15–खंगपा, 16–नागार्जुन, 17–कण्हपा, 18–कर्णरिपा, 19–थगनपा, 20–नारोपा, 21–शीलपा, 22–तिलोपा, 23–छत्रपा, 24–भद्रपा, 25–दोखोंध्निपा, 26–अजोगिपा, 27–कालपा, 28–धोम्भिपा, 29–कंकणपा, 30–कमरिपा, 31–डेंगिपा, 32–भदेपा, 33–तंधेपा, 34–कुकुरिपा, 35–कुसूलिपा, 36–धर्मपा, 37–महीपा, 38–अचितिपा, 39–भलहपा, 40–नलिनपा, 41–भुसुकपा, 42–इन्द्रभूति, 43–मेकोपा, 44–कुठालिपा, 45–कमरिपा, 46–जालंधरपा, 47–राहुलपा, 48–धर्मरिपा, 49–धोकरिपा, 50–मेदिनीपा, 51–पंकजपा, 52–धटापा, 53–जोगीपा, 54–भेलुकपा, 55–गुंडरिपा, 56–लुचिकपा, 57–निर्गुणपा, 58–जमानंत, 59–चर्पटीपा, 60–चंपकपा, 61–भिनखपा, 62–भलिपा, 63–कुमरिपा, 64–जवरिपा, 65–मणिभद्रा, 66–मेखला, 67–कनखला, 68–कलकलपा, 69–कांतिलिपा, 70–धलुहिपा, 71–उधारिपा, 72–कमालिपा, 73–किलपा, 74–सागरपा, 75–सर्वभक्षपा, 76–नागबोधिपा, 77–दारिकपा, 78–पुतुलिपा, 79–पनहपा, 80–कोकालिपा, 81–अनंगपा, 82–लक्ष्मीकरा, 83–समुदपा, 84–भलिपा।

इनमें से 65–मणिभद्रा, 66–मेखला, 67–कनखला एवं 82–लक्ष्मीकरा स्त्रियों के नाम हैं और इन्हें सिद्ध न कहकर 'योगिनी' की संज्ञा दी जाती है।

वर्णरत्नाकर के नाथसिद्धों की सूची[9]

14वीं शताब्दी के प्रथम चरण में वर्तमान कवि शेखराचार्य ज्योतिरीश्वर की रचना 'वर्णरत्नाकर' में भी है। अन्त में 'चउरासी सिद्धा' लिखते हुए भी उसके लेखक ने 84 से कम सिद्धों के नाम ही दिये हैं। इस सूची में नाम संख्या देकर नहीं दिये गये हैं। सिद्धों के नाम देने में विद्वानों ने संख्याओं में अन्तर कर दिया है। डॉ. हजारी प्रसाद द्विवेदी के अनुसार ये नाम हैं–

1–मीननाथ, 2–गोरक्षनाथ, 3–चोरंगीनाथ, 4–चारमीनाथ, 5–तंतिपा, 6–हालिपा, 7–केदारिपा, 8–धोंगिपा, 9–दारिपा, 10–विरूपा, 11–कपाली, 12–कमारी, 13–कान्ह, 14–कनखल, 15–मेखल, 16–उन्मन, 17–काण्डलि, 18–धोबी, 19–जालंधार, 20–टोंगी, 21–मवह, 22–नागार्जुन, 23–दौली, 24–भिषाल, 25–अचिति, 26–चम्पक, 27–टेण्टस, 28–भुम्बरी, 29–बाकलि, 30–तुजी, 31–चर्पटी, 32–भादे, 33–चांदन, 34–कामरी, 35–करवत, 36–धर्मपाततंग, 37–भद्र, 38–पातलिभद्र, 39–पालिहिह, 40–भानु, 41–मनी, 42–निर्दय, 43–सबर, 44–सांति, 45–भर्तृहरि, 46–भीषण, 47–भटी, 48–गगनपा, 49–गमार, 50–मेनुरा, 51–कुमारी, 52–जीवन, 53–अधोसाधव, 54–गिरिवर, 55–सिमारी, 56–नागवालि, 57–विभवत्, 58–सारंग, 59–विविकिधज, 60–मगरध्वज, 61–अचिति, 62–विचित, 63–नेचक, 64–चाटल, 65–नाचन, 66–भीलो, 67–पाहिल, 68–पासल, 69–कमल–कंगारि, 70–चिपिल, 71–गोविन्द, 72–भीम, 73–भैरव, 74–भद्र, 75–भमरी, 76–मुरुकुटी।

पं. परशुराम चतुर्वेदी द्वारा दी गयी सूची में नामों के पाठों में कुछ भिन्नताएँ हैं[10]–

1–मीननाथ, 2–गोरक्षनाथ, 3–चौरंगीनाथ, 4–चामरीनाथ, 5–तंतिपा, 6–हलिपा, 7–केदारिपा, 8–ढोंगपा, 9–दरिपा, 10–विरूपा, 11–कपाली, 12–कमारी, 13–कान्ह, 14–कनखल, 15–मेखल, 16–उन्मन, 17–कान्तलि, 18–धोबी, 19–जालन्धर, 20–डोंगी, 21–मवह, 22–नागार्जुन, 23–दौली, 24–भिषाल, 25–अचिंति, 26–चंपक, 27–ढेण्ढसर, 28–भुसुरी, 29–वाकलि, 30–तुजी, 31–चर्पटी, 32–भादे, 33–चांदन, 34–कामीर, 35–करवत, 36–धर्मपा पतंग, 37–भद्र, 38–मातलिभद्र, 39–पलिहिह, 40–भणु, 41–मीनों, 42–निर्दम, 43–सबर, 44–सांति, 45–भर्तृहरि, 46–भीसन, 47–भरी, 48–गगणपा, 49–गमार, 50–मेणुरा, 51–कुमारी, 52–जीवन, 53–अद्योसाधर, 54–गिरिवर, 55–सीयरी, 56–नागवलि, 57–धिभरह, 58–सारंग, 59–विविकिधज, 60–मगरधज,

61—अचिंत, 62—विचिंत, 63—नेवक, 64—चाटल, 65—नाचन, 66—भीलो, 67—पाहिल, 68—पासल, 69—कमलकंगारि, 70—चिपिल, 71—गोविन्द, 72—भीम, 73—भैरव, 74—भद्र, 75—भामरी, 76—भूरुकुटी।

इसी प्रकार डॉ. नागेन्द्रनाथ उपाध्याय ने भी नामों की संख्या और पाठों में भिन्नता प्रदर्शित की है[11]

1—सीलनाथ (मीननाथ), 2—गोरक्षनाथ, 3—चौरंगीनाथ, 4—चामरीनाथ, 5—तंतिपा, 6—हलिपा, 7—केदारिपा, 8—ढोंगपा, 9—दारिपा, 10—विरूपा, 11—कपाली, 12—कमारी, 13—कान्ह, 14—कनखल, 15—मेखल, 16—उन्मन, 17—मांतलि, 18—धोबी, 19—जालन्धर, 20—डोंगी, 21—मन्वह (सरह), 22—नागार्जुन, 23—दौली, 24—भिषणि, 25—अचिति, 26—चंपक, 27—मेदिनी, 28—चेंटस, 29—भुसुरी, 30—धाकलि, 31—कूजी, 32—चर्प्पटि, 33—भादें, 34—चांदन, 35—कामरि, 36—करवत, 37—धर्मपापतंग, 38—भद्र, 39—पातलिभद्र, 40—पालिहिह, 41—भांड, 42—मीनो, 43—निर्दय, 44—सबर, 45—सांति, 46—भार्तृहरि, 47—भीसन, 48—भटी, 49—गगणपा, 50—गमार, 51—मडरा, 52—कुमारी, 53—जीवन, 54—अधोसाधर, 55—गिरिवर, 56—सीयारी, 57—नागवालि, 58—धिभरह, 59—सारंग, 60—विविकिधज, 61—मंगरधज, 62—अचित, 63—विचित, 64—नेवक, 65—चाटल, 66—नायक, 67—भीलो, 68—पाहिल, 69—पासल, 70—कमल, 71—कंगारी, 72—चिपिल, 73—गोंविन्दं, 74—भीम, 75—भैरव, 76—भद्रभमरी, 77—भूरुकुटि चउरासी सिद्ध।

'हठयोग प्रदीपिका' में 84 सिद्धों की सूची प्रस्तुत करने की प्रतिज्ञा नहीं है। केवल तत्कालीन हठयोग साधकों की सूची दी गयी है[12]:

1—आदिनाथ, 2—मत्स्येन्द्रनाथ, 3—शाबर, 4—आनन्द, 5—भैरव, 6—चौरंगी, 7—मीननाथ, 8—गोरक्षनाथ, 9—विरुपाक्षनाथ, 10—विलेशपनाथ, 11—मंथान, 12—भैरव सिद्ध, 13—बुद्ध, 14—कन्थडि, 15—कोरंटक, 16—सुरानन्द, 17—सिद्ध पाठ, 18—चर्पटी, 19—कानेरी, 20—नित्यनाथ, 21—निरंजन, 22—कपालि, 23—बिन्दुनाथ, 24—काकचन्द्रीश्वर, 25—अल्लामप्रभु, 26—देव, 27—घोड़ाचोली, 28—टिंटिणि, 29—भानुकी, 30—नारदेव, 31—खण्ड, 32—कापालिक।

राहुल जी ने स—स्क्य बिहार (तिब्बत) से प्राप्त एक विवरणात्मक सूची प्रस्तुत की है[13]—

क्रम	नाम	जाति	देश	समकालीन राजा या सिद्ध
1.	लूइपा	कायस्थ	मगध	राजा धर्मपाल (769–809 ई.)
2.	लीलापा			सरल (6) से तीसरी पीढ़ी
3.	विरूपा		मगध (देवपाल का देश)	राजा वपाल (809–49 ई.)
4.	डोम्बिपा	क्षत्रिय	मगध	लूइपा (1) के शिष्य
5.	शबरपा	क्षत्रिय	विक्रमशिला	सरह (6) के शिष्य लूइपा के गुरु
6.	सरहपा	ब्राह्मण	नालन्ध	राजा धर्मपाल (769–809 ई.)
7.	कंकालीपा[14]	शूद्र	मगध15	
8.	मीनपा	मछुआ	कामरूप	जालन्धरपाद (46) के शिष्य, गोरक्षपा के गुरु मत्स्येन्द्रनाथ के पिता देवपाल[16] (808–49 ई.)
9.	गोरक्षपा			
10.	चोरंगिपा	राजकुमार	मगध	गोरक्षपा (9) के गुरु भाई
11.	वीणापा	राजकुमार	गौड़ (बिहार)	कण्हपा (17) के शिष्य, भद्रपा के शिष्य
12.	शांतिपा[17]	ब्राह्मण	मगध	महीपाल (974–1026 ई.)
13.	तंतिपा	तंतवा	सोंधोनगर	जालंधर (46) के शिष्य
14.	चमारिया	चर्मकार	विष्णुनगर (पूर्वदेश)	
15.	खड्गपा	शूद्र	मगध	चर्पटी (54) के शिष्य
16.	नागार्जुन	ब्राह्मण	कांची	सरह (6) के शिष्य
17.	कण्हपा (चर्मपा)	कायस्थ	सोमपुरी[18]	देवपाल (809–49 ई.)
18.	कर्णरिपा		नालन्दा	नागार्जुन (16) के शिष्य
19.	थगनपा	शूद्र	पूर्व–भारत	शांतिपा (12) के गुरु
20.	नारोपा[19]	ब्राह्मण	मगध	महीपाल (974–1026 ई.)
21.	शलिपा (शीलपा)[20]	शूद्र	विधपुर	

22.	तिलोपा (तिल्लोपा)	ब्राह्मण	भिगुनगर	नारोपा (20) के गुरु
23.	छत्रपा	शूद्र	संधोनगर	
24.	भद्रपा	ब्राह्मण	मणिधर21	सरहपा (6) से तीसरी पीढ़ी
25.	देखधि (देखंडि) पा		मन्धपुर	
26.	अजोगिपा	गृहपति	सालिपुत्र	
27.	कालपा		राजपुर	अवधूतिया (10वीं शताब्दी) की तीसरी पीढ़ी
28.	धोम्भिपा	धोबी	सालिपुत्र	
29.	कंकणपा	राजकुमार	विष्णुनगर	
30.	कर्मार (कंबलपा)		उड़ीसा	घंटापा(52) के शिष्य
31.	डोंगिपा	ब्राह्मण	उड़ीसा(सालिपुत्र)	लूइपा(1) के शिष्य
32.	भदेपा		श्रावस्ती	कण्हपा(17) के शिष्य
33.	तंधे (तंते)पा[22]	शूद्र	कौशाम्बी	
34.	कुकुरिपा	ब्राह्मण	कपिल(वस्तु)	मीनपा(8) के गुरु
35.	कुचि[23] (कुसूलि)पा	शूद्र	करि	
36.	धर्मपा	ब्राह्मण के शिष्य	विक्रम	कण्हपा(17) और जालन्धरपा (शिला)देश
37.	महिपा (महिलात)	शूद्र	मगध	कण्हपा (17) के शिष्य
38.	अचिंतिपा	लकड़हारा	धनिरूप (?)	
39.	भलह (भवं)पा	क्षत्रिय	धन्जुर(देश)	
40.	नलिनपा		सालिपुर	
41.	भुसुकुपा	राजकुमार	नालन्दा	देवपाल (809–49 ई.)
42.	इन्द्रभूति	राजा	लंकापुर	अनंगवज्र (81) और कंबलपा (30) के शिष्य

43.	मेकोपा	वणिक्	बँगलादेश[24]	
44.	कुठालि (कुद्दालि)पा		रामेश्वर	शान्तिपा (12) के शिष्य
45.	कमरि (कम्मरि)पा	लोहार	सालिपुत्र	अवधूति के शिष्य
46.	जालन्धरपा	ब्राह्मण	नगरभो	कण्हपा(17) और मत्स्येन्द्रनाथ के गुरु
47.	राहुलपा	शूद्र	कामरूप	सरह(6) से तीसरी पीढ़ी
48.	धर्वरि (धर्भरि)पा		बोधिनगर	विरूपा(3) से चौथी पीढ़ी
49.	धोकरिपा	शूद्र	सालिपुत्र	
50.	मेदिनीपा[25]		लाखपुय(?)	लीलापा(2) से चौथी पीढ़ी
51.	पंकजपा	ब्राह्मण		नागार्जुन(16) के शिष्य
52.	(बज्र)घंटापा	क्षत्रिय	वारेन्द्र[26]	देवपाल (809–49 ई.)
53.	जोगीपा (अजोगिपा)	डोम		(उडन्तपरी)शबरपा(5) के शिष्य
54.	तेलुकपा	शूद्र	भंगलपुर	अवधूति (मैत्री)पा के शिष्य
55.	गुडंरिपा (गोरूरपा)पा	चिड़ीमार[27]	डिसुनगर	लीलापा(2) के शिष्य
56.	लुचिकपा	ब्राह्मण	भंगलदेश	
57.	निर्गुणपा	शूद्र	पूर्व देश	
58.	जपानन्त	ब्राह्मण	भागलपुर	
59.	चर्पटी (पचरी)पा	कहार[28]	चम्पा	मीनपा(8) के गुरु
60.	चम्पकपा		राजकुमार(?)	
61.	भिखनपा	शूद्र	सालिपुत्र	
62.	भलिपा	कृष्णकृत वणिक[29]	सतपुरी	
63.	कुमरिपा		जोमन श्रीदेश(?)	
64.	चवरि(जवरि अजपालि)पा			कण्हपा(17) की तीसरी पीढ़ी

65.	मणिभद्रा(योगिनी)		गृहदासी	मगध कुकुरिपा की शिष्या
66.	मेखलापा(योगिनी)		गृहपति कथा	अगनेचर कण्हपा(17) की शिष्या
67.	कनखलापा(योगिनी)		देवीकोट	कण्हपा(17) की शिष्या
68.	कलकलपा	शूद्र	भिरलिरनगर(?)	
69.	कंताली (कंथाली)पा	दर्जी	मणिधर (मैहर)	कण्हपा(17) के शिष्य
70.	धहुलि[30](धहुरि)पा		शूद्र	धेकर देश(?)
71.	उधलि(उधरि)पा		वैश्य	देवीकोट कर्णरिपा(18) के शिष्य
72.	कपाल (कमल)पा	शूद्र	राजपुरी	
73.	किलपा	राजकुमार	प्रहर(?) (सहर)	
74.	सागरपा	राजा	कांची	
75.	सर्वभक्षपा	शूद्र	महर(सहर)	शबरी(2) छोटे सरह और भुसुक (4) का शिष्य
76.	नागबोधिपा	ब्राह्मण	पश्चिम भारत	नागार्जुन(16) के शिष्य
77.	दारिंकपा	राजा	उड़ीसा(सालिपुत्र)	लुइपा(1) के शिष्य
78.	पुतुलिपा	शूद्र	भंगलादेश	
79.	पनह (अपानह)पा	चमार	सन्धोनगर	
80.	कोकालिपा	राजकुमार	चम्पारण	
81.	अनंगपा	शूद्र	गौड़	डोम्बिपा(4) की तीसरी पीढ़ी
82.	लक्ष्मीकरा (योगिनी)	राजकुमारी	सम्भलनगर[31]	राजा इन्द्रभूति की बहन
83.	समुदपा		सर्वाडिदेश[32]	
84.	भलि(व्यालि)पा		ब्राह्मण	अपत्रदेश(?)

राहुल सांकृत्यायन कृत वज्रयानी सिद्ध–सूची[33]:

1–अक्षय, 2–अधोसाधव, 3–अचित, 4–अजपानाथ, 5–अजयनाथ, 6–अतिकाल, 7–अनादिनाथ, 8–अवथ, 9–आदिनाथ, 10–उदयनाथ, 11–उनमन, 12–एकनाथ, 13–कनखल, 14–कमलंगारि, 15–कंथाधारी, 16–कन्हड़ी, 17–करवत, 18–कणेरी, 19–काण्डालि, 20–कान्ह(करणिपा), 21–कामरी, 22–कापालि, 23–काल, 24–कालभैरवनाथ, 25–कुमारी, 26–कूर्मनाथ, 27–केदारिपा, 28–कोरंटक, 29–खण्डकापालिक, 30–गगनपा, 31–गमार, 32–गिरिवर, 33–गहिनीनाथ, 34–गोपीचन्द्रनाथ, 35–गोरक्षनाथ, 36–गोविन्द, 37–घोड़ाचूली, 38–चर्पट, 39–चाटल, 40–चम्पक, 41–चांदन, 42–चामरी, 43–चिपिल, 44–चौरंगी, 45–जड़भरता, 46–ज(जा)लंधर, 47–जीवन, 48–ज्ञाननाथ, 49–टोंगी 50–ढिण्ढिणी, 51–ढेण्टस, 52–तंतिपा, 53–तारकनाथ, 54–तुजी, 55–दण्डनाथ, 56–दत्तात्रेय, 57–दारिपा, 58–देवदत्त, 59–दोली, 60–धर्मपापतंग, 61–धोंगपा, 62–धोरंग(दूरंगम), 63–धोबी, 64–नागनाथ, 65–नागवालि, 66–नागबोध, 67–नागार्जुन, 68–नाचन, 69–नित्यनाथ, 70–निरंजन, 71–निर्दपु, 72–निवृत्तिनाथ, 73–नीमनाथ, 74–मेचक, 75–पलिहिह, 76–पातलीभद्र, 77–पासल, 78–पूज्यपाद, 79–प्रभूदेव, 80–बटुक, 81–बाकलि, 82–भटी, 83–भद्र(1), 84–भद्र(2), 85–भमरी, 86–भर्तृहरि, 87–भवनार्जि, 88–मल्लटि, 89–भदे, 90–भानु, 91–मिषाल, 92–भीमनाथ, 93–भीषण, 94–भीलो, 95–भुरुकुटी, 96–भूतनाथ, 97–भूम्बरी, 98–भैरव, 99–भगरधन, 100–मत्स्येन्द्रनाथ, 101–मन्थानभैरव, 102–भय, 103–भवह, 104–मलयार्जुन, 105–महाकाल, 106–माणिकनाथ, 107–मालीपाव, 108–मीन, 109–मेखला, 110–मेनुरा(मयनामती), 111–रेवानाथ, 112–विकराल, 113–विचित, 114–विन्दुनाथ, 115–विभवत्, 116–विरूपा, 117–विरुपाक्ष, 118–विविगधज, 119–विलेशण, 120–वीरनाथ, 121–वैराग्य, 122–शम्भुनाथ, 123–श्रीकण्ठ, 124–सत्यनाथ, 125–संतोषनाथ, 126–सबर, 127–सहस्रार्जुन, 128–सारदानन्द, 129–शान्ति, 130–सारग, 131–सिद्धपाद, 132–सिद्धबोध, 133–सियारी, 134–सुरानन्द, 135–सूर्यनाथ, 136–हरिश्चन्द्र, 137–हालिपा।

आचार्य रामचन्द्र शुक्ल के अनुसार नाथ सिद्धों की सूची[34]:

लूहिपा, लीलापा, विरूपा, डोंभिपा, शबरीपा, सरहपा, कंकालीपा, मीनपा, गोरक्षपा, चौरंगीपा, वीणापा, शान्तिपा, तंतिपा, चमरिपा, खडगपा, नागार्जुन, कण्हपा, कर्णरिपा, थगनपा, नारोपा, शलिपा, तिलोपा, छत्रपा, भद्रपा, दोखंधिपा,

अजोगिपा, कालपा, धोंमीपा, कंकणपा, कमरिपा, डोंगिपा, भदेपा, तंधेपा, कुक्कुरिपा, कुचिपा, धर्मपा, महीपा, अचितिपा, भल्लहपा, नलिनपा, भुसुकपा, इन्द्रभूति, मेकोपा, कुठलिपा, कमरिपा, जालंधरपा, राहुलपा, धर्वरिपा, धोकरिपा, मेदिनिपा, पंकजपा, घंटापा, जोगीपा, चेलुकपा, गुंडिरिपा, लुचिकपा, निर्गुणपा, जयानन्त, चर्पटीपा, चम्पकपा, भिखनपा, भलिपा, कुमरिपा, चँवरिपा, मणिभद्रा (योगिनी), कनखलपा (योगिनी), कलकलपा, कन्तालीपा, धहुरिपा, उधरिपा, कपालपा, किलपा, सागरपा, सर्वभक्षणपा, नागबोधिपा, दारिकपा, पुतलिपा, पनहपा, कोकालिपा, अनंगपा, लक्ष्मीकरा (योगिनी), समुदपा, भालिपा।

'पा' आदरार्थक 'पाद' शब्द है। इस सूची के नाम पूर्वापर कालानुक्रम से नहीं हैं। इनमें से कई एक समसामयिक थे।

नवनाथ चौरासी सिद्ध : योगि नरहरिनाथ (पृ. 23–24) के 'श्री चतुरर्शीति सिद्धानां स्तोत्रम्' के श्लोकों के आधार पर[35]–

1–ॐकार, 2–सोऽहम्, 3–आदिकुमारी, 4–कालाघ्ग, 5–चौरांग, 6–गोरक्ष, 7–चौरंगि, 8–चर्पटी, 9–शृंगी, 10–अचल, 11–मीन, 12–मत्स्येन्द्र, 13–सजाई, 14–कपिल, 15–कणेरी, 16–कन्थडी, 17–ब्रह्मानन्द, 18–गोविन्द आई, 19–अचल, 20–गुण्डपा, 21–वंकनाथ, 22–सारस्वताई, 23–रमा, 24–बुद्ध, 25–भूताई, 26–कुण्ड या कुण्डरिपा, 27–कम्बली, 28–मण्डुकिपा, 29–जालन्धर, 30–शृंगारिपा, 31–कानिकपा, 32–नचिकेत, 33–विचरनाथ, 34–धूर्मनाथ, 35–नवखण्डि, 36–हालिपा, 37–नन्दाई, 38–अस्त्वमराई, 39–कुब्ज, 40–गोचर, 41–नागार्जुन, 42–सनक, 43–सनन्दन, 44–सनत्कुमार, 45–भानपात्र, 46–धामक, 47–धूमल, 48–खेचर, 49–भूचर, 50–गोस्वामी, 51–धलोहा, 52–अन्जाइपा, 53–अवघट, 54–चर्म, 55–गोस्वामी, 56–गाव 57–सौरी, 58–भ्रमर, 59–चन्दरि, 60–विखंखा, 61–विलाप, 62–मिलाप, 63–मुक्त, 64–पहूनपा, 65–चाल, 66–रावल, 67–मालक, 68–घोड़चोलि, 69–पाव, 70–लोहा, 71–गुणिहर्ष, 72–वारिपा, 73–अस्थिपाव, 74–दण्डपा, 75–लोहपा, 76–नागेश, 77–कुलालिपा, 78–कर्पटी, 79–कनक, 80–हिमालय, 81–तुषक, 82–बालनाथ, 83–माकार, 84–रामनाथ।

वर्तमान भेष बारह में प्रसिद्ध चौरासी सिद्ध, 'नवनाथ चौरासी सिद्ध' : योगी नरहरिनाथ (पृ. 78) से प्राप्त सूची[36]:

1–ॐश्रीमीन, 2–मछेन्दर, 3–सिघ्गी, 4–चर्पट, 5–कनेरी, 6–कपडीपाव, 7–अचल, 8–कन्पड, 9–अचलेश्वर, 10–गोयमदाई, 11–धरन्देरी, 12–भँवर,

13–विशंखा, 14–लोहा, 15–हरषा, 16–घोड़ाचोली, 17–चाल, 18–चलघ्गी, 19–हवाई, 20–सारस्वताई, 21–भूताई, 22–अनजाईपाव, 23–सहजाई, 24–बालगुदाई, 25–सागरगन्ध, 26–उघाडीपाव, 27–गवु, 28–अगोचर, 29–ढोवा, 30–ढामक, 31–ब्रह्मानन्द, 32–कुमारीपाव, 33–वीरवघ्कनाथ, 34–बुदाई, 35–ठीकरनाथ, 36–शिवगुसाई, 37–अचिन्तनाथ, 38–चरमगुसाई, 39–मुक्ताबाई, 40–वारीपाव, 41–नागोरी, 42–नेरी, 43–चमराबल, 44–पोहप, 45–कुण्डली, 46–मिंडकीपाव, 47–नासकेत, 48–सनक, 49–सनन्दन 50–सनातन, 51–सनत्कुमार, 52–साधकनीमनाथ, 53–कसिधारीपाव, 54–कपिल, 55–जालन्धर, 56–ओधड़, 57–हॉडीपाव, 58–मुगीपाव, 59–कानीपाव, 60–गोपीचन्द, 61–भरथरी, 62–मिलाप, 63–कम्बली, 64–विलाप, 65–ठण्डी, 66–ठण्डीमल, 67–अमराई, 68–कुदाली, 69–कुकड़ी, 70–धूमक, 71–धामकु, 72–भूचर, 73–खेचर, 74–नन्दाई, 75–लोहा, 76–लम्पट, 77–वन, 78–वनखण्डी, 79–नागार्जुन, 80–सौरी, 81–सुन्दर, 82–बहुडंडी, 83–मालीपाव, 84–घोरमनाथ, 85–धुंधलीमल (गिरिवरनाथ)।

राजस्थान जोधपुर में प्रसिद्ध 84 सिद्धों की जो सूची योगी नरहरिनाथ ने अपने ग्रन्थ 'नवनाथ चौरासी सिद्ध' पृ. 78–79 में दी है, उसमें सिद्धों की संख्या 66 है, जिनमें अधिकांश पूर्व उद्धृत स्तोत्र वाली उनकी सूची से मिलती–जुलती है।

त्रिविष्टप चीन आदि में प्रसिद्ध सिद्ध, 'नवनाथ चौरासी सिद्ध', लेखक–नरहरिनाथ (पृ. 78–79) की सूची[37]:

1–लूहिआ, 2–लीलापा, 3–विरूपा, 4–डोम्भिपा, 5–शबरीपा, 6–शरहपा, 7–कघ्कालिपा, 8–मीनपा, 9–गोरक्षपा, 10–चौरघ्पा, 11–वीणापा, 12–शान्तिपा, 13–तन्तिपा, 14–चमरीपा, 15–खघ्गपा, 16–नागार्जुन, 17–कराहपा, 18–कर्णरिपा, 19–थगनपा, 20–नारोपा, 21–शलिपा, 22–तिलोपा, 23–छत्रपा, 24–भद्रपा, 25–दोखन्धिपा, 26–अजोगिपा, 27–कालपा, 28–धोभिपा, 29–कघ्कणपा, 30–कमरिपा, 31–डोघ्गिपा, 32–भदेपा, 33–तन्धेपा, 34–कुकुरिपा, 35–कुसूलिपा, 36–धर्मपा, 37–महीपा, 38–अचिन्तिपा, 39–भलहपा, 40–नलिनपा, 41–भूसुकपा, 42–इन्द्रभूति, 43–मोकोपा, 44–कुठालिपा, 45–कमरिपा, 46–जालन्धरपा, 47–शृंगारिपा, 48–घर्बरिपा, 49–धोकरिपा, 50–मेदिनीपा, 51–पघ्कजपा, 52–घण्टापा, 53–जोगीपा, 54–चेलुकपा, 55–गुण्डरिपा, 56–लुचिकपा, 57–निर्गुणपा, 58–जयानन्त, 59–चर्पटिपा, 60–चम्पकपा, 61–भिखनपा, 62–भलिपा, 63–कुमरिपा, 64–जबरिपा, 65–मणिभद्रा, 66–मेखला, 67–कनखला,

68—कनकलपा, 69—कन्तलिपा, 70—धढुलिपा, 71—उद्यलिपा, 72—कपालपा, 73—किलपा, 74—सागरपा, 75—सर्वभक्षपा, 76—नागबोधिपा, 77—दारिकपा, 78—पुतुलिपा, 79—पनहपा, 80—कोकलिपा, 81—अनघ्गपा, 82—लक्ष्मीकरा, 83—समुद्रपा, 84—ग्रीवापा।

यौगिक साहित्य में प्रसिद्ध चौरासी सिद्ध, 'नवनाथ चौरासी सिद्ध' लेखक—योगी नरहरिनाथ (पृ. 80) की सूची[38]:

1—सिद्धचर्पटनाथ, 2—कपिलनाथ, 3—गघ्गानाथ, 4—विचारनाथ, 5—जलन्धरनाथ, 6—शृंगारिपाद, 7—लोहिपाद, 8—पुण्यपाद, 9—कनकाइ, 10—तुमकाइ, 11—कृष्णपाद, 12—गोविन्दनाथ, 13—बाजुगुंदाइ, 14—वीरबघ्कनाथ, 15—सारघ्गनाथ, 16—बुद्धनाथ, 17—विभाण्डनाथ, 18—बनखण्डिनाथ, 19—मण्डपानाथ, 20—भग्नभाण्डनाथ, 21—धूर्मनाथ, 22—गिरिवरनाथ, 23—सरस्वतीनाथ, 24—प्रभुनाथ, 25—विप्पलनाथ, 26—रत्ननाथ, 27—संसारनाथ, 28—भगवन्तनाथ, 29—उपन्तनाथ, 30—चन्दननाथ, 31—तारानाथ, 32—खार्पूरनाथ, 33—खेचरनाथ, 34—छायानाथ, 35—शरम्भनाथ, 36—नागार्जुननाथ, 37—सिद्ध गोरिपा, 38—मनोमहेशनाथ, 39—श्रवणनाथ, 40—बालकनाथ, 41—शुद्धनाथ, 42—कायानाथ, 43—भावनाथ, 44—पाणिनाथ, 45—वीरनाथ, 46—सवाइपाद, 47—तुकनाथ, 48—ब्रह्मनाथ, 49—शक्तिनाथ, 50—शिवनाथ, 51—ज्वालानाथ, 52—नागनाथ, 53—गम्भीरनाथ, 54—सुन्दरनाथ, 55—अमृतनाथ, 56—चिड़ियानाथ, 57—गेलारावल, 58—जोगरावल, 59—जगमरावल, 60—पूर्णमल्लनाथ, 61—विमलनाथ, 62—मल्लिकानाथ, 63—मल्लिनाथ, 64—रामनाथ, 65—आम्रनाथ, 66—गहनीनाथ, 67—साननाथ, 68—मुक्तानाथ, 69—विरुपाक्षनाथ, 70—रेवणनाथ, 71—अडवघ्गनाथ, 72—धीरजनाथ, 73—घोडाचोली, 74—पृथ्वीनाथ, 75—हंसनाथ, 76—गैवीनाथ, 77—मंजुनाथ, 78—सनकनाथ, 79—सनन्दननाथ, 80—सनातननाथ, 81—सनत्कुमारनाथ, 82—नारदनाथ, 83—नचिकेता, 84—कर्मनाथ।

तथा च

शरहपाद, माणिक्नाथ, विमलनाथ, पर्वतनाथ, सहस्रार्जुननाथ, पूर्णमल्लनाथ, बालनाथ, धुन्धलीमल्लनाथ, भूचरनाथ, मकरध्वजनाथ, विद्यानन्दनाथ, चाघ्गनाथ, पुण्यानन्दनाथ, शाबरानन्दनाथ, प्रकाशानन्दनाथ, नेमिनाथ, स्वात्मनाथ, स्पर्शनाथ, दत्तनाथ, यज्ञवल्क्यनाथ, भुवनेश्वरनाथ, चतुर्भुजनाथ, ध्याननाथ, शुकनाश, अमरनाथ, मार्कण्डेयनाथ, अम्बरनाथ, हिमालीनाथ, चम्पकनाथ, भिक्षानाथ, सिद्ध रावल, सिद्धलक्ष्मण्थापा इत्यादि अनेक और भी हैं।

'नवनाथ चौरासी सिद्ध' लेखक–योगी नरहरिनाथ के अन्तिम भाग में प्राप्त 84 सिद्धों की सचित्र नामावली '84 सिद्ध 84 आसन' शीर्षक के अनुसार सूची[39]–(इसमें हर सिद्ध अपने विशिष्ट आसन के साथ चित्रित है।)

1–आदि कुमारी, 2–कालाघ्ग, 3–गौराघ्ग, 4–गोरक्ष, 5–चौरंगी, 6–चर्पटी, 7–शृंगी, 8–अचल, 9–मीन, 10–मत्स्येन्द्र, 11–सजाई, 12–कपिल, 13–कन्थाडि, 14–कणेरी, 15–ब्रह्मानन्द, 16–गोविन्द, 17–अचलेश्वर, 18–बालगुण्डाइ, 19–वीरवघ्का, 20–सारस्वताइ, 21–सागरगन्ध, 22–बुद्धाइ, 23–भूताई, 24–कुण्डली, 25–कम्बली, 26–मण्डूकिपाव, 27–जालन्धर, 28–शृंगारिपाव, 29–कनिपाव, 30–नचिकेत, 31–विचारनाथ, 32–धूर्मनाथ, 33–वनखण्डीनाथ, 34–हालिपाव, 35–नन्दाइ, 36–अमराइ, 37–तनुकुब्ज, 38–अगोचर, 39–नागार्जुन, 40–सनक, 41–सनन्दन, 42–सनातन, 43–सनत्कुमार, 44–भग्नपात्र, 45–घामक, 46–धूमक, 47–खेचर, 48–भूचर, 49–शिवगोस्वामि, 50–लोहाटपट, 51–अज्जाइपाव, 52–अवघट, 53–चर्मगोस्वामि, 54–गाबासिद्ध, 55–सौरी, 56–भ्रमर, 57–चन्देरी, 58–अचली, 59–शिवशंखा, 60–विलाप, 61–मिलपा, 62–मुवताइ, 63–पहूनपा, 64–चाल, 65–चर्मरावल, 66–मालकी, 67–घोडाचोली, 68–प्रकटीपाव, 69–लोहा, 70–गुड़िहर्ष, 71–वारिपाव, 72–अस्थिपाव, 73–सूत्रदण्ड, 74–लोहपात्र, 75–नागेश, 76–कुललिपाद, 77–कर्पटी, 78–कनकाइ, 79–हिमालय, 80–तुषकाइ, 81–बालनाथ, 82–मालाकार, 83–गिरिवरनाथ, 84–रामनाथ।

आचार्य अभयदत्त श्री प्रणीत 'चौरासी सिद्धों का वृत्तान्त' नामक रचना के आधार पर निर्मित 84 सिद्धों की सूची[40], सभी नामों के पूर्व गुरु लिखा हुआ है।

1–लूहिपा, 2–लीलापा, 3–विरूपा, 4–डोम्बिपा, 5–शवरपा, 6–सरहपा, 7–कंकारिपा (कंकरपा), 8–मीनपा, 9–गोरक्ष, 10–चौरंगपा, 11–बीनपा, 12–शान्तिपा, 13–तन्तिपा (तनापा, तन्त्रीपा), 14–चमरिपा, 15–खंगपा, 16–नागार्जुन, 17–कण्हपा, 18–कनीरपा (कनापा), 19–थकनपा, 20–नारोपा (नउपा), 21–श्यालिपा, 22–तिल्लिपा, 23–चत्रपा, 24–भद्रपा, 25–धुखन्धि, 26–अजोगी, 27–कलपना, 28–धोबिपा, 29–कंकनपा, 30–कम्बलपा, 31–डिघ्गिपा, 32–मन्धेपा, 33–तन्तिपा, 34–कुकुरिपा, 35–कुचिपा, 36–घमपा, 37–महिलपा, 38–ऊचिन्तपा, 39–भलहपा, 40–नलिनपा, 41–भुसुकपा, 42–इन्द्रभूति, 43–मेकोपा, 44–कोडलिपा, 45–कंमरिया, 46–जालन्धरपा, 47–राहुल, 48–धर्मपा, 49–धोकरिपा, 50–मेधिनीपा, 51–पघ्कजपा, 52–घण्टापा, 53–जोकिपा (योगीपा), 54–चलुक, 55–गोधुरपा, 56–लुचिकपा, 57–नगुणपा, 58–जयानन्द, 59–चमरिपा, 60–चम्पकपा, 61–भिक्षनपा,

62–धिलिपा, 63–कुम्भरिपा, 64–चर्बरिपा, 65–मणिभद्रापा, 66–मेखलापा, 67–कनखला, 68–किल–किलिपा, 69–कन्तलिपा, 70–बहुलिपा, 71–ओडिलिपा, 72–कपालपा, 73–कीरपलपा, 74–सागर पा, 75–सर्वभक्ष, 76–नागबोधि, 77–दारिकपा, 78–पुतलीपा, 79–पनहपा, 80–कोकिलपा, 81–अनंगपा, 82–लक्ष्मिंकर (लक्ष्किर), 83–समुद्रपा, 84–व्यालिपा।

'हिन्दी साहित्य, उसका उद्भव और विकास', आचार्य हजारी प्रसाद द्विवेदी, पृ. 26–30 से प्राप्त सूची[41]:

क्रम	नाथ सिद्ध	संख्या	सहजयानी सिद्ध	विशेष
1.	मीननाथ	1	लूहिपा	
2.	गोरक्षनाथ	2	लीलापा	
3.	चौरंगीनाथ	3	विरूपा	नाथसिद्ध नं. 10
4.	चामरीनाथ	4	डोम्भीपा	
5.	तंतिपा	5	शबरीपा	नाथसिद्ध नं. 47 से तुलनीय
6.	हालिपा	6	सरहपा	
7.	केदारिपा	7	कंकालीपा	
8.	धोंगपा	8	मीनपा	नाथ परम्परा की सं. 1 से तुलनीय
9.	दारिपा	9	गोरक्षपा	नाथसिद्ध नं. 2
10.	विरूपा	10	चोरंगीपा	नाथसिद्ध नं. 3
11.	कपाली	11	वीणापा	
12.	कमारी	12	शांतिपा	नाथसिद्ध नं. 44 से तुलनीय
13.	कान्ह	13	संतिपा	नाथसिद्ध नं. 5 से तुलनीय
14.	कनखल	14	चमरिया	
15.	मेखल	15	खघ्गपा	
16.	उन्मत्त	16	नागार्जुन	नाथसिद्ध 22
17.	काण्डलि	17	कण्हपा	नाथसिद्ध 13 से तुलनीय
18.	धोबी	18	कर्णरिपा(आर्यदेव)	
19.	जालंधर	19	थगनपा	नाथसिद्ध 48 से तुलनीय
20.	टोंगी	20	नारोपा	
21.	मवह	21	शलिपा (शीलपा) शृंगालीपाद–9	नाथसिद्ध 44 से तुलनीय

22. नागार्जुन	22	तिलोपा	
23. दौली	23	क्षत्रपा	
24. भिषाल	24	भद्रपा	नाथसिद्ध 37 से तुलनीय
25. अचिति	25	दोखंधिपा(दिखंडिपा)	
26. चम्पक	26	अजोजिपा	
27. टण्टस	27	कालपा	
28. थुम्बरी	28	कालपा	
29. बाकलि	29	कंकणपा	
30. तुजी	30	कमरिपा(कंबलपा)	नाथसिद्ध 34 से तुलनीय
31. चर्पटी	31	डोंगिपा	नाथसिद्ध 8
32. भादे	32	भदेपा	नाथसिद्ध 32 से तुलनीय
33 चाँदन	33	तंधेपा(तंतिपाद)	
34. कामरी	34	कुकुरिपा	
35. करवत	35	कुचिपा(कुसूलिपा)	
36. धर्मपा पतंग	36	धर्मपा	
37. भद्र	37	महीपा(महिलपा)	
38. पातलिभद्र	38	अचिन्तपा	
39. पालेहिद	39	भलहपा(भवपा)	
40. भानु	40	नलिनपा	
41. मीन	41	भुसुकपा	
42. निर्दय	42	इन्द्रभूति	
43. सवर	43	मेकोपा	
44. सांति	44	कुड़लिपा(कुपालिपा)	नाथसिद्ध 7 से तुलनीय
45. भर्तृहरि	45	कमरिया(कम्मरिपाद)	नाथसिद्ध 12 से तुलनीय
46. भीषण	46	जालंधर(जालंधरक)	नाथसिद्ध 19 से तुलनीय
47. भटी	47	राहुलपा	
48. गगनपा	48	धर्मरिपा(धर्मरि)	
49. गमार	49	धोकरिया	
50. मेनुरा	50	मेदनीपा(हालीपा 9)	नाथसिद्ध 6 से तुलनीय
51. कुमारी	51	पंकजपा	
52. जीवन	52	घंटा(वज्रघंटापा)	

53.	अधोसाधव	53	योगिपा(अयोगिपा)	
54.	गिरिवर	54	चेजुकपा	
55.	सिचारी	55	गुंडरिपा(गोरुरपा)	
56.	नागवालि	56	कुचिकपा	
57.	विभवत्	57	निर्गुणपा	
58.	सारंग	58	जयापन्त	
59.	विविकधज	59	चर्पटीपा(पचरीपा)	नाथसिद्ध 31 से तुलनीय
60.	मगरधज	60	चम्पकपा	नाथसिद्ध 2 से तुलनीय
61.	अचित	61	भिखनपा	नाथसिद्ध 46 से तुलनीय
62.	विचित	62	भलिपा	नाथसिद्ध 66 से तुलनीय
63.	नेचर	63	कुमरिपा	नाथसिद्ध 51 से तुलनीय
64.	चारल	64	चवरि(जर्वार) (अजलिपा)	नाथसिद्ध 4 से तुलनीय
65.	नाचन	65	मलिभद्र(योगिनी)	नाथसिद्ध 74 से तुलनीय
66.	भीलों	66	मेखलपा(योगिनी)	नाथसिद्ध 15 से तुलनीय
67.	पाहिल	67	कनखलापा(योगिनी)	नाथसिद्ध 14 से तुलनीय
68.	पासल	68	कलकलपा	
69.	कमल–कंगारि		69	कंताली(कंथालीपा)
70.	चिपिल	70	धहुलिररि पा(दवड़ी पा 9)	
71.	गोविन्द	71	उधनि(उधालि)पा	
72.	भीम	72	कपाल(कमल)पा	नाथसिद्ध 69 से तुलनीय
73.	भैरव	73	किलपा	
74.	भद्र	74	सागरपा	
75.	भमरी	75	सर्वभक्षपा	
76.	मुरुकुटी	76	नागबोधिया	नाथसिद्ध 5 से तुलनीय
77.		77	दरिकपा	
78.		78	पुतुलिपा	
79.		79	पनहपा	
80.		80	कोकालिपा	
81.		81	अनंगपा	

82.	82	लक्ष्मीकरा
83.	83	समुद्रपा
84.	84	भलि(व्यालिपा)पा

भारतीय संस्कृति कोश के आधार पर सर्वमान्य 84 सिद्धों की जाति, देशकाल सहित सूची[42]–

1– लुइपा–कायस्थ, देश मगध।

2– लीलापा।

3– विरूपा–देश मगध 809–849 ई.स.द्ध समकालीन राजा देवपाल।

4– डोंविपा–जाति क्षत्रिय, देश मगध, लुहपा के शिष्य

5– शबरपा–जाति क्षत्रिय, देश विक्रमशील, सरहपा के शिष्य, लुहपा के गुरु।

6– सरहपा–ब्राह्मण, देश नालन्दा, समकालीन राजा धर्मपाल।

7– कंकालिपा या कोकारिपा, कंकालिपा, कंकारिपा–जाति शूद्र, देश मगध।

8– मीनपा–मछुआ, देश कामरूप।

9– गोरक्षपा।

10– चौरंगिपा–जाति राजकुमार, देश मगध, गोरक्षपा के गुरुबन्धु।

11– वीणापा–जाति राजकुमार, देश गौड़ (बिहार), कण्हपा के शिष्य, भद्रपा के शिष्य।

12– शान्तिपा या रत्नाकर शान्ती–जाति ब्राह्मण, देश मगध (974–1026 ई.स.) समकालीन राजा महीपाल।

13– तन्तिपा, तंतवा–देश सोधो नगर, जालंधर के शिष्य।

14– चमारिपा–चर्मकार, देश विष्णुनगर (पूर्व देश)।

15– पड्गपा–शूद्र, देश मगध, चर्मटीपा के शिष्य।

16– नागार्जुन–ब्राह्मण, देश कांची, सरहपा के शिष्य।

17– कण्हपा या चर्मपा–कायस्थ, देश सोमपुरी (809–841 ई.स.)।

18– कमरिपा–देश नालन्दा, नागार्जुन के शिष्य।

19– थगनपा–शूद्र, देश पूर्व भारत, शांतिपा के गुरु, 'दोषकोषतत्त्व दीपिका' रचयिता।

20– नारोपा–ब्राह्मण, देश मगध, समकालीन राजा महीपाल।

21– शालिपा या शीलपा, अथवा श्रृंगालीपाद–शूद्र, देश विधसर।

22– तिलोपा या तिल्लोपर–ब्राह्मण, देश भिगुननगर, नारोपा के गुरु।

23– क्षत्रपा–शूद्र, देश संधीनगर।

24– भद्रपा–ब्राह्मण, देश मणिधर (भागलपुर)।
25– दोखधिपा या द्विखण्डी–देश गन्धपुर।
26– अजोगिपा–गृहपती(9), देश सालिपुत्र।
27– कालपा–देश राजपुर।
28– धोभिपा–धोबी, देश सालिपुत्र।
29– कंकणपा–राजकुमार (9), देश विष्णुनगर।
30– कमरिपा या कम्बलपा–देश उड़ीसा, घंटापा के शिष्य।
31– डोगिपा–ब्राह्मण, देश उड़ीसा, लूइपा के शिष्य।
32– भदेपा–देश श्रावस्ती, कण्हपा के शिष्य।
33– तंधेपा या टंटन–शूद्र, देश करी।
34– कुकुरिपा–ब्राह्मण, देश कपिलवस्तु, मीनपा के गुरु।
35– कुचिपा या कुसूलिपा–शूद्र, देश करी।
36– धर्मपा–ब्राह्मण, देश विक्रम शिला, कण्हपा व जालन्धर के शिष्य।
37– महीपा या महिपाल–शूद्र, देश मगध, कण्हपा के शिष्य।
38– औचतिपा–लकड़हारा, देश धनिरूप(9)
39– भलहपा या भवपा–क्षत्रिय, देश धजुर।
40– नलिनपा–देश सालिपुर।
41– भुसुकुपा–राजकुमार(9), देश नालन्दा।
42– इन्द्रभूति–जाति राजा(9), देश लंकापुर, वज्र अनंग और कंबलपा के शिष्य।
43– मेकोपा–वणिक, देश मंगलदेश (भागलपुर)।
44– कुठालिया या कुद्दालिपा–देश रामेश्वर, शांतिपा के शिष्य।
45– कमरिपा या कंपरिया–जाति के लोहार, देश सालिपुत्र, अवधूती के शिष्य।
46– जालन्धरपा, जाल धारक या आदिनाथ–ब्राह्मण, तंतिपा, कण्हपा व मत्स्येन्द्रनाथ के गुरु।
47– राहुलपा–शूद्र, देश कामरूप।
48– धर्वरिपा या धर्मरिपा–देश बोधिनगर।
49– धोकरिपा–शूद्र, देश सालिपुत्र।
50– मेदनीपा या हालिपा–देश लाखपुय (9)।
51– पंकजपा–ब्राह्मण।
52– (वज्र) घंटापा–क्षात्रि, देश वीरेन्द्र (नालन्दा), समकालीन राजा देवपाल।
53– जोगिपा या अजोगिपा–डोम, देश ऊदंतपुरी, शबरपा के शिष्य।
54– चेतुकेपा–शूद्र, देश मंगलपुर, अवधुतिया के शिष्य।

55– गुंडरिपा या गोरुरपा–चिड़ीमार, देश डिसुनगर, लोलापा के शिष्य।
56– लुचिकपा–ब्राह्मण, देश मंगलदेश।
57– निर्गुणपा–शूद्र, देश पूर्वदेश।
58– जयानन्त–ब्राह्मण, देश भागलपुर।
59– चर्पटीपा–कहार, देश चम्पा, मीनपा के गुरु।
60– चम्पकपा–राजकुमार (9)।
61– भखनपा–शूद्र, देश सालिपुत्र।
62– भलिपा–वणिक, देश सतपुरी।
63– कुमरिपा–देश जीमन, श्रीदेश।
64– चवरिपा या जवरिपा, अजपालिपा।
65– मणिभद्रा या योगिनी–गृहदासी, देश मगध, कुकुरिपा की शिष्या।
66– मेलपा या योगिनी–गृहपति कन्या, देश अगनेचर, कण्हेहपा की शिष्या।
67– कनखलापा या योगिनी–देश देवीकोट, कण्हपा की शिष्या।
68– कलकलपा–शूद्र, देश मिरलिरनगर (9)।
69– कंतालीपा या कथालिपा शिपी–देश मणिधर (मैहर), कण्हपा के शिष्य।
70– धह्लिया या बहुरिपा–शूद्र, देश धेकरदेश।
71– उधलिपा या उपरिपा–वैश्य, देश देवीकोट, कर्णरिपा के शिष्य।
72– कपालपा या कमलपा–शूद्र, देश राजपुरी।
73– किलपा–राजकुमार (9), देश पुहर (9)।
74– सागरपा–राजा (9), देश की कांची।
75– सर्वभक्षपा–शूद्र, देश महर, शबरी व भुसुकपा के शिष्य; ग्रन्थ–'करुणा चर्पाकपालदृष्टी'।
76– नागबोधिपा–ब्राह्मण, देश पश्चिम भारत, नागार्जुन के शिष्य।
77– दारिकपा–राजा (9), देश उड़ीसा, लूहपा के शिष्य।
78– पुतलिपा–शूद्र, देश।
79– पनहपा या उपनहपा–चर्मकार, देश संधीनगर।
80– अनंगपा–शूद्र, देश गौड़।
81– कोकालिपा–राजकुमार (9), देश चम्पारण्य।
82– लक्ष्मीकरा या योगिनी–राजकुमारी (9), देश सम्भलनगर (बिहार), राजा इन्द्र प्रभूती की बहन।
83– समुदपा–देशा, सर्वीडदेश (गोरखपुर)।
84– भलिपा या व्यालिपा–ब्राह्मण, देश अपत्रदेश।

श्री म. रा. जोशी कृत 'श्रीज्ञान देवचरित्र–संशोधन' में दी गयी आदिनाथ परम्परा के सिद्ध[43]–'नाथ सम्प्रदाय और साहित्य'; डॉ. वेद प्रकाश जुनेजा, पृ. 56–58

1–आदिनाथ, 2–उमा, 3–मत्स्येन्द्र(मीन), 4–चौरंगी, 5–गोरक्ष, 6–चर्पटी, 7–जालंधर, 8–भर्तृहरि, 9–गोपीचन्द, 10–कानिपफ, 11–अंडबंग, 12–रेवणनाथ, 13–गहिनी, 14–शिव, 15–सारंगधर, 16–मेषनाथ, 17–नागार्जुन, 18–रत्नघोष, 19–सिद्धबुद्ध, 20–कणेरी, 21–विरुपाक्ष, 22–कणिक, 23–कर्मनाथ, 24–भवनार्जी, 25–ऊदयनाथ, 26–दंडनाथ, 27–सत्यनाथ, 28–संतोषनाथ, 29–ऊदोनाथ, 30–गणेश, 31–कार्तिक, 32–जगन्नाथ, 33–सहस्रार्जन, 34–दत्तात्रेय, 35–देवरत्त, 36–कंथड़ी, 37–कांक्णनाथ, 38–अरुणाचल, 39–अनंगनाथ, 40–सन्ती, 41–सन्ती, 42–विरुल, 43–सदासौरी, 44–डोंबी, 45–कंकाली, 46–कांवली, 47–भाट, 48–कुक्करी, 49–पशिवर्जित, 50–जडथ, 51–खडकी, 52–टिटिणी, 53–भद्रदुखंडी, 54–आदित्य, 55–पाबल, 56–जुधी, 57–माकी, 58–कुदाली, 59–हाडी, 60–चम्पक, 61–दोढी, 62–कपाली, 63–गिरिवर, 64–सागर, 65–सर्वभक्षक, 66–तनुमंत, 67–दारि, 68–कौकिली, 69–मेंडुकी, 70–सुतली, 71–निली, 72–शब्दबेल्हाली, 73–मेदडी, 74–पंकज, 75–ताकहातेली, 76–चाट, 77–डोंकी, 78–कनखल, 79–मेखल, 80–कुंभारी, 81–चमरि, 82–घंटामहिष, 83–कुवली, 84–कुकरी, 85–घोड़ाचुली, 86–गोविन्दचन्द्र, 87–सोमचन्द्र, 88–विजयचन्द्र, 89–मुक्तादेवी, 90–चक्रपाणी, 91–विमलनाथ, 92–अतिबल, 93–महाबल, 94–माधणी, 95–धूमनाथ, 96–धामु, 97–चिन्तणी, 98–कवड़ी, 99–कुमुदु, 100–वशरी, 101–मनु, 102–कान्हु, 103–अजगिरी, 104–नीराबाई, 105–देमाबाई, 106–गोदाई, 107–काश्यप, 108–जलधो, 109–कोकील, 110–अनुभवी, 111–थोलड, 112–मेदिनी, 113–कोकिनी, 114–धुधुःकारी, 115–धामस, 116–उन्मत्त, 117–इन्दु, 118–खडकी, 119–लूना, 120–राधवतेतन्य, 121–धुधडी, 122–कापड़ी, 123–हरिधनाथ, 124–कारटंक, 125–कर्पटी, 126–कासारी, 127–चोखली, 128–सिद्ध वरली, 129–चिहालु, 130–घअु, 131–मनाक्षु, 132–भुसुकु, 133–कांवली, 134–कलाली, 135–वणाकानली, 136–घडगु, 137–कोकावली, 138–चंडाली, 139–बोधी, 140–बुढी, 141–भीकी, 142–भाली, 143–ढेकी, 144–खुजीत, 145–जेजक, 146–चौकी, 147–चौलीक, 148–पार्वतीनाथ, 149–गंगानाथ, 150–नाटेश्वर, 151–अजयपाल, 152–बालनाथ, 153–करकई (कर्कनाथ), 154–भून्टाई(भूष्टनाथ), 155–आईनाथ, 156–लीलाई(लीलानाथ), 157–भैरव, 158–आनन्द भैरव,

159—मंथान भैरव, 160—सूरानन्द, 161—काकचंडीश्वर, 162—विलेशय, 163—गुर्डम राऊल, 164—रामनाथ, 165—कंकनाथ, 166—गजकंथड़ी, 167—गोपालनाथ, 168—अघोरनाथ, 169—महिन्द्रनाथ, 170—हरिनाथ, 171—विश्वंभरनाथ, 172—रघुनाथ, 173—मुकुंदराज।

संकेतकोश में दिये गये 84 सिद्ध[44]—'नाथ सम्प्रदाय और साहित्य'; डॉ. वेद प्रकाश जुनेजा, पृ. 59—60 के अनुसार सूची—

1—मीराशिते, 2—जागवती, 3—प्रज्ञा, 4—उदृट, 5—चैतन्य, 6—निग्रह, 7—राजचेतन्यः, 8—कलाचेतन्य, 9—नामचेतन्य, 10—श्रीचैतन्य, 11—विचैतन्य, 12—प्रज्ञाचैतन्य, 13—शामचैतन्य, 14—विज्ञानचैतन्य, 15—पंचचैतन्य, 16—आत्मचैतन्य, 17—वैराग्यचैतन्य, 18—प्रसपदचैतन्य, 19—निर्वाणचैतन्य, 20—मेधाचैतन्य, 21—विद्याचैतन्य, 22—सिद्धचैतन्य, 23—मानसिद्ध, 24—रंगवार, 25—देवदार, 26—कामसिद्ध, 27—कवीशानन्द, 28—ब्रह्मवार, 29—राजेवार, 30—सिद्धवार, 31—विश्वरूप, 32—उन्मत्त भैरव, 33—वागानन्द, 34—शगतानन्द, 35—भूतभैरव, 36—मूर्तिस्पाट, 37—विराटभैरव, 38—मतिचालना, 39—स्वराभैरव, 40—वाच्छानद, 41—गौचरानन्द, 42—सामराट भैरव, 43—असितोगानन्द, 44—वहुकानन्द, 45—आनन्दभैरव, 46—वरीनन्द, 47—अजमतनन्द, 48—रुरुभैरव, 49—गुप्तानन्द, 50—चंडानन्द, 51—क्रोधनन्द, 52—महेन्द्रानन्द, 53—कपिलानी सिद्ध, 54—भीष्णानन्द, 55—दिव्यानन्द, 56—वाद्यानन्द, 57—कलानन्द, 58—विलासानन्द, 59—आनन्द सरस्वती, 60—मेधा सरस्वती, 61—प्रिदानंसरस्वती, 62—प्रज्ञा सरस्वती, 63—श्रीनाथ सरस्वती, 64—कला सरस्वती, 65—सामोट सरस्वती, 66—शुभगानन्द, 67—देव सरस्वती, 68—विराट सरस्वती, 69—स्वार सरस्वती, 70—परमछन्यानन्द, 71—समरसानन्द, 72—महानन्द, 73—भेमानन्द, 74—ब्रह्मानन्द, 75—चक्रवर्ती, 76—शंकानन्द, 77—चिदानन्द, 78—पूर्णानन्द, 79—सुकानन्द, 80—वनानन्द।

राजस्थान—जोधपुर की परम्परा के 84 सिद्ध[45]—'नाथ सम्प्रदाय और साहित्य'; डॉ. वेद प्रकाश जुनेजा, पृ. 54—55; पहली संख्या पर कोई नाम नहीं है—

1—, 2—सोऽहं, 3—आदि कुमारी, 4—कालाड्ग, 5—गोराड्ग, 6—गोरक्ष, 7—चोरड्गी, 8—चर्पटी, 9—शृघ्गी, 10—अचल, 11—मीन, 12—मत्स्येन्द्र, 13—सजाई, 14—कपिल, 15—कणेरी, 16—कंथली, 17—ब्रह्मानन्द, 18—गोविन्द, 19—अचलेश्वर, 20—बालगुणहाई, 21—वीरवड्क, 22—सारस्वताइ, 23—सागरगन्ध, 24—बुदाइ, 25—मुताइ, 26—कुण्डली, 27—काम्बली, 28—मण्डुकीपाव, 29—जालन्धर, 30—शृघ्गारीपाव, 31—कानिपाव, 32—नचिकेत, 33—विचारनाथ, 34—धर्मनाथ,

35—वनखण्डी, 36—हालिपाद, 37—नन्दाई, 38—अमराई, 39—तनुबुज्ज, 40—अगोचर, 41—नागार्जुन, 42—सनक, 43—सनातन, 44—सनत्कुमार, 45—भग्नपात्र, 46—सनातन, 47—थापक, 48—धूमक, 49—खेचर, 50—भूचर, 51—शिवगोस्वामी, 52—लोहाटपट, 53—अज्जाइपाद, 54—अवघट, 55—धर्म, 56—गोस्वामी, 57—गावसिद्ध, 58—सोरी, 59—भ्रमर, 60—चन्देरी, 61—अचली, 62—विशंखा, 63—विलाप, 64—मिलपा, 65—मुक्ताई, 66—पहूनपा, 67—चाल, 68—चर्मरावल, 69—मालकी, 70—घोडचोली, 71—प्रक्टीपाव, 72—लोहा, 73—गुणिहर्ष, 74—वारिपाव, 75—अस्थिपाव, 76—सूत्रदण्ड, 77—लोहपात्र, 78—नागेश, 79—कुलालिपाव, 80—कर्पटी, 81—कनकाइ, 82—हिमालय, 83—तुषकाइ, 84—बालनाथ, 85—मालाकार, 86—रामनाथ।

शिविदिनमठ से प्राप्त सिद्धों की सूची[46]—

1—आदि, 2—उमा, 3—मिनी, 4—चौरंगी, 5—गोरखि, 6—सन्ति, 7—तंति, 8—चामरि, 9—हलुलुवा, 10—मीलुंवा, 11—डौबी, 12—मदसौरी, 13—मंकाली, 14—कोकिनी, 15—कावली, 16—ढेकी, 17—भाली, 18—टेटिणी, 19—कुकरी, 20—खुजी, 21—पास, 22—विवर्जित, 23—धामस, 24—धौनिड, 25—उन्मत्त, 26—बुढी, 27—मीकी, 28—कुवली, 29—हाडी, 30—जालांधरी राऊल, 31—धुधुःकारी, 32—मेदिनी, 33—पंकज, 34—घंटा, 35—जेजल, 36—गुण्डम राउल, 37—चौकी, 38—खडकी, 39—नागार्जुन, 40—कान, 41—कनेरी, 42—टेकीन, 43—नाली, 44—साली, 45—इन्दु, 46—चाटी, 47—भाटी, 48—दुखंडी, 49—आदित्य, 50—पावली, 51—धोबी, 52—निर्गुण, 53—जलधी, 54—चर्पटी, 55—चम्पक, 56—ढेकिन, 57—तेली, 58—कुम्भारी, 59—भद्रिक, 60—कनखली, 61—मेखली, 62—कंथई, 63—दंडली, 64—डोली, 65—बोडी, 66—कपाली, 67—गिरिवर, 68—सागर, 69—सर्वभक्षक, 70—हनुमन्त, 71—दारि, 72—कोकिल, 73—मेंडुकी, 74—अनुभवी, 75—सुतली, 76—निलक्षित, 77—शब्दवेवाली।

'सत्वसार' ग्रन्थ में दी गयी नाथसिद्धों की सूची47—

1—आदिनाथ, 2—मच्छिन्द्र, 3—चौरंगी, 4—श्रीगोरक्षनाथ, 5—श्रीमुक्तादेवी, 6—चक्रपाणि, 7—जलांधर, 8—मेडुकि, 9—कंथडि, 10—धुंधडी, 11—कापडि, 12—विरुपाक्ष, 13—सर्वसुसावेरी, 14—नागार्जुन, 15—कणेरी, 16—लुइलाला, 17—कुकरि, 18—रत्नघोष, 19—कान्हु, 20—कुदालि, 21—दारिपु, 22—कलालि, 23—भुसकु, 24—कांवली, 25—कोरंटक, 26—चर्पटि, 27—कर्पटि, 28—कांसारि,

29—चाटु, 30—भाटु, 31—कुंभारी, 32—कनखलु, 33—मंखलु, 34—चमारि, 35—साति, 36—तांति, 37—घटामहिष, 38—चौखली, 39—सर्वभक्षक, 40—सिद्ध वरल, 41—काश्यप, 42—चिहाली, 43—घटु, 44—मनाक्षु, 45—पंकजु, 46—पुखंडि, 47—लिचका, 48—करखंडि, 49—कवडि, 50—निर्गुणभंगी, 51—कुमुद, 52—गुडरी, 53—बोडिका, 54—काबेरी, 55—पाहाणु, 56—सागरी, 57—अजपाबोधी, 58—गुंडम, 59—शवरी, 60—मनु, 61—अजगिरी, 62—जिराबाई, 63—खेचरी, 64—देमादेवी, 65—भादु, 66—माहिलु, 67—चिंचगी, 68—धामु, 69—धूम्र, 70—टिंटिणी, 71—अतिबल, 72—महाबल, 73—भाथणी, 74—गोविन्दचन्दु, 75—बोधि, 76—जेनन्दु, 77—कपालि, 78—सोमचन्द, 79—भर्तृहरि, 80—विजयीचन्द, 81—ताल्हा तेलि, 82—चंढ्डालि, 83—हाडि, 84—डोकि, 85—घोडाचुलि, 86—गोदाह, 87—थाकडि, 88—विमलनाथ, 89—वनकाकलि, 90—षडगु, 91—कोकावलि, 92—मेदडि, 93—सुतली, 94—हरिध।

योग साहित्य में नाथ के 84 सिद्ध[48]—

1—आदिनाथ, 2—उदयनाथ, 3—सत्यनाथ, 4—संतोषनाथ, 5—अचलनाथ, 6—कन्थडिनाथ, 7—चोरघिगनाथ, 8—मत्स्येन्द्रनाथ, 9—गोरक्षनाथ, 10—चर्पटनाथ, 11—विचारनाथ, 12—श्रृंगारिपाद, 13—शाबरानन्दनाथ, 14—नागार्जुननाथ, 15—वनखण्डिनाथ, 16—धूर्ममध, 17—गिरीवरनाथ, 18—बालकनाथ, 19—श्रवणनाथ, 20—रत्ननाथ, 21—तारानाथ, 22—चन्दननाथ, 23—पिप्पलनाथ, 24—सुन्दरनाथ, 25—सरस्वतीनाथ, 26—प्रभुनाथ, 27—भावनाथ, 28—पाणिनाथ, 29—वीरनाथ, 30—सपादनाथ, 31—कायानाथ, 32—गौरनाथ, 33—खार्पूनाथ, 34—खेचरनाथ, 35—मण्डपनाथ, 36—लौपिनाथ, 37—ज्वालानाथ, 38—पुण्यपाद, 39—गम्भीरनाथ, 40—नागनाथ, 41—ब्रह्मनाथ, 42—रेवणनाथ, 43—अडवघ्गनाथ, 44—विरुपाक्षनाथ, 45—मेरुनाथ, 46—कर्मनाथ, 47—मल्लिनाथ, 48—पूर्णमल्लनाथ, 49—जोगरावल, 50—जामरावल, 51—शीलनाथ, 52—शीवनाथ, 53—मकरध्वजनाथ, 54—गोविन्दनाथ, 55—गहनीनाथ, 56—निवृत्तिनाथ, 57—ज्ञाननाथ, 58—मुक्तानाथ, 59—सोपाननाथ, 60—चाड़ेगदेवनाथ, 61—विमाण्डकनाथ, 62—भग्नभड्नाथ, 63—पाज्ञवक्यनाथ, 64—चतुर्भुजनाथ, 65—लक्ष्मणनाथ, 66—भगवन्तनाथ, 67—उपन्तनाथ, 68—धीरजनाथ, 69—शुकनाथ, 70—वामनाथ, 71—मर्कण्डेयनाथ, 72—जलन्धरनाथ, 73—कानिपा, 74—चिड़ियानाथ, 75—बुद्धनाथ, 76—सारघ्गनाथ, 77—चोलनाथ, 78—कपिलनाथ, 79—विमलनाथ, 80—मल्लिकानाथ, 81—पुष्णानन्दनाथ, 82—स्वात्मनाथ, 83—विश्वनाथ, 84—आम्रनाथ।

श्री भा. रा. भालेराव द्वारा दी गयी सिद्ध–सूची[49] ('मुमुक्ष', सितम्बर 1922 के आधार पर)–

1–सिद्धनाथ, 2–बद्धपप्रनाथ, 3–दृढ़नाथ, 4–वीरनाथ, 5–पवनमुदतनाथ, 6–धीरनाथ, 7–श्वासनाथ, 8–पार्श्वमतामनाथ, 9–वातायननाथ, 10–मयूरनाथ, 11–मत्स्येन्द्रनाथ, 12–कुक्कुटनाथ, 13–भद्रनाथ, 14–अर्ध्यपादनाथ, 15–पूर्णपादनाथ, 16–दक्षिणनाथ, 17–शवनाथ, 18–ऊर्ध्वनाथ, 19–धानुष्यनाथ, 20–पादशिरानाथ, 21–द्विपादाशिरानाथ, 22–स्थिरनाथ, 23–वृक्षनाथ, 24–ऊर्ध्ववृक्षनाथ, 25–चक्रनाथ, 26–तालनाथ, 27–ऊर्ध्वनुषनाथ, 28–बालसिद्धनाथ, 29–स्वस्तिकनाथ, 30–स्थितविवेकनाथ, 31–उधिविवेकनाथ, 32–दक्षिण तर्कनाथ, 33–पूर्वतर्कनाथ, 34–निःश्वासनाथ, 35–अर्धकूर्मनाथ, 36–गरुड़नाथ, 37–व्याघ्रनाथ, 38–वामत्रिकोणनाथ, 39–प्रार्थनानाथ, 40–दक्षिण सिद्धनाथ, 41–पूर्णत्रिकोण नाथ, 42–वामथुननाथ, 43–भरसरनाथ, 44–अंगुष्ठनाथ, 45–उत्पफटनाथ, 46–वामांगुष्ठनाथ, 47–ज्योतिष्ठमानाथ, 48–वामार्ध्यपादनाथ, 49–वामभुजपादनाथ, 50–भुजपादनाथ, 51–वामवक्रमनाथ, 52–वामजानुनाथ, 53–वामशाखनाथ, 54–त्रिभंगनाथ, 55–वामपादापाननाथ, 56–वामहस्तचतुष्कोणनाथ, 57–भोमुखनाथ, 58–गर्भनाथ, 59–एकपादवृक्षनाथ, 60–मुक्तहस्तवृक्षनाथ, 61–हस्तवृक्षनाथ, 62–द्विपादपार्श्वनाथ, 63–कंदपीडनाथ, 64–प्रोढनाथ, 65–अपखाननाथ, 66–ऊर्ध्वसंयुक्तपादनाथ, 67–अर्धशवनाथ, 68–उत्तानकूर्मनाथ, 69–सर्वागनाथ, 70–ऊपाननाथ, सहजयानी सिद्ध, 71–योनिनाथ, 72–मण्डकनाथ, 73–पर्वतनाथ, 74–शलभनाथ, 75–कोकिलनाथ, 76–लोलनाथ, 77–ऊष्ट्रनाथ, 78–हंसनाथ, 79–प्राणनाथ, 80–कार्मूकनाथ, 81–आनन्दमन्दिरनाथ, 82–वैजननाथ, 83–ग्रन्थिनेदननाथ, 84–भुजंगनाथ।

'नाथपन्थ परिचय' पुस्तक में दी गयी सिद्ध नामावली[50]–

1–कवीशानन्द सिद्ध, 2–बागानन्द सिद्ध, 3–शगतानन्द सिद्ध, 4–वांछानन्द सिद्ध, 5–गोचरानन्द सिद्ध, 6–असितोगानन्द सिद्ध, 7–बलुकानन्द सिद्ध, 8–वरिनन्द सिद्ध, 9–अजमातनन्द सिद्ध, 10–गुप्तानन्द सिद्ध, 11–चण्डानन्द सिद्ध, 12–कोधानन्द सिद्ध, 13–महेन्द्रानन्द सिद्ध, 14–भीषणानन्द सिद्ध, 15–दिव्यानन्द सिद्ध, 16–बोधिनन्द सिद्ध, 17–कलानन्द सिद्ध, 18–विलासानन्द सिद्ध, 19–सिद्धानन्द सिद्ध, 20–मातृकानन्द सिद्ध, 21–सरस्वत्यानन्द सिद्ध, 22–शुभगानन्द सिद्ध, 23–परमकृतानन्द सिद्ध, 24–समरसानन्द सिद्ध, 25–महानन्द सिद्ध, 26–भौमानन्द सिद्ध, 27–ब्रह्मानन्द सिद्ध, 28–शकानन्द सिद्ध,

29–चिदानन्द सिद्ध, 30–पूर्णानन्द सिद्ध, 31–शकानन्द सिद्ध, 32–वर्मानन्द सिद्ध, 33–चैतन्य सिद्ध, 34–राजचैतन्य सिद्ध, 35–कलाचेतन्य सिद्ध, 36–वामचैतन्य सिद्ध, 37–दिव्यचैतन्य सिद्ध, 38–प्रजाचैतन्य सिद्ध, 39–शामचैतन्य सिद्ध, 40–विज्ञानचैतन्य सिद्ध, 41–पंचचैतन्य सिद्ध, 42–आत्मचैतन्य सिद्ध, 43–वैराग्यचैतन्य सिद्ध, 44–प्रसपदचैतन्य सिद्ध, 45–निर्वाणचैतन्य सिद्ध, 46–मेधाचैतन्य सिद्ध, 47–विद्याचैतन्य सिद्ध, 48–सिद्धचैतन्य सिद्ध, 49–श्रीचैतन्य सिद्ध, 50–प्रज्ञा सिद्ध, 51–श्रीनाथ सरस्वती सिद्ध, 52–आनन्द सरस्वती सिद्ध, 53–मेधा सरस्वती सिद्ध, 54–चिदानन्द सिद्ध, 55–प्रज्ञा सरस्वती सिद्ध, 56–कला सरस्वती सिद्ध, 57–समेट सरस्वती सिद्ध, 58–देव सरस्वती सिद्ध, 59–विराट् सरस्वती सिद्ध, 60–सार सरस्वती सिद्ध, 61–भूत भैरव सिद्ध, 62–विराट् भैरव सिद्ध, 63–स्वराज्य भैरव सिद्ध, 64–राम्राट भैरव सिद्ध, 65–आनन्द भैरव सिद्ध, 66–रुख भैरव सिद्ध, 67–उन्मत्त भैरवा सिद्ध, 68–उद्रट सिद्ध, 69–मिराशत सिद्ध, 70–विश्वरूप सिद्ध, 71–रगवार सिद्ध, 72–देववार सिद्ध, 73–ब्रह्मवार सिद्ध, 74–राजेवार सिद्ध, 75–सिद्धवार सिद्ध, 76–माप्रसिद्ध सिद्ध, 77–कपिली सिद्ध, 78–काम सिद्ध, 79–मूर्तिराट् सिद्ध, 80–मूर्तिचालना सिद्ध, 81–चक्रवर्ति सिद्ध, 82–जोगवती सिद्ध, 83–अनुग्रह सिद्ध, 84–विग्रह सिद्ध।

गुरु परम्परा की सूची[51]–

(जर्नल आव बिहार एण्ड ओरिसा रिसर्च सोसाइटी, 1928, पृ.341; तत्त्व संग्रह भूमिका, पृ.16, पाद टिप्पणी : साधनमाला, द्वितीय खण्ड, पृ.13; पाद टिप्पणी–सहज सिद्ध : साधना एवं सर्जना–डॉ. रणजीत कुमार साहा, पृ.13)

तन्जूर की सिद्ध परम्परा	लामा तारानाथ	पग सम जोन जनाड
पद्मवज्र	राहुल भद्र	सरह
अनंगवज्र	नागार्जुन	शबरीपा
इन्द्रभूति	सबरी	लूइपा
भगवति लक्ष्मी	लूइपा	वज्रघण्टा
लीलावज्र	डोम्बी	वच्छपा
दारिकपा	तिल्लो	जालंधरिपा
सहयोगिनी चिन्ता	नारो	कृष्णाचार्य
डोम्बी हेरुक	छोटे डोम्बी	गुह्य
	कुशलीभद्र	तिजयपा
		तिल्लोपा
		नारोपा

गीताप्रेस चण्डीगढ़ से प्रकाशित 'परमार्थ पथ' की दूसरी जिल्द में भी 'चौरासी सिद्ध' शीर्षक देकर उपर्युक्त सिद्धों के चित्र तथा संख्या दी गयी है[52]–

1–लूहिपा, 2–लीलापा, 3–विरूपा, 4–डोम्भिपा, 5–शबरीपा, 6–सरहपा, 7–कघ्कलीपा, 8–मीनपा, 9–गोरक्षपा, 10–चोरघ्गिपा, 11–वीणापा, 12–शान्ति, 13–तन्तिपा, 14–चमरिपा, 15–खघ्गपा, 16–नागार्जुन, 17–कराहपा, 18–कर्णरिपा, 19–थगनपा, 20–नारोपा, 21–शलिपा, 22–तिलोपा, 23–छत्रपा, 24–भद्रपा, 25–दोखन्धिपा, 26–अजोगिपा, 27–कालपा, 28–धोम्भिपा, 29–कघ्कणपा, 30–कगरिपा, 31–डोंगिपा, 32–भदेपा, 33–तन्धेपा, 34–कुकुरिपा, 35–कुसूलिपा, 36–धर्मपा, 37–महीपा, 38–अचिन्तिपा, 39–भलहपा, 40–नलिनपा, 41–भूसुकुपा, 42–इन्द्रभूति, 43–मेकोपा, 44–कुढ़ालिपा, 45–कमरिपा, 46–जालंधरपा, 47–राहुलपा, 48–धर्मरिपा, 49–धोकरिपा, 50–मेदिनीपा, 51–पघ्कजपा, 52–घण्टापा, 53–जोगीपा, 54–चेलुकपा, 55–गुण्डरिपा, 56–लुचिकपा, 57–निर्गुणपा, 58–जयानन्त, 59–चर्पटीपा, 60–चम्पकपा, 61–भिखनपा, 62–भलिपा, 63–कुमरिपा, 64–जबरिपा, 65–मणिभद्रा, 66–मेखला, 67–कनखला, 68–कलकलपा, 69–कन्तलिपा, 70–धहुलिपा, 71–उधलिपा, 72–कपालपा।

गोरखनाथ और उनका युग : रांगेय राघव, पृ.10 की सूची[53]–

श्रीविश्वपादन, श्री विचित्रपादान, श्वेतभट्ट, महेन्द्र, वृहीश, विंध्य, शबर, महेन्द्रचन्द्र, चन्द्र, हिडिनि, समुद्र, लवण, दुम्बर, देणे, धीवर, सिंहल, ओगिनी।

उपर्युक्त सिद्धों की सूची में संख्या की भिन्नता, नामों की भिन्नता, क्रम की भिन्नता इस बात की स्पष्ट सूचक है कि नाथपन्थ के 84 सिद्धों की कोई स्पष्ट एवं प्रामाणिक परम्परा प्राप्त नहीं है। ऐसा प्रतीत होता है कि भारतीय परम्परा में उल्लिखित सिद्धों को उनकी प्रसिद्धि के आधार पर सिद्ध परम्परा का अंग बनाया गया होगा। बाद में 84 की संख्या रूढ़ हो गयी होगी। यदि हम उपर्युक्त विभिन्न सूचियों में उल्लिखित सिद्धों का विवेचन करें तो ऐसा प्रतीत होता है कि इनमें कई परम्परा के सिद्ध संकलित हैं। मुख्य रूप से नाथसिद्ध, बौद्धसिद्ध, रससिद्ध, शैवसिद्ध और महेश्वर सिद्ध इन सूचियों में प्राप्त होते हैं। किसी भी सूची के सिद्धों को केवल नाथ सिद्ध कह पाना प्रामाणिक नहीं है। उपर्युक्त सूचियों के कुछ सिद्धों के नाम के अन्त में 'पा' की उपाधि मिलती है तो कुछ का नामान्त 'भद्र' से है। 'नाथ' नामान्त

सिद्धों की संख्या भी पर्याप्त है। अतः ऐसा लगता है कि विविध परम्पराओं के सिद्धों को अपने में समाहित किया गया। उल्लेख्य है कि विशेष सिद्धि प्राप्त लोकप्रतिष्ठित सिद्ध की कुछ विशेषताओं एवं उसके कुछ विचार–दर्शन के आधार पर एकाधिक सिद्ध परम्परा ने उन्हें अपना सिद्ध मान लिया। ज्ञान और सिद्धि प्राप्ति की यात्रा में अनेक सिद्ध अनेकशः किसी भी परम्परा के गुरु से दीक्षा ले लेते थे। ऐसे में वह सिद्ध दीक्षा देने वाले गुरु की परम्परा का सिद्ध मान लिया जाता था। इस प्रक्रिया में कई बार उसका नाम, उसकी उपाधि भी बदल जाती थी। इस प्रकार ये सिद्ध कई परम्पराओं में प्राप्त होते हैं। अनेक सिद्ध परम्परा में गुरु के नाम से ही शिष्य भी पुकारा जाने लगता था। व्यापक विलक्षण एवं प्रभावशाली सिद्ध को समकालीन कई सम्प्रदायों में सिद्ध की मान्यता प्राप्त हो जाया करती थी। इस प्रकार इन सभी तथ्यों पर विचार करने से ऐसा लगता है कि चौरासी सिद्धों की कोई एक सूची सर्वथा प्रामाणिक एवं सर्वमान्य प्रतीत नहीं होती। चौरासी सिद्धों में उल्लिखित सिद्धों का काल भी एक नहीं है। यह अलग–अलग कालखण्ड में उत्पन्न हुए प्रतीत होते हैं। कई परम्पराएँ चौरासी सिद्धों में से कुछ सिद्धों को अनादि मानती हैं। ब्रह्मवैवर्त पुराण, अग्नि पुराण, स्कन्द पुराण का केदार खण्ड, विष्णु पुराण इत्यादि के साथ–साथ लौकिक संस्कृत, प्राकृत, अपभ्रंश तथा अवहट्ट भाषा के ग्रन्थों में चौरासी सिद्धों की बिखरी सूचनाएँ प्राप्त होती हैं। इन सिद्धों के ऐतिहासिक क्रम निरूपण में राहुल सांकृत्यायन का कार्य उल्लेखनीय है। 'वर्णरत्नाकर' में चौरासी नाथसिद्धों को नाथ–परम्परा में मानते हुए विविध परम्परा के सिद्धों को देखने से 14वीं शताब्दी के आरम्भ होने से पूर्व लगभग सवा सौ सिद्धों के नाम उपलब्ध होते हैं।[54] राहुल सांकृत्यायन ने कुछ सिद्धों को ग्यारहवीं शताब्दी के अन्त से कुछ पूर्व का बताया है। उनका मानना है कि सिद्ध कालपा भेलुकपा के शिष्य थे। भेलुकपा ने मैत्रीपा व अवधुतीपा ने मैत्रीपा से दीक्षा ग्रहण की थी। दीपंकर श्री ज्ञान जिनका काल 982 से 154 ई. है, के भी गुरु थे। अतः ये सिद्ध इस कालखण्ड के आसपास के रहे होंगे। राहुल सांकृत्यायन चौरासी सिद्धों का युग सिद्ध सरहपा 769 सं. (809 ई.) से लेकर 1175 ई. तक मानते हैं। इस प्रकार लगभग 300 वर्षों में होने वाले सिद्धों में से प्रमुख सिद्धों को 84 सिद्धों की सूची में समाहित करने का प्रयत्न दिखायी देता है। कुछ विद्वान सरह और नरोपा को क्रमशः प्रथम और अन्तिम सिद्ध मानकर सिद्धों का विस्तार काल 633 ई. से 1053 ई. स्वीकार करते हैं।

चौरासी सिद्धों का सम्पूर्ण विवेचन करने के लिए नाथपन्थ की परम्परा में उल्लिखित नवनाथों का अध्ययन एवं विवेचन भी सहायक होगा। नवनाथों की परम्परा चौरासी सिद्धों की परम्परा के साथ अन्योन्याश्रित ढंग से जुड़ी हुई है।

नवनाथ

नाथपन्थ में नवनाथ की अतिप्रतिष्ठित परम्परा प्रचलित है। नाथ–परम्परा में आये नवनाथ के रूप में निम्न नौ नाथ अर्थात् नौ देवताओं का ध्यान करते हैं[55]–

1. आदिनाथ अर्थात् भगवान् शिव
2. उदयनाथ अर्थात् भगवती पार्वती
3. सत्यनाथ अर्थात् ब्रह्मा
4. संतोषनाथ अर्थात् विष्णु
5. अचलनाथ अर्थात् पतंजलि
6. कन्यडिनाथ अर्थात् गणेश
7. चौरंगीनाथ अर्थात् चन्द्र
8. मत्स्येन्द्रनाथ अर्थात् मत्स्यावतार
9. गोरक्षनाथ अर्थात् सदाशिव

'योगीसम्प्रदायाविष्कृति' ग्रन्थ में यह उल्लेख मिलता है–तत्कालीन 'बदरीकाश्रमस्य नवनारायण'–कविनारायण, करभाजन नारायण, अंतरिक्ष नारायण, प्रबुद्ध नारायण, आविर्हेत्र नारायण, पिप्पलायन नारायण, चमस नारायण, हरिनारायण शिव की प्रेरणा से नवनाथ क्रमशः मत्स्येन्द्र, गहनि, ज्वालेन्द्र, कारिणपा, नागनाथ, चर्पट, रेवन, भर्तृनाथ एवं गोपीचन्द नाथ के रूप में अवतरित हुए।[56] नवनाथ भक्तिसार में उल्लिखित नवनाथों के नाम योगीसम्प्रदायाविष्कृति में उल्लिखित नवनाथों के नामों से मिलता–जुलता है।[57] जबकि महाराष्ट्र के परायण ग्रन्थ ढुदिराज की पुस्तक 'चिन्तामणि विजय' में नवनाथों के अन्तर्गत क्रमशः मत्स्येन्द्रनाथ, गोरखनाथ, जालन्धरनाथ, कानिफानाथ, चर्पटीनाथ, नागनाथ, भर्तृहरिनाथ, रेवड़नाथ और गहनीनाथ है।[58] हठयोग प्रदीपिका में 33 सिद्धों के नामों का उल्लेख मिलता है जहाँ नवनाथों का अलग से उल्लेख नहीं है। गोरक्ष सिद्धान्त संग्रह में नागार्जुन, जड़भरत, सत्यनाथ, भीमनाथ, चर्पटनाथ, कंथाधारी तथा जालन्धरनाथ की गणना की गयी है।[59] गोरक्षोपनिषद् में आदिनाथ, मत्स्येन्द्रनाथ, उदयनाथ, दण्डनाथ, सत्यनाथ, संतोषनाथ, कूर्मनाथ एवं गोरखनाथ का उल्लेख मिलता

है।[60] तेलुगु ग्रंथ नवनाथ चरित्रम् में नवनाथों के अन्तर्गत शिवनाथ, मीननाथ, सारंगधर, गोरक्षनाथ, मेघनाथ, नागार्जुन, सिद्धबुद्ध, विरूपाक्ष और कणिक का उल्लेख मिलता है।[61]

लक्ष्मण रामचन्द्र पांगारकर ने संत ज्ञानेश्वर चरित में आदिनाथ, मत्स्येन्द्रनाथ, जालन्धरनाथ, गोरखनाथ, चौरंगीनाथ, कानिफानाथ, गहनिनाथ, निवृत्तिनाथ तथा ज्ञाननाथ को प्रसिद्ध नाथसिद्ध बताया है।[62] शबरतंत्र में चौबीस कापालिकों में प्रमुख बारह नागार्जुन, जड़भरत, हरिश्चन्द्र, सत्यनाथ, भीमनाथ, गोरक्षनाथ, चर्पटनाथ, अद्वैतनाथ, वैराग्यनाथ, कंसधारी, जालंधर तथा मलयार्जुन का उल्लेख मिलता है।[63] महार्णव तंत्र के आधार पर डॉ. हजारी प्रसाद द्विवेदी ने इन नवनाथों का उल्लेख निम्नवत किया है–गोरक्षनाथ, जालंधरनाथ, नागार्जुन, सहस्रार्जुन, दत्तात्रेय, देवदत्त, जड़भरत, आदिनाथ और मत्स्येन्द्रनाथ।[64] कौलावलीतंत्र एवं श्यामा रहस्य में किंचित परिवर्तनों के साथ बारह–बारह सिद्धों के नाम मिलते हैं[65]–

कौलावली तंत्र के नाम	**श्यामा रहस्य के नाम**
1. विमल	1. बिमल
2. कृशर	2. कृशर
3. भीमसेन	3. भीमसेन
4. मीन	4. मीन
5. गोरक्ष	5. गोरक्ष
6. भोजदेव	6. भोजदेव
7. मूलदेव	7. कुलदेव
8. रतिदेव	8. वृतिदेव
9. विघ्नेश्वर	9. विघ्नेश्वर
10. हुताशन	10. हुताशन
11. समरानन्द	11. समयानन्द
12. संतोष	12. संतोष

श्यामा रहस्य में उपर्युक्त बारह सिद्धों के अतिरिक्त सुधाकर एवं प्रजापति के नाम का भी उल्लेख मिलता है।

उपर्युक्त दोनों सूची के नामों में गोरक्षनाथ, मीननाथ, संतोषनाथ तथा भीमनाथ है। राजाराम प्रसाद रचित भक्तमंजरी माल में नवनाथों के निम्न नामों का उल्लेख मिलता है–सत्यामलनाथ, गैवीनाथ, गुप्तनाथ, उद्‌बोधनाथ, केसरीनाथ, शिवदीन नाथ, नरहरिनाथ, लक्ष्मणनाथ एवं मल्हारनाथ।[66] उल्लेखनीय है कि

इस सूची के नाम भिन्न हैं। सुधाकर चन्द्रिका में नवनाथों का उल्लेख करते हुए एकनाथ, आदिनाथ, मत्स्येन्द्रनाथ, उदयनाथ, दण्डनाथ, सत्यनाथ, संतोषनाथ, कूर्मनाथ एवं जालंधरनाथ को उद्धृत किया गया है।

ब्रह्मवैवर्तपुराण में योगनाथ, आदिनाथ, मीननाथ और गोरक्षनाथ का उल्लेख मिलता है।[67] स्कन्दपुराण[68] के केदारखण्ड में एवं अग्निपुराण[69] में भी नवनाथों की चर्चा प्राप्त होती है। भारद्वाज संहिता में आदिनाथ, मीननाथ, कथड़िनाथ, गोरक्षनाथ, कोकणनाथ, विरूपाक्ष, जालंधर, चौरंगी एवं अरुणाचलनाथ का उल्लेख नवनाथों के अन्तर्गत हुआ है। शाबरी परम्परा में नागार्जुन शबर, इन्द्रभूति, तिलोपा, नागार्जुन, लुईपा, जालंधरी, तृष्ण, शबरी, दारिकपा, लीलापा विरूव, मत्स्येन्द्र, चौरंगी, मीन तथा गोरख इत्यादि नाम प्राप्त होते हैं।[70] नेपाल की परम्परा में नवनाथों के अन्तर्गत प्रकाश, विमर्श, आनन्द, ज्ञान, सत्य, पूर्ण, स्वभा, प्रतिभा एवं सुभग का नाम उल्लेखनीय है।[71] विनय मोहन शर्मा ने नाथपन्थ की परम्परा का उल्लेख करते हुए लगभग 27 नाथों का उल्लेख किया। इसमें उमा, मैनावती और मुक्ताबाई जैसी महिला सिद्धों का भी उल्लेख है। उनके अनुसार आदिनाथ के तीन शिष्य उमा, मत्स्येन्द्रनाथ और जालंधरनाथ हैं। कानिख नाथ मैनावती एवं गोपीचन्द जालंधरनाथ के शिष्य हुए। मत्स्येन्द्रनाथ से चौरंगीनाथ, रेवननाथ, चर्पटीनाथ एवं गोरखनाथ दीक्षित हुए। गोरखनाथ ने विलेशयनाथ, मणिकनाथ, भर्वनाथ, नागनाथ और गहनिनाथ को योगविद्या प्रदान की और नाथपन्थ में दीक्षित किया। गहनिनाथ से यह परम्परा निवृत्तिनाथ को प्राप्त हुई। निवृत्तिनाथ के शिष्यों में मुक्ताबाई सोपानदेव एवं ज्ञाननाथ ने विसोबारवेत्तर तथा सत्यामलनाथ को इस नाथ परम्परा का अपना उत्तराधिकारी बनाया और फिर क्रमशः यह परम्परा गैनीनाथ, गुप्तनाथ, उद्‌बोधनाथ केसरीनाथ एवं शिवदीन केसरी से होते हुए आगे बढ़ी।[72] परशुराम चतुर्वेदी द्वारा बाइस सिद्धों की एक सूची दी गयी है जिनमें नाथ नामान्त निम्न नाम मिलते हैं–मीनपा अर्थात् मत्स्येन्द्रनाथ, गोरखनाथ, जालंधरनाथ, चौरंगीनाथ, कानिफनाथ, चर्पटीनाथ, भर्तृहरिनाथ, कंथड़िनाथ एवं गहनीनाथ।

डॉ. नागेन्द्रनाथ उपाध्याय का मानना है कि यदि नाम–वैभिन्य को ध्यान में रखकर अखिल भारतवर्षीय नाथों की सूची बनायी जाय और अधिकाधिक सूचियों में समान रूप से नाम गणना को ध्यान में रखा जाय तो कुल 106 नाथों का नाम ध्यान में आता है जिनमें से प्रथम नौ नाथों–मत्स्येन्द्रनाथ, गोरक्षनाथ, आदिनाथ, जालंधरनाथ, चर्पटीनाथ, कानिफनाथ, चौरंगीनाथ, भर्तृहरिनाथ और

गोपीचन्द्रनाथ को नवनाथों में माना जा सकता है।[73] इसी प्रकार हजारी प्रसाद द्विवेदी ने गोरक्ष के समसामयिक चौबीस नाथ सिद्धों का उल्लेख किया है।

उपर्युक्त सूचियों एवं विद्वानों विशेषकर रांगेय राघव[74], कल्याणी मलिक[75], परशुराम चतुर्वेदी[76], हजारी प्रसाद द्विवेदी[77], नागेन्द्रनाथ उपाध्याय[78] इत्यादि विभिन्न विद्वानों ने 30 से अधिक नाथसिद्धों की सूचियाँ प्रस्तुत की है। उपर्युक्त सभी सूचियों के तुलनात्मक अध्ययन के आधार पर नागेन्द्रनाथ उपाध्याय ने निम्न निष्कर्ष निकाले हैं[79]–

1. ये सूचियाँ विभिन्न क्षेत्रों में स्वीकृत नवनाथों की नामावली प्रस्तुत करती हैं।
2. इनमें अन्तर्गणित नवनाथ परस्पर बहुत भिन्न हैं।
3. इन सूचियों में सबसे अधिक मान्यता क्रमशः मत्स्येन्द्रनाथ, गोरक्षनाथ, आदिनाथ, जालंधरनाथ, चर्पटीनाथ, चौरंगीनाथ, कानिफानाथ, भर्तृहरिनाथ एवं गोपीचन्द्र नाथ को मिली है।
4. इन सूचियों में नवनाथों के अनेक उपनाम, साधनात्मक नाम, लोककथात्मक नाम एवं पौराणिक नाम देखने को मिलते हैं। इनमें तांत्रिक नाथों के नामों का भी मिश्रण मिलता है।
5. इस भिन्नता एवं मिश्रण के कारण नाथों की संख्या में बहुत वृद्धि हो जाती है और भिन्न–भिन्न सूचियों को नवनाथ सूची कहते हुए भी सब मिलाकर नवनाथों की संख्या लगभग 106 हो जाती है।
6. यदि इन सारे नामों को नाथों की सूची मान लिया जाय तो इन 106 नाथों की सूची को भारतवर्षीय नाथों की सूची कहा जा सकता है।
7. इन सभी सूचियों के आधार पर सर्वसम्मत नवनाथों की सूची नहीं बनाई जा सकती।
8. यदि इन सभी सूचियों में कुछ नामों की अधिकाध्कि आवृत्ति का विचार किया जाय तो एक निष्कर्ष पर पहुँचा जा सकता है फिर भी यह निष्कर्षित सूची सम्पूर्ण देश के नाथों की सर्वस्वीकृत नवनाथ सूची नहीं होगी।
9. इनमें से अनेक सूचियाँ ऐसी हैं जिन्हें विद्वानों ने यद्यपि एक ही स्रोत से प्राप्त किया है तथापि उन्हें उद्धृत करने में अनेक त्रुटियाँ दिखायी पड़ती हैं। परिणामतः सूचियों की संख्या वृद्धि के साथ ही नाथ संख्या वृद्धि भी हो गयी है। ऐसा प्रतीत होता है कि नाथों के नाम में भी भ्रान्तियाँ हो गयी हैं।

नागेन्द्रनाथ उपाध्याय ने 106 नाथसिद्धों की निम्नवत सूची प्रस्तुत की है–1. मत्स्येन्द्रनाथ, 2. गोरखनाथ, 3. आदिनाथ, 4. जालंधरनाथ, 5. चर्पटीनाथ, 6. कानिफनाथ, 7. चौरंगीनाथ, 8. भर्तृहरिनाथ, 9. गोपीचन्द्रनाथ, 10. गैनीनाथ, 11. उदयनाथ, 12. सत्यनाथ, 13. संतोषनाथ, 14. रेवणनाथ, 15. कंथलिनाथ, 16. नागनाथ अथवा भागनाथ, 17. कूर्मनाथ, 18. विरूपाक्षनाथ, 19. निवृत्तिनाथ, ज्ञाननाथ, दंडनाथ, भवनार्जि, नागार्जुन, विष्ण, अचलनाथ, गणेशनाथ, मयनावती, अडबंग, मंगलनाथ, प्राणनाथ, दत्तात्रेय, निरंजननाथ, जड़भरत, भीमनाथ, शाबरानन्द, भैरव, विलेशय, मंथान भैरव, कोंकण, अनंग, अरुणाचलनाथ, सारंगधर, मेघनाथ, सिद्धबुद्ध, कणिक, कार्तिकनाथ, गजकर्ण, औघड़, एकनाथ, ओंकारनाथ, गजबली, अंचलेश्वर, शेलनाथ, नाथनाथ, सत्यामलनाथ, गैवीनाथ, गुप्तनाथ, अद्बोधननाथ, केसरीनाथ, शिवदिननाथ, नरहरिनाथ, लक्ष्मणनाथ, मल्हारनाथ, वुग्गानाथ, सुरतनाथ, कम्बनाथ, धर्मनाथ, धुरंधरनाथ, करनारिनाथ, दूरतंगनाथ, गोदड़नाथ, हरिश्चन्द्र, अवधनाथ, वैराग्यनाथ, कंथाधारीनाथ, मलयार्जुननाथ, सहस्रार्जुननाथ, देवदत्त, वशिष्ठ, हरिनाथ, कुलेश्वर, महेश्वर, सुखनाथ, पारिजातनाथ, विमलनाथ, कृशरनाथ, सुधाकरनाथ, भोजदेव, प्रजापति, कुलदेव, वृत्तिदेव, विघ्नेश्वर, हुताशन, निराकार, निर्विल्प, निरामय, विधि, प्रकाश, विमर्श, आनन्द, पूर्ण, स्वमा, प्रतिमा, सुभग, धूगो, चम्भा।

उपर्युक्त सभी सूचियों और विद्वानों के मतों का आलोचनात्मक अध्ययन करने पर यह स्पष्ट होता है कि नाथपन्थ का प्रभाव जैसे–जैसे बढ़ता जा रहा था गोरखनाथ के समकालीन, पूर्ववर्ती तथा पश्चातवर्ती अनेक सिद्ध नाथपन्थ में समाहित होते जा रहे थे। समकालीन बौद्ध सिद्धों की बड़ी संख्या इन सिद्ध सूचियों में प्राप्त होती है। अनेक सूचियों के नामों और क्रमों की वैभिन्यता के कारण इस नवनाथ तथा चौरासी सिद्धों की एक सर्वमान्य सूची अभी तक प्रस्तुत नहीं की जा सकी है। किन्तु नाथपन्थ में अबतक के प्राप्त सभी साहित्यिक स्रोतों एवं विद्वानों के मतों को देखते हुए तथा नाथपन्थ की वर्तमान परम्परा की मान्यताओं को ध्यान में रखते हुए चौरासी सिद्धों की सूची निम्नवत प्रस्तुत की जा सकती है–

1. आदिनाथ, 2. मत्स्येन्द्रनाथ, 3. गोरखनाथ, 4. चौरंगीनाथ, 5. उदयनाथ, 6. सत्यनाथ, 7. संतोषनाथ, 8. श्रीगजकंथडनाथ, 9. श्रीअचंभनाथ, 10. दण्डनाथ, 11. कूर्मनाथ, 12.भवनार्जि, 13. चर्पटनाथ, 14. भर्तृहरिनाथ, 15. गैनीनाथ, 16. गोपीचन्द्रनाथ, 17. रेवड़नाथ, 18. नागार्जुन, 19. मैनावती, 20. दत्तात्रेय, 21. गिरिवरनाथ, 22. बालकनाथ, 23. श्रवणनाथ, तारानाथ, सुन्दरनाथ, 26.

भावनाथ, 27. भीमनाथ, 28. सागरानन्दनाथ, 29. भैरवनाथ, 30. विलेसयनाथ, 31. अनंगनाथ, 32. गंभीरनाथ, 33. नागनाथ, 34. मेघनाथ, 35. सारंगधरनाथ, 36. कार्तिकनाथ, 37. विरूपाक्षनाथ, 38. कृष्णनाथ, 39. शीलनाथ, 40. एकनाथ, 41. ओंकारनाथ, 42. अचलेश्वरनाथ, 43. शेलनाथ, 44. सत्यामलनाथ, 45. केसरीनाथ, 46. नरहरिनाथ, 47. गहनिनाथ, 48.निवृत्तिनाथ, 49. लक्ष्मणनाथ, 50. मल्हारनाथ, 51. ज्ञाननाथ, 52.कंबनाथ, 53. मुक्तानाथ, 54.सोपाननाथ, 55. अवधनाथ, 56. वैराग्यनाथ, 57. याज्ञवल्क्यनाथ, 58. चतुर्भुजनाथ, 59. भगवन्तनाथ, 60. वामनाथ, 61. कंथाधारीनाथ, 62. मलयार्जुननाथ, 63. सहस्रार्जुननाथ, 64. मार्कण्डेयनाथ, 65. जालंधरनाथ, 66. कानिपा, 67. बुद्धनाथ, 68. सारंगनाथ, 69. कपिलनाथ, 70. विकलनाथ, 71. मल्लिकानाथ, 72. सुधाकरनाथ, 73. विघ्नेश्वरनाथ, 74. हंसनाथ, 75. भुजंगनाथ, 76. शंभूनाथ, 77. श्रीकण्ठनाथ, 78. सिद्धपादनाथ, 79. आम्रनाथ, 80. अजयपाल, 81. बालनाथ, 82. गोपालनाथ, 83. अघोरनाथ, 84. हरिनाथ।

नाथपन्थ के विकास के साथ–साथ सिद्धों की संख्या बढ़ती गयी और वर्तमान में चौरासी सिद्धों की परम्परागत सूची के अन्तर्गत नाथपन्थी योगियों के बीच सर्वाधिक प्रतिष्ठित उपर्युक्त चौरासी सिद्ध हैं। यद्यपि कि कहीं–कहीं उपर्युक्त चौरासी में से कुछ सिद्धों के स्थान पर यदा–कदा दूसरे सिद्धों के नाम भी प्राप्त होते हैं।

नवनाथों के सन्दर्भ में पूर्व में उल्लिखित तथ्यों का सम्यक विवेचन करने के पश्चात् नवनाथों की नाथपन्थ में दो परम्पराएँ लोकप्रिय हैं। एक परम्परा गोरक्षसिद्धान्त संग्रह में उल्लिखित गोरक्षोपनिषद् के निम्न नौ नाथों की है–1. गुरु आदिनाथ, 2. मत्स्येन्द्रनाथ, 3. उदयनाथ, 4. दण्डनाथ, 5. संतोषनाथ, 6. कूर्मनाथ, 7. भवनार्जि और 8. श्री गोरखनाथ।[80] नाथपन्थ की परम्परा में नवनाथों की दूसरी मान्य परम्परा से श्री गोरखनाथ मन्दिर द्वारा प्रकाशित नवनाथ चित्रावली से ज्ञात होती है[81] जिसमें नवनाथों के अन्तर्गत नाथपन्थ के निम्न सिद्धों को प्रदर्शित किया गया है–

श्री आदिनाथ	–	ज्योतिस्वरूप
श्री मत्स्येन्द्रनाथ	–	मत्स्यावतार
श्री गोरक्षनाथ	–	शिवावतार
श्री चौरंगीनाथ	–	चन्द्रावतार
श्री उदयनाथ	–	पार्वती अवतार
श्री सत्यनाथ	–	श्री ब्रह्मावतार
श्री संतोषनाथ	–	श्री विष्णु अवतार

श्री गजकंकडनाथ – श्री गणेशावतार
श्री अचल अचंभनाथ – श्री शेषावतार

उपर्युक्त नवनाथों की प्रतिष्ठा वर्तमान नाथपन्थ की परम्परा में स्वीकार्य है। इस प्रकार उपर्युक्त समस्त तथ्यों के आलोक में हम कह सकते हैं कि नाथपन्थ की वर्तमान परम्परा में पूर्वप्रचलित नाथपन्थी सिद्धों में से उन सिद्धों को जिनकी परम्परा आज भी यशस्वी रूप से प्रवहमान है और उस परम्परा में नाथपन्थ के योगी अपनी–अपनी परम्परा के प्रतिष्ठित सिद्धों और उनकी विशेषताओं को आज भी संजोए हुए हैं, ऐसे में गोरक्षपीठ के पूर्व पीठाधीश्वर ब्रह्मलीन महन्त दिग्विजयनाथ जी ने जब नाथपन्थ के योगियों की विविध शाखाओं का संगठन अखिल भारतवर्षीय अवधूत भेष बारह पन्थ योगी महासभा का गठन किया तो विविध शाखाओं के प्रसिद्ध योगियों को चौरासी सिद्धों एवं नवनाथों के अन्तर्गत नये ढंग से स्वीकार किया जाने लगा।

सन्दर्भ

1. दोलगोविन्द शास्त्री; नाथ धर्म का क्रमिक विकास, पृ. 9
2. दिवाकर पाण्डेय, गोरखनाथ एवं उनकी परम्परा का साहित्य, पृ.98–99
3. दोलगोविन्द शास्त्री; नाथ धर्म का क्रमिक विकास, पृ. 24
4. धर्मवीर भारती, सिद्ध साहित्य, पृ. 29
5. बलदेव उपाध्याय; बौद्ध दर्शन, पृ. 432
6. परशुराम चतुर्वेदी; भारतीय साहित्य की सांस्कृतिक रेखाएँ
7. नागेन्द्रनाथ उपाध्याय; गोरखनाथ–नाथ सम्प्रदाय के परिप्रेक्ष्य में, पृ. 7
8. परशुराम चतुर्वेदी, बौद्ध साहित्य की सांस्कृतिक झलक, पृ.127–28
9. हजारी प्रसाद द्विवेदी, नाथ सम्प्रदाय, पृ.29–31
10. वर्णरत्नाकर के सम्पादक सुनीति कुमार चाटुर्ज्या एवं बबुआ मिश्रः वर्णरत्नाकर, कलकत्ता, सन् 1940 ई., पृ. 57–58; बौद्ध साहित्य की सांस्कृतिक झलक : पं. परशुराम चतुर्वेदी, पृ.128–129
11. वर्णरत्नाकर : सम्पादक–सुनीति कुमार चटर्जी, सप्तम कल्लोल, पृ.57–58, चौरासी सिद्ध वर्णना, 'तांत्रिक बौद्ध साधना और साहित्य' : डॉ. नागेन्द्रनाथ उपाध्याय, पृ.211–12
12. हठयोग प्रदीपिका, प्रथमोपदेश, श्लोक 5–9, वेंकटेश्वर प्रेस, संस्करण
13. पुरातत्त्व निबन्धावली : महापण्डित राहुल सांकृत्यायन, पृ.120–125
14. कोंकलिपा, कंकलिपा, कंकरिपा, पुरातत्त्व निबन्धावली–राहुल जी, पृ.247
15. पूर्व में राज्ञीनगर

16. चतुराशीति–सिद्ध प्रवृत्ति, तन्जूर 86 / गार्डियर
17. रत्नाकर शान्ति (विक्रमशिला)
18. पहाड़पुर, पू. पाकिस्तान
19. देहान्त 1039 ई.
20. सम्भवतः मृगालीपाद ('बौद्ध गान ओ दोहा') भी यही है।
21. सम्भवतः बघेलखण्ड का मैहर
22. सम्भवतः टंटन (बौ.गा.दो.)
23. सम्भवतः गुँजरीपा का मैहर
24. वर्तमान भागलपुर जिला
25. सम्भवतः हालीपा भी कहते हैं।
26. चतुरशीति सिद्ध प्रवृत्ति (तन्जूर 86 / 1) में नालन्दा लिखा है।
27. व्य–प (भेटिया में)
28. खर–ब–छोड–ब बहँगी बेचने वाला, भार बेचने वाला
29. भर–नग–छोड़–पा, तेली
30. सम्भवतः दवडीपा (चर्यागीत)
31. सम्भलपुर (बिहार)
32. सर्वार (गोरखपुर, बस्ती जिले)
33. राहुल सांकृत्यायन कृत वज्रयानी सिद्ध सूची–गंगापुरातत्त्वांक ई.सन् 1933 के आधार पर नाथ सम्प्रदाय और साहित्य; वेद प्रकाश जुनेजा, पृ. 39–41
34. रामचन्द्र शुक्ल, हिन्दी साहित्य का इतिहास ; संस्करण–16, पृ. 12
35. योगि नरहरिनाथ, नवनाथ चौरासी सिद्ध (पृ. 23–24) के 'श्री चतुरर्शीति सिद्धानां स्तोत्रम्' के श्लोकों के आधार पर
36. योगी नरहरिनाथ, 'नवनाथ चौरासी सिद्ध' (पृ. 78)
37. नरहरिनाथ, 'नवनाथ चौरासी सिद्ध' (पृ. 78–79)
38. योगी नरहरिनाथ, 'नवनाथ चौरासी सिद्ध' (पृ. 80)
39. योगी नरहरिनाथ, 'नवनाथ चौरासी सिद्ध' के अन्तिम भाग में प्राप्त 84 सिद्धों की सचित्र नामावली '84 सिद्ध 84 आसन'
40. अभयदत्त, 'चौरासी सिद्धों का वृत्तान्त' नामक रचना के आधार पर निर्मित 84 सिद्धों की सूची
41. हजारी प्रसाद द्विवेदी, 'हिन्दी साहित्य, उसका उद्भव और विकास', पृ. 26–30
42. वेद प्रकाश जुनेजा, भारतीय संस्कृति कोश; नाथ सम्प्रदाय और साहित्य, पृ. 64–66

43. वेद प्रकाश जुनेजा, 'नाथ सम्प्रदाय और साहित्य', पृ. 56–58
44. वेद प्रकाश जुनेजा, 'नाथ सम्प्रदाय और साहित्य', पृ. 59–60
45. वेद प्रकाश जुनेजा, 'नाथ सम्प्रदाय और साहित्य', पृ. 54–55; पहली संख्या पर कोई नाम नहीं है।
46. वेद प्रकाश जुनेजा, 'नाथ सम्प्रदाय और साहित्य', पृ. 50–51
47. वेद प्रकाश जुनेजा, 'नाथ सम्प्रदाय और साहित्य', पृ. 52–53
48. वेद प्रकाश जुनेजा, योग साहित्य में नाथ के 84 सिद्ध–'नाथ सम्प्रदाय और साहित्य', पृ. 46–47
49. भा. रा. भालेराव द्वारा दी गयी सिद्ध–सूची ('मुमुक्ष', सितम्बर 1922 के आधार पर), 'नाथ सम्प्रदाय और साहित्य'; वेद प्रकाश जुनेजा, पृ. 44–45
50. 'नाथपन्थ परिचय' पुस्तक में दी गयी सिद्ध नामावली, 'नाथ सम्प्रदाय और साहित्य'; वेद प्रकाश जुनेजा
51. जर्नल ऑफ बिहार एण्ड ओरिसा रिसर्च सोसाइटी, 1928, पृ.341; तत्त्व संग्रह भूमिका, पृ.16, पाद टिप्पणी : साधनमाला, द्वितीय खण्ड, पृ.13; पाद टिप्पणी–सहज सिद्ध : साधना एवं सर्जना–रणजीत कुमार साहा, पृ.13
52. गीताप्रेस चण्डीगढ़ से प्रकाशित 'परमार्थ पथ' की दूसरी जिल्द।
53. रांगेय राघव, गोरखनाथ और उनका युग, पृ.10।
54. हजारी प्रसाद द्विवेदी, हिन्दी साहित्यः उद्भव एवं विकास, पृ. 31
55. गोरक्षसिद्धान्त संग्रह, प्रस्तावना
56. योगीसम्प्रदायाविष्कृति, पृ. 14
57. अशोक प्रभाकर कामत, महाराष्ट्र के नाथपन्थी कवियों का हिन्दी काव्य, पृ. 25
58. 'योगवाणी'; गोरख विशेषांक, वर्ष–2, जनवरी 1977, अंक 1, पृ. 119
59. रामलाल, गोरक्ष सिद्धान्त संग्रह
60. धर्मवीर भारती, सिद्ध साहित्य, पृ. 324
61. अशोक प्रभाकर कामत, महाराष्ट्र के नाथपन्थी कवियों का हिन्दी काव्य
62. हजारी प्रसाद द्विवेदी, नाथ सम्प्रदाय, पृ. 35
63. धर्मवीर भारती, सिद्ध साहित्य, पृ. 324
64. हजारी प्रसाद द्विवेदी, नाथ सम्प्रदाय, पृ. 27–31
65. प्रह्लाद नरहर जोशी, नाथ सम्प्रदाय–उदय एवं विस्तार, पृ. 180
66. प्रह्लाद नरहर जोशी, नाथ सम्प्रदाय–उदय एवं विस्तार, पृ. 179 (मराठी भाषा की पुस्तक)
67. धर्मवीर भारती, सिद्ध साहित्य, पृ. 324
68. स्कन्दपुराण केदारखण्ड, पृ. 109

नवनाथाः समाख्यातास्तत्र श्री आदिनाथः।
आदिनाथः कूर्माख्यो भवाख्यो गजनाथकः।।
सत्य संतोष नाथौ तु मत्स्येन्द्रो गोपिनाथकः।
गोरक्षो नवनाथास्ते नादब्रह्म रताः सदा।।

69. अग्निपुराण
सिद्धाश्रम निवासी च विश्वामित्रादिभिः सह।
कौलीशनाथः श्रीकण्ठनाथो गगननाथकः।।
तूर्णनाथः शिवः कृष्णो भवस्ते नवनाथकाः।।
70. धर्मवीर भारती, सिद्ध साहित्य, पृ. 324
71. परशुराम चतुर्वेदी, भारतीय साहित्य की सांस्कृतिक रेखाएँ, पृ. 65–67
72. विनय मोहन शर्मा, हिन्दी को मराठी सन्तों की देन, पृ. 63–64
73. नागेन्द्रनाथ उपाध्याय; गोरखनाथ–नाथ सम्प्रदाय के परिप्रेक्ष्य में, पृ. 30
74. गोरखनाथ और उनका युग, पृ. 4–5
75. नाथ सम्प्रदायेतर इतिहास, दर्शन और साधना प्रणाली, पृ. 14–16 तथा आगे
76. विश्वभारती पत्रिका, खण्ड–9
77. हजारीप्रसाद द्विवेदी, नाथ सम्प्रदाय, पृ. 24–37
78. नागेन्द्रनाथ उपाध्याय, गोरखनाथ–नाथ सम्प्रदाय के परिप्रेक्ष्य में, पृ. 29–31
79. नागेन्द्रनाथ उपाध्याय, गोरखनाथ–नाथ सम्प्रदाय के परिप्रेक्ष्य में, पृ. 29–31
80. एवं श्री गुरुरादिनाथः मत्स्येन्द्रनाथः तत्पुत्र उदयनाथः दण्डनाथः, सत्यनाथः, संतोषनाथ, कूर्मनाथः भवनाजि तस्य श्री गोरखनाथः ईश्वरसंतान, आदिब्राह्मणः सूक्ष्मवेदी, अद्वैतोरि सदानन्द देवता, अनाहतश्रृंगी, खेचरीमुद्राः; रामलाल, गोरक्ष सिद्धान्त संग्रह, पृ. 98
81. सदानन्द गुप्त एवं प्रदीप कुमार राव, 'राष्ट्रीयता के अनन्य साधक महन्त अवेद्यनाथ', पृ. 240।

□

अध्याय–5

नाथपन्थ की महन्त परम्परा

नाथपन्थ एक सिद्ध पन्थ है। गोरक्षनाथ द्वारा प्रवर्तित नाथपन्थ की परम्परा मुख्यतः योग परम्परा है। इस सिद्ध योग परम्परा का आधार गुरु है। यही कारण है कि इस पन्थ के योगीश्वरों की प्रतिष्ठा गुरु के रूप में है और महायोगी गोरखनाथ गुरु के पर्याय के रूप में प्रतिष्ठित हैं। गुरु की इस पन्थ में प्रतिष्ठा गोरखवाणी में उल्लिखित इस तथ्य से स्पष्ट है कि गगनमण्डल सहस्रार अर्थात् ब्रह्मरन्ध्र में स्थित औंधे कुएँ में अमृत का वास है जिसका पान वही प्राणी साधक या योगी कर सकता है जो सद्‌गुरु की शरणागति में स्थित है क्योंकि सद्‌गुरु ही अमृतपान का उपाय बतलाते हैं। योगपथ का प्रदर्शक सद्‌गुरु ही प्राणायाम की शक्ति को बढ़ाते हुए मूलाधार चक्र में सुसुप्तावस्था में स्थित विद्युत–प्रभा के समान कुण्डलिनी को जागृत करके सुषुम्ना नाड़ी के माध्यम से परम शिव के साक्षात्कार द्वारा अमृतपान कराता है। जिसे ऐसे सद्‌गुरु प्राप्त नहीं हैं वह निगुरा है और प्यासा अर्थात् अमृतपान से वंचित रह जाता है।[1]

नाथपन्थ के योगी यह मानते हैं कि सच्चिदानन्दघन स्वरूप परब्रह्म परमात्मा सर्वत्र व्याप्त हैं। उनकी दिव्य अनन्त माधुर्य में जो स्वाद, आनन्द है उसका रसपान योगसिद्ध सद्‌गुरु की कृपा से ही प्राप्त होता है।[2] नाथपन्थ के योगियों ने अनेक स्थानों पर परमात्मा की अपेक्षा गुरु को अधिक महत्त्व दिया है। उल्लेखनीय है कि प्राणसंकली का प्रारम्भ ही होता है–'सबसे पहले मैं अपने गुरुदेव के चरण में प्रणाम करता हूँ जिन्होंने मुझे आत्मब्रह्म, अलखनिरंजन, परमशिव का साक्षात्कार अथवा दर्शन कराया। सद्‌गुरु के शब्द अर्थात् उपदेश से मुझे दीपमणि की प्राप्ति हुई और तीनों लोक मेरे ज्ञान नेत्र में प्रकाशित हो गये।[3]

नाथपन्थ में गुरु की महिमा और उसकी अपरिहार्यता का उल्लेख सिद्ध सिद्धान्तपद्धति में विस्तार से मिलता है। नाथपन्थ में परमपद को प्राप्त करने हेतु गुरु के चरण में शरणागत होना और उनकी अहेतुकी कृपा अनिवार्य माना गया है। महायोगी गोरखनाथ कहते हैं कि परमपद का वर्णन करने में अनेक प्रकार के सूक्ष्म विचारों में निपुण विद्वानों को भी विस्मित होना पड़ता है। यह परमपद निरुपाधिक है, प्रमाण आदि से इसकी प्राप्ति सम्भव नहीं है। गुरु के चरण में शरणागत होने पर गुरु कृपा से इसका ज्ञान बोध प्राप्त हो सकता है।[4] परमपद की प्राप्ति में गुरु ही ठीक–ठीक सन्मार्ग दिखाने वाला होता है। सिद्धसिद्धान्तपद्धति में ही आगे कहा गया है कि जिस समय परमपद की प्राप्ति के उपायभूत योगमार्ग के उपदेश से परमात्मबोध कराया जाता है उसी समय स्वसंवेद्य अलखनिरंजन परमेश्वर का साक्षात्कार हो जाता है और यह इस सबका एकमात्र कारण गुरु ही है।[5] यही कारण है कि बड़े–बड़े सिद्धयोगी गुरु की कृपा और अपने अनुभव से स्वरूप–बोध में समर्थ होकर अपने व्यष्टि शरीर का निरुत्थानानुभव के समाश्रय में सामरस्य करते हैं अर्थात् परमात्मस्वरूप परमपद की प्रतिष्ठा के द्वारा सच्चिदानन्दस्वरूप हो जाते हैं। गुरु की वन्दना में महायोगी गोरखनाथ ने गोरक्षशतक के मांगलिक श्लोक में कहा है, "मैं अपने गुरुदेव की वन्दना करता हूँ जो साक्षात् परमानन्द हैं सच्चिदानन्दस्वरूप–आनन्द विग्रह–अथवा मूर्तिमान आनन्द हैं, जिनके सान्निध्य मात्र से ही कृपाकटाक्ष में ही यह शरीर चिदानन्द, चिन्मय परमानन्द और परमात्मस्वरूप हो जाता है।"[6] नाथपन्थ के योगियों की मान्यता है कि व्यष्टि–पिण्ड और परपिण्ड में सामरस्य की प्राप्ति गुरु के अनुग्रह से ही होती है। सिद्धयोगियों को इसके लिए सबसे पहले गुरु के चरण में शरणागत होकर उसकी प्रसन्नता से चित्तवृत्तियों के निरोधपूर्वक स्वरूप–ध्यान और समाधि से उपासना में योग साधना में तत्पर होकर स्वपिण्ड से परपिण्ड पर्यन्त ऐक्य का अनुभव किया जा सकता है।[7] सिद्ध सिद्धान्तपद्धति में गुरु सद्गुरु की महिमा का वर्णन करते हुए कहा गया है कि परमपद का ज्ञान सद्गुरु के श्रीमुख से उपदेशामृत ग्रहण करने से ही प्राप्त होता है, चाहे करोड़ों शास्त्रों का अध्ययन किया जाय, चाहे साधक विज्ञान प्राप्त करे, चाहे अनेक तर्क में निपुण हो, चाहे आचार में तत्पर हो, चाहे चारों वेदों में पारंगत हो, चाहे वेदान्त श्रवण में ज्ञाननिष्ठ हो, चाहे तत्वमसि आदि वाक्यों से आत्मतत्त्व में प्रबुद्ध हो, चाहे 'सोऽहं–सोऽहं' हंस–मंत्र अर्थात् अजपा गायत्री को सिद्ध कर ले, जीवात्मा–परमात्मा में अभेदता की अनुभूति करे, चाहे ध्यान लगाये, चाहे जप करे किन्तु गुरु के उपदेश से ही योगी सिद्ध होता है, सर्वज्ञ

होता है। सभी सिद्धियाँ उसके करतल हो जाती हैं, वह स्वयं कर्ता हो जाता है; देवताओं और दैत्यों द्वारा वह अवध्य हो जाता है, वह सर्वत्र भैरव अर्थात् भगवान् शिवरूप विहार करता है, वह संशयरहित होता है और असाध्य सिद्धियों को अपने वश में कर लेता है। यह सब कुछ गुरु की कृपा के बिना असम्भव है। इसलिए गुरु की शरण प्राप्त कर श्रद्धावान होना चाहिए।[8]

सद्गुरु से दीक्षित होकर सदुपदेशग्रहणपूर्वक योगसाधना में तत्पर होने पर, साधक पहले वर्ष में शरीर के मलादि दोषों से निर्मल होकर नीरोग हो जाता है और सभी लोगों के लिए समान रूप से प्रिय होता है। योग साधना में तत्पर उस साधक के दर्शन की सब लोग इच्छा करते हैं। वह दूसरे वर्ष में (संकल्परहित होकर) सफलमनोरथ हो जाता है और उसे सभी भाषाओं में बातचीत करने की शक्ति प्राप्त हो जाती है। तीसरे वर्ष में वह देहसिद्ध हो जाता है। उसका शरीर दिव्य तेज से सम्पन्न हो जाता है और सर्प, व्याघ्र आदि पशु उसके समक्ष अहिंसक हो जाते हैं, उसे किसी भी तरह की बाधा नहीं पहुँचाते हैं। चौथे वर्ष में यह योगसाधक भूख–प्यास, जाड़ा–गर्मी आदि द्वन्द्वों से ऊपर उठ जाता है और दूर स्थान पर होने वाले शब्दों को सुनने लगता है, इसमें तनिक भी सन्देह नहीं है। पाँचवें वर्ष में वह वाक्सिद्ध हो जाता है, वह जो कुछ भी कहता है वह सत्य होता है और वह दूसरे के शरीर में प्रवेश करने का सामर्थ्य प्राप्त कर लेता है–दूसरे के मृत शरीर में प्रवेश कर उसे प्राणान्वित कर देता है। छठें वर्ष में उसका शरीर इतना पुष्ट हो जाता है कि किसी भी प्रकार के शस्त्र तथा वज्रपात आदि से प्रभावित नहीं होता। वह आसन पर बैठे–बैठे पृथ्वीतल से ऊपर उठ जाता है और वायु के समान वेग धारण कर इस तरह सातवें वर्ष में आसमान से उड़ने लगता है। आठवें वर्ष में वह अणिमा आदि सभी सिद्धियों से सम्पन्न हो उठता है और नौवें वर्ष में उसका शरीर वज्र के समान हो जाता है, वह आकाश और अनेक दिशाओं में भ्रमण करने में समर्थ होता है। दसवें वर्ष में वह स्वेच्छा से पवन के वेग के समान अभीष्ट स्थान में शीघ्रताशीघ्र पहुँच जाता है। ग्यारहवें वर्ष में वह सर्वज्ञ और समस्त सिद्धियों का स्वामी हो जाता है। बारहवें वर्ष में वह साक्षात् शिव के समान जगत् को रचने और उसका संहार करने की सामर्थ्य से युक्त होता है। वह योगसिद्ध पुरुष भैरव के समान तीनों लोकों में पूज्य होता है।[9] बारह वर्षों में सद्गुरु के शरण–सम्पन्न होकर योगाभ्यास करने से साधक सिद्ध योगी होकर शिवस्वरूप हो जाता है, इसमें संशय नहीं है।[10] जो योगसाधक शान्ति–मुक्ति चाहता है, जो मोक्ष का अनुभव करना चाहता है उसे गुरु के चरण–कमल का आश्रय

ग्रहण करना चाहिए। सद्गुरु के अनुग्रह से योगसाधना में तत्पर होने से उसे पिण्डसिद्धि (अपने पिण्ड में परपिण्ड–परमात्मरूप की अखण्ड व्यापकता की अनुभूति) और परमपद की प्राप्ति सहज सुलभ हो जाती है।[11]

शिव का कथन है कि परमपद की प्राप्ति में गुरु के अनुग्रह से बढ़कर दूसरा कोई उपाय नहीं है। यह साक्षात् शिव का आदेश है, शिव का आदेश है, शिव का आदेश है।[12] जो केवल उपदेश मात्र से अथवा कृपामयी दृष्टि से करुणा की अखण्ड वृष्टि करते हुए शिवस्वरूप (शाम्भव) स्वसंवेद्य, परमपद को प्रकाशित कर शिष्य के आठ पाशों (जरा, जन्म, मृत्यु, व्याधि, काम, क्रोध, मोह, अविद्या, अहंकार) का नाश कर देता है और स्वरूपानन्द में प्रतिष्ठित कर देता है, वही सद्गुरु कहा जाता है।[13]

गुरु (शिष्य के अज्ञान–अन्धकार का नाश कर उसे) कल्याण प्रदान करता है, चैतन्यस्वरूप में प्रतिष्ठित होने का परमपद में स्थित होने का सदुपदेश प्रदान करता है। इस तरह चैतन्यस्वरूप में विश्रान्ति के फलस्वरूप परमपद प्रस्फुटित होता है और शिष्य (गुरु के अनुग्रह से) अखण्ड, अनन्त, अलखनिरंजन परमशिव का साक्षात्कार करता है।[14] इस सम्बन्ध में अधिक क्या कहा जाये, करोड़ों–करोड़ों शास्त्र का अध्ययन करने से भी बिना गुरु की कृपा प्राप्त किये चित्तवृत्तिनिरोधपूर्वक आत्मशान्ति (विश्रान्ति) दुर्लभ है। चित्तविश्रान्ति प्राप्त होने पर ही दृढ़ योगसाधन में तत्पर आत्मस्वरूप में निमग्न योगी को निरुत्थान–स्वबोध (जागरण) सुलभ होता है। निरुत्थान के परिणामस्वरूप तत्काल ही दुर्लभ परमपद प्रकाशित (प्रत्यक्ष) हो जाता है। इस परमपद में व्यष्टि–पिण्ड–ब्रह्माण्ड में सामरस्य स्थापित होता है। इसमें तनिक भी संशय नहीं है।[15]

नाथपन्थ की साधना में गुरु के बिना किसी ज्ञान अथवा साधना के सिद्ध होने की कल्पना ही नहीं है। वस्तुतः नाथपन्थ की परम्परा में गुरु का स्थान सर्वोपरि है। इसी गुरु परम्परा से कदाचित नाथपन्थ की महन्त परम्परा प्रारम्भ हुई प्रतीत होती है।

नाथपन्थ के नौ नाथों एवं चौरासी सिद्धों की तपस्या–स्थलियाँ कालान्तर में मठ–मन्दिर का स्वरूप ग्रहण कर लीं। इन मठ–मन्दिरों के आध्यात्मिक प्रधान ही नाथपन्थ में महन्त कहलाने लगे। कालान्तर में नाथपन्थ के साधना–केन्द्रों का जैसे–जैसे विस्तार होता गया वैसे–वैसे कहीं मठ, कहीं मन्दिर, कहीं पीठ और कहीं–कहीं इन तीनों अवधारणाओं का विकास हुआ और इन साधना स्थलियों के प्रधान महन्त के साथ–साथ पीठाधीश्वर भी कहे जाने लगे। इस प्रकार नाथपन्थ में गुरु के प्रमुख अथवा प्रधान शिष्यों की पीढ़ी–दर–पीढ़ी परम्परा

चल पड़ी और महन्त एवं पीठाधीश्वरों के प्रधान शिष्य उनके उत्तराधिकारी के रूप में महन्त एवं पीठाधीश्वर होते गये। इस प्रकार नाथपन्थ में महन्त परम्परा का सार्वकालिक एवं सार्वदेशीय प्रसार दिखायी देता है।

नाथपन्थ की महन्त परम्परा का विकास नाथपन्थ की दीक्षा परम्परा में प्रतिबिम्बित होता है। नाथपन्थ में जितना जोर गुरु के चयन पर है, उतना ही जोर योग्य शिष्य के चयन एवं निर्माण पर भी है। नाथपन्थ का यह योगमार्ग अत्यन्त सात्विक, सच्चरित्रता से युक्त और कठोर तपस्या का मार्ग है। गोरखनाथ ने भी कहा है कि योगमार्ग कठिन साधना का मार्ग है। इस मार्ग पर अनुभव एवं स्वत्वबोध के प्रकाश में ही चला जाता है। इस पथ में अग्नि और प्राण का संयमन है। योगमार्ग स्वसंवेद्य मार्ग है, यह अनुभवगम्य है।[16] नाथपन्थ की योगसाधना में मन को सम्पूर्ण वश में करना, प्राण को संयमित करना, कुण्डलिनी जागरण के द्वारा षट्चक्रभेदन, ब्रह्मरन्ध्र में मन को स्थिर करना जैसे कठिन योगलक्ष्य को प्राप्त करने हेतु नाथपन्थ के योगी निरन्तर तपस्यारत रहते हैं। इस कठिन साधना पथ का साधक होना भी एक बड़ी चुनौती है। इस साधना पथ का पथिक बनने हेतु योग्य शिष्य का चयन महत्त्वपूर्ण माना जाता है और यह प्रक्रिया नाथपन्थ में दीक्षा परम्परा से प्रारम्भ हो जाती है।

नाथपन्थ में दीक्षा प्रक्रिया

नाथपन्थ की परम्परा में किसी भी सिद्ध योगी द्वारा अपने शिष्य बनाने की एक विशेष प्रक्रिया है। शिष्य को शिष्यत्व ग्रहण कराने हेतु गुरु शिष्य को दीक्षित करता है और इसीलिए नाथपन्थ में गुरु द्वारा शिष्य को दीक्षित करने को दीक्षा कहते हैं। इस दीक्षा प्रक्रिया की प्रथम शर्त शिष्य का पात्र होना है। अतः शिष्य बनाने से पूर्व गुरु उसके सदाचरण, उसकी सच्चरित्रता की परीक्षा करता है। वस्तुतः नाथपन्थ का योगमार्ग केवल कठोर साधना करने वाले तपस्वियों के लिए है जिनमें अदम्य बल, उत्साह, त्याग, तितिक्षा, विवेक और वैराग्य हो। नाथपन्थ की परम्परा में यह माना गया है कि आवश्यक योग्यता यदि नहीं है तो उसे शिष्य नहीं बनाना चाहिए। कठोर साधना के कारण ही नाथपन्थ में अधिक शिष्य बनाने का निषेध किया गया है। इस परम्परा में यहाँ तक कहा गया है कि अयोग्य को शिष्य बनाने में गुरु को ही दोष लगता है क्योंकि शिष्य के भ्रष्ट हो जाने पर गुरु को लज्जित होना पड़ता है। नाथपन्थ में शिष्य के बत्तीस लक्षण बताये गये हैं।[17] इन बत्तीस लक्षणों

की परीक्षा आठ भागों में की जाती है। निरालम्ब, निर्भ्रम, निवासी, निःशब्द की परीक्षा ज्ञान परीक्षा कहलाती है। निर्मोह, निर्बन्ध, निर्शंक, निर्विषय लक्षणों की परीक्षा विवेक परीक्षा कही जाती है। निष्प्रपंच, निरुतरंग, निर्द्वन्द्व, निर्लेय की परीक्षा निरालम्ब परीक्षा है। अचानक, अवांक्षक, अभान, अस्थिर गुणों की परीक्षा संतोष परीक्षा कही जाती है। शुचि, संयमी, शान्त और श्रोता लक्षण की परीक्षा शील परीक्षा है। सर्वांगी, सावधान, सन और सारग्रही की परीक्षा बमेक परीक्षा कही जाती है। सुहृदय, शीतल, सुखद स्वभाव, लक्षण सहज परीक्षा के अन्तर्गत आते हैं। जय, लक्ष्यम्, ध्यानम् और समाधि को शून्य परीक्षा कहते हैं। इस प्रकार इन आठ परीक्षाओं से गुजरते हुए नाथपन्थ में शिष्य दीक्षा प्राप्त करने का अधिकारी होता है।

नाथपन्थ में दीक्षित होने वाले शिष्य को इस तराजू पर भी तौला जाता है कि वह एक सिद्ध योगी बनने की पात्रता रखता हो। गोरखवाणी में नाथपन्थ के योगी का लक्षण विस्तार से बताया गया है। गोरखवाणी में गोरखनाथ कहते हैं कि यह संसार द्वन्द्वात्मक है। इसमें सुख–दुख, स्तुति–निन्दा, शीत–उष्णता, दिन–रात जैसे द्वन्द्वात्मक संसार के प्रति योगी तटस्थ होता है। योगी के लिए प्रत्याहार के अभ्यास से इन्द्रियनिग्रह अनिवार्य है। पाँचों तत्त्वों (क्षिति, जल, पावक, समीर और आकाश) को यौगिक प्रक्रिया अथवा साधना द्वारा धारण कर उन पर विजय पाना उन्हें वश में कर लेना और अलखनिरंजन, निराकार, परब्रह्म का दर्शन योगी करता है। योगी मनरूपी गज को साधना के अंकुश से अपने वश में कर लेने तथा मन को उन्मन करने की शक्ति रखता है।[18] गोरखनाथ ने नाथपन्थी संन्यासियों के लक्षण बताते हुए कहा है कि नाथपन्थ का योगी अहंकार के वश में नहीं रहता। वह अहंकार का दमन कर क्षणिक चंचल कामनाओं का विजयी होता है। वह अपनी पाँचों ज्ञानेन्द्रियों को वैषयिक सुखोपभोग में आसक्त होने से रोकने की शक्ति रखता है। अहंकार, इच्छाओं और पाँचों ज्ञानेन्द्रियों पर विजय प्राप्त करने वाला योगी ब्रह्म पद प्राप्त कर सत्य का साक्षात्कार करता है।[19]

नाथपन्थ के योगी को अल्पाहारी होना चाहिए। सदा आत्मा का चिंतन करना चाहिए। निद्रा पर विजय पाने वाला होना चाहिए। गुरु के प्रति आस्थावान होना चाहिए। मन का विजयी होना चाहिए। अनाहत नाद का श्रवणकर्ता होना चाहिए। अमनस्क योग की साधना का साधक होना चाहिए। अलखनिरंजन तत्त्व का मर्मज्ञ होना चाहिए, उसे अपरिग्रही होना चाहिए।[20]

नाथपन्थ में दीक्षा से पूर्व गुरु अपने शिष्य के प्रति आश्वस्त हो लेता है

कि वह नाथपन्थ के सिद्ध योगियों की तरह अन्धकार को प्रकाश में, अज्ञान को ज्ञान में, मृतत्व को अमृतत्व में, आत्मा को परमात्मा में, अनिश्चय को निश्चय में और अशिव को शिव में, जर को अजर में, अनाथ को नाथ में परिणत कर सच्चिदानन्द में सुस्थिर होने की क्षमता रखता है।

इस प्रकार यह सुनिश्चित कर लेने के बाद योग साधना के क्रमशः आठों अंगों यम–नियम, आसन–प्राणायाम, प्रत्याहार, ध्यान, धारणा और समाधि की शिक्षा प्राप्त करते हैं। नाथ परम्परा में दीक्षा के क्रम में सर्वप्रथम नाद–जनेऊ पहनाया जाता है। यह नाथपन्थ में दीक्षा का प्रथम संस्कार है जो सामान्यतः मठ अथवा आश्रम में ही किया जाता है। इस संस्कार में गुरु शिष्य की चोटी अपने हाथ से काटता है तत्पश्चात् शिष्य को स्नान कराया जाता है और उसके शरीर पर भस्म लगाया जाता है। गुरु की सेवा में तल्लीन शिष्य की दक्षता के बाद गुरु द्वारा संतुष्ट होने पर कर्णबेध संस्कार किया जाता है जिसमें शिष्य के दोनों कान परम्परागत ढंग से बेधकर उसमें कुण्डल पहनाया जाता है। कर्ण–कुण्डल पहनने पर दीक्षित शिष्य अपने गुरु का वास्तविक शिष्य हो जाता है तथा वह नाथपन्थ की उस शाखा का योगी मान लिया जाता है जिस शाखा से सम्बन्ध उसके गुरु का हो। नाथ सम्प्रदाय में दीक्षा के सम्बन्ध में पाँच प्रकार के गुरुओं का उल्लेख मिलता है–

1. **चोटी गुरु**–चोटी गुरु उसे माना जाता है जो प्रथमतः शिष्य की चोटी काटता है। शिष्य का पन्थ भी चोटी गुरु के नाम से चलता है और वही अपने गुरु का हकदार भी होता है।
2. **चीरा गुरु**–दीक्षा के समय कर्णबेध करने वाले अर्थात् कान में चीरा लगाने वाले गुरु को चीरा गुरु कहते हैं।
3. **विभूति गुरु**–कुण्डल पहनने से पहले शरीर पर सर्वप्रथम विभूति लगाने वाले गुरु को विभूति गुरु कहते हैं।
4. **उपदेशो गुरु**–कर्णछेदन के समय उपदेश देने वाले गुरु को उपदेशो गुरु कहते हैं।
5. **शिक्षा गुरु**–योगाभ्यास तथा अन्य प्रकार की शिक्षा देने वाले गुरु को शिक्षा गुरु कहते हैं।

नाथपन्थ में दीक्षा के समय अपनायी गयी विधि परम्पराओं का अपना विशेष महत्त्व है। यहाँ जल स्नान, विभूति स्नान, भिक्षा, नाद जनेऊ, भिक्षाटन, चीराबेध, उपदेश के अपने विशिष्ट अर्थ हैं।

विभूति स्नान

नाथपन्थ की परम्परा में यह उल्लेख मिलता है कि एक बार महादेव शिव ने विभूति स्नान का अभिप्राय समझाते हुए कहा था कि शरीर पर भस्म डालने का अर्थ यह बताना है कि भस्म अर्थात् मृत्तिका का बना है अतः इस शरीर युक्त योगी को पृथ्वीवत् होना चाहिए जिस प्रकार अच्छी व बुरी सभी प्रकार की वस्तुओं को रखकर यह पृथ्वी अपना धैर्य और गाम्भीर्य नहीं छोड़ती कभी प्रसन्नता–अप्रसन्न्ता नहीं प्रकट करती उसी प्रकार योगी को हर परिस्थितियों में एकरस बने रहना चाहिए। भस्म स्नान से यह अभिप्राय भी समझना चाहिए कि यह भस्मी काष्ठ का अग्नि के संयोग के कारण बनी है। जिस प्रकार भस्मी बनने से पूर्व उस लकड़ी के अनेक भौतिक गुण थे उससे अनेक प्रकार की सुन्दर–सुन्दर वस्तुएँ बन सकती थीं किन्तु अग्नि के संयोग से उसके विभिन्न गुणों का नाश हो गया और वह भस्म में परिवर्तित हो गयी। इसी प्रकार नाथपन्थ में दीक्षा पाने के साथ ही योगी को अपने सांसारिक विविध गुणों–अवगुणों से मुक्त होकर अग्निरूपी परमतत्त्व के साक्षात्कार से उसे अपने मौलिक स्वरूप का ज्ञान पाने का प्रयत्न करना चाहिए।

जल स्नान

जलस्नान का नाथपन्थ में यह अभिप्राय माना जाता है कि जल वर्षा करने वाला मेघ का प्रतीक है और इस जलस्नान के माध्यम से नाथपन्थी गुरु अपने शिष्य को यह शिक्षा देता है कि तुम्हें वर्षा करने वाला मेघ बनना है। मेघ स्थल का भेद नहीं करता और सब जगह एक जैसी बारिश करता है, उसी प्रकार तुम संसार के सभी लोगों के साथ एक जैसा व्यवहार करना। तुम आज से जल जैसा बन जाना और जिस प्रकार हजार बार तपने के बावजूद जल अपना प्रभाव नहीं छोड़ता और शीतलता ही प्रदान करता है उसी प्रकार तुम शान्त, सात्विक और शीतल बने रहना।

नाद जनेऊ

यह काष्ठ आदि का बना हुआ जनेऊ है जिसका तात्पर्य शब्द अर्थात् नाद है। नाथपन्थ में शब्द की विशिष्ट महत्ता है और अनेकशः इस बात का उल्लेख है कि गुरु का उपदेश शब्द से ही समझा जा सकता है। अतः शब्द से ही योगी को अपनी उत्पत्ति समझना चाहिए। ध्यान और समाधि में भी ध्वनि का विशेष महत्त्व है जिसे नाथपन्थ में अनेकशः नाद कहा गया है। यह नाद जिसमें अवलम्बित है वह उर्णादि में निर्मित किया हुआ जनेऊ नाम से व्यवहृत

किया जाता है। इस प्रकार यह नाद जनेऊ नाथपन्थी योगी को सांसारिक लोगों से भिन्न होने का संदेश देती है। दीक्षा के समय में उपदेशी गुरु बाँस की या धातु की नली से शिष्य के कान में मंत्र फूँकते हैं और उससे उत्पन्न शब्द के कारण यह नली भी नाद कहलाती है।

भिक्षाटन

प्रारम्भ में नाथपन्थ के योगी विशुद्ध वैरागी होते थे। उनका जीवन अनवरत संचरणशील होता था। कालान्तर में जब नाथपन्थ में मठ–मन्दिरों का क्रमशः विकास हुआ तो दो प्रकार की धाराएँ प्रवाहित हुईं–एक संचरणशील घुमक्कड़ योगियों की और दूसरे मठ–मन्दिर में रहकर महन्त परम्परा के योगियों की। यद्यपि कि तात्त्विक दृष्टि से दोनों परम्पराओं का भोजन इत्यादि भिक्षाटन अथवा दान पर ही चलता है। तथापि नाथपन्थ की दीक्षा परम्परा में भिक्षाटन का आज भी महत्त्व बना हुआ है। नाथपन्थ के योगी देश–देशान्तर में वैराग्य की वृत्ति और सांसारिक विषय–बन्धन से निवृत्ति के लिए निरन्तर भ्रमण करते रहते थे तथा एक स्थान पर अधिक समय तक रुकने को सिद्धि पथ के लिए विघ्न मानते थे।[21] इस प्रकार नाथपन्थ में क्षुधातृप्ति हेतु सम्पत्ति संग्रह की अपेक्षा भिक्षाटन को अधिक महत्त्व देते हैं। महन्त परम्परा के योगियों को छोड़ दें अथवा मठ–मन्दिरों में रह रहे नाथपन्थ के योगियों के अतिरिक्त आज भी बड़ी संख्या में नाथपन्थ के योगी भ्रमणशील हैं और उनके लिए क्षुधा–निवृत्ति का प्रमुख साधन भिक्षाटन ही है। नाथपन्थ में भिक्षाटन का महत्त्व इस दृष्टि से भी है कि नाथपन्थ का योगी इस परम्परा के माध्यम से यह संदेश ग्रहण करते हैं कि योग साधना के अलावा उनका और कोई कार्य नहीं है। पूरा समाज उनका परिवार है। भिक्षाटन के माध्यम से वे अहंकार जैसे मानवीय अवगुणों को भी त्यागने का संदेश ग्रहण करते हैं। भिक्षाटन उन्हें विनम्रता, दूसरों के सामने झुकने की प्रेरणा भी प्रदान करता है। शायद यही कारण था कि गोरखनाथ ने भिक्षाटन पर बहुत जोर दिया। योगियों के लिए भिक्षाटन से उतनी ही भिक्षा प्राप्त करने की अनुमति है जितनी कि आज की आवश्यकता है। गोरखनाथ ने इसी तथ्य को उद्घाटित करते हुए कहा है–"आज खाय कल को रखै ताको गोरख साथ न रखै।"[22] दीक्षा परम्परा में भिक्षाटन का प्रतीकात्मक महत्त्व भी है। उल्लेखनीय है कि नाथपन्थ में आज भी गुरु जब अपने शिष्य को दीक्षित करता है उससे पूर्व यह आवश्यक माना जाता है कि शिष्य अपने रक्त–सम्बन्धियों यथा माता–पिता से भिक्षा प्राप्त करे। उल्लेखनीय

है कि राजा भर्तृहरि ने जब अपना राजपाट और परिवार छोड़कर गोरखनाथ से दीक्षा लेने का प्रस्ताव किया तो भर्तृहरि की दीक्षा की उत्कट अभिलाषा देखकर गोरखनाथ उन्हें लेकर उनके राजभवन पहुँचे और तीन दिनों तक राजभवन में ही प्रवास कर भर्तृहरि के भाई विक्रम एवं उनके सभासदों को योगदान दिया तदुपरान्त उनके आदेश पर राजा भर्तृहरि ने अपने राजसी वस्त्रों को त्यागकर योगी वेश धारण किया एवं अन्तःपुर की रानियों से भिक्षा ग्रहण करने हेतु चल पड़े। भर्तृहरि ने अपने ही राजद्वार पर अलख जगाया और उपस्थित अन्तःपुर की रानियों से कहा, 'माता आप अपना पुत्र समझकर मुझे भिक्षा प्रदान करें, मैं अधिक समय तक यहाँ ठहर नहीं सकता। महायोगी गोरखनाथ का मुझे यही आदेश मिला है।'[23] नाथपन्थ में दीक्षित होते समय आज भी योगियों को भिक्षाटन करना उनकी दीक्षा का अनिवार्य हिस्सा है।

चीरा बेध

नाथपन्थ में चीरा–बेध कर्ण भेदन को कहा जाता है। उल्लेखनीय है कि नाथपन्थ के योगी कान में कुण्डल पहनते हैं और कुण्डल धारण करने के लिए ही उनका कर्ण–भेद किया जाता है। यह एक कठिन क्रिया है। यह कार्य एक प्रकार से उसकी कठोर तपस्या की परीक्षा भी होता है। इसके लिए नाथपन्थ में अनुभवी गुरु होते हैं जो अत्यन्त सावधानीपूर्वक शिष्य को उत्तरामुखी बैठाकर नीम के पानी से पकाई गयी दुधारी पतली छुरिका से कर्ण–भेद करते हैं। कहीं–कहीं लकड़ी के नुकीले यंत्र का भी उल्लेख मिलता है। इस कर्णछेद प्रक्रिया के बाद ही शिष्य नया नाथ बन जाता है। उल्लेख मिलता है कि नये नाथ को कर्णभेद के पश्चात् 40 दिनों तक लम्बा सोना वर्जित है और इन चालीस दिनों में उसे कठोर तप से गुजरना होता है। इन चालीस दिनों को चीला कहा गया है; इन चालीस दिनों में सभी यौगिक क्रियाएँ करायी जाती हैं और पथ्य की आवश्यकता पर जोर दिया जाता है। लगभग 20–25 दिनों में योगी का कान ठीक हो जाता है। जिस योगी का इस प्रक्रिया में कान फट जाता है या खराब हो जाता है, उसकी दीक्षा पूर्ण नहीं मानी जाती और वह पुजारी बनने का अधिकार खो देता है।[24] उल्लेखनीय है कि नाथपन्थ के योगियों को इसी आधार पर कनफटा योगी भी कहा जाता है और इस परम्परा में कुण्डल अत्यन्त महत्त्वपूर्ण माना जाता है। नाथपन्थ में कर्णकुण्डल चलाने की प्रथा का श्रेय मत्स्येन्द्रनाथ व गोरखनाथ को दिया जाता है। भारत में कर्णकुण्डल का सम्बन्ध शिव के साथ दिखायी देता है। प्राचीन भारत में

कुण्डलधारी शिव–मूर्तियाँ बनायी जाती थीं। एलोरा गुफा के कैलास मन्दिर में शिव की एक महायोगी मुद्रा की मूर्ति पायी गयी है जिसके कान में बड़े–बड़े कुण्डल हैं। यह मन्दिर व मूर्ति आठवीं सदी ई. की है। एलीफेण्टा की शिव मूर्ति को भी कुण्डल पहने बनाया गया है। ब्रिग्स ने इन मूर्तियों के कुण्डल को कनफटा योगियों की मूर्तियों से तुलनीय बताया है।[25] मद्रास के उत्तरी अर्काट जिले के परशुरामेश्वर मन्दिर में स्थापित शिव की एक मूर्ति भी नाथपन्थ के योगियों के समान कुण्डल पहने है। टी.ए. गोपीनाथ राव ने इस मूर्ति की तिथि दूसरी–तीसरी सदी ई. माना है। वस्तुतः कर्णकुण्डल नाथपन्थ की दीक्षा परम्परा का एक महत्त्वपूर्ण हिस्सा है।

उपदेश

दीक्षा प्रक्रिया के अन्तर्गत उपर्युक्त विधि–विधानों के पूर्ण होने के पश्चात् गुरु अपने शिष्य को उपदेश करता है। नाथसम्प्रदाय में गुरु के अतिरिक्त अन्य किसी की कृपा को महत्त्वपूर्ण नहीं माना जाता और इस पन्थ में गुरु ही महायोगी गोरखनाथ का प्रतिरूप है, गुरु ही समस्त श्रेयों का मूल है। अतः गुरु का उपदेश शिष्य के लिए अटल वाक्य होता है। नाथ वाणियों में यह स्पष्ट उक्ति है कि परमार्थ की सिद्धि गुरु उपदेश को ही धारण करने से होती है। गुरु उपदेश के साथ ही नाथपन्थ में दीक्षा संस्कार पूर्ण होता है और शिष्य योगी अपने गुरु का आध्यात्मिक उत्तराधिकारी घोषित हो जाता है।

महन्त परम्परा

नाथपन्थ में दीक्षोपरान्त शिष्य–योगियों की विविध परम्पराएँ प्राप्त होती हैं। इसमें एक विशिष्ट परम्परा इनकी महन्त परम्परा है। महायोगी गोरखनाथ की तपस्थलियों अथवा उनसे जुड़े स्थानों पर कालान्तर में अनेक मठ–मन्दिर बने और उन मठ–मन्दिरों की व्यवस्था देखने वाले योगियों को महन्त कहा जाने लगा। नाथपन्थ में ऐसे यशस्वी योगियों की महन्त परम्परा आज भी विद्यमान है।

नाथपन्थ में मुख्यतः बारह पन्थों, जो अखिल भारतवर्षीय अवधूत भेष बारह पन्थ योगी महासभा के रूप में संगठित है, में यशस्वी महन्त परम्पराएँ आज भी विद्यमान हैं। योगी महासभा का संगठन आधुनिक युग के नाथपन्थ के प्रधान केन्द्र श्रीगोरक्षपीठ गोरखपुर के गोरक्षपीठाधीश्वर महन्त दिग्विजयनाथ ने किया था और वे आजीवन इसके अध्यक्ष रहे। उनके बाद उनके शिष्य गोरक्षपीठाधीश्वर

महन्त अवेद्यनाथ जी आजीवन अध्यक्ष थे। वर्तमान में गोरक्षपीठाधीश्वर महन्त योगी आदित्यनाथ जी अपने गुरु अवेद्यनाथ के बाद योगी महासभा के अध्यक्ष चुने गये। अतः परम्परा से नाथपन्थ के सर्वोच्च केन्द्र गोरक्षपीठ के महन्त इस योगी महासभा के अध्यक्ष होते आ रहे हैं। ऐसे में श्रीगोरक्षपीठ श्री गोरखनाथ मन्दिर गोरखपुर (उ.प्र.) के महन्त एवं पीठाधीश्वर की परम्परा को नाथपन्थ की महन्त परम्परा के रूप में देखा जा सकता है।

नाथपन्थ की परम्परा के अनुसार गोरखपुर में श्री गोरखनाथ का मन्दिर उसी स्थान पर स्थित है जहाँ त्रेतायुग में गोरखनाथ ने तपस्या की थी और गहन समाधि लगायी थी। वर्तमान में यह नाथसिद्धों की सर्वोच्च पीठ है।[26] गोरक्षनाथ की इसी तपस्थली पर स्थित श्री गोरखनाथ मन्दिर के महन्त के निवास को मठ अथवा पीठ कहा जाता है। श्री गोरखनाथ मन्दिर के महन्त नाथयोगियों के आध्यात्मिक नेता माने जाते हैं क्योंकि नाथपन्थ की परम्परा में इस मन्दिर एवं पीठ के महन्त एवं पीठाधीश्वर महायोगी गोरखनाथ के ही प्रतिनिधि माने जाते हैं।

नाथपन्थी योगियों की यह मान्यता है कि महायोगी गोरखनाथ की अदृश्य उपस्थिति आज भी इस मन्दिर में रहती है। वे समय–समय पर इस मन्दिर के महन्त एवं पीठ के पीठाधीश्वर का मार्गदर्शन करते हैं। यही कारण है कि मठ के महन्त का स्थान नाथपन्थ की परम्परा में बड़ा ही उच्च और पूज्य माना जाता है।[27] महायोगी गोरखनाथ द्वारा प्रतिष्ठित महान आध्यात्मिक आदर्श की सुरक्षा का उत्तरदायित्व महन्त पर ही होता है। वह निश्चित समय पर निर्धारित विधि के अनुसार होने वाली दैनिक पूजा का सम्पादन सुनिश्चित करता है। साथ ही वर्ष की विभिन्न ऋतुओं में निश्चित पर्वों, त्योहारों एवं उत्सवों के उचित ढंग से मनाये जाने के दायित्व का निर्वहन भी उसे करना होता है। मठ में आध्यात्मिक और नैतिक वातावरण की पवित्रता और शान्ति को सुनिश्चित करना, आगत अतिथियों की उचित सेवा की व्यवस्था करना भी मठ के महन्त का उत्तरदायित्व है। महायोगी गोरखनाथ के इस महन्त प्रतिनिधि के व्यक्तिगत जीवन में उससे यह आशा की जाती है कि वह त्याग, संयम, विनय, सेवा के आदर्श का पालन करेगा चाहे उसे व्यावहारिक और सामाजिक जीवन में कितने ही परस्पर विरोधी कर्तव्यों का पालन या विपरीत स्थितियों का मुकाबला क्यों न करना पड़े।[28] इस मठ के महन्त निश्चित रूप से सभी प्रकार के सांसारिक आकर्षणों और महत्त्वाकांक्षाओं से, सभी प्रकार की चारित्रिक दुर्बलताओं से तथा शरीर सुख की आसक्तियों से विरक्त सिद्ध योगी होते हैं।

श्रीगोरखनाथ मन्दिर की महन्त परम्परा में विलक्षण साधना वाले महायोगी

हुए हैं जो अपने आध्यात्मिक ज्ञान, असाधारण योगशक्ति एवं लोककल्याण के लिए दूर–दूर तक विख्यात रहे हैं।[29] प्रारम्भिक महन्तों के नाम और कालक्रम प्रामाणिक रूप से उपलब्ध नहीं है। महन्त श्री वरदनाथ जी मठ के प्रथम महन्त कहे जाते हैं।[30] उनके बाद के प्रतिष्ठित सिद्ध महन्तों में अमृतनाथ, परमेश्वरनाथ, बुद्धनाथ, रामचन्द्रनाथ, वीरनाथ, अजबनाथ तथा पियारनाथ जी के नाम उल्लेखनीय हैं।[31] 1758 ई. से गोरक्षनाथ मन्दिर के महन्तों की परम्परा कालक्रमानुसार प्राप्त होती है। 1758 ई. से 1786 ई0. तक यहाँ के महन्त सिद्ध बालकनाथजी थे। वे उच्चकोटि के अलौकिक शक्तिसम्पन्न योगी थे। उनके बाद के महन्तों की परम्परा सुज्ञात है। ये सभी तत्कालीन प्रसिद्ध योगी थे। उनके जीवन की अनेक विस्मयकारी घटनाओं के प्रेरणाप्रद कथाएँ लोक में व्याप्त हैं। बालकनाथ जी के बाद उनके उत्तराधिकारी मनसानाथजी 1786 ई. में महन्त बने। तत्पश्चात् क्रमशः 1811 ई. से 1821 ई. तक श्री संतोषनाथजी, 1831 ई. से 1855 ई. तक श्री मेहरनाथजी, 1855 ई. से 1889 ई. तक श्री गोपालनाथजी, 1880 ई. से 1889 ई. तक बलभद्रनाथजी तथा 1889 ई. से 1896 ई. तक श्री दिलवरनाथजी गोरखनाथ मन्दिर के महन्त बने। तदनन्तर श्री दिलवरनाथजी के उत्तराधिकारी श्री सुन्दरनाथजी इस मठ के महन्त बने। उनकी अयोग्यता के कारण कुछ ही वर्षों बाद विख्यात महायोगी श्री गम्भीरनाथजी को महन्त के अधिकार और दायित्व सहित मंदिर/मठ का अभिभावकत्व सौंपा गया। गम्भीरनाथजी अपने समय के महान् सिद्धयोगी थे जिनकी योगसिद्धि की चमत्कारिक घटनाएँ आज भी प्रसिद्ध हैं। सुन्दरनाथजी के समाधिस्थ होने पर महान् योगी गम्भीरनाथजी के शिष्य ब्रह्मनाथजी महन्त बने। उनके पश्चात् 1934 ई. में एकान्त साधना में नैष्ठिक योगी, साथ–ही–साथ देश प्रसिद्ध लोकसंग्रही और विख्यात हिन्दू नेता श्री दिग्विजयनाथजी महाराज पीठाधीश्वर (महन्त) बने। उन्होंने अपनी युग–पुरुषोचित चेतना से श्री गोरखनाथ मंदिर की परिसर भूमि का विस्तार तथा मंदिर मठ को अभिनव स्वरूप एवं युगोचित गौरव प्रदान किया। इस अवतारी शक्ति के ब्रह्मलीन होने पर उनके एकमात्र शिष्य, सुयोग्य उत्तराधिकारी, लोकसंग्रही भाव से जनोत्थान कार्यनिरत, प्रखर–विद्वान्, जनसेवी मनोवृत्ति और व्यापक–उदार दृष्टिकोण वाले महन्त अवेद्यनाथजी गोरक्षपीठाधीश्वर हुए जिन्होंने अपने प्रातःस्मरणीय लोकविख्यात गुरु के पदचिह्नों का अनुसरण करते हुए न केवल उनकी प्रारम्भ की हुई योजनाओं को पूर्ण किया अपितु विविध क्षेत्रों में मन्दिर के कार्य को बढ़ाया। श्रीगोरखनाथ मंदिर का वर्तमान स्वरूप और सुचारु प्रबन्धन इनकी एकनिष्ठ तत्परता और उच्चकोटि की सुरुचि का परिचायक है। 12 सितम्बर 2014 को महन्त अवेद्यनाथ

जी के ब्रह्मलीन हो जाने के बाद उनके सुयोग्य उत्तराधिकारी योगी आदित्यनाथ जी महाराज सम्प्रति गोरक्षपीठाधीश्वर–महन्त पद को गौरवान्वित कर रहे हैं।

गोरखनाथ मन्दिर की यह महन्त परम्परा सामान्यतः नाथपन्थी मठ–मन्दिरों की महन्त परम्परा है। इस महन्त परम्परा की आन्तरिक शक्ति या इसकी निरन्तरता इस मन्दिर में प्रज्वलित अखण्ड दीप एवं अखण्ड धूना में निहित है। उल्लेखनीय है कि नाथपन्थ के लगभग सभी मठ–मन्दिरों में अखण्ड दीप एवं अखण्ड धूना के प्रज्वलित रहने की परम्परा दिखाई देती है। नाथपन्थ की मान्यता है कि यह अखण्ड दीप एवं अखण्ड धूना महायोगी गोरखनाथ की अमरता के प्रतीक हैं। नाथपन्थ के योगी यह मानते हैं कि महायोगी गोरखनाथ के समय से ही यह अखण्ड दीप एवं अखण्ड धूना प्रज्वलित है। देशभर के तमाम नाथपन्थ के मठ–मन्दिरों में गोरखनाथ के अखण्ड दीप से प्रज्वलित दीप ले जाकर के स्थापित किया जाता है।

पूजा पद्धति

नाथपन्थ की महन्त परम्परा की एक और विशिष्टता इनके द्वारा स्थापित पूजा पद्धति है। नाथपन्थ के मठ और मन्दिरों में या तो गोरखनाथ की मूर्ति स्थापित होती है या उनकी चरणपादुकाएँ उनके प्रतीक रूप में सुशोभित होती हैं। उल्लेख्य है कि नाथसम्प्रदाय शैवयोग सम्प्रदाय है जिसमें हठयोग साधना को प्रधानता दी जाती है। योगेश्वर शिव के अवतार गोरखनाथ जी की इस सम्प्रदाय में अनेक रूपों में पूजा होती है।[32]

शिव के साक्षात् योगस्वरूप गोरखनाथजी के गोरखनाथ मन्दिर में नाथपन्थ की परम्परा के अनुसार अनुष्ठान एवं पूजा सम्पन्न होती है। प्रतिदिन मध्यरात्रि के बाद ही लगभग एक बजे पुजारी तथा अन्य योगी मन्दिर में पहुँचकर प्रतिष्ठित देवी–देवताओं के मन्दिरों और देवमूर्तियों की मार्जनी प्रक्रिया सम्पन्न करते हैं। तीन बजे से पूर्व ही सर्वप्रथम गोरखनाथजी के विग्रह को गंगाजलमिश्रित जल से स्नान कराया जाता है, तत्पश्चात् भगवा वस्त्र पहनाकर चन्दन का तिलक लगाया जाता है एवं उन्हें सुन्दर, सुगन्धित और आकर्षक पुष्पहार पहनाया जाता है। गोरखनाथजी पर अक्षत चढ़ाया जाता है, तत्पश्चात् बिल्वपत्र, तुलसीदल और फूलों से श्रीनाथजी एवं उनकी चरणपादुकाओं का श्रृंगार किया जाता है। इसी प्रकार मन्दिर के अन्य सभी देवी–देवताओं को शास्त्रोक्त विधि से अलंकृत किया जाता है। ये सभी क्रियाएँ प्रातः तीन बजे से की जाती हैं।[33] ठीक तीन बजते ही श्रीनाथजी की पूजा प्रारम्भ हो जाती है। पुजारी अपने मुख को एक भगवावस्त्र

से ढक लेते हैं। सर्वप्रथम धूप से श्रीनाथजी का पूजन प्रारम्भ होता है। पुजारीजी एक हाथ से घण्टी बजाते हैं और दूसरे हाथ से धूप से आरती करते हैं। उनके संकेतानुसार पहले एक मिनट के अन्तर पर फिर पाँच–पाँच मिनट के अन्तर पर घण्टे और नगाड़े बजाये जाते हैं। ज्यों–ज्यों पूजा का क्रम उत्तरोत्तर बढ़ता जाता है, त्यों–त्यों घण्टानाद और नगाड़ों की ध्वनि तीव्र होती जाती है। उसके पश्चात् मन्दिर में स्थापित सभी अन्य देवताओं–गणेशजी, कालीजी, कालभैरवजी, शीतलाजी, अखण्डदीपजी, श्रीभैरवजी, श्रीशिवजी, श्रीहनुमानजी, श्रीहट्ठीमाई, श्रीसन्तोषी माताजी, श्रीअखण्डधूना, भीम बाबा, बाबा ब्रह्मनाथजी, बाबा गम्भीरनाथ, बाबा दिग्विजयनाथजी, बाबा अवेद्यनाथजी के समाधि मन्दिर आदि तथा अन्य संत–महात्माओं एवं योगियों की समाधियों तथा श्रीदुर्गाजी की धूप से आरती की जाती है। धूप से आरती किये जाने के पश्चात् घृत की सात फूल–बत्तियों से श्रीनाथजी तथा अन्य सभी देवताओं की आरती की जाती है। पर्याप्त देर तक यह क्रम चलने के पश्चात् श्रीनाथजी पर चँवर डुलाने के बाद श्रीनाथजी पर मोरछल हिलाया जाता है। इसके पश्चात् पुनः धूप से श्रीनाथजी की आरती होती है। उसके बाद फिर चँवर डुलाया जाता है। तदनन्तर श्रीनाथजी की कपूर से आरती की जाती है और उसके पश्चात् पुनः धूप से आरती की जाती है। प्रातःकालीन पूजा की समाप्ति के पश्चात् योगेश्वर भगवान् गोरखनाथ की प्रशस्ति के रूप में गोरक्षनाथस्तवाष्टक का सस्वर पाठ किया जाता है।

गोरक्षनाथस्तवाष्टक

गोरक्षनाथ! भवरूपभवाब्धिपोत,
भक्तार्तिनाशन! विभो!! करुणैकमूर्ते।
त्वत्पादपद्मकरन्दमधुव्रतोऽहं,
तापं मदीयमनसो हर देव सद्यः।1।
गोरक्षनाथ ! मयि चेत् करुणातवेदृक्
दीनस्त्वदीय चरणौ शरणं प्रपद्ये।
नश्येदवश्यमथमानसवेदनां में,
सिद्धिं ब्रजेन्निखिलब्रह्मविधिर्हि लोके।2।
गोरक्षनाथ ! रजसा चरणास्थितेन,
पूतं शिरो भवति भक्तजनस्य नूनम्।
त्वद्दर्शनं हरति तस्य समस्त चिन्तां,
त्वत्सेवनं हरति पापपिशाचपु०जम् । 3।

हे नाथ ! मामपि विलोकय दीनबन्धो,
सन्तापतप्तहृदयं कृपणं क्षणेऽस्मिन्।
पादानते शिरसि मे वरदात्महस्तं,
कामं निधेहि गुरुदेव भवानुकूलः। 4 ।
दोषाकरोऽस्मि भगवन्ननुकम्पनीयः,
निर्दोषता न सुलभा जगतीतलेऽस्मिन्।
दोषाकरेऽपि विमलद्युतिसंयुतेऽपि,
किं ला०छनं मनुजदृष्टिपथं न याति। 5 ।
आक्रम्यते जगति नैकविर्हिलोके,
भोगी जनो विततभोग विमूढ़चेताः ।
गोरक्षापादसरसीरुह पूजनन्तु
व्याधीन्हिंनस्ति सकलान् खलु भोगमूलान्।6।
बद्धोऽस्मि देव! भवमोहसमूहजाले,
मोच्यस्त्वया सदयमार्तिहरेण तूर्णम्।
देया च मे शुभमतिं सततं। यथाऽहं,
त्वत् पादपम्दयुगलं विमलं भजेऽहम् । 7।
गोरक्षपत्तनमिदं प्रथितं पृथिव्यां
तेपे तपः सततमत्र भवान् मुनीन्द्रः।
योगस्यमार्गमुपदिश्य जनान् कृतार्था
श्चके भृशं सकललोकशुभाभिलाषी। 8।

पुजारी श्रीमहन्त के प्रतिनिधि के रूप में मन्दिर के श्रीनाथविग्रह की पूजा करते हैं। पूजा करते समय मौन रहकर भी मन में ही शिवगोरक्ष का ध्यान करते हुए पूजन करना होता है। धूप, आरती और कपूर की आरती करने के पश्चात् तीनों बार ही आचमन कराया जाता है। इसके पश्चात् श्रीनाथजी का मध्याह्न में भोग लगाया जाता है। भोग में गाय का शुद्ध ताजा दूध, पूड़ी, किशमिश और ऋतुफल सेव, केला आदि अर्पित किये जाते हैं। सप्ताह में रविवार और मंगलवार को एक विशिष्ट प्रकार के नैवेद्य जिसे रोट कहते हैं, का भोग लगाया जाता है। विशेष पर्वों और त्योहारों पर विशेष प्रकार का रोट बनाया जाता है जिसे नैवेद्य के रूप में श्रीनाथजी को समर्पित किया जाता है। भोग लगाते समय भी घण्टे और नगाड़े बजाये जाते हैं, भोग की सामग्री रजत पात्र में सजाकर श्रीनाथजी के समक्ष रख दी जाती है और तत्पश्चात् मन्दिर के द्वार बन्द कर दिये जाते हैं। भोग लगाने के पश्चात् द्वार पुनः खोल दिये जाते हैं। पूजा के समय और

भोग लगाते समय दोनों ही बार पुजारी श्रीनाथजी के मन्दिर की परिक्रमा करते हैं। द्वार खोलने के पूर्व पुजारी शृंगीनाद से तीन बार श्रीनाथजी का अभिवादन करते हैं। भोग की सामग्री प्रसाद के रूप में भक्तों में वितरित कर दी जाती है।

मध्याह्न में ही बेलपत्र के रूप में श्रीनाथजी के भण्डारे से श्री भैरवजी और गौ के लिए ग्रास निकाला जाता है और तत्पश्चात् श्रीनाथजी के मन्दिर में द्वार के समक्ष खड़े होकर उच्चस्वर से पुकार की जाती है–'सिद्धों–गुरुपीरों! श्रीनाथजी का भण्डारा तैयार है। हरि–हर।' इसका अर्थ यह होता है कि श्रीनाथजी के भण्डारे में चलें। उस समय जो भी भण्डारा में पहुँच जाता है–उसे अवश्य भोजन कराया जाता है। प्रतिदिन संत, महात्मा, विद्वान, ब्राह्मण, विकलांग, दीन–दुखी और निर्धन लोग इस अवसर पर श्रीनाथजी के भण्डारे में भोजन–प्रसाद पाते हैं।

सायंकाल ठीक 6 बजे से श्रीनाथजी का पूजन प्रारम्भ हो जाता है, जो रात्रि में आठ बजे तक चलता रहता है। श्रीनाथजी के मन्दिर की घण्टी बज उठती है। घण्टों और नगाड़ों के निनाद के साथ श्रीनाथजी की पूजा प्रारम्भ होती है। सर्वप्रथम धूप से श्रीनाथजी की आरती होती है और इसके बाद घृत के फूलबत्तियों से आरती की जाती है, फिर श्रीनाथजी पर चँवर डुलाया जाता है और उसके पश्चात् मोरछल हिलाया जाता है, उसके पश्चात् पुनः धूप से श्रीनाथजी की आरती की जाती है, तदनन्तर चँवर डुलाया जाता है और उसके पश्चात् कपूर से आरती की जाती है और अन्त में पुनः धूप से आरती की जाती है। इसी प्रकार सभी देवताओं का क्रमशः पूजन किया जाता है।

मन्दिर में सामूहिक रूप से संध्या–आरती गायी जाती है–

श्रीगोरक्षनाथजी की संध्या–आरती

हरि ॐ गुरुजी। शिव जय जय गोरक्ष देवा,
श्रीअवधू जी हर हर गोरक्ष देवा,
सुन–नर–मुनिजन ध्यावत,
सुन–नर–मुनि जन सेवत, सिद्ध करत सेवा,
श्री अवधूजी संत करत सेवा, शिव जय जय गोरक्ष देवा।
हरि ॐ गुरुजी योग युगति कर जानत मानत ब्रह्मज्ञानी,
श्रीअवधूजी मानत सर्वज्ञानी।
सिद्धशिरोमणि राजत संतशिरोमणि साजत
गोरक्षगुरुज्ञानी, श्रीअवधूजी गोरक्ष सर्वज्ञानी।

शिव जय जय गोरक्ष देवा।
हरि ॐ गुरुजी ज्ञान–ध्यान के घारी, गुरु सर्व के हो हितकारी।
श्रीअवधूजी सर्व के हो सुखकारी।
गो–इन्द्रियों के हो रक्षक, गुरु, सर्व इन्द्रियों के हो पालक,
राखत बुधसारी। श्रीअवधूजी राखत सुधसारी।
शिव जय जय गोरक्ष देवा।
हरि ॐ गुरुजी, रमते राम सकल युगमाही।
गुरु छाया है नाहीं, श्रीअवधूजी माया है नाहीं।
घटघट गोरक्षव्यापत, गुरुसर्वघट श्रीनाथजी विराजत,
सौ लक्ष मन माहीं। श्रीअवधूजीसौलक्ष हियमाहीं।
शिव जय जय गोरक्ष देवा।
हरि ॐ गुरुजी भस्मी गुरु लसत सरजनी है अंगे,
श्रीअवधूजी जननी है संगे, वेद उचारत सो जानत,
गुरुयोग विचारत सोमानत योगी गुरु बहुरंगी।
श्रीअवधूजी बाले गोरक्ष सर्वसंगी।
शिव जय जय गोरक्ष देवा।
हरि ॐ गुरुजी कंठ विराजत सैली शृंगी
गुरु जतमत सूखसैली श्रीअवधूजी जतसत सुख सेली।
भगवा कंथा सोहत गुरुगेरूवाला अंचला सेहत ज्ञानरतनथैली
श्रीअवधूजी योगयुगति झोली।
शिव जय जय गोरक्ष देवा।
हरि ॐ गुरुजी श्रीनाथजी के कानों में कुण्डलराजत
साजत रविचन्द्रमा, श्रीअवधूजी सोहत मस्तक चन्द्रमा।
बाजतशृंगी और नाद गुरुबाजत अनहद नाद,
गुरुभाजत दुख द्वन्दा।
श्रीअवधूजी नासत सर्वसंसा।
शिव जय जय गोरक्ष देवा।
हरि ॐ गुरुजी निद्रा मारो गुरु काल संहारो,
शिव संकट के हो बैरी, श्रीअवधूजी दुष्टन के हो बैरी।
करौ कृपा संतन पर गुरु दया पालो श्रीभेषन पर,
शरणागति तुम्हारी शिव जय जय गोरक्ष देवा।
हरि ॐ गुरुजी इतनी श्रीनाथजी की संध्याआरती

निशि दिन जो गावै, श्रीअवधूजी सर्व दिन रट गावै,
वरणै राजा रामचन्द्र स्वामी गुरु, जपै रामचन्द्र योगी,
मनवांछित फल पावै श्रीअवधू जी सुखसम्पत्ति फल पावै।
शिव जय जय गोरक्ष देवा।
शिव जय जय गोरक्ष देवा, श्रीअवधूजी हर हर गोरक्ष देवा,
सुरनर–मुनिजन ध्यावत, गुरु सुरनर–मुनिजन सेवत,
सिद्धकरत सेवा, श्रीअवधूजी संत करत सेवा।
शिव जय जय गोरक्ष देवा।।
गोरक्षबालं गुरुशिष्यपालं शेषाहिमालं शशिखण्डभालम्।
कालस्यकालं जितजन्मजालंवन्देजटालं जगदब्जनालम्।।
ॐ शिव हरशंकर गौरीशंवन्दे गङ्गाधरमीशं,
शिवरुद्रं पशुपतिं विश्वनाथं।
कलहर काशीपुरीनाथं,
भजभाललोचन परमानन्द श्रीनीलकण्ठ त्वां शरणम्।

सन्दर्भ

1. रामलाल श्रीवास्तव; गोरखवाणी, सबदी 23
   गगन मंडल मैं उँधा कूबा तहां अमृत का बासा।
   सगुरा होइ सु भरि भरि पीवै निगुरा जाइ पियासा।।
2. रामलाल श्रीवास्तव; गोरखवाणी, सबदी 25
   बास सहेती सब जग बास्या, स्वाद सहेता मीठा।
   साच कहूँ तौ सतगुर मानै रूप सहेता दीठा।।
3. प्रथमे प्रणऊँ गुरु के पाया। जिन मोहि आत्मब्रह्म लषाया।
   सद्‌गुरु सबद कह्या तैं बूझ्या। तृहूँ लोक दीपक मनि सूझ्या।।
   (प्राणसंकली–1)
4. सिद्धसिद्धान्तपद्धति, पाँचवाँ उपदेश–4
   'अतएव नानाविध विचार्य चातुर्य चर्चा विस्मयाङ्गत्वाद् गुरुचरण कृपातत्त्वमात्रेण, निरूपाधिकत्वेन निर्णेतु शक्यत्वात स्वसंवेद्यमेव परमपद प्रसिद्धमिति सिद्धांतः।।'
5. सिद्धसिद्धान्तपद्धति, पाँचवाँ उपदेश–6
   'यस्मिन् दर्शिते सति तत् क्षणात् स्वसंवेद्य साक्षात्कारः समुत्पद्यते ततो गुरुरेवात्र कारणमुच्यते।।'
6. सिद्धसिद्धान्तपद्धति, पाँचवाँ उपदेश–157

'श्री गुरुं परमानन्दं वन्दे स्वानन्द विग्रहम्। यस्य सान्निध्यमात्रेण चिदानन्दायते तनुः।।' (गोरक्षशतक 9)

7. सिद्धसिद्धान्तपद्धति, पाँचवाँ उपदेश–9

'अतएव महासिद्ध योगिभिः सम्यग् गुरुप्रसादं लब्ध्वावधानबलेनैक्यं भजमानैस्तत्क्षणात् परमं पदमेवानुभूयते।।'

8. सिद्धसिद्धान्तपद्धति, पाँचवाँ उपदेश–सद्‌गुरु का सेवन, 31–35

नज्ञेयं सद्‌गुरो वक्त्रान्नान्यथा शास्त्रकोटिभिः।
न तर्क शब्द विज्ञानान्नाचाराद्वेदपारगात्।।
वेदान्त श्रवणान्नैव तत्वमस्यादिबोधनात्।
न हंसोच्चारणाज्जीव ब्रह्मणो रैक्यभावनात्।।
न ध्यानान्न जपाल्लीनः सर्वज्ञः सिद्धिपारगः।
स्वेच्छो योगी स्वयंकर्ता लीलया चाजरामरः।।
अवध्यो देव दैत्यानां क्रीड़ति भैरवो यथा।
इत्येतं निश्चलो योऽसौ क्रमेणोप्नोति लीलाया।।
असाध्याः सिद्धयः सर्वाः सद्‌गुरो करुणां विना।
अतस्तु गुरूरासेव्यः सत्यमीश्वरं भाषितम्।।

9. सिद्धसिद्धान्तपद्धति, पाँचवाँ उपदेश–36–43

प्रथमे त्वरोगतासिद्धिः सर्वलोकं प्रियो भवेत्।
कं क्षन्ति दर्शनं तस्य स्वात्मारूढ़स्य नित्यंशः।।
कृतार्थः स्याद द्वितीय वै कुरुते सर्वभाषणम्।
तृतीये दिव्यदेहस्तु व्यालैर्व्याघ्रैर्ने बाध्यते।।
चतुर्थे क्षुतृषा निद्रा शीतातातप विवर्जितः।
जायते दिव्य योगीशो दूरश्रावी न संशयः।।
वाक्‌सिद्धि पंचमे वर्षे परकायप्रवेशनम्।
षष्ठे न च्छिद्यते शस्त्रैर्वज्रपातैनभिद्यते।।
वायुवेगी क्षितित्यागी दूरदर्शी स सप्तमे।
आदिमादि गुणोपेत स्त्वष्टमे वत्सरे भवेत्।।
नवमे वज्रकायः स्यात खेचरो दिक्चरो भवेत्।
दशमे पवनाद वेगी यत्रेच्छा तत्र धावति।।
सम्यगेकादशे वर्षे सर्वज्ञः सिद्धिभागभवेत्।
द्वादशे शिवतुल्योऽसौ कर्ता हर्ता स्वयं भवेत्
त्रैलोक्ये पूज्यते सिद्धः सत्यं श्री भैरवो यथा।।

10. सिद्धसिद्धान्तपद्धति, पाँचवाँ उपदेश–44

एवं द्वादशवर्षैस्तु सिद्धयोगी महाबलः।

जायते सद्गुरोः पादप्रभावन्नात्र संशयः।।

11. सिद्धसिद्धान्तपद्धति, पाँचवाँ उपदेश–45
अनुवुभूषित योनिजा विश्रमं स गुरुपादसरोरुहमाश्रयेत्।
तदनुसरणात्परमपदं समरसीकरणं नचदूरतः।।

12. सिद्धसिद्धान्तपद्धति, पाँचवाँ उपदेश–66
'अतएव शिवेनोक्तम्। न गुरोरधिकं न गुरोरधिकं न गुरोरधिकं न गुरोरधिकं शिवशासनतः शिवशासनतः शिवशासनतः शिवशासनतः।।'

13. सिद्धसिद्धान्तपद्धति, पाँचवाँ उपदेश–67–68
वाङ्मात्राद्वाथ दृक्पाताद् य करोतिच तत्क्षणात्।
प्रस्फुटं शाम्भवं वेद्य स्वसंवेद्य परं पदम्।।
करुणाखण्डपातेनच्छित्त्वा पाशाष्टकं शिशोः।
सम्यगानन्दजनकः सद्गुरुः सोऽभिधीयते।।

14. सिद्धसिद्धान्तपद्धति, पाँचवाँ उपदेश–71
'गुरुरिति गृणाति शं सम्यक चैतन्य विश्रान्तिमुपदिशति विश्रान्त्या स्वयमेवि परत्परं, परमपदमेव प्रस्फुटं भवति तत्क्षणात् साक्षात्कारो भवति।।'

15. सिद्धसिद्धान्तपद्धति, पाँचवाँ उपदेश–82–83
चित्तविश्रान्तिलब्धानां योगिनां दृढ़ चेतसाम्।
स्वस्वमध्ये निमग्नानां निरुत्थानं विशेषतः।।
निमिषात् प्रस्फुट भाति दुर्लभं परमं पदम्।
यस्मिन् पिण्डो भवेल्लीनः सहसा नात्र संशयः।।

16. गोरखवाणी, सबदी–22
पन्थ बिन चलिबा अगनि बिन जलिबा, अनिल तृषा जहटिया।
संसबेद श्री गोरख कहिया बुझिल्यौ पंडित पढिया।।

17. प्रदीप कुमार राव, 'नाथपन्थ और भक्ति आन्दोलन', पृ. 158
18. गोरखवाणी, सबदी–75, 77
19. गोरखवाणी, सबदी–79
20. गोरखवाणी, सबदी–84, 92, 102, 103, 105, 108, 109, 114
21. गोरखवाणी, सबदी–29
22. प्रदीप कुमार राव, 'नाथपन्थ और भक्ति आन्दोलन', पृ. 163
23. योगवाणी का गोरखचरित दर्शन विशेषांक, वर्ष 12, अंक 1, 1987
24. प्रदीप कुमार राव, 'नाथपन्थ और भक्ति आन्दोलन', पृ. 163
25. जी.डब्ल्यू ब्रिग्स, 'गोरखनाथ एण्ड द कनफटा योगीज', पृ. 63
26. सदानन्द प्रसाद गुप्त, राष्ट्रसन्त महन्त श्री अवेद्यनाथ (स्मृति ग्रन्थ), पृ. 26
27. प्रदीप कुमार राव, नाथपन्थ, पृ. 35

28. सदानन्द प्रसाद गुप्त, राष्ट्रीयता के अनन्य साधक महन्त अवेद्यनाथ, खण्ड–3, पृ. 217
29. प्रदीप कुमार राव, नाथपन्थ, पृ. 35
30. योगवाणी, श्रीनाथ तीर्थस्थल विशेषांक, वर्ष–15, 1990, अंक 1–3, पृ. 38
31. योगवाणी, श्रीनाथ तीर्थस्थल विशेषांक, वर्ष–15, 1990, अंक 1–3, पृ. 39
32. सदानन्द प्रसाद गुप्त, राष्ट्रसन्त महन्त श्री अवेद्यनाथ (स्मृति ग्रन्थ), पृ. 29
33. योगवाणी, श्रीनाथ तीर्थस्थल विशेषांक, वर्ष–15, 1990, अंक 1–3

अध्याय–6

नाथयोग दर्शन

नाथयोग के आदिनाथ शिव हैं। नाथपन्थ के महायोगी मत्स्येन्द्रनाथ, श्री गोरखनाथ, श्री जालन्धरनाथ सहित नौ नाथों एवं अनेक नाथपन्थी साधकों ने नाथ योग का विकास एवं संवर्धन किया। इसी विकास–क्रम में नाथयोग का दर्शन क्रमशः विकसित हुआ। यद्यपि कि नाथ सम्प्रदाय के अभ्युदयकर्ताओं एवं साधकों ने किसी नवीन दार्शनिक मत का प्रतिपादन नहीं किया, अपितु केवल नाथपन्थी साधकों ने पूर्वप्रचलित भारतीय सनातन संस्कृति में प्रचलित योग की विस्तृत व्याख्या के साथ एक निश्चित दार्शनिक सिद्धान्त का प्रतिपादन किया था।[1] नाथपन्थ ने अपने तत्त्वदर्शन एवं साधना के लिए सभी वैदिक–अवैदिक, निगम–आगम, परम्पराओं में विकसित यौगिक एवं तांत्रिक विचारधाराओं और साधनाओं का समन्वित, संशोधित और विकसित स्वरूप प्रस्तुत किया।[2] निश्चित रूप से श्री मत्स्येन्द्रनाथ एवं उनके शिष्य श्री गोरखनाथ ने नाथयोग को युगानुकूल विकसित कर उसे एक नयी पहचान दी। स्पष्ट है कि नाथयोग के दर्शन एवं स्वरूप के निर्धारण में पूर्ववर्ती औपनिषदिक चिन्तन, पतंजलि के योगदर्शन, कश्मीर में विकसित योगिनी कौल दर्शन एवं साधना की पर्याप्त महत्त्वपूर्ण भूमिका है। नाथयोग दर्शन एवं साधना का स्वरूप नाथपन्थी योगियों के जिन महत्त्वपूर्ण ग्रन्थों में दिखायी देता है उनमें 'सिद्ध सिद्धान्त पद्धति', 'अमनस्क योग', 'गोरक्षशतक', 'योगबीज' महत्त्वपूर्ण हैं। अक्षय कुमार बनर्जी द्वारा लिखित 'गोरख दर्शन' भी नाथयोग के दर्शन और उसकी साधना के स्वरूप को स्पष्ट करता है।

नाथपन्थ के योगियों के चरम लक्ष्य की व्याख्या बिना उनकी दार्शनिक विवेचना के कठिन है। वस्तुतः दार्शनिकों की तरह योगी भी मानव चेतना के

आन्तरिक अभीप्साओं से प्रेरित होकर चरम सत्य के जिज्ञासु होते हैं। दृश्य जगत् के साधारण परिवर्तनशील सापेक्षिक सत्य मात्र के ज्ञान से संतुष्ट न होकर वे अपने अन्तर में शाश्वत एवं परम सत्य के अन्वेषण की तीव्र उत्कण्ठा अनुभव करते हैं। उनका लक्ष्य उस सर्वव्यापी परम सत्ता को ढूँढ़ना और पाना है जो सबसे परे, ब्रह्माण्ड का मूलाधार तथा मानव अनुभव एवं समस्याओं का अन्तिम समाधान है।[3] नाथपन्थ के योगियों ने ब्रह्माण्ड के अंतरतम रहस्य को जानने और समझने का अहर्निश प्रयत्न किया। अपने द्वारा विकसित योग के माध्यम से उन्होंने आत्मा–परमात्मा, जीव–जगत्, चर–अचर के साथ–साथ सृष्टि के रहस्यों को सुलझाने के मार्ग का अन्वेषण किया। चरम सत्य के अन्वेषण में तार्किक एवं बौद्धिक प्रक्रियाओं के द्वारा दार्शनिकों ने जिस प्रकार प्रयत्न किये नाथपन्थ के योगियों ने भी आध्यात्मिक आत्मानुशासन और योग के द्वारा उन्हीं प्रक्रियाओं को अपनाते हुए चरम सत्य तक पहुँचने का प्रयत्न किया। नाथपन्थ की योग परम्परा योगाभ्यास के साथ–साथ पारमार्थिक तत्त्वों का दार्शनिक विवेचन भी प्रस्तुत करती है।

नाथपन्थ के योगियों की दृष्टि में पारमार्थिक रूप से दृश्यमान प्रपंच अर्थात् ब्रह्माण्ड और पिण्डों का कोई अस्तित्व–विनाश नहीं होता क्योंकि परसंवित् रूप परमतत्त्व कार्य–कारण इत्यादि से शून्य, अव्यक्त, संज्ञा से परे निरपेक्ष, निरंजन होता है। उस परमतत्त्व को किसी देश, काल और भाषा की सीमा में नहीं बाँधा जा सकता। शब्दों में इसे व्यक्त करना सम्भव नहीं है। नाथपन्थ के योगियों ने चेतना की पारमार्थिक अवस्था में चरम सत्ता के साक्षात्कार का उल्लेख करते हुए कहा है कि न तो वहाँ ब्रह्मा, विष्णु, रुद्र, इन्द्र तथा अन्य देवताओं का पृथक अस्तित्व है और न पृथ्वी, जल, अग्नि, वायु और न प्रकाश का ही कोई चिह्न है। वहाँ न तो कोई काल की स्थिति है और न दिशाओं की, वेद, यज्ञ, सूर्य, चन्द्र, नियम और संसार–चक्र का वहाँ कोई अस्तित्व है। वहाँ स्वयं को पूर्ण सच्चिदानन्द स्वरूप में तथा आत्मरूप, एकमेव, आत्मप्रकाशयुक्त चरम सत्ता का प्राकट्य है।[4] गोरखवाणी में गोरखनाथ जी कहते हैं कि परमतत्त्व परमात्मा अगम और अगोचर हैं; न तो वह सत् और न तो ही असत् है। सत्–असत् दोनों से अतीत पद में वह चैतन्य सच्चिदानन्दघन परमात्मा स्वतः अभिव्यक्त है। वह बालक की तरह निष्प्रपंचतम अभिज्ञान से परिलक्षित निष्पक्ष निर्मल चेतन ब्रह्म पाप–पुण्य विकार से सर्वथा परे, जीवन–मरण की अवस्था से सदैव अबाधित रूप नाम से रहित परमात्म चैतन्य ही योगियों, परमज्ञान से युक्त सिद्ध सन्त–महात्माओं और आत्मविज्ञानियों का ध्येय तथा साध्य है।

गोरखवाणी में इसे स्पष्ट करते हुए कहा गया है कि परमतत्त्व न बसती है न शून्य है, न शून्य है न बसती है वह अगम और अगोचर है। गगन शिखर में बालक वाणी जैसे अभिव्यक्त है उसका नाम कोई कैसे ले सकता है।[5] गोरखवाणी में ही आगे कहा गया है–परब्रह्म परमात्मा अलख है, निरंजन और सर्वथा त्रिगुणातीत–निर्गुण और निराधार है। उसका अनुभव करने के बाद उसे चित्त में अधिष्ठित सुव्यक्त कर लेना चाहिए। ब्रह्म साक्षात्कार के लिए मणिपूरचक्र पाताल में स्थित गंगा, परम ज्योति (योग–शक्ति कुण्डलिनी) को ब्रह्माण्ड (ब्रह्मरन्ध्र, सहस्रार अथवा सहस्रदल कमल) में उन्मुख (प्रबुद्ध) कर वहाँ परब्रह्म का साक्षात्कार करना चाहिए। ब्रह्मरन्ध्र में कुण्डलिनी के सम्मिलन से अमृत, अमरता अथवा सनातन, अक्षय–अव्यय ब्रह्मपद का रसानुभव दुर्गम हो जाता है।[6] वह परमात्मा इस शून्य स्थान–ब्रह्मरन्ध्र में निर्विकार चेतन तत्त्व के रूप में निराकार है, अभिव्यक्त होकर अनभिव्यक्त सा है। यह ब्रह्मरन्ध्र सृष्टि का केन्द्रस्थल सम्पूर्ण अविकल ब्रह्माण्ड का वाचक है, स्वरूप है, यहीं पिण्ड में ब्रह्माण्ड की संस्थिति का तात्त्विक अनुभव ही जीवात्मा और उसी के सर्वथा अभिन्न अंशी परमात्मा का सामरस्य है, रसबोध है। इसी परब्रह्म का साक्षात्कार कर परमात्म अमृतरस, चैतन्य महारस का आस्वादन कर संत सिद्ध योगमार्ग आश्रय से, शरणागति अथवा प्रपत्ति से योगेश्वर पद में प्रतिष्ठित हो जाते हैं।[7]

परमात्मा के स्वरूप का वर्णन शब्द साक्ष्य के धरातल पर उपलब्ध है और वेद में वह नेति–नेति रूप में वर्णित है पर अनुभव अथवा साक्षात्कार तो परमज्ञान, आत्मविज्ञान से ही सम्भव होता है। सभी प्रकार की वाणी को उसके तात्त्विक स्वरूप निरूपण में मौन हो जाना पड़ता है। गगन–मण्डल ब्रह्मरन्ध्र में समाधि के द्वारा शब्द अनाहत (चिन्मय–अमृतमय) नाद में अभिव्यक्त विज्ञान परमात्मज्ञान से ही उस ब्रह्म का अलखनिरंजन, जगदाधार परमात्मा का साक्षात्कार अथवा स्वरूपानुभव प्राप्त करना चाहिए।[8]

अलखनिरंजन परब्रह्म परमात्मा ने निराकार और साकार अमूर्त और मूर्त (अव्यक्त और व्यक्त) निर्विकल्प और सविकल्प समाधि के रूप में दो दीपक की रचना की। इन दोनों स्थितियों में अलक्ष्य ब्रह्म की एक ही ज्योति विद्यमान है। उस परम ज्योति के सहज ध्यान से तीनों लोकों का रहस्य–ज्ञान प्रकट हो जाता है, उसी ज्योति में परमचिन्मय प्रकाश में 'हंसस्वरूप' आत्मा ज्ञानरूप मोती चुगने लगता है।[9]

हठयोग प्रदीपिका में भी परमतत्त्व को शून्याशून्य विलक्षण कहा गया है। अमनस्कयोग में कहा गया है कि परमतत्त्व भाव–अभाव से मुक्त नाश

और उत्पत्ति से विवर्जित तथा सर्वसंकल्पनातीत है।[10] नाथपन्थ में प्रापंचिक और व्यावहारिक अनुभव से परे की सत्ता को असत् या शून्य कहा गया है। योगशास्त्र में निर्विकल्प या असम्प्रज्ञात समाज के पारलौकिक अनुभव का शून्य या पूर्ण कहकर स्पष्ट किया गया है कि शून्य अन्दर व शून्य बाहर आकाश में स्थित रिक्त घड़े की भाँति तथा पूर्णतः अन्दर और पूर्णतः बाहर सागर में डूबे घड़े की भाँति है।[11] गोरखनाथ और उनका सम्प्रदाय चरम सत्य के बारे में ऐसी किन्हीं बौद्धिक विचारणा वाली संज्ञाओं तथा सत् या असत् पूर्ण या शून्य, द्वैत या अद्वैत से कोई कट्टर लगाव अनुभव नहीं करता क्योंकि उसके मतानुसार चरम सत्य ऐसी समस्त संज्ञाओं के क्षेत्र से परे है और पूर्ण पारमार्थिक अनुभव में प्रत्यक्ष साक्षात्कार के योग्य है। इसलिए वे इस चरम सत्ता को कभी प्रसंग में सत् तथा दूसरे प्रसंग में असत् कहते हैं, कभी पूर्ण तो कभी शून्य, किसी प्रसंग में द्वैत तथा किन्हीं में अद्वैत और प्रायः सत्–असत्, शून्य–अशून्य, द्वैत–अद्वैत के परे कहते हैं। स्वात्माराम योगीन्द्र द्वारा लिखित हठयोग प्रदीपिका में लिखा है।[12] वह चरम सत्ता शाम्भवी मुद्रा के आचरण से पूर्ण समाधि अवस्था में शून्य और अशून्य से भिन्न, विशिष्ट रूप में प्रकाशित होती है। ठीक अगले वाक्य में मानस के शून्य में विलीनीकरण के आनन्द का वर्णन मिलता है, जो चिदानन्द का समानधर्मा है।[13] विश्व के परम कारण जिसे ब्रह्म, शिव, परमपद, अनाम, अव्यक्त आदि शब्दों से सूचित किया जाता है, वही नाथ है। दूसरा सम्प्रदाय के आचार्य–पुरुष या गुरु नाथ कहलाते हैं, इस अर्थ में नाथ गुरु का वाचक है। वस्तुतः इस सम्प्रदाय में गुरु और शिव में अन्तर नहीं माना जाता। नाथ–सिद्ध का परम लक्ष्य नाथ में अवस्थान की प्राप्ति है। नाथ वह अनिर्वचनीय परमतत्त्व है जो केवल अनुभवगम्य है उसे दर्शन की भाषा में न द्वैत कहा जा सकता है न अद्वैत ही। वह दोनों से परे द्वैताद्वैत विलक्षण अथवा लक्ष्यालक्ष्य विलक्षण है। वह अण्ड–पिण्ड सर्वत्र व्याप्त है, परन्तु वह अलभ्य कदापि नहीं। अविरत–यत्न एवं गुरुकृपा से उसकी उपलब्धि इसी जन्म और इसी देह में सम्भव है। अतः देह या काय को सिद्ध कर लेना जिससे साधक जरा–मरण से मुक्त हो जाय, परम आवश्यक है। सिद्ध योगियों में एक किंवदन्ती प्रचलित है, जिससे सम्यक् कायसिद्धि और असम्यक् कायसिद्धि का भेद स्पष्ट हो जाता है। यह भी प्रचलित है कि किसी समय नाथसिद्ध श्री गोरखनाथ ने अल्लाम प्रभुदेव नामक किसी महासिद्ध के निकट आविर्भूत होकर उन्हें अपनी वज्रांगता दिखलायी थी। प्रभुदेव के मतानुसार केवल वज्रांगता ही सम्यक् सिद्धि नहीं है। देह की स्थिरता सिद्ध होने पर भी जब तक माया पर विजय प्राप्त नहीं होती, तब तक परामुक्ति की

सम्भावना ही नहीं होती। उनके मतानुसार क्षर और अक्षर (कूटस्थ) के अध्यक्ष जो महेश्वर हैं, उनकी भक्ति ही परामुक्ति–प्रदायिका है। उसके बिना जो देहसिद्धि है, वह सम्यक् देहसिद्धि नहीं है। श्री गोरखनाथ ने कहा, 'मेरे शरीर पर तीखी तलवार का वार करने पर भी वह तनिक भी कट नहीं सकता।' उन्होंने कहा :

मदीयकाये यदि रोममात्रं त्रुट्यते चेत्तर्हि न कायसिद्धिः।
अहंच लोके न भवामि सिद्धः सत्यं ब्रुवे प्रत्ययमाषु पष्य।।

अर्थात्, मेरे शरीर में यदि एक रोआँ भी टूट जाय, तो मुझमें कायसिद्धि नहीं और मैं लोक में सिद्ध न कहलाऊँ (महामहोपाध्याय कविराज गोपीनाथ, तान्त्रिक वाङ्मय में शाक्त दृष्टि, पृष्ठ 269–270)। कहा गया है कि बिन्दु ही रक्षित अवस्था में मोक्षदाता है और अरक्षित स्थिति में मरणदाता है। यह बिन्दु स्वर्गदाता है और धर्माधर्म का विधायक है। उसके मध्य सूक्ष्म रूप से समस्त देवता वास करते हैं। बिन्दु ही बुद्ध, शिव, विष्णु एवं प्रजापति हैं। वह सर्वगत देव हैं, तीनों लोकों को प्रतिबिम्बित करने वाला दर्पण भी वही हैं।[14]

नाथपन्थ में परासंवित् परमतत्त्व, परमब्रह्म, अलखनिरंजन परमशिव के विलक्षण पारमार्थिक स्वरूप का लोक–व्यवहार की दृष्टि से व्याख्या सहज बोधगम्य नहीं है। एक अभेद अपरिवर्तनीय स्वयंभू स्वतः प्रकाशित संवित् या चित् को सिद्ध योगियों ने चरम सत्ता माना। यह चरम सत्ता समस्त सीमित, कालाश्रित, सापेक्षिक, व्यावहारिक सत्ताओं अर्थात् चेतन और अचेतन, सजीव एवं अजीव, शरीरी और अशरीरी, स्थूल और सूक्ष्म का एकमात्र स्रोत आत्मा है। यही आत्मतत्त्व को नाथपन्थ में शिवतत्त्व कहा गया है। इसलिए यह परमतत्त्व परमशिव में सदा निहित एवं एकाकार रहती है और उसकी स्वरूपभूता है अर्थात् उससे भिन्न कुछ भी नहीं है।[15]

नाथपन्थ योगियों ने परमात्म–आत्म तत्त्व और सृष्टि की उत्पत्ति की व्याख्या करते हुए यह माना है कि परमतत्त्व परमशिव में सृष्टि की इच्छामात्रधर्मा निजाशक्ति का बीज अंकुरित हुआ। यह निजाशक्ति परमतत्त्व परमशिव में एकाकार रहती है उसकी स्वरूपभूता है और उससे अभिन्न है। परमशिव से परमशक्ति उत्पन्न हुई, परमशक्ति से अपराशक्ति प्रकट हुई, इस अपराशक्ति से सूक्ष्माशक्ति का जन्म हुआ और इसी से कुण्डलिनी शक्ति का विकास हुआ। इस प्रकार नाथयोग दर्शन के अनुसार निजा, परा–अपरा, सूक्ष्मा और कुण्डलिनी नामक शक्ति पंचक शिव पर पिण्ड की उत्पत्ति में एक कारण है। शक्तिपंचकों में प्रथम निजाशक्ति के पाँच गुण नित्यता, निरंजनता, निस्पन्दता, निराभासता और निरुत्थानता बताये गये हैं। इसी प्रकार परा–अपरा, सूक्ष्मा

और कुण्डलिनी शक्तियों के भी पाँच–पाँच गुण हैं। परा के पाँच गुण अस्तिता, अपरामेयता, अभिन्नता, अनन्तता और अव्यक्तता हैं। अपरा के पाँच निरंशता, निरन्तरता, निश्चलता, निश्चयता और निर्विकल्पता तथा सूक्ष्मा के पाँच गुण पूर्णता, प्रतिबिम्बिता, प्रबलता, प्रोच्चलता और प्रत्यङ्मुखता हैं। शक्ति–तत्त्व के इन्हीं पाँच–पाँच गुणों के योग से परपिण्ड की उत्पत्ति मानी गयी है।

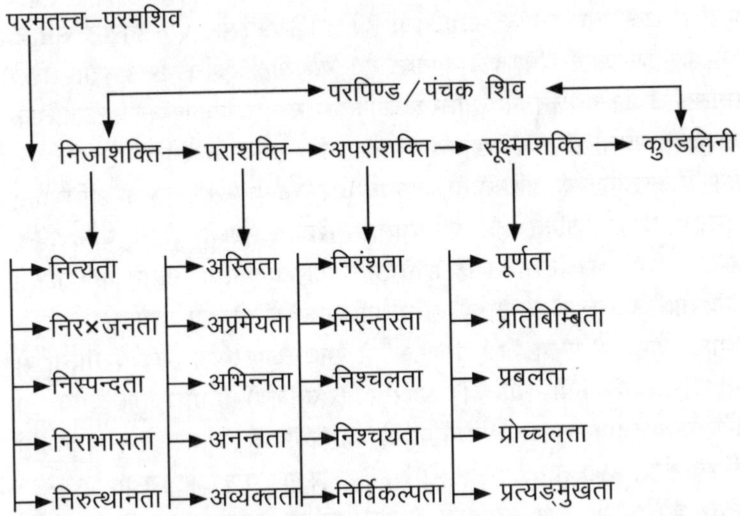

नाथयोग दर्शन में यही परपिण्ड शिव है।[16]

सिद्धयोगियों द्वारा परमात्मा अर्थात् शिव के चरम आध्यात्मिक शरीर को ही परमपिण्ड कहा गया है। परपिण्ड के जन्म का तात्पर्य परमशिव का अपने स्वयंप्रकाश पारमार्थिक स्वरूप की पूर्ण स्थिरता और शक्ति को धारण करते हुए अपनी समस्त शाश्वत अनन्त महिमामयी शक्तियों तथा उनके गुणों एवं इन शक्तियों–गुणों की पूर्ण चेतना के साथ परम पुरुष के रूप में आत्म–प्रकाशन है।[17] इस प्रकार गोरखनाथ व सिद्धयोगी मत परमात्मा के चरम व्यक्तित्व के लिए परपिण्ड शब्द का प्रयोग करते हैं। नाथयोग दर्शन में पिण्ड शब्द का अर्थ एक व्यवस्थित पूर्ण इकाई है जो अनेकता को समेटे हुए एक केन्द्रीय सत्ता है। इसके प्रत्येक अंश में पूर्ण व्याप्त रहता है। सभी भागों में पूर्णता समायोजित रहती है। गोरखनाथ एवं नाथपन्थ के सिद्धों ने पिण्ड शब्द को विशेष महत्त्व दिया है। पिण्ड अनेकता में एकता और पूर्णता का सूचक है। पिण्ड से उनका आशय अस्तित्व के समस्त स्तरों अर्थात् उच्चतम आध्यात्मिक स्तर से लेकर निम्नतम

भौतिक स्तर तक की समग्रता है। इस प्रकार गोरखनाथ उच्चतम आध्यात्मिक सत्ता के स्तर पर भी वेदांतियों के शुद्ध अद्वैत का और द्वैतवादियों के द्वैत का खण्डन करते हुए दिखायी देते हैं। अद्वैत आत्मा नाथपन्थ के योगदर्शन में अपनी निजी शक्ति से युक्त है जो उससे अभिन्न है। परमशिव की पूर्णसत्ता न केवल शुद्ध अद्वैत, न केवल द्वैत और न अनेकत्वयुक्त है। यह दर्शन लघुतम से लेकर विशालतम जीव शरीरों एवं सम्पूर्ण ब्रह्माण्ड में व्याप्त असंख्य प्रकार के पिण्डों से युक्त एक पिण्ड माना गया है। इनके अनुसार एक विराट समष्टि पिण्ड में असंख्य व्यष्टि पिण्ड समाविष्ट हैं। नाथयोग दर्शन के अनुसार शिव या परमात्मा के आत्मचेतन आध्यात्मिक व्यक्तित्व में पाँच प्रकार की आध्यात्मिक चेतनाएँ व्याप्त रहती हैं।[18] गोरखनाथ कहते हैं कि इन पाँच शक्तियों अपरम्पर, सदाशिव–निजाशक्ति के अधिष्ठाता परमपद (परमेश्वर), पराशक्ति के अधिष्ठाता शून्य (रुद्र), अपरा शक्ति के अधिष्ठाता निरंजन (विष्णु), रागद्वेषादिरहित, ज्ञानशक्ति विशिष्ट, सूक्ष्माशक्ति के अधिष्ठाता और परमात्मा (ब्रह्मा) कुण्डलिनी शक्ति के साक्षी जगत् के सृष्टा हैं। इनमें अपरम्पर से स्फुरता मात्र, परमपद से भावना मात्र, शून्य से सत्ता मात्र, निरंजन से साक्षात्कार मात्र और परमात्मा से परमात्मा की उत्पत्ति कही गयी है।[19] अपरम्पर (सदाशिव) के पाँच गुण हैं। पहला गुण अललंकत्व (दोष–शून्यता–रागद्वेषादि) का अभाव है। दूसरा गुण अनुपमत्व (सजातीयतारहित–अद्वितीय सत्तामात्र) है। तीसरा गुण अपारत्व असीमत्व (अनन्तता) है। चौथा गुण अमूर्तत्त्व (परिच्छेदरहित अमापकत्व) है–'न तस्य प्रतिमाअस्ति।' (श्वेताश्वतर 4/19)। पाँचवाँ गुण अनुदयत्व (प्रागभावशून्यता) है, क्योंकि वह उत्पत्ति से परे है; सर्वव्यापक, अकाल और सनातन शाश्वत है। परमपद (परमेश्वर) निष्कल (अवयवशून्य निराकार), अणु से भी अणु (सूक्ष्म), अचल (व्यापक), असंख्य (अद्वय) और निराधार (आधाररहित स्वाश्रित अथवा स्वाभिव्यक्त) है। ये ही परमेश्वर परमपद के पाँच गुण हैं।

शून्य (रुद्र) के पाँच गुण धर्म हैं। पहला गुण लीनता (अव्यक्तावस्था) है–कारण में कार्य का लय ही लीनता है। दूसरा गुण पूर्णता (सर्वव्यापकता, अखण्डता) है। तीसरा गुण उन्मनी (सहज स्वरूप में प्रतिष्ठा) है। चौथा गुण लोलता (संहार आदि कार्य सम्पादन में तरलता) है और पाँचवाँ गुण मूर्च्छा। महाप्रलय में एकरसात्मकता (भावापन्नता, विलीनता) है।

निरंजन (रागद्वेषादि से रहित द्वन्द्वातीत विष्णु) पाँच गुणों से युक्त हैं। पहला गुण सत्यत्व (तीनों काल में अकाल रूप से उत्पत्ति–विनाश से परे सच्चिदानन्द स्वरूप) है, दूसरा गुण सहजत्व (स्वरूपस्थता) है, तीसरा गुण

समरसता (निर्विकारता) है, चौथा गुण सावधानता (प्रमादादिदोषरहितता) है और पाँचवाँ गुण सर्वव्यापकत्व है।

परमात्मा (ब्रह्मा–सृष्टिकर्ता) के पाँच गुण हैं। पहला गुण अक्षयत्व (संसाररूप उपाधि के क्षय होने पर भी स्वरूप की अक्षयता–सत्ता) है; दूसरा गुण अभेद्यता (अनेक उपाधिगत भेद रहने पर भी स्वरूप में अभेद रहना) है; तीसरा गुण अच्छेद्यता (शाश्वत–सनातन सत्ता में अधिष्ठाता) है; चौथा गुण अविनाशित्व (उत्पत्ति–विनाश के अभाव में स्वाभिव्यक्तता) है और पाँचवाँ गुण अदाह्यत्व (आन्तरिक, आध्यात्मिक, आधिदैविक और आधिभौतिक त्रिविध ताप अतीतता) है। यही अनादि पिण्ड पंचतत्त्वात्मक सदा शिवादि (अपरंपदादि) के पच्चीस गुण अथवा धर्म का निरूपण है। महाप्रलय में समस्त जगत् महाशक्ति में लय को प्राप्त होकर विलीन रहता है। चिद्रूपा महाशक्ति भी चिद्रूप परमेश्वर से अभिन्न रहती है, सृष्टि की रचना के समय पाँच–पाँच गुणों से युक्त पाँच महाशक्तियों का प्राकट्य होता है। वे पाँच–पाँच देवों से पृथक–पृथक (कार्य भेद से) युक्त होती हैं। ये ही पाँच देव–शक्तियों के अनुरूप अपरंपर, परमपद, शून्य, निरंजन और परमात्मा हैं–इन सभी पाँच प्रधान महाशक्तियों के सहित चेतन का नाम ही अनाद्य पिण्ड है। यही सच्चिदानन्दघनस्वरूप परमेश्वर ही उपर्युक्त गुण और नाम से पाँच रूपों में स्वाकारित–अभिव्यक्त होता है। यह स्वरूपाभिव्यक्त समष्टिदेव ही परमेश्वर शिव हैं, आदिनाथ हैं।[20]

अनाद्यपिण्ड से महाकाश, महाकाश से महावायु, महावायु से महातेज, महातेज से महासलिल और पिफर महासलिल से महापृथ्वी रूप महासाकार पिण्ड की उत्पत्ति होती है।[21] इनमें क्रमशः अवकाश, अच्छिद्रता, अस्पृश्यता, नीलवर्णता तथा शब्दवत्ता महाकाश के संचार, चलन, स्पर्श, शोषण और धूम्रवर्णता; महावायु के दाहकता, पाचकता, उष्णता, प्रकाशत्व और रक्तवर्णता; महातेज के प्रवाह, तृप्तिकारकता, द्रवता, रसता और श्वेतवर्णता; महासलिल के महापृथ्वी के पाँच–पाँच गुण हैं अर्थात् कुल 25 गुण हैं।[22] इस विकास में महासाकारपिण्ड की आठ मूर्तियाँ बतायी गयी हैं। ये आठों मूर्तियाँ शिव ही हैं। इनके नाम इस प्रकार हैं–शिव, शिव से भैरव, भैरव से श्रीकण्ठ, श्रीकण्ठ से सदाशिव, सदाशिव से ईश्वर, ईश्वर से रुद्र, रुद्र से विष्णु, विष्णु से ब्रह्मा।[23] तदन्तर ब्रह्मा से उनके अवलोकन मात्रा से नर–नारी रूप प्रकृति–पिण्ड–भौतिक–पिण्ड की उत्पत्ति हुई है। भूमि आदि स्थूल पंचभूतों से तद्‌तद्भूतों के पाँच–पाँच गुणों से युक्त 25 गुणों वाला भौतिक शरीर बनता है।[24] यहाँ चित्त, मन, बुद्धि, अहंकार और चैतन्य इन पाँच को अन्तःकरण कहा गया है तथा उनके अलग–अलग गुण भी बताये गये हैं। 'इसी

क्रम में तीन गुणों के साथ काल और जीव के भी पाँच–पाँच गुण बताये गये हैं।[25]

नाथपन्थ के योग दर्शन में दृश्यमान भौतिक जगत् शिव और उनकी स्वरूपभूता अन्तर्निहित शक्ति का ही प्रकटीकरण (चिद्विलास) है। अपनी अनन्त शक्ति से युक्त शिव तात्त्विक रूप में अपने पूर्ण आनन्दमय, अपरिवर्तनीय स्वरूप में रहते हुए भी विलास रूप में अपने को विभिन्न रूपों में प्रकट करते भोग और भाग्य, स्रष्टा और सृष्टि, आधार और आधेय, आत्मा और शरीर, आत्मा और उसकी अभिव्यक्तियाँ आदि दोहरे रूपों में भासित होते हैं। वह कभी शक्ति को नहीं त्यागते और उनकी शक्ति कभी उनको नहीं छोड़ती। इस प्रकार शिव यद्यपि अपनी शक्ति के द्वारा शाश्वत रूप से अपने को समस्त रूपाकारों में व्यक्त करते हैं तथापि वह अनादिकाल से आत्मस्वरूप में अद्वैत, परिवर्तनरहित, अभेदसत्ता निर्गुण ब्रह्म के रूप में रहते हैं।[26] वह शक्ति जो प्रापंचिक द्वैतताओं का आधार, कारण और पोषक है जब अपने मूल स्वतःप्रकाश शिव के पारमार्थिक स्वरूप में विराजती है तब शिव से पूर्ण तदाकार हो जाती है। इस प्रकार वह शिव के कुल (जागतिक) और अकुल (पारमार्थिक) दोनों रूपों का सामंजस्य और एकता प्रदर्शित करने वाली है।[27]

अतः यह स्पष्टतः कहा जा सकता है कि नाथपन्थी दर्शन सत्कार्यवादी है। इसकी धारणा है कि कार्यरूप जगत् अपने वास्तविक उत्पत्ति के पूर्व अव्यक्त रूप में तथा उपादान कारण में उपस्थित रहता है। वे मानते हैं कि सक्रिय रूप में शिव या परमात्मा की आध्यात्मिक शक्ति ही इस सृष्टि प्रक्रिया में उपादान और निमित्त कारण भी है।

महासाकार पिण्ड शिव की अष्टमूर्तियों के रूप में भैरव से ब्रह्मा तक जिन मूर्तियों का वर्णन है वे ब्रह्माण्ड के विभिन्न कार्यों–सृजन, पालन और संहरण के लिए हैं। ये सभी अलग–अलग नामों के बावजूद शिव ही हैं क्योंकि ये उन्हीं की तद्तद् अभिव्यक्तियाँ हैं। शिव के इस महासाकार पिण्ड–ब्रह्माण्ड शरीर से विभिन्न लोकों का विकास हुआ है। इसे निरूपित करते हुए अक्षय कुमार बनर्जी ने यह बताया है कि शिव की प्रथम विशिष्ट दिव्य आत्माभिव्यक्ति जड़–जगत् के रूप में है जो प्राकृतिक नियमों से शासित होता है। दूसरी अभिव्यक्ति जीवन और प्राण शक्तियों का लोक है जो जैविक नियमों अथवा प्राण के नियमों से शासित होता है। तीसरी अभिव्यक्ति मनोजगत् रूप में है जाग्रत, स्वप्न और सुषुप्ति मनस् की दशाएँ हैं; प्रेम, घृणा, दया, क्रूरता, काम, क्रोध, लोभ और महत्त्वाकांक्षा आदि मनोजगत् के प्रपंच हैं और ये साधारणतया अधिक विकसित और अधिक सजीव भौतिक शरीरों में विशेषतः स्नायुमण्डल और

मस्तिष्क में अनुभव किये जाते हैं। शिवशक्तिमय विकास की चौथी अभिव्यक्ति बुद्धि है जिसे उच्चतर मनस कहा जा सकता है। यह मुख्यतः अध्यवसाय या सत्य निश्चय के रूप में है। पाँचवीं अभिव्यक्ति धर्म जगत् के रूप में है जिसका अनिवार्यतः अर्थ है एक नैतिक व्यवस्था। विराट ब्रह्माण्ड की छठीं अभिव्यक्ति रसजगत् के रूप में है जो सौन्दर्यात्मक व्यवस्था है। समस्त ब्रह्माण्ड शरीर में रस व्याप्त है। आश्चर्यजनक रूप से परस्पर सम्बन्धित जड़जीवन, मनस् और बुद्धिजगत् ये समस्त सम्पूर्ण व्यवस्था के सौन्दर्य से गर्भित है और वे सब इस ब्रह्माण्ड शरीर में शिवशक्ति के चिद्विलासी आत्मप्रकटीकरण के सौन्दर्य में अपनी निर्धारित भूमिकाएँ निभाकर पूर्णतया प्रकट करते हैं। महासाकार पिण्ड की सातवीं अभिव्यक्ति आनन्द जगत् है। ब्रह्माण्ड व्यवस्था का यह आनन्द रूप तत्त्वज्ञानालोकित आध्यात्मिक चेतना के समक्ष प्रकट होता है। भौतिक ब्रह्माण्ड के समस्त निर्माणकारी तत्त्व जिन्हें योगियों द्वारा महाभूत या महातत्त्व कहा गया है आनन्द के आत्माकार हैं। समस्त पुद्गल और प्राण तथा मनस् और बुद्धि जो इस ब्रह्माण्ड शरीर में विकसित हुए हैं इस आनन्द की आत्माभिव्यक्ति के रूप में हैं। इन्द्रियों एवं सौन्दर्यानुभूतियाँ ये सभी परमात्मा के आनन्द से विकसित हुई हैं तथा आनन्द इन सबमें परिव्याप्त है।[28]

नाथयोग दर्शन के सन्दर्भ में लोकप्रसिद्ध 14 भुवनों के अतिरिक्त विष्णुलोक, रुद्रलोक, ईश्वरलोक, नीलकण्ठलोक, शिवलोक, भैरवलोक, अनादिलोक, कुललोक, अकुललोक, परापरलोक तथा शक्तिलोक का भी वर्णन है। किन्तु यह वर्णन भी उपलक्षण मात्रा हैं। ब्रह्माण्ड की यह इयत्ता नहीं है। व्यष्टिपिण्ड (वैयक्तिक शरीर) का समष्टिपिण्ड (ब्रह्माण्डशरीर) से समरसकरण नाथयोगी सम्प्रदाय द्वारा प्रचारित एक महान आदर्श है जिसके द्वारा वे ये अनुभव कराना चाहते हैं जो ब्रह्माण्ड में है वही पिण्ड में भी है और हम इस प्रकार महाशक्ति की महिमा के समान रूप से भागीदार हैं। नाथयोग में प्रकृतिपिण्ड को नर–नारी के रूप में द्विधा विभक्त बतलाया गया है। ये सब अन्तिम रूप में शिव के ब्रह्माण्ड शरीर की वैयक्तिक अभिव्यक्तियाँ हैं और इस प्रकार मूल रूप से उससे अभिन्न है। यहाँ इस सन्दर्भ में तीन बातें अवधेय हैं–एक यह कि शास्त्रों में जो 84 लाख जीव योनियाँ बतलायी गयी हैं उनमें मानव योनि सर्वाधिक व्यवस्थित है। इसमें भौतिक, जैविक, मानसिक और बौद्धिक समस्त अंग समानुपात में परस्पर सहयोगी रूप में विकसित है। इस प्रकार व्यष्टि के रूप में मनुष्य को अपनी श्रेष्ठ शरीर रचना के कारण विभिन्न लोकों में निवास करने तथा विभिन्न अस्तित्व और अनुभव स्तरों में भाग लेने का असाधारण अवसर प्राप्त है। दूसरी

बात यह कि नाथयोग एवं दर्शन में वैयक्तिक मानव शरीर को शिवशक्ति जो ब्रह्माण्ड शरीर का लघुरूप ही माना जाता है।[29] तीसरी बात यह कि दिव्यशक्ति जो अपनी ब्रह्माण्ड रूपी आत्माभिव्यक्ति की परिक्रिया में पूर्णएकत्व एवं आनन्द के उच्चतम पारमार्थिक आध्यात्मिक स्तर से शनैः–शनैः अनन्त अपूर्णताओं के निम्नतम प्रापंचिक भौतिक स्तर पर उतर आती है वह पुनः मानव शरीर के अन्तर्गत उसी के माध्यम से योगादि के बल से अपने पारमार्थिक आध्यात्मिक स्तर पर पहुँचकर शिव से पूर्णरूपेण आनन्दमय एकत्व प्राप्त कर लेती है।[30]

परपिण्ड से लेकर गर्भपिण्ड की उत्पत्ति तक का विवरण देने के साथ ही नाथयोग में पिण्ड पर भी गम्भीर रूप से विचार किया गया है। तदनुसार पिण्ड में आधार आदि नव चक्र हैं, अनेक स्थलों पर नाथयोग ग्रन्थों में केवल षडचक्रों का ही उल्लेख मिलता है। मूलाधार–अपान स्थान में ब्रह्मचक्र हैं यह त्रिधावर्त और भगमण्डलाकार है। यहाँ पावकाकार शक्ति का ध्यान किया जाता है, यहीं कामरसपीठ चक्र है। इसके मध्य में पश्चिमाभिमुख प्रवालमणि के अंकुर के सदृश लिंग है, उसका ध्यान करना चाहिए। यही उड्यानपीठ भी है जिसमें ध्यान से जगत् का आकर्षण होता है।[31] तीसरा नाभि–चक्र है, यह पंचावर्त और सर्प के समान कुण्डलाकार है। इसके बीच में करोड़ बालसूर्यों के समान कुण्डलिनी शक्ति का ध्यान करना चाहिए। यह मध्यमाशक्ति है और सब प्रकार की सिद्धियाँ देती है।[32] इसके पश्चात् चौथा हृदय–चक्र है, जो अष्टदलकमल से युक्त और अधोमुख है।[33] पाँचवाँ कण्ठ–चक्र है, जो चार अंगुल का है। इसके वामभाग में चन्द्रनाड़ी इड़ा है, दक्षिण भाग में सूर्यनाड़ी पिंगला है, और दोनों के मध्य में श्वेतवर्णा सुषुम्ना, का ध्यान करना चाहिए।[34] छठाँ तालु–चक्र है, इसमें अमृत–धारा का प्रवाह है। यहाँ शून्य का ध्यान करने से चित्त का लय होता है।[35] सातवाँ भ्रू–चक्र है, जिसे आज्ञा–चक्र भी कहते हैं। यहाँ दीपशिखाकार ज्ञान–नेत्र का ध्यान करना चाहिए। इससे वाक्‌सिद्धि होती है।[36] आठवाँ ब्रह्मरन्ध्र–स्थान में निर्वाण–चक्र है, जो सुई की नोक के समान सूक्ष्म और तीक्ष्ण है, जो 16 कमलदलों का और ऊर्ध्वमुख है और यहीं सर्वसिद्धिदायक पूर्णपीठ है।[37] नवचक्रों के बाद षोडश आधारों का वर्णन मिलता है, जिनके नाम क्रमशः इस प्रकार हैं–पादाङ्गुष्ठाधार, मूलाधार, गुदाधार, मेढ्राधार, उड्डियानबंधाधार, नाभ्याधार, हृदयाधार, कण्ठाधार, घण्टिकाधार, ताल्वाधार, जिह्वाधार, भ्रूमध्याधार, नासाधार, नासामूल, ललाटाधार, ब्रह्मरन्ध्राधार।

पिण्ड विचार में चक्र और आधार के वर्णन के साथ ही तीन लक्ष्यों और पाँच व्योमों (आकाश) का विचार मिलता है। तदनुसार अन्तः, बहिः और मध्य भेद

से लक्ष्य तीन हैं, और आकाश, पराकाश, महाकाश, तत्त्वाकाश तथा सूर्याकाश नाम से पाँच व्योमों का वर्णन है। इनके भी विशेष वर्णन मूल ग्रन्थों में ही द्रष्टव्य हैं। वैसे नाथयोग में इनके सम्यक ज्ञान का बड़ा महत्त्व है। गोरक्षशतक में कहा गया है कि पाँच आकाशों को जो नहीं जानता है, वह भला सिद्धि कैसे पा सकता है।[38] अस्तु, परपिण्ड तक शिव की विभिन्न अभिव्यक्तियों का नाथयोग तत्त्व–दर्शन के अनुसार वर्णन करने के पश्चात् नाथपन्थी साधना का वर्णन भी आवश्यक है। यद्यपि सिद्धसिद्धान्त पद्धति जैसे सिद्धान्त ग्रन्थ में पातंजल योग के समान ही अष्टांग योग का वर्णन है; किन्तु षडंगयोग का भी कई नाथ–ग्रन्थों में उल्लेख मिलता है।[39]

नाथयोग साधना अष्टांग योग (यम, नियम, आसन, प्राणायाम, प्रत्याहार, धारणा, ध्यान और समाधि) ही है। यद्यपि कि नाथपन्थ के कुछ सिद्धान्त–ग्रन्थों में यम–नियम को योग साधना का प्रारम्भिक आधारभूत सोपान मानते हुए षडंग योग की ही चर्चा मिलती है। नाथयोग दर्शन में इस अष्टांग या षडंग योग साधना को हठयोग साधना के रूप में प्रसिद्धि प्राप्त है। इसीलिए नाथयोगियों को प्रायः हठयोगी भी कहा जाता है। नाथपन्थ के योग साहित्य में दो प्रकार के हठयोग का उल्लेख है–पहले प्रकार का हठयोग महायोगी गोरखनाथ से पूर्ववर्ती है, जिसे भृकुण्डपुत्रादि द्वारा उपदेशित किया गया था, जबकि हठयोग की दूसरी धारा नाथयोगियों द्वारा प्रवर्तित है, जिसके प्रतिष्ठापक परम आचार्य महायोगी गोरखनाथ हैं।[40] आध्यात्मिक साधना जगत् में हठयोग का विशिष्ट एवं महत्त्वपूर्ण स्थान है। यह साधना मुख्य रूप से प्राणों की साधना है। नाथयोग की परम्परा के अनुसार यह योग विद्या आदिनाथ भगवान् शिव से योगिराज मत्स्येन्द्रनाथ जी को प्राप्त हुई। परम्परा से प्राप्त योग विद्या को योगिराज मत्स्येन्द्रनाथ जी ने महायोगी गुरु गोरक्षनाथ को दिया और गुरु गोरक्षनाथ ने त्रिताप से पीड़ित मानवता के कल्याण के लिए इसे जनसामान्य तक पहुँचाया।[41] महायोगी गोरखनाथ ने सिद्धसिद्धान्त पद्धति में हठयोग के सम्बन्ध में लिखा है–'ह'कार सूर्य स्वर या नाड़ी का द्योतक है और 'ठ'कार चन्द्र स्वर है। सूर्य एवं चन्द्र स्वरों के योग से ही 'हठयोग' शब्द निष्पन्न होता है।[42]

हठयोग मुख्यतः स्वर और नाड़ी का विज्ञान है। सूर्य स्वर जिसे पिंगला नाड़ी भी कहते हैं, पौरुष प्रवृत्ति का प्रतीक है और यह दाहिनी नासिका से प्रवाहित होता है। इसका बीज मंत्र 'ह' है। चन्द्र स्वर जिसे इड़ा नाड़ी भी कहते हैं, स्त्रैण प्रवृत्ति का प्रतीक है तथा बायीं नासिका से प्रवाहित होता है। इसका बीज मंत्र 'ठ' है। इस प्रकार सूर्य और चन्द्र के योग को ही नाथपन्थ में हठयोग

कहा गया है। हठयोग के आचार्य ब्रह्मानन्द के अनुसार सूर्य स्वर से तात्पर्य प्राणवायु का है और चन्द्र स्वर से अपानवायु का। अर्थात् प्राण और अपान का निरोध रूप योग ही हठयोग है।[43] हठयोग के आचार्यों के अनुसार श्वास साधना और उसका सन्तुलन का विज्ञान ही हठयोग है। ऐसा माना जाता है कि जब हम श्वास लेते हैं तो सामान्यतः दोनों स्वर एक साथ कार्य नहीं करते। कभी एक स्वर चलता है तो कभी दूसरा, लेकिन इसमें कभी सन्तुलन नहीं होता। हठयोग की साधना से सूर्य और चन्द्र दोनों स्वरों में सन्तुलन स्थापित होता है।[44] उल्लेखनीय है कि जब हमारा दायाँ स्वर चलता है अर्थात् सूर्य नाड़ी चलती है तब हमारे शरीर की प्राणशक्ति क्रियाशील होती है। अधिकांश शारीरिक क्रियाएँ विकास, रक्षण एवं संचालन आदि इसी पाचन संस्थान अवयव एवं ग्रन्थि से इसका सीधा सम्बन्ध होता है। इसी शक्ति के सक्रिय होने से प्राणिक शक्ति एवं शारीरिक क्षमता बढ़ती है। मानसिक शक्ति उसी अनुपात में कम होने लगती है; किन्तु जब चन्द्र नाड़ी चलती है तो चेतना शक्ति क्रियाशील होती है तथा मानसिक क्षमता बढ़ती है। शारीरिक क्रिया–कलापों के प्रति प्राणी की उदासीनता कम होती है एवं प्राणिक क्षमता कम होती जाती है। हठयोग की साधना दोनों स्वरों (सूर्य स्वर और चन्द्र स्वर) अथवा दोनों नाड़ियों (पिंगला और इड़ा) में सन्तुलन स्थापित करता है जिसके परिणामस्वरूप तीसरा स्वर 'सुषुम्णा' जाग्रत होता है, इसे ही सुषुम्णा नाड़ी अथवा सरस्वती नाड़ी कहते हैं।

हठयोग का सबसे प्राचीन उल्लेख बौद्ध तांत्रिकों के गुह्य समाजतंत्र में मिलता है। आचार्य हजारी प्रसाद द्विवेदी ने इसका उल्लेख करते हुए बताया है कि बोधि प्राप्ति की जो विधि बतायी गयी है उसका अभ्यास करने पर भी जब तक सिद्धि न प्राप्त हो तब हठयोग का आश्रय लेना चाहिए।[45] उन्होंने हठ के और भी कई अर्थ निर्दिष्ट किये हैं। योग स्वरोदय में हठ के दो भेद बताये गये हैं। प्रथम भेद में अपान, प्राणायाम, धौति आदि षट्कर्म का विधान है, इनके अभ्यास से नाड़ियाँ शुद्ध होती हैं। शुद्ध नाड़ियों में प्रवाहित वायु साधना में मन निश्चल करता है जिससे अभीष्ट सिद्ध होती है। दूसरे भेद के अनुसार नासिका के अग्रभाग में ध्यान लगाकर आकाश में कोटि सूर्य का ध्यान करना चाहिए। ऐसा करने से साधक चिरायु होता है और हठात् ज्योतिर्मय होकर चिद्स्वरूप हो जाता है। इस योग को इसीलिए हठयोग कहा जाता है जो सिद्धसेवित मार्ग है।[46] हजारी प्रसाद द्विवेदी आगे लिखते हैं–हठयोग साधना कुण्डलिनी के उद्बोधन से हठात् मोक्षद्वार को खोल देता है अर्थात् मेरुदण्ड यहाँ सीधे जाकर वायु और उपस्थ के मध्यभाग में मिलता है वहाँ अग्नि एक त्रिकोण चक्र

में स्वयंभूलिंग स्थित है जिसे अग्निचक्र कहते हैं। इसी त्रिकोण या अग्निचक्र में स्थित स्वयंभूलिंग को साढ़े तीन वलयों में लपेट कर सर्पिणी की भाँति कुण्डलिनी अवस्थित है। यहीं कुण्डलिनी ब्रह्मद्वार को अवरुद्ध कर सुप्तावस्था में पड़ी रहती है जिसे जागृत कर शिव से समरस कराना योगी अथवा हठयोग का लक्ष्य है। हठात् मोक्षद्वार खोलने की यह विधि ही हठयोग है।[47]

हठयोग की साधना पिण्ड में ही ब्रह्माण्ड दर्शन अर्थात् जो कुछ ब्रह्माण्ड में है, वह सब कुछ हमारे व्यष्टि शरीर में भी है, इसका प्रतिपादन करती है।[48] महायोगी गोरखनाथ का कथन है कि षट्चक्र, त्रिलक्ष्य, पंचव्योम, षोडश आधार, नवद्वार, पंचाधिदैव की अपने शरीर में ही विद्यमानता का जिन्हें ज्ञान नहीं है वे हठयोग की सिद्धि नहीं कर सकते। हमारा शरीर ब्रह्माण्ड का ही एक रूप है। यद्यपि कि गोरखनाथ 'सिद्धसिद्धान्त पद्धति' में नवचक्रों का ही वर्णन करते हैं, तथापि हठयोग की साधना छः चक्रों पर ही आधारित है। इन्हीं छः चक्रों के भेदन से साधक सहस्रार में शिव का साक्षात्कार करता है, जिनके नाम मूलाधार, स्वाधिष्ठान, मणिपूरक, अनाहत, विशुद्ध और आज्ञाचक्र हैं। हठयोग साधना के लिए जिन षोडश आधारों का ज्ञान होना चाहिए वे–पादाङ्गुष्ठाधार, मूलाधार, गुदाधार, मेढ्राधार, उड्डियानबंधाधार, नाभ्याधार, हृदयाधार, कण्ठाधार, घण्टिकाधार, ताल्वाधार, जिह्वाधार, भ्रूमध्याधार, नासाधार, नासिकामूलाधार, ललाटाधार और ब्रह्मरन्ध्राधार हैं। इसी तरह आत्मा के स्वरूप की अभिव्यक्ति आकाश, पराकाश, महाकाश, तत्त्वाकाश और सूर्याकाश अर्थात् पंचाकाश के द्वारा नाथयोग दर्शन में स्वीकारी गयी है। नाथयोगियों ने नवद्वार अर्थात् मुख, दो नेत्र, दो कान, दो नासारन्ध्र, एक उपस्थ तथा एक गुदा का ज्ञान आवश्यक माना है। हठयोग की साधना के लिए उपर्युक्त के साथ–साथ पाँच अधिदेवता–आकाश, वायु, तेज, जल और पृथ्वी का ज्ञान आवश्यक माना गया है।

नाथयोग दर्शन में हठयोग को मन को स्वस्थ रखने, मन को स्थिर रखने तथा आत्मा को परम पद में प्रतिष्ठित करने एवं अमृतत्व को प्राप्त करने का अमोघ साधन माना गया है। इस प्रकार नाथपन्थ में योगी मानते हैं कि हठयोग साधना मानवीय जीवन को सहज और नैसर्गिक, प्राकृतिक वातावरण के अनुकूल संयोजित करने का शारीरिक, मानसिक तथा आध्यात्मिक प्रयोग है। हठयोग साधना में शरीर शुद्धि के सात साधन–शोधन, दृढ़ता, स्थैर्य, धैर्य, लाघव, प्रत्यक्ष और निर्लिप्तता बताये गये हैं।[49] नाथपन्थी योगियों ने शरीर शुद्धि के इन सात साधनों के लिए अलग–अलग विधियाँ प्रतिस्थापित की थीं। शरीर शोधन अर्थात् काया–शोधन को एक आवश्यक साधन–तत्त्व मानते हुए इसमें षट्कर्म अर्थात्

धौति, वस्ति, नेति, नौलि, त्राटक और कपालभाति, इनकी विशेष खोज है। जिसके द्वारा मानव शरीर में कफ–पित्त–वात के दोष नष्ट होते हैं; शरीर में ताजगी आती है, आरोग्यता बढ़ती है तथा शरीर के मल का शोधन होता है। नाड़ियों के शोधन से प्राणवायु का शरीर में सम्यक संचार होता है।

दृढ़ता के लिए नाथयोग दर्शन में आसनों के अभ्यास का निर्देश दिया गया है। इसी प्रकार स्थैर्य के लिए मुद्राएँ, धैर्य के लिए प्रत्याहार, लाघव के लिए प्राणायाम, प्रत्यक्ष के लिए ध्यान और निर्लिप्तता के लिए समाधि आवश्यक माना गया है। वस्तुतः नाथयोगियों ने हठयोग साधना में आसन, प्राणायाम और मुद्रा को महत्त्वपूर्ण माना है। नाथयोग दर्शन के अनुसार आसनों से शारीरिक और मानसिक रोग तथा प्राणायाम से पाप नष्ट होते हैं। मुद्रा से शरीर और मन की स्थिरता सिद्ध होती है। महामुद्रा, नवोमुद्रा, उड्डियानबंध, जालन्धरबंध और मूलबंध के अभ्यास में कुशल योगी मुक्ति का पात्र होता है।[50]

नाथयोग दर्शन में नाद–बिन्दु–साधना एवं अजपा–जप नाथपन्थ के योगियों की विकसित की गयी अपनी विशिष्टता है। नाद–बिन्दु–साधना वस्तुतः ध्वनि विज्ञान है। इनका मानना है कि सम्पूर्ण ब्रह्माण्ड ध्वनि सिद्धान्तों का रचनात्मक रूप है। नाद–योग के अनुसार प्रारम्भ में केवल एक पवित्र ध्वनि 'ॐ' की थी। इसी ध्वनि के ध्वनि–तरंगों के द्वारा ब्रह्माण्ड की रचना हुई। इस ध्वनि रूप में शक्तियुक्त परमात्मा की आत्माभिव्यक्ति को अनाहत नाद कहा जाता है। नाथयोग दर्शन में इसे ऐसी ध्वनि माना गया है जो किसी प्रकार के आघात या रगड़ से नहीं उत्पन्न होती और न ही यह विभिन्न भागों में विभाजित हो सकती है। यह ध्वनि अनादि, अनन्त एवं पूर्ण है। यह ध्वनि उच्चारण के लिए नहीं अपितु मन की एकाग्रता के अभ्यास के द्वारा परिलक्षित की जाती है। परमात्मा के इस ध्वनि प्रतीक के अनुसन्धान को नाथयोग दर्शन में नादानुसन्धान कहा गया है।

महायोगी गोरक्षनाथ गोरखवाणी में कहते हैं कि नाद का अनुसन्धान साक्षात् 'ॐ' शब्द ब्रह्म परमात्मा की उपासना है। वे कहते हैं कि केवल नाद–नाद रटने से साधना की सिद्धि नहीं होती। मन को सम्पूर्ण रूप से एकाग्र कर, अमनस्क कर चित्तवृत्ति का पूर्ण निरोध कर नाद की अन्तिम अवस्था, शब्दातीत अवस्था में प्रवाहित अनाहत में अपने आत्मस्वरूप को लय कर परमात्मा में तादात्म्य किया जाता है।[51]

नादानुसन्धान वस्तुतः ब्रह्म का हृदय का अन्वेषण है। एक साधक के लिए आवश्यक है कि वह अपना ध्यान नाद पर केन्द्रित करे। इच्छाओं, पूर्वकृत कर्मों

के प्रभावों तथा अनेक प्रकार की भावनाओं और प्रवृत्तियों से आच्छादित होने के कारण मानव हृदय सामान्यतः अशान्त रहता है। उसमें अनेक प्रकार की हलचलें उत्पन्न होती रहती हैं। अतः सामान्य जीवन–क्रम में इस नाद को सुना जा सकना तथा अनुभव किया जा पाना कठिन होता है; किन्तु हृदय के भीतर शुद्ध और शान्त वातावरण उत्पन्न कर ध्यान को केन्द्रित करने से नाद को सुना जा सकता है। इस प्रकार नाद ब्रह्म को प्राप्त करने का एक आधार बिन्दु है।

नाथयोग साधना में अजपा–जप एक ऐसी साधना है जो हर प्रकृति के व्यक्ति के लिए उपयुक्त है। यह जप अपने आप में एक पूर्ण साधना है। गोरखशतक में महायोगी गुरु गोरखनाथ कहते हैं कि जीव की नियमित श्वास प्रक्रिया अपने आप में एक जप है। प्रत्येक जीव प्राणवायु को 'ह'कार की ध्वनि से बाहर करता है और 'स'कार की ध्वनि से वह अन्दर खींचता है। इस प्रकार 'सोऽहं' शब्द की उत्पत्ति होती है। इस मंत्र का जप ही अजपा–जप है।[52] गोरखवाणी में यह उल्लेख मिलता है कि जो साधक अजपा–जप करता है, जिसकी चित्तवृत्ति तेलधारावत् 'ॐ' सोऽहं तथा परमात्मा के इष्टनाम मंत्र के जप में लगी रहती है, जिसका मन ब्रह्मरन्ध्र में रमण करता है अर्थात् ऊर्ध्वमुखी रहता है, जिसके सभी इन्द्रिय वश में रहते हैं, जो नश्वर शरीर को ब्रह्मानुभूति रूपी अग्नि में परिशुद्ध कर लेता है, उस योगी की वन्दना साक्षात् भगवान् शिव करते हैं।[53] नाथपन्थ के योगी यह मानते हैं कि 'स' शब्द के साथ प्राणवायु पेट के अन्दर जाती है और 'ह' शब्द के साथ बाहर निकलती है। एक व्यक्ति साधारण स्वरूप की स्थिति में स्वभावतः प्रत्येक चौबीस घण्टे के भीतर 21,600 (इक्कीस हजार छः सौ) बार श्वास लेता है। ब्रह्मविद्योपनिषद् में कहा गया है कि नित्यप्रति 21,600 की संख्या में हंस का मिलकर जप करने वाला साधक सोऽहं रूप हो जाता है।[54] यही श्वास लेने की नित्य प्रक्रिया को नाथयोग दर्शन में अजपा–जप कहा गया है।

नाथयोग दर्शन एक साधनापरक तथ्य–चिन्तन है। तर्क, समीक्षा और तुलना का इसमें बहुत स्थान नहीं है। नाथयोगी बौद्धिकता की विडम्बना में भी नहीं पड़ते। उनका दावा है कि उनका नाथयोग दर्शन उनके अनुभवजन्य चिन्तन का परिणाम है। नाथयोग दर्शन जीव को परमात्मा के साथ एकाकार करने का प्रमुख साधन तन की साधना, मन की एकाग्रता और योग को मानता है। इस प्रकार नाथपन्थ का योग–दर्शन एवं साधना भारतीय तत्त्वज्ञान तथा अध्यात्म विद्या का एक नितान्त मौलिक अध्याय है। नाथयोग साधना का चरम लक्ष्य षट्चक्र भेदन द्वारा कुण्डलिनी जागरण कर सहस्रार में शिव का साक्षात्कार है।

सन्दर्भ :

1. अक्षय कुमार बनर्जी, गोरख दर्शन–आमुख, संवत् 2028, श्रीगोरखनाथ मन्दिर द्वारा प्रकाशित।
2. जार्ज वेस्टन ब्रिग्स, गोरखनाथ एण्ड द कनपफटा योगीज, पृ. 125, 150–51।
3. अक्षय कुमार बनर्जी, गोरख दर्शन, पृ. 1, संवत् 2028, श्रीगोरखनाथ मन्दिर द्वारा प्रकाशित।
4. सिद्धसिद्धान्त पद्धति–

   न ब्रह्मा विष्णुः रुद्रौः न सुरपति सुराः नव पृथ्वी न चापा
   नैवाग्निर्नापि वायुनं च गगनतलम् नी दिशो नैव कालः।
   नो वेदा नैव यज्ञा न च रविः शशिनौ नो विधिर्नैव कल्पाः
   स्वः ज्योतिः सत्यम् एकं जपति तव पद्म सच्चिदानन्द–मूर्तेः।।
5. रामलाल श्रीवास्तव द्वारा सम्पादित, गोरखवाणी, वि.सं. 2035

   बसती न सुन्यं सुन्यं न बसती अगम अगोचर ऐसा।
   गगन सिषर महिं बालक बोलै ताका नांव धरहुगे कैसा।। (सबदी–1)
6. रामलाल श्रीवास्तव द्वारा सम्पादित, गोरखवाणी, वि.सं. 2035

   अदैषि देषिबा देषि बिचारिबा अदिसिदि राषिबा चीया।
   पाताल की गंगा ब्रह्मंड चढ़ाइबा तहां बिमल बिमल जल पीया।। (सबदी–2)
7. रामलाल श्रीवास्तव द्वारा सम्पादित, गोरखवाणी, वि.सं. 2035

   इहां ही आछै इहां ही अलोप। इहां ही रचिलै तीनि त्रिलोक।।
   आछै संगै रहै जू धा। ता कारिण अनंत सिधा जोगेश्वर हुवा।।
8. वेद कतेब न षांणी बांणी। सब ढंकी तलि आंणी।
   गगनि सिषर महिं सबद प्रकास्या। तहं बूझै अलख बिनांणी।।
9. अलख बिनांणी दोइ दीपक रचिलै तीन भवन इक जोती।
   तास विचारत त्रिभुवन सूझै चुणिलै मांणिक मोती।।
10. अमनस्कयोग

    भावभाव विनिर्मुक्तं नाशोत्पत्ति विवर्जितम्।
    सर्वसंकल्पनातीतम् परब्रह्म तदुच्यते।
11. अक्षय कुमार बनर्जी, गोरख दर्शन, पृ. 38

    "अन्तः शून्यो बहिः शून्यो शून्य कुम्भ इवाम्बरे।
    अन्तः पूर्णे बहिः बहिः पूर्णः पूर्णः कुम्भ इवार्णवे।"
12. गोरख दर्शन–

    "शून्य–अशून्य–विलक्षणम् स्फुरतिः तत् तत्वम् परम संभवम्।"
13. गोरख दर्शन–

"भवेत् चिंत्यानन्दः शून्ये चित् सुख रूपिणी।"

14. के.आर. नजुण्डन
15. सिद्धसिद्धान्त पद्धति
16. निजा पराऽपरा सूक्ष्मा कुण्डलिन्यसु प×चधा।
    शक्ति चक्र क्रमेणोत्थौ जातः पिण्डपरः शिवः।। (सिद्धसिद्धान्त पद्धति 1/16)
17. अक्षय कुमार बनर्जी, गोरख दर्शन, श्रीगोरखनाथ मन्दिर द्वारा प्रकाशित, पृ. 84
18. अपरंपरं परमपद शून्यं निरंजन परमात्मेति। (सिद्धसिद्धान्त पद्धति 1/17)
19. सिद्धसिद्धान्तपद्धति 1/18
20. सिद्धसिद्धान्तपद्धति 1/19, पृ. 24
21. सिद्धसिद्धान्तपद्धति, पृ. 11
22. सिद्धसिद्धान्तपद्धति, पृ. 11–12
23. सिद्धसिद्धान्तपद्धति, पृ. 12
24. सिद्धसिद्धान्तपद्धति, पृ. 13
25. सिद्धसिद्धान्तपद्धति, पृ. 15, 16, 17
26. अक्षय कुमार बनर्जी, गोरख दर्शन, श्रीगोरखनाथ मन्दिर द्वारा प्रकाशित, पृ. 70
27. अक्षय कुमार बनर्जी, गोरख दर्शन, श्रीगोरखनाथ मन्दिर द्वारा प्रकाशित, पृ. 72
28. अक्षय कुमार बनर्जी, गोरख दर्शन, श्रीगोरखनाथ मन्दिर द्वारा प्रकाशित, पृ. 115–125
29. अक्षय कुमार बनर्जी, गोरख दर्शन, श्रीगोरखनाथ मन्दिर द्वारा प्रकाशित, पृ. 136
30. अक्षय कुमार बनर्जी, गोरख दर्शन, श्रीगोरखनाथ मन्दिर द्वारा प्रकाशित, पृ. 137
31. सिद्धसिद्धान्तपद्धति, पृ. 28
32. सिद्धसिद्धान्तपद्धति, पृ. 29
33. सिद्धसिद्धान्तपद्धति, पृ. 29
34. सिद्धसिद्धान्तपद्धति, पृ. 30
35. सिद्धसिद्धान्तपद्धति, पृ. 30
36. सिद्धसिद्धान्तपद्धति, पृ. 31
37. सिद्धसिद्धान्तपद्धति, पृ. 31
38. गोरक्षशतक 13

षट्चक्र षोडशाधार द्विलक्ष्य व्योमपंचकम्।
स्वदेहे ये न जानन्ति कथं सिद्धयन्ति योगिनः।।

39. 'गोरक्षशतक' में षडंगयोग का वर्णन है, जबकि सिद्धसिद्धान्त पद्धति में अष्टांगयोग का वर्णन है।
40. भारती सिंह, पातंजल योग–नाथ परम्परा, दर्शन साधना एवं वैशिष्ट्य, 2008, पृ. 100
41. योगी आदित्यनाथ, हठयोग–स्वरूप एवं साधना, चतुर्थ संस्करण, संवत् 2071, पृ. 25
42. "हकारः कीर्तितः सूर्यष्ठकारश्चन्द्र उच्यते।
सूर्याचन्द्रमसोर्योगाद्हठयोगो निगधते।।"
–सिद्धसिद्धान्त पद्धति, 1/69
43. हजारी प्रसाद द्विवेदी, नाथ सम्प्रदाय, पृ. 137; हठयोग प्रदीपिका –3/15
44. योगी आदित्यनाथ, हठयोग–स्वरूप एवं साधना, चतुर्थ संस्करण, संवत् 2071, पृ. 25
45. हजारी प्रसाद द्विवेदी, नाथ सम्प्रदाय, पृ. 137
46. प्राणतोषिणी, पृ. 835
47. हजारी प्रसाद द्विवेदी, नाथ सम्प्रदाय, पृ. 138 एवं 139
48. योगी आदित्यनाथ, हठयोग–स्वरूप एवं साधना, चतुर्थ संस्करण, संवत् 2071, पृ. 26
49. योगी आदित्यनाथ, हठयोग–स्वरूप एवं साधना, चतुर्थ संस्करण, संवत् 2071, पृ. 27
शोधनं दृढ़ता चैव स्थैर्य धैर्य च लाघवम्।
प्रत्यक्षं निर्लिप्तं च घटस्थं सप्त साधनम्।।
50. आसनेन रुजो 'हन्ति' प्राणायामेन पातकम्।
\+ + + + +
महामुद्रां नभोमुद्रां उड्डियानं जालंधरम्।
मूलबन्धन्वयो वेत्ति स योगी मुक्तिभाजनं।। (गोरक्षसंहिता)
51. नाद–नाद सब कोई कहे, नादहि लै कोई बिरला रहे।
नाद बिन्दु है फीकी सिला, जिहि साध्या ते सिधै मिला।।
52. हकारेण बहिर्याति सकारेण विशेत पुनः।
हंसहंसेत्यमुं मंत्रं जीवो जपति सर्वदा।।
अजपा नाम गायत्री योगिनां मोक्षदायिनी।
अस्याः संकल्पमात्रेण सर्वपापैः प्रमुच्यते।।
कुण्डलिन्यां समुदभूता गायत्री प्राणधारिणी।

प्राणविद्या महाविद्या यस्तां वेत्ति स योगवित्।। (गोरखशतक)

53. अजपा जपै सुनि मन धरै, पांचो इन्द्री निग्रह करे।
ब्रह्म अगनि मे होमै काया, तास महादेव बन्देपाया।। (गोरखवाणी)

54. योगी आदित्यनाथ, हठयोग–स्वरूप एवं साधना, चतुर्थ संस्करण, संवत् 2071, पृ. 163
सहस्रमेकयुतं षट् शतं चैव सर्वदा।
उच्चरन्पतितो हंसः सोऽहमित्यभिधीयते।।

□

अध्याय–7

नाथपन्थ की योग–साधना

मानव सभ्यता के उद्भव से लेकर निरन्तर विकास पथ पर अग्रसर मानव सदैव सुख और शान्ति की खोज में प्रयत्नशील रहा है। मानव समाज की धार्मिक–आध्यात्मिक और सामाजिक क्रियाकलापों का मुख्य केन्द्र सुख–शान्ति की खोज ही रहा है। सुख–शान्ति की प्राप्ति के लिए मनुष्य ने ज्ञान–विज्ञान के क्षेत्र में अनेक अनुसन्धान किये। धर्म एवं दर्शन के अनेक सिद्धान्त प्रतिपादित किये। सुख–शान्ति की इसी खोज में अनेक पन्थ, सम्प्रदाय और उनकी साधना–प्रणालियों का आविर्भाव हुआ। मानव जीवन में सुख–शान्ति के साथ–साथ पारलौकिक जीवन की गुत्थियों को समझने और सुलझाने के लिए भी मनुष्य सदैव जिज्ञासु रहा है। भारत की धार्मिक–आध्यात्मिक परम्परा इस दृष्टि से अत्यन्त समृद्ध है। वैदिक युग से ही भारत की ऋषि–परम्परा ने मानव–जीवन के इहलौकिक एवं पारलौकिक दोनों पक्षों पर विचार–दर्शन से लेकर अनुभवजन्य सिद्धियों के द्वारा ज्ञान की एक विशिष्ट परम्परा का विकास किया। योग भारत की इस ज्ञान–परम्परा का अभिन्न अंग रहा है।

भारत में योग की ज्ञान–परम्परा के सूत्र हड़प्पा–वैदिक युग से ही प्राप्त होने लगते हैं। हड़प्पा सभ्यता में ध्यान मुद्रा में बैठी हुई मूर्ति योगी की प्रतिमा प्रतीत होती है। योग का सबसे व्यवस्थित रूप पतंजलि ने अपने योगसूत्र में प्रस्तुत किया है। पतंजलि ने 'चित्तवृत्ति निरोहः योगः' अर्थात् चित्तवृत्तियों का अवरोध, निरोध या रोध ही योग है। चित्त की वृत्ति चंचल होती है। अतः पतंजलि ने यौगिक मार्ग का सिद्धान्त प्रतिपादित कर मानव जीवन के चरम लक्ष्य अर्थात् मुक्ति के मार्ग को प्रतिपादित किया। पतंजलि ने योग के आठ अंगों का उल्लेख किया और इस आधार पर ही पतंजलि द्वारा प्रतिपादित योग अष्टांग योग कहलाया।

नाथपन्थ के प्रवर्तक महायोगी गोरखनाथ एवं उनके गुरु मत्स्येन्द्रनाथ ने आदियोगी भगवान् शिव से प्रचलित योगदर्शन के आलोक में हठयोग साधना का प्रतिपादन किया। महायोगी गोरखनाथ का मानना था कि अष्टांग योग के प्रथम दो सोपान यम–नियम स्वाभाविक रूप से प्रत्येक मनुष्य के नैतिक चरित्र निर्माण के आवश्यक अंग हैं। अतः उन्होंने अष्टांग योग के स्थान पर षडंग योग का प्रतिपादन किया। नाथपन्थ की योगसाधना इस दृष्टि से महत्त्वपूर्ण है कि उसमें सामाजिक पक्ष भली–भाँति अन्तर्भूत है। कथनी–करनी की एकता, कनक–कामिनी का त्याग, ज्ञान–निष्ठा, वाक्–संयम, मनो–शरीर शुद्धि, बाह्याचार की सारहीनता, काम–क्रोधादि रहित जीवन, इन्द्रिय–संयम, संग्रह की प्रवृत्ति की उपेक्षा, क्षमा–दया–दान के प्रति आग्रह इत्यादि नाथ योगसाधना के अनेक ऐसे तत्त्व हैं जो किसी भी समाज के लिए अनुकरणीय आदर्श हैं।[1] उल्लेखनीय है कि पतंजलि ने जहाँ अपने योगसूत्र में योगसिद्धान्तों का प्रतिपादन किया वहीं नाथपन्थ के संस्थापक आचार्यद्वय महायोगी मत्स्येन्द्रनाथ एवं महायोगी गोरखनाथ ने क्रियात्मक योग को सिद्ध करते हुए जनसामान्य के लिए इसे सुलभ बना दिया। स्पष्ट है कि नाथयोग जहाँ एक तरफ योगियों और संन्यासियों के लिए योगमार्ग का अनुसन्धान किया वहीं सामान्य जनता को भी पाखण्डपूर्ण कर्मकाण्डीय उपासना पद्धतियों से मुक्ति दिलाते हुए योग के सहज मार्ग का उपदेश दिया। इस दृष्टि से नाथयोग का सम्यक विवेचन यहाँ महत्त्वपूर्ण है।

नाथयोग साधना शिवोपदिष्ट योगज्ञान की प्रक्रिया का पर्याय है। नाथयोग शिवविद्या अथवा महाविद्या है। इस नाथयोग विद्या के सम्बन्ध में योगिराजाधिजेश्वर शिव ने आदिशक्ति महामाया महेश्वरी से सम्बद्ध किया है।[2] नाथ सम्प्रदाय के सिद्धामृत मार्ग में अद्वैत से परे परमेश्वर परमशिव नाथ ही देवता के रूप में ध्येय, उपास्य और साध्य हैं। निराकार–निर्विकार, निर्मल ज्योति ही इस योगमार्ग का परम प्राप्तव्य है। इस प्रकार नाथ ही नाथपन्थ की ध्यान–साधना का परम लक्ष्य है। नाथपन्थ के योगी इसी साकार नाथ अर्थात् योगेश्वर शिव को अपने आदि गुरु के रूप में स्वीकार करते हैं और उन्हीं के सान्निध्य में योगसाधना करते हुए स्वयं सच्चिदानन्द स्वरूप में अभिव्यक्त होते हुए स्वयं प्रकाशित हो उठते हैं। इस प्रकार नाथमत में योग ही साधना है।[3] नाथपन्थ में योग का महत्त्व इस बात से समझा जा सकता है कि योगबीज में गोरखनाथ कहते हैं कि योग ही परमपूज्य है। इससे श्रेष्ठ कुछ भी दूसरा नहीं है, योग ही परमसुख, परमानन्द है। यही सूक्ष्म दर्शन एवं जीवन का विज्ञान

है और योगमार्ग ही सर्वश्रेष्ठ मार्ग है।[4] नाथपन्थ के इस महायोगी ने योगियों एवं समाज के लिए जिस क्रियात्मक योग का प्रतिपादन किया वह हठयोग के नाम से प्रसिद्ध है।

हठयोग

आध्यात्मिक योगसाधना जगत् में नाथपन्थ द्वारा प्रतिपादित हठयोग का विशिष्ट एवं महत्त्वपूर्ण स्थान है। यह साधना मुख्यतः नाथपन्थ ने ही विकसित की। नाथपन्थ की परम्परा में यह मान्य तथ्य है कि यह साधना मुख्यतः प्राणों की साधना है। नाथपन्थ के योगी मानते हैं कि यह योगविद्या आदिनाथ भगवान् शिव से योगीराज मत्स्येन्द्रनाथ जी को प्राप्त हुई। परम्परा से प्राप्त इस योगविद्या को मत्स्येन्द्रनाथ जी से उनके शिष्य महायोगी गुरु गोरक्षनाथ जी ने प्राप्त किया। महायोगी गोरक्षनाथ ने इस योगविद्या को त्रिताप से पीड़ित मानवता के कल्याण के लिए इसे जनसामान्य के लिए सुलभ बना दिया।[5]

'सिद्ध–सिद्धान्त–पद्धति' में हठयोग के सम्बन्ध में गुरुश्री गोरखनाथ कहते हैं कि 'ह'कार सूर्य स्वर या नाड़ी का द्योतक है और 'ठ'कार चन्द्र स्वर है। सूर्य एवं चन्द्र स्वरों के योग से ही हठयोग शब्द निष्पन्न होता है।[6] सूर्य स्वर को ही नाथयोग दर्शन में पिंगला नाड़ी कहा गया है। यह पौरुष प्रवृत्ति का प्रतीक है। इसका प्रवाह दाहिनी नासिका से होता है और इसका बीज मन्त्र 'ह' है। चन्द्र स्वर को नाथयोगी इड़ा नाड़ी भी कहते हैं। यह स्वर स्त्रैण प्रवृत्ति का प्रतीक है। यह स्वर बायीं नासिका से प्रवाहित होता है। इस स्वर का बीज मन्त्र 'ठ' है। उल्लेखनीय है कि श्वांस प्रक्रिया पर आधारित प्राणों की यह हठयोग साधना इन्हीं दोनों स्वरों अर्थात् पिंगला नाड़ी और इड़ा नाड़ी में सन्तुलन स्थापित करने की साधना है। श्वसन प्रक्रिया में सामान्य रूप से दोनों स्वर एक साथ नहीं चलते, इसमें कभी सूर्य स्वर चलता है तो कभी चन्द्र स्वर। नाथयोगियों की मान्यता है कि जब व्यक्ति का दायाँ स्वर चलता है अर्थात् सूर्य नाड़ी चलती है तो मानव शरीर की प्राणशक्ति क्रियाशील होती है। अधिकांश शारीरिक क्रियाएँ शारीरिक विकास, शरीर का रक्षण एवं उसका संचालन इसी प्राणशक्ति के द्वारा होता है। श्वसन, पाचन से इसका सीधा सम्बन्ध है। इस शक्ति के अधिक सक्रिय होने से प्राणिक शक्ति एवं शारीरिक क्षमता बढ़ जाती है। जबकि मानसिक शक्ति उसी अनुपात में कम होने लगती है। पशु–पक्षियों में इस प्राणशक्ति का प्रभाव सर्वाधिक होता है। इसी प्रकार जब प्राणियों का बायाँ स्वर चलता है अर्थात् चन्द्र नाड़ी चलती है तो इससे चेतनाशक्ति क्रियाशील

होती है। यही प्राणशक्ति मानसिक क्रियाकलापों का संचालन करती है। मनुष्य में अन्य प्राणियों की तुलना में इस चन्द्र नाड़ी से उत्पन्न चेतनाशक्ति का विकास अधिक होता है। इस शक्ति के अधिक क्रियाशील होने पर शारीरिक क्रियाकलापों के प्रति उदासीनता बढ़ती है तथा प्राणिक क्षमता कम हो जाती है। योगीराज मत्स्येन्द्रनाथ एवं महायोगी गोरखनाथ द्वारा प्रतिपादित हठयोग की साधना इन्हीं सूर्य नाड़ी तथा चन्द्र नाड़ी में सन्तुलन स्थापित करने की साधना है, जिसके परिणामस्वरूप तीसरा स्वर या तीसरी नाड़ी सुषुम्ना नाड़ी जागृत होती है। नाथयोगियों की मान्यता है कि हठयोग में आध्यात्मिक शक्ति सुषुम्ना का जागृत होना आवश्यक है।

नाथयोग में विकसित हठयोग की साधना पिण्ड और ब्रह्माण्ड की एकरूपता प्रतिपादित करती है। इस साधना में स्वीकार किया गया है कि जो कुछ ब्रह्माण्ड में है, वह सब मानव के व्यष्टि शरीर में भी उपस्थित है अर्थात् पिण्ड में ब्रह्माण्ड और ब्रह्माण्ड में पिण्ड का दर्शन हठयोग की साधना की प्रमुख विशेषता है। महायोगी गोरखनाथ का कथन है कि हमारा शरीर ब्रह्माण्ड का ही एक रूप है, हमारे शरीर में षट्चक्र, त्रिलक्ष्य, पंचव्योम, षोडश आधार, नवद्वार एवं पंचाधिदैव विद्यमान हैं। 'सिद्धसिद्धान्तपद्धति' में गोरखनाथ जी ने नवचक्रों का वर्णन किया है तथापि हठयोग की साधना षट्चक्र पर ही आधारित है। अर्थात् षटचक्र–मूलाधार, स्वाधिष्ठान, मणिपूरक, अनाहत, विशुद्ध और आज्ञाचक्र का भेदन करके ही योगी या साधक सहस्रार में शिव का साक्षात्कार करता है। षोडश आधार का ज्ञान एवं साधना योगी या साधक को सहस्रार तक पहुँचाती है। इन साधनाओं के बल पर योगी हठयोग की ओर अग्रसर होता है और फिर उसे पंचव्योम, नवद्वार और पंचाधिदैव का ज्ञान होना आवश्यक माना जाता है। नाथपन्थी योगसाधना में आत्मा के स्वरूप की अभिव्यक्ति पंचाकाश के द्वारा मानी गयी है।

नाथयोग की मान्यता है कि हठयोग तन को स्वस्थ, मन को स्थिर और आत्मा को परमपद में प्रतिष्ठित करने तथा अमृतत्त्व को प्राप्त करने का अमोघ साधन तथा महाज्ञान है।[7] कहा जा सकता है कि हठयोग साधना मानवीय जीवन को सहज और नैसर्गिक प्राकृतिक वातावरण में अनुकूल संयोजित करने का शारीरिक, मानसिक तथा आध्यात्मिक प्रयोग है। हठयोग में कायाशोधन अर्थात् शरीर की शुद्धि एक आवश्यक साधन–तत्त्व है जिसमें षट्कर्म की क्रियाएँ महत्त्वपूर्ण हैं। नाथपन्थ की साधना में हठयोग का परम लक्ष्य कुण्डलिनी जागरण द्वारा षट्चक्र भेदन तथा कैवल्य की प्राप्ति माना गया है। नाथपन्थ

के सिद्ध योगियों की मान्यता है कि कुण्डलिनी शक्ति पायु और उपस्थ के बीच मूलाधार चक्र है। त्रिकोण के आकार के योनिकामपीठ के मध्य शिवलिंग को साढ़े तीन वलयों में लपेटकर नीचे की ओर मुँह कर विद्युतप्रभा के समान चमकती, सुषुम्ना के मार्ग को रोक कर अप्रबुद्ध और गुप्त रूप में स्थित रहती है। यद्यपि शरीर में स्थित कुण्डलिनी स्वभाव से चेतन है तथापि प्रबुद्ध न होने की अवस्था तक जीवात्मा को सांसारिक द्वन्द्वों में विमोहित करने के कारण बन्धाकारिणी है। जबतक वह सुप्तावस्था में है तबतक जन्म–मरण के बन्धन में जीवात्मा भटकता रहता है। यही कुण्डलिनी जब जागृत होती है तो वह साधक को आत्मतत्त्व के स्वरूप का ज्ञान करा देती है और ऊर्ध्वमुखी होकर षट्चक्र भेदन करते हुए सहस्रार में पहुँच जाती है तथा सहस्रार से ब्रह्मरन्ध्र में पहुँचकर शिव में अन्तर्भूत हो जाती है अर्थात् जीवात्मा परमपद शिव में विलीन हो जाती है। यही हठयोग का परम लक्ष्य है जो जीवात्मा और परमात्मा को एकाकार कर देता है।

षट्कर्म

नाथपन्थी हठयोग के आचार्यों ने शरीर शोधन के लिए षट्कर्म बनाया। षट्कर्म हठयोग का प्रथम साधन है। षट्कर्म के द्वारा मल एवं विषाक्त तत्त्वों से शरीर को शुद्ध किया जाता है। शुद्धिकरण की छः क्रियाएँ हैं, इसलिए इन्हें षट्कर्म कहा जाता है।[8] इस षट्कर्म में धौति, वस्ति, नेति, नौलि, त्राटक और कपालभाति की खोज नाथयोगियों ने की थी। नाथयोगियों का मानना है कि षट्कर्मों द्वारा कायाशोधन से शरीर स्वस्थ रहता है और सभी नाड़ियाँ मलरहित होती हैं और तब शरीर योगाभ्यास एवं कुण्डलिनी जागरण के लिए यथेष्ट होता है। यहाँ षट्कर्मों का संक्षिप्त विवेचन प्रसंगात् उल्लेख्य है।

1. धौति : धौति का अर्थ धोना या साफ करना है। नाथपन्थ के योगशास्त्र में कायाशोधन को अत्यन्त महत्त्वपूर्ण मानते हुए मुँह से लेकर गुदाद्वार तक की विधिवत आन्तरिक सफाई को धौति क्रिया कहा जाता था। मुख्य रूप से धौति कर्म चार प्रकार का माना गया है–अन्तर्धौति, दन्तधौति, हृदयधौति और मूलशोधन।[9]

अन्तर्धौति के अन्तर्गत शरीर के भीतर प्रक्षालन किया जाता था। वातसार, वारिसार, वह्निसार और बहिष्कृत जैसी विधियों से अन्तर्धौति की क्रिया सम्पन्न की जाती थी। वातसार अन्धौति में नाथयोगी सिद्धासन, पद्मासन या वज्रासन में बैठकर दोनों होठों को कौए की चोंच की तरह करके धीरे–धीरे पेट में वायु

भरते हैं। वायुपान के पश्चात् कुम्भक की स्थिति में पेट के अन्दर की वायु को चारों ओर संचारित करते हैं और फिर धीरे–धीरे नासिका से अन्दर की वायु को निकाल देते हैं। पेट के अन्दर वायु को चलाने से सम्बन्धित विधि के कारण ही वातसार अन्धौति कहते हैं। वायु के अतिरिक्त वारि अर्थात् जल को धीरे–धीरे पीने, उसे परिचालित करके इस जल को गुदाद्वार से बाहर निकालने की क्रिया वारिसार अन्तधौति कहलाती है। इससे आँतों की सफाई होती है। वह्निसार अन्तधौति के अन्तर्गत वज्रासन में बैठकर अथवा थोड़ा सामने झुके हुए खड़े होकर नाभि को मेरु के पृष्ठभाग में लगाना तथा फुलाना होता है। बहिष्कृत अन्तधौति में वातसार अन्धौति के समान ही प्राणवायु को पेट में भरा जाता है तत्पश्चात् इसे गुदा से बाहर निकाला जाता है।

दन्तधौति में मुख के अन्दर या बाहर के भागों को धोकर साफ या स्वस्थ रखा जाता है। नाथपन्थ में यह पाँच प्रकार की बतायी गयी है–दन्तमूल, जिह्वामूल, कर्णरन्ध्र, नासिकामूल तथा कपालरन्ध्र दन्तधौति बतायी गयी है। हृदय का शोधन करने वाली यौगिक क्रिया को हृदयधौति कहा गया है। मानसिक शुद्धि के लिए हृदय की शुद्धि अत्यन्त आवश्यक मानी गयी है। इसके शोधन की मुख्य तीन क्रियाएँ बतायी गयी हैं–दण्डधौति, वमनधौति एवं वसनधौति। दण्डधौति में केले के दण्ड, चिकने बेंत के दण्ड, हल्दी अथ्वा वटवृक्ष की जटा जिसकी मोटाई 1 सेमी. तथा लम्बाई लगभग 2 फीट तक हो, को अन्न की नली के रास्ते धीरे–धीरे हृदयस्थल तक प्रविष्ट कर थोड़ी देर सावधानी से दण्ड के चारों ओर घुमाकर धीरे–धीरे बाहर निकाला जाता है, इससे हृदय की सफाई होती है। दण्ड को मुलायम करने के लिए गाय का घी या मक्खन लगाया जाता है। वमनधौति में प्रातःकाल अथवा भोजन करने के तीन से चार घण्टे बाद गरम नमकीन जल पीते हुए कण्ठ तक भर लिया जाता है फिर उकडू बैठकर अथवा खड़े होकर सामने लगभग 120 अंश झुककर दाहिने हाथ की दो उंगलियों को जिह्वामूल में प्रविष्ट कर धीरे–धीरे रगड़ने से उदरस्थ सारा जल बाहर आ जाता है। इससे आमाशय अन्न नली तथा गले की धुलाई हो जाती है। इसी प्रकार वसनधौति में खाली पेट पाँच–छः सेमी. चौड़ा तथा 8 मीटर लम्बा महीन से महीन नया कपड़ा गोल लपेटकर जल में भिगोकर एक बर्तन में रख देते हैं। कपड़े के एक सिरे को मुँह में डालकर लार से अच्छी तरह मिलाकर धीरे–धीरे निगलें। क्रमशः अभ्यास करने से वस्त्र का अधिकांश हिस्सा अन्दर चला जाता है और फिर नौलि क्रिया के पश्चात् धीरे–धीरे वस्त्र बाहर निकालते हैं।

अपान वायु को कुपित होने से रोकने के लिए मलावरोध आदि के निवारण के लिए जिस क्रिया का उपयोग किया जाता है, उसे मूलशोधन क्रिया कहते हैं।

2. वस्ति : यह षट्कर्म के अन्तर्गत शरीर–शोधन की दूसरी क्रिया है। शरीर में मूलाधार के समीप नाभि के नीचे वाले भाग को वस्ति कहते हैं। यह क्रिया दो प्रकार की होती है–जलवस्ति तथा शुष्कवस्ति। जलवस्ति के अन्तर्गत एक चिकनी नली को गुदा में डालकर नौलिकर्म की सहायता से वस्ति में जल को चढ़ाया और निकाला जाता है। जमीन पर पश्चिमोत्तान आसन में बैठकर आश्वनि मुद्रा के द्वारा गुदा का आकुंचन और प्रसारण करने की प्रक्रिया को शुष्कवस्ति कहते हैं।

3. नेति : नासिका मार्ग की सफाई करने की क्रिया को नेति कहा जाता है। यह षट्कर्म की तीसरी क्रिया है। नाक, कान, कण्ठ की स्वच्छता और उसके स्वास्थ्य के लिए यह क्रिया महत्त्वपूर्ण मानी जाती है। यह क्रिया जल, दुग्ध, घृत, तेल जैसे द्रव पदार्थों द्वारा सम्पन्न की जाती है। धागे से भी नासिका मार्ग की सफाई होती है। इस आधार पर नेति के कई प्रकार बताये गये हैं। गुनगुने जल में आवश्यकतानुसार नमक मिलाकर सिर को एक तरफ झुकाकर ऊपर की नासिका में डालने से यह जल दूसरी नासिका से बाहर आता रहता है। यह क्रिया क्रम बदलकर बायें–दायें नासिका आती–जाती रहती है। इस क्रिया को ही जलनेति कहते हैं। किसी आसन पर बैठकर अथवा कुर्सी पर बैठकर या लेटकर सिर को पीछे की ओर झुकाकर प्रत्येक नासिका छिद्र में आठ से दस बूँद ताजा गाय का घी डालने को घृतनेति कहते हैं। यही क्रिया तेल से करने पर तेलनेति, दूध से करने पर दुग्धनेति कहलाती है। मुँह में पानी भरकर नासिका के छिद्रों से निकालने की विधि को कपालनेति कहते हैं। नाथपन्थ के योगियों ने सूत्रनेति का भी विधान किया है। इसमें मुलायम धागे को गर्म जल से धोकर धीरे–धीरे एक नासिका छिद्र में डालकर गले के पास आने पर हाथ की दो उँगलियों से धागे को पकड़कर मुँह से धीरे–धीरे बाहर निकालते हैं। इस प्रकार धागे द्वारा नासिका की सफाई को सूत्रनेति कहते हैं।

4. नौलि : हठयोग के षट्कर्मों की यह चतुर्थ महत्त्वपूर्ण क्रिया है। पेट और उसकी मांसपेशियों के साथ आँत वाले हिस्से की सफाई की क्रिया को नौलि क्रिया कहा गया है। इसमें अग्निसार क्रिया के द्वारा उदर की मांसपेशियों को लचीला बनाने तथा उड्डीयान बन्ध के द्वारा श्वांस को बाहर निकालकर पेट को अन्दर की ओर खींचने और फिर विविध प्रकार से घुमाने की क्रिया नौलि के अन्तर्गत की जाती है। नाथपन्थ में नौलि क्रिया के चार प्रकार–मध्य

नौलि, दक्षिण नौलि, वाम नौलि और चक्र नौलि बताये गये हैं। यह क्रिया उदर सम्बन्धी वात, तिल्ली, आमवात, पेट का कड़ापन, कब्ज आदि का निदान करती है। आँतों को सक्रिय, स्वस्थ और मजबूत बनाने की यह उत्तम क्रिया है।

5. त्राटक : किसी लक्ष्य विशेष को एकाग्रता के साथ अपलक देखने की क्रिया को त्राटक कहते हैं। नाथपन्थ की योगक्रिया में यह कहा गया है कि आँसू निकलने तक एकाग्रता के साथ अपलक देखना त्राटक कहलाता है। यथा–

निरीक्षेन्निश्चलदृशा सूक्ष्म–लक्ष्यं समाहितः।
अश्रुसम्पात–पर्यन्तमाचार्यैस्त्राटकं स्मृतम्।।[10]

नाथयोग में तीन प्रकार के त्राटक बताये गये हैं–अन्तःत्राटक, मध्यत्राटक और बाह्यत्राटक। हृदय अथवा भ्रूमध्य में नेत्र बन्द रखकर एकाग्रतापूर्वक धारणाशक्ति बढ़ाने की क्रिया अन्तःत्राटक कहलाती है। मध्यत्राटक के अन्तर्गत नासिका के अग्रभाग या समीपवर्ती किसी लक्ष्य को अपलक देखकर ध्यान किया जाता है। बाह्यत्राटक का अभ्यास किसी दूरवर्ती लक्ष्य पर किया जाता है। त्राटक के द्वारा स्मरण–शक्ति, धारणा–शक्ति तथा अतीन्द्रिय क्षमता बढ़ती है। यह क्रिया मन के हलचल को शान्त, स्थिर तथा अन्तर्मुख करती है। दिव्यशक्ति तथा सम्मोहन–शक्ति पैदा करने में सहायक होती है। उच्च आध्यात्मिक क्रियाओं के लिए पृष्ठभूमि तैयार करती है।

6. कपालभाति : वृहत् मस्तिष्क के सामने के हिस्से को कपाल कहते हैं। भाति अर्थात् धौकनी की विधि द्वारा कपाल का शोधन करने को ही कपालभाति कहते हैं। यथा–

वातक्रमेण व्युत्क्रमेण शीतक्रमेण विशेषतः।
कपालभातिस्त्रिधाकुर्यात् कफदोषं निवारयेत्।।[11]

नाथयोग के अन्तर्गत वातक्रम, व्युत्क्रम और शीतक्रम के आधार पर तीन प्रकार की कपालभाति मानी गयी है। नाथयोग में मान्यता है कि कपालभाति के द्वारा कफदोष का निवारण होता है, मन एकाग्र होता है; कण्ठ, मुख और नासाछिद्र शुद्ध होते हैं।

नाथयोग परम्परा में उपर्युक्त षट्कर्मों का अत्यन्त महत्त्वपूर्ण स्थान है। षट्कर्म योगाभ्यास के मुख्य आधार हैं। इनके सम्यक और विधिपूर्वक अभ्यास से आसन, प्राणायाम, प्रत्याहार, धारणा, ध्यान और समाधि के द्वारा मूलाधार में सोयी कुण्डलिनी जागृत होती है। नाथयोग में यह सिद्ध है कि षट्कर्मसिद्ध मानव शरीर पूर्ण योगाभ्यास के लिए तैयार होता है और विभिन्न मुद्राबन्धों के अभ्यास के द्वारा कुण्डलिनी षट्चक्रों को भेदती हुई शरीर में नवप्राणशक्ति

का संचार करते हुए सहस्रार में शिव के साथ सामरस्य स्थापित करते हुए शिवस्वरूप हो जाती है।

षडंग

आसन : नाथयोग की साधना में षट्कर्म अर्थात् शरीर–शोधन के बाद द्वितीय स्थान आसनों का है। मन और शरीर को पुष्ट, दृढ़ एवं आरोग्य प्रदान करने की शरीर की विशेष स्थिति आसन कहलाती है।[12] 'सिद्धसिद्धान्तपद्धति' में गोरक्षनाथ ने आसन को स्वरूप–चेतन आत्मा में स्थित हो जाना कहा है–'आसनमिति स्वस्वरूपं समासन्नता।'[13] हठयोग के आचार्य महर्षि घेरण्ड का कथन है कि आसनों से शरीर में सुदृढ़ता आती है। शरीर के अंग–प्रत्यंग पुष्ट और स्वस्थ होते हैं; यथा–'आसनेन भवेद दृढ़म्।'[14] 'हठयोग प्रदीपिका' में उल्लेख मिलता है कि आसनों के अभ्यास से शरीर में स्थैर्य, आरोग्य और अंगस्फूर्ति की प्राप्ति होती है।[15] गोरखवाणी में उल्लेख मिलता है कि आसन प्राण और ध्यान के स्थिर होने पर अथवा सिद्ध होने पर शरीर की जीवनी–शक्ति नष्ट नहीं होती। आसन से जड़ शरीर को निर्विकार और सुदृढ़ करना चाहिए। योगी शरीर को आसनों के अभ्यास से पुष्ट करता है।[16] उल्लेखनीय है कि आसनों के नियमित अभ्यास से शरीर पर पूर्ण नियन्त्रण किया जा सकता है। शरीर के अंग–प्रत्यंग के क्रियाशील होने से व्यक्ति नीरोग होता है। आसनों से मांसपेशियाँ और कोशिकाएँ सक्रिय होती हैं जिनसे उनकी दृढ़ता बढ़ती है। शरीर की हड्डियों को लचीला तथा स्वस्थ करने में आसनों की महत्त्वपूर्ण भूमिका होती है। आसन के नियमित अभ्यास से शरीर में स्थित अन्तःस्रावी ग्रन्थियाँ सक्रिय होती हैं और इन ग्रन्थियों से होने वाले हार्मोन आदि के स्राव को नियन्त्रित करती हैं।

नाथयोग में आसनों की संख्या अलग–अलग बतायी गयी है। योग के आदिप्रवर्तक आदिनाथ शिव ने जीव–जगत् की चौरासी लाख योनियों के अनुसार आसनों की संख्या 84 लाख बतायी है।[17] यद्यपि कि यह संख्या अतिरंजित लगती है और चौरासी लाख योनियों से तारतम्य बैठाने के लिए कह दी गयी प्रतीत होती है। नाथयोग में चौरासी आसन व्यवहार में उपयोगी माने गये हैं जबकि घेरण्ड संहिता में बत्तीस निम्न प्रमुख आसनों का उल्लेख है–सिद्ध, पद्म, भद्र, मुक्त, वज्र, स्वस्तिक, सिंह, गोमुख, वीर, धनुस, मृत, गुप्त, मत्स्य, मत्स्येन्द्र, गोरक्ष, पश्चिमोत्तान, उत्कट, संकट, मयूर, कुक्कुट, कूर्म, उत्तानकूर्म, उत्तानमण्डूक, वृक्ष, मण्डूक, गरुण, वृषभ, शलभ, मकर, उष्ट्र, भुजंग और योगासन।[18]

उपर्युक्त बत्तीस आसनों के अतिरिक्त तेरह अन्य आसनों का उल्लेख योगी आदित्यनाथ ने अपनी पुस्तक 'हठयोग : स्वरूप एवं साधना' में किया है। ये तेरह आसन इस प्रकार हैं–पवनमुक्त आसन, सुप्तवज्रासन, सर्वांगासन, हलासन, कर्णपीड़ासन, चक्रासन, ताड़ासन, नौकासन, वीर्यस्तम्भासन, वृश्चिकासन, शशकासन, हंसासन, शीर्षासन। नाथपन्थ में प्रचलित इन सभी आसनों के द्वारा मानव शरीर स्वस्थ होता है, विकाररहित होता है और योग की अगली कड़ी के अभ्यास के योग्य बनता है।

मुद्रा

'मुदं करोति देवानाम्' अर्थात् जिस क्रिया से देवता प्रसन्न हों उसे मुद्रा कहते हैं। प्रसन्नता की प्रतीक 'मुद्रा' भारत में अति पुरातन है। इस प्रतीक के प्राचीनतम प्रमाण ऋग्वेद है।[19] मन्त्र विज्ञान, मातृकाओं एवं मुद्राओं के रहस्य सम्बन्धी शास्त्र इत्यादि ऐसे अधिकांश सन्दर्भ हैं, जो इस परम्परा के व्यापक धरातल को संकेतित करते हैं।

मुद्रा की अवधारणा वेदों में ही प्रचलित हो चुकी थी। कालान्तर में भारतीय शिल्प, साहित्य, नाटक, नृत्यशास्त्र एवं नाट्यशास्त्र में मुद्रा का प्रतीकत्व विकसित हुआ और प्रायः सभी सम्प्रदायों में इस प्रतीक की महिमा का विस्तार हुआ। अपने आंगिक अभिनय के कारण ही ये उत्तरोत्तर लोकप्रिय होती गयी। हठयोग साधना में भी मुद्रा को महिमान्वित किया गया। हठयोग साधना में योगसिद्धि के जो साधन बतलाये गये हैं उनमें मुद्रा अथवा मुद्राबन्ध तीसरे स्थान पर है। शरीर की वह विशिष्ट क्रिया जिससे शरीर के किसी अवयव विशेष को स्थिति विशेष में रखा जाता है, मुद्रा कहलाती है।[20] नाथयोग साधना में योगासन, प्राणायाम आदि क्रियाओं के समान ही मुद्राओं को भी अत्यन्त महत्त्वपूर्ण माना गया है। मुद्राओं का अभ्यास कुण्डलिनी सूत्र शक्ति को जागृत करने एवं चक्रों का भेदन करने में विशेष उपयोगी है।[21] मुद्रा शरीर को स्वस्थ रखने के साथ–साथ आत्मिक बल में भी वृद्धि करती है जो चित्त को एकाग्र करने तथा कुण्डलिनी शक्ति के जागरण में सहायक है। मुद्राओं के अभ्यास से इन्द्रियाँ बाह्य जगत् से सम्बन्ध विच्छेद कर अन्तर्मुखी होकर प्रत्याहार की स्थिति निर्मित करती है। हठयोग के ग्रन्थों में मुद्रा और बन्ध का संयुक्त विवरण प्राप्त होता है। हठयोग प्रदीपिका में निम्न विवरण प्राप्त होता है–

महामुद्रा महाबन्धो महाबेधश्च खेचरी,
उड्डीयान मूलबन्धश्च बन्धो जालन्धराभिधः

करणी विपरीताख्या वज्रोली शक्तिचालनम्
इदं हि मुद्रादशकं जरामरण–नाशकम्।

इस प्रकार हठयोग प्रदीपिका में दस मुद्राएँ–महामुद्रा, महाबन्ध, खेचरी, उड्डीयान, मूलबन्ध, जालन्धरबन्ध, विपरीतकरणी, वज्रोली, शक्तिचालिनी, जरामरण को नष्ट करने वाली बतायी गयी है।[22] घेरण्ड संहिता में कुल पच्चीस मुद्राओं का वर्णन मिलता है। यहाँ कहा गया है कि महामुद्रा, नभोमुद्रा, उड्डीयानबन्ध, जालन्धरबन्ध, मूलबन्ध, महाबन्ध, महावेध, खेचरी, विपरीतकरणी, योनि, वज्रोली, शक्तिचालिनी, तड़ागी, माण्डवी, शाम्भवी, पंचधरणा, आश्विनी, पाशनी, काकी, मातंगी, भुजंगिनी, अगोचरी, भूचरी इत्यादि मुद्राएँ सिद्धि प्रदान करने वाली हैं।[23]

नाथयोग साधना में उपर्युक्त विशिष्ट मुद्राओं के अतिरिक्त नौ प्रकार की हस्तमुद्राओं–ज्ञानमुद्रा, चिन्मुद्रा, वायुमुद्रा, शून्यमुद्रा, पृथ्वीमुद्रा, प्राणमुद्रा, अपानमुद्रा, अपानवायुमुद्रा और सूर्य मुद्रा का भी उल्लेख मिलता है। नाथपन्थ की योग साधना में इन मुद्राओं का अपना विशिष्ट स्थान है। ये सभी मुद्राएँ योगसाधना के साथ अन्योन्याश्रित ढंग से जुड़ी हुई हैं।

प्रत्याहार

हठयोग की साधना में सप्तसाधनों के अन्तर्गत प्रत्याहार को भी अत्यन्त महत्त्वपूर्ण माना गया है। उल्लेखनीय है कि मन की बहिर्मुखी वृत्ति को अन्तर्मुखी करने के साधन को प्रत्याहार कहते हैं। मनुष्य के बन्धन और मोक्ष का कारण मन ही माना गया है।[24] इस प्रकार मन को साधने में प्रत्याहार की महत्त्वपूर्ण भूमिका है। नाथयोग साधना में मन की पाँच विभिन्न अवस्थाएँ मानी गयी हैं–मूढ़ावस्था, क्षिप्तावस्था, विक्षिप्तावस्था, एकाग्रता और निरुद्धता।[25] सिद्धसिद्धान्तपद्धति में कहा गया है कि चैतन्य आत्मा के इन्द्रियरूपी घोड़ों के प्रत्याहरण से उनके विकारग्रस्त होने से उत्पन्न विकारों की समाप्ति हो जाती है और यही प्रत्याहार का लक्षण है।[26] प्रत्याहार के सम्बन्ध में औपनिषदिक वाङ्मय में भी इसका विशद विवेचन प्राप्त होता है। उपनिषदों में इन्द्रियों को तुरंग अर्थात् घोड़ों के रूप में परिलक्षित किया गया है। इस सन्दर्भ में कठोपनिषद् में यम–नचिकेता संवाद महत्त्वपूर्ण है। यहाँ यम ने नचिकेता को समझाते हुए कहा है कि जीवात्मा शरीर रूपी रथ का स्वामी है। बुद्धि इस रथ का सारथी है, मन लगाम है, इन्द्रियाँ घोड़ों के समान हैं, विषय उन घोड़ों के विचरने का मार्ग है। चैतन्य जीवात्मा इन्हीं शरीर और इन्द्रिय

मन के साथ रहता है। अतः जो मनुष्य विवेकयुक्त बुद्धि तथा वश में किये हुए स्थिर मन से सम्पन्न है उसकी इन्द्रियाँ सावधान सारथी के अच्छे घोड़ों की तरह वश में रहती हैं।[27] महायोगी गोरखनाथ जी इन्हीं घोड़ों के समान इन्द्रियों को विषयों से प्रत्याहारित कर आत्ममुखी करने पर बल दिया है। श्रीमद्भगवद्गीता में भी कहा गया है कि जिसकी इन्द्रियाँ विषय से निगृहीत हैं, उसी की बुद्धि स्थिर है।[28] पातंजलि योगदर्शन में कहा गया है प्रत्याहार इन्द्रिय–विजय का महान साधन है। अपने विषयों के सम्बन्ध में रहित होने पर इन्द्रियों का चित्त के स्वरूप में तदाकार हो जाना ही प्रत्याहार है। प्रत्याहार सिद्ध हो जाने पर इन्द्रियाँ वश में हो जाती हैं।[29] विवेकमार्तण्ड में कहा गया है कि रेचक–पूरक–कुम्भक, त्रयक्रमपूरक बारह बार प्राणायाम कर वायु को शरीर के भीतर स्थिर करने से मन स्थिर होता है और इस तरह प्राणायाम के द्वारा इन्द्रियों का प्रत्याहार हो जाता है।[30] शिवसंहिता में कहा गया है कि जब योग साधक एक प्रहर तक वायु धारण की शक्ति प्राप्त करता है तब प्रत्याहार होता है। जिस इन्द्रिय के द्वारा जिस विषय का बोध होता हो उसी में आत्मभाव करने से इन्द्रियजय होना ही प्रत्याहार है।[31] स्पष्ट है कि प्रत्याहार एक मानसिक क्रिया है और इन्द्रियों को एकाग्रता की ओर जाने की अवस्था है। हठयोग की साधना में षट्कर्म आसन और मुद्रा से शरीर को स्वच्छ, पवित्र, व्याधिरहित तथा शक्तिसम्पन्न किया जाता है तत्पश्चात् प्रत्त्याहार के द्वारा इन्द्रियों और मन को संयमित किया जाता है।

प्राणायाम

श्वास–प्रश्वास की स्वाभाविक गति को अवरुद्ध कर शास्त्रीय विधि से श्वसन की क्रिया प्राणायाम कहलाती है। प्राणिक ऊर्जा का शरीर में अधिक से अधिक विस्तार प्राणायाम के द्वारा ही किया जा सकता है। नाथयोग साधना में माना गया है कि प्राण ही शरीर की सभी प्रकार की क्रियाओं का संचालन करता है। शरीर के अन्दर अलग–अलग स्थान एवं कार्य की दृष्टि से यही प्राण विभिन्न पाँच नामों से जाना जाता है, जिन्हें पंचप्राण कहते हैं। ये पंचप्राण प्राण, अपान, उडान, समान और ब्यान हैं। हृदय में प्राण, गुदा में अपान, नाभि में समान, कण्ठ में उडान और सम्पूर्ण शरीर में ब्यान वायु अर्थात् प्राण की स्थिति होती है। जो प्राण अर्थात् वायु जिस स्थान में रहती है वह उस स्थान का पूर्णरूप से नियन्त्रण करती है।[32] नाथयोग साधना में पाँच उपप्राण अर्थात् उपवायु का भी उल्लेख प्राप्त होता है–नाग, कूर्म, क्रीकर, देवदत्त और धनंजय।[33]

पाँच उपवायुओं में नाग का कार्य उद्गार अर्थात् छींक लाना, कूर्म का कार्य उन्मीलन अथवा पलकों को बन्द करना है। क्रीकर छींक लाने में सहायक और देवदत्त जम्हाई लाने में सहायक है। धनंजय उपवायु सर्वांगव्यापी है।[34] योगी आदित्यनाथ ने अपनी पुस्तक में इन उपवायुओं के कार्य को किंचित् अन्तर के साथ उल्लेख किया है। उनके अनुसार देवदत्त छींकने, नाग पलक झपकाने, क्रीकर जम्हाई लेने, कूर्म खुजलाने और धनंजय हिचकी लेने में सहायक है।[35] इस प्रकार नाथयोग साधना में यह माना गया है कि प्राण अथवा वायु का सम्बन्ध सूक्ष्म एवं स्थूल शरीर से होने के कारण सभी इन्द्रियों तथा मन का संचालन प्राण की क्रिया पर निर्भर करता है। यदि प्राण पर नियन्त्रण हो जाय तो मन और इन्द्रियाँ स्वतः नियन्त्रित हो जाती हैं। अर्थात् नाथयोग साधना यह मानती है कि प्राणायाम के द्वारा प्राण पर नियन्त्रण स्थापित कर मन की सूक्ष्म तथा चंचल वृत्तियों को नियन्त्रित किया जा सकता है।

नासिका से वायु अन्दर खींचना श्वास कहलाता है तथा नासिका से वायु बाहर छोड़ना प्रश्वास कहलाता है। श्वास अन्दर लेना, श्वास को अन्दर रोकना, श्वास को बाहर छोड़ना तथा श्वास को बाहर रोकना जैसी चार प्रमुख क्रियाएँ प्राणायाम में की जाती हैं। श्वास को अन्दर लेने की क्रिया पूरक, श्वास को अन्दर तथा बाहर रोकने की क्रिया को कुम्भक तथा श्वास को बाहर छोड़ने की क्रिया को रेचक कहते हैं। इन प्राणायामों में नाड़ीशोधन प्राणायाम, उज्जायी प्राणायाम, भ्रामरी प्राणायाम, शीतली प्राणायाम, सीत्कारी प्राणायाम, चन्द्रभेदी प्राणायाम, सूर्यभेदी प्राणायाम, भस्त्रिका प्राणायाम, कपालभाति प्राणायाम, काकी प्राणायाम, भुजंगी प्राणायाम, मूर्च्छा प्राणायाम, प्लाविनी प्राणायाम, केवली प्राणायाम, चतुर्थ प्राणायाम, केवल–कुम्भक प्राणायाम का उल्लेख नाथयोग साधना में मिलता है।[36] इन प्राणायामों के द्वारा जीवात्मा अपने मन, प्राण और इन्द्रियों को साधता है और नाथयोग में वर्णित ध्यान, धारणा तथा समाधि के लिए अपने को तैयार करता है।

नाथयोग साधना यम–नियम के अतिरिक्त षडंग योग का प्रतिपादन करती है, जिनमें आसन, प्राणायाम, प्रत्याहार, धारणा, ध्यान और समाधि है। इस प्रकार यम–नियम षट्कर्म के आधार पर योग साधना के लिए शरीर को तैयार कर आसन, प्राणायाम, प्रत्याहार की साधना करते हुए जीवात्मा धारणा और ध्यान के माध्यम से समाधि तक पहुँचता है और यही योग साधना का चरम बिन्दु है। धारणा, प्रत्याहार के पश्चात् अष्टांग योग का छठा अंग है।

धारणा

नाथयोग साधना में धारणा को स्पष्ट करते हुए कहा गया है कि शरीर से बाहर–भीतर एक ही निज तत्त्व स्वरूप आत्मा व्याप्त है, अन्तःकरण से इस तरह की भावना ही धारणा है। जो–जो भौतिक प्रपंच उत्पन्न होता है उसको निराकार आत्मारूप में धारण करनी चाहिए और वायुरहित दीपक के निश्चल प्रकाश के समान आत्मचैतन्य का ही चिन्तन करना चाहिए, यही धारणा का लक्षण है। यथा–

'धारणेति सा बाह्याभ्यन्तर एकमेवनिजतत्त्वस्वरूपमेवान्तः कारणेन साधयेद यथा यद्यदुत्पद्यते तत्तनिराकारे धारयेत स्वात्मानं निर्वातदीपमिव संधारयेदिति धारणां लक्षणम्।।'[37]

विवेकमार्तण्ड में यह उल्लेख मिलता है कि धारणा, ध्यान और समाधि अष्टांग योग के तीन अंग स्वरूपावस्थान के यथाक्रम परस्पर सम्बद्ध अन्योन्याश्रित सोपान हैं। हठयोग शास्त्रों में पृथ्वी, जल, तेज, वायु और आकाश की धारणा के सम्बन्ध में विस्तृत वर्णन मिलता है। पृथ्वी तत्त्व की धारणा का वर्णन करते हुए कहा गया है कि जिस साधक को भूमि, जल, अग्नि, वायु और आकाश की धारणा हो जाती है, उसका चित्त निश्चल हो जाता है।[38] पतंजलि अपने योगदर्शन में कहते हैं कि शरीर के बाहर या भीतर कहीं एक विशेष स्थान में चित्त को स्थिर करना ही धारणा है–'देशबन्धश्चित्तस्य धारणा।'[39]

इस प्रकार नाथपन्थ की योगसाधना एवं पतंजलि के अष्टांग योग में धारणा को ध्यान की पूर्व सीढ़ी माना गया है। ध्यान के लिए आवश्यक है कि विचार और चिन्तन का प्रवाह ध्यान की धारा की ओर हो। ध्यान के लिए मन, विचार, चिन्तन की शुद्धता आवश्यक मानी गयी है और इसके लिए धारणा की महत्त्वपूर्ण भूमिका है।

ध्यान

पतंजलि के अष्टांग योग में सातवें और नाथपन्थ के षडंग योग में पाँचवें अंग के रूप में 'अथ ध्यानमिति कश्चन परमाद्वैतस्य भावः स एवात्मेति यथा यद्यत्स्फुरति तत्तत्स्वरूपमेवेति भावयेत् सर्वभूतेषु समदृष्टिश्च इति ध्यानलक्षणम्।।'[40]

महायोगी गोरखनाथ ने ध्यान की सार्थकता के लिए निराकार आत्मस्वरूप में तथा सम्पूर्ण चैतन्य परमात्मा की अभिव्यक्ति में समदृष्टि को बड़ा महत्त्व दिया है। गोरखवाणी सिष्टपुराण में वे कहते हैं कि एकमात्र ध्येय ध्यान का विषय निरंजन है, निरंजन के उपरान्त ध्यान के लिए रह ही क्या जाता है–'निरंजन

उपरांति ध्यान नाहीं।' गोरखवाणी में भी कहा गया है कि ध्यान दर्शन है, चैतन्य तत्त्व का सर्वत्र अनुभव ही दर्शन अथवा ध्यान है। साधक आज्ञाचक्र में स्थित दोनों ध्रुवों के मध्य में प्रदीप्त ज्ञानदीप्ति–ज्ञान नेत्र अथवा शिव नेत्र की ज्योति से समृद्ध होकर दर्शन की सीमा में ध्यान की दशा में अलख निरंजन परमेश्वर शिव में प्रतिष्ठित हो जाता है। गोरखवाणी में आगे कहा गया है कि भ्रूमध्य में चित्त का लय कर उसमें जीवात्मा का स्थिर अथवा ध्यानस्थ हो जाना और नासिका के अग्र भाग पर दृष्टि स्थिर रखना ब्रह्मरन्ध्र में प्रवेश कर परम शिव का साक्षात्कार कर लेना है। आज्ञाचक्र में भौंहों के मध्य में जीवात्मा अपने शिवस्वरूप का साक्षात्कार करता है तथा जन्म–मृत्यु के बन्धन से मुक्त हो जाता है। इसलिए जीवात्मा को भ्रूमध्य में चित्त लय कर तथा स्वरूपतः ध्यानस्थ होकर मुक्ति का मार्ग अपनाना चाहिए।

नासिका अग्रे भ्रूमण्डले अहनिस रहिबा थीरं।
माता गरभि जनम न आयबा, बहुरि न पीयबा नीरं।।[41]

पतंजलि ने भी अपने योगदर्शन में कहा है कि जिस ध्येय वस्तु में चित्त लगाया जाय उसी में उसका एकाग्र हो जाना तथा किसी दूसरी वृत्ति का बीच में न उठना ध्यान है।[42] स्पष्ट है कि ध्यान का विशिष्ट उपक्रम आत्मा में चित्तवृत्ति का लय होना है। शिवसंहिता में इसका विस्तृत वर्णन मिलता है। शिवसंहिता में कहा गया है कि योगी की चित्तवृत्ति जब लय को प्राप्त होती है तब अखण्ड ज्ञानस्वरूप निरंजन आत्मा का प्रकाश होता है। जब ध्यान चित्त स्थिरता को प्राप्त हो जाय तब उसमें महत् शून्य का चिन्तन करना चाहिए। आदि, मध्य और अन्त रूप शून्य में करोड़ों सूर्य के समान प्रभा वाले और करोड़ों चन्द्रमा के समान शीतल प्रकाश वाले शून्य रूप आत्मा के ध्यान का अभ्यास करने वाले साधक को सिद्धि प्राप्त होती है।

चित्तवृत्तिर्यदा लीना तस्मिन् योगी भवेद् ध्रुवम्।
तदा विज्ञायतेऽखण्ड ज्ञान रूपी निरंजनः।।
ब्रह्माण्डबाह्ये संचिन्त्य स्वप्रतीकं यथोदितम्।
तमावेश्य महच्छन्यं चिन्तयेदविरोधतः।।
आद्यान्तमध्य शून्यं तत्कोटिसूर्य समप्रभम्।
चन्द्रकोटिप्रतीकाशमभ्यस्य सिद्धिमाप्नुयात्।।[43]

महर्षि घेरण्ड ने ध्यान के तीन भेद बताये हैं। पहला स्थूल ध्यान, दूसरा ज्योतिर्ध्यान और तीसरा सूक्ष्म ध्यान है। जिस ध्यान में मूर्ति, इष्टदेव अथवा गुरु का चिन्तन हो वह स्थूल ध्यान है। जिसमें तेजोमय ब्रह्म या शक्ति की

भावना हो वह ज्योतिर्ध्यान है और जिसमें बिन्दुमय ब्रह्म कुण्डलिनी का ध्यान हो वह सूक्ष्म ध्यान है।

स्थूलं ज्योतिस्तथा सूक्ष्मं ध्यानस्य त्रिविधं विदुः।
स्थूलं मूर्तिमयं प्रोक्त ज्योतिस्तेजोमयं तथा।
सूक्ष्मं विन्दुमयं ब्रह्मकुण्डली परदेवता।।[44]

भ्रूमध्य में मन के ऊर्ध्वभाग में ॐकारमय शिखामालायुक्त ज्योति का ध्यान ही ज्योतिर्ध्यान अथवा तेजोध्यान है। शाम्भवी मुद्रा में अभ्यास द्वारा कुण्डलिनी महाशक्ति का ध्यान सूक्ष्म ध्यान है। महायोगी गोरखनाथ का कथन है कि योगी के हृदय में विद्यमान आत्मवस्तु का निश्चल चिन्तन ही ध्यान है। गोरखनाथ ने ध्यान के दो प्रकार 'सगुण' एवं 'निर्गुण' ध्यान बताया है।

द्विधा भवति तद्धयानं सगुणं निर्गुणं तथा।
सगुणं वर्णभेदेन निर्गुणं केवलं विदुः।।[45]

नाथपन्थ के योगियों का मानना है कि ध्यान योग के द्वारा ही साधक आत्मसाक्षात्कार में समर्थ होता है। नाथयोग साधना में ध्यान का महत्त्व प्रतिपादित करते हुए यह माना गया कि परमतत्त्व शिव में शिव के साथ एकाकार होने के लिए ध्यान की अत्यन्त महत्त्वपूर्ण भूमिका है। अष्टांग और षडंग योग के आचार्यों की भी यही धारणा है कि ध्यान योग समाधि के लिए अर्थात् मुक्ति के लिए आवश्यक है।

समाधि

अष्टांग एवं षडंग योग का लक्ष्य समान रूप से रहा है। समाधि को सभी योगाचार्यों ने योगसाधना का परम लक्ष्य माना है। योगसाधक यम–नियम, आसन, प्रत्याहार, प्राणायाम, धारणा और ध्यान के द्वारा समाधि तक पहुँचने को योगसाधना की पूर्णता मानते हैं। यह वह अवस्था है जब योगसाधक अपने इष्ट के साथ एकाकार हो जाता है। पतंजलि अपने योगदर्शन में कहते हैं कि जब ध्यान में केवल ध्येय मात्र की ही प्रतीति होती है और चित्त का निज स्वरूप शून्य सा हो जाता है तब यह ध्यान ही समाधि हो जाता है। 'तदेवार्थ मात्रनिर्भासं स्वरूपशून्यमिव समाधिः।'[46]

सिद्धसिद्धान्तपद्धति में समाधि के लक्षण का उल्लेख करते हुए कहा गया है कि समस्त तत्त्वों की समावस्थागत अनायास स्वाभाविक अर्थात् सहज स्थिति भी समाधि का लक्षण है।

अथ समाधिलक्षणं सर्वतत्त्वानां समावस्था।
निरुद्यमत्त्वमनायासस्थितिमत्त्वमिति समाधिलक्षणम्।।[47]

नाथयोग दर्शन में समस्त तत्त्वों की समावस्था का अर्थ अभेदरूपता अर्थात् आत्मस्वरूप में विद्यमानता माना गया है। इस समावस्था में सहज प्रतिष्ठा ही समाधि की सिद्धि है। यही उन्मनी अवस्था है। नाथपन्थ में इसे ही सहजावस्था माना गया है। नाथपन्थ योगसाधना में समाधि के दो रूप हैं–1. सविकल्प समाधि, 2. निर्विकल्प समाधि। जब तक ध्याता ध्येय और ध्यान का साधक को प्रतिभास होता है तब तक इस समाधि को सविकल्प समाधि कहते हैं। इसे ही समप्रज्ञात समाधि भी कहा जाता है। जब ध्याता ध्यान और ध्येय में समाहित और आकारित हो जाते हैं तब इसे निर्विल्प समाधि की अवस्था मानी जाती है। निर्विकल्प समाधि की सिद्धि होने पर योगी सहज रूप से जागृत अवस्था में भी समाधिस्थ रहता है। शिवसंहिता में कहा गया है कि समाधि में ब्रह्म अपने साकार रूप में अर्थात् ध्येय रूप में प्रतिभासित होता है। निराकार रूप में यहीं ब्रह्म ज्योतिस्वरूप प्रकाशित होता है। यथा–

यतो वाचा निवर्तन्ते अप्राप्य मनसा सह।
साधनादमलं ज्ञानं स्वयं स्फुरति तद् ध्रुवम्।।[48]

गोरखनाथ कहते हैं कि जब जीवात्मा और परमात्मा का समत्व अर्थात् ऐक्य स्थापित हो जाता है तो वही समाधि है। यथा–

यत्समत्वं द्वयोरत्र जीवात्म परमात्मनोः।
समस्तनष्टसंकल्पः समाधि सोऽभिधीयते।।[49]

योगी आदित्यनाथ ने अपनी पुस्तक 'हठयोग : स्वरूप एवं साधना' में छः प्रकार की समाधि का उल्लेख किया है–1. ध्यानयोग समाधि 2. नादयोग समाधि 3. मन्त्रयोग समाधि 4. लययोग समाधि 5. भक्तियोग समाधि और 6. राजयोग समाधि।[50] नाथपन्थ की योगसाधना में समाधि वह परमपद है जिसके लिए नाथपन्थ का योगी अनवरत साधनारत रहता है। एक प्रकार से नाथपन्थ के योगियों की यह समाधि अवस्था उनके लिए मुक्तावस्था ही है। इस प्रकार अष्टांग योग एवं षडंग योग कर्मकाण्डविहीन स्वयं के तन–मन की साधना के बल पर अपने आराध्य या इष्ट तक पहुँचने का मार्ग प्रशस्त करता है जो योगी का परम लक्ष्य है।

नादबिन्दु साधना

नाद साधना हठयोग का एक प्रमुख साधन है। वस्तुतः यह ध्वनि विज्ञान

है। नाथपन्थ के सिद्धयोगियों की मान्यता है कि सम्पूर्ण ब्रह्माण्ड ध्वनि सिद्धान्तों का रचनात्मक रूप है। ये ध्वनियाँ केवल बाह्य वातावरण में ही नहीं बल्कि हमारे शरीर में भी चेतना के विभिन्न स्तरों पर ध्वनि तरंग के रूप में प्रवाहित होती रहती हैं। 'ॐ' इसी नादयोग का प्रारम्भ बिन्दु है। भारत की सभी आध्यात्मिक परम्परा में 'ॐ' को ईश्वर का ध्वनि प्रतीक माना जाता है। भारत की सभी सनातन आध्यात्मिक परम्पराएँ 'ॐ' को ध्वनियों का मूल स्रोत मानती हैं। इसी 'ॐ' ध्वनि पर केन्द्रित नाथपन्थी योगियों की नादबिन्दु साधना का सिद्धान्त विकसित हुआ। महायोगी गोरखनाथ कहते हैं कि अलख निरंजन अर्थात् 'ॐ' शून्य पद में स्थित परम ब्रह्म परमशिव अक्षर है, वह निराकार है। उसे चक्षु आदि इन्द्रियों से देखा नहीं जा सकता। वह ज्ञानचक्षु द्वारा आभ्यान्तरिक अनुशीलन में दर्शनीय है। योगी ब्रह्मरन्ध्र में सहस्रार में अनाहत नाद का श्रवण करते हुए उसकी महिमा और व्यापकता का शब्दांकन करते हैं। इसी ध्वनि रूप में शक्तियुक्त परमात्मा की अभिव्यक्ति को अनाहत नाद कहा जाता है। यह ऐसी ध्वनि है जो किसी प्रकार के आघात या रगड़ से उत्पन्न नहीं होती है। यह अनादि, अनन्त एवं पूर्ण है। परमात्मा के इस ध्वनि प्रतीक 'ॐ' के अनुसन्धान को ही नादानुसन्धान कहते हैं। यह एक अत्यन्त महत्त्वपूर्ण और प्रभावशाली योगपद्धति है। गोरखवाणी में उल्लेख मिलता है कि नाद का अनुसन्धान साक्षात् 'ॐ' शब्द ब्रह्म–परमात्मा की उपासना है। केवल नाद–नाद रटने से साधना की सिद्धि नहीं होती। उसमें मन को सम्पूर्ण रूप से एकाग्र कर अमनस्क कर चित्तवृत्ति का पूर्ण निरोध कर नाद की अन्तिम अवस्था में प्रवाहित अनाहत में अपने आत्मस्वरूप को लय कर परमात्मा में तादात्म्य किया जा सकता है। यह साधना कोई बिरला योगी ही कर पाता है। नादबिन्दु शिव के पाषाणखण्ड के समान है। पर उनकी साधना से सिद्धि पायी जा सकती है।

> नाद नाद सब कोइ कहै। नादहि लै को बिरला रहै।
> नाद बिन्द है फीकी सिला। जिहिं साध्या तै सिधै मिला।।[51]

श्री गोरखनाथ का संकेत है कि योगसिद्ध पुरुष अनाहत नाद श्रवण में पूर्ण तन्मय होकर अपनी योगसाधना में लगा रहता है और इस नादानुसन्धान द्वारा वह आभ्यन्तर आत्मानुभूति में निरन्तर रमण करता है। उसे बाह्य वाद्यध्वनि आदि के श्रवण की आवश्यकता ही नहीं रहती। वह प्राणवायु का संयम कर सुषुम्ना मार्ग से प्रस्फुटित नाद का श्रवण करता है। यथा–

> नाद हमारे बाबै कवन, नाद बजाया तूटै पवन।
> अनहद सबद बाजता रहै, सिध संकेत श्रीगोरष कहै।।[52]

योगीराज भर्तृहरि ने भी नादबिन्दु साधना को पूर्ण योगसिद्धि का साधन माना है। यथा–

नाद विदं बजाइले दोऊ पूरिले अनहद बाजा।
एकंतिका वासा सोधिले भरथरी कहै गोरष महिंद्र का दासा।।[53]

नाथयोग परम्परा में प्राणायाम के अभ्यास के बाद नाद अनुसन्धान के लिए प्रणव–जप का विधान है। अनाहत नाद के अनुश्रवण में आँख और कान सतर्कतापूर्वक बन्द करके प्रणव की नियमित प्रक्रिया अत्यधिक उपयोगी है। 'ॐ' के मधुर एवं संगीतमय ध्वनि से सम्पूर्ण वातावरण को गुंजायमान करते हुए इस नीरव ध्वनि–प्रवाह पर ध्यान केन्द्रित करना चाहिए। चिन्तन–शक्ति के द्वारा ह्रदय में स्थित परमतत्त्व से इस नाद की अभिन्नता स्थापित करनी चाहिए। गोरक्षसिद्धान्त संग्रह में कहा गया है, इस प्रकार प्राणायाम के अभ्यास से ब्रह्मग्रन्थि का भेदन हो जाता है और आनन्ददायिनी अनाहत ध्वनि सुनाई पड़ती है। साधक दिव्य चक्षुयुक्त हो जाता है। उसका ह्रदय योग–ज्ञान से प्रकाशित हो उठता है। यह योगसाधना की दिशा में आरम्भावस्था है।

ब्रह्मग्रन्थिर्भवेद्भिन्ना ह्यानन्दः शून्यसम्भवः।
विचित्रः क्वणिके देहेऽनाहतः श्रूयते ध्वनिः।।
दिव्यगन्धोदिव्यचक्षुस्तेजस्वी स्यादरोगवान्।
सम्पूर्ण ह्रदयः शून्य आरम्भो योगवान्भवेत्।।[54]

आरम्भावस्था के पश्चात् साधक घटावस्था में पहुँचता है। यहाँ प्राणवायु, अपानवायु, नाद और बिन्दु एक होकर मध्य–चक्र में प्रवेश करती है। उस समय आसनसिद्ध योगी योग–ज्ञान–सम्पन्न देवता के समान हो जाता है। विशुद्ध चक्र का भेदन करते हुए परमानन्द को प्राप्त करने वाली भेरी शब्द में योगी अथवा साधक निमग्न रहता है। यथा–

द्वितीयायां घटीकृत्य वायुर्भवति मध्यमः।
दृढ़ासनो भेवद्योगी ज्ञानी देव समस्तथा।।
विष्णुग्रन्थिर्यदा भिन्ना परमानन्द सूचकः।
अतिशून्यविभेदश्च भेरीशब्दस्तथा भवेत्।।[55]

घटावस्था के बाद नाद की तीसरी अवस्था परिचय अवस्था है। इस अवस्था में प्राणवायु विशुद्ध–चक्र का भेदन कर सम्पूर्ण सिद्धियों के केन्द्र महाशून्य अर्थात् भौंहों के मध्यवर्ती आकाश में प्रवेश करती है और मर्दल नामक वाद्यविशेष की ध्वनि सुनायी पड़ने लगती है जिसके बाद चित्तानन्द के जीत लेने पर अमनस्क अवस्था अथवा उन्मनी समाधि की प्राप्ति होती है और योगी सहजानन्द की

अवस्था प्राप्त कर लेता है। इससे वह दोष, दुःख, भूख, निद्रा, जरा और मृत्यु से छूट जाता है। यथा–

तृतीयानां ततो भित्वा विज्ञेयो मर्दलध्वनिः।
महाशून्य तदायाति सर्वसिद्धि समाश्रयम्।।
चित्तानन्दं ततो जित्वा सहजानन्द सम्भवः।
दोषदुःखक्षुधा निद्राजरामृत्यु विवर्जितः।।[56]

नाद की चौथी अवस्था निष्पत्ति है। इस अवस्था में प्राणवायु रुद्र ग्रन्थि का भेदन करके ब्रह्मरन्ध्र में प्रवेश करती है। इस अवस्था के साधक अथवा योगी को वंशी अथवा वीणा की ध्वनि सुनायी पड़ने लगती है और योगी परमेश्वर शिव के साक्षात्कार के द्वारा कैवल्यानुभूति की प्राप्ति करता है–

रुद्रग्रन्थि ततो भित्वा शर्तपीठगतोऽनिलः।
निष्पत्तौ वैष्णवः शब्दः क्वणद्वीणाक्वणो भवेत्।।[57]

गोरक्षसिद्धान्त संग्रह में नादानुसन्धान के महत्त्व को प्रतिपादित करते हुए कहा गया है कि इसी में महान् अखण्ड सुख निहित है। नाद साधना के लिए भ्रामरी प्राणायाम को महत्त्वपूर्ण माना गया है। वस्तुतः नाथयोग साधना में नादानुसन्धान को ध्यान और समाधि के लिए आवश्यक माना गया है। यह नाथयोग परम्परा की विशिष्ट देन है।

अजपाजप

नाथपन्थ की योगसाधना का एक अतिविशिष्ट योग अजपाजप है। महायोगी गोरखनाथ ने योगसाधना और आध्यात्मिक साधना का एक ऐसा सहज मार्ग दिया जो किसी भी मनुष्य को केवल उस जप का ध्यान मात्र कर लेने से योगसाधना प्रारम्भ हो जाती है यद्यपि कि भारत की आध्यात्मिक साधना में जप का प्रारम्भ से ही महत्त्व रहा है। सामान्य परम्परा में व्यक्ति भगवत् नामजप से परिचित होता है जबकि भारतीय ऋषियों ने नित्य जप, वैखरी जप, उपांशु जप, मानस जप जैसे जप के विधान बताये हैं। गुरुमन्त्र का प्रतिदिन प्रातः–सायं जप करना नित्य जप कहलाता है। मन्त्रों का जोर से उच्चारण करते हुए किया जाने वाला जप वैखरी जप कहलाता है। उपांशु जप में साधक मुँह के अन्दर ही जप करता रहता है। मन से मन्त्रों का उच्चारण करना मानस जप कहलाता है।[58] भारत की आध्यात्मिक साधना में नाम–जप का भी महत्त्व है। इसमें भगवत् नाम का जप किया जाता है। भारतीय समाज में हरिकीर्तन इसी नाम–जप का एक विशिष्ट प्रकार है।

जप की इसी प्रक्रिया की श्रृंखला में महायोगी गोरखनाथ ने हमारी नियमित श्वास प्रक्रिया का सम्बद्ध किया और श्वास प्रक्रिया के साथ भगवद् जप को छोड़कर इसे अजपाजप का नाम दिया। नाथपन्थ के इस महायोगी का मानना था कि एक व्यक्ति साधारण स्वरूप स्थिति में 24 घण्टे में 21,600 बार श्वास भीतर खींचता है और बाहर निकालता है। नाथपन्थ के अजपाजप में यह माना गया कि श्वास को बाहर निकालने और भीतर खींचने की स्वाभाविक क्रिया से जीव विश्वात्मा या निरपेक्ष सत्ता से मिलकर एक हो जाता है और पुनः विश्वात्मा को भीतर अपने में खींचकर अपनी सम्पूर्ण आत्मसत्ता को परमतत्त्व से भर देता है। नाथपन्थ के योगदर्शन की यह मान्यता है कि श्वास बाहर निकालते समय अर्थात् रेचक में वैयक्तिक आत्मा हम (ऽहं) की ध्वनि के साथ परमात्मा में विलीन होता है और श्वास भीतर खींचते समय अर्थात् पूरक में 'सो' की ध्वनि के साथ पुनः परमात्मतत्त्व के साथ पुनवैयक्तिक चेतना में लौट आता है अर्थात् वह विश्वात्मा को अपने साथ बाहर से अन्दर की ओर ले आता है। इस प्रकार नाथपन्थ की मान्यता है कि जागृत अथवा सुप्तावस्था में अविच्छिन्न रूप से होने वाली प्रत्येक श्वास–प्रक्रिया के द्वारा शक्ति का विश्व के साथ, अन्तः का बाह्य के साथ, अंश का अंशी के साथ, शरीरबद्ध आत्मचेतना का नित्य मुक्त आत्मा के साथ तथा सीमित अभिभूत चेतना का सर्वव्याप्त एवं सर्वनिरपेक्ष परम चेतना के साथ एकीकरण के लिए सतत रूप से एक प्राकृतिक जप चलता रहता है। इसे ही नाथपन्थ में अजपाजप कहा गया है।[59] नाथपन्थ के इस अजपाजप में माना जाता है कि स्वाभाविक श्वास–प्रक्रिया को नियमित, संयमित दीर्घकालिक या अल्पकालिक करने के लिए किसी प्रकार का बाहरी प्रयत्न किये बिना उसे केवल यह ध्यान देना होता है कि कोई भी श्वास व्यर्थ न जाये। उसे अपनी तथा अपनी सर्वव्यापक दिव्य तत्त्व की एकता को स्मरण रखना होता है। यही वह सत्य है जिसे प्रत्येक श्वास अव्यक्त रूप से उसे हृदय में ध्वनित करती रहती है। यही अजपाजप अर्थात् अजपा योग है।

गोरक्ष–शतक में गोरखनाथ ने कहा है, "अजपा की तुलना में कोई भी अन्य विद्या, कोई भी अन्य जाप और कोई भी अन्य ज्ञान नहीं रखा जा सकता। अजपा के सतत अभ्यास से आत्मा और ब्रह्म की एकता अर्थात् जीव और शिव की एकता का सत्य आध्यात्मिक क्षेत्र में अनुभूत होता है। सभी प्रकार की विषय–कामना, घृणा, ईर्ष्या, भय, चिन्ता, अनमनस्कता दूर हो जाती

है और ह्रदय में आत्मपूर्णता की चेतना के आनन्द का अनुभव होता है।"[60] गोरक्ष–सिद्धान्त–संग्रह में गोरखनाथ कहते हैं कि अजपा नाम वाली गायत्री योगियों को मोक्ष प्रदान करने वाली है। इस गायत्री के संकल्प मात्र से मनुष्य सम्पूर्ण पापों से छूट जाता है। इस अजपा गायत्री के समान न तो कोई विद्या है, न उसके समान दूसरा जप है और न इसकी समता करने वाला भूत–भविष्य का कोई तीर्थ है। इसकी समता का न यज्ञ है और इसके समान न दूसरा पुण्य है, न होगा। इसके सदृश कोई स्वर्गीय वस्तु भी नहीं है। इसके समान न कोई तप है, इसके समान न कोई दूसरा श्रेय तत्त्व है, न होगा।

अजपानाम गायत्री योगिनां मोक्षदायिनी।
अस्याः संकल्पमात्रेण सर्वपापैः प्रमुच्यते।।
अनया सदृशीं विद्या अनया सदृशो जपः।
अनया सदृशं तीर्थमनया सदृशः क्रतुः।।
अनया सदृशं पुण्यं न भूतं न भविष्यति।
अनया सदृशं स्वर्गमनया सदृशं तपः।।
अनया सदृशं वेद्यं न भूतं भविष्यति।।[61]

अजपाजप का उल्लेख अग्निपुराण में भी प्राप्त होता है, जहाँ कहा गया है कि श्वास–प्रश्वास द्वारा 'हंस', 'सोऽहं' के रूप में शरीर स्थित ब्रह्म का उच्चारण होता रहता है। यथा–

उच्चरति स्वयं यस्मात् स्वदेहावस्थितः शिवः।
तस्मात् तत्त्वविदां चैव स एव जप उच्यते।।[62]

शब्दकल्पद्रुम में भी कहा गया है कि बिना जप एवं उच्चारण किये केवल श्वास के आने–जाने से जो जप सम्पन्न होता है उसे अजपा कहते हैं। उल्लेखनीय है कि अजपाजप का संकल्प कर लेने पर चौबीस घण्टे में एक क्षण भी व्यर्थ नहीं हो पाता। चाहे हम जागते हों या सोने में हों। अजपाजप का महत्त्व इस बात से समझा जा सकता है कि भारत की उपासना परम्परा में इसे अनिवार्यतः संकल्प–मन्त्र के रूप में स्वीकार कर लिया गया।

अजपा के अभ्यास की उच्चतर स्थिति में श्वास के ऊपर अधिक ध्यान देना आवश्यक नहीं है। आत्मा और ब्रह्म की आनन्दमयी एकता की भावना में श्वास पर केन्द्रित ध्यान का क्रमशः लय हो जाता है। अहं की चेतना भी समाप्त हो जाती है और केवल एक ज्योति से प्रकाशित अभेदात्मक आनन्दमयी चेतना रह जाती है। इस प्रकार अजपा के अभ्यास से समाज की स्थिति प्राप्त हो जाती है।

गोरखनाथ और उनके अनुयायियों ने आत्मा और जगत् के सम्बन्ध में इस श्वास की प्रक्रिया को अजपाजप के रूप में एक विशिष्ट योग का प्रतिपादन किया, उसका लोकशिक्षण किया और उस पर आधारित एक विश्वजनीन साधना विधि की शिक्षा दी।

अमनस्क योग

नाथपन्थी योगसाधना में अमनस्क योग भी एक मौलिक साधना विधि है। वस्तुतः यह मन की साधना का योग है। इस योगसाधना के माध्यम से नाथयोगियों ने मन की चंचलता को नियन्त्रित करने तथा उसे सांसारिक मोह–माया से विरक्त कर उसकी अमनस्कता–उन्मनीकरण पर अत्यधिक बल दिया। इस उन्मनी अवस्था को प्राप्त करने की विधि अमनस्क योग कहलाती है। अण्ड–पिण्डगत समस्त ब्रह्माण्ड परिव्याप्ति के स्तर पर शिवपद परमपद के सामरस्य के स्थापन द्वारा अमनस्कता की सिद्धि ही नाथयोग का सनातन अमृत–स्रोत है। जो अनन्त है, अकाल है, अनादि है, अस्ति–नास्ति दोनों अवस्थाओं से विलक्षण अथवा विवर्जित स्वसंवेद्यत्व है। उल्लेख्य है कि चित्त की चंचलता पर नियन्त्रण प्राप्त कर लेना योगसाधना की सिद्धि के पथ में एक महत्त्वपूर्ण प्रयोग है। नाथपन्थ के योगियों का मानना है कि जब तक चित्त चंचल है तब तक साधक प्राणशक्ति पर स्वामित्व स्थापित नहीं कर सकता। चित्त की चंचलता का निरोध ही अमनस्क भाव की उपलब्धि है। नाथयोग में अमनस्कता का तात्पर्य अतिमानसता नहीं है।[63] शिवगोरक्ष महायोगी गोरखनाथ ने अमनस्क योगविद्या को अमृतत्त्व की प्रतिपादिका सनातन अक्षय और मायातीत कहा है।

अमृतोद्दीपनी विद्या निरपाया निरंजना।
अमनस्का कला कापि जयत्यानन्ददायिनी।।[64]

गोरखनाथ ने अमनस्क योग नामक अपनी रचना की है। इस ग्रन्थ में उन्होंने वामदेव और शिव के योगपरक संवाद के रूप में अमनस्क तत्त्व पर प्रकाश डाला है। शिव ने वामदेव की जिज्ञासा के समाधान रूप में तारकयोग के रहस्य, योगी गुरु के लक्षण और महत्त्व, योगसाधन के स्थान इत्यादि का प्रतिपादन करते हुए मन के निरंजन परमात्मतत्त्व में विलीनीकरण अथवा लयसाधन का मर्म समझाया है। अमनस्क योग में गोरखनाथ ने साधना के स्तर पर बाह्याडम्बर और व्यर्थ की बाह्य साधना का निषेध किया है। अमनस्कता की साधना के वरण पर विशेष बल दिया है। योगसाधना से प्राप्त अष्टसिद्धियों को परमात्मतत्त्व के साक्षात्कार के मार्ग में अश्रेयस्कर बताया है तथा प्राण में मन के और मन में

प्राण के लय के द्वारा अजरत्व और अमरत्व को योगाभ्यास का श्रेय कहा गया है। इस प्रकार अमनस्क विद्या को योग की महाविद्या माना है। नाथयोग में मन की शक्ति को अप्रमेय माना गया है। मन साक्षात् शिवस्वरूपा शक्ति और शक्ति का सहज अधिष्ठान शिव है, जीवात्मा का अभिन्न शिव स्वरूप है और इन सभी विद्याओं से अतीत परमशिव है। यह परमशिवस्वरूपावस्थित ही उसकी निरंजन अमनस्कता है। योगसाधना में सिद्धि मन को सम्पूर्ण वश में करने का चरम फल है। इस मन को योगी उन्मन रखता है, परमात्म–चिन्तन के अभिमुख रखता है, मन को शून्य पद ब्रह्मरन्ध्र में स्थित करना ही योगी की उन्मनी अवस्था की प्राप्ति कही जाती है। वस्तुतः अमनस्क योग की साधना मनोवैज्ञानिक होकर भी आत्मवैज्ञानिकता के प्रकाश में साधक को स्वरूपानुभूति की परम चिन्मय ज्योति अथवा आत्माभिव्यक्ति में प्रतिष्ठित करती है। कहा जा सकता है कि अमनस्क योगसाधना जगत् को गोरखनाथ की मौलिक देन है। यह महर्षि पतंजलि प्रतिपादित असम्प्रज्ञात–समाधि के परे मन की महालयावस्था है। योगीराज गम्भीरनाथ ने लिखा है कि संकल्प–विकल्प के प्रवाह को ही मन कहा जाता है और संकल्प–विकल्प की लयावस्था ही अमनस्कता है।[65] गोरखनाथ का मानना है साधना की सिद्धि के लिए अमनस्कता आवश्यक हैं योगसाधक को रात–दिन निरन्तर विषयभोग, सांसारिक प्रलोभनों तथा ममता–मोह के अज्ञानान्धकार में ग्रस्त मन को अन्तर्मुखी करना चाहिए। उन्मन अवस्था में लीन मन के द्वारा ही आत्मसाक्षात्कार सम्भव है। आत्मसाक्षात्कार के मार्ग में विषयोन्मुखी मन बाधक है। अतः मन को उन्मन अथवा अमनस्क करना चाहिए।[66]

अमनस्क योग की साधना के लिए योगसाधक को सभी तरह की चिन्ताओं से रहित होकर एकान्त स्थान में सम आसन पर कुछ पीछे की ओर झुककर स्थिर दृष्टिपूर्वक बैठना चाहिए। धीरे–धीरे अभ्यास से मन स्थिर होता है और वायु, वाणी, देह और दृष्टि में स्थिरता आ जाती है। साधक अमनस्कता में साधना–पथ पर चल पड़ता है। स्पष्ट है कि अमनस्क योग की साधना के लिए साधक अथवा योगी को मन पर स्वामित्व स्थापित करना पड़ता है। नाथपन्थ के योगी चौरंगीनाथ ने अपनी एक सबदी में कहा है कि मन को ही मारना चाहिए अर्थात् उसे उन्मन करना चाहिए। वे कहते हैं–

मारिबा तौ मन मस्त मारिबा।
लूटिबा तौ पवन भंडार।।
साधिबा तौ थिरतत्त साधिबा।
सेइबा निरंजन निराकार।।[67]

अमनस्क योग नाथपन्थ के योगियों की योगसाधना एवं भारत के आध्यात्मिक क्षेत्र में दी गयी एक विशिष्ट देन है। यद्यपि कि भारत की आध्यात्मिक परम्परा में मन को नियन्त्रित करने अथवा मन को साधने की आवश्यकता पर सभी ऋषि–परम्पराओं ने बल दिया है किन्तु नाथपन्थी योग–परम्परा में अमनस्क योग के माध्यम से मन के उन्मनीकरण अथवा उसकी अमनस्कता का जो स्पष्ट स्वरूप प्रतिपादित किया गया वह किसी भी योगी साधक अथवा अध्यात्म के उपासक के लिए सहज और ग्राह्य था।

कुण्डलिनी जागरण

नाथ सम्प्रदाय के अनुसार चेतना–शक्ति के दो रूप हैं। एक सम्पूर्ण विश्व में क्रियाशील है और दूसरी आत्मशक्ति के रूप में मानव शरीर में विद्यमान है। मानव शरीर में विद्यमान इस आत्मशक्ति के भी दो रूप हैं। पहला स्थिर है और दूसरा मन, प्राण और वाक् रूप में क्रियाशील है। ब्रह्माण्ड में क्रियाशील रूप को पराआद्याशक्ति कहते हैं। मन, प्राण, वाक् रूप में क्रियाशक्ति को अपराशक्ति कहते हैं। नाथपन्थ की योग परम्परा में शरीर में आत्मशक्ति का प्रसुप्त रूप ही कुण्डलिनी कहा जाता है।[68] नाथपन्थी योगियों ने इस कुण्डलिनी रूपी आध्यात्मिक शक्ति को विश्व रूप में अभिव्यक्त परम आध्यात्मिक शक्ति महाकुण्डलिनी का अंश मानते हैं। नाथपन्थ में मान्यता है कि यह विश्व–प्रपंच एक दृष्टि से महाशक्ति के आत्म–विस्तार की प्रक्रिया है और दूसरी दृष्टि से उसके अनिवार्य आध्यात्मिक स्वरूप की आत्मगोपन प्रक्रिया है। जब यह महाशक्ति अपने अन्तर–प्रदेश से समय और स्थान में सीमित अस्तित्व की निम्नतर कोटियों को विकसित करती है और स्वयं अपने को मानसिक–भौतिक तथा प्राणशक्ति सम्बन्धी तत्त्वों से निम्नतर प्रकारों में व्यक्त करती है तब उसका वास्तविक स्वरूप एक आत्म–चेतन और आत्मानन्दमय दिव्य शक्ति जो परमात्मतत्त्व से शाश्वत रूप से एकत्वमय है, क्रमशः गुप्त होता जाता है। ऐसा प्रतीत होता है कि दिव्य महाशक्ति इन निम्न स्तर की शक्तियों के सहारे विश्व–प्रपंच को त्रियमाण कर देने के उपरान्त इस विश्व के मूलाधार में ग्रहण निद्रा का आनन्द ले रही है। सतत क्रियाशील महाकुण्डलिनी शक्ति सुप्तावस्था में स्थित प्रतीत होती है और ऐसा लगता है कि वह मूलाधार परमात्मा से पृथक हो गयी है।69 नाथपन्थ के योगियों का मानना है कि महाकुण्डलिनी शक्ति की सुप्तावस्था का आभास होना हमारा अज्ञान है। वस्तुतः यह महाशक्ति नित्य जागृत, सतत सतर्क, सतत क्रियाशील और सतत शान्त रहती है। उसकी

सर्वव्यापकता और सर्वप्रकाशक आध्यात्मिक अस्तित्व की अनुभूति हम अपने ज्ञान और साधना के आधार पर उसे जागृत करते हुए कर सकते हैं। इसी ज्ञान एवं अध्यात्म साधना को नाथपन्थ में कुण्डलिनी जागरण या कुण्डलिनी साधना कहा गया है।

कुण्डलिनी साधना का एकमात्र लक्ष्य अद्वयभाव अथवा सामरस्य की प्राप्ति है। इसी को परमभाव, महाभाव, परम निर्वाण, सायुज्य, मोक्ष अथवा मुक्ति कहा गया है। कुण्डलिनी साधना की प्रक्रिया को नाथपन्थ के योगियों ने सिद्ध किया। सिद्धसिद्धान्तपद्धति में गोरखनाथ ने इस कुण्डलिनी शक्ति को कुलशक्ति के रूप में व्याख्यायित करते हुए कहा है कि यह कुलशक्ति परा, सत्ता, अहन्ता, स्फुरता और कला पाँच रूपों में विश्व के आधार आश्रय रूप में अभिव्यक्त है। यह कुलशक्ति समस्त विश्व के आधार के रूप में परा–अपरा सभी वस्तुओं में विद्यमान है। यह चेतन प्रकाश स्वरूप है। अपनी सत्ता से सबकी प्रकाशिका होने से यह पराशक्ति है।[70] गोरखनाथ का मानना है कि जीव का शिवशक्ति में अभिन्नता ही सामरस्य है, यही मोक्ष अथवा परम कैवल्य है। सामरस्य की यह अवस्था कुलशक्ति अथवा कुण्डलिनी के जागृत होने से ही सम्भव है। वह आगे कहते हैं कि कुलाकुल रूप यह पराशक्ति सामरस्य रूप अभेदता–तादात्म्य के प्रकाश की स्थिति को स्फुटित करने में सर्वधर्म रहित अखण्ड, नित्य अद्वय, अनन्त रूप अकुलावस्था से तत्पर रहती है। यही शक्ति अपरा, निजा आदि नाम से प्रसिद्ध समस्त विश्व–प्रपंच के आधार रूप से महाप्रलय में अवशिष्ट रहती है। यह स्थावर–जंगम सकल विश्व–प्रपंच–जाल को परमेश्वर रूप परमतत्त्व में सम्पादित कर एक कर देती है।[71] नाथपन्थ की मान्यता है कि परापर शक्ति से युक्त परमेश्वर अनन्त शक्तिमान है। वह समस्त विश्व का अधिष्ठाता रूप आधार होने से विश्वरूप और विश्वमय है। परापर स्वरूपा शक्ति कुण्डलिनी देहपिण्ड में विद्यमान है। यह कुण्डलिनी प्रबुद्ध और अप्रबुद्ध दो प्रकार की है। यद्यपि कि देहपिण्ड में विद्यमान कुण्डलिनी स्वभाव से चेतन स्वरूप है तथापि जब तक वह साधना के द्वारा जागृत नहीं की जाती तब तक वह सुप्त रूप में पड़ी रहती है, वहीं जागृत होने पर सहस्रदल तक ऊर्ध्वगामिनी होती है, मनोविकारों का निवारण करती है।[72]

कुण्डलिनी साधना नाथपन्थ की परम्परा में एक विशिष्ट साधना है। इस साधना में मन, प्राण और वाक् समाहित होकर एकाकार हो जाते हैं। वाक् प्राण में और प्राण मन में लीन हो जाता है। नाथयोगियों की मान्यता है कि साधना के इस स्तर पर भ्रूमध्य में नील वर्ण की ज्योति का आविर्भाव होता है जिसे

आत्मज्योति कहा गया है। इस ज्योति के आविर्भाव से अविद्या का नाश, प्रकृति विजय, पशुभाव से निवृत्ति तथा ब्रह्मग्रन्थि का भेदन होता है। इस ज्योति के प्रकाश में योगी त्रिकाल ज्ञान प्राप्त करते हैं। कुण्डलिनी साधना का यह प्रथम सोपान माना गया है।

कुण्डलिनी साधना के दूसरे सोपान में पराशक्ति की साधना होती है। ध्यान योग के विभिन्न चरणों में निष्पन्न इस साधना की अन्तिम स्थिति में नीले वर्ण की ज्योति का रंग पीला हो जाता है और इसके प्रकाश में साधक अथवा योगी महाकाल का अनुभव और विश्व ब्रह्माण्ड का करतलवत दर्शन करते हैं। इसी स्तर पर ध्यान योग की पूर्णता और समाधि योग का आरम्भ होता है। इस समाधि योग के आठ चरण बताये गये हैं। पहले, दूसरे और तीसरे चरण में साधक अथवा योगी अन्तर्जगत् में प्रवेश करता है। चौथे चरण में उसे दिव्य भाव की प्राप्ति होती है और प्रकृति उसकी अनुगामिनी हो जाती है। तदनन्तर रुद्रग्रन्थि का भेदन होता है। समाधि योग के पाँचवें, छठें और सातवें चरण में साधक अथवा योग व्योम, महाव्योम और परमव्योम में प्रवेश करता है। इन्हें शून्य, महाशून्य और परमशून्य कहा गया है। प्रस्थान भेद के अनुसार योगी या साधक को क्रमशः शिवशक्ति, अर्धनारीश्वर और परमाद्याशक्ति का दर्शन होता है। यही परम चेतना है और मानव शरीर में कुण्डलिनी के रूप में स्थित है। परमशून्य अथवा परमव्योम ही सहस्रार कहलाता है। इस स्थिति में परमज्योति का प्रकाश शुभ्र अथवा धवल दिखता है। नाथयोग परम्परा में कुण्डलिनी योग के तीन मुख्य सोपान माने गये हैं–1. कुण्डलिनी जागरण 2. कुण्डलिनी उत्थान 3. कुण्डलिनी की स्थिति अर्थात् सामरस्य। कुण्डलिनी योग का उल्लेख सिद्ध सिद्धान्तपद्धति में विस्तार से प्राप्त होता है।

सिद्धसिद्धान्तपद्धति में कुण्डलिनी जागरण के सम्बन्ध में गोरखनाथ कहते हैं कि मेढ्र के ऊपर और नाभि के नीचे कन्द के समान नाड़ियों का उत्पत्ति स्थान है। कन्द के ऊपर कुण्डलिनी शक्ति आठ प्रकार की होकर कुण्डलित आकार में सुषुम्ना में स्थित पश्चिम द्वार अर्थात् ब्रह्मद्वार को अपने मुख से आच्छादित कर स्थित है। जिस द्वार से ऊर्ध्व की ओर गति करते हुए योगसाधक द्वारा निर्मल निर्विकार ब्रह्मरन्ध्र–ब्रह्मस्थान में प्रवेश किया जाता है। कुण्डलिनी शक्ति सुप्तावस्था में उसी द्वार को रोके रखती है। यही साधना के बल पर जागृत होकर मन और प्राण के साथ डोर से बँधी हुई सुई के समान ऊपर उठती है। इस प्रकार ऊर्ध्वगमन होती हुई इस कुण्डलिनी महाशक्ति से मोक्षद्वार का भेदन किया जा सकता है। गोरक्षशतक, शिवसंहिता, घेरण्ड संहिता, हठयोग प्रदीपिका

इत्यादि नाथपन्थ के ग्रन्थों में कुण्डलिनी एवं कुण्डलिनी जागरण का विस्तार से उल्लेख मिलता है।

सिद्धसिद्धान्तपद्धति में कहा गया है कि मूलाधार में स्थित कुण्डलिनी योगसिद्ध पुरुषों के अतिरिक्त संसार में विषयासक्त जीव मात्र के लिए सूक्ष्म अथवा अज्ञात है तथापि यह शब्दात्मक स्थूल जगत् की सृष्टि करने के कारण साकार–स्थूल कही जाती है। वह रूपादि विषयों में भ्रमण करती रहती है, यही निज विस्तार, कौशल से नाभिस्थान–मणिपुर चक्र में अपने आनन्ददायक व्यापक अखण्ड आत्मा का निश्चय कराती है। जागृत होने पर यह सूक्ष्म रूप से निराकार और सर्वव्यापक हो जाती है।[73] सिद्धसिद्धान्तपद्धति में ही कुण्डलिनी के दो प्रकार बताये गये हैं–स्थूल और सूक्ष्म। स्थूल कुण्डलिनी स्थूल जगत् की सृष्टि करती है इसलिए इसे सृष्टि कुण्डलिनी भी कहा जाता हैं जब यह नाभिचक्र–मणिपुर में प्रबुद्ध होकर उपादि सम्बन्ध छोड़कर अखण्ड स्वरूप में ऊर्ध्वमुखी होकर प्रतिष्ठित होती है तब वह सर्वव्यापक सूक्ष्म और व्याप्ति–व्यापक भाव से रहित होती है।[74] इस प्रकार अनन्त, अखण्ड परमात्मा की स्वरूपाभिव्यक्ति करने वाली कुण्डलिनी मूलाधार से मणिपुर चक्रादि का भेदन करती हुई महाकुण्डलिनी सहस्रार में शिव का ऐक्य प्राप्त करती है तथा परमात्मा और उसका अखण्ड अभिन्न व्यापक स्वरूप ग्रहण करती है। स्वाभाविक है कि नाथपन्थ की योग–परम्परा में कुण्डलिनी और उसकी जागृत अवस्था का अत्यन्त महत्त्वपूर्ण स्थान है। नाथपन्थ के योगियों ने अपनी कठोर साधना के बल पर कुण्डलिनी जागृत कर शिवैक्य प्राप्त करने की पीढ़ी–दर–पीढ़ी प्रयत्न किये हैं। यद्यपि कि यह कठिन साधना योगी के लिए ही सिद्धिमूलक मानी गयी है तथापि नाथपन्थ में दीक्षित कई गृहस्थ योगियों ने भी इस साधना मार्ग का अनुसरण किया है। नाथपन्थ योग परम्परा की यह विशिष्ट साधना है।

नाथयोग का समाज पर प्रभाव

महायोगी गोरखनाथ और उनके योगमत का भारत में अभ्युदय जिस सामाजिक परिवेश में हुआ उस पर तत्कालीन साहित्यिक स्रोतों के साथ–साथ विभिन्न समाजशास्त्रियों, साहित्यकारों एवं इतिहासकारों के अपने–अपने मत हैं जिसकी संक्षिप्त समीक्षा आवश्यक है। यद्यपि कि यह स्पष्ट है कि नाथपन्थ और उसके योगमत का अभ्युदय भारत के आध्यात्मिक, धार्मिक और सामाजिक क्षेत्र में युग–परिवर्तन का उदघोष था। गोरख एक क्रान्तिकारी योगी के रूप में भारत के आध्यात्मिक क्षितिज पर अभ्युदित हुए। वे अपने समय के सामाजिक

व्यवस्था में आमूल–चूल परिवर्तन के अग्रदूत के रूप में प्रतिस्थापित होते हुए भी दिखायी देते हैं। सम्भवतः इसी बात की अभिव्यक्ति करते हुए रजनीश कहते हैं, "गोरख जब बोलते हैं तो यह रणभेरी की आवाज है, यह एक अन्तःयुद्ध के लिए पुकार है। जो भी सार्थक है, गोरख ने कह दिया है। गोरख के दर्शन बेबुनियाद के पत्थर हैं जिन पर भारत के सन्त साहित्य का पूरा भवन खड़ा है।"[75] उल्लेख्य है कि भारत का सन्त साहित्य, भारत के सामाजिक परिवर्तन का एक प्रमुख आधार है। गोरख अपने युग की सामाजिक क्रान्ति के प्रतीक हैं। गोरख का योग भारत की सनातन परम्परा में चली आ रही धार्मिक–आध्यात्मिक विधि–विधानों, पूजा–पद्धतियों में व्याप्त कर्मकाण्ड, पाखण्ड और बाह्याडम्बर का सरल और सहज विकल्प है। गोरख और नाथपन्थ के योग ने भारतीय समाज को धार्मिक–आध्यात्मिक क्षेत्र में ठीक वैसा ही विकल्प दे दिया जो उनसे 1500 वर्ष पूर्व महात्मा बुद्ध ने दिया था। गोरखनाथ और नाथपन्थ के योग का भारतीय समाज पर प्रभाव समझने के लिए तत्कालीन समाज की उपासना पद्धति पर एक विहंगम दृष्टि डालनी आवश्यक होगी।

योग भारत की सनातन परम्परा का हिस्सा रहा है। वेदांग के षट्दर्शन में योगदर्शन एक प्रमुख दर्शन है। पतंजलि के योगसूत्र के भाष्य तथा श्रीमद्भगवद्गीता में योगशास्त्र का जो निरूपण हुआ है वे ही भारत में आगे चलकर योग के सिद्धान्त बने। इन ग्रन्थों में योग के क्रियात्मक पक्ष का अभाव है यद्यपि कि इन दोनों योग के ग्रन्थों में योगी के लक्षण बताये गये हैं। महायोगी गोरखनाथ एवं नाथपन्थ के योगियों ने इन योग के सिद्धान्तों का क्रियात्मक स्वरूप प्रस्तुत किया। योग की साधना की सिद्धि की तथा गुरु रूप में समाज तक योग को पहुँचाया। महायोगी गोरखनाथ क्रियात्मक योग के समाजोन्मुखी पहले आचार्य हैं। योग के जटिल सिद्धान्तों को क्रियात्मक स्वरूप देते समय नाथयोग में इस बात का ध्यान रखा गया कि सामान्य जन के लिए सहज योग का प्रतिपादन हो।

नाथपन्थ की योग–परम्परा ने स्वास्थ्य, अध्यात्म और धर्म की ऐसी त्रिवेणी प्रवाहित की, जिसमें कोई भी डुबकी लगा सकता था। नीरोगी काया की प्रतिस्थापना नाथयोग परम्परा की प्रमुख विशेषता बनी। इससे समाज का हर नागरिक जाति, क्षेत्र, पन्थ इत्यादि की सीमाओं में रहते हुए भी योग को स्वीकारा। योग की इस विशिष्टता ने नाथपन्थ के योगियों और उनके योग को घर–घर पहुँचा दिया। नीरोगी काया के साथ मन की साधना नाथपन्थ के क्रियात्मक योग की अगली प्रमुख विशेषता थी। नाथपन्थ के क्रियात्मक योग ने

मन, चित्त, बुद्धि और विवेक के लिए आध्यात्मिकता का जो पाठ प्रस्तुत किया उससे मानव समाज को सुख और शान्ति का एक सरल मार्ग प्राप्त हुआ।

भारतीय समाज में प्रचलित व्ययसाध्य उपासना पद्धति और कर्मकाण्डों का ऐसा सहज और सरल विकल्प प्रस्तुत किया जो अमीर–गरीब, स्त्री–पुरुष, छूत–अछूत, ऊँच–नीच सभी को बिना किसी भेदभाव के, बिना किसी व्यय के सहज और सरल रूप से प्राप्त था। न तो यहाँ दर्शन की जटिलता थी, न ही देवी–देवताओं का भारी–भरकम देवमण्डल और न ही संस्कृत भाषा के मन्त्रों का ज्ञान आवश्यक था। उपासना की किसी विधि–विधान की यहाँ आवश्यकता नहीं, न तो किसी देवी–देवता के नाराज होने का भय था। नाथपन्थ के योगियों द्वारा प्रतिपादित योग जो चाहे, जब चाहे, जहाँ चाहे, योगासन लगा सकता था। योग के प्रारम्भिक सोपान से लेकर अपनी साधनानुसार क्रमशः एक–एक सोपान पार कर सकता था।

गोरखनाथ के योगमार्ग का समाज की उपासना पद्धति पर व्यापक प्रभाव का ही परिणाम था कि सगुण भक्ति के महान कवि गोस्वामी तुलसीदास को यह कहना पड़ा–'गोरख जगायो जोगु, भगति भगायो लोगु।'[76] स्पष्ट है कि भक्ति युग तक आते–आते गोरखनाथ के योग का जनता पर इतना व्यापक प्रभाव पड़ा कि सगुण भक्ति की उपासना फीकी पड़ने लगी। कबीर, दादू दयाल, दरिया साहब, बावरी पन्थ के कवि, गुलाल पन्थ के कवि और उनकी शाखाओं के सन्तों की रचनाओं में नाथपन्थ के योग का व्यापक प्रभाव परिलक्षित होता है। रामभक्ति, कृष्णभक्ति और सूफी भक्ति की धाराएँ योग की निर्गुण भक्ति के प्रवाह के समक्ष धीमी पड़ती हुई दिखायी देती है। कृष्ण–भक्तों के भ्रमरगीत में संवाद का केन्द्र प्रायः योग और प्रेमभक्ति ही है। उद्धव–गोपी संवाद में उद्धव के योग–सन्देश और उसका गोपियों द्वारा प्रतिवाद यह प्रमाणित करता है कि गोरखनाथ प्रवर्तित–प्रचारित योग की ऐसी धाक थी कि किसी अन्य उपासना पद्धति के महत्त्व को स्थापित करने के लिए योग की कठिनाई बताना अनिवार्य सा हो गया था। योग का ही प्रभाव था कि भक्ति कवियों को नाम जप को ही मोक्ष का मार्ग बताया जाने लगा। तुलसीदास को बार–बार यह कहना पड़ा कि सांसारिकता के मोह–माया जाल से मुक्त होने और मुक्ति के लिए राम–नाम का जाप ही पर्याप्त है। इसी की प्रतिध्वनि है–'कलियुग केवल नाम अधारा।' सूर और तुलसी दोनों ने योग की श्रेष्ठता और उसके प्रभाव को स्वीकार किया है। कहा जा सकता है कि हर भक्ति सम्प्रदाय पर गोरखनाथ के योग के आतंक की प्रतिध्वनि सुनी जा सकती है। भारत में आये सूफी सन्त परम्परा पर भी

नाथयोग का पर्याप्त प्रभाव दिखायी पड़ता है। अधिकाधिक सूफी प्रेमाख्यानों के नायक अपने प्रेममार्ग पर योगी बनकर निकलते प्रतिबिम्बित किये गये हैं। ये कानों में कुण्डल, हाथ में धनधारी चक्र के साथ नाथयोगियों की वेशभूषा धारण किये हुए दिखते हैं। जायसी के पद्मावत में योगमार्ग और नाथपन्थ की योग परम्परा के प्रभाव का पर्याप्त प्रभाव दिखायी देता है। गोरखनाथ और उनके बाद का भारतीय समाज उपासना और कर्मकाण्डों के पाखण्ड और विकृतियों से घिरता जा रहा था। समाज में एक वर्ग ऐसा था जो हर प्रकार से उपेक्षा का शिकार था। पूजा–स्थलों में यदा–कदा उनका प्रवेश निषिद्ध था। कर्मकाण्डों की जटिलता और पौरोहित्य वर्ग की अनिवार्यता तथा उनके सामाजिक विधान उस उपेक्षित वर्ग की उपासना पद्धतियों की प्रमुख बाधा थे। ऐसे समय में गोरखनाथ ने ईश्वर तक पहुँचने का ऐसा योगमार्ग प्रतिपादित किया जिसमें न तो मन्दिर–मस्जिद जरूरी थे, न ही किसी पुजारी अथवा मौलवी की जरूरत थी और न ही किसी कर्मकाण्ड अथवा बाह्याचार की।

गोरखनाथ के इस योगमार्ग का ऐसा जादुई प्रभाव पड़ा कि सम्पूर्ण भारतवर्ष में किसी–न–किसी रूप में योग को जनस्वीकृति मिलती गयी। गोरखनाथ का लक्ष्य समाज को निर्वेद, समरस, सुखी और आत्मतत्त्वबोधि बनाना था। नाथपन्थ की योगसाधना द्वारा सात्विक और आध्यात्मिक जीवन की उन्नति के साथ समाज को सज्जन, सन्तोषी, संयमी, स्नेहशील, अपरिग्रही और समभावयुक्त बनाना था। इस उदात्त लक्ष्य को लेकर प्रवर्तित की गयी योगसाधना भारतीय अध्यात्म चिन्तन को नाथपन्थ की विशिष्ट देन है।

गोरखनाथ और नाथपन्थ के योगियों ने सभी के लिए अपने–अपने ईश्वर तक पहुँचने का सरल–सहज योगमार्ग प्रतिष्ठित किया, धर्म–अध्यात्म का द्वार सभी के लिए खोल दिया। पूजा–पाठ अथवा उपासना पद्धतियों की जटिलताएँ समाप्त कर दीं। तन–मन को स्वस्थ रखते हुए ऐहिक जीवन के प्रश्नों का सहज उत्तर प्रस्तुत किया। सदाचरण एवं लोक–कल्याण, धर्म–अध्यात्म का मूलमन्त्र बनाया।

निष्कर्षस्वरूप कहा जा सकता है कि गोरखनाथ ने पातंजल योगदर्शन को युगसम्मत बनाकर एक जीवन्त योगाचार प्रस्तुत किया। समस्त तार्किक विश्लेषण से ऊपर उठकर समत्व की प्रतिष्ठा की।[77] गोरख का योगमार्ग तत्त्वचिन्तन से अधिक आनुभूतिक, व्यावहारिक, सच्चाई, चारित्रिक निष्ठा एवं मानसिक निर्मलता पर प्रतिष्ठित था जो विशुद्ध व्यक्तिगत प्रयत्न से पाया जा सकता था। गोरखनाथ ने भारतीय समाज को उपासना एवं धर्म का ऐसा सहज मार्ग दिया जिस पर अपने परमात्मतत्त्व को पाने के लिए न तो कहीं जाना

था और न किसी से कुछ माँगना था। सदाचरण एवं प्रत्येक श्वास के जाप से सत्–चित–आनन्द पाया जा सकता था। नाथपन्थ के योगमार्ग ने सामान्य जनों को गृहस्थों को संयम से रहने, मध्यम मार्ग ग्रहण करने, कथनी–करनी में अन्तर कम करने, दया–दानशीलयुक्त आचरण करने की राह दिखायी।

महायोगी गोरखनाथ द्वारा प्रवर्तित नाथपन्थ ने जिस योगसाधना एवं योगमार्ग को जनता के समक्ष प्रस्तुत किया, वह सहज रूप से स्वीकार्य थी, सोपानवत थी। अब किसी–न–किसी सोपान तक पहुँचना सभी के लिए सम्भव था। इस प्रकार भारत की धार्मिक–आध्यात्मिक विरासत की क्षितिज पर योगमार्ग का अभ्युदय व्यावहारिक भी था और सर्वग्राह्य भी। इसी व्यावहारिकता और सर्वग्राह्यता ने इसे लोकव्यापी सर्वव्यापी बनाया और भारत के धार्मिक–सामाजिक इतिहास कमें एक नये युग के सूत्रपात का आधार बना।

सन्दर्भ

1. महन्त अवेद्यनाथ, नाथ सम्प्रदाय में योगसाधना, योगवाणी विशेषांक, वर्ष 11, अंक 1, 1986, पृ. 37
2. शिवसंहिता 5.248 'शिवविद्या महाविद्या गुप्ता चाग्रे महेश्वरी'
3. अस्मिन मार्गे अद्वैतोपरवर्ती नाथो देवता प्राप्या निराकार ज्योतिर्नाथो ध्येयः, साकारनाथ उपास्योऽथ च आदिगुरुः साधनं योगः। (गोरक्षसिद्धान्त संग्रह)
4. "योगात्परतरं पुण्य योगात्पर तरं सुखम्।
योगात्परतरं सूक्ष्मं योगमार्गात्परं न हि।।" (योगबीज 87)
5. योगी आदित्यनाथ, हठयोग : स्वरूप एवं साधना; नवीन संस्करण, वर्ष 2019 ई., पृष्ठ 25
6. हकारः कीर्तितः सूर्यष्ठकारश्चन्द्र उच्यते।
सूर्याचन्द्रमसोर्योगाद् हठयोगो निगद्यते।। (सिद्धसिद्धान्तपद्धति)
7. योगी आदित्यनाथ, हठयोग : स्वरूप एवं साधना; नवीन संस्करण, वर्ष 2019 ई., पृष्ठ 27
8. धौतिर्वस्तिस्तथा नेतिर्नौलिंकत्राटकस्तथा।
कपालभातिश्चैतानि षट्कर्माणि समाचरेत्।।
9. अन्तर्धौतिर्दन्त–धौतिर्हृदधौतिर्मूलशोधनम्।
धौतिश्चतुर्विधा कृत्वा घटं कुर्वन्ति निर्मलम्।।
10. योगी आदित्यनाथ, हठयोग : स्वरूप एवं साधना; नवीन संस्करण, वर्ष 2019 ई., पृष्ठ 49
11. योगी आदित्यनाथ, हठयोग : स्वरूप एवं साधना; नवीन संस्करण, वर्ष 2019 ई., पृष्ठ 51

12. योगी आदित्यनाथ, हठयोग : स्वरूप एवं साधना; नवीन संस्करण, वर्ष 2019 ई., पृष्ठ 54
13. सिद्धसिद्धान्तपद्धति
14. योगी आदित्यनाथ, हठयोग : स्वरूप एवं साधना; नवीन संस्करण, वर्ष 2019 ई., पृष्ठ 55
15. कुर्यान्तदासनं स्थैर्यमारोग्यं चांगलाधतम्। (हठयोग प्रदीपिका 1/19)
16. गोरखवाणी, रामलाल श्रीवास्तव द्वारा सम्पादित; द्वितीय संस्करण, पृ. 82
17. योगी आदित्यनाथ, हठयोग : स्वरूप एवं साधना; नवीन संस्करण, वर्ष 2019 ई., पृष्ठ 55
18. सिद्धं पदं तथा भद्रं मुक्तं बज्रं च स्वास्तिकम्।
    सिंहं च गोमुख वीरं धनुरासनमेव च।।
    मृतं गुप्तं तथा मत्स्यं मत्स्येन्द्रासनमेव च।
    गोरक्षं पश्चिमोतानं उत्कंट संकट तथा।।
    मयूरं कुक्कुटं कूर्मं तथा चोत्तानकूर्मकम्।
    उत्तानमण्डूकं वृक्षं मण्डूकं गरुड़ं वृषम्।।
    शालभं मकरं चोष्ट्रं भुजंगं योगमासनम्।
    द्वात्रिंशदासनानि तु मर्त्ये सिद्धि प्रदानि च।। (घेरण्ड संहिता)
19. लोपामुद्रा वृषणं नी रिणाति धीरमधीरा श्रयति श्वसन्तम्। (ऋग्वेद, 1.179.4)
20. योगी आदित्यनाथ, हठयोग : स्वरूप एवं साधना; नवीन संस्करण, वर्ष 2019 ई., पृष्ठ 95
21. योगवाणी, योगाभ्यास विशेषांक, वर्ष 11, जनवरी 1986, अंक 1, पृ. 177
22. योगी आदित्यनाथ, हठयोग : स्वरूप एवं साधना; नवीन संस्करण, वर्ष 2019 ई., पृष्ठ 95
23. महामुद्रा नभोमुद्रा उड्डीयानं जलन्धरम्।
    मूलबन्धं महाबन्धं महावेधश्च खेचरी
    विपरीतकारिणी योनि वज्रोली शक्तिचालिनी
    तडागीमाण्डवी मुद्रा शाम्भवी पंचधारणा।।
    अश्विनी पाशिनी काकी मातंगी च भुजंगिनी
    पंचविंशति मुद्राः वै सिद्धिदाश्चेद्वयोगिनाम्।। (घेरण्ड संहिता)
24. योगी आदित्यनाथ, हठयोग : स्वरूप एवं साधना; नवीन संस्करण, वर्ष 2019 ई., पृष्ठ 118
25. योगी आदित्यनाथ, हठयोगः स्वरूप एवं साधना; नवीन संस्करण, वर्ष 2019 ई., पृष्ठ 118–19
26. प्रत्याहारमिति चैतन्यतुरङ्गाणां प्रत्याहरणं विकारग्रसन उत्पन्नविकारस्यापि

निवृत्तिर्निर्भातीति प्रत्याहार लक्षणम्।। (सिद्धसिद्धान्त पद्धति, 2.36)

27. आत्मानं रथिनं विद्धि शरीरं रथमेव तु।
बुद्धि तु सारथिं विद्धि मनः प्रग्रहमेव च।।
इन्द्रियाणि हयानाहुर्विषयांस्तेषु गोचरान्।
आत्मेन्द्रियमनोयुक्तं भोक्तेव्याहुर्मनीषिणाः।।
यस्त्वविज्ञानवान् भवत्ययुक्तेन मनसा सदा।
तस्येन्द्रियाण्यवश्यानि दुष्टाश्वा इव सारथेः।।
यस्तु विज्ञानवान् भवति युक्तेन मनसा सदा।
तस्येन्द्रियाणि वश्यानि सदश्वा इव सारथेः।। (कठोपनिषद् 1/3/3–6)

28. तस्माद्यस्य महाबाहो निगृहीतानि सर्वशः।
इन्द्रियाणीन्द्रियार्थेभ्यस्तस्य प्रज्ञा प्रतिष्ठिता।। (गीता 2/68)

29. स्वविषयसम्प्रयोगे चित्तस्वरूपानुकार इवेन्द्रियाणां प्रत्याहारः। ततः परमा वश्यतेन्द्रियाणाम्। (पातंजल योगदर्शन 2, 54–55)

30. प्राणायाम द्विषट्केन प्रत्याहारः प्रकीर्तितः। (विवेकमार्तण्ड 117)

31. यं यं जानाति योगीन्द्रस्तं तमात्मेति भावयेत्।
यैरिन्द्रियैयैद् विधान स्तदिन्द्रियजयो भवेत्।। (शिव संहिता 3/68)

32. योगवाणी, योगाभ्यास विशेषांक, वर्ष 11, जनवरी 1986, अंक 1, पृ. 189

33. योगी आदित्यनाथ, हठयोग : स्वरूप एवं साधना; नवीन संस्करण, वर्ष 2019 ई., पृष्ठ 124

34. योगवाणी, योगाभ्यास विशेषांक, वर्ष 11, जनवरी 1986, अंक 1, पृ. 189

35. योगी आदित्यनाथ, हठयोग : स्वरूप एवं साधना; नवीन संस्करण, वर्ष 2019 ई., पृष्ठ 124

36. वही, पृ. 128–140

37. सिद्धसिद्धान्तपद्धति, दूसरा उपदेश, 37

38. विवेकमार्तण्ड, 158–162

39. पतंजलि योगदर्शन 3/1

40. सिद्धसिद्धान्तपद्धति, गोरखनाथ मन्दिर द्वारा प्रकाशित, दूसरा उपदेश 38

41. गोरखवाणी, गोरखनाथ मन्दिर द्वारा प्रकाशित, तृतीय संस्करण, 2071 वि., सबदी 275

42. पतंजलि योगदर्शन 3/2

43. शिव संहिता 5, 195–197

44. घेरण्ड संहिता –6/1

45. विवेकमार्तण्ड, 165–66

46. योगदर्शन 3/3

47. सिद्धसिद्धान्तपद्धति, दूसरा उपदेश 39
48. शिव संहिता, 5/216
49. विवेकमार्तण्ड, 196
50. योगी आदित्यनाथ, हठयोग–स्वरूप एवं साधना, नवीन संस्करण, वि. संवत् 2076, पृ.148
51. गोरखवाणी, तृतीय संस्करण, सं. 2071, सबदी 181
52. गोरखवाणी, तृतीय संस्करण, सं. 2071, सबदी 106
53. योगी आदित्यनाथ, हठयोग : स्वरूप एवं साधना; नवीन संस्करण, वर्ष 2019 ई., पृष्ठ 154
54. गोरक्षसिद्धान्त संग्रह, प्रथम संस्करण, संवत् 2036, 4/70–71
55. गोरक्षसिद्धान्त संग्रह, प्रथम संस्करण, संवत् 2036, 4/72–73
56. गोरक्षसिद्धान्त संग्रह, प्रथम संस्करण, संवत् 2036, 4/74–75
57. गोरक्षसिद्धान्त संग्रह, प्रथम संस्करण, संवत् 2036, 4/76
58. योगी आदित्यनाथ, हठयोग : स्वरूप एवं साधना; नवीन संस्करण, वि.सं. 2076, पृष्ठ 161
59. अक्षय कुमार बनर्जी, नाथयोग, तृतीय संस्करण 1986 का डॉ. रामचन्द्र तिवारी द्वारा हिन्दी अनुवाद, पृ. 73–74
60. वही, पृ. 74
61. गोरक्षसिद्धान्त संग्रह, प्रथम संस्करण, संवत् 2036, 47–50
62. अग्निपुराण 214/24
63. सदानन्द प्रसाद गुप्त एवं प्रदीप कुमार राव द्वारा सम्पादित 'राष्ट्रसन्त महन्त अवेद्यनाथ स्मृति–ग्रन्थ, प्रभात प्रकाशन, दिल्ली 2016, पृ. 193
64. अमनस्कयोग 2/21
65. योगीराज गम्भीरनाथ योग रहस्य, महन्त दिग्विजयनाथ ट्रस्ट गोरखनाथ मन्दिर द्वारा प्रकाशित, पृ. 76–77
66. 'अहनिसि मन लै उनमन रहे, गम की छाड़ि अगम की कहें। (गोरखबानी, सबदी 16)
67. हजारीप्रसाद द्विवेदी, नाथसिद्धों की बानियाँ, 344
68. योगवाणी, योगाभ्यास विशेषांक, वर्ष 11, 1986, अंक 1, पृ. 130
69. अक्षय कुमार बनर्जी, नाथयोग, तृतीय संस्करण, 1986, पृ. 61
70. सिद्धसिद्धान्तपद्धति, द्वितीय संस्करण, श्रीगोरखनाथ मन्दिर द्वारा प्रकाशित, चौथा उपदेश, 3–4, पृ. 135
71. सिद्धसिद्धान्तपद्धति, द्वितीय संस्करण, श्रीगोरखनाथ मन्दिर द्वारा प्रकाशित,

चौथा उपदेश, 10, पृ. 137

72. सिद्धसिद्धान्तपद्धति, द्वितीय संस्करण, चौथा उपदेश, 14, पृ. 140
73. स्थूलेति निखिलग्राह्याधारविग्राह्य स्वरूपापि पदार्थन्तरे भ्रम्यामाणा चिद्रूपा या वर्तते सा कुण्डलिनी साकारास्थूला पुनस्त्वियमेव स्वः प्रसार चातुर्यतया वर्तमाना योगिनां परमानन्दतया कुण्डलिनी या निश्चयभूता वर्तते सा सूक्ष्मा निराकारा प्रबुद्धा महासिद्धानां मते प्रसिद्धा।। (सिद्धसिद्धान्तपद्धति, द्वितीय संस्करण, चौथा उपदेश, 22)
74. सिद्धसिद्धान्तपद्धति, द्वितीय संस्करण, चौथा उपदेश, 23
75. ओशो, 'मरौ हे जोगी मरौ' 1978, भूमिका, पृष्ठ VI-VII
76. कवितावली, उत्तरकाण्ड, छन्द 84
77. प्रदीप कुमार राव, नाथपन्थ का समाज–दर्शन 2019, पृ. 20

□

अध्याय–8

नाथपन्थ की सामाजिक भूमिका

भारत के सामाजिक जीवन में धर्म–अध्यात्म जीवन पद्धति का अमूल्य धरोहर है तो 'जाति' भारतीय समाज का दर्पण है। 'जाति–व्यवस्था' के श्रेष्ठतावादी विचारदर्शन से भारतीय समाज में ऊँच–नीच की भावना का जन्म हुआ। ऊँच–नीच के इसी विचार की कोख से छुआ–छूत का जन्म हुआ। बड़ा–छोटा एवं छूत–अछूत की विकृतियों ने भारतीय जाति–व्यवस्था को कठघरे में खड़ा किया। हिन्दू समाज के सभी मानवतावादी सिद्धान्त एवं दर्शन पर अस्पृश्यतावाद जाति–व्यवस्था भारी पड़ती है। हिन्दू समाज की इसी विकृति का लाभ उठाकर अंग्रेजों ने 'बाँटो और राज करो' की नीति अपनायी। हिन्दू समाज की इसी कुरीति का प्रतिफल था, भारत पर इस्लामी सत्ता की स्थापना।

भारतीय समाज की ऊँच–नीच एवं अस्पृश्यतावादी जाति–व्यवस्था के खिलाफ समय–समय पर हमेशा भारतीय समाज के अन्दर से ही आवाज उठती रही है। इस सामाजिक कुरीति के खिलाफ गोरखनाथ ने न केवल आवाज उठायी, अपितु मौलिक भारतीय समाज दर्शन का पुनः प्रकटीकरण किया। नाथपन्थ के योगियों ने महायोगी गोरखनाथ के 'समरस समाज दर्शन' को ही आगे बढ़ाया और इसकी पुनर्प्रतिष्ठा हेतु नाथपन्थ के योगी आज तक अभियानरत हैं।

महायोगी गोरखनाथ द्वारा प्रवर्तित नाथपन्थ के नाथसिद्धों, नवनाथों और चौरासी सिद्धों का आविर्भाव तथा विचारकाल सामान्यतः नवीं शताब्दी से लेकर बारहवीं शताब्दी ईस्वी तक माना जाता है। यह युग भारतीय धर्मसाधना में उथल–पुथल का युग था। सामाजिक, राजनीतिक परिवेश में भारत की सनातन संस्कृति के प्रतिकूल अनेक विकृतियाँ एवं चुनौतियाँ उभर चुकी थीं।

इस्लाम एक पान्थिक शक्ति के साथ–साथ आक्रमणकारी राजनीतिक ताकत के रूप में भारत में प्रवेश कर रहा था। भारत की धार्मिक–आध्यात्मिक जीवन में तन्त्र–मन्त्र, टोने–टोटके प्रभावी होते जा रहे थे। बौद्ध साधना पर इसका व्यापक प्रभाव पड़ चुका था। बौद्ध, शाक्त, शैव और वैष्णव सम्प्रदायों के बीच आपसी मतभेद एवं कटुता बढ़ती जा रही थी।

भारतीय संस्कृति की सर्वाधिक प्रमुख विशेषता स्वयं–शुद्धीकरण की है। भारत के धार्मिक–आध्यात्मिक–सामाजिक जीवन में जब–जब जटिलता, कर्मकाण्ड, पाखण्ड और रूढ़िवादिता प्रभावी हुई, इनके विरुद्ध भारतीय संस्कृति के मूल तत्त्वों के पुनर्जागरण हेतु भारतीय समाज खड़ा हुआ। इन्हीं परिस्थितियों में समय–समय पर समाज का नेतृत्व करने के लिए महापुरुषों का अभ्युदय हुआ। समाज का मार्गदर्शन करने हेतु वैचारिक आन्दोलन चले। कुछ वैचारिक आन्दोलन पान्थिक स्वरूप ग्रहण कर संगठित स्वरूप में भारतीय संस्कृति के वाहक बने। महायोगी गोरखनाथ का अभ्युदय एवं उनके द्वारा प्रवर्तित नाथपन्थ इन्हीं परिस्थितियों की उपज था।

महात्मा बुद्ध ने जिस वैचारिक अधिष्ठान पर बौद्ध मत का प्रतिपादन किया, लगभग हजार वर्ष बीतते–बीतते वह वैचारिक आन्दोलन भी उन्हीं रूढ़ियों, कुरीतियों और पाखण्डों का शिकार हुआ जिनके गर्भ से उसका जन्म हुआ था। आचार–विचार की शुद्धता तार–तार हो रही थी। वामाचार, तन्त्रवाद एवं अनाचार के शिकार बौद्ध मतानुयायी तामसी–विलासी–कामुकतापूर्ण कलुषित जीवन का समर्थक दिखने लगे। परिणामतः बौद्ध मत से सामान्य जन का विश्वास डिगने लगा। बौद्ध मत के ह्रास एवं पतन की परिस्थितियों में वैदिक मत की विविध धाराएँ अपनी पुनर्प्रतिष्ठा के प्रयत्न में सफल होने के लिए प्रयासरत थीं। विशेषकर वैष्णव–शैव मत अपने नये कलेवर, वैचारिक शुद्धता और आत्मा–परमात्मा के सम्बन्धों पर विविध दार्शनिक व्याख्याओं के साथ वैदिक संस्कृति को लोकप्रिय बनाने में प्रयत्नरत थे, किन्तु इस प्रयत्न में भारतीय समाज में रूढ़िगत स्वरूप में विकसित होने वाली जाति–व्यवस्था सबसे बड़ी बाधा थी।

कर्म आधारित वर्ण–व्यवस्था बहुत पहले ही जन्म आधारित जाति–व्यवस्था का रूप ग्रहण कर चुकी थी। जाति–व्यवस्था में ऊँच–नीच के साथ–साथ अस्पृश्यता धीरे–धीरे बढ़ती जा रही थी। एक तरफ बौद्ध मत का पतन और दूसरी तरफ जाति–व्यवस्था में ऊँच–नीच, छुआ–छूत जैसी विकृतियों से पीड़ित भारतीय समाज एक ऐसे धार्मिक–आध्यात्मिक नायक को खोज रहा था जो एक

बार फिर सहज जीवन का ऐसा मार्ग दिखाये जो उसे लौकिक जीवनानन्द के साथ पारलौकिक जीवन का मार्ग भी प्रशस्त करे।

बौद्ध युग के बाद यह युग एक बार फिर सामाजिक क्रान्ति की दहलीज पर खड़ा था। भारत के धार्मिक–आध्यात्मिक जीवन में उथल–पुथल के साथ–साथ जाति–व्यवस्था में ऊँच–नीच एवं छुआ–छूत से आक्रान्त समाज में समरसता की डोर कमजोर होती जा रही थी। समाज विखण्डन का शिकार हो रहा था। राष्ट्रीय–सामाजिक एकता की पुनर्प्रतिष्ठा समय की माँग थी। धर्म–अध्यात्म के सात्विक स्वरूप की पुनर्स्थापना के साथ उसके प्रति सामाजिक आस्था उत्पन्न करना भारतीय संस्कृति की सनातन धार्मिक–आध्यात्मिक परम्परा को आगे बढ़ाने के लिए अपरिहार्य था। दुःख से मुक्त आनन्द और सत्य की खोज में भटकती मानवता को सर्वस्वीकार्य पथ चाहिए था। भारत की सनातन संस्कृति में सर्वप्रतिष्ठित जीवन–मूल्य 'सदाचरण' को समाज में प्रतिष्ठा चाहिए थी, महायोगी गोरखनाथ इसी कार्य हेतु भारत की पावन भूमि पर अभ्युदित हुए। महायोगी भारत में अपनी यौगिक क्षमता का चमत्कार दिखाने नहीं, समाज बदलने आये थे। इस महायोगी ने भारतीय समाज में सदाचरण पर आधारित योग–केन्द्रित जनसामान्य के लिए सुलभ मोक्ष मार्ग के दार्शनिक–व्यावहारिक अधिष्ठान पर उसी सामाजिक क्रान्ति का सूत्रपात किया जो उससे हजार वर्ष पूर्व महात्मा बुद्ध और महावीर जैन ने प्रारम्भ की थी। दया, करुणा, परपीड़ाहरण के साथ सामाजिक विकृतियों के खिलाफ तनकर खड़े गोरखनाथ ने विश्व–बन्धुत्व, विश्वप्रेम, सहानुभूति, मानव–मानव की समानता, जीव मात्र के जीवन की पवित्रता, न्याय एवं स्वतन्त्रता के अधिकार, सत्य का आदर, निःस्वार्थ सेवा, मानव जाति की एकता, ब्रह्माण्ड की एकता, मानव जाति को उच्च से उच्चतर सभ्यता की ओर ले जाने वाले धार्मिक–आध्यात्मिक दर्शन का प्रतिपादन किया। गोरखनाथ और उनके नाथपन्थी योगियों ने मानव जाति को सिखाया–आत्मसंयम आत्मतुष्टि से श्रेष्ठ है; बलिदान योग से महान है; आत्मविजय दूसरों की विजय से श्रेष्ठ है; आध्यात्मिक उन्नति भौतिक उन्नति से महान है; विश्वप्रेम सर्वनाशी पाशविक शक्ति से कहीं श्रेष्ठ है; आत्मा के शाश्वत हित में संसार की बड़ी से बड़ी वस्तु का त्याग श्रेष्ठतर है।

महायोगी गोरखनाथ ने न केवल वैचारिकी एवं दर्शन का प्रतिपादन किया अपितु योगियों की एक ऐसी शृंखला खड़ी की जिन्होंने उनके विचार–दर्शन को लोकभाषा में जन–जन तक पहुँचाया। जातियों में ऊँच–नीच एवं भेदभाव की दीवारें तोड़ दी। उल्लेखनीय है कि गोरखनाथ के युग में भारतीय

समाज जातिगत भेदभाव, ऊँच–नीच, छुआछूत सहित कर्मकाण्डीय पाखण्ड और बाह्याडम्बर का शिकार हो रहा था।

भारतीय समाज की विकास–यात्रा पर जब हम विहंगम दृष्टि डालते हैं तो उस समाज की दो प्रमुख विशेषताओं, धर्म तथा वर्ण अथवा जाति ने इस समाज को सर्वाधिक प्रभावित किया। इन दोनों विशेषताओं ने जहाँ एक तरफ भारतीय समाज में विकसित संस्कृति को सम्पन्न किया तो दूसरी तरफ समय–समय पर इसमें आयी विकृतियों, रूढ़ियों, पाखण्डों से भारतीय समाज जूझता रहा। भारतीय समाज में समय–समय पर इन चुनौतियों से जूझते हुए युग–प्रवर्तक महापुरुष उत्पन्न हुए। गोरखनाथ इसी श्रृंखला की एक कड़ी हैं। गोरखनाथ ने भी धर्म, अध्यात्म तथा भारत की वर्ण अथवा जाति–व्यवस्था में उत्पन्न हो चुकी विकृतियों के विरुद्ध डटकर खड़े हुए। इनके द्वारा अभ्युदित नाथपन्थ अद्यतन अपनी इस भूमिका का निर्वहन करता हुआ देखा जा सकता है।

बौद्धयुग से पूर्व ही भारत में विकसित कर्माधारित वर्ण–व्यवस्था का स्वरूप ग्रहण करने लगा था। बौद्ध ग्रन्थों में वर्ण–व्यवस्था के बदलते हुए स्वरूप की भर्त्सना की गयी। ऊँच–नीच एवं पारस्परिक भेदभाव की आलोचना की गयी है। बौद्ध एवं जैन साहित्य इस बात पर जोर देते हैं कि सामाजिक वर्गीकरण का आधार मनुष्य का कर्म, उसका आचार–विचार तथा उसका सात्विक नैतिक जीवन होना चाहिए। ऐसा प्रतीत होता है कि बौद्धयुग तक वर्णों का भेदभाव अपनी चरम सीमा तक पहुँच गया था। ब्राह्मण–क्षत्रिय के बीच भी बौद्धिक श्रेष्ठता का द्वन्द्व प्रारम्भ हो चुका था।[1] महात्मा बुद्ध ने जन्म–आधारित वर्ण–व्यवस्था का विरोध किया। रूढ़िगत परम्परा, ऊँच–नीच की भावना का खण्डन किया तथा सदाचरण और सच्चरित्रता पर बल दिया।[2] महात्मा बुद्ध ने माना कि मात्र उच्च कुल में जन्म लेने से कोई उच्च नहीं होता बल्कि अपने सत्कर्म, सदाचरण और सच्चरित्रता से वह श्रेष्ठता प्राप्त कर सकता है। आश्वलायन से संवाद करते हुए उन्होंने कहा कि केवल ब्राह्मण ही स्वर्ग में सुख–भोग के सुयोग्य पात्र नहीं होते वरन् पुण्य कर्मों के द्वारा क्षत्रिय, वैश्य और शूद्र भी स्वर्ग के अधिकारी हो सकते हैं।[3] बुद्ध ने अन्यत्र कहा है, जन्म से न तो कोई चाण्डाल होता है न ब्राह्मण।[4] इससे स्पष्ट है कि वैदिक युगीन कर्म आधारित वर्ण व्यवस्था जन्म आधारित हो चुकी थी और इनके बीच ऊँच–नीच का भेदभाव प्रारम्भ हो चुका था। उत्तरवैदिक युग के परवर्ती काल तक आते–आते वर्णों के बीच उच्चाधिकार प्रारम्भ हो चुका था। ब्राह्मण और क्षत्रिय श्रेष्ठ माने जाने लगे थे, वैश्य और शूद्र क्रमशः उपेक्षित होते जा रहे थे। उदाहरणार्थ तक्षन रथकार जैसे विश से

सम्बन्धित सदस्य, जिन्हें पूर्ववर्ती काल में यज्ञ करने का अधिकार प्राप्त था। इस युग तक आते–आते वे इस प्रतिष्ठा से वंचित हो गये।[5] उत्तरवैदिक युग के पश्चात् विकसित हो रहे सामाजिक मूल्यों और विचारों में भेदपरक भावना पनपने लगी थी। पुरोहित और राजन्य वर्गों ने अपनी प्रतिष्ठा और विशिष्टता को बनाये रखने के लिए अनेक ऐसे नियमों का निर्माण किया जिससे कि उन्हें समाज में महत्त्वपूर्ण स्थान प्राप्त हो।[6] उत्तरवैदिक ग्रन्थों के अनुशीलन से ऐसा लगता है कि सामाजिक वर्गीकरण का सिद्धान्त अनेक उतार–चढ़ाव के साथ स्थिर होने की दिशा में अग्रसर था।

औपनिषदिक युग विद्या और शिक्षा के क्षेत्र में प्रथम स्थान प्राप्त करने के लिए ब्राह्मण और क्षत्रियों के बीच बौद्धिक संघर्ष का युग है। इस युग में क्षत्रियों ने ब्राह्मणों के बौद्धिक विशेषाधिकार को चुनौती दी। कुछ राजन्य वर्ग के सदस्यों ने ब्राह्मण विद्वानों का अपना शिष्य बनाकर ज्ञान प्रदान किया। छान्दोग्योपनिषद् में यह उल्लेख मिलता है कि प्रवाहण नामक राजा ने गौतम को इन गूढ़ विषयों का ज्ञान प्रदान किया जो ज्ञान इससे पहले किसी भी ब्राह्मण को प्राप्त नहीं हुआ था।[7]

श्रौतसूत्र, गृह्यसूत्र और धर्मसूत्र इत्यादि ग्रन्थों से भी स्पष्ट है कि भारतीय समाज में वर्ण–व्यवस्था ऊँच–नीच के उतार–चढ़ाव के साथ आगे बढ़ी। यह युग वर्ण–व्यवस्था में बन्धन ओर अवरोध की प्रक्रिया निर्माण का युग है। उच्च और निम्न वर्णों के निश्चित कर्तव्यों और विहित कार्यों का निर्धारण किया जाने लगा। आनुवांशिक तत्त्व को और महत्त्व प्राप्त हुआ। बौद्ध और जैन मत के उत्कर्ष के कारण जन्म आधारित जाति–व्यवस्था को जो आघात लगा था उसे पुनर्प्रतिष्ठित किया जाने लगा। जन्म आधारित जाति–व्यवस्था को आधार बनाकर ब्राह्मणों की विशिष्टता और श्रेष्ठता का पुनः नियोजन किया जाने लगा।[8]

तीसरी शताब्दी ईसापूर्व तक आते–आते वर्ण–व्यवस्था पूर्णतः जन्मना और वंशानुगत हो गयी। अर्थशास्त्र में चारों वर्णों और उनके वर्णगत कर्मों का उल्लेख हुआ है।[9] अशोक के पाँचवें शिलालेख में भिक्षुओं, ब्राह्मणों, गृहस्थों इत्यादि का इसी सन्दर्भ में उल्लेख मिलता है।[10] जन्म आधारित व्यवस्था का स्पष्टतः उल्लेख स्मृतियों से प्राप्त होने लगता है। मनुस्मृति में उल्लिखित वर्ण–व्यवस्था में ऊँच–नीच और भेदभाव के उल्लेख प्राप्त होते हैं।[11] हर्षकालीन अभिलेखों में भी जन्म आधारित वर्णाश्रम व्यवस्था का उल्लेख है।[12] श्वानचांग ने भी भारत में जाति आधारित भेदभाव का उल्लेख किया है।[13] हर्षचरित में मनुस्मृति के सामाजिक वर्गीकरण का समर्थन करते हुए हर्ष को दिखलाया गया है।[14]

पूर्वमध्य युग तक आते–आते जन्म आधारित जाति–व्यवस्था स्थिर हो चुकी थी। भारत के सामाजिक इतिहास में वर्ण–व्यवस्था के समानान्तर भी विविध जातियों का उल्लेख मिलता है। उपनिषदों एवं महाभारत में यह उल्लेख मिलता है कि अनुलोम और प्रतिलोम जैसे अन्तर्जातीय विवाहों से विविध जातियाँ उत्पन्न हुईं।[15] इस प्रकार भारतीय धर्म साहित्य में उत्पन्न जातियों में अम्बष्ठ[16], आयोगव[17], उग्र[18], निषाद[19], मागध[20], रथकार[21],वैदेहक[22], सूत[23], वेण[24], पौलकस[25], पारशव[26], क्षत्ता[27], आवृत्त[28], आभीर[29], धिग्वण[30], धीवर[31], कुक्कुट[32], श्वपाक[33], चाण्डाल[34], सैरिन्ध्र[35], मैत्रेयक[36], मार्गव[37], कारावर अथवा चर्मकार[38], अन्ध[39], मेद[40], पाण्डूसोपाक[41], आहिन्डक[42], सोपाक[43], म्लेच्छ[44], किरात[45], सैलुष[46], शुलिक[47], भिल्ल[48], पुलिन्द[49], कारुष[50], डोम[51], हाड़ी[52], बधतौ[53], रजक अथवा धोबी[54], तन्तुवाप अथवा बुनकर[55], तक्षन अथवा बढ़ई[56], कुलाल अथवा कुम्हार[57], कर्मार अथवा लुहार[58], स्वर्णकार[59], सूराकार[60] इत्यादि जातियों का उल्लेख प्राप्त होता है।

पूर्वमध्य युग तक आते–आते जातियों में तेजी के साथ विस्तार हुआ। इस युग में अनेक पेशेवर जातियाँ अस्तित्व में आ गयीं। लगभग 108 पेशेवर जातियों का उल्लेख मिलता है।[61] जातियों में बढ़ती संख्या और उनकी विविधता का अनुमान इससे लगाया जा सकता है कि ब्राह्मणों में 34 उपजातियों के नाम तथा क्षत्रियों में 36 तथा वैश्यों में 84 उपजातियों का उल्लेख प्राप्त होता है।[62] जातियों की विविधताओं के साथ–साथ जातियों के विशेषाधिकार, उनमें ऊँच–नीच, छूत–अछूत की भावनाएँ इस युग में रूढ़िगत हो चुकी थीं। ब्राह्मण, क्षत्रिय और वैश्य जैसी उच्च जातियाँ निम्न पेशा अपनाने वाली जातियों से प्रायः अलग–अलग रहने लगी थीं।[63] विष्णु एवं अंगिरा जैसे शास्त्रकारों ने यह लिखा है कि ब्राह्मण, क्षत्रिय और वैश्य यदि बढ़ई, लोहार, सोनार गन्ने के रस या अन्य द्रव–पदार्थ के व्यापारी, तेली, बुनकर, रंगरेज, धोबी जाति के किसी व्यक्ति से भोजन ग्रहण करते हैं तो उन्हें प्रायश्चित स्वरूप तप करना पड़ता था। उनके अनुसार धोबी, चमार, मछुआ जाति के सदस्यों को स्पर्श नहीं करना चाहिए।[64] गोरखनाथ के युग तक स्पष्ट है कि जाति आधारित भेदभाव और ऊँच–नीच, छुआछूत की भावना विकृत स्वरूप ले चुकी थी। निम्न जातियों को न तो राजनीतिक अधिकार था, न ही सामाजिक उत्सवों में भाग ले सकते थे, न अपना पेशा परिवर्तित कर सकते थे। दूसरी तरफ उच्च जातियाँ अनेक विशेषाधिकारों से सम्पन्न थीं।

ब्राह्मण और क्षत्रिय जातियों को समाज में शास्त्र–सम्मत प्राप्त विशेषाधिकार

भी सामाजिक विभेदीकरण के प्रमुख आधार थे। ब्राह्मण पुरोहित के रूप में राज्य की शक्ति में हस्तक्षेप करता था। कौटिल्य ने राज्य के मन्त्रियों में पुरोहित को प्रधान स्थान दिया है।[65] मनुस्मृति में भी यह उल्लेख मिलता है कि मन्त्रियों में एक ब्राह्मण मन्त्री नियुक्त करना चाहिए।[66] राजाओं को राजच्युत करने का विशेषाधिकार ब्राह्मणों को प्राप्त था।[67] धर्मशास्त्रकारों ने धर्मच्युत होने पर भी ब्राह्मणों को दण्ड न देने की व्यवस्था बनायी। ब्राह्मण पूर्ण रूप से अवध्य, अदण्ड्य, अबहिष्कार्य, अपरिवाद्य तथा अपरिहार्य था।[68] ब्राह्मण को यातना या कष्ट देना विशेष रूप से दण्डनीय अपराध था। बौधायन, कौटिल्य ने ब्राह्मणों को अदण्ड्य होने का उल्लेख किया है।[69] अलबरूनी के अनुसार एक ही अपराध का दण्ड ब्राह्मण के लिए कुछ और दूसरों के लिए कुछ था।[70] राजनीतिक, धार्मिक, बौद्धिक, न्यायिक विशेषाधिकार के साथ आर्थिक विशेषाधिकार भी ब्राह्मणों को प्राप्त थे। धर्मसूत्रों के अनुसार प्रतिग्रह का एकमात्र अधिकार ब्राह्मण का था।[71] कौटिल्य ने भी ब्राह्मण के लिए प्रतिग्रह का विधान किया है।[72] ब्राह्मण राजकर से पूर्णतः मुक्त था।[73] अलबरूनी ने भी लिखा है कि केवल ब्राह्मण ही सभी करों से मुक्त था।[74] स्पष्ट है कि विशेषाधिकारों से समृद्ध ब्राह्मण समाज में श्रेष्ठतम स्थान पर था और वह सामाजिक विधि–विधानों का निर्माता था। धर्म और उपासना पद्धति पर तो उसका जन्मसिद्ध अधिकार था ही। सामाजिक विशेषाधिकार तो क्षत्रियों के भी थे। राज्य पर उनका स्वाभाविक अधिकार माना जाता था। दण्ड और कर के लगभग वे सभी अधिकार जो ब्राह्मणों के पास थे, क्षत्रियों को प्राप्त थे। इन विशेषाधिकारों ने क्षत्रिय और ब्राह्मणों को समाज में श्रेष्ठता प्रदान की और जन्म आधारित जाति–व्यवस्था में बँटा समाज विभेदीकरण का शिकार हुआ।

गोरखनाथयुगीन भारतीय समाज में धार्मिक कर्मकाण्ड, बाह्याडम्बर, पाखण्ड भी चरम पर था। बौद्ध उपासना पद्धति में व्याप्त विकृतियाँ भी इस समय की उपासना पद्धति को जटिल, दुरूह एवं असात्विक बना रही थीं। परिणामतः ब्राह्मण धर्म का पाखण्ड, कर्मकाण्ड एवं बाह्याडम्बर अपने चरम पर पहुँच चुका था। यद्यपि कि शैव, वैष्णव, शाक्य, पांचरात्र, बौद्ध, जैन आदि विविध मतों की उपासना पद्धतियाँ अपने–अपने उपासकों के लिए सुलभ थीं किन्तु इन उपासकों के निर्धारण में भी जातिगत आधार कम महत्त्वपूर्ण नहीं था। समाज में घोषित अस्पृश्य जातियों के लिए लगभग इन सभी उपासना पद्धतियों में प्रवेश निषिद्ध था। भारत की इन रूढ़िवादी और ऊँच–नीच, छुआछूत के आधार पर विभाजित समाज के लिए महायोगी गोरखनाथ के नाथपन्थ का अभ्युदय संजीवनी के समान था।

गोरखनाथ के नाथपन्थ ने भारतीय समाज को एक नवीन चेतना के साथ पुनः खड़ा किया। भारत की ऊँच–नीच, छुआछूत आधारित जाति व्यवस्था के विरुद्ध नाथपन्थ ने समरस समाज का उद्‌घोष किया। वर्णाश्रम व्यवस्था की विकृतियों को अस्वीकार करने का आह्वान किया। हजारी प्रसाद द्विवेदी लिखते हैं, "गोरखनाथ अपने युग के सबसे महान धर्मनेता थे। उनकी संगठन–शक्ति अपूर्व थी। उनका व्यक्तित्व समर्थ–धर्मगुरु का व्यक्तित्व था। उनका चरित्र स्फटिक के समान उज्ज्वल, बुद्धि भावावेश से एकदम अनाविल और कुशाग्र तीव्र थी। उनके चरित्र में कहीं भी भावविह्वलता नहीं है। जिन दिनों उन्होंने जन्म ग्रहण किया था, उन दिनों भारतीय धर्मसाधना की अवस्था विचित्र थी। शुद्ध जीवन, सात्त्विक वृत्ति और अखण्ड ब्रह्मचर्य की भावना उन दिनों अपनी निम्नतम सीमा तक पहुँच चुकी थी। गोरखनाथ ने निर्मम हथौड़े की चोट से साधु और गृहस्थ दोनों की कुरीतियों को चूर्ण–विचूर्ण कर दिया। लोक–जीवन में जो धार्मिक चेतना पूर्ववर्ती सिद्धों से आकर उसके पारमार्थिक उद्देश्य से विमुख हो रही थी उसे गोरखनाथ ने नई प्राणशक्ति से अनुप्राणित किया। किसी भी रूढ़ि पर चोट करते समय उन्होंने दुर्बलता नहीं दिखाई। वे स्वयं पण्डित व्यक्ति थे। पर यह अच्छी तरह जानते थे कि पुस्तक लक्ष्य नहीं, साधन है। उन्होंने किसी से भी समझौता नहीं किया, लोक से भी नहीं, वेद से भी नहीं, परन्तु फिर भी उन्होंने समस्त प्रचलित साधना मार्ग से उचित भाव ग्रहण किया।"[75] गोरक्षनाथ ने सभी साधना पद्धतियों और समाज के सभी वर्गों में व्याप्त कुरीतियों का खुलकर विरोध किया। न केवल भारत के हिन्दू समाज अपितु इस्लाम के अनुयायियों की भी रूढ़िवादिता और कट्टरता पर टोकने से न चूके।

गोरखनाथ के नाथपन्थ ने वर्णाश्रम व्यवस्था को अस्वीकार किया। नाथपन्थ के योगी अपने को इसी कारण अतिवर्णाश्रमी कहते थे। 'गोरक्षसिद्धान्त–संग्रह' में उद्धृत सूत्र–संहिता के अनुसार चारों वर्ण और चारों आश्रमों के अनुसार विचार से भी श्रेयस्कर पंचम आश्रम के आचार–विचार आत्मस्वरूप ज्ञान में सहायक हैं। इसी को नाथपन्थ अतिवर्णाश्रमी के रूप में उल्लिखित करता है। यही अतिवर्णाश्रमी योगमार्ग के उपयुक्त शिष्यों का गुरु कहा जाता है।[76] इसे ही प्राचीन भारत के अन्य धार्मिक साहित्यों में अत्यश्रमिन् कहा गया है। श्वेताश्वरोपनिषद् का ज्ञान अत्याश्रमी लोगों के लिए ही स्वीकार किया गया है। यहाँ परमहंस संन्यासी को अत्याश्रमी कहा गया है।[77] शंकराचार्य ने अपने भाष्य में लिखा है कि अत्याश्रमी का अर्थ अत्यन्त पूजनीय आश्रम वाला

है। साधनचतुष्टयसम्पत्ति की महत्ता से अपने देहादिक में, जीवनभोगादिक में अनास्था रखने वाला ही अत्याश्रमी कहलाता है। इस प्रकार अत्याश्रमी या अतिवर्णाश्रमी शब्द की उपर्युक्त व्याख्या से स्पष्ट है कि संन्यासियों का एक ऐसा वर्ग था जो याज्ञिक क्रियाओं में अविश्वास रखता था। नागेन्द्रनाथ उपाध्याय मानते हैं कि नाथमत या गोरक्षमत जाति, वर्ण और आश्रम के सम्बन्ध में इसी मत का समर्थक था। उसने नाथपन्थ में इसी मत का प्रचार किया।

नाथसिद्धों की इस मान्यता का परिणाम यह हुआ कि इस सम्प्रदाय में किसी भी जाति, वर्ण या आश्रम का व्यक्ति दीक्षित हो सकता था। नाथपन्थ में एकबार दीक्षित हो जाने के पश्चात् वह योगी कहा जाता था और योगियों में जाति, वर्ण अथवा आश्रम का भेद नहीं रहता था। वे अपने को अतिवर्णाश्रमी या पंचमाश्रमी कहते थे। ब्रिग्स ने नाथयोगियों को संन्यासियों के अन्तर्गत ही माना है और उसने भी इन योगियों में जाति, वर्णविहीनता का उल्लेख किया है।[78] योगीसम्प्रदायाविष्कृति नामक ग्रन्थ में कहा गया है कि मनुष्य जब चाहे, जिस उम्र में चाहे संन्यासी हो सकता है। गृहस्थ, वानप्रस्थ और तदनन्तर संन्यासी होने का विधान एक सामान्य और साधारण मनुष्य के लिए एक स्वाभाविक विधान है। जो मनुष्य स्वभाव से ही विषयासक्त नहीं होता, ईश्वर में अनुक्त होता है, परमात्मतत्त्वों का ज्ञाता है, अष्टांगयोग को समझता है, वह अपना अमूल्य समय नष्ट किये बिना सीधे संन्यासी बन सकता है।[79]

नाथपन्थ के समाज दर्शन ने नाथपन्थ का द्वार सभी जातियों, मत–मतान्तरों के लिए खोल दिया। इस पन्थ में हिन्दू समाज की सभी जातियों का बिना किसी भेदभाव के प्रवेश स्वीकार्य था। परिणामतः जन्म आधारित जाति–व्यवस्था की कठोरता से पीड़ित और तिरस्कृत समाज को हिन्दू संस्कृति की ही एक परम्परा में स्थान मिला। परिणामतः नाथपन्थ में बड़ी संख्या में अछूत और अस्पृश्य जातियों के लोग दीक्षित हुए। नाथपन्थ में मुसलमानों का भी एक तबका फकीर और जोगी के रूप में शामिल हुआ। उल्लेखनीय है कि भारत में इस्लामी आक्रमण और उनका प्रभाव बढ़ता जा रहा था। इस्लाम की कट्टरता भारतीय समाज के समक्ष कठिन चुनौती थी। गोरखनाथ ने अपने सामाजिक परिवर्तन के अभियान में इस्लामी अनुयायियों को भी मार्ग दिखाया। गोरखवाणी में यह उल्लेख मिलता है कि उन्होंने इस्लामिक धर्मात्माओं को अपना सन्देश देते हुए कहा कि 'हे काजी! परमात्मा के सन्देशवाहक रसूल मुहम्मद साहब के विचार बड़े ही निर्गुण और रहस्यपूर्ण थे। उनके पवित्र शब्दों का रहस्य अत्यन्त मार्मिक है। उन्होंने भगवद्प्रेम का मार्ग प्रशस्त किया। उन्होंने जीव

की हिंसा का प्रतिपादन नहीं किया। उनके हाथ में जो छुरी अर्थात् शस्त्र थी वह लोहे या इस्पात की बनी हुई नहीं अपितु प्रेम से निर्मित दिव्य शब्दों की शक्ति थी।' यथा–

महंमद महंमद न करि काजी महंमद का विषम विचारं।
महंमद हाथि करद जे होती लोहै घड़ी न सारं।।[80]

गोरखनाथ आगे कहते हैं, 'हे काजी! मुहम्मद साहब ने अपने शब्दों में शुद्ध अध्यात्म का प्रतिपादन किया। उनकी आध्यात्मिक दिव्य सदुपदेशों से जीवात्मा की भौतिक, मायिक आसक्ति का नाश होता है तथा आत्मिक शक्ति प्राप्त होती है। अतः मुहम्मद साहब की तरह तुम भी आध्यात्मिक बल प्राप्त करो जो तुम्हारे पास नहीं है।'

सबदै मारी सबदं जिलाई ऐसा महंमद पीरं।
ताकै भरमि न भूलौ काजी सो बल नहीं सरीरं।।[81]

कट्टरपन्थी इस्लामिक अनुयायियों को उन्होंने कलमा का मर्म समझाते हुए कहा कि इस्लाम के प्रवर्तक मुहम्मद साहब ने कलमारूपी पवित्र वचन कहा है, केवल उसके उच्चारण मात्र से कुछ नहीं प्राप्त होगा। कलमा से अन्तर्जीवन का मर्म प्रकाशित करना चाहिए। यह वैसे ही है जैसे कोई योगी नाथ और गोरख रटते–रटते परमात्मा परब्रह्म शिव को प्राप्त नहीं कर सकता।

नाथ कहंतां सब जग नाथया गोरष कहतां गोई।
कलमा का गुर महंमद होता पहलै मूवा सोई।।[82]

स्पष्ट है कि गोरखनाथ ने इस्लामिक आक्रान्ताओं की कट्टरता और उसका भारतीय संस्कृति और समाज पर पड़ने वाले दुष्प्रभाव को भाँप लिया था। उन्हें पता था कि केवल भारतीय समाज को प्रेम, शान्ति और योग का उपदेश पर्याप्त नहीं है अपितु इस्लामिक अनुयायियों में भी यह सन्देश प्रभावी किया जाना चाहिए। गोरखनाथ और नाथयोगियों के मुस्लिम समाज के साथ भी सम्पर्क और संवाद का दोतरफा प्रभाव हुआ। एक तरफ इस्लामिक जगत् के बीच से निकले सूफियों पर नाथपन्थ के आचार–विचार का व्यापक प्रभाव पड़ा। अनेक मुस्लिम समाज के लोगों ने भी नाथपन्थ की दीक्षा ली तो दूसरी तरफ कट्टर इस्लामी शासकों के आक्रमणकारी नीतियों का नाथपन्थ को शिकार भी होना पड़ा। ध्यातव्य है कि गोरखपुर स्थित गोरखनाथ मन्दिर को दो बार मुस्लिम शासकों के आक्रमण का शिकार होना पड़ा। नाथपन्थ में मुस्लिम समाज के दीक्षित होने का ही एक परिणाम था कि नाथपन्थियों के अनेक केन्द्रों के प्रधान पुजारियों को पीर कहा जाता है और मुस्लिमबहुल क्षेत्रों में भी नाथपन्थ

का प्रभाव बढ़ता गया। आधुनिक अफगानिस्तान, पाकिस्तान में नाथपन्थ के केन्द्र आज भी देखे जा सकते हैं। हिंगलाज की देवी के प्रति आज भी मुस्लिम समाज की श्रद्धा उल्लेखनीय है।

नाथपन्थ ने भारतीय समाज पर भी अत्यन्त प्रभावकारी परिणाम डाला। भारत की जाति–व्यवस्था को अस्वीकारने वाले नाथपन्थ ने जीवन को सहज और सरल बनाया। आत्मा–परमात्मा के गूढ़ रहस्यों, अद्वैत–द्वैत वेदान्त के जटिल सिद्धान्तों, ईश्वर को प्राप्त करने के व्ययसाध्य पाखण्डपूर्ण कर्मकाण्डों के विकल्प में गोरखनाथ ने मानव को अत्यन्त सहज–सरल सच्चिदानन्द का स्वरूप एवं उसे प्राप्त करने का सहज मार्ग दिया। धार्मिक–आध्यात्मिक क्षेत्र में गोरखनाथ और नाथपन्थ का एक बड़ा क्रान्तिकारी कदम था। उनकी इस आध्यात्मिक और सहज मार्ग का भारतीय समाज पर व्यापक प्रभाव पड़ा। गोरखनाथ ने ईश्वर के स्वरूप को सहज बनाते हुए कहा कि सच्चिदानन्द परमात्मा तथा परमतत्त्व अगम और अगोचर है। न तो वह भाव है और न तो अभाव ही है; न तो वह सत् है और न ही वह असत् है। सत्–असत् दोनों से अतीत पद में वह चैतन्य एवं स्वतः अभिव्यक्त है। बालक की तरह निष्प्रपंचतम अभिज्ञान से परिलक्षित निष्पक्ष, निर्मल, चेतन ब्रह्म, पाप–पुण्य विकार से रहित जीवन–मरण की अवस्था से अवाधित, रूप नाम से रहित परमात्म चेतन ही योगियों, सिद्ध–महात्माओं के लिए ध्येय और साध्य है। यथा–

बसती न सुन्यं सुन्यं न बसती अगम अगोचर ऐसा।
गगन–सिषर महिं बालक बोलै ताका नांव धरहुगे कैसा।।[83]

गोरखनाथ कहते हैं कि परब्रह्म परमात्मा अलक्ष्य अर्थात् अलख है। वह निरंजन और सर्वथा त्रिगुणातीत अर्थात् निर्गुण और निराकार है। मणिपूर चक्र, पाताल में स्थित गंगा, योगशक्ति कुण्डलिनी को जागृत कर उस ब्रह्म का साक्षात्कार या अनुभूति की जा सकती है।[84] निराकार और साकार, अमूर्त और मूर्त, अव्यक्त और व्यक्त, निर्विकल्प और सविकल्प ये द्वन्द्व उस अलखनिरंजन परब्रह्म परमात्मा ने ही दो दीपकों के रूप में सृजित किया। इन दोनों स्वरूपों में एक ही अलक्ष्य ब्रह्म की ज्योति विद्यमान है। उसी ज्योति में हंसस्वरूप आत्मा ज्ञान रूपी मोती प्राप्त करता है। इस अलखनिरंजन के ही स्वरूप पर अलग–अलग रूपों को वेद–शास्त्र, धर्मग्रन्थ और कुरान इत्यादि ग्रन्थ अपने–अपने ढंग से परिभाषित करते हैं। गोरखनाथ का मानना था कि उस अलखनिरंजन परमात्मतत्त्व को आत्मसंयम के द्वारा काम और क्रोध से दूर रहकर हँसते–खेलते आनन्दमय

जीवन में प्राप्त कर सकते हैं। यथा–

हसिबा षेलिबा रहिबा रंग। काम क्रोध न करिबा संग।
हसिबा षेलिबा गाइबा गीत। दिढ़ करि राषि आपना चीत।।
हषिबा षेलिबा धरिबा ध्यांन। अहनिसि कथिबा ब्रह्म गियांन।।
हसै षेलै न करै मन भंग। ते निहचल सदा नाथ के संग।।[85]

गोरखनाथ 'गोरखवाणी' में कहते हैं कि संयमित और मन पर नियन्त्रण तथा इन्द्रियों का निग्रह बाल्यावस्था एवं युवावस्था से ही करना चाहिए। समय–असमय दोनों परिस्थितियों में सदाचरण पर दृढ़ रहना, अल्प आहार के साथ स्वस्थ रहना और इस प्रकार आध्यात्मिक उन्नति पथ पर निरन्तर अग्रसर होते हुए आत्मस्वरूप में रमते रहने वाला मनुष्य स्वयं परमात्मस्वरूप हो जाता है। गोरखनाथ की साधना में शब्द–साधना और संयमित चलना अर्थात् प्रत्येक कदम सोच–समझकर बढ़ाने का भी विशिष्ट महत्त्व है।86 गोरखनाथ की साधना योगियों के लिए यहाँ कठोर तप का विधान करती है, वहीं गृहस्थों के लिए साधारण एवं सहज मार्ग दिखाती है। इसी सहज मार्ग का उद्घोष करते हुए गोरखनाथ कहते हैं कि बिना सोचे–समझे न अचानक बोलना चाहिए, न हड़बड़ी में चलना चाहिए। अपने पाँव सोच–समझकर धीरे–धीरे बढ़ाना चाहिए। अभिमानरहित होकर सहजतापूर्वक जीवन–यापन ही गोरखपन्थ है। यथा–

हबकि न बोलिबा, ठबकि न चालिबा, धीरै धारिबा पावं।
गरब न करिबा सहजै रहिबा, भणत गोरष राव।।[87]

ध्यान देने योग्य है कि नाथपन्थी योगियों की साधना वस्तुतः मन की साधना है। इसी बात को स्पष्ट करते हुए गोरखनाथ ने कहा है कि मन ही परमशक्ति है। यही मन परमशिव का रूप ग्रहण कर लेता है। यही मन पंचभौतिक शरीर में निवास करने वाला जीवात्मा है। इसी मन को उन्मन रखकर परमात्म चिन्तन में लीन रखते हुए मानव तीनों लोक आकाश, पाताल और मृत्युलोक का रहस्य समझते हुए मुक्तगामी हो सकता है।

यहु मन सकती यहु मन सीव। यहु मन पांच तत्त का जीव।
यहु मन ले जै उनमन रहै। तौ तीनि लोक की बातां कहै।।[88]

गोरखनाथ ने भारत की धर्मसाधना में बड़े–बड़े शास्त्रज्ञानियों एवं कर्मकाण्डियों द्वारा उपदेश किये जा रहे बाह्याडम्बरों का निषेध करते हुए सामान्य जन का मार्ग दिखाते हुए कहा कि शास्त्र पढ़ने मात्र से ही मोह–माया, व्याधिग्रस्त संसार सागर से पार उतरना सम्भव नहीं है। इस ज्ञान को अपने

जीवन में उतारने से ही इस भवसागर को पार किया जा सकता है। प्रत्येक घट अर्थात् शरीर में आत्मज्योति प्रकाशित है, जिसे पशु रूप में जीवन जीते हुए नहीं देखा जा सकता। इस आत्मज्योति का साक्षात्कार कर हम अपने से प्रकाशित हो सकते हैं।[89] एक प्रकार से यह महात्मा बुद्ध के 'अप्पदीपोभव' की ही प्रकारान्तर से उद्‌घोषणा थी। गोरखनाथ ने ज्ञानरहित सामान्य मनुष्य को भी अपने अनुभवजन्य योगाभ्यास के द्वारा परमात्मतत्त्व के साथ एकाकार होने को स्वाभाविक बताया है। परमात्मतत्त्व की सर्वव्यापकता को उद्‌घाटित करते हुए गोरखनाथ कहते हैं कि यह परमात्मतत्त्व पिण्ड की तरह ही वन के सभी जीव–जन्तुओं में भी व्याप्त है। जिस प्रकार दूध में घृत अदृश्य रहता है, उसी प्रकार ब्रह्म पिण्ड में समाहित है, जिसे योगसाधना के द्वारा मथकर प्राप्त किया जा सकता है।

प्यंडै होई तौ पद की आसा, बंनि निपजै चौतारं।
दूध होई तौ घृत की आसा, करणी करतब सारं।।[90]

गोरखनाथ ने इस द्वन्द्वात्मक संसार के प्रति द्रष्टाभाव अपनाने का उपदेश किया है। उनका मानना है कि यह संसार द्वन्द्वात्मक है इसमें सुख–दुःख, स्तुति–निन्दा, शीत–उष्णता, दिन–रात इत्यादि सभी प्रपंच चलते रहते हैं। इन सभी के प्रति द्रष्टाभाव रखने का ढंग ये है कि हम इस संसार में जो कुछ हो रहा है, उसे कान से भले सुनें, आँख से भले देखें किन्तु उस पर सर्वथा तटस्थ अथवा मौन रहें।

गोरष कहै सुणह रे अवधू, जग मैं ऐसै रहणां।
आँखै देषिबा कानैं सुणिबा, मुष थै कछु न कहणा।।[91]

गोरखनाथ कथनी और करनी के बीच अन्तराल को अध्यात्म–साधना में बाधक मानते हैं। इस प्रकार वे कोरे उपदेशों का खण्डन करते हैं तथा कर्म अथवा आचरण को महत्त्वपूर्ण मानते हैं। वे कहते हैं कि कोरा उपदेश देना या मात्र ज्ञान की बात करना अत्यन्त सरल है किन्तु उसके अनुरूप आचरण करना या उस ज्ञान को जीवन में उतारना कठिन है। उनकी स्पष्ट मान्यता थी कि यदि करनी अर्थात् आचरण नहीं है तो कहना केवल बकवाद है। जिस तरह पिंजड़े में बन्द तोता बड़े–बड़े ज्ञान की बातें रटता है किन्तु सावधान न रहने पर पिंजड़े का द्वार खुलते ही बिल्ली का ग्रास बन जाता है। ठीक उसी प्रकार पण्डित के हाथ में ज्ञान की पोथी पड़ी रहती है पर उसके अनुरूप जीवन–यापन न करने पर वह परमात्मा को नहीं प्राप्त कर सकता। यदि कोई व्यक्ति गुड़ को बिना खाये उसके मीठे स्वाद का बखान करता है, यह उसी

प्रकार है कि जैसे कोई हींग खाकर कपूर के गुण का बखान करता हो। यह सब धोखा है। अतः व्यक्ति को परमात्मा तक पहुँचने के लिए कोरे उपदेश की अपेक्षा उपदेश को आचरण में उतारना आवश्यक है।

कहणि सुहेली रहणि दुहेली कहणि रहणि बिन थोथी।
पढ़या गुंण्या सूबा बिलाई षाया पंडित के हाथि रह गई पोथी।।
कहणि सुहेली रहणि दुहेली बिन षायां गुड़ मीठा।
खाई हींग कपूर बषांणै गोरष कहै सब झूठा।।[92]

गोरखनाथ ने आचरण की पवित्रता के साथ–साथ मन की पवित्रता को भी उतना ही महत्त्व दिया। उनका मानना था कि मन की शुद्धता एवं पवित्रता के बल पर सामान्य जल भी गंगाजल सदृश हो जाता है। गोरखनाथ के इस उपदेश का समाज पर व्यापक प्रभाव पड़ा और हजारों वर्षों से आज भी हमारे समाज में गोरखनाथ का यह वचन 'मन चंगा तो कठौती में गंगा'[93] लोकोक्ति की तरह प्रचलित है। भक्तियुगीन कवियों ने भी इसे बार–बार दोहराया है। गोरखनाथ ने समाज में व्याप्त पंचमकारों का पूर्णतया निषेध किया। उन्होंने कहा कि मांस–भक्षण से प्राणि में दया भाव का नाश होता है, मदिरा पीने से प्राणशक्ति क्षीण होती है, भाँग के सेवन से ज्ञान और ध्यान का विनाश होता है। इस प्रकार मनुष्य दुःख और कष्ट से घिरता जाता है। यथा–

अवधू मांस भषंत दया का नास। मद पीवत तहां प्राणं निरास।
भांगि भषंत ग्यांन ध्यांन षोवंत। जम दरबारी ते प्राणी रोवतं।।[94]

गोरखनाथ ने ज्ञान के साथ–साथ उसका अनुभव अर्थात् उसकी जीवन में साधना को महत्त्व दिया है। गोरखनाथ कहते हैं कि शास्त्र में वर्णित आत्मज्ञान, परमात्मज्ञान आदि को अपने जीवन में अनुभव करना चाहिए। पार्थिव शरीर से प्राण के निकल जाने पर मुक्ति की प्राप्ति या वैकुण्ठ में निवास आदि की बात का कोई महत्त्व नहीं है। शरीर निष्प्राण होने पर भूमि में गाड़ दिया जाता है अथवा जला दिया जाता है। जीवात्मा अपने कर्मों के अनुसार चौरासी (लाख) योनियों में जन्म लेता रहता है तथा शरीर छोड़ता रहता है।[95] गोरखनाथ ने आत्मज्ञान को ही गुरु और चित्त को शिष्य माना है। मन को वे ज्ञान और चित्त को मेल कराने वाला कहते हैं और इस प्रकार ज्ञान, चित्त और मन के एकाकार होने के साथ वे हर व्यक्ति को एक बार फिर 'अप्पदीपोभव' का सन्देश देते हुए दिखायी देते हैं

ग्यांन सरीषा गुरु न मिलिया, चित्त सरीषा चेला।
मन सरीषा मेलू न मिलिया ताथै गोरष फिरै अकेला।।[96]

गोरखनाथ बार–बार व्यक्ति को अपने अन्दर ही परमात्मतत्त्व खोजने का उपदेश देते हैं। मानव को जीवन–मुक्ति का सन्देश देते हुए वे कहते हैं कि आत्मविवेकरूपी गुरु के ज्ञान प्रकाश में ही हम शरीर और आत्मा का भेद स्वयं ही समझ सकते हैं। आत्मविवेक ही हमें गुरु के रूप में वास्तविक मार्गदर्शन कर सकता है। वही हमें यह ज्ञान करा सकता है कि हमारी उत्पत्ति अनादि है जो मनसा अर्थात् मायाप्रधान प्रकृतिरूपी माता और निरंजन निराकार रूपी पिता से हुई है। यह समझे बिना हम मुक्ति का मार्ग नहीं प्राप्त कर सकते।[97] गोरखनाथ ने जीवन में किसी भी प्रकार के भेद को अस्वीकार किया है। वे जीवात्मा और परमात्मा में भी भेद नहीं करते। उनका मानना है कि जीवात्मा और परमात्मा एक है। परमात्मा प्रत्येक जीवधारी के शरीर में भीतर–बाहर सर्वत्र व्याप्त है। इस प्रकार जीव हिंसा स्वयं अथवा परमात्मा के प्रति हिंसा है। इसीलिए गोरखनाथ बार–बार मन को मारने का उपदेश देते हैं। मन ही मनुष्य के मोक्ष एवं बन्धन का कारण है। यथा–

जीव सीव संगे बासा। बधि न षाइबा रुध्र मासा।
हंस घात न करिबा गोतं। कथंत गोरष निहारि पोतं।।
जीव क्या हतिये र` प्यंडधारी। मारिलै पंच भू मृगला।
चरै थारी बुधि बाड़ी। जोग का मूल है दयादाणं।।
कथंत गोरष मुकति लै मानवा मारि लै रे मन द्रोही।
जाकै बप बरण मास नहीं लोही।।[98]

गोरखनाथ का कथन है कि परमात्मतत्त्व को प्राप्त करने, एहलौकिक एवं पारलौकिक जीवन को सफल बनाने तथा जीवन के परम उद्देश्य को प्राप्त करने के लिए योग अमूल्य रत्न है। योग की साधना कठिन भी है और सामान्य भी। परमात्मस्वरूप में सदा युक्त रहना ही योग है। जिह्वा–इन्द्रिय के भोगास्वाद से अनासक्त आहार की विधि का संयमित पालन, मोह–माया के वशीभूत न होकर एक सामान्य गृहस्थ भी परमशिव में स्थित हो सकात है। वे बार–बार मन की साधना पर जोर देते हैं और कहते हैं कि मन बड़ा ही चंचल है। वह क्षण–क्षण में अस्थिर होता है। इसका निग्रह योगसाधना के लिए आवश्यक है। इस प्रकार मन की साधना और योगाभ्यास के द्वारा हम प्रत्येक जीव, जड़–चेतन में विद्यमान ब्रह्मज्योति अर्थात् अलखनिरंजन, परब्रह्म परमात्मा के स्वप्रकाश का अपने शरीर के भीतर कोई भी साक्षात्कार कर सकता है। गोरखनाथ कहते हैं कि मनुष्य शरीर की प्राप्ति दुर्लभ है। इस शरीर की चेतनवृत्तियों को भाँग–धतूरे इत्यादि का सेवन करके दुर्बल नहीं करना चाहिए। मादक द्रव्यों के सेवन से

स्नायु निर्बल और मन चंचल तथा बुद्धि क्षीण हो जाती है। मानव काया काम, क्रोध, मोह, मद, मत्सर इत्यादि विकृतियों का शिकार हो जाती है और मानव जीवन निष्फल हो जाता है। गोरखनाथ पाँच प्रकार के नित्य स्नान का उपदेश देते हैं। सत्य, शील, गुरूपदेश–चिन्तन, स्वाध्याय और दया वे पाँच प्रकार के स्नान हैं जिनसे तन, मन, बुद्धि शुद्ध होती है, जीवन संयमित और पुण्यशाली होता है।[99] गोरखनाथ और नाथपन्थ के योग का सामान्य जन के लिए सबसे सरल और सहज उपदेश श्वास आधारित जप है जिसे नाथपन्थ में अजपाजप कहा गया है। गोरखवाणी में गोरखनाथ कहते हैं कि जब तक शरीर में साँस है, प्राण स्थिर है, तभी तक जीवन है। जबकि बैठते–उठते, चलते–सोते हमारी साँसें व्यर्थ निकल जाती हैं, अस्थिर होकर टूट जाती हैं और हमारी आयु व्यर्थ समाप्त हो जाती है। गोरखनाथ कहते हैं कि बैठते समय बारह, चलते समय अट्ठारह, सोते समय तीस और अन्य स्थितियों में चौंसठ साँसें क्रमपूर्वक व्यर्थ टूटती हैं, जिनका उपयोग परमार्थ चिन्तन या भजन में किया जा सकता है और इस प्रकार निरन्तर मनुष्य परमात्मा का स्मरण करते हुए मुक्ति के मार्ग पर चलते रह सकता है। यथा–

बैठा बारै चलत अठारै, सूतां तूटै तीस।
कई थन करतां चौसटि तूटै, क्यों भजिबो जगदीस।।[100]

गोरखनाथ और उनके उपदेशों का जब हम सम्यक विवेचन करते हैं तो यह स्पष्ट होता है कि गोरखनाथ भारत के सामाजिक परिवर्तन के क्रान्तिद्रष्टा के अग्रदूत थे। वे सामाजिक–आध्यात्मिक युगप्रवर्तक महायोगी थे। उन्होंने भारतीय समाज में व्याप्त विकृतियों का निषेध करते हुए लोक–कल्याणार्थ भारतीय संस्कृति की मौलिक आध्यात्मिक चेतना को पुनर्जागृत किया। उनके उपदेशों और नाथपन्थ के योगियों द्वारा घूम–घूमकर भारत के व्यापक परिक्षेत्रों में दिये गये सन्देशों ने भारतीय समाज को व्यापक रूप से प्रभावित किया।

नाथपन्थ के प्रवर्तक महायोगी गोरखनाथ इस जाति व्यवस्था के ऊँच–नीच एवं छुआ–छूत जैसी कुरीतियों के विरुद्ध तनकर खड़े हुए। इन विषम सामाजिक परिस्थितियों में भारत की जनता को कर्तव्यबोध कराने वाले महायोगी गोरक्षनाथ ने नाथपन्थ के रूप में जिस संगठन को खड़ा किया वह सामाजिक परिवर्तन और जन–मानस के अनुरूप था। इसमें एक तरफ ईश्वरवाद की एक निश्चित अवधारणा थी तो दूसरी तरफ धार्मिक अन्धविश्वासों, कुरीतियों एवं रूढ़ियों पर करारा प्रहार भी था। युग–धर्म के अनुसार उन्होंने जाति–पाँति की कट्टरता,

धार्मिक उन्माद एवं कथनी–करनी में अन्तर इत्यादि बुराइयों के विपरीत आवाज बुलन्द की और स्नेह–सहयोग, त्याग–तपस्या, सहनशीलता के शान्तिपूर्ण सन्देश दिए। उन्होंने घोषित किया कि ये कुरीतियाँ शास्त्र–सम्मत नहीं हैं। उन्होंने सभी के लिए योग का एक ऐसा सहज मार्ग प्रतिपादित किया, जो बिना भेद–भाव के ईश्वर का साक्षात्कार करा सकता था और जिस पथ पर चलकर सभी मोक्ष के अधिकारी थे।

महायोगी गोरखनाथ ने एक नया एवं अद्‌भुत सामाजिक वर्गीकरण का सिद्धान्त दिया। उन्होंने जातीय विभाजन को अस्वीकार करते हुए मनुष्यों का केवल दो वर्ग स्वीकारा है। योगबीज में कहा गया है कि देहधारी मनुष्य दो प्रकार के हैं–एक वे हैं, जो योगहीन होने के कारण अपक्व (कच्चे) देहवाले हैं और दूसरे योगाभ्यास से युक्त पक्व (पक्के) देहवाले हैं।

अपक्वाः परिपक्वाश्च द्विविधा देहिनः स्मृताः।
अपक्वाः योगहीनास्तु पक्वा योगेन देहिनः।।

(योगबीज, 34)

अजपा–जप नाथपन्थ का वह मन्त्र है जो अमीर–गरीब, स्त्री–पुरुष सभी को चाहे–अनचाहे एक समान रूप से उपलब्ध है। श्वास सभी मानव एक जैसे लेते हैं। नाथपन्थी दर्शन के अनुसार हर जीव 'ह'कार ध्वनि के साथ श्वास (प्राणरूप में) बाहर छोड़ता है और 'स'कार ध्वनि के साथ (अपान रूप में) श्वास भीतर खींचता है। इस प्रकार हर मानव हंस–हंस मन्त्र का जप स्वतः दिन–रात मिलाकर इक्कीस हजार छः सौ बार करता है। यथा–

हकारेण बहिर्याति सकारेण विशेत् पुनः।
हंसहंसेत्यमुं मन्त्रं जीवो जयति सर्वदा।।
षटशतानि त्वहो रात्रे सहस्राण्येक विशंतिः।
एतत्संख्यान्वितं मन्त्र जीवो जयति सर्वदा।।

(गोरक्षशतक, 42–43)

महायोगी गोरखनाथ का अभिमत है कि यह अजपा गायत्री है, जिसका स्वतः जप होता रहता है। यह जप संकल्पमात्र से ही मोक्ष प्रदान करता है। इस जप को करने के लिए किसी प्रकार के अतिरिक्त टण्ट–घण्ट, कर्मकाण्ड, विधि–विधान, व्यय इत्यादि की कहाँ जरूरत है। मात्र संकल्प ही पर्याप्त है। महायोगी के इस अजपा–गायत्री–जप ने हर जीव को एक समान मोक्ष का अधिकारी बना दिया। उपासना की इतनी सहज विधि कहीं अन्यत्र दुर्लभ है।

गोरक्षशतक में ही 'ॐकार जप' का उल्लेख मिलता है। अजपा गायत्री की ही तरह यह मन्त्र–जाप भी सहज–सरल–सर्वग्राही और बिना किसी भेद–भाव के सभी के लिए करणीय है। गोरक्षशतक के अनुसार चाहे बाह्य शौच से युक्त हो, चाहे अशौच की स्थिति में हो, ॐ–प्रणव का सदा जप करते रहने से जीव उसी तरह पापकर्म मे लिप्त नहीं होता, जैसे कमलपत्र पानी में रहकर भी जल से लिप्त नहीं होता। वाणी से प्रणव–ॐ का जप करना चाहिए। शरीर से उसके चिन्तन में तत्पर रहना चाहिए और मन से उसका नित्य स्मरण करना चाहिए।

पद्मासनं समारुह्य समकायशिरोधरः।
नासाग्रदृष्टिरेकान्ते जपेदोङ्कारमव्ययम्।।
वचसा तज्जपेद बीजं वपुषा तत्समभ्यसेत्।
मनसा तत्स्मरेन्नित्यं तत्परं ज्योतिरोमिति।।
शुचिर्वाप्यशुचिर्वापि यो जपेत् प्रणवं सदा।
न स लिप्यति पापेन पद्मपत्रमिवाम्भसा।।

(गोरक्षशतक 83, 88, 89)

इस प्रकार महायोगी गोरखनाथ द्वारा प्रवर्तित योगमार्ग योगियों, गृहस्थों एवं प्रत्येक मानव (स्त्री–पुरुष) के लिए सर्व–सुलभ था। यह उपासना की ऐसी पद्धति थी जो पूर्णतः व्यय–रहित एवं विभेद–रहित थी। सभी के लिए नाथपन्थी योगमार्ग के द्वारा स्वस्थ रहते हुए लौकिक एवं पारलौकिक जीवन का चरम लक्ष्य प्राप्य था। योगमार्ग सामाजिक समरसता का महामन्त्र बना।

नाथपन्थ के प्रवर्तक महायोगी गोरक्षनाथ ने योग–साधना के साथ–साथ आम–जन के लिए जीवन के सहज मार्ग का अनवरत उपदेश किया है। समत्व एवं ममत्व के साथ एकरस समाज के मनोविकास का निरन्तर प्रयत्न गुरुश्री गोरक्षनाथ की बानियों में दिखायी देता है। जाति–पाति, मत–मजहब, पथ–पन्थ की सभी सीमाओं से परे मानव–शरीर और आत्मा को केन्द्र बिन्दु मानते हुए गोरखनाथ कहते हैं कि मानव शरीर में ही भगवान् का वास है। अतः अन्तःसाधना ही मूल है। अलख निरंजन स्वसंवेद्य परमशिव अपने ही भीतर हैं। अपना शरीर ही ज्ञान स्वरूप गुरु अनादि शिव का अधिष्ठान है। शरीर स्थित आत्मा ही सर्वश्रेष्ठ देवता है। इड़ा, पिंगला के संगम स्थान सुषुम्ना में साक्षात् भगवान् जगन्नाथ का निवास है। दसवें द्वार ब्रह्मरन्ध्र पर परमशिव केदारनाथ निवास करते हैं, यही केदारधाम है। योग के द्वारा शरीर–आत्मा को साधकर हर कोई मोक्ष प्राप्त करने का अधिकारी है। यथा–

गुरदेव स्यंभेदव सरीर भीतरिये।
आत्मां उत्तिंम देव ताही की न जांणौ सेव।
आंन देव पूजि–पूजि इमही मरिये।।
नवे द्वारे नवे नाथ, तृबेणीं जगन्नाथ, दसवें द्वारि केदारं।।
जोग, जुगतिसार तौ भौ तिरिये पारं।
कथंत गोरषनाथ विचारं।।

(गोरखबानी, पद–9)

स्वर्ग–नरक और मुक्ति के सन्दर्भ में महायोगी गोरक्षनाथ ने ऐसा सहज मार्ग प्रतिपादित किया जो सभी के लिए सर्व–सुलभ था। महायोगी ने समाज का मार्गदर्शन करते हुए कहा कि युक्ताहारविहारयुक्त संयमित जीवन ही शरीर का सुख है, यही स्वर्ग है। असंयमित तथा आहार–विहार–व्यतिक्रमजन्य रोगाक्रान्त अवस्था ही दुःख है, यही नरक है। अपने संकल्प की पूर्ति के रूप में फलप्राप्ति की भावना से किए गए कर्म ही बन्धन हैं और संकल्प–शून्य इच्छारहित सहज–स्वाभाविक अवस्था ही निर्विकल्पता है, यही मुक्ति अथवा कैवल्य है। यद्यपि अज्ञानी की दृष्टि में निद्रादिरूपता ही स्वरूपस्थिति कही गयी है, तथापि यह शुद्ध–बुद्ध आत्मबोधरूप प्रपंचातीत अवस्था ही आत्मजागृति हैं, इससे शान्ति प्राप्त होती है, यही जीव–मुक्ति है। इस तरह सभी देहों में विश्वरूप परमात्मा–परमेश्वर अखण्ड–स्वरूप घट–घट में चित्तस्वरूप व्याप्त है। यथा–

यत्सुखं तत्स्वर्गं, यद्‌दुःखं तन्नरकं, यत्कर्म तद्‌बन्धनं, यन्निर्विकल्पं तन्मुक्तिः स्वरूपदशायां निद्रादौ स्वात्मजागरः शान्तिर्भवति। एवं सर्वदेहेषु विश्वरूप परमेश्वरः परमात्माऽखण्डस्वभावेन घटेघटे चित्स्वरूपोतिष्ठति।

(सिद्धसिद्धान्तपद्धति, 3.13)

नाथपन्थ के योगियों ने बार–बार कहा कि पाप–पुण्य हमारे कर्मों के आधार हैं। परमात्मा को स्मरण करते रहने मात्र से मोक्ष–मुक्ति पाया जा सकता है। योग के सहज मार्ग के द्वारा अपने शरीर के भीतर ही निर्वाण अर्थात मुक्ति पाया जा सकता है। महायोगी गोरखनाथ कहते हैं कि सातो द्वीप और नवखण्ड एवं सम्पूर्ण ब्रह्माण्ड हमारे शरीर में ही विद्यमान हैं। अलख–निरंजन परमेश्वर, सूर्य, चन्द्रमा हमारे शरीर में ही हैं। बाह्यवृत्तियों को समेट कर अपने शरीर के भीतर ही परब्रह्म का साक्षात्कार करना चाहिए।

पाप पुंन करम का बासा। मोष मुक्ति चेतहु हरि पासा।
जोग जुक्त जब पाओ ग्यांना। काया षोजौ पद नृबाना।।
सप्तदीप नवखंड ब्रह्मण्डा। धरती आकास देवा रवि चंदा।
तजिबा तिहुँ लोक निवासा। तहाँ निरंजन जोति प्रकासा।।
(प्राणसंकली, 2–3)

नाथपन्थ ने समरस समाज की स्थापना में धार्मिक–आध्यात्मिक दर्शन का न केवल प्रतिपादन किया अपितु सभी जातियों के लिए धर्म–अध्यात्म–योग को सुलभ बना दिया। गोरखनाथ के इसी अभियान का परिणाम था कि भक्ति आन्दोलन में नीच कही जाने वाली जातियों के भक्त ताल ठोककर आगे आए। नाथपन्थ में भी नीच कही जाने वाली जातियों के लोग बड़ी संख्या में दीक्षित हुए। आचार्य रामचन्द्र शुक्ल ने हिन्दी साहित्य के इतिहास में लिखा है कि 84 सिद्धों में बहुत से मछुए, चमार, धोबी, डोम, कहार, लकड़हारे, दर्जी तथा और बहुत से शूद्र कहे जाने वाले लोग थे। यहाँ तक कि बड़ी संख्या में इस्लाम के अनुयायी भी नाथपन्थ में दीक्षित हुए। नाथपन्थ के प्रभाव में ही भारत में सूफी मत में योग–ध्यान विकसित हुआ। महायोगी गोरक्षनाथ एवं नाथपन्थी योगियों ने भारतीय जाति व्यवस्था में कोढ़ की तरह व्याप्त जाति व्यवस्था के ऊँच–नीच, छुआ–छूत के विरुद्ध जो अभियान चलाया उसी का परिणाम था कि भारत की सामाजिक–राष्ट्रीय चेतना में एकता के सूत्र बचे रहे।

राष्ट्रीय–सामाजिक एकता की पुनर्प्रतिष्ठा समय की माँग थी। धर्म–अध्यात्म के सात्विक स्वरूप की पुनर्स्थापना के साथ उसके प्रति सामाजिक आस्था उत्पन्न करना भारतीय संस्कृति की सनातन धार्मिक–आध्यात्मिक परम्परा को आगे बढ़ाने के लिए अपरिहार्य था। दुःख से मुक्त आनन्द एवं सुख की खोज में भटकती मानवता को सर्वस्वीकार्य पथ चाहिए था। भारत की सनातन संस्कृति में सर्वप्रतिष्ठित जीवन–मूल्य 'सदाचरण' को समाज में प्रतिष्ठा चाहिए थी। महायोगी गोरखनाथ इसी कार्य हेतु भारत की पावन भूमि पर अभ्युदित हुए। यह महायोगी भारत में अपनी यौगिक क्षमता का चमत्कार दिखाने नहीं समाज बदलने ही आया था। इस महायोगी ने भारतीय समाज में सदाचरण पर आधारित योग–केन्द्रित जन–सामान्य के लिए सुलभ मोक्ष–मार्ग के दार्शनिक–व्यावहारिक अधिष्ठान पर उसी सामाजिक क्रान्ति का सूत्रपात किया जो उससे हजार वर्ष पूर्व महात्मा बुद्ध–महावीर जैन ने प्रारम्भ की थी। दया–करुणा परपीड़ाहरण के साथ सामाजिक विकृतियों के खिलाफ तनकर खड़े गोरखनाथ ने विश्व–बन्धुत्व, विश्वप्रेम, सहानुभूति, मानव–मानव की समानता, जीव–मात्र के जीवन की पवित्रता,

न्याय एवं स्वतन्त्रता के अधिकार, सत्य का आदर, निःस्वार्थ सेवा, मानव जाति की एकता, ब्रह्माण्ड की एकता, मानवजाति को उच्च से उच्चतर सभ्यता की ओर ले जाने वाले धार्मिक–आध्यात्मिक दर्शन का प्रतिपादन किया। गोरखनाथ और उनके नाथपन्थी योगियों ने मानव–जाति को सिखाया–आत्मसंयम आत्मतुष्टि से श्रेष्ठ है, बलिदान योग से महान है, आत्म–विजय दूसरों की विजय से श्रेष्ठ है; आध्यात्मिक उन्नति भौतिक उन्नति से महान है, विश्वप्रेम सर्वनाशी पाशविक शक्ति से कहीं श्रेष्ठ है; आत्मा के शाश्वत हित में संसार की बड़ी से बड़ी वस्तु का त्याग श्रेष्ठतर है। महायोगी गोरखनाथ ने न केवल वैचारिकी एवं दर्शन का प्रतिपादन किया अपितु योगियों की एक ऐसी श्रृंखला खड़ी की जिन्होंने उनके विचार–दर्शन को लोकभाषा में जन–जन तक पहुँचाया। जातियों में ऊँच–नीच एवं भेद–भाव की दीवारें तोड़ दी। सभी के लिए ईश्वर तक जाने का एक योग–मार्ग प्रतिष्ठित कर दिया। धर्म–अध्यात्म का द्वार सभी के लिए एक समान रूप से खोल दिया। पूजा–पाठ अथवा उपासना पद्धतियों की जटिलताएँ समाप्त कर दी। तन–मन को स्वस्थ रखते हुए ऐहिक जीवन के आनन्द के साथ पारलौकिक जीवन के प्रश्नों का सहज उत्तर प्रस्तुत किया। सदाचरण एवं लोक–कल्याण को धर्म–अध्यात्म का मूलमन्त्र बनाया। वस्तुतः महायोगी गोरखनाथ ने इस धरती पर भारत की सनातन संस्कृति को पुनर्जीवन दिया। भारत में एक नयी सामाजिक क्रान्ति को जन्म दिया।

मानव–जीवन के परम–लक्ष्य मोक्ष अर्थात् मुक्ति के लिए नाथपन्थ ने योगाधारित तन–मन की जो साधना विकसित की, लोक–कल्याण उस साधना का प्रबल पक्ष है। नाथपन्थ ने सुसभ्य, सुसंस्कृत, स्वस्थ समाज की रचना को ही लोक–कल्याण का स्थायी मार्ग माना। नाथपन्थी योगियों का मानना है कि समरस–संवेदनशील समाज लोक–कल्याण को समर्पित होगा। ऐसा समाज सेवा–भावी होगा। सेवा–भावी समाज दुःख से मुक्त आध्यात्मिक प्रवृत्तियों का समाज होगा। इसी सामाजिक परिवेश में नाथपन्थी योग–साधना अपने चरम–लक्ष्य तक पहुँची। वस्तुतः नाथपन्थ ने सेवा–साधना के बल पर लोक–कल्याण और योग–साधना के द्वारा मोक्ष का मार्ग प्रशस्त किया।

नाथपन्थ के योगियों ने नाथपन्थ की सामाजिक–राष्ट्रीय समर्पण की परम्परा को अनवरत बनाए रखा। सामाजिक समरसता एवं भारत के स्वतन्त्रता संग्राम में अपनी सक्रिय भूमिका निभाई। नाथपन्थ के मठ–मन्दिर सेवा–साधना के केन्द्र बने रहे। उत्तर–प्रदेश के गोरखपुर में स्थित श्रीगोरक्षपीठ एवं श्रीगोरखनाथ

मन्दिर नाथपन्थ का सर्वोच्च केन्द्र है। यह नाथपन्थ के आचार–विचार का साक्षात् स्वरूप प्रस्तुत करता है।

नाथपन्थ के ग्रन्थों में उल्लिखित तथ्यों एवं उपर्युक्त विवेचन के आधार पर यह कहा जा सकता है कि नाथपन्थ ने भारतीय समाज में परिवर्तन की एक नयी राह दिखायी, भारतीय समाज–दर्शन के एक नये युग का सूत्रपात किया। गोरखनाथ ने भारतीय समाज की उस दुखती रग को स्पर्श किया जो समाज में विखण्डन एवं भेदभाव के कारण उत्पन्न हुआ था। भारतीय समाज के उस कमजोर नब्ज़ को महायोगी गोरखनाथ ने पकड़ा जो भारतीय समाज की सभी व्याधियों की जड़ थी। भारत के सामाजिक परिवर्तन के इतिहास में गोरखनाथ, महात्मा बुद्ध की ही तरह एक मजबूत प्रस्थान बिन्दु बने। जिस प्रकार महात्मा बुद्ध ने भारत की सनातन संस्कृति में आयी विकृतियों के शमन का बिगुल फूँका उसी प्रकार महायोगी गोरखनाथ ने अपने युग तक भारतीय समाज में व्याप्त सामाजिक कुरीतियों, रूढ़ियों, पाखण्डों, बाह्याडम्बरों के विरुद्ध उद्घोष किया और हर क्षेत्र में एक सार्थक विकल्प प्रस्तुत किया। गोरखनाथ और नाथपन्थ के सामाजिक दर्शन एवं साधना पद्धतियों का भारतीय समाज पर प्रभाव का महत्त्व इस बात से समझा जा सकता है कि गोरखनाथ के युग के बाद का भारतीय समाज नाथपन्थ द्वारा जारी सामाजिक परिवर्तन के अभियान की नींव पर ही खड़ा हुआ। सामाजिक सुधारों के लिए एवं भारतीय समाज को दृष्टि देने के लिए प्रसिद्ध भारत का भक्ति आन्दोलन अथवा भक्तियुगीन कवियों के विचारों की आधारशिला में गोरखनाथ और उनके विचार उपस्थित है। गोरखनाथ और उनका नाथपन्थ भारत के सामाजिक इतिहास का अत्यन्त शक्तिशाली, प्रभावकारी एवं परिणामकारी सामाजिक–आध्यात्मिक आन्दोलन है।

सन्दर्भ

1. दीघनिकाय 1, पृष्ठ 97–99, 131; मज्झिमनिकाय 2, पृ. 128; निदानकथा 1.2
2. सीलविभंस जातक, सं. 86
3. मज्झिमनिकाय 2, पृ. 150
4. सुत्तनिपात, 1.7.21, 3.9.57
5. वाजसनेयी संहिता, 30.6.7; अथर्ववेद 3.5.6; शतपथ ब्राह्मण, 13.4.2.17; तैत्तिरीय ब्राह्मण, 1.1.4.8
6. शतपथ ब्राह्मण 13.8.3.11, 1.1.4.12, 5.3.2.11, 2.1.3.4; ऐतरेय ब्राह्मण 1.5; तैत्तिरीय ब्राह्मण 1.1.4; अथर्ववेद 13.92.8; वाजसनेयी संहिता 26.2

7. छान्दोग्य उपनिषद् 5.3.6, 5.3.7
8. गौतम धर्मसूत्र 1.8.13, 12.43. 8.12–13, 21.1, 22.20–22; बौधायन धर्मसूत्र 1.44–106; आपस्तम्ब धर्मसूत्र 2.10.24.10
9. अर्थशास्त्र, 4.1, 4.2, 4.22
10. चतुर्दश शिलाभिलेख का पाँचवाँ मानसेरा अभिलेख, द्रष्टव्य परमेश्वरीलाल गुप्त, प्राचीन भारत के प्रमुख अभिलेख, खण्ड–एक, सप्तम संस्करण 2014
11. द्रष्टव्य, जयशंकर मिश्र, प्राचीन भारत का सामाजिक इतिहास 1980, पृ. 91
12. एपिग्राफी ऑफ इण्डिया–4, पृ. 36, 42
13. वाटर्स, 168
14. हर्षचरित, सर्ग 2, पृ. 36, 42
15. छान्दोग्य उपनिषद्, 5.10.7; महाभारत, वनपर्व 80.31–33; गौतम धर्मसूत्र, 21.6–10, 18.24, 4.14; बौधायन धर्मसूत्र, 1.9.3; आपस्तम्ब धर्मसूत्र, 1.2.4.9
16. याज्ञवल्क्य स्मृति, 1.91; बौधायन धर्मसूत्र 1.93; विष्णुपुराण, 2.3.18; मनुस्मृति 10.8; अभिधान चिन्तामणि, 3.895
17. गौतम धर्मसूत्र, 4.15; बौधायन धर्मसूत्र, 1.9.7; महाभारत, अनुशासन पर्व 48.13; मनुस्मृतिः, 10.47; अभिधान चिन्तामणि, 3. 896
18. गौतम धर्मसूत्र, 4.14; बौधायन धर्मसूत्र, 1.95; मनुस्मृति 10.9; महाभारत, अनुशासन पर्व 48.7
19. बौधायन धर्मसूत्र, 1.9.3; गौतम धर्मसूत्र, 4.14; महाभारत अनुशासन पर्व, 48.5; मज्झिमनिकाय, 2, पृ. 152; विष्णुपुराण 1.13.33–36
20. गौतम धर्मसूत्र, 4.15–16; बौधायन धर्मसूत्र, 1.9.4; महाभारत, अनुशासन पर्व 48.12; याज्ञवल्क्यस्मृति, 1.94; विष्णुपुराण 2.3.16; ब्रह्माण्डपुराण 2.36.163; वायुपुराण 61.154; अभिधान चिन्तामणि 3.896
21. तैत्तिरीय ब्राह्मण 1.1.4; मैत्रायणी संहिता 2.6.5; अंगुत्तरनिकाय 3, पृ. 385; बौधायन धर्मसूत्र 1.9.6; अभिधान चिन्तामणि 3.8.99
22. गौतम धर्मसूत्र, 1.4.15–16; बौधायन धर्मसूत्र, 1.9.8; महाभारत, अनुशासन पर्व 48.10; याज्ञवल्क्यस्मृति, 1.93; मनुस्मृति, 10.47; अभिधान चिन्तामणि 3.898
23. बौधायन धर्मसूत्र, 1.9.9; गौतम धर्मसूत्र, 1.4.15–16; मनुस्मृति, 10.11, 10. 47; याज्ञवल्क्यस्मृति, 1.93; अभिधान चिन्तामणि 3.8.98
24. बौधायन धर्मसूत्र, 10.9.13; गौतम धर्मसूत्र, 1.4.15; जातक 4, पृ. 251; मनुस्मृति, 10.19; याज्ञवल्क्यस्मृति, 1.93
25. बौधायन धर्मसूत्र, 1.9.14; मनुस्मृति, 10.18; जातक 3, पृ. 94–95; जातक 4, पृ. 2.5

26. मनुस्मृति, 10.8; याज्ञवल्क्यस्मृति, 1.92; वायुपुराण, 1.92; अभिधान चिन्तामणि 3.895
27. बौधायन धर्मसूत्र, 1.9.7; मनुस्मृति, 10.12; वायुपुराण, 99.269; मत्स्यपुराण, 50.75; अभिधान चिन्तामणि 3.896
28. मनुस्मृति, 10.15
29. मनुस्मृति, 10.15; विष्णुपुराण 2.3.16; वायुपुराण 99.296; मत्स्यपुराण 50.76
30. मनुस्मृति, 10.15
31. गौतमधर्मसूत्र 4.17; वायुपुराण 47.51; ब्रह्माण्डपुराण 2.17.54; मत्स्यपुराण 121.53
32. मनुस्मृति, 10.18
33. मनुस्मृति, 10.19; वेदव्यासस्मृति 1.11.12
34. मनुस्मृति, 10.12, 3.239; महाभारत अनुशासन पर्व 29.17; गौतम धर्मसूत्र 4.15–16; आपस्तम्बधर्मसूत्र 2.1.8; छान्दोग्य उपनिषद् 5.10.7; याज्ञवल्क्यस्मृति 1.93; जातक 4, पृ. 200, 376. 390
35. मनुस्मृति 10.32; तैत्तिरीय संहिता 4.5.4.2
36. मनुस्मृति 10.33
37. मनुस्मृति 10.34; जातक 2, पृ. 267
38. मनुस्मृति 10.36; व्यासस्मृति 1.11
39. मनुस्मृति 10.36; मत्स्यपुराण 50.76
40. मनुस्मृति 10.36
41. मनुस्मृति 10.37
42. मनुस्मृति 10.38
43. मनुस्मृति 10.38
44. सूतसंहिता, धर्मशास्त्र का इतिहास में उद्धृत 2.1, पृ. 92; वायुपुराण 41.46; विष्णुपुराण 4.24.69
45. अमरकोश, 2.10.20; कुमारसम्भवम् 8.29; वायुपुराण 47.48; ब्रह्माण्डपुराण 2.17.50; विष्णुपुराण 2.3.8
46. याज्ञवल्क्यस्मृति 2.48; व्यासस्मृति 1.12–13
47. वैखानस स्नातसूत्र, 10.13; मत्स्यपुराण 121.45; मनुस्मृति 10.9
48. व्यासस्मृति 1.12–13; ब्रह्माण्डपुराण 4.7.19
49. वैखानस स्नातसूत्र, 10.14; मनुस्मृति 10.10; वायुपुराण, 99.269; मत्स्यपुराण 50.25
50. मनुस्मृति, 10.23; विष्णुपुराण 2.3.17; मत्स्यपुराण 114.48
51. अलबरूनी, ग्यारहवीं सदी का भारत, पृ. 126; राजतरंगिणी, 6.69

52. द्रष्टव्य, जयशंकर मिश्र, भारत का सामाजिक इतिहास 1980, पृ. 172
53. वही
54. पाणिनिकालीन भारत, पृ. 94; अलबरूनी, ग्यारहवीं सदी का भारत, पृ. 122
55. शतपथ ब्राह्मण 12.5.1.13
56. तैत्तिरीय संहिता 4.5.4.2; तैत्तिरीय ब्राह्मण 1.1.4
57. शतपथ ब्राह्मण 9.8.1; मज्झिमनिकाय 2, पृ. 18; जातक 2, पृ. 79; वायुपुराण 14.18
58. शतपथ ब्राह्मण 5.1.2.14; वाजसनेयी संहिता 17.2.1; जातक 6, पृ. 189
59. तैत्तिरीय संहिता 1.7.13; शतपथ ब्राह्मण 12.8.311; सीक्रेट बुक ऑफ द ईस्ट 33, पृ. 340; मत्स्यपुराण 5.28; विष्णुपुराण 1.15.120; वायुपुराण 60.28
60. चरकसंहिता 27.178.18; अमरकोश 2.10.40–41
61. जयशंकर मिश्र, प्राचीन भारत का सामाजिक इतिहास, पृ. 176
62. सभा शृंगार, पृ. 184; राजतरंगिणी, 7.16.17; द्रष्टव्य, जयशंकर मिश्र, प्राचीन भारत का सामाजिक इतिहास, पृ. 175–176
63. स्मृति संग्रह, पृ. 34, 122, 392
64. द्रष्टव्य, जयशंकर मिश्र, प्राचीन भारत का सामाजिक इतिहास, पृ. 183
65. अर्थशास्त्र, 1.9
66. मनुस्मृति, 7.58–59, 8.9
67. विष्णुपुराण 4.20, 28–29; ब्रह्माण्डपुराण 3.63.93; वायुपुराण 88.94
68. शतपथ ब्राह्मण 13.3.5.4; गौतम धर्मसूत्र 8.5, 11.5–9; तैत्तिरीय संहिता 2.6.11
69. बौधायन धर्मसूत्र 1.10.18.19; अर्थशास्त्र 48
70. अलबरूनी, ग्यारहवीं सदी का भारत, पृ. 108
71. बौधायन धर्मसूत्र, 2.2.82–83
72. अर्थशास्त्र 3.5
73. आपस्तम्ब धर्मसूत्र, 2.10.24.10; अर्थशास्त्र 2.1; महाभारत 2.1; महाभारत अनुशासन पर्व 104.25; मनुस्मृति 7.133
74. ग्यारहवीं सदी का भारत, पृ. 110
75. हजारी प्रसाद द्विवेदी, नाथ सम्प्रदाय, लोकभारती प्रकाशन, तृतीय संस्करण, 1981, पृ. 205
76. अतिवर्णाश्रमी प्रोक्तो गुरुः सर्वाधिकारिणाम्।
    न कस्यापि भवेच्छिष्ये यथाहं पुरुषोत्तमम्।।
    (सूत संहिता, मुक्तिखण्ड, 5/14–15)
77. नागेन्द्रनाथ उपाध्याय, गोरखनाथ, नाथ सम्प्रदाय के परिप्रेक्ष्य में, द्वितीय संस्करण 2009, पृ. 56

78. ब्रिग्स, गोरखनाथ एण्ड कनफटा योगीज, पृ. 218
79. योगीसम्प्रदायाविष्कृति–अनुवाद, चन्द्रनाथ योगी, पृ. 435–436
80. गोरखवाणी, रामलाल श्रीवास्तव द्वारा सम्पादित, तृतीय संस्करण, सबदी–9
81. गोरखवाणी, रामलाल श्रीवास्तव, वही, सबदी, 10
82. वही, सबदी, 11
83. गोरखवाणी, वही, सबदी 1
84. वही, सबदी, 2
85. वही, सबदी, 7–8
86. वही, सबदी, 21, 27
87. वही, सबदी, 27
88. वही, सबदी, 50 (क)
89. वही, सबदी, 159
90. वही, सबदी, 162
91. वही, सबदी, 172
92. वही, सबदी, 119–120
93. वही, सबदी, 153
94. वही, सबदी, 165
95. वही, सबदी, 176
96. वही, सबदी, 189
97. वही, सबदी, 202
98. वही, सबदी, 226–28
99. वही, सबदी, 258
100. वही, सबदी, 274

□

अध्याय–9

नेपाल में नाथपन्थ

भारत की उत्तरी सीमा पर हिमालय की उपत्यका में स्थित नेपाल श्रीनाथ तीर्थ केन्द्रों के सन्दर्भ में विशेष महत्त्व रखता है। प्रकृति की गोद में स्थित नेपाल का प्राकृतिक सौन्दर्य उसका शान्त एवं निर्जन स्वरूप किसी भी संन्यासी को मोह सकता था। नेपाल की शस्य श्यामला प्रकृति का खुला आँगन निरन्तर भ्रमण करते रहने वाले योगी मत्स्येन्द्रनाथ एवं महायोगी गोरखनाथ को अनवरत आकर्षित करता रहा है। नाथपन्थ के इन योगियों के बहुत पूर्व से या यों कहें कि मानव सभ्यता के उद्‌भव एवं विकास के समय से ही भारत–नेपाल के सम्बन्ध अभिन्न रहे हैं। प्राचीन काल से भारत–नेपाल का सम्बन्ध अटूट है। हजारों वर्षों से दोनों देशों की सांस्कृतिक परम्परा के सूत्र एक रहे हैं। दोनों देशों के लोगों ने कभी अनुभव नहीं किया कि वे दो हैं।[1] भारत–नेपाल केवल एक पड़ोसी देश ही नहीं बल्कि दोनों एक परिवार जैसे सगे भाई हैं। दोनों ऐतिहासिक, भौगोलिक, सांस्कृतिक तथा सामाजिक दृढ़ सम्बन्धों से जुड़े हैं।[2] हिमालय की दक्षिणी ढलान पर बसा नेपाल देश 147181 वर्ग किलोमीटर में फैला तथा लगभग तीन करोड़ की जनसंख्या वाला देश है। प्रशासनिक दृष्टि से 75 जिलों तथा 75 अंचलों में बँटा 2006 ई. तक यह विश्व का एकमात्र हिन्दू राष्ट्र था।[3]

भारत–नेपाल की अभिन्नता वैदिक युग से ही दिखाई देती है। पौराणिक मान्यता है कि निमि नाम के एक मनीषी ने इस क्षेत्र की स्थापना की थी, कालान्तर में इसे 'निमिना पालित राष्ट्र 'नेपालम्' कहा गया है। रामायण काल में यहीं जनकपुरी के राजा श्रीरध्वज (जनक) ने अपनी पुत्री सीता का विवाह अयोध्या के राजकुमार श्रीराम से किया था। अर्थात् अयोध्या एवं जनकपुर

का सम्बन्ध एक प्रकार से भारत–नेपाल सम्बन्ध ही था। महाभारत काल में नेपाल के लोगों ने पाण्डवों की ओर से युद्ध में भाग लिया था। नेपाल में ही स्थित लुम्बिनी में महात्मा बुद्ध का जन्म हुआ था। पाँचवीं शताब्दी ईसा पूर्व में यह उल्लेख मिलता है कि वर्तमान नेपाल की राजधानी काठमाण्डू की सुरम्य घाटी में गोपाल, कीरत, लिच्छवि इत्यादि राज्य बसे हुए थे। चाणक्य ने भी नेपाल का जिक्र किया है। मौर्य वंश के सम्राट अशोक की पुत्री का विवाह नेपाल के पर्वतीय क्षेत्र के एक राजपरिवार में हुआ था।[4] ईस्वी संवत् की आरम्भिक शताब्दियों में लिच्छवियों एवं मल्लों की उपस्थिति नेपाल की वंशावली एवं अभिलेखों में प्राप्त होती है। आठवीं शताब्दी के पशुपति मन्दिर अभिलेख में यह उल्लेख मिलता है कि सुपुष्प ने नेपाल के लिच्छवि शाखा के राज्य की स्थापना की।[5] वंशावलियों के अनुसार इस शाखा में महादेव बीसवाँ राजा था। अतः वहाँ लिच्छवि राज्य की स्थापना प्रथम या द्वितीय शती में हुई होगी।[6] नेपाल में एक राजनीतिक शक्ति के रूप में लिच्छवियों की जानकारी चन्द्रगुप्त प्रथम एवं लिच्छवि राजकुमारी के विवाह से होती है।[7] इस प्रकार गुप्त युग में भी नेपाल एवं भारत के साथ वैवाहिक सम्बन्ध दिखायी देता है। रमेशचन्द्र मजूमदार का मानना है कि गुप्त साम्राज्य के पतन के बाद नेपाल में लिच्छवियों को एक महत्त्वपूर्ण शक्ति के रूप में उभरने का अवसर मिला और उस समय यह नेपाल के शक्तिशाली राजवंश के रूप में प्रतिष्ठित हुए।[8] हर्षचरित से ज्ञात होता है कि उसने किसी तुषारध्वज (लुखारध्वज) नामक पर्वतीय प्रदेश से कर ग्रहण किया था। ऐसा माना जाता है कि नेपाल के राजा ने हर्ष से मित्रता स्थापित की थी और उपहारस्वरूप बहुत साधन लिया था।[9] प्रसिद्ध इतिहासकार के.एम. पणिक्कर मानते हैं कि हर्ष के साम्राज्य में नेपाल भी सम्मिलित था जबकि राधाकुमुद मुकर्जी के अनुसार नेपाल उसके प्रभावक्षेत्र में था।[10] चीनी सूत्रों से ज्ञात होता है कि हर्षवर्धन का समकालीन चीनी तांग शासक ताई सुंग ने 643 से 647 ई. के आसपास हर्ष की मृत्यु के पश्चात् दो दूतमण्डल हर्ष के दरबार में भेजे थे। इनसे सूचना मिलती है कि हर्ष की सेना ने नेपाल के शासक की मदद की थी।[11] नवीं शताब्दी ईस्वी तक आते–आते प्राकृतिक बाधाओं तथा अनेक राजनीतिक, सामाजिक कठिनाइयों के कारण नेपाल छोटे–छोटे राज्यों में बँट गया। 878 ई. में नेपाल का तिब्बत से टकराव के बाद नेपाल एक स्वतंत्र देश के रूप में उभरा।[12] भारत तथा चीन के बीच व्यापार का प्रमुख मार्ग होने के कारण नेपाल धीरे–धीरे आर्थिक रूप से सम्पन्न हुआ और ग्यारहवीं शताब्दी ईस्वी में गुणाकामदेव नामक शासक ने काठमाण्डू,

पाटन, शंकु नगरों का निर्माण किया।[13] 1559 ई. में एक राजपूत ध्रुवसेन शाहवंश की स्थापना की। उसने गोरखों के पर्वतीय प्रदेश काठमाण्डू के पश्चिमी क्षेत्र पर अधिकार कर लिया तथा उसके उत्तराधिकारियों ने नेपाल के मध्य क्षेत्र पर अपना अधिकार कर लिया। इस समय नेपाल बाइस छोटे–छोटे राज्यों में विभाजित था और नेपाल में मान्यता है कि इसी समय महायोगी गोरखनाथ के आशीर्वाद से पृथ्वीनारायण शाह ने नेपाल को एकीकृत कर एक शक्तिशाली राज्य का निर्माण किया।

नेपाल में महायोगी गोरखनाथ द्वारा प्रवर्तित नाथपन्थ के प्रभाव से पूर्व मत्स्येन्द्रनाथ के समय से ही नेपाल के साथ योग परम्परा का प्रभाव दिखायी देता है। नेपाल के सामाजिक जीवन में मत्स्येन्द्रनाथ को महत्त्व एवं समादर प्राप्त है। नेपाल मत्स्येन्द्र–यात्रा–उत्सव नेपाली जनजीवन की परम्परा का एक महत्त्वपूर्ण पर्व है। योगेश्वर मत्स्येन्द्रनाथ ने नेपाल की जनता को सर्वप्रथम योगामृत प्रदान किया था। नेपाल के सामाजिक परम्परा में प्रचलित उक्ति है कि मत्स्येन्द्रनाथ के समकालीन, नेपाल के राजा ने मत्स्येन्द्रनाथ के अनुयायियों पर अत्याचार किया था। इससे अप्रसन्न होकर उनके शिष्य श्री गोरखनाथ काठमाण्डू के मृगस्थली नवनागों को समेटकर बैठ गये और वहाँ वर्षा बन्द हो गयी। बारह वर्षों तक ध्यानस्थ गोरखनाथ के कारण वहाँ अकाल उत्पन्न हो गया। गुरु मत्स्येन्द्रनाथ की अनुकम्पा से ही मेघमालाएँ मुक्त हुईं और वर्षा प्रारम्भ हुई जिससे नेपाल अकालमुक्त हुआ। गुरु मत्स्येन्द्रनाथ के इसी अनुकम्पा के उपलक्ष्य में वहाँ की जनता मत्स्येन्द्र–यात्रा–उत्सव मनाती है। मत्स्येन्द्र के सन्दर्भ में यह प्रचलित जनश्रुति नेपाल के सामाजिक जीवन में अन्य कई प्रकार से प्राप्त होती है।[14] नेपाली बौद्ध साहित्य में भी इसी प्रकार का मिलता–जुलता उल्लेख प्राप्त होता है। इस नेपाली बौद्ध कथा में मत्स्येन्द्र को अवलोकितेश्वर कहा गया है। यहाँ यह उल्लेख मिलता है कि मत्स्येन्द्र एक कपोतक पर्वत पर रहते थे। गोरखनाथ उनके दर्शन के लिए गये। दर्शन न हो पाने के कारण नवनागों अर्थात् मेघमालाओं को बाँधकर वे ध्यान मुद्रा में बैठ गये जिससे नेपाल में बारह वर्षों तक वर्षा नहीं हुई। तत्कालीन नेपाल नरेश नरेन्द्रदेव के गुरु बुद्धदत्त इस अकाल का कारण समझ गये और उन्होंने दो महायोगियों मत्स्येन्द्रनाथ और गोरखनाथ को परस्पर मिलाने की योजना बनायी। वे अवलोकितेश्वर (मत्स्येन्द्रनाथ) को गोरखनाथ के पास ले आने का संकल्प कर उस कपोतक पर्वत पर गये जहाँ मत्स्येन्द्रनाथ रह रहे थे। बुद्धदत्त ने वहाँ पहुँचकर अवलोकितेश्वर अर्थात् मत्स्येन्द्रनाथ की सेवा की और

उनकी सेवा से प्रसन्न होकर मत्स्येन्द्रनाथ महायोगी गोरखनाथ के पास आये, मेघमालाएँ मुक्त हुईं तथा नेपाल में प्रचुर वर्षा होने के कारण नेपाल अकालमुक्त हुआ। मत्स्येन्द्रनाथ की इसी कृपा के प्रति कृतज्ञता ज्ञापित करने हेतु नेपाल में प्रतिवर्ष मत्स्येन्द्रनाथ की स्मृति में यात्रा उत्सव आयोजित किया जाता है। इसी सन्दर्भ में एक आख्यान और मिलता है। कहा गया है कि गोरखनाथ जी ने एक पर्वत पर वर्षा के देवता करकोटक नाग को दबाया और नेपाल में वर्षा न होने के कारण अकाल पड़ गया। नेपाल के राजा के राजगुरु बुद्धदत्त योगीराज मत्स्येन्द्रनाथ को अपने साथ लेकर आये और महायोगी गोरखनाथ के समक्ष उपस्थित हुए। अपने गुरु मत्स्येन्द्रनाथ के सम्मान में गोरखनाथ उठ खड़े हुए और मेघमालाएँ मुक्त हो गयीं और नेपाल में वर्षा हुई तथा नेपाल अकालमुक्त हुआ। गोरखनाथ के मेघमालासनीकृत रूप के उपासना में उनके शिवगोरक्ष स्वरूप की रमणीय झाँकी मिलती है।[15] उपर्युक्त विविध प्रकार की जनश्रुतियाँ इस बात का प्रमाण हैं कि नेपाली समाज में मत्स्येन्द्रनाथ और गोरखनाथ की महिमा स्वीकार्य है।

नाथपन्थ के वास्तविक प्रवर्तक महायोगी गोरखनाथ नेपाल में पूजित हैं। नेपाल में उनकी पूजा शिव गोरक्ष के रूप में होती है। उन्होंने अपनी साधना और तपस्या से नेपाल के जनजीवन को व्यापक रूप से प्रभावित किया है। नेपाल की आध्यात्मिक, सामाजिक, सांस्कृतिक परम्परा और लोकजीवन के विविध आयामों पर गोरखनाथ के व्यक्तित्व का व्यापक प्रभाव देखा जा सकता है। नेपाल के लोकमानस में गोरखनाथ को अनेकशः बौद्ध अनंगवज्र अथवा रमणवज्र भी कहा गया है। ऐसा प्रतीत होता है कि यह नेपाली समाज पर बौद्ध योग साधना का भी प्रभाव था। सामान्यतः नेपाली समाज में भी वे शिव के ही अवतार स्वीकार किये जाते हैं। गोरखनाथ से सम्बन्धित उल्लेखों में यह वर्णित है कि नेपाल के एक प्रखण्ड दांग के राजकुमार रतनपरीक्षक को गोरखनाथ ने नाथयोग में दीक्षित किया था। नाथसम्प्रदाय में रतनपरीक्षक सिद्ध हाजी के रूप में प्रसिद्ध हैं।[16] इस सन्दर्भ में यह उल्लेख मिलता है कि एक दिन राजकुमार रतनपरीक्षक वन में शिकार खेलने गये थे। वहीं इस युवा राजकुमार की भेंट जटाविभूषित महायोगी गोरखनाथ से हुई। गोरखनाथ ने उन्हें उपदेश करते हुए कहा कि प्रत्येक प्राणी परमात्मा की सृष्टि है, उसके प्राण पर एकमात्र परमात्मा का नियंत्रण है। अतः जीव हत्या पाप है और अहिंसा ही परम धर्म है। अतः हे राजा यदि शिकार ही खेलना है तो मनरूपी मृग का वध करो जो अत्यन्त चंचल है, न उसके वक्षस्थल है न उसके रक्तमांस हैं न चोंच है, न पाँव

हैं। मुक्ति के लिए तो मन को ही मारना पड़ेगा। इस सन्दर्भ में आगे उल्लेख मिलता है कि युवा राजकुमार रतनपरीक्षक गोरखनाथ जी से अत्यन्त प्रभावित हुए और गोरखनाथ जी से दीक्षा प्राप्त की। दीक्षित करते समय गोरखनाथ जी ने उन्हें अमृत पात्र प्रदान किया।[17] दांग में आज भी महायोगी गोरखनाथ द्वारा दिया गया अमृत पात्र विशाल मन्दिर में उपस्थित है।

महायोगी गोरखनाथ और नेपाल के सम्बन्धों की सर्वाधिक महत्त्वपूर्ण जनश्रुति नेपाल के शाह राजवंश पर महायोगी गोरखनाथ का आशीर्वाद एवं कृपा का है। नेपाल में यह जनश्रुति प्रचलित है कि नेपाल के प्रसिद्ध राजा यशोवर्मा के तीन पुत्र—नरहरिशाह, नरपतिशाह और द्रव्यशाह थे। द्रव्यशाह अपनी माता की आज्ञा से गोसेवा में नियुक्त थे। उनकी गोसेवा से प्रसन्न होकर तरुण योगी के वेश में गोरखनाथ ने प्रत्यक्ष दर्शन दिया और उन्हें आशीर्वाद दिया कि आपके वंश के नरेश सम्पूर्ण नेपाल के शासक होने का गौरव प्राप्त करते रहेंगे। तत्पश्चात् इस वंश के उत्तराधिकारियों ने गोसेवा को अपना प्रमुख धर्म बना लिया। कालान्तर में इसी वंश के पालक पृथ्वीनारायण शाह 6 वर्ष की अवस्था में अपने साथियों के साथ वन में खेल रहे थे।[18] खेलते हुए वे साथियों से छिपकर एक गुफा में प्रवेश कर गये। गुफा के भीतर उस बालक ने देखा कि व्याघ्र चर्म पर आसीन गले में सर्प धारण किये, जटाजूट सुशोभित रुद्राक्ष माला से समलंकृत कर्णकुण्डल पहने हुए महायोगी गोरखनाथ विराजमान हैं। गोरखनाथ जी अपनी दिव्य दृष्टि से समझ गये कि यह बालक उनकी कृपा प्राप्त शाह राजवंश का बालक है। उन्होंने पृथ्वीनारायण शाह से कहा कि घर जाकर अपनी माँ से दही माँग कर लाओ। पृथ्वीनारायण शाह उस अद्‌भुत योगी को देखकर चमत्कृत थे वे तत्काल घर गये और अपनी माता से दही लेकर गुफा में पहुँचे। गोरखनाथ जी ने उस दही को पीकर पृथ्वीनारायण शाह से कहा कि तुम अंजलि बाँधो, पृथ्वीनारायण की अंजलि में गोरखनाथ ने पी हुई दही उलट दिया और उस बालक को उसे पीने का आदेश दिया। गोरखनाथ जी के मुँह से निकली हुई दही पीने का साहस पृथ्वीनारायण शाह न कर सके और उनकी अंजलि खुलकर उनके पैरों पर गिर गयी। महायोगी गोरखनाथ ने उन्हें बताया कि यदि यह दही तुम प्रसाद के रूप में खा लेते तो तुम्हारा वंश समस्त भूमण्डल का चक्रवर्ती राजा होता किन्तु दही रूपी प्रसाद की बूँदें तुम्हारे पैरों पर गिरी है इसलिए तुम जिस भूखण्ड को जीतने के लिए यात्रा करोगे उस क्षेत्र पर तुम्हारा अनायास अधिकार होगा। पृथ्वीनारायण शाह आगे चलकर अपने वंश के राजा घोषित हुए। उनके राजा बनने के पश्चात् गोरखनाथ

ने उन्हें पुनः दर्शन दिया और उन्हें एक तलवार भेंट की। वस्तुतः महायोगी गोरखनाथ के आशीर्वाद से सम्पूर्ण नेपाल पर पृथ्वीनारायण शाह के नेतृत्व में शाह राजवंश का आधिपत्य स्थापित हुआ। पृथ्वीनारायण शाह गोरखनाथ द्वारा प्राप्त आशीर्वाद, कृपाकटाक्ष के बल पर जन–सैन्य–सहयोग से निष्ठा, गंगा, त्रिगर्त, दिगर्चा पर्यन्त गौवों की रक्षा से प्रसिद्ध गोरक्षाष्ट्र अर्थात् गोरखा राज्य को धर्म से सम्बद्ध कर समग्र हिमवत खण्ड अर्थात् आधुनिक नेपाल को अखण्ड गोरखा राष्ट्र बनाया जिसके फलस्वरूप गोरखा राष्ट्र, गोरखा जाति, गोरखा भाषा, गोरखा सभ्यता एवं संस्कृति की प्रतिष्ठा हुई[19] और तब से लेकर नेपाल में राजवंश की समाप्ति तक शाह राजवंश का आधिपत्य बना रहा। शाह राजवंश के सभी नरेशों ने गोरखनाथ को अपना इष्टदेव स्वीकार किया और एक प्रकार से नेपाल अधिराज्य के वे इष्टदेव बन गये।

शाह राजवंश के लिए गोरखनाथ जी के प्रति आस्था इस तथ्य से भी समझा जा सकता है कि शाह राजवंश के राजाओं का राजतिलक नेपाल में गोरक्षनाथ जी की तपोभूमि मृगस्थली के महन्त इनके राष्ट्र गुरु के रूप में पूज्य हैं।[20] नेपाल के शाहवंशी शासकों ने अपने सिक्कों पर गोरखनाथ की चरणपादुकाओं का चिह्न अंकित कराया तथा उन सिक्कों पर 'श्री श्री गोरखनाथ' लेख उत्कीर्ण कराया।[21] उल्लेखनीय है कि किसी भी राष्ट्र की मुद्रा उसकी सम्प्रभुता की सूचक होती है और उस पर उस राष्ट्र का राष्ट्रचिह्न अथवा जनता द्वारा स्वीकृत राजा अथवा देवता का चित्र उत्कीर्ण होने की परम्परा रही है।

ध्यानार्ह है कि नेपाली समाज में नाथपन्थ के प्रवर्तक गोरखनाथ का प्रभाव आज भी बना हुआ है। उल्लेखनीय है कि नेपाल की राजशाही व्यवस्था समाप्त होने और लोकतांत्रिक शासन प्रणाली स्थापित होने के बाद भी वर्तमान में नेपाल की मुद्राओं (नोटों) पर गोरखनाथ जी द्वारा नेपाल नरेश पृथ्वीनारायण शाह को दिये गये कटार (तलवार) की अनुकृति तथा 'श्री भवानी' और 'श्री श्री श्री गोरखनाथ' नाम का अंकन प्राप्त होता है। स्पष्ट है कि गोरखनाथ आज भी नेपाली जनता के बीच राष्ट्र गुरु के रूप में पूज्य हैं।

नेपाल में नाथपन्थ के मठ–मन्दिर

नाथपन्थ के प्रवर्तक महायोगी गोरखनाथ, उनके गुरु महायोगी मत्स्येन्द्रनाथ एवं नाथपन्थ के अन्य सिद्धों से सम्बन्धित नाथपन्थ के प्रमुख मठ–मन्दिरों का उल्लेख यहाँ महत्त्वपूर्ण है।

काठमाण्डू के पशुपतिनाथ

नेपाल की राजधानी काठमाण्डू का नाम शिवगोरक्षाधिष्ठित काष्ठमण्डप से कान्तिपुरी का नाम काष्ठमण्डप विख्यात हुआ जो कालान्तर में काठमाण्डू कहा जाने लगा।[22] इस सन्दर्भ में यह उल्लेख मिलता है कि मलयवर्मा ने खेचरनाथ के समान बलिष्ठ एक सालकाष्ठों से त्रिखण्ड कैलास कूटाकृति का भव्य काष्ठमण्डप भगवान् श्री गोरखनाथ के लिए बनाया और यही शिवगोरक्ष के लिए बनाया गया काष्ठमण्डप के नाम पर यह स्थान प्रसिद्ध था। कुछ विद्वानों की धारणा है कि नेपाल की राजधानी काठमाण्डू में निर्मित पशुपतिनाथ जी का मन्दिर श्री गोरखनाथ का ही मन्दिर है। कहा जाता है कि लगभग 1600 वर्ष पूर्व लक्ष्मी जी ने श्री गोरखनाथ जी की प्रतिष्ठा के लिए इस मन्दिर का निर्माण कराया था। यद्यपि कि वर्तमान में वेद प्रतिपाद्य आद्य ज्योतिर्लिंगमय पंचानन शिव पशुपतिनाथ के रूप में वहाँ प्रतिष्ठित हैं। सम्भव है कि गोरक्षनाथ को शिव का अवतार माने जाने के कारण यह पशुपतिनाथ का मन्दिर गोरखनाथ का मन्दिर कहा जाता रहा होगा। काठमाण्डू में अन्यत्र एक स्थान पर गोरखनाथ का मन्दिर बना हुआ है जहाँ उनकी बालरूप मूर्ति स्थापित है। माना जाता है कि यह मूर्ति सिद्ध लोइपाद ने बनवाया था। बागमती गंगा के किनारे मछेन्द्रनाथ जी का मन्दिर स्थापित है।

पशुपतिनाथ मन्दिर से ऊपर का पहाड़ी भाग सिद्धों की साधना स्थली रही है। सम्भवतः इसी आधार पर इस पहाड़ी को सिद्धाचल नाम से अभिहित किया जाता है। जबकि इसका निचला हिस्सा मृगों का विचरण स्थल होने के कारण मृगस्थली कहा जाता है। सिद्धाचल के ऊपरी भाग में महायोगी गोरखनाथ का मन्दिर है। इस विशाल मन्दिर परिसर में दर्जनों नाथपन्थ के सिद्ध योगियों के मन्दिर स्थापित हैं। इसी तपस्थली पर गोरखनाथ जी मेघमालाओं को अपने योगबल से बाँधकर साधना में लीन हुए थे। गोरखनाथ के इस साधना स्थली एवं मन्दिर का महत्त्व इस बात से समझा जा सकता है कि यह बागमती के तट पर स्थित भगवान् पशुपतिनाथ के मन्दिर तथा गुह्येश्वरी देवी मन्दिर के मध्य में ऊपर पहाड़ी पर स्थित है। पशुपतिनाथ मन्दिर से गुह्येश्वरी देवी मन्दिर जाने के लिए महायोगी गोरखनाथ मन्दिर के परिसर से होकर ही जाना पड़ता है। गोरखनाथ का यह मन्दिर परिसर अत्यन्त जीर्ण–शीर्ण अवस्था में है तथापि इसकी अतीतकालीन भव्यता का अनुमान नेपाल में महायोगी गोरखनाथ की प्रतिष्ठा का सूचक है।

इस तपस्थली के सम्बन्ध में नाथपन्थी योगियों का कथन है कि यहाँ

विचरण करने वाले मृगों के झुण्डों में कभी–कभी एक सफेद मृग भी कुछ क्षण के लिए दिखलायी पड़ता है और फिर अन्तर्धान हो जाता है। नाथपन्थ के योगी इस सफेद मृग को महायोगी गोरखनाथ जी का स्वरूप मानते हैं। काठमाण्डू में थापा पाथैली स्थान पर नाथयोगियों का एक बहुत बड़ा केन्द्र है। काठमाण्डू का काल भैरव मन्दिर और सरवरी कोट का रतननाथ मन्दिर नाथपन्थी योगियों का तीर्थ है। मृगस्थली के निकट गणेश स्थान भी नाथपन्थ का एक महत्त्वपूर्ण मठ है जहाँ पर योगी साधनारत रहते हैं।

कान्तिपुर का तुलजा मन्दिर

कान्तिपुर तुलजा मन्दिर में श्री मत्स्येन्द्रनाथ की मंजूषा शोभायमान है। यहीं लोपीनाथ हुए हैं। उन्होंने तड़ाग पर रहकर तपस्या की और यहाँ एक मन्दिर बनवाया। इस मन्दिर में कैलास पर्वत से एक अद्‌भुत स्तम्भ के चार टुकड़े इस मन्दिर में लगाये गये हैं। यह मन्दिर तीनखण्डी है। यहीं से 6 किलोमीटर दूर फरफिंग नाम की एक कन्दरा है जहाँ पर श्री गोरखनाथ के पदचिह्न विराजमान हैं। उसके जलपूर्ण कुण्ड सुशोभित है जिस कुण्ड में कामधेनु के स्तन के आकार की निर्मल जलधारा गिरती रहती है। कान्तिपुर में ही नीलवती, शीलवती और पूर्णवती के संगम पर कैलास नाम का सुन्दर चोटी वाला पर्वत है। उसके ऊपर श्री मत्स्येन्द्रनाथ, श्री गोरक्षनाथ और श्री दण्डपाणि के तीन चरण कमल विराजमान हैं। यहाँ द्वादश, वार्षिक गोरक्षकुम्भ मेला भी लगता है। श्री गोरक्ष और किरण टीला के दक्षिण में स्थित सुखदायक गुफा में गोरखनाथ जी ने तपस्या की थी। यहीं पर नाथपन्थ के सिद्ध कायनाथ की समाधि है। नाथपन्थ की मान्यता है कि श्री भर्तृहरिनाथ ने एक मृत शिशु को अपने योगबल से जीवित कर उसे कायनाथ नाम दिया और उसे योग की दीक्षा दी थी।[23] यहाँ से लगभग 90 किलोमीटर दूर सिन्धु पंचनदी के संगम पर श्री सिद्ध किरण नामक नगर स्थित है जहाँ भर्तृहरिनाथ ने बारह वर्षों तक सिद्ध समुदाय के साथ विचार–विमर्श करते हुए निवास किया था। श्री गोरखनाथ ने इस पर्वत पर चौरासी सिद्धों के लिए चौकियाँ बनायी। इस क्षेत्र में स्थित सिद्ध गौ नामक स्थान पर गोरखनाथ ने बारह वर्षों तक गौसेवा की थी। इसी के निकट स्थित जखवा नामक ग्राम में श्री नाथ जी की पादुकाएँ स्थापित हैं। श्री भ्रमरनाथ जी यहाँ के प्रसिद्ध तपस्वी हुए हैं। इस प्रकार कान्तिपुर के आसपास का क्षेत्र महायोगी गोरखनाथ एवं मछेन्द्रनाथ सहित नाथपन्थ के सिद्धों का प्रतिष्ठित केन्द्र दिखायी देता है।

दांग

दांग में सिद्ध रतननाथ जी का प्रसिद्ध मठ है। यहाँ पर श्री गोरखनाथ एवं भैरवनाथ की भी विशेष पूजा होती है। श्री रतननाथ एक राजकुमार थे जो महायोगी गोरखनाथ से प्रभावित होकर उनसे नाथपन्थ की दीक्षा ली और नाथसम्प्रदाय के एक यशस्वी और परम तपस्वी शिष्य हुए। उन्होंने नाथपन्थ का प्रचार नेपाल, भारत, अफगानिस्तान, खुरासान, मुल्तान इत्यादि क्षेत्रों में भी किया। बड़ी संख्या में मुसलमान इनके शिष्य हुए। मान्यता है कि इन्होंने मक्का और मदीना की भी यात्रा की थी। दांग में स्थित इनका मन्दिर पश्चिमी नेपाल के योगियों का एक बहुत बड़ा केन्द्र है। पीर रतननाथ की सवारी पात्र देवता पूजन के लिए प्रतिवर्ष चैत्र नवरात्र में भारत में स्थित बलरामपुर जिले के तुलसीपुर के देवीपाटन मन्दिर में आती है।

मुक्तिनाथ

पश्चिमी नेपाल और तिब्बत–चीन की सीमा पर प्रायः लगभग 13000 फीट की ऊँचाई पर मुक्तिनाथ का प्रसिद्ध तीर्थ स्थान है। मुक्तिनाथ धौलागिरि पर्वत के आंचल पर स्थित है। यह स्थान बर्फ से आच्छादित रहता है केवल चार महीने के लिए यहाँ की यात्रा खुली रहती है। मुक्तिनाथ में चतुर्भुज मूर्ति है। यद्यपि यह मूर्ति नारायण के नाम से प्रसिद्ध है जबकि योगी उन्हें गोरखनाथ जी के नामरूप में पूजते हैं। तिब्बती लोग भी इस पीठ की पूजा करते हैं। यहाँ से आगे दामोदर कुण्ड है जहाँ की यात्रा नाथयोगी किया करते हैं।

नाथपन्थ के अन्य मठ–मन्दिर

पीउठाना में नाथपन्थ के सिद्ध संसारनाथ का प्रसिद्ध मठ है। इस मठ में गोरखनाथ के चरणपादुका का पूजन होता है। अष्टपुष्कर नामक स्थान पर गोरखनाथ का एक बहुत सुन्दर मन्दिर है। बागेश्वरी मन्दिर भी विशेष रूप से नाथपन्थ के योगियों के लिए श्रद्धा का केन्द्र है। डोटी जिले में स्थित बैजनाथ महादेव मन्दिर की नाथसम्प्रदाय में अत्यन्त प्रतिष्ठा है।

दैलेख में ज्वालामाई का प्रसिद्ध तीर्थस्थान है। यहाँ पर स्थित तीन पीठ सिरः स्थान, नाभि स्थान और पादुका स्थान के नाम से प्रसिद्ध है। इन तीनों स्थानों पर भूगर्भ से ज्वाला निकलती है। यह स्थान धर्मनाथी योगियों के हाथ में है।[24] निकट ही सिद्ध धर्मनाथ का अन्नकूप है जहाँ प्रतिवर्ष अन्न चढ़ाते रहते हैं।

उपर्युक्त तथ्यों से स्पष्ट है कि नाथ सिद्धों विशेष रूप से मत्स्येन्द्रनाथ, गोरखनाथ और सिद्ध रतननाथ की नेपाल में अत्यन्त प्रतिष्ठा है। इनकी तपस्थलियाँ नेपाल के तीर्थ हैं। नाथपन्थ के ये योगी देवता के रूप में पूजे जाते हैं और नेपाल के सामाजिक–आध्यात्मिक जीवन पर इनका व्यापक प्रभाव है जिसकी प्रतिध्वनि नेपाल के राजनीतिक जीवन में भी सुनायी पड़ती है। स्पष्ट है कि नाथपन्थ के योगियों ने नेपाल के हर गुफा–कन्दराओं, गाँवों और गलियों में भ्रमण करते हुए अपने द्वारा प्रतिपादित योग को नेपाली समाज के उत्थान में समर्पित किया। नेपाल के धार्मिक–आध्यात्मिक जीवन में नाथपन्थ के योगदर्शन और योग परम्परा का प्रभाव सर्वाधिक रहा है।

सन्दर्भ

1. प्रो. सतीश चन्द्र मित्तल, भारत–नेपाल सम्बन्ध : एक सिंहावलोकन; शोध संचयन, भारत–नेपाल सम्बन्ध विशेषांक, वॉल्यूम–6, इश्यू–2, 2015, वॉल्यूम–6
2. हृदयनारायण दीक्षित, 'नेपाल में आग भारत में आँच', दैनिक जागरण, 18 फरवरी 2005
3. देवदत्त, 'नेपाल : स्व का अस्तित्व, एकमात्र हिन्दू राष्ट्र, राष्ट्रधर्म, मई 2005, पृ. 25; प्रो. सतीश चन्द्र मित्तल, भारत–नेपाल सम्बन्ध : एक सिंहावलोकन; शोध संचयन, भारत–नेपाल सम्बन्ध विशेषांक, वॉल्यूम–6, इश्यू–2, 2015, वॉल्यूम–6
4. वी.ए. स्मिथ, अशोक : द बुद्धिस्ट एम्परर ऑफ इण्डिया, प्रथम संस्करण, 1901, पृ. 70–71
5. आर. नोलीज, नेपालीज, इंस्क्रिप्शन्स इन गुप्ता करेक्टरर्स, रोम इन्स्टीट्यूट इटालियो पेरिमीडियो एडिशन ओरियण्ट, 1956, अभिलेख संख्या 81, तेइस अभिलेख, पृ. सं. 15
6. रमेश चन्द्र मजूमदार, क्लासिकल एज, बाम्बे, तृतीय संस्करण, पृ. 82
7. उदयनारायण राय, 'गुप्त राजवंश तथा उसका युग, इलाहाबाद, 1986, पृ. 78–79
8. रमेश चन्द्र मजूमदार, क्लासिकल एज, बाम्बे, तृतीय संस्करण, पृ. 83
9. चौधरी राधाकृष्ण, 'प्राचीन भारत का राजनीतिक एवं सांस्कृतिक इतिहास', पटना, 1880, पृ. 307
10. चौधरी राधाकृष्ण, 'प्राचीन भारत का राजनीतिक एवं सांस्कृतिक इतिहास', पटना, 1880, पृ. 308

11. रोमिला थॉपर, 'ए हिस्ट्री ऑफ इण्डिया', भाग–एक, पेंगुइन 1966, पृ. 144
12. रोमिला थॉपर, 'ए हिस्ट्री ऑफ इण्डिया', भाग–एक, पेंगुइन 1966, पृ. 226
13. रोमिला थॉपर, 'ए हिस्ट्री ऑफ इण्डिया', भाग–एक, पेंगुइन 1966, पृ. 226
14. योगवाणी का नाथसिद्ध चरित्र विशेषांक, वर्ष–9, जनवरी 1984, अंक–1, पृष्ठ 30
15. योगवाणी का नाथसिद्ध चरित्र विशेषांक, वर्ष–9, जनवरी 1984, अंक–1, पृष्ठ 63
    चन्द्रार्कद्रुहिणाच्युताम्बुजलसल्लोकेससकंशारिभिः
    काली भैरव सिन्धुरास्य हनुमत्क्रोडैः परीवारितम्।
    वन्दे तं नवनाथसिद्धमहितः मेघाहिमालासनं
    मालापुस्तकशूलः डिण्डिभधरं गोरक्षमृत्युंजयम्।।
16. योगवाणी का नाथसिद्ध चरित्र विशेषांक, वर्ष–9, जनवरी 1984, अंक–1, पृष्ठ 30
17. उपर्युक्त, पृ. 64
18. योगी नरहरिनाथ, देवभूमि भारत एवं आध्यात्मिक नेपाल, भाग–1, गोरक्षपीठ मृगस्थली काठमाण्डू, नेपाल से प्रकाशित, पृ. 38
19. उपर्युक्त, पृ. 39
20. योगवाणी का नाथसिद्ध चरित्र विशेषांक, वर्ष–9, जनवरी 1984, अंक–1, पृष्ठ 65
21. उपर्युक्त, पृ. 65
22. योगी नरहरिनाथ, देवभूमि भारत एवं आध्यात्मिक नेपाल, भाग–1, गोरक्षपीठ मृगस्थली काठमाण्डू, नेपाल से प्रकाशित, पृ. 24
23. योगवाणी का श्रीनाथ तीर्थस्थल विशेषांक, वर्ष–15, 1990, अंक–1–3, पृष्ठ 201
24. उपर्युक्त, पृ. 202

□

उपसंहार

भारतीय धर्माकाश में नाथपन्थ एक उज्ज्वल नक्षत्र है। भारतीय संस्कृति के विकास–क्रम में जिन पन्थों, धर्मों, मतों इत्यादि की विशिष्ट महत्त्वपूर्ण भूमिका रही है, उनमें बौद्ध मत, जैन मत और नाथपन्थ को विशेष रूप से उल्लिखित किया जा सकता है। नाथपन्थ ने अपने उद्‌भव युग से लेकर अद्यतन भारत के सांस्कृतिक मूल्यों को अत्यन्त समृद्ध किया। भारत के सामाजिक, धार्मिक, आध्यात्मिक जीवन को अपने मौलिक सिद्धान्तों से प्रकाशित करने वाले नाथपन्थ ने भारत के सामाजिक–धार्मिक इतिहास में जो स्थान बनाया वह अद्वितीय है। नाथपन्थ सामाजिक–धार्मिक क्रान्ति का नाम है। यह मानव जीवन–मूल्य के सृजन का सनातन भारतीय संस्कृति का मध्ययुगीन संस्करण है। नाथपन्थ के योगियों ने भारत के सामाजिक–धार्मिक परिवर्तन में अद्वितीय भूमिका निभायी। योगसिद्धि को साधना का आधार बनाकर भारतीय धर्म एवं अध्यात्म को एक नया स्वरूप दिया। सदाचरण, नैतिकता, परोपकार, अहिंसा, अस्तेय, अपरिग्रह जैसे भारतीय जीवन–मूल्य को पुनर्प्रतिष्ठित किया। यह पन्थ भारत के सामाजिक–धार्मिक इतिहास का क्रान्तिदर्शी युगप्रवर्तक अध्याय बना। हिन्दुकुश एवं हिमालय की उत्तुंग शिखरों से लेकर आसेतु सागर पर्यन्त दक्षिण के विस्तृत भू–भाग पर नाथपन्थ के योगियों ने अलखनिरंजन का जो डंका बजाया उसकी प्रतिध्वनि में मानव समाज में व्याप्त भेदभाव, धार्मिक कर्मकाण्ड, पाखण्ड, बाह्याडम्बर की तुमुल ध्वनियाँ विलीन हो गयीं। नाथपन्थी योगदर्शन एवं क्रियात्मक योग ने मानव तन–मन की शुद्धि, सात्विकता और साधना की जो अखण्ड दीप प्रज्वलित की उस प्रकाश में परमात्मतत्त्व के दर्शन के द्वार सभी मानव समाज के लिए खुल गये। मध्ययुगीन भारतीय समाज के लिए नाथपन्थ घोर निराशा की अँधेरी रात में प्रकाश–स्तम्भ की भाँति था। नाथपन्थी विचार–दर्शन में

लोककल्याण–केन्द्रित आशा की वह लौ प्रज्वलित हुई जिसके प्रकाश के आगोश में सर्वसमाज समाहित था। नाथपन्थ के योगियों की जलायी गयी धूनी से उत्पन्न धूम्राकाश ने सामाजिक कुरीतियों एवं विकृतियों का प्रसार रोक दिया। नाथपन्थ भारत का ऐसा धार्मिक–आध्यात्मिक आन्दोलन है जिसके शक्तिशाली प्रवाह में पड़ने वाली सभी मानव कुप्रवृत्तियाँ बह गयीं। नाथपन्थ एक युगप्रवर्तक पन्थ है। वह सामाजिक–आध्यात्मिक प्रवाह को मोड़ देने की ताकत रखने वाला पन्थ बना और उसने भारत की सनातन संस्कृति के लोककल्याणकारी तत्त्वों को युगानुकूल व्याख्या के साथ लोकोपयोगी बनाया।

नाथपन्थ के प्रवर्तक महायोगी गोरखनाथ अप्रतिम योगतत्त्वज्ञ एवं महाज्ञानी सिद्ध पुरुष थे। वे असाधारण सिद्ध थे। अपने योग–ज्ञान के प्रकाश में जीवात्मा और परमात्मा में अभिन्नता के प्रतिपादक गोरखनाथ ने अपने योग–सिद्धान्त के माध्यम से सच्चिदानन्द ब्रह्म के शिव–स्वरूप का साक्षात्कार करने का दावा किया। बौद्धमार्गी योग सिद्धान्तों को अपनी साधना से प्रभावित करने वाले गोरखनाथ ने अपनी मौलिक योग साधना–पद्धति का विकास किया। उन्होंने अपने योग–दर्शन और योग–सिद्धान्तों से भारतीय संस्कृति और साहित्य को चिर–समृद्ध किया। शास्त्र–सम्मत योगपद्धति के ज्ञान प्रकाश से लोकमानस को जागृत कर नाथपन्थ की अमरता की आधारशिला रखी। उनके चमत्कारिक व्यक्तित्व का ही प्रभाव है कि नाथपन्थ परम्परा उन्हें अमरकाय और सार्वकालिक मानती है। उनकी अमरता सम्बन्धी अनेक उल्लेख नाथपन्थ के ग्रन्थों और जनश्रुतियों में पढ़े, देख और सुने जा सकते हैं।

नाथपन्थ के योगियों की मान्यता है कि महायोगी गोरखनाथ देश, काल से परे योगपुरुष हैं। उनका अस्तित्व सार्वदेशिक है, वे सार्वकालिक हैं। सम्पूर्ण भारतीय समाज में स्वीकृत गोरखनाथ की महिमा मध्य एशिया के विस्तृत भू–भाग में व्याप्त है। गोरखनाथ ने अपने क्रियात्मक योग के साथ–साथ संस्कृत और लोकभाषा में योगपरक साहित्य का सृजन किया। वे हिन्दी और भोजपुरी के आदिकवि हैं। गोरखनाथ ने अपने इन ग्रन्थों में द्वैताद्वैतविवर्जित स्वसंवेद्य तत्त्व का विवेचन करते हुए हठयोग, षडंग योग और अष्टांग योग का नाथयोगसाधना के परिप्रेक्ष्य में वर्णन किया है। गोरखनाथ हठयोग विद्या के आचार्य माने गये। कहा जा सकता है कि भारत की सम्पूर्ण योगसाधना का क्रियात्मक स्वरूप महायोगी गुरु गोरखनाथ और नाथपन्थ के

योगियों, सिद्धों की साधना के आधार पर टिका है।

गोरखनाथ ने अपनी साधना के बल पर ऐसे समाज को संगठित किया जिसने भारत के आध्यात्मिक–सामाजिक परिवर्तन की श्रृंखला में गोरखनाथ के उपदेशों को गाँव–गाँव तक पहुँचाया। इन्हीं योगियों के बल पर नाथपन्थ भारत के धार्मिक, आध्यात्मिक और सामाजिक परिवर्तन का प्रमुख आधार बना। नाथपन्थ के इन प्रारम्भिक प्रमुख योगियों में नवनाथ एवं चौरासी सिद्धों की अत्यन्त प्रतिष्ठा है। नाथों एवं सिद्धों की यह संख्या किस आधार पर तय है, इसका स्पष्ट प्रमाण तो नहीं मिलता किन्तु 9 एवं 84 जैसे अंक भारत के सांस्कृतिक जीवन में अपना विशिष्ट महत्त्व रखते हैं। नाथपन्थ के नवनाथों में जिनकी गणना की गयी है, वे नाथपन्थ की सिद्ध परम्परा के श्रेष्ठतम आचार्य हैं। उनका जीवन महायोगी गोरखनाथ के लगभग समकक्ष दिखायी देता है। इन नवनाथों में आदिनाथ और श्री मत्स्येन्द्रनाथ, गोरखनाथ के पूर्ववर्ती हैं। मत्स्येन्द्रनाथ तो गोरखनाथ के गुरु भी हैं। चौरंगीनाथ, उदयनाथ, सत्यनाथ, सन्तोषनाथ, गजकंकड़नाथ और अचलअचम्भनाथ का व्यक्तित्व भी कम चमत्कारिक नहीं है। इन नवनाथों की यौगिक परम्परा में सम्पूर्ण नाथपन्थ को देखा जा सकता है। 84 सिद्धों की प्राप्त विविध सूचियाँ नाथसिद्धों की लोकप्रियता और उसके प्रसार की सूचक हैं। वस्तुतः नाथसिद्धों का भारत के धार्मिक–आध्यात्मिक–सामाजिक जीवन में युगानुकूल परिवर्तन एवं योग की प्रतिस्थापना में महत्त्वपूर्ण भूमिका रही है।

नाथपन्थ में महायोगी गोरखनाथ की अमरता को प्रतिबिम्बित करने वाली महन्त परम्परा का अपना अलग महत्त्व है। गुरु–शिष्य आधारित नाथपन्थ की सिद्ध–परम्परा में नाथपन्थ के मुख्य मन्दिर में महन्त गोरक्षनाथ के ही प्रतीक माने जाते हैं। नाथपन्थ की दीक्षा–परम्परा के विकास में इनकी महन्त परम्परा का विकास–क्रम दिखायी देता है। नाथपीठों, मठों, मन्दिरों के प्रधान महन्त कहे जाते हैं जो नाथपन्थ के गुरु–शिष्य परम्परा के अद्वितीय प्रतिमान हैं। प्रत्येक महन्त अपने योग्य शिष्य को दीक्षित करता है। नाथपन्थ की यशस्वी परम्परा का उसे वाहक बनने के योग्य बनाता है। और फिर उसे अपना उत्तराधिकारी घोषित करता है। इस प्रकार गुरु के पश्चात् शिष्य की यह परम्परा अनवरत प्रवहमान होती रही और नाथपन्थ का जीवन–दर्शन एवं विचार–दर्शन कालचक्र के अथाह प्रवाह को पार करता हुआ अद्यतन प्रवाहित है।

नाथपन्थ और उनके योगियों का चरम लक्ष्य नाथपन्थ दर्शन एवं उनके

स्वरूप में लक्षित है। नाथयोग का दर्शन एवं स्वरूप नाथपन्थ के पान्थिक विकास एवं उनके द्वारा भारतीय संस्कृति को दी गयी अमूल्य देन का विवेचन करता है। नाथपन्थ का दर्शन एवं उसकी व्याख्या नाथपन्थ के ही ग्रन्थों, यथा–'सिद्धसिद्धान्तपद्धति', 'अमनस्कयोग', 'गोरक्षशतक', 'योगबीज' इत्यादि में प्रतिबिम्बित है। आत्मा, परमात्मा अर्थात् आत्मतत्त्व एवं परमात्मतत्त्व के स्वरूप का विवेचन उनके एकाकार होने की पद्धति और मुक्ति का सहज मार्ग नाथयोग दर्शन की विशिष्टता है। पिण्ड में ही ब्रह्माण्ड दर्शन करने वाले नाथपन्थी योग–साधना का विचार दर्शन योगियों के लिए जहाँ विशिष्ट है, वहीं सामान्य जन के लिए वह सहज और सरल भी है। कुण्डलिनी जागरण के द्वारा आत्मतत्त्व का परमात्मतत्त्व में विलीनीकरण इस दर्शन की एक दूसरी विशेषता है। नाथसिद्धों का जीवन–दर्शन एवं योगदर्शन भारत की आध्यात्मिक संस्कृति की अमूल्य धरोहर है।

गोरखनाथ के अभ्युदय के समय भारतीय समाज में विघटन और विभाजनकारी प्रवृत्तियाँ विकसित हो चुकी थीं। अपरिपक्व शरीर और स्वेच्छाचारी मन के भिक्षुओं एवं श्रमणों का बोलबाला था। शूद्र के रूप में तिरस्कृत समूह एवं स्त्रियों की दशा हीन होती जा रही थी। सनातन धर्म एवं संस्कृति के मौलिक तत्त्व एवं जीवन–मूल्य ग्रन्थों तक ही सीमित हो चुके थे। धर्माचार्यों, बौद्ध भिक्षुओं तथा श्रमणों द्वारा भोग–विलास की धर्माधारित नयी व्याख्या दी जा रही थी। सुरा–सुन्दरी के उपभोग की प्रवृत्ति को प्रोत्साहन मिल रहा था। देव मन्दिरों में बलि–पूजा जोरों पर थी। मठ–मन्दिर अकूत धन–सम्पत्ति इकट्ठा करने के केन्द्र बन चुके थे। पंच–'म'कार अर्थात् मद्य, मत्स्य, मांस, मुद्रा तथा मैथुन को उपासना एवं देवपूजा का आवरण पहनाया जा चुका था। बौद्ध–साधना में योनि–पूजा और योनि–भोग को स्वीकृति मिलती जा रही थी। वज्रयान, बोधिसत्व और चक्र–पूजा में उक्त का उपयोग आवश्यक माना जाने लगा था। शैव कापालिकों में भी यही प्रवृत्ति विकसित हो चुकी थी। इन पाखण्डी धर्माचार्यों का तर्क था कि तृप्त योगी ही सही त्यागी हो सकता है। अतृप्त आत्माएँ ही बन्धनयुक्त होकर बार–बार जन्म ग्रहण करती हैं। अतः वैराग्य के लिए हर प्रकार से तृप्ति आवश्यक है।

भारत का मध्ययुगीन समाज इन रूढ़िवादी, पाखण्डी एवं भोग–विलासी उपासना पद्धतियों का तेजी से शिकार हो रहा था। पूजा–पाठ एवं तन्त्र–मन्त्र की रूढ़िवादी–पाखण्डी धारणा का प्रवाह प्रबल होता जा रहा था। इस तामसिक पूजा–पद्धति के विरोध का साहस न तो कोई राजा कर पा

रहा था और न ही दूसरी कोई सामाजिक–धार्मिक संगठित शक्ति थी जो राष्ट्र–समाज हित में इस पाखण्ड के विरुद्ध खड़ा हो सके। इन्हीं विषम परिस्थितियों में गोरखनाथ ने न केवल गिरते हुए तामसिक जीवन के उन्नयन हेतु विमुख धार्मिक चेतना को जागृत करने तथा सामाजिक जीवन में शुद्धता, सात्विकता एवं साधु–सन्तों में अखण्ड ब्रह्मचर्य की भावना भरने के लिए पाखण्डी धर्माचार्यों, समर्थ सामन्तों एवं तामसिक उपासना की इस प्रबल धारा में बह रहे साधकों को ललकारा अपितु परमार्थ, लोक–कल्याण एवं सदाचरण का वह धर्मपथ पुनः प्रकाशित किया जो भारत की सनातन संस्कृति का प्राणतत्त्व है। गोरखनाथ ने मांस–मदिरा का परित्याग एवं संयमित आहार पर जोर दिया। काम, क्रोध, अहंकार, मोह–माया, विषय–विकार, तृष्णा, लोभ और जीव–हिंसा के परित्याग को धर्म एवं उपासना का मूल आधार घोषित किया। गोरखनाथ जी का यह वचन अतिलोकप्रिय हुआ कि मन सबसे प्रबल है, यही शिव है, यही शक्ति है, यही पंचतत्त्वों से निर्मित जीव है। जो इस मन पर नियन्त्रण कर उन्मनावस्था में लीन हो जाते हैं वही तीनों लोकों के रहस्य को जान लेते हैं।

संयमित आचार–विचार एवं संयमित जीवन निर्वाह का महत्त्व प्रतिपादित करते हुए गोरखनाथ हँसते–खेलते, गाते–बजाते हुए आनन्दपूर्वक दृढ़ता के साथ चित्त को संयमित रखने का उपदेश करते हैं। अल्पाहार के साथ योगाभ्यास को आवश्यक मानते हुए गोरखनाथ ने स्वस्थ मन, दृढ़ चित्त के साथ तन की स्वस्थता को भी उतना ही महत्त्वपूर्ण माना। गोरखनाथ ने बोलने की अपेक्षा सुनना, संयमित व्यवहार एवं सत्संग को जीवनोत्कर्ष के लिए आवश्यक माना। गोरखनाथ ने उन साधकों, उपासकों, धर्माचार्यों को सन्मार्ग दिखाया जो योगी होने का ढोंग करते थे। किन्तु मोह–माया के जाल में फँसकर साधना के नाम पर घृणित कर्म करते थे। हजारीप्रसाद द्विवेदी ने लिखा है–"गोरखनाथ ने निर्मम हथौड़े की चोट से साधु और गृहस्थ दोनों की कुरीतियों को चूर्ण–विचूर्ण कर दिया। लोकजीवन में जो धार्मिक चेतना पूर्ववर्ती सिद्धों से आकर उसके पारमार्थिक उद्देश्य से विमुख हो रही थी उसे गोरखनाथ ने नयी प्राणशक्ति से अनुप्राणित किया। किसी भी रूढ़ि पर चोट करते समय उन्होंने दुर्बलता नहीं दिखाई। उन्होंने किसी से भी समझौता नहीं किया, लोक से भी नहीं, वेद से भी नहीं।"

गोरखनाथ ने भारतीय धर्म–अध्यात्म–साधना में पाखण्ड एवं कुरीतियों के विरुद्ध जिस सामाजिक क्रान्ति का सूत्रपात किया एवं सदाचरण, सच्चरित्रता,

सहजता, सरलता के साथ योगमार्ग का प्रतिपादन किया उसे नाथपन्थी योगियों ने अनवरत आगे बढ़ाया। नवनाथ एवं चौरासी सिद्धों से लेकर अद्यतन नाथपन्थ के योगी अपने योगमय कठोर जीवन, अखण्ड ब्रह्मचर्य के साथ सहज, सरल उपासना पद्धति के वाहक हैं।

पूर्वमध्यकालीन भारतीय समाज की उपासना पद्धति में जटिलता आ चुकी थी। तथाकथित उच्चवर्गीय समाज में पौरोहित्य प्रभाव के कारण भगवान् की भक्ति और उनकी पूजा एक तरफ जहाँ कठिन तन्त्र–मन्त्र युक्त महंगे एवं व्ययसाध्य विधान के गिरफ्त में थी तो दूसरी तरफ समाज का एक वर्ग बौद्ध साधना में आयी तन्त्रवादी विकृति का शिकार हो रहा था। अन्य उपासना पद्धतियाँ भी इन्हीं के प्रभाव में जटिल पाखण्डपूर्ण और व्ययसाध्य होती जा रही थीं। सामान्य जीवन जीते हुए, पारिवारिक–सामाजिक दायित्वों का निर्वहन करते हुए परमात्मा को प्रसन्न करने के सरल–सहज उपासना के मार्ग लगभग बन्द हो चुके थे। फलतः उपासना एवं धर्म से समाज कटता जा रहा था। आध्यात्मिकता हासिये पर जा रही थी। भगवान् और सामान्य जन के मध्य पूजा–पाठ कराने वाले पण्डित, बौद्ध भिक्षु एवं अन्य उपासना विधियों के तथाकथित पुजारी अपरिहार्य हो चुके थे। उन्हें ही माध्यम बनाकर अर्थात् उनके उपासना–विधिक सहयोग से ही अपने भगवान् को प्रसन्न किया जा सकता था या परमात्मा तक पहुँचा जा सकता था। इसमें भी समाज में जाति के नाम पर कुछ लोगों को धार्मिक उपासना के अनेक विधि–विधानों से वंचित किया जाने लगा था। जाति आधारित उपासना एवं कर्मकाण्डों का विधान किया जाने लगा था। गोरखनाथ ने एक झटके से उपासना विधियों एवं कर्मकाण्डों की जटिलता को नकारते हुए वंचित एवं उपेक्षित समाज को मुक्ति का मार्ग दिखा दिया। महायोगी गोरखनाथ ने अपने–अपने आराध्य अथवा ईश्वर अथवा परमतत्त्व तक सीधे पहुँचने का ऐसा सरल मार्ग दिया जहाँ किसी मध्यस्थ की जरूरत नहीं थी। योगी बनने के लिए एकमात्र गुरु आवश्यक था, जबकि गृहस्थों के लिए सदाचरण एवं योग की सहज विधियाँ पर्याप्त थीं।

गोरखनाथ ने पातंजल योग दर्शन को युगसम्मत बनाकर एक जीवन्त योगाचार प्रस्तुत किया। भगवान् शिव के साथ–साथ काली (शक्ति), गणेश, हनुमान आदि देवी–देवताओं की उपासना हेतु भी योग–ध्यान का मार्ग पर्याप्त था। गोरखनाथ ने समस्त तार्किक विश्लेषण से ऊपर उठकर समतत्त्व की प्रतिष्ठा की। यह समतत्त्व ही परमतत्त्व, परासंवित, परब्रह्म, परमपद, परमशून्य,

परमशिव इत्यादि सभी विविध रूपों में समाहित था। यह मार्ग तत्त्वचिन्तन से अधिक आनुभूतिक–व्यावहारिक सच्चाई, चारित्रिक निष्ठा एवं मानसिक निर्मलता पर प्रतिष्ठित था, जो विशुद्ध व्यक्तिगत प्रयत्न से पाया जा सकता था। गोरखनाथ ने समाज को उपासना एवं धर्म का ऐसा सरल–सहज रूप प्रदान किया जिसे पाने के लिए किसी को न कहीं जाना था और न किसी से माँगना था। बस सदाचरण एवं प्रत्येक श्वास के जाप से सत्–चित्–आनन्द पाया जा सकता था।

महायोगी गोरखनाथ जी ने सामान्य जनों को, गृहस्थों को संयम से रहने का, अतियों को छोड़कर मध्यम मार्ग ग्रहण करने का, कथनी–करनी के अविरोध का, दया–दानशीलता का उपदेश किया और यह विश्वास दिलाया कि इसी सदाचरण से सुख–शान्ति मिलेगी और परमात्मा प्राप्त होंगे। गोरखनाथ जी ने सत्य, शील, दान और दया जैसे व्यावहारिक गुणों के जीवन में उतारने को ही पूजा माना। इसी के पालन का उन्होंने योगी से लेकर सामान्य जन को उपदेश दिया। गोरखनाथ अहंकार से बचने तथा धैर्य, शालीनता, सत्य, दया, दान, सहज शील और स्थिरता का उपदेश देते हैं।

गोरखनाथ ने धर्म के नाम पर खड़े किये वितण्डावाद से त्रस्त जनता को योग का मन्त्र देते हुए कहा–'काम, क्रोध, लोभ, मोह, माया छोड़ो, प्राणायाम एवं सामान्य आसन करो। तन के साथ मन की साधना से शान्तचित्त होकर समाधि अवस्था तक पहुँचो। निराहार, निरंजन, अलख ही वह ज्योति मिलेगी और वहीं से आगे मोक्ष का मार्ग प्रशस्त होगा।' महायोगी गोरखनाथ ने सभी के लिए स्वयं के शारीरिक–मानसिक दिनचर्या के प्रयत्न से ही योग और योग के माध्यम से धैर्य और फिर मुक्ति पाने का मार्ग दिखाया। ऐसी उपासना पद्धति विकसित की, जिसमें किसी विशेष भाषा और ज्ञान की अपरिहार्यता नहीं थी। सब दिनचर्या का हिस्सा था। ऐसी पद्धति जो तन को स्वस्थ रख सकती थी, मन को शान्त और स्थिर करती थी तथा चित्त को आनन्द देती थी। अपने इसी सहज मार्ग के कारण गोरखनाथ भारत ही नहीं अपितु आस–पास के देशों की जनता के दिलों के विजेता बने। राजा से लेकर फकीर तक नाथपन्थ की योगधारा में प्रवहमान हुए।

पूर्वमध्यकाल अर्थात् छठीं शताब्दी ईस्वी से बारहवीं शताब्दी ईस्वी के कालखण्ड में भारत में कई इस्लामी आक्रमण हुए। यह काल भारत के तेजी से बदलते सामाजिक परिवेश का काल है। इसी काल में एक तरफ जहाँ भारतीय समाज में धार्मिक एवं उपासना पद्धतियों के नाम पर पाखण्ड एवं

आडम्बर बढ़े तो वहीं दूसरी तरफ जातियों में उपजातियों का तेजी से विकास हुआ। जाति–व्यवस्था ऊँच–नीच, छुआछूत की विकृति का शिकार हुई। ब्राह्मण, क्षत्रिय, वैश्य, शूद्र वर्ण जन्म आधारित जाति में रूढ़ हो ही रहे थे, इनमें भी विखण्डन एवं विभाजन की प्रवृत्ति हावी थी। अनेक विदेशी जातियों के भारतीय समाज में समन्वीकरण ने भी जातीय विखण्डन एवं उपजातियों के निर्माण में भूमिका निभायी। इस युग की जाति व्यवस्था पर अलबरूनी के किताबुलहिन्द तथा चन्दवरदाई के पृथ्वीराजरासो में विस्तार से वर्णन मिलता है। देवलस्मृति, अत्रिस्मृति एवं लक्ष्मीधर ने ब्राह्मणों की कई उपजातियों का उल्लेख किया है। इसी प्रकार पृथ्वीराजरासो में भी 36 क्षत्रिय उपजातियों का उल्लेख मिलता है।

यह युग जातीय विखण्डन के कारण जातीय अस्तित्व एवं शुद्धता को लेकर काफी संवेदनशील युग है। ब्राह्मण अपनी सांसारिक शुद्धता, रूढ़िवादिता और धर्मान्धता को अपनी विशिष्टता एवं श्रेष्ठता को आधार मानते थे तो क्षत्रिय अपने शौर्य–पराक्रम की श्रेष्ठता के अहंकार में डूबे थे। वैश्यों के बीच से कायस्थ जाति का उद्‌भव हो चुका था और वे शासन–प्रशासन में अपनी लिखा–पढ़ी के आधार पर जगह बना चुके थे। जातीय श्रेष्ठतावाद से भारतीय समाज में ऊँच–नीच की एक गहरी खाई बनती जा रही थी। पौरोहित्य एवं राज्य के बल पर ब्राह्मण–क्षत्रिय अपनी श्रेष्ठता पूरे समाज पर जबरन थोप भी रहे थे। समाज में इनके द्वारा घोषित शूद्र के अन्तर्गत आने वाली वे जातियाँ जिनके कौशल एवं परिश्रम पर समाज जी–खा रहा था, वे नीच और अछूत घोषित की जा रही थीं। ग्यारहवीं शताब्दी में इस्लामी आक्रान्ताओं के साथ भारत आने वाला मुस्लिम इतिहासकार अलबरूनी लिखता है–'समाज में ब्राह्मणों के बाद क्षत्रियों का दूसरा स्थान था। क्षत्रियों में भी ऊँच–नीच की भावना घर कर गयी थी। इसी प्रकार वैश्यों एवं शूद्रों में भी अनेक जातियों एवं उपजातियों का विकास हो चुका था।' अलबरूनी की मानें तो ग्यारहवीं शताब्दी तक वैश्यों और शूद्रों में कोई अन्तर नहीं रह गया था। 'अभिधानचिन्तामणि' जैसे ग्रन्थों में शूद्र कहे जाने वाले मजदूर, लोहार, पत्थर काटने वाले, कुम्हार, जुलाहा, बढ़ई, चर्मकार, तेली, स्वर्णकार, ताँबे का काम करने वाले, चित्रकार, बोझा ढोने वाले, दर्जी, धोबी, मदिरा बेचने वाले, माली, शिकारी, चाण्डाल, नर्तक आदि का उल्लेख मिलता है। वैजयन्ती के अनुसार शूद्रों की 64 जातियाँ थीं।

उपर्युक्त सभी जातियों, उपजातियों और उनके बीच ऊँच–नीच के

प्रबल होते भाव के बीच भारतीय समाज में विखण्डन की प्रवृत्ति बढ़ती जा रही थी। इससे समाज और राष्ट्र निरन्तर कमजोर हो रहा था। नाथपन्थ के प्रवर्तक महायोगी गोरखनाथ इस जाति–व्यवस्था के ऊँच–नीच एवं छुआछूत जैसी कुरीतियों के विरुद्ध उठ खड़े हुए। उन्होंने घोषित किया कि ये कुरीतियाँ शास्त्रसम्मत नहीं हैं। उन्होंने सभी के लिए योग का ऐसा सहज मार्ग प्रतिपादित किया, जो बिना भेदभाव के ईश्वर का साक्षात्कार करा सकता था और जिस पथ पर चलकर सभी मोक्ष के अधिकारी थे। नाथपन्थ समरस समाज की स्थापना में धार्मिक–आध्यात्मिक दर्शन का न केवल प्रतिपादन किया अपितु, सभी जातियों के लिए धर्म–अध्यात्म–योग को सुलभ बना दिया। गोरखनाथ के इसी अभियान का परिणाम था कि भक्ति आन्दोलन में नीच कही जाने वाली जातियों के लोग दीक्षित हुए। आचार्य रामचन्द्र शुक्ल ने 'हिन्दी साहित्य का इतिहास' में लिखा है कि 84 सिद्धों में बहुत से मछुए, चमार, धोबी, डोम, कहार, लकड़हारे, दर्जी तथा बहुत से शूद्र कहे जाने वाले लोग थे। यहाँ तक कि बड़ी संख्या में इस्लाम के अनुयायी भी नाथपन्थ में दीक्षित हुए। नाथपन्थ के प्रभाव में ही सूफीमत विकसित हुआ। महायोगी गोरखनाथ एवं नाथपन्थी योगियों ने भारतीय जाति–व्यवस्था में कोढ़ की तरह व्याप्त जातिगत ऊँच–नीच, छुआछूत के विरुद्ध जो अभियान चलाया उसी का परिणाम था कि भारत की सामाजिक–राष्ट्रीय चेतना में एकता के सूत्र बचे रहे।

सभ्यता एवं संस्कृति के उद्भव के साथ मानव ने मृत्यु का साक्षात्कार किया। जन्म–मृत्यु उसके विचार–दर्शन का सदैव केन्द्र–बिन्दु रहा। दुनिया की सभी उपासना पद्धतियों, पान्थिक विचार–दर्शनों एवं दार्शनिकों ने 'मृत्यु के बाद संसार' को अपने–अपने अनुभव, तर्क और ज्ञान के आधार पर समझने और समझाने का प्रयत्न किया है। अपनी साधना एवं तपस्या के बल पर भारतीय ऋषियों ने भी ऐहिक जीवन के साथ–साथ पारलौकिक जीवन अर्थात् मृत्युलोक एवं परलोक को समझने, जानने और देखने का बहुविधि प्रयत्न किया। अन्ततः भारतीय सनातन संस्कृति ने जीवन का साध्य 'मोक्ष' अर्थात् 'जन्म–मरण के चक्र से मुक्ति' को माना। भारत की सभी प्रमुख पान्थिक–धाराओं एवं विचार–दर्शनों ने इस मोक्ष के स्वरूप को अपने–अपने ढंग से स्पष्ट करने का प्रयत्न किया है तथा इसे प्राप्त करने के मार्ग सुझाये हैं।

ऐहिक जीवन में सुख–सम्पत्ति तथा पद–प्रतिष्ठा पाने हेतु देवोपासना में शरणागत मनुष्य अन्ततः जीवन के अन्तिम सोपान पर 'मोक्ष' अथवा 'मुक्ति'

हेतु लालायित हो जाता है। साधु–सन्त, योगी, ज्ञानी, अज्ञानी, गृहस्थ, सभी को अन्ततः 'मोक्ष' या 'मुक्ति' का अमृतघट चाहिए, जिसे प्रत्यक्ष दिखा पाने में आज तक मनुष्य सफल नहीं हो पाया है। परलोक की इस अदृश्य दुनिया की यात्रा कराने के लिए देवी–देवताओं को प्रसन्न करने के नाम पर भी उपासना पद्धतियों में पाखण्ड, आडम्बर बढ़े। सामान्यतः भारतीय समाज में छुआछूत की विकृति आ जाने के कारण भारत के सामाजिक जीवन में अछूत हो जाने वाले अनेक उपासना पद्धतियों से वंचित समाज को मोक्ष का अधिकारी ही नहीं माना गया।

नाथपन्थ के प्रवर्तक महायोगी गोरखनाथ ने सभी के लिए 'मुक्ति' अर्थात् 'मोक्ष' पाने का सहज मार्ग प्रस्तुत किया। गोरख का 'योग' ऐहिक–पारलौकिक दोनों प्रकार के जीवन पर विजय पाने का मार्ग है। गोरक्षसिद्धान्त संग्रह में कहा गया है–शिवभाषित कैवल्यरूप मोक्ष सिद्धमार्ग में सुलभ है। यह निष्कल, निर्मल, स्वात्मप्रकाश जीव रूप में अवभासित है–'स्वात्मप्रकाश रूपतत् किंशास्त्रेण प्रकाश्यते।' गोरखनाथ कहते हैं–काम, क्रोध, भय और चिन्ता द्वारा आवृत्त होने से मुक्त होने की अवधि तक जीव को शिवत्व अर्थात् मोक्ष प्राप्त नहीं होता। केवल ज्ञान से भी सिद्धि नहीं पायी जा सकती। गोरखनाथ कहते हैं–मात्र ज्ञान या शास्त्रों द्वारा कामक्रोधादि पर विजय पाना सम्भव नहीं है, योग के द्वारा ही कामक्रोधादि विषयजनित प्रवृत्तियों पर विजय पायी जा सकती है। उक्त योग के बिना मोक्ष की प्राप्ति नहीं हो सकती है।

योगबीज में उल्लेख मिलता है–एक बार माँ पार्वती ने भगवान् शिव से पूछा, 'अज्ञान से संसार की सत्ता है और ज्ञान से मुक्ति की प्राप्ति होती है। फिर योग का प्रयोजन क्या है? इस प्रश्न का उत्तर देते हुए भगवान् शिव के माध्यम से 'योगबीज' ग्रन्थ कहता है–स्वात्मस्वरूप परिपूर्ण है। इस पूर्णता के कारण वह सकल और निष्कल अर्थात् अंशयुक्त और अंशहीन कहा जाता है। संसार भ्रम के कारण अज्ञानी शरीर जीव कलायुक्त स्वरूप मोह के सागर में पतित होता है। ज्ञानी भी अपने ज्ञान–संसार की वासना में लिप्त हो जाता है। अतः योग के बिना ज्ञाननिष्ठ, विरक्त, धर्मज्ञ, इन्द्रियजयी के लिए भी मुक्ति सम्भव नहीं है।

'ज्ञाननिष्ठो विरक्तोदपि धर्मज्ञो विजितेन्द्रियः।
विनायोगेन देवोदपि न मोक्षं लभते प्रिये।।'

नाथपन्थी दर्शन ने प्रत्येक मनुष्य के जीवन की चार अवस्थाओं का उल्लेख किया है–

- गुरु की कृपा से पौरुष और अज्ञान का नाश।
- अपनी साधना द्वारा इस जन्म में बौद्धिक ज्ञान प्राप्त करना।
- बौद्धिक ज्ञान के उदय से बौद्धिक अज्ञान का नाश।
- पौरुष ज्ञान का उदय।

इन चार अवस्थाओं के द्वारा मानव योग में प्रवृत्त होकर मुक्तिपथ का पथिक बनता है। योगपथ के राही का ज्ञान भी मुक्त होता है। काल उसके अधीन होता है। इसलिए मृत्यु उसकी इच्छा पर निर्भर होती है। इसी योग के बल पर योगी अजरत्व और अमरत्व प्राप्त करता है। नाथपन्थ में सामान्य जन से लेकर इच्छामृत्यु प्राप्त करने वाले योगियों के भी चार समूह हैं–

- केवल योग का उद्देश्य प्राप्त करने वाले 'सम्प्राप्त'।
- योगाभ्यास में तत्पर योगी 'धरमान'।
- योगसिद्ध और स्वभ्यस्त 'सिद्धयोगी'।
- निर्विकार और व्यवहार भूमि के परे 'सुसिद्ध योगी'।

नाथपन्थ ने स्पष्ट किया कि योगाग्नि के बिना मुक्तिलाभ सम्भव नहीं है, इसके बिना वैराग्य, जपादि मिथ्या है। सप्तधातुमय देह को योगाग्नि द्वारा तपाकर योगदेह प्राप्त करने वाला मानव जीवमुक्त, दोषवर्जित, निर्लेप सदा स्वरूपस्थ होता है। नाथपन्थ के अनुसार योग मोक्षप्रद मार्ग है–'योगात् परसरो नास्ति मार्गस्तु मोक्षदः।' वस्तुतः नाथपन्थ में सभी को योग की साधना के बल पर मोक्ष अर्थात् मुक्ति का मार्ग सुलभ है।

नाथपन्थ स्वयं की मुक्ति के साथ पर–पीड़ा हरण को भी योगी के जीवन का साध्य मानता है। नाथपन्थ की मान्यता है कि वह योगी कैसा जिसे समाज की पीड़ा सुनाई न दे। सुनकर वह उसे दूर करने के लिए समाज के साथ खड़ा न हो और उसका मार्गदर्शन न करे। समाधान तक सामाजिक–संघर्ष का साथी न बने। यदि ऐसा नहीं है अर्थात् दुःख–दर्द अथवा पीड़ा से उत्पन्न समाज की सिसकी न सुनी तो सारा ज्ञान, सारी साधना और सिद्धियाँ व्यर्थ हैं। इसी समाज–दर्शन पर केन्द्रित नाथपन्थी प्रमुख योगियों ने अपनी आध्यात्मिक साधना को लक्ष्य करते हुए सामाजिक चेतना से कभी अपने को विरत नहीं किया। नाथपन्थ के युग–प्रवर्तक योगी योग–साधना के कार्य में अविश्रान्त बढ़ते हुए वह अपने व्यक्तित्व को निर्मल बनाये हुए दूसरों के अनुकरण योग्य बने रहे। समाज को गतिशील बनाये रखने के लिए आदर्शानुकूल आचरण के वे पक्षधर हैं। कथनी–करनी की एकरूपता नाथपन्थी योगियों की विशेषता भी है और वे इस पर पर्याप्त जोर देते हैं। नाथपन्थ मानता है कि समाज और उसकी

समस्याओं से भागना साधना नहीं है। वास्तविक योग–साधना समाज के संघर्ष को झेलते हुए समाज को उससे निजात पाने का मार्ग दिखाकर आगे ले जाना है। परमतत्त्व का बोध समाज को संकीण परिधि से बाहर निकालकर ही किया जा सकता है और समाज को भी कराया जा सकता है।

गोरखनाथ द्वारा प्रवर्तित योगमार्ग वह साधना का पथ है जिस पर चलकर सम्प्रदायगत संकीर्ण मनोवृत्तियों का नाश किया जा सकता है तथा वृहत् संवेदनशील लोक–कल्याणकारी मानव–समाज के निर्माण का मार्ग प्रशस्त होता है। नाथों का यह अलौकिक व्यक्तित्व ही था जो विजेता बर्बर मुसलमानों को भी अपना अनुयायी बनाने में सफल हुआ। इनमें बाबा रतननाथ, बालगुदाई और सिद्ध गरीबनाथ के अनुयायी मुसलमान योगियों की श्रद्धाशीलता उल्लेखनीय है। हिन्दू–मुस्लिम ऐक्य की जिस भावना का प्रबल प्रचार कबीर आदि सन्तों ने किया उसकी नींव नाथपन्थी योगियों ने ज्ञान–कर्म की एकरूपता पर आधारित अपनी समाज–केन्द्रित सहज साधना पद्धतियों से पहले ही डाल रखी थी। घट–घट वासी आत्मतत्त्व की सहज आध्यात्मिक अभिव्यक्ति के साथ प्रेम, करुणा, अहिंसा, संयम और सन्तोष का योग, उपासना एवं भक्ति का अस्त्र बनाकर नाथपन्थ के योगियों ने मानव–मानव में एकरसता का सन्देश दिया। वे दया एवं करुणा के गीत गाते समाज के लिए अनुकरणीय एवं प्रेरणा–स्तम्भ बने।

गोरखनाथ द्वारा प्रवर्तित नाथपन्थ ने ज्ञान–मार्ग के अपने विशिष्ट अद्वैत सिद्धान्त पर ऊँच–नीच का भेद खत्म किया। धनी हो या दरिद्र, ब्राह्मण हो या शूद्र, बौद्ध हो या जैन, हिन्दू हो या मुसलमान, वे सभी को समान दृष्टि से स्वीकार्य उपासना का सहज मार्ग 'योग' का प्रतिपादन किया। गोरखनाथ ने स्वस्थ मन से हँसते–गाते परमतत्त्व की प्राप्ति का सहज मार्ग दिखाते हुए घोषित किया कि काम–क्रोध आदि विकारों से रहित मन योग के बल पर दृढ़ होकर जब आत्मा में झाँकता है तो परमात्मा उसे उसी प्रकार दिखायी पड़ता है। 'जैसे जल में चन्द्रमा–आत्मा मध्ये परमात्मा दीसैं ज्यों जल मध्ये चन्दा।' महायोगी गोरखनाथ द्वारा प्रतिपादित यह सहज उपासना पद्धति जिसमें आत्मतत्त्व प्रधान था, जिसमें कोई कर्मकाण्ड एवं विधि–विधान नहीं था, सर्वस्वीकार्य था, सर्वसुलभ था और सभी व्यक्तियों के लिए करणीय था। नाथपन्थ की इसी सहज उपासना का समाज दीवाना था। जन–मन में लोकप्रिय नाथपन्थ ने सामाजिक–सांस्कृतिक–आध्यात्मिक परिवर्तन में अपनी प्रभावी भूमिका निभायी।

गोरखनाथ जी कहते हैं कि मानव शरीर मन्दिर अथवा मठ है। इस शरीर रूपी मढ़ी में मन रूपी योगी निवास करता है। मन महान योगसाधक है। जिस तरह योगी के शरीर पर कन्था (वस्त्र) रहती है, उसी तरह मन रूपी योगी पाँच तत्त्व, पृथ्वी, जल, तेज, गगन और वायु के संयोग से निर्मित परिधान से आवेष्टित रहता है। काया रूपी मन्दिर में रहने वाले मन रूपी योगी के लिए कर्म ही उसकी पूजा है, यही उसका धर्म है, यही उसका परमात्मतत्त्व तक पहुँचने का साधन है।

महायोगी गोरखनाथ एवं नाथपन्थ के योगियों ने मानव समाज को योग का अमूल्य उपहार दिया। नाथपन्थ के इन योगियों ने योग–दर्शन को क्रियात्मक योग में बदलकर सम्पूर्ण मानव समाज को तन–मन को स्वस्थ रखने एवं साधने का अचूक मन्त्र दे दिया। इनके पूर्व योग–विद्या कुछ योगियों, संन्यासियों के व्यवहार में तो थी किन्तु समाज के समक्ष यह दर्शन का गूढ़ तत्त्व बना हुआ था। मानव कल्याण को समर्पित नाथपन्थ ने योगदर्शन एवं साधु–सन्तों, योगियों–मुनियों, तपस्वियों की शरीर–साधना का समन्वीकरण कर योग को ही साधना बना दिया। योग की गूढ़ देशना को व्यावहारिक बनाया, इसे विकसित कर तन–मन को साधने का विज्ञान बना दिया। आज का वर्तमान योग विज्ञान एवं क्रियात्मक योग महायोगी गोरखनाथ एवं उनके द्वारा प्रवर्तित नाथपन्थी योगियों की देन है।

यद्यपि कि योग भारत की अत्यन्त प्राचीन आध्यात्मिक विद्या है। हड़प्पा सभ्यता के पुरातात्त्विक अवशेषों में योगी एवं योग–मुद्राओं का प्रमाण उपलब्ध है। वैदिक संहिताओं, अरण्यकों, उपनिषदों में प्राप्त श्रमण–तपस्वी विचार–दर्शन में योग के सूत्र दिखाई पड़ते हैं। प्राचीन भारतीय ग्रन्थों में मुनि, यति, श्रमण का उल्लेख बाद की योगी परम्परा के ही आरम्भिक स्वरूप का परिचायक है। महाभारत की भारतीय योग परम्परा को रेखांकित करने वाला महत्त्वपूर्ण ग्रन्थ है। सांख्य दर्शन के प्रवर्तक कपिल भी योग–दर्शन के ऋषि हैं। कपिल का सांख्य योग प्राचीनतम योग दर्शन है।

योग को व्यवस्थित एवं विकसित दर्शन के रूप में पतंजलि ने पातंजल योग–दर्शन नाम से लिपिबद्ध किया। भारत में योगदर्शन पतंजलि के नाम से जाना जाने लगा। पातंजल योग ऋषियों–मुनियों–तपस्वियों के आश्रमों तक सिमटा रहा तथा सामान्य जन के लिए यह गूढ़ दर्शन के रूप में दुरूह एवं असाध्य माना जाता था। महायोगी गोरखनाथ ने पातंजल योग–दर्शन को प्रवर्द्धित एवं विकसित किया। उसके व्यावहारिक अर्थात् करणीय पक्ष

को शब्द दिया। योगियों के साथ जनता के द्वार तक योग को पहुँचाया। भारत सहित दुनिया में आज जो योगसाधना प्रचलित है उसके प्रमुख प्रवर्तक आचार्य महायोगी गोरखनाथ ने योग के शारीरिक, मानसिक, नैतिक एवं आध्यात्मिक अनुशासन की ऐसी जीवन पद्धति विकसित की जिसके द्वारा मन एवं शरीर पर पूर्ण नियन्त्रण स्थापित किया जा सकता है। नाथपन्थ द्वारा विकसित योगपद्धति के बल पर व्यक्ति न केवल अपनी मानसिक एवं शारीरिक क्रियाओं को नियन्त्रित कर सकता है अपितु इन्द्रियेतर तथा प्रकृति के क्रियाकलापों पर आध्यात्मिक अंकुश लगा सकता है।

आज का जीवन आपा–धापी से भरा हुआ है। आधुनिक जीवन–पद्धति की जटिलताओं के कारण तथा भौतिकवादी जीवन–पद्धति के अनवरत विकास से मानव जीवनमें मानसिक तनाव बढ़ा है। मनुष्य अपनी महत्त्वाकांक्षा पर नियन्त्रण पाने में असमर्थ हो रहा है। शारीरिक स्वास्थ्य भी दुष्प्रभावित हो रही है, जीवन का सुख–चैन छिनता जा रहा है। इस आधुनिक युग में महायोगी गोरखनाथ का योग रामबाण बनकर उभरा है। महत्ता इतनी कि एक बार फिर भारत के साथ–साथ विश्व के अन्य देश भी योग के प्रति अपनी आसक्ति दिखा रहे हैं। नाथपन्थी योग ने मानव को तन–मन को साधने का ऐसा अचूक नुस्खा दिया है, जो युग–युगान्तर तक प्रासंगिक एवं उपयोगी रहेगा।

□

सन्दर्भ–ग्रन्थ

- अद्वयवज्रसंग्रह–उचय गायकवाड़ ओरिएण्टल सीरीज, नं. 40, बड़ौदा, 1927 ई.।
- अमरौघशासनम्–सिद्धगोरक्षनाथ–विरचित; महामहोपाध्याय पं. मुकुन्दराम शास्त्री द्वारा सम्पादित, काश्मीर संस्कृत ग्रन्थावलि, ग्रन्थांक 20, बम्बई, 1918।
- अष्टोत्तरशतोपनिषद्–निर्णयसागर प्रेस, बम्बई, चतुर्थ संस्करण 1932।
- अमरौघशासनम्, सं. पं. मुकुंदराम शास्त्री, काश्मीर सिरीज़ ऑव टेक्स्ट्स ऐंड स्टडीज़, बाम्बे, 1918।
- आब्स्क्योर रेलिजस कल्ट्स, डॉ. शम्भूशरण दासगुप्त, युनिवर्सिटी ऑव कलकटा, 1946।
- इ.ए. इण्डियन एण्टिक्वैरी।
- इ.रे.ए.–इनसाक्लोपीडिया आव् रेलिजन ऐण्ड एथिक्स।
- इंट्रोडक्शन टु तंत्र–शास्त्र, सर जॉन उडरफ, गणेश ऐंड कंपनी, मद्रास–17, 1952।
- इंडियन साधुज, जी. एस. घुरे, द पॉपुलर बुक डिपो, लैमिंगटन रोड, बंबई–1953.।
- इन्साइक्लोपीडिया ऑव रेलिजन ऐंड एथिक्स, जेम्स हेस्टिंग्स, एडिनबरा, वा. 12, 1921।
- ईशाद्यष्टोत्तरशतोपनिषद्, काश्यां रामघट्टस्य बाबू शिवप्रसाद राद्योराम सर्वहितैषी कंपनी द्वारा प्रस्तुत, सन् 1938।
- ऐन आउटलाइन ऑव द रेलिजस लिटरेचर ऑव इंडिया, डॉ. जे.एन. फर्कुहर, लंडन, 1920।
- ऐन इंट्रोडक्शन टु बुद्धिस्ट एसोटेरिज्म, डॉ. विनयतोष भट्टाचार्य, हफ्री

मिलफोर्ड, ऑक्सफोर्ड युनिवर्सिटी प्रेस, 1932।

- कबीर–हजारी प्रसाद द्विवेदी, बम्बई (हिन्दी ग्रन्थ रत्नाकर), 1942।
- कबीर, डॉ. हजारीप्रसाद द्विवेदी, प्रका. हिन्दी ग्रन्थ रत्नाकर कार्यालय, बंबई, 1950।
- कबीर ग्रन्थावली–बाबू श्यामसुन्दरदास बी.ए. द्वारा सम्पादित और काशी नागरी प्रचारिणी सभा द्वारा प्रकाशित, प्रयाग 1928।
- कबीर ग्रंथावली, सं. श्यामसुंदर दास, नागरीप्रचारिणी सभा, काशी, चतुर्थ संस्करण, सं. 2008।
- कबीर साहित्य की परख, पं. परशुराम चतुर्वेदी, भारती भंडार, प्रयाग, सं. 2011।
- कर्पूरादिस्तोत्र, तांत्रिक टेक्स्ट्स, वा. 1, सं. आर्थर एवेलेन, लुजक ऐंड कंपनी, लंडन, 1922।
- कल्याण–गोरखपुर, (1) शिवांक (2) योगांक (3) शक्ति–अंक (4) साधना–अंक।
- काश्मीर –शैविज़्म, जगदीशचंद्र चटर्जी, पार्ट–1, द काश्मीर सिरीज ऑव टेक्स्ट्स ऐंडस्टडीज, श्रीनगर, काश्मीर, 1914।
- कास्ट ऐंड क्लास इन इंडिया, जी. एस. घुरे, फिलॉसाफिकल लाइब्रेरी, न्यूयॉर्क, 1952।
- कैटोलागस कैटोलोगोरम–थियोडोर आफ्रखेट, लिपजिग 1896।
- कौ.मा.र.–कौलमार्गरहस्य (बंगला), स्व. सतीशचन्द्र विद्याभूषण कलकत्ता, 1335 बंगाब्द।
- कौ.ज्ञा.नि.–कौलज्ञान निर्णय, डॉ. प्रबोधचन्द्र बागची द्वारा सम्पादित, कलकत्ता।
- संस्कृत सीरीज, नं. 3 कलकत्ता, 1934।
- कौलज्ञाननिर्णय, एडिटेड बाइ डॉ. प्रबोधचंद्र बागची, कलकटा संस्कृत सिरीज, 1934।
- कौलावली निर्णय–तांत्रिक टैक्स्ट्स, जिल्द 14, आर्थर एबेलेन द्वारा सम्पादित, कलकत्ता।
- गंगा–पुरातत्त्वांक, श्री राहुल सांकृत्यायन के लेख।
- गोरख–दर्शन, ले. अक्षयकुमार बनर्जी, सं. डॉ. भगवतीप्रसाद सिंह, अनु. –श्यामबिहारी स्वरूप, प्रका. दिग्विजयनाथ न्यास, गोरखनाथ मंदिर, गोरखपुर, सं. 2028।

- गोरखनाथ ऐंड कनफटा योगीज, जी. डब्ल्यू. ब्रिग्स, जी.एम.सी.ए. पब्लिशिंग हाउस, 5 रसेल स्ट्रीट, कलकटा, हफ्री मिलफोर्ड, ऑक्सफोर्ड युनिवर्सिटी प्रेस, लंडन, 1938।
- गोरक्षनाथ और उनका युग, डॉ. रांगेय राघव, आत्माराम ऐंड संस, दिल्ली–6, 1963।
- गोरखबानी, सं. और टीकाकार डॉ. पीतांबरदत्त बड़थ्वाल, हिन्दी साहित्य सम्मेलन, प्रयाग, 2003 वि.।
- गोरखबानी, सम्पादक एवं टीकाकार, रामलाल श्रीवास्तव, गोरखनाथ मन्दिर, गोरखपुर।
- गोरक्ष–पद्धति, पं. महीधर शर्मा कृत भाषानुवाद सहित, खेमराज श्रीकृष्णदास, श्री वेंकटेश्वर स्टीम प्रेस, बंबई–4, सन् 1954।
- गोरक्ष–शब्दनिरुक्तिः, गोरक्षग्रंथमाला, 82वाँ पुष्प, योगप्रचारिणी महासभा, गोरक्षटीला, काशी।
- गोरक्षसंहिता, श्री गोरक्षविरचित, इंद्रजीत शर्मा द्वारा प्रकाशित, अहमदाबाद, सं० 1950।
- गोरक्षसिद्धांतसंग्रह, सं. गोपीनाथ कविराज, गवर्नमेंट संस्कृत लाइब्रेरी, बनारस, 1925, सरस्वती भवन टेक्स्ट्स , नं. 18, पार्ट 1।
- गंगा–पुरातत्त्वांक, श्री राहुल सांकृत्यायन के लेख.
- गंभीरनाथ प्रसंग (बंगला)–श्री अक्षयकुमार वंद्योपाध्याय–लिखित फेनी नवाखाली, बंगाब्द 1332।
- ग–सजय़वाल का इतिहास–श्री हरिकृष्ण रतूडी, देहादून, 1928।
- गीतारहस्य–उचय स्व. लोकमान्य बालगंगाधर तिलक, (स्व. माधवराज सप्रे का अनुवाद)।
- गो.प.–गोरक्ष–पद्धति, पं. महीधर शर्मा के भाषानुवाद सहित, बम्बई, सं. 1990 वि.।
- गोपीचन्द(उर्दू)–पंडित कवि कालिदास साहब गुजरानवाला, लाहौर 1944 दो जिल्द, श्री विश्वेश्वर भट्टाचार्य द्वारा संकलित और कलकत्ता विश्वविद्यालय द्वारा प्रकाशित, प्रथम संस्करण।
- गोरखनाथ ऐण्ड मिडिएवल हिंदू पिस्टिसिज्म–डॉ. मोहनसिंह लिखित, लाहौर, 1937।
- गोरखबानी–डॉ. पीताम्बरदत्त बड़थ्वाल–संम्पादित, हिन्दी साहित्य सम्मेलन द्वारा प्रकाशित, प्रयाग 1999 वि.।

- गोरखनाथ ऐण्ड कनफटा योगीज–दे. ब्रिग्स।
- गो. सि. सं.–गोरक्षसिद्धांतसंग्रह, म.म. पं. गोपीनाथ कविराज द्वारा सम्पादित, सरस्वती भवन टेक्स्ट्स, नं. 18, काशी 1925 ई.।
- ग्लॉसरीज ऑव् दी ट्राइब्स ऐण्ड कास्ट्स, आव् दी पंजाब ऐण्ड दि नार्थ–वेस्टर्न प्राविंसेज–एच. ए. रोज, जि. 3, लाहौर 1914 ई.।
- घेरण्ड संहिता–ंउचय–ंउचयसेक्रेड बुक आव, दि हिन्दूज, प्रयाग 1895
- घेरंड संहिता, भाषा–टीका सहित, गंगाविष्णु श्रीकृष्णदास, लक्ष्मी वेंकटेश्वर स्टीम प्रेस, कल्याण, बंबई, सं. 2013।
- चर्याचर्य विनिश्चय–बौ. गा. दो. में संगृहीत।
- चर्यागीतिकोश, सं. डॉ. प्रबोधचंद्र बागची तथा शांति भिक्षु शास्त्री, 1956, विश्वभारती, शांतिनिकेतन।
- ज. डि. ले.–जर्नल ऑव दि डिपार्टमेंट आफ लेटर्स, 28वाँ जिल्द (कलकत्ता विश्वविद्यालय, 1934) में डॉ. प्रबोधचन्द्र बागची द्वारा सम्पादित निम्नलिखित ग्रन्थ–(1) तिल्लोपाद का दोहाकोश (2) सरहपाद का दोहाकोश (3) कण्डहपाद का. (4) सरहपादीय दोहासंग्रह, (5) प्रकीर्ण दोहा–ंउचयसंग्रह। इसकी अन्य जिल्दों का भी यथास्थान उल्लेख है।
- जायसी ग्रन्थावली–पं. रामचन्द्र शुक्ल–संपादित, काशी, 1924।
- ट्रा. का. सें. प्रो.–दि ट्राइब्स ऐण्ड कास्ट्स आव सेण्ट्रल प्राविंसेज़ आव् इंडिया, ई. बी. रमेल और रायबहादुर हीरालाल संपादित, चार जिल्दों में, लन्डन, 1916।
- ट्रा. का. –ट्राइब्स ऐण्ड कास्ट्स आव दि नार्थ वेस्टर्न प्राविंसेज ऐण्ड अवध, विलियम क्रुक, कलकत्ता 1869।
- डायसन–दि सिस्टम आफ वेदान्त, पी. डायसन शिकागो 1912।
- तारानाथ–गैश्विजयटे देस् बुद्धिस्मुस् इन इन्डिएन आउस देम् तिबेतिशेन युबेर सेटस् फन् उन्तन् शिफ्रेर (जर्मन भाषा में तारानाथ नामक तिब्बती ऐतिहासिक के ग्रन्थ का अनुवाद, जिसके आवश्यक अंश का अंग्रेजी अनुवाद, लेखक (ह. द्वि.) के लिये डॉ. एरेन्सन ने कर दिया था।) सेन्ट पीटर्सबर्ग, 1869।
- तंत्रालोक, अभिनवगुप्त, प्रथमो भागः, सं. मुकुंदराम शास्त्री, काश्मीर सिरीज ऑव टेक्स्ट्स एंड स्टडीज, श्रीनगर, 1918।
- तांत्रिक बौद्ध साधना और साहित्य, नागेंद्रनाथ उपाध्याय, नागरीप्रचारिणी सभा, काशी, 1958।

- दि इन्डियन बुद्धिष्ट आईकोनेग्राफी मेनली बेस्ड अपॉन दि साधनमाला ऐण्ड अदर कांग्रेट तांत्रिक टेक्स्ट्स। बी. भट्टाचार्य द्वारा लिखित आक्सफोर्ड, 1928।
- दि कल्चरल हेरिटेज ऑव इंडिया, वा. 2 में डॉ. वी.वी. रमण शास्त्री का लेख।
- दि पीपुल आफ इण्डिया–हर्बर्ट रिजली, कलकत्ता 1908।
- दि फिलॉसफी ऑव दि उपनिषद्, डायसन।
- दि बुद्धिज्म ऑव टिबेट आर लामाइज्म, एल.ए. वेडेल, सेकेंड एडिशन, न्यू इंप्रेशन. हेफर, कैंब्रिज, 1971।
- दि रेलिजंस ऑव इंडिया, ए. बार्थ, ट्रांसलेशन बाइ रेव. जे. वुड, लंडन, ट्रब्नर ऐंड कं., लडगेट हिल, 1882।
- दि सर्पेन्ट पावर–आर्थर एबेलन लिखित लंडन 1919।
- दि सेन्सस आव् इण्डिया 1921, 1931।
- दि हेवव्रतंत्र : ए क्रिटिकल स्टडी, डी. एल. स्वेलग्रोव, पार्ट 1–2, न्यूयॉर्क, 1964।
- दोहाकोश, सं. डॉ. प्रबोधचंद्र बागची, कलकटा, 1938।
- नागर–सर्वस्व–पद्मश्री विरचित और तनसुखराम शर्मा द्वारा संपादित बम्बई 1921।
- नाथ और संत साहित्य : तुलनात्मक अध्ययन, डॉ. नागेंद्रनाथ उपाध्याय, प्रका. काशी हिन्दू विश्वविद्यालय, वाराणसी, 1965।
- नाथ पंथ, डॉ. शांतिप्रसाद चंदोला, प्रका. भगवती चंदोला, नेपाली कोठी, वरुणापुल, वाराणसी, 1975।
- नाथ योग, श्री अक्षयकुमार बनर्जी, पब्लिशर–दिग्विजयनाथ ट्रस्ट, गोरखपुर।
- नाथ संप्रदाय, डॉ. हजारीप्रसाद द्विवेदी, हिन्दुस्तानी एकेडमी, उत्तर प्रदेश, इलाहाबाद, 1950.
- नाथ संप्रदायेतर इतिहास, दर्शन ओ साधना प्रणाली, डॉ. कल्याणी मल्लिक, कलकत्ता विश्वविद्यालय, 1950।
- नाथसिद्धों की बानियाँ, प्रधान संपादक रुद्र काशिकेय, सं. डॉ. हजारीप्रसाद द्विवेदी, काशी नागरीप्रचारिणी सभा, प्रथम संस्करण, सं. 2014।
- पदुमावती–बिब्लोथिका इन्डिका, न्यू सीरीज नं. 1172 जी. ए. ग्रियर्सन और सुधाकर द्विवेदी द्वारा संपादित, कलकत्ता 1907।

- प्र० चि.–प्रबंध चिन्तामणि–हजारीप्रसाद द्विवेदी द्वारा अनुवादित और मुनि श्री जिनविजयजी द्वारा संपादित, सिंधी जैन ग्रन्थमाला, अहमदाबाद कलकत्ता, 1940।
- प्रज्ञोपायविनिश्चय सिद्धि–गायकवाड़ ओरिएण्टल सीरीज 44, बड़ौदा 1929।
- प्राणसंगली–सन्त सम्पूरन सिंहजी द्वारा संपादित, तरनतारन, पंजाब।
- परशुरामकल्पसूत्र–रामेश्वरकृत टीका सहित, गायकवाड़ ओरियेण्टल सीरीज़ में प्रकाशित और बी. ए. महादेव शास्त्री द्वारा संपादित।
- परसंगपूरनभगत (गुरुमुखी)–मियाँ कादरयार कृत लाहौर 1944।
- पारानंद सूत्र–गायकवाड़ सीरीज़ 56 बड़ौदा 1931 ई.।
- पातंजल योगदर्शन, गीताप्रेस संस्करण, चौदहवाँ संस्करण, सं. 2007।
- पूरन भगत (उर्दू)–पंडित कवि कालिदास साहब शायर, गुजरानवाल द्वारा लिखित लाहौर 1944।
- फिलॉसफी ऑव हिंदू साधना, श्री नलिनीकांत ब्रह्म।
- बांगला साहित्येर इतिहास (बंगला)–श्री डॉ. सुकुमार सेन, कलकत्ता, 1940।
- बागची–देखें कौल ज्ञान निर्णय।
- बामकेश्वर तंत्रान्तर्गत नित्याशोडषिकार्णवः–श्री भास्कररायोनीत सेतुबंध–व्याख्यानसहितः आनंदाश्रम संस्कृत ग्रन्थावली 56 पूना, 1908 ई.।
- ब्रह्मसूत्रम् –शांकरभाष्य सहित, पं. बासुदेव लक्ष्मण शास्त्री पाणशीकर संपादित बंबई 1927।
- ब्रिग्स–गोरखनाथ ऐण्ड कनफटा योगीज, श्रीजार्ज बेस्टन ब्रिग्स, लिखित, कलकत्ता 1937।
- बौ. गा. दो–बौद्ध गान ओ दोहा (बंगाक्षरों में मुद्रित) स्व. पं. हरप्रसाद शास्त्री–सम्पादित, कलकत्ता, 1323 बंगाब्द।
- भरथरी चरित्र–(नौ खण्ड) हावड़ा, 1942 ई.।
- भारत में बौद्ध धर्म का इतिहास, लामा तारानाथ विरचित, अनुवादक रिंगजिन लुंडुपलामा, काशीप्रसाद जायसवाल, शोध संस्थान, पटना, 1971।
- भारतवर्ष में जाति भेद–श्री क्षितिमोहन सेन, कलकत्ता 1940।
- भारतवर्षीय उपासक संप्रदाय (बंगला)–श्री अक्षयकुमार दत्त, कलकत्ता

1314 बंगाब्द (द्वितीय संस्करण)।

- भारतीय दर्शन–पं. बलदेव उपाध्याय, एम. ए. लिखित, द्वितीय संस्करण काशी 1945 ई.।
- भारतीय दर्शन, पं. बलदेव उपाध्याय, शारदा मंदिर, काशी, द्वितीय परिवर्द्धित संस्करण, 1954 तथा सातवाँ संस्करण, 1966।
- भारतीय संस्कृति और साधना, म.म. डॉ. गोपीनाथ कविराज, प्रका. बिहार राष्ट्रभाषा परिषद्. पटना, भाग 1, 1963, भाग 2, 1964।
- भ्रमरगीत सार–पं. रामचंद्र शुक्ल–संपादित, बनारस, 1999 सं.।
- महंत दिग्विजयनाथ स्मृति ग्रंथ, प्रधान सं. डॉ. भगवतीप्रसाद सिंह, गोरक्षनाथ मंदिर, गोरखपुर, 1972।
- महार्थमंजरी–गोरक्षा पर पर्याय महेश्वर विरचित, काश्मीर संस्कृत ग्रन्थावलि ग्रन्थांक 20।
- महार्थमंजरी, गोरक्षटिल्ला, वाराणसी से योगप्रचारिणी सभा द्वारा प्रकाशित, प्रथम आवृत्ति।
- महार्थमंजरी, सं. पं. ब्रजवल्लभ द्विवेदीः, वाराणसेय संस्कृत विश्वविद्यालय, सं. 2029।
- मालतीमाधवम्–जगद्वर कृत टीका सहित, एम. आर. काले द्वारा संपादित, बंबई 1928।
- मिडिएवल मिस्टिसिज्म आव इण्डिया, श्री क्षितिमोहन सेन, लंडन' 1935
- मिस्टिक टेल्स ऑव लामा तारानाथ, डॉ. भूपेंद्रनाथ दत्त, रामकृष्ण वेदांतमठ, 19 बी, राजा राजकृष्ण स्ट्रीट, कलकटा–6, 1957।
- योग उपनिषदः–अड्यार लाईब्रेरी, अ. महादेव शास्त्री–संपादित, अड्यार 1920।
- योगदर्शन (बंगाक्षरों में)–कापिलमठ संस्करण, कलकत्ता विश्वविद्यालय द्वारा प्रकाशित।
- योगप्रवाह–पीताम्बरदत्त बड़थ्वाल द्वारा लिखित, श्री संपूर्णानंद द्वारा संपादित, काशी सं. 2003।
- योगप्रवाह, डॉ० पीताम्बरदत्त बड़थ्वाल, संपा. संपूर्णानंद, प्रका.–श्री काशी विद्यापीठ, बनारस, सं. 2003, प्रथम संस्करण।
- योगबीजम् गोरक्षविरचित, योगप्रचारिणी सभा, गोरक्षटिल्ला, काशी, 2008, प्रथमवृत्ति।
- योगिसंप्रदायाविष्कृति, चंद्रनाथ योगी, अहमदाबाद, 1924।

- यो. सं. आ.–योगिसंप्रदायाविष्कृतिः चंद्रनाथ योगी, अहमदाबाद 1924
- राजपूताने का इतिहास –म.म. पं. गौरीशंकर हीराचन्द ओझा लिखित अजमेर।
- रामानंद की हिन्दी रचनाएँ, प्रधान संपा. डॉ. हजारीप्रसाद द्विवेदी, सं. स्व. पीतांबरदत्त बड़थ्वाल, नागरीप्रचारिणी सभा, काशी, सं. 2012 वि.।
- ल नेपाल (फ्रेंच भाषा में)–नेपाल का इतिहास, सिलवां लेवी, पेरिस, 1905।
- वर्णरत्नाकर, ज्योतिरीश्वर कवि शेखराचार्य प्रणीत, एडिटेड बाइ सुनीतिकुमार चटर्जी एंड बबुआ मिश्र, पब्लिश्ड बाइ रॉयल एशियाटिक सोसाइटी ऑव बेंगाल, कलकटा, 1940।
- विश्वभारती पत्रिका (हिन्दी)–हजारीप्रसाद द्विवेदी संपादित, शान्तिनिकेतन, बंगाल।
- वैष्णविज्म शैविज्म ऐण्ड अदर माइनर रिलिजियस सिस्टम्स–आर.जी. भाण्डारकर; स्ट्रएवर्ग 1913।
- शक्ति एण्ड शाक्त (द्वितीय संस्करण)–जान बुडरफ मद्रास 1920।
- शारदातिलक तंत्रम् –आर्थर एवेलन द्वारा संपादित कलकत्ता 1933।
- शिवसंहिता–पाणिनि आफिस, इलाहाबाद 1914।
- शैव कल्ट्स इन नॉर्दर्न इंडिया, डॉ. वी.एस. पाठक, प्राप्ति स्थान–मोतीलाल बनारसीदास, वाराणसी, 1960।
- शैव मत, डॉ. यदुवंशी, प्रका.–बिहार राष्ट्रभाषा परिषद्, पटना, 1955।
- श्वेताश्वतरोपनिषद, सटीक, सभाष्य, गीताप्रेस, गोरखपुर, सं. 2009।
- श्री गुरुप्रताप सूरज ग्रंथ (गुरुमुखी)–कविचूड़ामणि भाई सन्तोष सिंह जी, द्वितीय संस्करण श्री बीरसिंह जी द्वारा संपादित, 1935 ई.।
- श्री गुह्यसमाजतंत्र–गायकवाड़ सीरीज़ नं. 53, बड़ौदा 1931 ई.।
- श्रेडर.–इन्ट्रोडक्शन टु पांचरात्र ऐण्ड अहिर्बुध्नन संहिता, अड्यार 1912।
- स.द.स.–सर्वदर्शन संग्रह, सायण माधवाचार्य प्रणीत म.म. बासुदेव शास्त्री अभ्यंकर संपादित पूना 1924 ई.।
- सहजाम्नाय पंजिका–बौ. गा.दो. में संगृहीत।
- साधनमाला–गायकवाड़ ओरिएण्टल सीरीज़ नं. 26 और 41 बड़ौदा।
- सि.सि.सं.–सिद्धसिद्धान्तसंग्रह, म.म. पं. गोपीनाथ कविराज संपादित सरस्वती भवन टेक्स्ट्स 13, काशी 1925 ई.।
- सु. च.–सुधाकरचन्द्रिका, पदुमावती (ऊपर दे.) पर म.म. पं. सुधाकर

द्विवेदी की हिन्दी टीका स्टडीज़ इन दि तंत्र–पार्ट 1, डॉ. प्रबोधचन्द्र बागची, कलकला 1939।

- सर्वदर्शनसंग्रह, श्रीमन्माधवाचार्यप्रणीतः, आन्दाश्रम संस्कृत ग्रंथावलिः, सं. 51, ख्रिस्ताब्दाः, 1906।
- सर्वदर्शनसंग्रह, सं. एवं टीकाकार प्रो. उमाशंकर शर्मा, चौखंबा विद्या भवन, वाराणसी, 1964।
- साधनमाला (1,2), संपा. डॉ. विनयतोष भट्टाचार्य, वा. 1–1925, वा. 2 1928, बड़ौदा।
- सिद्ध साहित्य, डॉ. धर्मवीर भारती, किताब महल, इलाहाबाद, 1955।
- सिद्धसिद्धांतपद्धति, सं. कडवः शंभु शर्मा, अनुवादकः योगी नरहरिनाथ शास्त्री।
- प्रका.–पीर चंद्रनाथ योगी (सैंधव), राजा योगीश्वर मठ विट्ठल (मैसूर राज्य), सं. 2021।
- सिद्धसिद्धांतपद्धति ऐंड अदर वर्क्स ऑव नाथयोगीज, सं. श्रीमती कल्याणी मल्लिक, पूना ओरियंटस बुक हाउस, पूना, 1954।
- सिद्धसिद्धांत संग्रह, गवर्नमेंट संस्कृत लाइब्रेरी, सं. 13, बनारस, 1925।
- हठ०–हठयोगप्रदीपिका, पाणिनि आफिस, इलाहाबाद, 1915 ई.।
- हठयोगप्रदीपिका, स्वात्माराम योगीन्द्र विरचिता, क्षेमराज श्रीकृष्णदास, बंबई, सं. 2009, शाके 1874।
- हिन्दी को मराठी संतों की देन, डॉ. विनयमोहन शर्मा, प्रका.–बिहार राष्ट्रभाषा परिषद्, पटना, मार्च 1957।
- हिन्दी विश्वकोश, सं. नगेंद्रनाथ बसु, प्रका.–नगेंद्रनाथ बसु, विश्वनाथ बसु, 1, विश्वकोश लेन, बागबाजार, कलकत्ता, द्वितीय भाग, 1917, तृतीय भाग, 1919।
- हिन्दी साहित्य का इतिहास, पं. रामचंद्र शुक्ल, नागरीप्रचारिणी सभा, काशी, प्रवर्द्धित संस्करण, 2003।
- हिन्दी साहित्य का आलोचनात्मक इतिहास, डॉ. रामकुमार वर्मा, प्रका. रामनारायण लाल, प्रयाग, 1965।
- हिन्दी साहित्य का बृहत् इतिहास, प्रथम भाग, सं. डॉ. राजबली पाण्डेय, नागरीप्रचारिणी सभा, सं. 2014।
- हिंदुत्व–स्व. रामदास गौड़, ज्ञानमण्डल, काशी सं. 1997 वि.।

- हिस्ट्री ऑव इंडियन फिलॉसफी, डॉ. सुरेंद्रनाथ दासगुप्त, खंड 2, 1952, कैंब्रिज।
- हिस्ट्री ऑव फिलॉसफी : ईस्टर्न एंड वेस्टर्न, सं. डॉ. राधाकृष्णन्, वा. 1, लंडन जॉर्ज एलेन एंड अनविन लि., 1952।
- हिंदुइज्म ऐंड बुद्धिज्म (ए हिस्टॉरिकल स्केच), सर चार्ल्स इलियट, इन थ्री वाल्यूम्स, लंडन, वा. 3, 1954।
- ज्ञानसिद्धि–गायकवाड़ ओरिएण्टल सीरीज़ नं. 44., बड़ौदा 1929।
- ज्ञानेश्वर चरित्र–पं. लक्ष्मण रामचन्द्र पंगारकर द्वारा लिखित और पं. लक्ष्मण नारायण गर्दे द्वारा अनुवादित, गोरखपुर सं. 1990।

□□□